Sofies Welt

Sofies Lexikon

JOSTEIN GAARDER
SOFIES WELT

ROMAN ÜBER DIE
GESCHICHTE DER PHILOSOPHIE

AUS DEM NORWEGISCHEN VON
GABRIELE HAEFS

OTTA A. BÖHMER
SOFIES LEXIKON

Weltbild

Inhaltsverzeichnis

Wer nicht von dreitausend Jahren
Sich weiß Rechenschaft zu geben,
Bleib im Dunkeln unerfahren,
Mag von Tag zu Tage leben.

Johann Wolfgang Goethe

Dieses Buch hätte niemals ohne Siri Dannevigs Aufmunterung entstehen können. Ich danke auch Maiken Ims, die das Manuskript gelesen und wertvolle Kommentare geliefert hat. Nicht zuletzt gilt mein Dank Trond Berg Eriksen für viele Jahre voller launiger Bemerkungen und solider fachlicher Unterstützung.

Der Garten Eden

... schließlich und endlich mußte doch irgendwann irgend etwas aus null und nichts entstanden sein ...

Sofie Amundsen war auf dem Heimweg von der Schule. Das erste Stück war sie mit Jorunn zusammen gegangen. Sie hatten sich über Roboter unterhalten. Jorunn hielt das menschliche Gehirn für einen komplizierten Computer. Sofie war sich nicht so sicher, ob sie da zustimmte. Ein Mensch mußte doch mehr sein als eine Maschine?

Beim Supermarkt hatten sie sich getrennt. Sofie wohnte am Ende eines ausgedehnten Viertels mit Einfamilienhäusern und hatte einen fast doppelt so langen Schulweg wie Jorunn. Ihr Haus schien am Ende der Welt zu liegen, denn hinter ihrem Garten gab es keine weiteren Häuser mehr, nur noch Wald.

Jetzt bog sie in den Kløverveien ein. Ganz am Ende machte der eine scharfe Kurve, die »Kapitänskurve« genannt wurde. Menschen waren hier fast nur samstags und sonntags zu sehen.

Es war einer der ersten Tage im Mai. In einigen Gärten blühten unter den Obstbäumen dichte Kränze von Osterglocken. Die Birken hatten dünne Umhänge aus grünem Flor.

War es nicht seltsam, wie zu dieser Jahreszeit alles anfing zu wachsen und zu gedeihen? Woran lag es, daß Kilo um Kilo des grünen Pflanzenstoffes aus der leblosen Erde quellen konnte, sowie das Wetter warm wurde und die letzten Schneereste verschwunden waren?

Sofie schaute in den Briefkasten, ehe sie das Gartentor öffnete. In der Regel gab es darin viel Reklamekram und einige große Briefumschläge für ihre Mutter. Sofie legte dann immer einen dicken Stapel Post auf den Küchentisch, ehe sie auf ihr Zimmer ging, um ihre Aufgaben zu machen.

An ihren Vater kamen nur manchmal Kontoauszüge, aber er

war schließlich auch kein normaler Vater. Sofies Vater war Kapitän auf einem Öltanker und fast das ganze Jahr unterwegs. Wenn er dann für einige Wochen nach Hause kam, latschte er nur in Pantoffeln im Haus herum und kümmerte sich rührend um Sofie und ihre Mutter. Aber wenn er auf Reisen war, konnte er ziemlich fern wirken.

Heute lag in dem großen grünen Briefkasten nur ein kleiner Brief – und der war für Sofie.

»Sofie Amundsen«, stand auf dem kleinen Briefumschlag. »Kløverveien 3«. Das war alles, kein Absender. Der Brief hatte nicht einmal eine Briefmarke.

Sowie Sofie das Tor hinter sich geschlossen hatte, öffnete sie den Briefumschlag. Darin fand sie nur einen ziemlich kleinen Zettel, nicht größer als der dazugehörende Umschlag. Auf dem Zettel stand: *Wer bist Du?*

Mehr nicht. Der Zettel enthielt keinen Gruß und keinen Absender, nur diese drei handgeschriebenen Wörter, auf die ein großes Fragezeichen folgte.

Sie sah noch einmal den Briefumschlag an. Doch – der Brief war wirklich für sie. Aber wer hatte ihn in den Briefkasten gesteckt?

Sofie schloß rasch die Tür des roten Hauses auf. Wie üblich konnte die Katze Sherekan sich aus den Büschen schleichen, auf den Treppenabsatz springen und ins Haus schlüpfen, ehe Sofie die Tür hinter sich zugemacht hatte.

»Miez, Miez, Miez!«

Wenn Sofies Mutter aus irgendeinem Grund sauer war, bezeichnete sie ihr Haus manchmal als Menagerie. Eine Menagerie war eine Sammlung verschiedener Tiere, und wirklich – Sofie war mit ihrer eigenen Sammlung recht zufrieden. Zuerst hatte sie ein Glas mit den Goldfischen Goldlöckchen, Rotkäppchen und Schwarzer Peter bekommen. Dann kamen die Wellensittiche Tom und Jerry, die Schildkröte Govinda und schließlich noch die gelbbraune Tigerkatze Sherekan dazu. Alle Tiere sollten eine Art Entschädigung sein, weil ihre Mutter spät Feierabend hatte und ihr Vater soviel in der Welt herumfuhr.

Sofie warf die Schultasche in die Ecke und stellte Sherekan eine Schale mit Katzenfutter hin. Dann ließ sie sich mit dem geheimnisvollen Brief in der Hand auf einen Küchenhocker fallen.

Wer bist Du?

Wenn sie das wüßte! Sie war natürlich Sofie Amundsen, aber wer war das? Das hatte sie noch nicht richtig herausgefunden.

Wenn sie nun anders hieße? Anne Knutsen zum Beispiel. Wäre sie dann auch eine andere?

Plötzlich fiel ihr ein, daß ihr Vater sie zuerst gern Synnøve genannt hätte. Sofie versuchte sich auszumalen, wie es wäre, wenn sie die Hand ausstreckte und sich als Synnøve Amundsen vorstellte – aber nein, das ging nicht. Dabei stellte sich die ganze Zeit eine andere vor.

Nun sprang sie vom Hocker und ging mit dem seltsamen Brief in der Hand ins Badezimmer. Sie stellte sich vor den Spiegel und starrte sich in die Augen.

»Ich bin Sofie Amundsen«, sagte sie.

Das Mädchen im Spiegel schnitt als Antwort nicht einmal die kleinste Grimasse. Egal, was Sofie auch machte, sie machte genau dasselbe. Sofie versuchte, dem Spiegelbild mit einer blitzschnellen Bewegung zuvorzukommen, aber die andere war genauso schnell.

»Wer bist du?« fragte Sofie.

Auch jetzt bekam sie keine Antwort, aber für einen kurzen Moment wußte sie einfach nicht, ob sie oder ihr Spiegelbild diese Frage gestellt hatte.

Sofie drückte den Zeigefinger auf die Nase im Spiegel und sagte:

»Du bist ich.«

Als sie keine Antwort bekam, stellte sie den Satz auf den Kopf und sagte:

»Ich bin du.«

Sofie Amundsen war mit ihrem Aussehen nie besonders zufrieden gewesen. Sie hörte oft, daß sie schöne Mandelaugen hätte, aber das sagten sie wohl nur, weil ihre Nase zu klein und ihr Mund etwas zu groß war. Die Ohren saßen außerdem viel zu nah an den Augen. Am schlimmsten aber waren die glatten Haare, die sich einfach nicht legen ließen. Manchmal strich der Vater ihr darüber und nannte sie »das Mädchen mit den Flachshaaren«, nach einer Komposition von Claude Débussy. Der hatte gut reden, schließlich war er nicht dazu verurteilt, sein Leben lang schwarze, glatt herabhängende Haare zu haben. Bei Sofies Haaren halfen weder Spray noch Gel.

Manchmal fand sie ihr Aussehen so seltsam, daß sie sich fragte, ob sie vielleicht eine Mißgeburt sein konnte. Ihre Mutter hatte jedenfalls von einer schwierigen Geburt erzählt. Aber entschied wirklich die Geburt, wie jemand aussah?

War es nicht ein bißchen komisch, daß sie nicht wußte, wer sie war? Und war es nicht auch eine Zumutung, daß sie nicht über ihr eigenes Aussehen bestimmen konnte? Das war ihr einfach in die Wiege gelegt worden. Ihre Freunde konnte sie vielleicht wählen, sich selber hatte sie aber nicht gewählt. Sie hatte sich nicht einmal dafür entschieden, ein Mensch zu sein.

Was war ein Mensch?

Sofie sah wieder das Mädchen im Spiegel an.

»Ich glaube, ich mache jetzt lieber meine Bio-Aufgaben«, sagte sie, fast, wie um sich zu entschuldigen. Im nächsten Moment stand sie draußen im Flur.

Nein, ich gehe lieber in den Garten, dachte sie dort.

»Miez, Miez, Miez, Miez!«

Sofie scheuchte die Katze hinaus auf die Treppe und schloß hinter sich die Tür.

Als sie mit dem geheimnisvollen Brief in der Hand draußen auf dem Kiesweg stand, überkam sie plötzlich ein seltsames Gefühl. Sie kam sich fast wie eine Puppe vor, die durch Zauberkraft lebendig geworden war.

War es nicht seltsam, daß sie auf der Welt war und in einem wunderlichen Märchen herumlaufen konnte?

Sherekan sprang elegant über den Kiesweg und verschwand in den engstehenden Johannisbeersträuchern. Eine lebendige Katze, quicklebendig von den weißen Schnurrhaaren bis zu dem peitschenden Schwanz ganz hinten am Körper. Auch sie war im Garten, aber sie war sich dessen wohl kaum auf dieselbe Weise bewußt wie Sofie.

Als Sofie eine Weile darüber nachgedacht hatte, daß sie existierte, mußte sie auch daran denken, daß sie nicht immer hiersein würde.

Ich bin jetzt auf der Welt, dachte sie. Aber eines Tages werde ich verschwunden sein.

Gab es ein Leben nach dem Tod? Auch von dieser Frage hatte die Katze keine Ahnung.

Vor gar nicht langer Zeit war Sofies Großmutter gestorben. Fast jeden Tag seit über einem halben Jahr dachte Sofie daran, wie sehr sie sie vermißte. War es nicht ungerecht, daß das Leben einmal ein Ende hatte?

Sofie blieb grübelnd auf dem Kiesweg stehen. Sie versuchte, besonders intensiv daran zu denken, daß sie existierte, um dabei zu vergessen, daß sie nicht immer hiersein würde. Aber das war ganz unmöglich. Sowie sie sich darauf konzentrierte, daß sie existierte, tauchte sofort auch ein Gedanke an das Ende des Lebens auf. Umgekehrt war es genauso: Erst wenn sie ganz stark empfand, daß sie eines Tages ganz verschwunden sein würde, ging ihr richtig auf, wie unendlich wertvoll das Leben war. Es war wie die beiden Seiten einer Münze, einer Münze, die sie immer wieder umdrehte. Und je größer und deutlicher die eine Seite der Münze war, um so größer und deutlicher wurde auch die andere. Leben und Tod waren zwei Seiten derselben Sache.

Man kann nicht erleben, daß man existiert, ohne auch zu erleben, daß man sterben muß, dachte sie. Und es ist genauso unmöglich, darüber nachzudenken, daß man sterben muß, ohne zugleich daran zu denken, wie phantastisch das Leben ist.

Sofie fiel ein, daß ihre Großmutter an dem Tag, an dem sie von ihrer Krankheit erfahren hatte, etwas Ähnliches gesagt hatte. »Erst jetzt begreife ich, wie reich das Leben ist«, hatte sie gesagt.

War es nicht traurig, daß die meisten Leute erst krank werden mußten, ehe sie einsahen, wie schön das Leben war? Zumindest mußten sie offenbar einen geheimnisvollen Brief im Briefkasten finden.

Vielleicht sollte sie nachsehen, ob noch mehr gekommen war? Sofie lief zum Tor und hob den grünen Deckel. Sie fuhr zusammen, als sie einen ganz identischen Briefumschlag entdeckte. Sie hatte doch nachgesehen, ob der Briefkasten wirklich leer war, als sie den ersten Brief herausgenommen hatte?

Auch auf diesem Umschlag stand ihr Name. Sie riß ihn auf und zog einen weißen Zettel heraus, der genauso aussah wie der erste.

Woher kommt die Welt? stand darauf.

Keine Ahnung, dachte Sofie. So was weiß ja wohl niemand! Und trotzdem – Sofie fand diese Frage berechtigt. Zum ersten Mal in ihrem Leben dachte sie, daß es fast unmöglich war, auf einer Welt zu leben, ohne wenigstens zu *fragen,* woher sie stammte.

Von den geheimnisvollen Briefen war Sofie so schwindlig geworden, daß sie beschloß, sich in die Höhle zu setzen. Die Höhle war Sofies Geheimversteck. Hierhin kam sie nur, wenn sie sehr wütend, sehr traurig oder sehr froh war. Heute war sie verwirrt.

Das rote Haus stand mitten in einem großen Garten. Es gab hier viele Blumenbeete, Johannis- und Stachelbeersträucher, verschiedene Obstbäume, einen großen Rasen mit einer Hollywoodschaukel und sogar einen kleinen Pavillon, den Großvater für Großmutter gebaut hatte, als ihr erstes Kind nur wenige

Wochen nach der Geburt gestorben war. Das arme kleine Mädchen hatte Marie geheißen. Auf dem Grabstein stand: »Klein Mariechen zu uns kam, grüßte nur und ging von dann'«.

In einer Ecke des Gartens, noch hinter den Himbeersträuchern, stand ein dichtes Gestrüpp, das weder Blüten noch Beeren trug. Eigentlich war es eine alte Hecke, die die Grenze zum Wald bildete, aber da sich in den letzten zwanzig Jahren niemand mehr darum gekümmert hatte, war sie zu einem undurchdringlichen Gestrüpp herangewachsen. Großmutter hatte erzählt, daß die Hecke im Krieg, als die Hühner frei im Garten herumliefen, den Füchsen die Hühnerjagd etwas schwerer gemacht hatte.

Für alle anderen war die alte Hecke genauso unnütz wie die alten Kaninchenställe weiter vorn im Garten. Aber das lag nur daran, daß sie nichts von Sofies Geheimnis wußten. Solange Sofie sich erinnern konnte, hatte sie in der Hecke einen schmalen Durchgang gekannt. Wenn sie hindurchkroch, erreichte sie bald einen großen Hohlraum, das war ihre Höhle. Hier konnte sie ganz sicher sein, daß niemand sie finden würde.

Mit den beiden Briefumschlägen in der Hand lief Sofie durch den Garten und robbte dann auf allen vieren durch die Hecke. Die Höhle war so groß, daß sie darin fast aufrecht stehen konnte, aber nun setzte sie sich auf einige dicke Wurzeln. Von hier aus konnte sie durch zwei winzig kleine Löcher zwischen Zweigen und Blättern hinaussehen. Obwohl keines dieser Löcher größer war als ein Fünfkronenstück, hatte sie den ganzen Garten im Blick. Als sie klein war, hatte sie gern zugesehen, wie ihre Mutter oder ihr Vater zwischen den Bäumen umherliefen und sie suchten.

Sofie war der Garten immer schon wie eine eigene Welt vorgekommen. Jedesmal, wenn sie vom Garten Eden aus der Schöpfungsgeschichte gehört hatte, hatte sie an die Höhle denken müssen und daran, wie es war, darin zu sitzen und ihr eigenes kleines Paradies zu betrachten.

»Woher kommt die Welt?«

Nein, das wußte sie wirklich nicht. Sofie wußte natürlich, daß die Welt nur ein kleiner Planet im riesigen Weltraum war. Aber woher kam der Weltraum?

Es war natürlich denkbar, daß der Weltraum immer schon dagewesen war; dann brauchte sie auch keine Antwort auf die Frage zu finden, woher er gekommen war. Aber *konnte* etwas denn ewig sein? Irgend etwas in ihr protestierte dagegen. Alles, was existiert, muß doch einen Anfang haben. Also mußte irgendwann der Weltraum aus etwas anderem entstanden sein.

Aber wenn der Weltraum plötzlich aus etwas anderem entstanden war, dann mußte dieses andere ebenfalls irgendwann aus etwas anderem entstanden sein. Sofie begriff, daß sie das Problem nur vor sich hergeschoben hatte. Schließlich und endlich mußte irgendwann irgend etwas aus null und nichts entstanden sein. Aber war das möglich? War diese Vorstellung nicht ebenso unmöglich wie die, daß es die Welt immer schon gegeben hatte?

Im Religionsunterricht lernten sie, daß Gott die Welt erschaffen hatte, und Sofie versuchte jetzt, sich damit zufriedenzugeben, daß das trotz allem die beste Lösung für dieses Problem war. Aber dann fing sie wieder an zu denken. Sie konnte gern hinnehmen, daß Gott den Weltraum erschaffen hatte, aber was war mit Gott selber? Hatte er sich selbst aus null und nichts erschaffen? Wieder protestierte etwas in ihr. Obwohl Gott sicher alles mögliche erschaffen konnte, konnte er sich ja wohl kaum selber schaffen, ehe er ein »Selbst« hatte, mit dem er erschaffen konnte. Und dann gab es nur noch eine Möglichkeit: Gott gab es schon immer. Aber diese Möglichkeit hatte sie doch schon verworfen. Alles, was existierte, mußte einen Anfang haben.

»Verflixt!«

Wieder öffnete sie beide Briefumschläge.

»Wer bist Du?«

»Woher kommt die Welt?«

Was für gemeine Fragen! Und woher kamen die beiden Briefe? Das war fast genauso geheimnisvoll.

Wer hatte Sofie aus dem Alltag gerissen und sie plötzlich mit den großen Rätseln des Universums konfrontiert?

Zum dritten Mal ging Sofie zum Briefkasten.

Erst jetzt hatte der Postbote die normale Post gebracht. Sofie fischte einen dicken Packen Werbung, Zeitungen und zwei Briefe an ihre Mutter heraus. Es gab auch eine Postkarte – mit dem Bild eines südlichen Strandes. Sie drehte die Karte um. Sie hatte norwegische Briefmarken und den Stempel »UN-Regiment«. Konnte die von ihrem Vater sein? Aber war der nicht ganz woanders? Und seine Handschrift war es auch nicht.

Sofie spürte ihren Puls etwas schneller schlagen, als sie die Adresse auf der Karte las. »Hilde Møller Knag, c/o Sofie Amundsen, Kløverveien 3...« Die übrige Adresse stimmte. Auf der Karte stand:

Liebe Hilde! Ich gratuliere Dir herzlich zum 15. Geburtstag. Du verstehst sicher, daß ich Dir ein Geschenk machen möchte, an dem Du wachsen kannst. Verzeih, daß ich die Karte an Sofie schicke. So war es am leichtesten.

Liebe Grüße, Papa

Sofie lief zum Haus zurück und stürzte in die Küche. Sie spürte, daß ein Sturm in ihr tobte. Was war das nun wieder? Wer war diese Hilde, die einen guten Monat vor Sofies eigenem 15. Geburtstag fünfzehn wurde?

Sofie holte sich das Telefonbuch aus dem Flur. Viele darin hießen Møller, manche auch Knag. Aber im ganzen dicken Telefonbuch hieß kein Mensch Møller Knag.

Wieder musterte sie die geheimnisvolle Karte. Doch, echt war die schon, mit Briefmarke und Stempel.

Warum aber schickte ein Vater eine Geburtstagskarte an Sofies Adresse, wenn sie doch ganz offenbar anderswohin gehörte? Welcher Vater würde eine Postkarte auf Irrwege senden und damit seine Tochter um ihren Geburtstagsgruß betrügen? Wieso konnte es »so am leichtesten« sein? Und vor allem: Wie sollte sie Hilde ausfindig machen?

Auf diese Weise hatte Sofie noch ein Problem, über das sie sich den Kopf zerbrechen konnte. Sie versuchte wieder, Ordnung in ihre Gedanken zu bringen.

Im Laufe weniger Nachmittagsstunden war sie mit drei Rätseln konfrontiert worden. Das erste Rätsel war die Frage, wer die beiden weißen Briefumschläge in ihren Briefkasten gelegt hatte. Das zweite waren die schwierigen Fragen, die diese Briefe stellten. Das dritte Rätsel war, wer Hilde Møller Knag war und warum Sofie eine Geburtstagskarte für dieses fremde Mädchen erhalten hatte.

Sie war sich sicher, daß diese drei Rätsel irgendwie zusammenhängen mußten, denn bisher hatte sie ein ganz normales Leben geführt.

Der Zylinderhut

... das einzige, was wir brauchen,
um gute Philosophen zu werden, ist die Fähigkeit,
uns zu wundern ...

Sofie ging davon aus, daß der Schreiber der anonymen Briefe sich wieder melden würde. Sie beschloß, vorerst niemandem von diesen Briefen zu erzählen.

In der Schule fiel es ihr schwer, sich auf das zu konzentrieren, was der Lehrer sagte. Sofie fand plötzlich, er rede nur von unwichtigen Dingen. Warum sprach er nicht lieber darüber, was ein Mensch ist – oder was die Welt ist und wie sie entstehen konnte?

Sie hatte ein Gefühl, das sie noch nie gehabt hatte: In der Schule und auch sonst überall beschäftigten die Leute sich mit mehr oder minder zufälligen Dingen. Aber es gab doch große und schwierige Fragen, deren Beantwortung wichtiger war als die üblichen Schulfächer.

Hatte irgendwer Antworten auf solche Fragen? Sofie fand es jedenfalls wichtiger, darüber nachzudenken, als starke Verben zu büffeln.

Als es nach der letzten Stunde schellte, lief sie so schnell vom Schulhof, daß Jorunn rennen mußte, um sie einzuholen.

Nach einer Weile fragte Jorunn:

»Wollen wir heute abend Karten spielen?«

Sofie zuckte mit den Schultern.

»Ich glaube, ich interessiere mich nicht mehr so sehr für Kartenspiele.«

Jorunn sah aus wie aus allen Wolken gefallen.

»Nicht? Sollen wir dann lieber Federball spielen?«

Sofie starrte den Asphalt an – und dann ihre Freundin.

»Ich glaube, Federball interessiert mich auch nicht mehr so sehr.«

»Na gut!«

Sofie hörte in Jorunns Stimme einen Hauch von Bitterkeit.

»Du kannst mir aber vielleicht erzählen, was plötzlich soviel wichtiger geworden ist?«

Sofie schüttelte den Kopf.

»Das ... ist ein Geheimnis.«

»Pöh! Du bist bestimmt verliebt.«

Die beiden gingen lange zusammen weiter, ohne etwas zu sagen. Als sie den Fußballplatz erreicht hatten, sagte Jorunn:

»Ich gehe über den Platz.«

»Über den Platz.« Das war der schnellste Weg zu Jorunn, aber sie ging ihn nur, wenn sie dringend nach Hause mußte, weil Besuch kam oder weil sie einen Zahnarzttermin hatte.

Sofie merkte, daß es ihr leid tat, Jorunn verletzt zu haben. Aber was hätte sie antworten sollen? Daß es sie plötzlich so sehr beschäftigte, wer sie war und woher die Welt stammte, daß sie keine Zeit zum Federballspielen hatte? Ob ihre Freundin das verstanden hätte?

Warum war es bloß so schwer, sich mit der allerwichtigsten und irgendwie auch allernatürlichsten Frage zu befassen?

Sie spürte ihr Herz schneller schlagen, als sie den Briefkasten öffnete. Auf den ersten Blick sah sie nur Kontoauszüge und einige große gelbe Briefumschläge für ihre Mutter. Doof, Sofie hatte so sehr auf einen neuen Brief des unbekannten Absenders gehofft.

Als sie hinter sich das Tor schloß, entdeckte sie auf einem der großen Umschläge ihren eigenen Namen. Auf der Rückseite, wo der Umschlag zugeklebt war, stand: *Philosophiekurs. Muß mit großer Vorsicht behandelt werden.*

Sofie lief über den Kiesweg und stellte ihre Schultasche auf die Treppe. Sie schob die übrigen Briefe unter die Fußmatte, rannte in den Garten hinter das Haus und suchte Zuflucht in der Höhle. Der große Brief mußte dort geöffnet werden.

Sherekan kam ihr nachgerannt, aber dagegen konnte sie

nichts machen. Sofie war sich aber sicher, daß die Katze nichts ausplaudern würde.

Im Umschlag steckten drei große, mit Maschine beschriebene Bögen, die mit einer Büroklammer zusammengeheftet waren. Sofie fing an zu lesen.

Was ist Philosophie?

Liebe Sofie! Viele Menschen haben unterschiedliche Hobbys. Manche sammeln alte Münzen oder Briefmarken, andere handarbeiten gern, noch andere widmen fast all ihre Freizeit einer bestimmten Sportart.

Viele lesen auch gern. Aber was wir lesen, ist sehr unterschiedlich. Einige lesen nur Zeitungen oder Comics, andere mögen Romane, noch andere ziehen Bücher über verschiedene Themen wie Astronomie, Tierleben oder technische Erfindungen vor.

Wenn ich mich für Pferde oder Edelsteine interessiere, kann ich nicht verlangen, daß alle anderen diese Interessen teilen. Wenn ich wie gebannt vor allen Sportsendungen im Fernsehen sitze, muß ich mich damit abfinden können, daß andere Sport öde finden.

Gibt es trotzdem etwas, das alle interessieren sollte? Gibt es etwas, das alle Menschen angeht – egal, wer sie sind oder wo auf der Welt sie wohnen? Ja, liebe Sofie, es gibt Fragen, die alle Menschen beschäftigen sollten. Und um solche Fragen geht es in diesem Kurs.

Was ist das wichtigste im Leben? Wenn wir jemanden in einem Land mit Hungersnot fragen, dann lautet die Antwort: Essen. Wenn wir dieselbe Frage an einen Frierenden stellen, dann ist die Antwort: Wärme. Und wenn wir einen Menschen fragen, der sich einsam und allein fühlt, dann lautet die Antwort sicher: Gemeinschaft mit anderen Menschen.

Aber wenn alle diese Bedürfnisse befriedigt sind – gibt es dann immer noch etwas, das alle Menschen brauchen? Die Philosophen meinen ja. Sie meinen, daß der Mensch nicht vom Brot allein lebt. Alle Menschen müssen natürlich essen. Alle brauchen auch Liebe und Fürsorge. Aber es gibt noch etwas, das alle Menschen brauchen. Wir haben das Bedürfnis, herauszufinden, wer wir sind und warum wir leben.

Sich dafür zu interessieren, warum wir leben, ist also kein ebenso »zufälliges« Interesse wie das am Briefmarkensammeln. Wer sich für solche Fragen interessiert, beschäftigt sich mit etwas, das die Menschen schon fast so lange diskutieren, wie wir auf diesem Planeten leben. Wie Weltraum, Erdball und das Leben hier entstanden sind, ist eine größere und wichtigere Frage als die, wer bei den letzten Olympischen Spielen die meisten Goldmedaillen gewonnen hat.

Die beste Herangehensweise an die Philosophie ist es, philosophische Fragen zu stellen:

Wie wurde die Welt erschaffen? Liegt hinter dem, was geschieht, ein Wille oder ein Sinn? Gibt es ein Leben nach dem Tod? Wie sollen wir überhaupt die Antwort auf solche Fragen finden? Und vor allem: Wie sollten wir leben?

Solche Fragen haben die Menschen zu allen Zeiten gestellt. Wir kennen keine Kultur, die sich nicht gefragt hat, wer die Menschen sind oder woher die Welt stammt.

Im Grunde können wir gar nicht so viele verschiedene philosophische Fragen stellen. Wir haben bereits einige der wichtigsten gestellt. Aber die Geschichte zeigt uns viele unterschiedliche *Antworten* auf jede einzelne Frage, die wir gestellt haben.

Es ist also leichter, philosophische Fragen zu stellen, als sie zu beantworten.

Auch heute muß jeder einzelne *seine* Antworten auf diese Fragen finden. Wir können nicht im Lexikon nachschlagen, ob es einen Gott oder ein Leben nach dem Tod gibt. Das Lexikon sagt uns auch nicht, wie wir leben sollen. Lesen, was andere Menschen gedacht haben, kann aber trotzdem eine Hilfe sein, wenn wir uns unser eigenes Bild vom Leben und der Welt machen müssen.

Die Jagd der Philosophen nach der Wahrheit läßt sich vielleicht mit einer Kriminalgeschichte vergleichen. Manche halten Andersen für den Mörder, andere Nielsen oder Jepsen. Einen wirklichen Kriminalfall kann die Polizei vielleicht plötzlich eines Tages klären. Es ist natürlich auch denkbar, daß sie das Rätsel nie lösen kann. Trotzdem hat das Rätsel eine Lösung.

Auch wenn es schwer ist, eine Frage zu beantworten, ist es also vorstellbar, daß die Frage eine – und nur eine – richtige Antwort hat. Entweder gibt es eine Art Dasein nach dem Tod – oder nicht.

Viele alte Rätsel sind inzwischen von der Wissenschaft gelöst worden. Einst war es ein großes Rätsel, wie wohl die Rückseite des Mondes aussieht. Man konnte die Lösung nicht durch Diskussion ermitteln, hier war die Antwort der Phantasie jedes einzelnen überlassen. Aber heute wissen wir genau, wie die Rückseite des Mondes aussieht. Wir können nicht länger »glauben«, daß im Mond ein Mann wohnt oder daß der Mond aus Käse besteht.

Einer der alten griechischen Philosophen, die vor über zweitausend Jahren gelebt haben, glaubte, daß die Philosophie durch die Verwunderung der Menschen entstanden sei. Der Mensch findet es so seltsam zu leben, daß die philosophischen Fragen ganz von selber entstehen, meinte er.

Das ist so, als wenn wir bei einem Zaubertrick zusehen: Wir können nicht begreifen, wie das, was wir sehen, möglich ist. Und dann fragen wir danach: Wie konnte der Zauberkünstler zwei weiße Seidenschals in ein lebendiges Kaninchen verwandeln?

Vielen Menschen kommt die Welt genauso unfaßbar vor wie das Kaninchen, das ein Zauberkünstler plötzlich aus einem eben noch leeren Zylinderhut zieht.

Was das Kaninchen betrifft, so ist uns klar, daß der Zauberkünstler uns an der Nase herumgeführt hat. Wenn wir über die Welt reden, liegen die Dinge etwas anders. Wir wissen, daß die Welt nicht Lug und Trug ist, denn wir laufen auf der Erde herum und sind ein Teil der Welt. Im Grunde sind wir das weiße Kaninchen, das aus dem Zylinder gezogen wird. Der Unterschied zwischen uns und dem weißen Kaninchen ist nur, daß das Kaninchen nicht weiß, daß es an einem Zaubertrick mitwirkt. Mit uns ist das anders. Wir glauben, an etwas Rätselhaftem beteiligt zu sein, und würden gerne klarstellen, wie alles zusammenhängt.

PS. Was das weiße Kaninchen betrifft, so ist es vielleicht besser, es mit dem gesamten Universum zu vergleichen. Wir, die wir hier wohnen, sind das wimmelnde Gewürm tief unten im Kaninchenfell. Aber die Philosophen versuchen, an den dünnen Haaren nach oben zu klettern, um dem großen Zauberkünstler voll in die Augen blicken zu können.

Bist Du noch da, Sofie? Fortsetzung folgt.

Sofie war ganz schwach. Ob sie noch da war? Sie wußte nicht einmal, ob sie beim Lesen überhaupt Atem geholt hatte.

Wer hatte den Brief gebracht? Wer, wer?

Es konnte unmöglich derselbe sein, der Hilde Møller Knag die Geburtstagskarte geschickt hatte, denn die hatte Briefmarke und Stempel gehabt. Der gelbe Briefumschlag aber war gleich in den Briefkasten gelegt worden, genau wie vorher die beiden weißen.

Sofie sah auf die Uhr. Es war erst Viertel vor drei. Erst in zwei Stunden würde ihre Mutter von der Arbeit kommen.

Sofie lief wieder in den Garten und zum Briefkasten. Ob da wohl noch mehr liegen konnte?

Sie fand einen weiteren gelben Briefumschlag, auf dem ihr Name stand. Sie sah sich um, konnte aber niemanden entdekken. Sofie rannte zum Waldrand und hielt auf dem Weg Ausschau. Aber auch dort fand sie keine Menschenseele. Plötzlich glaubte sie, tiefer im Wald Zweige knacken zu hören. Sie war sich aber nicht ganz sicher, und es hätte ja doch keinen Zweck gehabt, loszustürmen. Wenn irgendwer versuchte, vor ihr wegzulaufen, würde sie ihn kaum einholen.

Sofie schloß die Haustür auf und legte ihre Schultasche und die Post für ihre Mutter auf den Boden. Sie lief auf ihr Zimmer, nahm sich die große Kuchendose mit den vielen schönen Steinen, kippte die Steine auf den Boden und legte die beiden großen Umschläge in die Dose. Dann lief sie mit der Dose im Arm wieder in den Garten. Vorher stellte sie Sherekan noch Futter hin.

»Miez, Miez, Miez!«

Als sie wieder in der Höhle saß, öffnete sie den Briefumschlag und zog mehrere mit Maschine beschriebene Bögen heraus. Sie fing an zu lesen.

Ein seltsames Wesen

Da wären wir wieder. Du hast sicher schon begriffen, daß dieser kleine Philosophiekurs in passenden Portionen kommt. Hier ein paar weitere einleitende Bemerkungen.

Habe ich schon gesagt, daß die Fähigkeit, uns zu wundern, das einzige ist, was wir brauchen, um gute Philosophen zu werden? Wenn nicht, dann sage ich das jetzt: DIE FÄHIGKEIT, UNS ZU WUNDERN, IST DAS EINZIGE, WAS WIR BRAUCHEN, UM GUTE PHILOSOPHEN ZU WERDEN.

Alle kleinen Kinder haben diese Fähigkeit, das ist ja wohl klar. Nach wenigen Monaten werden sie in eine nagelneue Wirklichkeit geschubst. Aber wenn sie dann heranwachsen, scheint diese Fähigkeit abzunehmen. Woher kann das kommen? Kann Sofie Amundsen diese Frage beantworten?

Also: Wenn ein kleines Baby reden könnte, würde es sicher erzählen, in was für eine seltsame Welt es gekommen ist. Denn obwohl das Kind nicht sprechen kann, sehen wir, wie es um sich zeigt und neugierig die Gegenstände im Zimmer anfaßt.

Wenn die ersten Wörter kommen, bleibt das Kind jedesmal stehen, wenn es einen Hund sieht und ruft: »Wau-wau!« Wir sehen, wie es in der Kinderkarre auf- und abhüpft und mit den Armen herumfuchtelt: »Wauwau! Wauwau!« Wir, die schon ein paar Jahre hinter uns haben, fühlen uns von der Begeisterung des Kindes vielleicht ein wenig überfordert. »Ja, ja, das ist ein Wauwau!« sagen wir welterfahren, »aber setz dich jetzt schön wieder hin.« Wir sind nicht so begeistert. Wir haben schon früher Hunde gesehen.

Vielleicht wiederholt sich diese wüste Szene einige hundert Male, bis das Kind an einem Hund vorbeikommen kann, ohne außer sich zu geraten. Oder an einem Elefanten oder einem Nilpferd. Aber lange bevor das Kind richtig sprechen lernt – oder lange bevor es philosophisch denken lernt –, ist die Welt ihm zur Gewohnheit geworden.

Schade, wenn Du mich fragst.

Es geht mir darum, daß Du nicht zu denen gehörst, die die Welt für selbstverständlich halten, liebe Sofie. Sicherheitshalber werden wir deshalb zwei gedankliche Experimente machen, ehe wir mit dem eigentlichen Philosophiekurs anfangen.

Stell Dir vor, Du machst eine Waldwanderung. Plötzlich entdeckst Du vor Dir auf dem Weg ein kleines Raumschiff. Aus dem Raumschiff klettert ein kleiner Marsmensch und starrt zu Dir hoch...

Was würdest Du dann denken? Naja, das ist im Grunde egal. Aber ist Dir je aufgegangen, daß Du selber so ein Marsmensch bist?

Natürlich ist es nicht besonders wahrscheinlich, daß Du je über ein Geschöpf von einem anderen Planeten stolperst. Wir wissen nicht einmal, ob es auf anderen Planeten Leben gibt. Aber es ist denkbar, daß Du über Dich selber stolperst. Es kann passieren, daß Du eines schönen Tages stutzt und Dich selber auf eine ganz neue Weise erlebst. Vielleicht passiert das ja gerade auf einer Waldwanderung.

Ich bin ein seltsames Wesen, denkst Du. Ich bin ein geheimnisvolles Tier...

Du scheinst aus einem jahrelangen Dornröschenschlaf zu erwachen. Wer bin ich? fragst Du. Du weißt, daß Du auf einem Planeten im Universum herumkrabbelst. Aber was *ist* das Universum?

Bist Du noch da, Sofie? Wir machen noch ein gedankliches Experiment:

Eines Morgens sitzen Mama, Papa und der kleine Thomas, der vielleicht zwei oder drei ist, in der Küche beim Frühstück. Plötzlich steht Mama auf und dreht sich zum Spülbecken um, und dann – ja, dann schwebt Papa plötzlich unter der Decke.

Was glaubst Du, sagt Thomas dazu? Vielleicht zeigt er auf seinen Papa und sagt: »Papa fliegt!«

Sicher wäre Thomas erstaunt, aber das ist er ja sowieso. Papa macht so viele seltsame Dinge, daß ein kleiner Flug über den Frühstückstisch in seinen Augen keine große Rolle mehr spielt. Jeden Tag rasiert er sich mit einer witzigen Maschine, manchmal klettert er aufs Dach und dreht an der Fernsehantenne herum – oder er steckt den Kopf in den Automotor und kommt rabenschwarz wieder zum Vorschein.

Und dann kommt Mama an die Reihe. Sie hat gehört, was Thomas gesagt hat, und dreht sich resolut um. Wie, glaubst Du, wird sie auf den Anblick des freischwebenden Papas über dem Küchentisch reagieren?

Ihr fällt sofort das Marmeladenglas aus der Hand, und sie heult vor Entsetzen auf. Vielleicht muß sie zum Arzt, nachdem Papa wieder auf seinem Stuhl sitzt. (Er hätte schon längst bessere Tischmanieren lernen sollen.)

Warum reagieren Thomas und Mama so unterschiedlich, was meinst Du?

Es ist eine Frage der *Gewöhnung*. (Notier Dir das!) Mama hat gelernt, daß Menschen nicht fliegen können. Thomas nicht. Er ist noch immer unsicher, was auf dieser Welt möglich ist und was nicht.

Aber was ist mit der Welt selber, Sofie? Meinst Du, *die* ist möglich? Auch sie schwebt doch frei im Raum.

Das Traurige ist, daß wir uns im Heranwachsen nicht nur an die Gesetze der Schwerkraft gewöhnen. Wir gewöhnen uns gleichzeitig an die Welt selber.

Anscheinend verlieren wir im Laufe unserer Kindheit die Fähigkeit, uns über die Welt zu wundern. Aber dadurch verlieren wir etwas Wesentliches – etwas, das die Philosophen wieder zum Leben erwecken wollen. Denn irgendwo in uns sagt uns etwas, daß das Leben ein großes Rätsel ist. Das haben wir erlebt, lange bevor wir gelernt haben, es zu denken.

Ich präzisiere: Obwohl die philosophischen Fragen alle Menschen angehen, werden nicht alle Menschen Philosophen. Aus unterschiedlichen Gründen werden die meisten vom Alltag dermaßen eingefangen, daß die Verwunderung über das Leben weit zurückgedrängt wird. (Sie kriechen tief ins Kaninchenfell, machen es sich dort gemütlich und bleiben für den Rest des Lebens da unten.)

Für Kinder ist die Welt – und alles, was es darauf gibt – etwas *Neues*, etwas, das Erstaunen hervorruft. Alle Erwachsene sehen das nicht so. Die meisten Erwachsenen erleben die Welt als etwas ganz Normales.

Und genau da bilden die Philosophen eine ehrenwerte Ausnahme. Ein Philosoph hat sich nie richtig an diese Welt gewöhnen können. Für einen Philosophen oder eine Philosophin ist die Welt noch immer unbegreiflich, ja, sogar rätselhaft und geheimnisvoll. Philosophen und kleine Kinder haben also eine wichtige gemeinsame Eigenschaft. Du kannst sagen, daß ein Philosoph sein ganzes Leben lang so aufnahmefähig bleibt wie ein kleines Kind.

Und jetzt mußt Du Dich entscheiden, liebe Sofie: Bist Du ein Kind, das sich an die Welt noch nicht »gewöhnt« hat? Oder bist Du eine Philosophin, die beschwören kann, daß ihr das auch nie passieren wird?

Wenn Du einfach den Kopf schüttelst und Dich weder als Kind noch als Philosophin fühlst, dann liegt das daran, daß Du Dich in der Welt so gut eingelebt hast, daß sie Dich nicht mehr überrascht. In dem Fall ist Gefahr im Verzug. Und deshalb bekommst Du diesen Philosophiekurs, sicherheitshalber eben. Ich will nicht, daß gerade Du zu den Trägen und Gleichgültigen gehörst. Ich will, daß Du ein waches Leben lebst.

Du bekommst den Kurs vollkommen gratis. Deshalb gibt es auch kein Geld zurück, wenn Du ihn nicht mitmachst. Wenn Du den Kurs irgendwann abbrechen möchtest, ist das kein Problem. Du brauchst mir nur eine Nachricht in den Briefkasten zu legen, sagen wir: einen lebendigen Frosch. Es muß jedenfalls etwas Grünes sein; wir wollen schließlich nicht den Postboten erschrecken.

Kurze Zusammenfassung: Ein weißes Kaninchen wird aus einem leeren Zylinder gezogen. Weil es ein sehr großes Kaninchen ist, nimmt dieser Trick viele Milliarden von Jahren in Anspruch. An der Spitze der dünnen Haare werden alle Menschenkinder geboren. Deshalb können sie über die unmögliche Zauberkunst staunen. Aber wenn sie älter werden, kriechen sie immer tiefer in den Kaninchenpelz. Und da bleiben sie. Da unten ist es so gemütlich, daß sie nie mehr wagen, an den dünnen Haaren im Fell wieder nach oben zu klettern. Nur die Philosophen wagen sich auf die gefährliche Reise zu den äußersten Grenzen von Sprache und Dasein. Einige von ihnen gehen uns unterwegs verloren, aber andere klammern sich an den Kaninchenhaaren fest und rufen den Menschen zu, die tief unten im weichen Fell sitzen und sich mit Speis und Trank den Bauch vollschlagen.

»Meine Damen und Herren«, rufen sie, »wir schweben im leeren Raum!«

Aber keiner der Menschen unten im Fell interessiert sich für das Geschrei der Philosophen.

»Himmel, was für Krachschläger«, sagen sie.

Und dann reden sie weiter wie bisher: Kannst du mir mal die

Butter geben? Wie hoch stehen heute die Aktien? Was kosten die Tomaten? Hast du gehört, daß Lady Di wieder schwanger sein soll?

Als Sofies Mutter später an diesem Nachmittag nach Hause kam, lag die Dose mit den Briefen des geheimnisvollen Philosophen sicher versteckt in der Höhle. Sofie hatte versucht, sich an die Hausaufgaben zu setzen, zerbrach sich aber doch nur den Kopf über das, was sie gelesen hatte.

So viel, worüber sie nie zuvor nachgedacht hatte! Sie war kein Kind mehr – aber auch noch keine richtige Erwachsene. Sofie sah ein, daß sie schon angefangen hatte, tief in den dichten Pelz des Kaninchens zu kriechen, das aus dem schwarzen Zylinder des Universums gezogen wurde. Aber jetzt hatte der Philosoph sie zurückgehalten. Er – oder war es eine Sie? – hatte sie fest am Nacken gepackt und sie wieder auf das Haar im Fell gezogen, auf dem sie als Kind gespielt hatte. Und dort draußen, auf der Spitze der dünnen Haare, hatte sie die Welt wieder gesehen wie beim allerersten Mal. Der Philosoph hatte sie gerettet.

Sofie zog ihre Mutter ins Wohnzimmer und drückte sie in einen Sessel.

»Mama – meinst du nicht, daß es seltsam ist, zu leben?« fing sie an.

Die Mutter war so verblüfft, daß ihr keine Antwort einfiel. Sonst saß Sofie immer über ihren Hausaufgaben, wenn sie nach Hause kam.

»Tja«, sagte sie. »Manchmal schon.«

»Manchmal? Ich meine – findest du es nicht seltsam, daß es überhaupt eine Welt gibt?«

»Aber Sofie, was redest du denn da?«

»Ich frage dich was. Aber du findest die Welt wahrscheinlich ganz normal?«

»Ja. Das ist sie doch auch. Meistens.«

Sofie begriff, daß der Philosoph recht hatte. Die Erwachsenen fanden die Welt selbstverständlich. Ein für allemal schliefen sie den Dornröschenschlaf des Alltagslebens.

»Pah! Du hast dich nur so gut in der Welt eingelebt, daß sie dich nicht mehr überrascht«, sagte sie.

»Entschuldige, aber ich verstehe kein Wort.«

»Ich sage, du hast dich zu sehr an die Welt gewöhnt. Total bescheuert, mit anderen Worten.«

»Also, so darfst du wirklich nicht mit mir reden, Sofie.«

»Dann sage ich es eben anders. Du hast es dir unten im Fell eines Kaninchens, das gerade in diesem Augenblick aus dem schwarzen Zylinder des Universums gezogen wird, sehr gemütlich gemacht. Und jetzt wirst du bald die Kartoffeln aufsetzen. Und dann liest du die Zeitung, und nach einem Nickerchen von einer halben Stunde siehst du dir die Fernsehnachrichten an.«

Ein bekümmerter Ausdruck huschte über das Gesicht der Mutter. Sie ging wirklich in die Küche und setzte die Kartoffeln auf. Gleich darauf stand sie wieder im Wohnzimmer, und nun drückte sie Sofie in einen Sessel.

»Ich muß mit dir reden«, fing sie an. Sofie konnte ihrer Stimme anhören, daß es um etwas Ernstes ging.

»Du hast doch wohl kein Rauschgift in die Finger bekommen, Kind?«

Sofie mußte einfach lachen, aber sie begriff ja, warum diese Frage ausgerechnet jetzt gestellt wurde.

»Spinnst du?« fragte sie. »Davon wird man ja bloß noch öder!«

Mehr wurde an diesem Nachmittag über Rauschgift oder weiße Kaninchen nicht gesagt.

Die Mythen

... eine prekäre Machtbalance zwischen guten und bösen Kräften ...

Am nächsten Morgen lag kein Brief im Briefkasten. Sofie langweilte sich durch einen langen Schultag hindurch. Sie gab sich Mühe, in den Pausen besonders nett zu Jorunn zu sein. Auf dem Heimweg schmiedeten sie Pläne für einen Zeltausflug, sowie es im Wald trocken wurde.

Dann stand sie wieder vor dem Briefkasten. Als erstes öffnete sie einen kleinen Briefumschlag, der in Mexiko abgestempelt war und eine Karte von ihrem Vater enthielt. Er schrieb von Heimweh und hatte den Ersten Steuermann zum ersten Mal im Schach besiegt. Ansonsten hatte er die zwanzig Kilo Bücher, die er nach dem Winterurlaub mitgenommen hatte, fast schon durch.

Und dort, dort lag außerdem ein gelber Briefumschlag, auf dem ihr Name stand! Sofie brachte Schultasche und Post ins Haus und lief in die Höhle. Sie zog mehrere neue mit Maschine beschriebene Bögen aus dem Umschlag und fing an zu lesen.

Das mythische Weltbild

Hallo, Sofie! Wir haben viel vor, da fangen wir lieber gleich an.

Unter Philosophie verstehen wir eine ganz neue Art zu denken, die gegen 600 vor Christus in Griechenland entstanden ist. Vorher hatten die verschiedenen Religionen den Menschen alle Fragen beantwortet. Solche religiösen Erklärungen wurden von Generation zu Generation in den *Mythen* weitergereicht.

Ein Mythos ist eine Göttererzählung, die erklären will, warum das Leben so ist, wie es ist.

In der ganzen Welt ist im Laufe der Jahrtausende eine wilde Flora von mythischen Erklärungen der philosophischen Fragen herangewachsen. Die griechischen Philosophen versuchten zu beweisen, daß die Menschen sich nicht darauf verlassen konnten.

Um das Denken der ersten Philosophen zu verstehen, müssen wir also begreifen, was es bedeutet, ein mythisches Weltbild zu haben. Wir werden einige mythische Vorstellungen aus Nordeuropa als Beispiel nehmen. In die Ferne zu schweifen, ist dafür gar nicht nötig.

Du hast sicher von *Thor* mit dem Hammer gehört. Ehe das Christentum nach Norwegen kam, glaubten die Menschen hier im Norden, daß Thor in einem von zwei Ziegenböcken gezogenen Wagen über den Himmel fahre. Wenn er seinen Hammer schwang, folgten Blitz und Donner. Das Wort »Donner« bedeutet nämlich ursprünglich »Thor-Dröhnen«. Auf schwedisch heißt der Donner »åska« – eigentlich »ås-aka« –, das bedeutet: die Fahrt der Götter über den Himmel.

Wenn es donnert und blitzt, regnet es auch. Das konnte für die Bauern der Wikingerzeit lebensnotwendig sein. Thor wurde deshalb als Fruchtbarkeitsgott verehrt.

Die mythische Antwort auf die Frage, warum es regnet, war also, daß Thor seinen Hammer schwang. Und wenn Regen kam, keimte und wuchs das Korn auf den Feldern.

Es war im Grunde unbegreiflich, daß die Pflanzen auf den Feldern wachsen und Frucht tragen konnten. Aber daß es irgendwie mit dem Regen zusammenhing, wußten die Bauern immerhin. Außerdem glaubten alle, daß der Regen etwas mit Thor zu tun hatte. Das machte ihn zu einem der wichtigsten Götter in Nordeuropa.

Thor war noch aus einem anderen Grunde wichtig, und der hing mit der gesamten Weltordnung zusammen.

Die Wikinger stellten sich die bewohnte Welt als eine Insel vor, die ständig von äußeren Gefahren bedroht ist. Diesen Teil der Welt nannten sie *Midgard*. Das bedeutet: das Reich, das in der Mitte liegt. In Midgard lag außerdem *Åsgard*, die Heimat der Götter. Vor Midgard lag *Utgard*, also das Reich, das außenvor liegt. Hier wohnten die gefährlichen Trolle, die immer wieder versuchten, durch gemeine Tricks die Welt zu vernichten. Wir nennen solche boshaften Monster auch »Chaoskräfte«. In der nordischen Religion und in den meisten anderen Kulturen hatten die Menschen das Gefühl, daß eine prekäre Machtbalance zwischen guten und bösen Kräften bestand.

Eine Möglichkeit der Trolle, Midgard zu zerstören, war, die Fruchtbarkeitsgöttin *Frøya* zu rauben. Wenn ihnen das gelang, wuchs nichts mehr auf den Feldern, und die Frauen bekamen keine Kinder mehr. Deshalb war es so wichtig, daß die guten Götter die Trolle in Schach halten konnten.

Und auch dabei spielte Thor eine wichtige Rolle: Sein Hammer brachte nicht nur Regen, er war auch eine Waffe im Kampf gegen die gefährlichen Kräfte des Chaos. Der Hammer verlieh ihm eine fast unendliche Macht. Er konnte ihn zum Beispiel auf die Trolle werfen und sie damit töten. Er brauchte auch keine Angst zu haben, ihn zu verlieren, denn der Hammer war wie ein Bumerang und kehrte immer zu ihm zurück.

Das war die *mythische* Erklärung dafür, wie die Natur funktioniert und warum immer ein Kampf zwischen Gut und Böse stattfindet.

Aber es ging nicht nur um Erklärungen.

Die Menschen konnten nicht mit den Händen im Schoß dasitzen und abwarten, bis die Götter eingriffen, wenn Unglücksfälle – wie Dürre oder Epidemien – sie bedrohten. Die Menschen mußten selber am Kampf gegen das Böse teilnehmen. Das taten sie durch allerlei religiöse Handlungen oder *Riten*.

Die wichtigste religiöse Handlung im nordischen Altertum war das *Opfer*. Einem Gott zu opfern, bedeutete, seine Macht zu vergrößern. Die Menschen mußten zum Beispiel den Göttern Opfer bringen, damit die stark genug wurden, um die Kräfte des Chaos zu besiegen. Dann wurde dem Gott vielleicht ein Tier geopfert. Thor wurden vermutlich zumeist Ziegenböcke dargebracht. Für *Odin* wurden manchmal auch Menschen geopfert.

Den bekanntesten Mythos in Norwegen kennen wir aus dem Gedicht *Trymskveda*. Hier hören wir, daß Thor schlief, und als er erwachte, war sein Hammer verschwunden. Thor wurde so wütend, daß seine Hände zitterten und sein Bart bebte. Zusammen mit seinem Gefolgsmann *Loke* ging er zu Frøya und wollte ihre Flügel leihen, damit Loke nach Jotunheimen fliegen und herausfinden könnte, ob die Trolle dort Thors Hammer gestohlen hatten. Hier trifft Loke den Trollkönig *Trym*, der auch gleich losprotzt, weil er den Hammer acht Meilen unter dem Erdboden vergraben hat. Und er fügt hinzu: Die Götter bekommen den Hammer erst zurück, wenn Frøya ihn heiratet.

Bist Du noch da, Sofie? Die guten Götter sind plötzlich mit einem unerhörten Geiseldrama konfrontiert. Die Trolle haben jetzt die wichtigste Verteidigungswaffe der Götter in ihrer Gewalt, und das ist einfach eine unmögliche Situation. Solange die Trolle Thors Hammer in der Hand haben, haben sie alle Macht über die Welten von Göttern und Menschen. Im Austausch gegen den Hammer verlangen sie Frøya. Aber dieser Tausch ist nicht möglich: Wenn die Götter die Fruchtbarkeitsgöttin – die alles Leben schützt – hergeben müssen, dann verwelkt das Gras auf den Feldern, und Götter und Menschen müssen sterben. Es gibt also kein Vor und kein Zurück in dieser Situation. Wenn Du Dir eine Terrorgruppe vorstellst, die droht, mitten in London oder Paris eine Atombombe zu zünden, wenn ihre lebensgefährlichen Forderungen nicht erfüllt werden, dann verstehst Du sicher, was ich meine.

Der Mythos erzählt weiter, daß Loke nach Åsgard zurückkehrt. Hier fordert er Frøya auf, sich als Braut zu schmücken, denn jetzt muß sie mit dem Troll verheiratet werden (leider, leider!). Frøya wird wütend und sagt, die Leute würden doch denken, sie sei verrückt nach Männern, wenn sie einen Troll heirate.

Und jetzt kommt dem Gott *Heimdal* eine gute Idee. Er schlägt vor, doch lieber Thor als Braut zu verkleiden. Sie können ihm die

Haare aufstecken und ihm Steine vor die Brust binden, damit er wie eine Frau aussieht. Thor ist natürlich nicht sehr begeistert von dieser Idee, aber schließlich sieht er ein, daß nur so die Götter die Chance haben, den Hammer zurückzuerlangen. Am Ende wird Thor als Braut verkleidet, und Loke begleitet ihn als Brautjungfer. »Und so ziehen wir beiden Frauen zu den Trollen«, sagt Loke.

Wenn wir uns moderner ausdrücken wollen, dann können wir Thor und Loke als »Anti-Terror-Kommando« der Götter bezeichnen. Als Frauen verkleidet, wollen sie sich in die Hochburg der Trolle schleichen und Thors Hammer befreien.

Als sie in Jotunheimen eingetroffen sind, machen die Trolle sofort alles für die Hochzeit bereit. Aber beim Fest ißt die Braut – also Thor – einen ganzen Ochsen und acht Lachse. Er trinkt auch drei Tönnchen Bier, und das wundert Trym. Um ein Haar wäre das verkleidete Anti-Terror-Kommando entlarvt worden. Aber Loke kann sie aus dieser Gefahr erretten. Er erzählt, Frøya habe seit acht Nächten nicht mehr gegessen, weil sie sich so auf Jotunheimen gefreut hat.

Jetzt hebt Trym den Brautschleier, um die Braut zu küssen, fährt aber zurück, als er Thors hartem Blick begegnet. Auch diesmal rettet Loke die Situation. Er erzählt, daß die Braut in ihrer Freude auf die Hochzeit acht Nächte lang nicht geschlafen habe. Nun befiehlt Trym, den Hammer zu holen und der Braut während der Trauung auf den Schoß zu legen.

Als Thor den Hammer auf dem Schoß liegen hatte, lachte er herzlich, heißt es. Erst tötete er damit Trym, dann den ganzen Rest der Jotunheimer Trolle. Und so nahm ein scheußliches Geiseldrama ein glückliches Ende. Noch einmal hatte Thor – der Batman oder James Bond der Götter – die bösen Mächte besiegt.

Soviel zum Mythos, Sofie. Aber was will er uns eigentlich sagen? Er ist wohl kaum nur aus Jux erdichtet worden. Auch dieser Mythos will etwas *erklären*. Das hier ist eine mögliche Deutung:

Wenn Dürre über ein Land kam, brauchten die Menschen eine

Erklärung dafür, warum es nicht regnete. Ob die Trolle vielleicht Thors Hammer gestohlen hatten?

Denkbar ist auch, daß dieser Mythos versucht, den Wechsel der Jahreszeiten zu verstehen: Im Winter ist die Natur tot, weil Thors Hammer in Jotunheimen liegt. Aber im Frühling kann er ihn zurückerobern. So versuchen die Mythen, den Menschen etwas Unbegreifliches zu erklären.

Aber die Menschen beließen es nicht bei den Erklärungen, wie wir hörten. Sie versuchten auch, in das für sie so wichtige Geschehen einzugreifen: eben durch die verschiedenen religiösen Riten, die mit den Mythen zusammenhingen. So können wir uns vorstellen, daß die Menschen bei Dürre oder einer Mißernte ein Drama über den Inhalt des Mythos aufführten. Vielleicht wurde ein Mann aus dem Dorf als Braut verkleidet – mit Steinen als Busen –, um den Trollen den Hammer wieder zu stehlen. So konnten die Menschen etwas dafür tun, daß der Regen kam und das Korn auf den Feldern keimte.

Wie immer es genau gewesen sein mag, fest steht, daß wir viele Beispiele aus anderen Weltteilen dafür haben, daß die Menschen einen »Jahreszeitenmythos« dramatisieren, um die Naturprozesse zu beschleunigen.

Wir haben nur einen kurzen Blick in die nordische Mythenwelt geworfen. Es gab unzählige andere Mythen über *Thor* und *Odin*, *Frøy* und *Frøya*, *Hod* und *Balder* – und über viele, viele andere Gottheiten. Solche mythischen Vorstellungen gab es auf der ganzen Welt, ehe die Philosophen anfingen, darin herumzustochern. Denn auch die Griechen hatten ein mythisches Weltbild, als die ersten Philosophien entstanden. Jahrhundertelang hatte eine Generation der nächsten von den Göttern erzählt. In Griechenland hießen die Gottheiten *Zeus* und *Apollon*, *Hera* und *Athene*, *Dionysos* und *Asklepios*, *Herakles* und *Hephaistos*. Um nur einige wenige zu nennen.

Gegen das Jahr 700 vor Christus schrieben *Homer* und *Hesiod* große Teile des griechischen Mythenschatzes auf. Das ergab eine völlig neue Situation. Kaum waren die Mythen aufgeschrieben, konnte man nämlich darüber diskutieren.

Die ersten griechischen Philosophen kritisierten Homers Götterlehre, weil die Götter ihnen darin zuviel Ähnlichkeit mit den Menschen hatten. Tatsächlich waren sie genauso egoistisch und unzuverlässig wie wir. Zum ersten Mal in der Menschheitsgeschichte wurde ausgesprochen, daß Mythen vielleicht nichts anderes sein könnten als menschliche Vorstellungen.

Ein Beispiel für diese Mythenkritik finden wir bei dem Philosophen *Xenophanes*, der gegen 570 v. Chr. geboren wurde. Die Menschen, meinte er, hätten sich die Götter nach ihrem eigenen Bild erschaffen: »Doch die Sterblichen wähnen, die Götter würden geboren und hätten Gewand, Stimme und Gestalt ähnlich wie sie selber ... Die Äthiopen stellen sich ihre Götter schwarz und stumpfnasig vor, die Thraker dagegen blauäugig und rothaarig ... Wenn Kühe, Pferde oder Löwen Hände hätten und damit malen und Werke wie die Menschen schaffen könnten, dann würden die Pferde pferde-, die Kühe kuhähnliche Götterbilder malen und solche Gestalten schaffen, wie sie selber haben.«

In dieser Epoche gründeten die Griechen viele Stadtstaaten in Griechenland und in ihren Kolonien in Süditalien und Kleinasien. Hier verrichteten die Sklaven alle körperliche Arbeit, und die freien Bürger konnten sich der Politik und der Kultur widmen. Unter diesen Lebensbedingungen machte das Denken der Menschen einen Sprung: Ein einzelnes Individuum konnte nun auf eigene Faust die Frage stellen, wie die Gesellschaft organisiert werden sollte. Auf diese Weise konnte das einzelne Individuum auch philosophische Fragen stellen, ohne auf die überlieferten Mythen zurückgreifen zu müssen.

Wir sagen, es habe damals eine Entwicklung von einer mythischen Denkweise zu einem Denken hin stattgefunden, das auf Erfahrung und Vernunft aufbaute. Das Ziel der ersten griechischen Philosophen war es, *natürliche Erklärungen* für die Naturprozesse zu finden.

Sofie wanderte durch den großen Garten. Sie versuchte, alles zu vergessen, was sie in der Schule gelernt hatte. Vor allem war es wichtig, das zu vergessen, was sie in den Naturkundebüchern gelesen hatte.

Wenn sie in diesem Garten aufgewachsen wäre, ohne sonst irgend etwas über die Natur zu wissen, wie würde sie dann den Frühling erleben?

Würde sie sich eine Art Erklärung dafür ausdenken, warum es eines Tages plötzlich zu regnen anfängt? Würde sie sich eine Art Verständnis dafür zusammenphantasieren, warum der Schnee verschwindet und die Sonne am Himmel aufsteigt?

Doch, da war sie sich ganz sicher, und sofort fing sie an zu dichten:

Der Winter hatte das Land mit eisigem Griff gepackt, weil der böse Muriat die schöne Prinzessin Sikita in einem kalten Kerker gefangenhielt. Aber eines Morgens kam der tapfere Prinz Bravato und befreite sie. Sikita war so froh, daß sie anfing, über die Wiesen zu tanzen, während sie ein Lied sang, das sie im kalten Kerker gedichtet hatte. Jetzt waren Erde und Bäume so gerührt, daß aller Schnee sich in Tränen verwandelte. Aber auch die Sonne erschien am Himmel und trocknete alle Tränen. Die Vögel übernahmen Sikitas Lied, und als die schöne Prinzessin ihre goldenen Haare löste, fielen einige Locken zu Boden, wo sie zu den Lilien auf dem Felde wurden...

Sofie fand, sie habe eine schöne Geschichte gedichtet. Wenn sie keine andere Erklärung für den Wechsel der Jahreszeiten gehabt hätte, hätte sie sicher an ihre Dichtung geglaubt.

Sie begriff, daß die Menschen immer ein Bedürfnis nach Erklärungen für die Naturprozesse gehabt hatten. Vielleicht konnten die Menschen ohne solche Erklärungen nicht leben. Und deshalb hatten sie damals, als es noch keine Wissenschaft gab, die Mythen ersonnen.

Die Naturphilosophen

... von nichts kann nichts kommen...

Als ihre Mutter an diesem Nachmittag von der Arbeit kam, saß Sofie auf der Hollywoodschaukel und fragte sich, welcher Zusammenhang wohl zwischen dem Philosophiekurs und Hilde Møller Knag, die nun keine Geburtstagskarte von ihrem Vater bekommen würde, bestehen könnte.

»Sofie!« rief die Mutter schon von weitem. »Hier ist ein Brief für dich!«

Sofie fuhr zusammen. Sie hatte die Post doch selber hereingeholt, also mußte der Brief vom Philosophen stammen. Was sollte sie ihrer Mutter sagen?

Langsam erhob sie sich aus der Hollywoodschaukel und ging ihrer Mutter entgegen.

»Er hat keine Briefmarke. Wahrscheinlich ein Liebesbrief.«

Sofie nahm ihn.

»Willst du ihn nicht aufmachen?«

Was sollte sie sagen?

»Hast du schon mal von Leuten gehört, die Liebesbriefe aufmachen, wenn ihre Mutter ihnen über die Schulter glotzt?«

Lieber sollte die Mutter wirklich glauben, daß es ein Liebesbrief war. Das war zwar schrecklich peinlich, denn Sofie war wohl noch ganz schön jung für Liebesbriefe, aber es wäre irgendwie noch peinlicher, wenn herauskäme, daß sie von einem wildfremden Philosophen, der zu allem Überfluß auch noch Katz und Maus mit ihr spielte, einen kompletten Fernkurs erhielt.

Es war einer der kleinen weißen Briefumschläge. Als Sofie auf ihrem Zimmer war, las sie die drei Fragen auf dem Zettel, den der Umschlag enthielt:

Gibt es einen Urstoff, aus dem alles gemacht ist?
Kann Wasser zu Wein werden?
Wie können Erde und Wasser zu einem lebendigen Frosch werden?

Sofie fand diese Fragen ganz schön verrückt, aber sie wirbelten ihr doch den ganzen Abend im Kopf herum. Auch am nächsten Morgen in der Schule nahm sie sich in Gedanken die drei Fragen der Reihe nach vor.

Ob es einen »Urstoff« gab, aus dem alles gemacht war? Aber wenn es irgendeinen »Stoff« gab, aus dem alles auf der ganzen Welt hergestellt war, wie konnte sich dieser Stoff dann plötzlich in eine Butterblume oder vielleicht auch in einen Elefanten verwandeln?

Ähnlich war es mit der Frage, ob Wasser zu Wein werden könne. Sofie hatte ja gehört, daß Jesus Wasser in Wein verwandelt habe, aber diese Geschichte hatte sie nicht buchstäblich aufgefaßt. Und wenn Jesus wirklich Wasser in Wein verwandelt hatte, dann war das ein Wunder und damit etwas, das eigentlich nicht möglich war. Sofie war sich darüber im klaren, daß es im Wein und überhaupt fast überall in der Natur sehr viel Wasser gab. Aber auch wenn eine Gurke zu 95 Prozent aus Wasser bestand, so gehörte doch noch etwas anderes dazu, um eine Gurke eine Gurke sein zu lassen, und nicht bloß Wasser.

Und dann war da noch die Sache mit dem Frosch. Ihr Philosophielehrer hatte es überhaupt auffällig mit Fröschen. Sofie konnte eventuell hinnehmen, daß ein Frosch aus Erde und Wasser bestand, aber dann konnte die Erde nicht nur aus einem Stoff gemacht sein. Wenn die Erde aus vielen verschiedenen Stoffen bestand, war es natürlich vorstellbar, daß Erde und Wasser zusammen einen Frosch ergaben. Wenn Erde und Wasser den Umweg über Froschlaich und Kaulquappen machten, wohlgemerkt. Denn ein Frosch konnte nicht einfach in einem Küchengarten wachsen, auch wenn man sehr gewissenhaft goß.

Als sie an diesem Nachmittag aus der Schule nach Hause kam, lag ein dicker Brief an sie im Briefkasten. Sofie ging in die Höhle, wie sie das auch an den anderen Tagen gemacht hatte.

Das Projekt der Philosophen

Da bist Du wieder! Wir machen uns am besten gleich an die heutige Lektion, ohne den Umweg über weiße Kaninchen oder ähnliches.

Ich werde Dir in groben Zügen erzählen, wie die Menschen von der Antike bis heute über philosophische Fragen gedacht haben. Alles schön der Reihe nach.

Da die meisten Philosophen in einer anderen Zeit lebten – und vielleicht auch in einer ganz anderen Kultur als wir –, lohnt es sich oft, sich nach dem *Projekt* des jeweiligen Philosophen zu fragen. Damit meine ich, daß wir versuchen müssen, zu erfassen, was gerade diesen Philosophen besonders beschäftigt hat. Ein Philosoph kann sich fragen, wie Pflanzen und Tiere entstanden sind. Ein anderer kann herausfinden wollen, ob es einen Gott gibt, oder ob die Menschen eine unsterbliche Seele haben.

Wenn wir erst einmal festgestellt haben, was das Projekt eines bestimmten Philosophen ist, können wir seinem Denken leichter folgen. Denn kaum ein Philosoph beschäftigt sich mit allen philosophischen Fragen.

Jetzt habe ich von »seinem« Denken gesprochen – in bezug auf den Philosophen, meine ich. Denn auch die Geschichte der Philosophie ist von Männern geprägt. Und zwar, weil die Frau sowohl als Geschlecht wie auch als denkendes Wesen die ganze Menschheitsgeschichte hindurch unterdrückt war. Das ist schlimm, denn auf diese Weise sind viele wichtige Erfahrungen verloren gegangen. Erst in unserem Jahrhundert treten die Frauen wirklich in die Geschichte der Philosophie ein.

Ich werde Dir keine Hausaufgaben aufgeben – jedenfalls

keine komplizierten Mathe-Aufgaben. Aber ab und zu werde ich Dir eine kleine Übungsaufgabe stellen.

Wenn Du diese Bedingungen akzeptierst, kann's losgehn.

Die Naturphilosophen

Die ersten griechischen Philosophen werden oft als »Naturphilosophen« bezeichnet, weil sie sich vor allem für die Natur und Naturprozesse interessierten.

Wir haben uns schon gefragt, woher alles stammt. Viele Menschen heutzutage glauben mehr oder weniger, daß alles irgendwann aus nichts entstanden sein muß. Dieser Gedanke war bei den Griechen nicht sehr verbreitet. Aus irgendeinem Grunde gingen sie davon aus, daß es »etwas« immer gegeben hatte.

Wie alles aus nichts entstehen konnte, war also nicht die große Frage. Statt dessen wunderten die Griechen sich darüber, wie Wasser zu lebendigen Fischen und leblose Erde zu hohen Bäumen oder farbenprächtigen Blumen werden konnte. Ganz zu schweigen davon, wie ein kleines Kind im Mutterleib entstehen kann!

Die Philosophen sahen mit eigenen Augen, wie in der Natur ständig *Veränderungen* stattfinden. Aber wie waren solche Veränderungen möglich? Wie konnte etwas aus einem Stoff in etwas ganz anderes übergehen – in lebendiges Leben, zum Beispiel?

Gemeinsam war den ersten Philosophen, daß sie glaubten, ein bestimmter *Urstoff* stecke hinter allen Veränderungen. Wie sie auf diesen Gedanken gekommen waren, läßt sich nicht so leicht sagen. Wir wissen nur, daß er aus einer Vorstellung erwuchs, daß es einen Urstoff geben mußte, der hinter allen Veränderungen in der Natur gewissermaßen auf der Lauer lag.

Das Interessanteste für uns ist nicht, welche Antworten diese ersten Philosophen fanden. Das Interessante ist, welche Fragen sie stellten und nach welcher Art von Antworten sie suchten. Für uns ist wichtiger, *wie* sie gedacht, als *was* sie nun genau gedacht haben.

Wir können feststellen, daß sie nach sichtbaren Veränderungen in der Natur fragten. Sie versuchten, einige ewige Naturgesetze herauszufinden. Sie wollten die Ereignisse in der Natur verstehen, ohne auf die überlieferten Mythen zurückzugreifen. Vor allem versuchten sie, die Naturprozesse durch die Beobachtung der Natur selber zu verstehen. Das ist etwas ganz anderes, als Blitz und Donner, Winter und Frühling durch den Hinweis auf Ereignisse in der Götterwelt zu erklären.

Auf diese Weise befreite die Philosophie sich von der Religion. Wir können sagen, daß die Naturphilosophen die ersten Schritte in Richtung einer *wissenschaftlichen* Denkweise machten. Damit gaben sie den Anstoß zu aller späteren Naturwissenschaft.

Das allermeiste, was die Naturphilosophen gesagt und geschrieben haben, ist für die Nachwelt verlorengegangen. Das meiste von dem wenigen, was wir wissen, finden wir in den Schriften des *Aristoteles*, der zweihundert Jahre nach den ersten Philosophen lebte. Aristoteles faßt aber nur die Ergebnisse zusammen, zu denen die Philosophen vor ihm gekommen waren. Das bedeutet, daß wir nicht immer wissen können, wie sie zu ihren Schlußfolgerungen gelangten. Aber wir wissen genug, um behaupten zu können, daß das Projekt der ersten griechischen Philosophen Fragen waren, die mit dem Urstoff in den Veränderungen in der Natur zusammenhingen.

Drei Philosophen aus Milet

Der erste Philosoph, von dem wir hören, ist *Thales* aus der griechischen Kolonie Milet in Kleinasien. Er war viel auf Reisen. Es heißt unter anderem, daß er einmal die Höhe einer Pyramide in Ägypten dadurch gemessen habe, daß er den Schatten der Pyramide in dem Moment maß, als sein eigener Schatten genauso lang war wie er selber. Er soll außerdem im Jahre 585 v. Chr. eine Sonnenfinsternis berechnet haben.

Thales hielt das *Wasser* für den Ursprung aller Dinge. Wie er das genau meinte, wissen wir nicht. Vielleicht meinte er, daß alles Leben im Wasser entsteht – und daß alles Leben wieder zu Wasser wird, wenn es in Auflösung übergeht.

Als er in Ägypten war, hat er sicher gesehen, wie fruchtbar die Felder waren, wenn der Nil sich nach Überschwemmungen im Nildelta wieder zurückzog. Vielleicht hat er auch gesehen, wie Frösche und Würmer zum Vorschein kamen, wenn es geregnet hatte.

Außerdem ist es wahrscheinlich, daß Thales sich gefragt hat, wie Wasser zu Eis und Dampf werden kann – um dann wieder zu Wasser zu werden.

Thales soll schließlich gesagt haben, daß alles »voll von Göttern« sei. Auch hier können wir nur raten, was er damit gemeint hat. Vielleicht hat er sich überlegt, die schwarze Erde könnte Ursprung von allem, von Blumen und Korn bis zu Bienen und Kakerlaken sein. Und dann stellte er sich die Erde voller kleiner, unsichtbarer »Lebenskeime« vor. Fest steht jedenfalls, daß er dabei nicht an Homers Götter dachte.

Der nächste Philosoph, von dem wir hören, ist *Anaximander*, der ebenfalls in Milet lebte. Er meinte, daß unsere Welt nur eine von vielen ist, die aus etwas entstehen und in etwas vergehen, das er *das Unendliche* nannte. Es ist schwer zu sagen, was er mit dem Unendlichen gemeint hat, aber fest steht, daß er sich nicht, wie Thales, einen ganz bestimmten Stoff vorgestellt hat. Vielleicht meinte er, daß das, aus dem alles geschaffen ist, ganz anders sein muß als das Geschaffene. Und weil alles Geschaffene endlich ist, muß das, was davor ist und danach, eben unendlich sein. Daß der Urstoff dann kein ganz normales Wasser sein kann, ist klar.

Ein dritter Philosoph aus Milet war *Anaximenes* (ca. 570–526 v. Chr.). Er hielt die *Luft* oder den *Lufthauch* für den Urstoff aller Dinge.

Anaximenes kannte natürlich die Wasserlehre des Thales. Aber woher kommt das Wasser? Anaximenes hielt Wasser für verdichtete Luft. Wir sehen ja, daß beim Regen Wasser aus der Luft gepreßt wird. Wenn das Wasser noch mehr zusammengepreßt wird, wird es zu Erde, meinte er. Vielleicht hatte er gesehen, wie Sand aus schmelzendem Eis gepreßt wurde. Gleichzeitig hielt er Feuer für verdünnte Luft. Nach Anaximenes' Ansicht entstanden also Erde, Wasser und Feuer aus der Luft.

Der Weg von Erde und Wasser zu den Gewächsen auf dem Feld ist nicht sehr weit. Vielleicht glaubte Anaximenes, daß Erde, Luft, Feuer und Wasser vorhanden sein mußten, damit Leben entstehen konnte. Aber der eigentliche Ausgangspunkt war Luft. Er teilte also die Auffassung des Thales, daß ein Urstoff allen Veränderungen in der Natur zugrunde liegen muß.

Aus nichts kann nichts werden

Alle drei Philosophen aus Milet glaubten an einen – und nur einen – Urstoff, aus dem alles andere gemacht war. Aber wie konnte sich ein Stoff plötzlich verändern und zu etwas ganz anderem werden? Dieses Problem können wir als das *Problem der Veränderung* bezeichnen.

Von etwa 500 v. Chr. an lebten in der griechischen Kolonie Elea in Süditalien einige Philosophen, und diese »Eleaten« befaßten sich mit solchen Fragen. Der bekannteste unter ihnen war *Parmenides* (ca. 540–480 v. Chr.).

Parmenides glaubte, daß alles, was es gibt, immer schon existiert hat. Das war bei den Griechen ein verbreiteter Gedanke. Sie nahmen es fast als selbstverständlich hin, daß alles, was es auf der Welt gibt, immer schon dagewesen ist. Aus nichts kann nichts werden, meinte Parmenides. Und nichts, was existiert, kann zu nichts werden.

Aber Parmenides ging weiter als die meisten anderen. Er hielt überhaupt keine wirkliche Veränderung für möglich. Nichts kann etwas anderes werden als das, was es eben ist.

Parmenides war sich natürlich darüber im klaren, daß in der Natur dauernd Veränderungen stattfinden. Mit den *Sinnen* registrierte er, wie sich die Dinge veränderten. Aber er konnte das nicht mit dem in Übereinstimmung bringen, was die *Vernunft* ihm erzählte. Wenn er aber zu einer Entscheidung gezwungen war, ob er den Sinnen oder der Vernunft vertrauen sollte, dann entschied er sich für die Vernunft.

Wir kennen den Satz: »Das glaube ich erst, wenn ich es sehe.« Aber Parmenides glaubte es auch dann nicht. Er meinte, die Sinne vermittelten uns ein falsches Bild der Welt, ein Bild, das nicht mit dem übereinstimmt, was die Vernunft den Menschen sagt. Als Philosoph betrachtete er es als seine Aufgabe, alle Formen von »Sinnestäuschungen« zu entlarven.

Dieser starke Glaube an die menschliche Vernunft wird als *Rationalismus* bezeichnet. Ein Rationalist ist ein Mensch, der großes Vertrauen zur menschlichen Vernunft als Quelle unseres Wissens über die Welt hat.

Alles fließt

Zur gleichen Zeit wie Parmenides lebte *Heraklit* (ca. 540–480 v. Chr.) aus Ephesos in Kleinasien. Er hielt nun gerade die dauernden Veränderungen für den grundlegendsten Charakterzug der Natur. Wir können vielleicht sagen, daß Heraklit mehr als Parmenides darauf vertraute, was die Sinne ihm sagten.

»Alles fließt«, meinte Heraklit. Alles ist in Bewegung, und nichts währt ewig. Deshalb können wir »nicht zweimal in denselben Fluß steigen«. Denn wenn ich zum zweiten Mal in den Fluß steige, haben sowohl ich als auch der Fluß uns verändert.

Heraklit wies ebenfalls darauf hin, daß die Welt von dauernden Gegensätzen geprägt ist. Wenn wir niemals krank wären, würden wir nicht begreifen, was Gesundheit bedeutet. Wenn wir niemals hungrig wären, hätten wir keine Freude am Sattsein. Wenn niemals Krieg wäre, wüßten wir den Frieden nicht zu schätzen, und wenn niemals Winter wäre, könnten wir nicht sehen, daß der Frühling kommt.

Sowohl Gut als auch Böse haben einen notwendigen Platz in der Ganzheit, meinte Heraklit. Ohne das dauernde Spiel zwischen Gegensätzen würde die Welt aufhören.

»Gott ist Tag und Nacht, Winter und Sommer, Krieg und Frieden, Sättigung und Hunger«, sagte er. Er verwendet hier das Wort »Gott«, aber natürlich meint er damit nicht die Götter, von denen die Mythen berichten. Für Heraklit ist Gott – oder das Göttliche – etwas, das die ganze Welt umfaßt. Ja, Gott zeigt sich für ihn gerade in der sich dauernd verändernden und widerspruchsvollen Natur.

Anstelle des Wortes »Gott« benutzt er oft das griechische Wort »logos«. Es bedeutet Vernunft. Auch wenn wir Menschen nicht immer gleich denken oder dieselbe Vernunft haben, meinte Heraklit, es müsse eine Art »Weltvernunft« geben, die alle Ereignisse in der Natur lenkt. Diese Weltvernunft – oder das »Weltgesetz« – ist allen gemeinsam, und alle Menschen müssen sich danach richten. Dennoch leben die meisten nach ihrer eigenen privaten Vernunft, meinte Heraklit. Er hielt überhaupt nicht allzuviel von seinen Mitmenschen. Die Ansichten der meisten Menschen waren ihm »Spiele von Kindern«.

In allen Veränderungen und Gegensätzen der Natur sah Heraklit also eine Einheit oder Ganzheit. Dieses »Etwas«, das allem zugrunde liegt, nannte er »Gott« oder »Logos«.

Vier Grundstoffe

Parmenides und Heraklit waren in gewisser Hinsicht totale Gegensätze. Die *Vernunft* des Parmenides stellte klar, daß sich nichts ändern kann. Aber die *Sinneserfahrungen* des Heraklit stellten ebenso klar, daß in der Natur dauernd Veränderungen stattfinden. Wer von beiden hatte recht? Sollen wir uns auf das verlassen, was die *Vernunft* uns erzählt, oder sollen wir den *Sinnen* vertrauen?

Sowohl Parmenides als auch Heraklit machen zwei Aussagen:

Parmenides sagt:

a) daß sich nichts verändern kann

und

b) daß die Sinneseindrücke deshalb unzuverlässig sein müssen.

Heraklit dagegen sagt:

a) daß sich alles verändert (»Alles fließt«)

und

b) daß die Sinneseindrücke zuverlässig sind.

Größere Uneinigkeit kann doch zwischen Philosophen kaum herrschen! Aber wer von beiden hatte recht? Schließlich sollte *Empedokles* (ca. 494–434 v. Chr.) den Weg aus dem Netz finden, in dem die Philosophie sich verheddert hatte. Er meinte, daß sowohl Parmenides als auch Heraklit mit einer Behauptung recht hätten, sich in einem anderen Punkt aber auch beide irrten.

Für Empedokles beruhte die große Uneinigkeit darauf, daß die Philosophen fast selbstverständlich davon ausgegangen waren, daß es nur *einen* Grundstoff gäbe. Wenn das stimmte, dann wäre der Abgrund zwischen dem, was die Vernunft sagt, und dem, was wir mit unseren Sinnen wahrnehmen, unüberbrückbar.

Wasser kann natürlich nicht zu einem Fisch oder zu einem Schmetterling werden. Das Wasser kann sich überhaupt nicht verändern. Sauberes Wasser bleibt bis in alle Ewigkeit sauberes Wasser. Also hatte Parmenides damit recht, daß nichts sich verändert. Gleichzeitig stimmte Empedokles Heraklit darin zu, daß wir dem vertrauen müssen, was unsere Sinne uns erzählen. Wir müssen glauben, was wir sehen, und wir sehen nun einmal dauernde Veränderungen in der Natur.

Empedokles kam zu der Erkenntnis, daß die Vorstellung des einen, einzigen Urstoffes verworfen werden mußte. Weder Wasser noch Luft können sich *allein* in einen Rosenbusch oder einen Schmetterling verwandeln. Die Natur kann also unmöglich mit nur einem Grundstoff auskommen.

Empedokles glaubte, die Natur habe insgesamt vier Urstoffe oder »Wurzeln«, wie er das nannte. Diese vier Wurzeln nannte er *Erde, Luft, Feuer* und *Wasser.*

Alle Veränderungen in der Natur ergeben sich dadurch, daß die vier Stoffe sich mischen und wieder voneinander trennen. Denn alles besteht aus Erde, Luft, Feuer und Wasser, nur eben in unterschiedlichen Mischungsverhältnissen. Wenn eine Blume oder ein Tier stirbt, trennen die vier Stoffe sich wieder voneinander. Diese Veränderung können wir mit bloßem Auge wahrnehmen. Aber Erde und Luft, Feuer und Wasser bleiben ganz unverändert oder unberührt von allen Mischungen, in die sie eingehen. Es stimmt also nicht, daß »alles« sich verändert. Im Grunde verändert sich gar nichts. Was geschieht, ist einfach nur, daß sich vier verschiedene Stoffe mischen und wieder trennen – um sich dann wieder zu mischen.

Wir können das vielleicht mit einem Kunstmaler vergleichen. Wenn er nur eine Farbe hat – Rot zum Beispiel –, kann er keine grünen Bäume malen. Aber wenn er Gelb, Rot, Blau und Schwarz hat, kann er viele Hunderte von verschiedenen Farben malen, weil er die Farben in verschiedenen Verhältnissen mischt.

Ein Beispiel aus der Küche zeigt uns dasselbe. Wenn ich nur Mehl habe, müßte ich ein Zauberer sein, um daraus einen Kuchen zu backen. Aber wenn ich Eier und Mehl, Milch und Zucker habe – dann kann ich aus den vier Rohstoffen viele verschiedene Kuchen herstellen.

Es war kein Zufall, daß Empedokles gerade Erde, Luft, Feuer und Wasser für die Wurzeln der Natur hielt. Vor ihm hatten andere Philosophen den Beweis versucht, daß der Urstoff entweder Wasser, Luft oder Feuer sein mußte. Daß Wasser und Luft wichtige Elemente in der Natur sind, hatten Thales und Anaximenes betont. Die Griechen hielten auch das Feuer für wichtig. Sie sahen zum Beispiel die Bedeutung der Sonne für alles Leben in der Natur, und natürlich kannten sie die Körperwärme von Menschen und Tieren.

Vielleicht hat Empedokles ein Stück Holz verbrennen sehen. Und dabei geht ja gerade etwas in Auflösung über. Wir hören es im Holz knistern und blubbern. Das ist das Wasser. Etwas wird zu Rauch. Das ist die Luft. Das Feuer sehen wir ja. Und wenn die Flammen verlöschen, bleibt etwas liegen. Das ist die Asche – oder die Erde.

Nachdem Empedokles aufgezeigt hat, daß die Veränderungen der Natur dadurch entstehen, daß sich die vier Wurzeln vermischen und wieder trennen, bleibt noch immer eine Frage offen: Was ist die Ursache dafür, daß die Stoffe sich zusammenfügen, damit neues Leben entsteht? Und was sorgt dafür, daß die »Mischung«, eine Blume zum Beispiel, sich wieder auflöst?

Empedokles meinte, daß in der Natur zwei verschiedene *Kräfte* wirken müssen. Diese Kräfte nannte er *Liebe* und *Streit*. Was die Dinge verbindet, ist die Liebe, was sie auflöst, der Streit.

Empedokles unterscheidet also zwischen *Stoff* und *Kraft*. Es lohnt sich, wenn wir uns das merken. Noch heute unterscheidet die Wissenschaft *Grundstoffe* und *Naturkräfte*. Die moderne Wissenschaft glaubt, alle Naturprozesse als Zusammenspiel zwischen den verschiedenen Grundstoffen und einigen wenigen Naturkräften erklären zu können.

Empedokles hat sich auch der Frage zugewandt, was passiert, wenn wir etwas empfinden. Wie kann ich zum Beispiel eine Blume »sehen«? Was geht dabei vor sich? Hast Du Dir das schon einmal überlegt, Sofie? Wenn nicht, dann hast Du jetzt die Gelegenheit dazu.

Empedokles glaubte, daß unsere Augen wie alles andere in der Natur aus Erde, Luft, Feuer und Wasser bestehen. Also erfaßt die Erde in meinem Auge das, was von dem Gesehenen aus Erde besteht, die Luft erfaßt das, was aus Luft ist, das Feuer in den Augen erfaßt das, was aus Feuer ist, und das Wasser das, was aus Wasser ist. Wenn dem Auge einer dieser Stoffe fehlte, könnte ich auch nicht die ganze Natur sehen.

Etwas von allem in allem

Ein anderer Philosoph, der sich nicht damit zufriedengeben wollte, daß ein bestimmter Urstoff – Wasser zum Beispiel – zu allem, was wir in der Natur sehen, umgeformt werden kann, war *Anaxagoras* (500–428 v. Chr.). Er akzeptierte auch nicht die Vorstellung, daß Erde, Luft, Feuer oder Wasser zu Blut oder Knochen, Haut oder Haaren werden.

Anaxagoras meinte, die Natur sei aus vielen winzigen Teilen zusammengesetzt, die mit dem Auge nicht wahrgenommen werden können. Alles läßt sich in noch kleinere Teile teilen, aber selbst in den kleinsten Teilen steckt etwas von allem. Wenn Haut und Haare nicht aus etwas anderem entstehen können, dann muß es auch in der Milch, die wir trinken, und in den Speisen, die wir essen, Haut und Haare geben, meinte er.

Zwei moderne Beispiele weisen vielleicht auf das hin, was Anaxagoras sich vorgestellt hat. Mit der heutigen Lasertechnik können wir sogenannte »Hologramme« erstellen. Wenn ein Hologramm zum Beispiel ein Auto darstellt, und dieses Hologramm dann zerstört wird, werden wir immer noch das Bild des ganzen Autos sehen, selbst wenn wir nur noch das Hologrammstück haben, das vorher den Stoßdämpfer zeigte. Das liegt daran, daß das ganze Motiv in jedem winzigsten Teilchen vorkommt.

Im Grunde ist auch unser Körper so aufgebaut. Wenn ich eine Hautzelle von meinem Finger abkratze, enthält der Zellkern nicht nur die Beschreibung meiner Haut. In derselben Zelle liegt auch die Beschreibung meiner Augen, meiner Haarfarbe, von Anzahl und Aussehen meiner Finger und so weiter. In jeder einzelnen Körperzelle gibt es eine ausführliche Beschreibung des

Aufbaus aller anderen Zellen in meinem Körper. In jeder einzelnen Zelle gibt es also »etwas von allem«. Die Ganzheit findet sich im kleinsten Teilchen.

Anaxagoras nannte diese kleinsten Teilchen, die etwas von allem in sich tragen, »Samen« oder »Keime«.

Wir erinnern uns, daß Empedokles meinte, die Liebe füge die Teile zu ganzen Körpern zusammen. Auch Anaxagoras stellte sich eine Art Kraft vor, die sozusagen für Ordnung sorgt und Menschen, Tiere, Blumen und Bäume schafft. Diese Kraft nannte er *Geist*.

Anaxagoras ist außerdem interessant, weil er der erste Philosoph in Athen war, von dessen Leben uns etwas bekannt ist. Er kam aus Kleinasien, zog aber mit etwa vierzig Jahren nach Athen. Hier wurde er wegen Gottlosigkeit angeklagt und mußte die Stadt wieder verlassen. Unter anderem hatte er behauptet, die Sonne sei kein Gott, sondern eine glühende Masse, größer als die Halbinsel Peloponnes.

Anaxagoras interessierte sich überhaupt sehr für Astronomie. Er glaubte, alle Himmelskörper seien aus demselben Stoff gemacht wie die Erde. Diese Überzeugung kam ihm, nachdem er einen Meteoriten untersucht hatte. Deshalb sei es auch vorstellbar, daß auf anderen Planeten Menschen wohnten, meinte er. Er erklärte außerdem, daß der Mond nicht von selber leuchte, sondern sein Licht von der Erde übernehme. Und schließlich erklärte er die Entstehung von Sonnenfinsternissen.

PS. Danke für die Aufmerksamkeit, Sofie. Vielleicht mußt Du dieses Kapitel zwei-, dreimal lesen, ehe Du alles verstehst. Aber Verständnis kostet einen kleinen eigenen Einsatz. Du würdest eine Freundin, die alles mögliche kann, wohl kaum bewundern, wenn diese Fähigkeiten sie nicht etwas gekostet hätten.

Die allerbeste Antwort auf die Frage nach dem Urstoff und den Veränderungen in der Natur muß bis morgen warten. Dann wirst Du Demokrit kennenlernen. Mehr verrate ich nicht!

Sofie saß in der Höhle und spinxte ins Freie. Sie mußte versuchen, nach allem, was sie gelesen hatte, Ordnung in ihre Gedanken zu bringen.

Natürlich war es sonnenklar, daß normales Wasser zu nichts anderem werden konnte als zu Eis oder Dampf. Wasser konnte nicht einmal zu einer Wassermelone werden, denn sogar eine Wassermelone bestand noch aus anderem als nur Wasser. Aber wenn sie sich da so sicher sein konnte, dann nur, weil sie das gelernt hatte. Könnte sie sich zum Beispiel so absolut sicher sein, daß Eis nur aus Wasser bestand, wenn sie das nicht gelernt hätte? Dann hätte sie jedenfalls sehr genau beobachten müssen, wie Wasser zu Eis gefror und wie das Eis dann schmolz.

Wieder versuchte Sofie, selbst zu denken und nicht das anzuwenden, was sie von anderen gelernt hatte.

Parmenides hatte sich geweigert, alle Formen der Veränderung zu akzeptieren. Und je mehr sie sich das überlegte, um so überzeugter war sie, daß er in gewisser Hinsicht recht gehabt hatte. Seine Vernunft konnte nicht akzeptieren, daß »etwas« plötzlich zu »etwas ganz anderem« wurde. Es war ganz schön mutig von ihm gewesen, das zu sagen, denn dabei hatte er ja gleichzeitig alle Veränderungen in der Natur leugnen müssen, die jeder Mensch beobachten konnte. Sicher hatten viele ihn ausgelacht.

Auch Empedokles hatte seine Vernunft ganz schön gut im Griff gehabt, als er erklärt hatte, daß die Welt notwendigerweise aus mehr als nur einem Urstoff bestehen mußte. Auf diese Weise wurden alle Wechsel in der Natur möglich, ohne daß sich wirklich etwas änderte.

Das hatte der alte griechische Philosoph durch einfache Vernunftanwendung herausgefunden. Er hatte natürlich die Natur beobachtet, aber er hatte keine Möglichkeit gehabt, chemische Analysen anzustellen, so wie die heutige Wissenschaft.

Sofie wußte nicht, ob sie besonders überzeugt davon war, daß alles aus Erde, Luft, Feuer und Wasser bestand. Aber was spielte das für eine Rolle? Im Prinzip mußte Empedokles recht haben.

Unsere einzige Möglichkeit, alle Veränderungen zu akzeptieren, die unsere Augen sehen, ohne gleichzeitig den Verstand zu verlieren, ist die Vorstellung von mehr als nur einem Urstoff.

Sofie fand die Philosophie besonders spannend, weil sie allen Überlegungen mit ihrem eigenen Verstand folgen konnte – ohne sich an alles erinnern zu müssen, was sie in der Schule gelernt hatte. Sie stellte fest, daß man Philosophie im Grunde nicht lernen kann, aber vielleicht, dachte sie, kann man lernen, philosophisch zu *denken*.

Demokrit

... das genialste Spielzeug der Welt ...

Sofie schloß die Kuchendose mit den vielen mit Maschine beschriebenen Briefbögen des unbekannten Philosophielehrers. Sie schlich sich aus der Höhle, blieb draußen eine Weile stehen und betrachtete den Garten. Plötzlich fiel ihr ein, was am Vortag passiert war. Die Mutter hatte sie auch am Frühstückstisch mit »diesen Liebesbriefen« aufgezogen. Jetzt rannte Sofie zum Briefkasten, damit sich das ja nicht wiederholte. Zwei Tage hintereinander einen Liebesbrief zu bekommen, ist genau doppelt so peinlich wie ein einziger.

Da lag wieder ein kleiner weißer Briefumschlag! Sofie sah jetzt langsam ein System in der Korrespondenz: Jeden Nachmittag hatte sie einen großen gelben Briefumschlag im Briefkasten gefunden. Und während sie den las, schlich sich der Philosoph dann noch einmal mit einem kleinen weißen Brief dorthin.

Das bedeutete, daß Sofie ihn mit Leichtigkeit entlarven könnte. Oder war es eine Sie? Wenn sie sich einfach an ihr Zimmerfenster stellte, hatte sie den Briefkasten gut im Blick. Und dann würde sie sicher den geheimnisvollen Philosophen entdecken. Denn weiße Briefumschläge konnten unmöglich von selber entstehen.

Sofie beschloß, am nächsten Tag gut aufzupassen. Dann war Freitag, und sie hatte das ganze Wochenende vor sich. Jetzt ging sie auf ihr Zimmer und öffnete dort den Briefumschlag. Heute stand nur eine Frage auf dem Zettel, aber zum Ausgleich war diese Frage noch verrückter als die drei im »Liebesbrief«:

Warum sind Legosteine das genialste Spielzeug der Welt?

Sofie wußte erst einmal gar nicht so recht, ob auch sie Legosteine für das genialste Spielzeug auf der Welt hielt; sie spielte jedenfalls schon seit vielen Jahren nicht mehr damit. Außerdem konnte sie nicht begreifen, was Legosteine mit Philosophie zu tun haben sollten.

Aber sie war eine gehorsame Schülerin. Sie wühlte im obersten Fach in ihrem Schrank herum und fand schließlich auch eine Plastiktüte mit Legosteinen in allen möglichen Größen und Formen.

Zum ersten Mal seit langem fing sie an, aus den kleinen Plastikklötzchen etwas zu bauen. Und als sie das tat, machte sie sich auch bald ihre Gedanken über die Legosteine.

Mit Legosteinen zu bauen ist leicht, dachte sie. Obwohl sie von unterschiedlicher Größe und Form sind, können alle Legosteine mit anderen zusammengesetzt werden. Außerdem sind sie einfach nicht kaputtzukriegen. Sofie konnte sich nicht erinnern, je einen zerbrochenen Legostein gesehen zu haben. Alle sahen noch genauso neu und frisch aus wie damals, als sie sie vor vielen Jahren bekommen hatte. Und vor allem: Mit Legosteinen konnte sie alles mögliche bauen. Und dann konnte sie die Steine wieder auseinandernehmen und etwas ganz anderes bauen.

Was konnte man sonst noch verlangen? Sofie stellte fest, daß Legosteine wirklich mit einigem Recht als das genialste Spielzeug der Welt bezeichnet werden konnten.

Aber was das mit Philosophie zu tun hatte, begriff sie noch immer nicht.

Bald hatte Sofie ein großes Puppenhaus gebaut. Sie mochte sich kaum selber eingestehen, daß ihr lange nichts mehr solchen Spaß gemacht hatte. Warum hörten die Menschen auf zu spielen?

Als ihre Mutter nach Hause kam und Sofies Puppenhaus sah, platzte es aus ihr heraus:

»Wie schön, daß du noch immer spielen kannst wie ein Kind.«

»Pah! Ich arbeite an komplizierten philosophischen Untersuchungen.«

Die Mutter seufzte tief. Sie dachte wohl an das große Kaninchen und den Zylinderhut.

Als Sofie am nächsten Tag aus der Schule kam, war wieder ein großer gelber Briefumschlag mit mehreren neuen Bögen gekommen. Sie ging damit auf ihr Zimmer. Sie wollte sofort alles lesen, aber heute wollte sie außerdem den Briefkasten im Auge behalten.

Die Atomtheorie

Hier bin ich wieder, Sofie. Heute erzähle ich Dir über den letzten großen Naturphilosophen. Er hieß *Demokrit* (ca. 460–370 v. Chr.) und kam aus der Hafenstadt Abdera in der nördlichen Ägäis. Wenn Du die Frage nach den Legosteinen beantworten konntest, dann wird es Dir nicht so schwer fallen, das Projekt dieses Philosophen zu verstehen.

Demokrit stimmte seinen Vorgängern darin zu, daß die beobachtbaren Veränderungen in der Natur nicht bedeuteten, daß sich wirklich etwas »veränderte«. Er nahm deshalb an, daß alles aus kleinen, unsichtbaren Bausteinen zusammengesetzt sein müsse, von denen jeder einzelne ewig und unveränderlich ist. Demokrit nannte diese kleinsten Teilchen *Atome*.

Das Wort »Atom« bedeutet »das Unteilbare«. Für Demokrit war die Feststellung wichtig, daß das, aus dem alles gebaut ist, sich nicht in immer kleinere Teile zerteilen läßt. Ja, wenn die Atome immer wieder abgeschliffen und in immer kleinere Teile getrennt werden könnten, dann würde die Natur nach und nach flüssig wie eine immer dünner werdende Suppe.

Die Bausteine der Natur mußten außerdem ewig halten – denn nichts kann aus null und nichts entstehen. Hier stimmte Demokrit Parmenides und den Eleaten zu. Außerdem hielt er alle Atome für fest und massiv. Aber sie konnten nicht gleich sein. Denn wenn die Atome gleich wären, dann hätten wir keine brauchbare Erklärung dafür, daß sie zu allem, von Mohnblumen und Olivenbäumen bis zu Ziegenfellen und Menschenhaar, zusammengesetzt werden können.

Es gibt unendlich viele unterschiedliche Atome in der Natur, meinte Demokrit. Manche sind rund und glatt, andere sind unregelmäßig und krumm. Gerade weil sie so ungleichmäßig geformt sind, lassen sie sich zu ganz unterschiedlichen Körpern zusammensetzen. Aber egal, wie viele und wie unterschiedliche Atome es auch geben mag, alle sind sie ewig, unveränderlich und unteilbar.

Wenn ein Körper – zum Beispiel ein Baum oder ein Tier – stirbt und in Auflösung übergeht, werden seine Atome verstreut und können aufs neue in neuen Körpern verwendet werden. Denn die Atome bewegen sich zwar im Raum, haben aber verschiedene »Haken« und »Ösen« und werden deshalb immer wieder zu den Dingen zusammengehakt, die wir um uns herum sehen.

Und jetzt begreifst Du sicher, was ich mit den Legosteinen sagen wollte? Sie haben ungefähr alle Eigenschaften, die Demokrit den Atomen zugeschrieben hat, und gerade deshalb kann man so gut damit bauen. Zuerst einmal sind sie unteilbar. Sie unterscheiden sich in Form und Größe, sie sind massiv und undurchdringlich. Legosteine haben außerdem Haken und Ösen sozusagen, mit denen sie sich zu allen möglichen Figuren zusammensetzen lassen können. Diese Bindung kann später aufgelöst werden, und dann werden wieder neue Gegenstände aus denselben Klötzchen gebaut.

Gerade daß sie immer wieder verwendet werden können, hat die Legosteine so beliebt gemacht. Ein und derselbe Legostein kann heute in ein Auto eingehen, morgen aber in ein Schloß. Außerdem können wir Legosteine als »ewig« bezeichnen. Kinder, die heute leben, können mit denselben Steinen spielen wie ihre Eltern, als die noch klein waren.

Wir können auch Dinge aus Ton formen. Aber der Ton kann nicht immer wieder verwendet werden, eben weil er sich in immer kleinere Teilchen zerbrechen läßt, und diese winzigen Tonklümpchen lassen sich nicht wieder zu neuen Gegenständen »zusammenstecken«.

Heute können wir fast behaupten, Demokrits Atomlehre sei richtig gewesen. Die Natur ist wirklich aus verschiedenen Atomen zusammengebaut, die sich an andere binden und sich dann wieder von ihnen trennen. Ein Wasserstoffatom, das in einer Zelle auf meiner äußersten Nasenspitze sitzt, hat früher einmal zu einem Elefantenrüssel gehört. Ein Kohlenstoffatom in meinem Herzmuskel saß einmal im Schwanz eines Dinosauriers.

Heute hat die Wissenschaft ermittelt, daß sich die Atome in noch kleinere »Elementarteilchen« aufteilen lassen. Solche Elementarteilchen nennen wir Protonen, Neutronen und Elektronen. Und vielleicht lassen sich auch die in noch kleinere Teilchen zerlegen. Aber die Physiker sind sich darüber einig, daß es irgendwo eine Grenze geben muß. Es muß *kleinste Teile* geben, aus denen die Natur aufgebaut ist.

Demokrit hatte keinen Zugang zu den elektronischen Apparaten unserer Zeit. Sein einziges wirkliches Werkzeug war die Vernunft. Aber die Vernunft ließ ihm keine Wahl. Wenn wir erst akzeptieren, daß nichts sich verändern kann, daß nichts aus null und nichts entsteht, und daß nichts verschwindet, dann *muß* die Natur einfach aus winzigen Bauklötzchen bestehen, die zusammengesetzt und wieder voneinander getrennt werden.

Demokrit rechnete nicht mit einer »Kraft« oder einem »Geist«, der in die Naturprozesse eingreift. Das einzige, was es gibt, sind die Atome und der leere Raum, meinte er. Da er nur an das »Materielle« glaubte, bezeichnen wir ihn als *Materialisten*.

Hinter den Bewegungen der Atome steckt also keine bestimmte »Absicht«. Das bedeutet aber nicht, daß alles, was geschieht, »Zufall« ist, denn alles folgt den unwandelbaren Gesetzen der Natur. Demokrit glaubte, daß alles, was passiert, eine natürliche Ursache hat, eine Ursache, die in den Dingen selber liegt. Er soll einmal gesagt haben, er wolle lieber ein Naturgesetz entdecken, als König von Persien werden.

Die Atomtheorie erkläre auch unsere *Empfindungen*, meinte Demokrit. Wenn wir etwas empfinden, dann liegt es an den Bewegungen der Atome im leeren Raum. Wenn ich den Mond sehe, dann geschieht das, weil die »Mondatome« mein Auge treffen.

Aber was ist mit dem *Bewußtsein*? Das kann doch nicht aus Atomen bestehen, also aus materiellen »Dingen«? Doch – Demokrit stellte sich vor, daß die Seele aus einigen besonders runden und glatten »Seelenatomen« besteht. Wenn ein Mensch stirbt, wirbeln die Seelenatome nach allen Seiten davon. Danach können sie sich einer neuen Seele anschließen, die gerade gebildet wird.

Das bedeutet, daß der Mensch keine unsterbliche Seele hat. Auch das ist ein Gedanke, den viele Menschen heute teilen. Sie glauben wie Demokrit, daß die Seele mit dem Gehirn zusammenhängt, und daß wir keine Form von Bewußtsein mehr haben können, wenn das Gehirn sich auflöst.

Mit seiner Atomlehre zog Demokrit einen vorläufigen Schlußstrich unter die griechische Naturphilosophie. Er stimmte Heraklit darin zu, daß alles in der Natur »fließt«. Denn die Formen kommen und gehen. Aber hinter allem, was fließt, gibt es etwas Ewiges und Unveränderliches, das nicht fließt. Und das bezeichnete Demokrit als Atome.

Beim Lesen schaute Sofie mehrmals aus dem Fenster, um festzustellen, ob der geheimnisvolle Briefeschreiber am Briefkasten auftauchte. Jetzt starrte sie nur noch auf die Straße, während sie sich überlegte, was sie da gelesen hatte.

Sie fand Demokrits Gedankengang so schlicht – und doch so unglaublich schlau. Er hatte die Lösung für die Probleme des »Urstoffes« und der »Veränderungen« gefunden. Diese Frage war so kompliziert gewesen, daß die Philosophen mehrere Generationen lang daran geknackt hatten. Am Ende hatte Demokrit das ganze Problem dadurch gelöst, daß er einfach seine Vernunft benutzt hatte.

Sofie hätte fast lachen müssen. Es *mußte* einfach stimmen, daß die Natur aus winzigen Teilchen aufgebaut war, die sich nie verändern. Gleichzeitig hatte Heraklit natürlich damit recht, daß alle Formen in der Natur »fließen«. Denn alle Menschen und Tiere sterben, und selbst ein Gebirge geht langsam in Auflösung über. Wichtig ist aber, daß auch dieses Gebirge aus kleinen, unteilbaren Teilchen besteht, die nie zerbrechen.

Gleichzeitig hatte Demokrit neue Fragen gestellt. Zum Beispiel hatte er behauptet, alles laufe ganz mechanisch ab. Er akzeptierte keine geistigen Kräfte im Dasein – wie Empedokles und Anaxagoras. Demokrit glaubte außerdem nicht, daß der Mensch eine unsterbliche Seele hat.

Konnte sie sicher sein, daß er da recht hatte?

Sie wußte das nicht so recht. Aber sie stand ja auch erst am Anfang ihres Philosophiekurses.

Das Schicksal

... der Wahrsager versucht, etwas zu deuten, das eigentlich nicht zu deuten ist...

Sofie hatte das Gartentor im Auge behalten, während sie über Demokrit las. Sie beschloß aber dennoch, sicherheitshalber noch einen Ausflug zum Briefkasten zu machen.

Als sie die Haustür öffnete, entdeckte sie draußen auf der Treppe einen kleinen Briefumschlag. Und genau – als Adresse stand darauf »Sofie Amundsen«.

Also hatte er sie ausgetrickst! Ausgerechnet heute, wo sie den Briefkasten so genau beobachtet hatte, hatte sich der geheimnisvolle Philosoph aus einer anderen Richtung zum Haus geschlichen und den Brief einfach auf die Treppe gelegt, ehe er sich wieder im Wald verkrochen hatte. Verflixt!

Woher konnte er wissen, daß Sofie gerade heute den Briefkasten im Auge behalten wollte? Vielleicht hatte er (oder sie) Sofie am Fenster gesehen? Auf jeden Fall war sie froh, daß sie den Umschlag gefunden hatte, ehe ihre Mutter nach Hause gekommen war.

Sofie ging wieder auf ihr Zimmer und öffnete dort den Brief. Der weiße Umschlag war an den Rändern etwas feucht, und er wies außerdem einige tiefe Kerben auf. Wieso wohl? Es hatte seit Tagen nicht mehr geregnet.

Auf dem Zettelchen stand:

Glaubst Du an das Schicksal?
Ist Krankheit die Strafe der Götter?
Welche Kräfte lenken den Lauf der Geschichte?

Ob sie an das Schicksal glaubte? Nein, eigentlich eher nicht. Aber sie kannte ziemlich viele Menschen, die das taten. Zum

Beispiel lasen mehrere ihrer Klassenkameradinnen die Horoskope in den Illustrierten. Und wenn sie an Astrologie glaubten, dann glaubten sie sicher auch an das Schicksal, denn die Astrologen glaubten ja, daß die Position der Sterne am Himmel etwas über das Leben der Menschen auf der Erde aussagen konnte.

Wenn man glaubte, daß eine schwarze Katze, die über den Weg lief, Unglück bedeutete – ja, dann glaubte man wohl auch an das Schicksal? Je mehr sie darüber nachdachte, um so mehr Beispiele für Schicksalsgläubigkeit fand sie. Warum sagte man zum Beispiel »Klopf auf Holz«? Und warum war Freitag der 13. ein Unglückstag? Sofie hatte gehört, daß viele Hotels kein Zimmer mit der Nummer 13 hatten. Sicher weil es viele abergläubische Menschen gab.

»Aberglaube« – war das nicht ein seltsames Wort? Wenn man an den lieben Gott glaubte, dann hieß das nur »Glaube«. Aber wenn man an Astrologie oder Freitag den 13. glaubte, dann war das gleich Aberglaube!

Wer hatte das Recht, den Glauben anderer Menschen als Aberglauben zu bezeichnen?

Sofie war sich einer Sache jedenfalls sicher: Demokrit hatte *nicht* an das Schicksal geglaubt. Er war Materialist. Er hatte nur an die Atome und den leeren Raum geglaubt.

Sofie versuchte, über die anderen Fragen auf dem Zettel nachzudenken.

»Ist Krankheit die Strafe der Götter?« So was glaubte heutzutage doch wohl kein Mensch mehr? Aber dann fiel ihr ein, daß viele Menschen zu Gott beteten, um gesund zu werden, und dann mußten sie doch glauben, daß Gott auch bei der Frage, wer krank sein sollte und wer gesund, seine Finger mit im Spiel hatte.

Die letzte Frage war die schwierigste. Sofie hatte sich nie überlegt, was wohl den Lauf der Geschichte lenkt. Aber das mußten doch wohl die Menschen sein? Wenn es Gott oder das Schicksal war, dann konnten die Menschen eigentlich keinen freien Willen haben.

Das mit dem freien Willen brachte Sofie auf einen ganz anderen Gedanken. Warum sollte sie hinnehmen, daß der geheimnisvolle Philosoph mit ihr Katz und Maus spielte? Warum konnte nicht auch sie ihm einen Brief schreiben? Er oder sie würde sicher entweder im Laufe der Nacht oder am nächsten Vormittag einen neuen Brief in den Kasten legen. Und deshalb würde sie ebenfalls einen Brief für ihren Philosophielehrer hinterlegen.

Sofie ging ans Werk. Sie fand es sehr schwierig, an einen Menschen zu schreiben, den sie noch nie gesehen hatte. Sie wußte ja nicht einmal, ob sie an einen Mann oder an eine Frau schrieb. Sie wußte auch nicht, ob dieser Mensch alt oder jung war. Und schließlich konnte dieser Mensch sogar jemand sein, den Sofie kannte.

Bald hatte sie ein Briefchen formuliert:

Sehr geehrter Philosoph! Hier im Haus weiß man Ihren großzügigen Fernkurs in Philosophie sehr zu schätzen. Aber es quält auch, daß man nicht weiß, wer Sie sind. Wir bitten Sie deshalb, unter vollem Namen aufzutreten. Zum Ausgleich sind Sie herzlich zu einer Tasse Kaffee hier im Haus willkommen, lieber jedoch dann, wenn Mama nicht zu Hause ist. Sie geht von Montag bis Freitag von 7.30 bis 17.00 Uhr zur Arbeit. Ich selber gehe während dieser Zeit zur Schule, bin aber, außer am Donnerstag, immer um Viertel nach zwei zu Hause. Außerdem koche ich recht gut Kaffee. Im voraus vielen Dank.

Viele Grüße von Ihrer aufmerksamen Schülerin Sofie Amundsen, 14 Jahre

Ganz unten auf den Bogen schrieb sie: »Um Antwort wird gebeten«.

Sofie kam ihr Brief zu feierlich vor. Aber es war nicht so leicht zu entscheiden, mit welchen Worten sie an einen Menschen ohne Gesicht schreiben sollte.

Sie steckte den Brief in einen rosa Briefumschlag und klebte ihn zu. Auf den Umschlag schrieb sie: »An den Philosophen!«

Das Problem war, wie sie den Brief in den Briefkasten legen sollte, ohne daß ihre Mutter ihn fand. Sie mußte ihn hineinlegen, ehe ihre Mutter nach Hause kam. Gleichzeitig durfte sie nicht vergessen, am nächsten Morgen früh, noch ehe die Zeitung kam, im Briefkasten nachzusehen. Wenn während des Abends oder der Nacht kein neuer Brief an sie gekommen war, mußte sie den rosa Umschlag wieder an sich nehmen.

Warum mußte bloß alles so kompliziert sein?

An diesem Abend ging Sofie früh auf ihr Zimmer, obwohl Freitag war. Ihre Mutter versuchte, sie mit Pizza und dem Fernsehkrimi zum Bleiben zu verlocken, aber Sofie behauptete, sie sei müde und wolle im Bett lesen. Während die Mutter den Bildschirm anstarrte, schlich Sofie sich mit ihrem Brief zum Briefkasten.

Ihre Mutter machte sich ganz offenbar Sorgen. Sie hatte in einem ganz neuen Ton mit Sofie gesprochen, seit sie das große Kaninchen und den Zylinder zur Sprache gebracht hatte. Sofie wollte ihr keine Sorgen machen, aber jetzt mußte sie auf ihr Zimmer gehen, um den Briefkasten im Auge behalten zu können.

Als die Mutter gegen elf Uhr zu ihr kam, saß Sofie am Fenster und starrte auf die Straße hinunter.

»Du beobachtest doch wohl nicht den Briefkasten?« fragte die Mutter.

»Warum nicht?«

»Ich glaube wirklich, du bist verliebt, Sofie. Aber wenn er einen neuen Brief bringt, dann bestimmt nicht mitten in der Nacht.«

Himmel! Sofie konnte diesen Verliebtheitskitsch nicht ausstehen. Aber sie mußte die Mutter wohl in diesem Glauben lassen.

Die Mutter fuhr fort:

»Hat er das mit dem Kaninchen und dem Zylinderhut gesagt?«

Sofie nickte.

»Er ... er nimmt doch wohl keine Drogen?«

Jetzt tat sie Sofie wirklich leid. Sie konnte einfach nicht mehr länger zusehen, wie ihre Mutter sich solche Sorgen machte. Ansonsten war es natürlich totaler Blödsinn zu glauben, daß witzige Gedanken irgend etwas mit Rauschgift zu tun haben mußten. Die Erwachsenen waren wirklich manchmal ganz schön bescheuert.

Sie drehte sich um und sagte:

»Mama, ich verspreche dir hier und jetzt, daß ich das nie ausprobieren werde ... und ›er‹ nimmt auch keine Drogen. Aber er interessiert sich sehr für Philosophie.«

»Ist er älter als du?«

Sofie schüttelte den Kopf.

»Gleich alt?«

Sie nickte.

»Er ist sicher ganz toll, meine Liebe. Und jetzt glaube ich, du solltest versuchen zu schlafen.«

Aber Sofie saß noch lange da und starrte auf die Straße. Gegen ein Uhr war sie so müde, daß ihr immer wieder die Augen zufielen. Beinahe wäre sie schon ins Bett gegangen, aber da entdeckte sie plötzlich einen Schatten, der aus dem Wald kam.

Draußen war es fast ganz dunkel, aber immer noch hell genug, um die Umrisse eines Menschen zu erkennen. Es war ein Mann, und Sofie hielt ihn für ziemlich alt. In ihrem Alter war er jedenfalls nicht! Auf dem Kopf trug er eine Baskenmütze oder so etwas.

Einmal schien er zum Haus hochzusehen, aber Sofie hatte kein Licht brennen. Der Mann ging zum Briefkasten und steckte einen großen Umschlag hinein. Er hatte den Umschlag gerade losgelassen, als er Sofies Brief entdeckte. Er schob die Hand in den Briefkasten und fischte den Brief heraus. Im nächsten Moment war er schon wieder unterwegs in den Wald. Er lief auf den Waldweg zu – und war verschwunden.

Sofie spürte ihr Herz in ihrer Brust hämmern. Am liebsten wäre sie im Nachthemd hinter ihm hergerannt. Aber nein, das traute sie sich doch nicht; sie wagte nicht, mitten in der Nacht hinter einem wildfremden Mann herzulaufen. Aber sie *mußte* den Brief holen, das war klar.

Nach einem Weilchen schlich sie sich die Treppe hinunter, schloß vorsichtig die Haustür auf und ging zum Briefkasten. Bald stand sie wieder mit dem großen Umschlag in der Hand in ihrem Zimmer. Sie setzte sich aufs Bett und hielt den Atem an. Als einige Minuten vergangen waren und sich im Haus immer noch nichts rührte, öffnete sie den Brief und fing an zu lesen.

Sie konnte natürlich keine Antwort auf ihren eigenen Brief erwarten. Die konnte frühestens morgen kommen.

Das Schicksal

Abermals guten Tag, liebe Sofie! Laß mich nur sicherheitshalber betonen, daß Du nie versuchen darfst, hinter mir herzuspionieren. Wir werden uns schon irgendwann kennenlernen, aber *ich* muß Zeit und Ort dafür festsetzen.

Damit ist das gesagt, und Du willst doch wohl nicht ungehorsam sein?

Zurück zu den Philosophen. Wir haben gesehen, wie sie versucht haben, für die Veränderungen in der Natur natürliche Erklärungen zu finden. Früher wurden solche Veränderungen durch die Mythen erklärt.

Aber auch in anderen Bereichen mußte alter Aberglaube aus dem Weg geräumt werden. Wir sehen das sowohl im Zusammenhang mit *Gesundheit und Krankheit*, als auch in der *Politik*. In beiden Bereichen waren die Griechen vorher stark schicksalsgläubig gewesen.

»Schicksalsgläubigkeit« bedeutet den Glauben daran, daß im voraus feststeht, was passieren wird. Diese Auffassung finden wir in der ganzen Welt – sowohl heute als auch zu jedem anderen Zeitpunkt der Geschichte. Hier in Nordeuropa finden wir zum Beispiel in den alten isländischen Familiensagas einen starken Glauben an die *Vorsehung*.

Bei den Griechen und bei anderen Völkern begegnet uns außerdem die Vorstellung, daß die Menschen durch verschiedene *Orakel* einen Einblick in ihr Schicksal nehmen können. Das heißt, daß sich das Schicksal eines Menschen oder eines Staates auf verschiedene Weise vorhersehen und aus bestimmten »Vorzeichen« deuten läßt.

Es gibt noch immer viele Menschen, die es für möglich halten, Karten zu legen, aus der Hand zu lesen oder die Sterne zu deuten.

Sehr verbreitet ist auch das Wahrsagen aus dem Kaffeesatz. Wenn eine Tasse Kaffee leergetrunken worden ist, bleibt gerne noch etwas Kaffeesatz unten in der Tasse. Vielleicht bildet der Kaffeesatz ein bestimmtes Bild oder Muster – jedenfalls, wenn wir ein bißchen Phantasie zu Hilfe nehmen. Wenn der Kaffeesatz aussieht wie ein Auto, dann bedeutet das vielleicht, daß die Person, die die Tasse leergetrunken hat, bald eine lange Autofahrt antreten wird.

Wir sehen, daß der »Wahrsager« versucht, etwas zu deuten, was eigentlich nicht zu deuten ist. Das ist typisch für alle Weissagekunst. Und gerade weil das, woraus wir »weissagen«, so unklar ist, ist es meistens gar nicht so leicht, dem Wahrsager zu widersprechen.

Wenn wir zum Sternenhimmel aufschauen, dann sehen wir ein wahres Chaos aus leuchtenden Pünktchen. Dennoch haben im Laufe der Geschichte viele Menschen geglaubt, die Sterne könnten uns etwas über unser Leben auf der Erde erzählen. Noch heute gibt es offenbar Politiker, die Astrologen um Rat bitten, ehe sie wichtige Entschlüsse fassen.

Das Orakel von Delphi

Die Griechen glaubten, das berühmte Orakel von Delphi könnte den Menschen Aufschluß über ihr Schicksal geben. Hier war der Gott *Apollon* der Orakelgott. Er sprach durch die Priesterin *Pythia*, die auf einem Schemel über einer Erdspalte saß. Aus dieser Spalte stiegen betäubende Dämpfe auf, von denen Pythia schwindlig wurde. Das mußte sein, um sie zu Apollons Sprachrohr zu machen.

Wer nach Delphi kam, teilte seine Frage erst den dortigen Priestern mit. Die gingen dann damit zu Pythia. Sie gab eine Antwort, die so unverständlich oder so vieldeutig war, daß die Priester für den Bittsteller diese Antwort »auslegen« mußten.

Auf diese Weise konnten die Griechen sich der Weisheit des Apollon bedienen, denn die Griechen glaubten, Apollon wisse alles – sowohl über die Vergangenheit als auch über die Zukunft.

Viele Herrscher wagten nicht, in den Krieg zu ziehen oder andere wichtige Beschlüsse zu fassen, ehe sie das Orakel von Delphi befragt hatten. So wurden die Apollon-Priester fast so etwas wie Diplomaten und Berater, die über besonders großes Wissen über Volk und Land verfügten.

Am Tempel von Delphi stand eine berühmte Inschrift: ERKENNE DICH SELBST! Das sollte heißen, daß die Menschen niemals glauben durften, mehr als Menschen zu sein – und daß kein Mensch seinem Schicksal entrinnen konnte.

Unter den Griechen wurden viele Geschichten über Menschen erzählt, die von ihrem Schicksal eingeholt wurden. Im Laufe der Zeit wurden auch eine Reihe von Schauspielen – *Tragödien* – über diese »tragischen« Personen verfaßt. Das berühmteste Beispiel ist die Geschichte von *König Ödipus*, der seinem Schicksal entfliehen wollte und ihm gerade dadurch in die Arme lief.

Geschichtswissenschaft und Medizin

Nicht nur das Leben der einzelnen Menschen wurde nach Meinung der frühen Griechen vom Schicksal bestimmt. Sie meinten auch, daß der gesamte Lauf der Welt vom Schicksal gelenkt werde. So glaubten sie zum Beispiel, daß der Ausgang eines Krieges auf göttliches Eingreifen zurückgeführt werden könne. Auch heute glauben viele, daß Gott oder andere mystische Kräfte die geschichtlichen Ereignisse lenken.

Doch während die griechischen Philosophen versuchten, natürliche Erklärungen für die Naturprozesse zu finden, bildete sich nach und nach auch eine Wissenschaft von der Geschichte heraus, deren Ziel es war, ebenso natürliche Ursachen für den Lauf der Welt zu finden. Daß ein Staat einen Krieg verlor, wurde nun nicht länger auf die Rachegelüste der Götter zurückgeführt. Die bekanntesten griechischen Historiker waren *Herodot* (484–424 v. Chr.) und *Thukydides* (460–400).

Die Griechen der frühen Zeit hatten auch für Krankheiten die Götter verantwortlich gemacht. So wurden ansteckende Krankheiten oft als Strafe der Götter betrachtet. Andererseits konnten die Götter Menschen gesund machen, wenn ihnen nur die richtigen Opfer dargebracht wurden.

Diese Vorstellung ist absolut nichts typisch Griechisches. Ehe sich in neuerer Zeit die moderne medizinische Wissenschaft herausbildete, war die Ansicht vorherrschend, daß jede Krankheit eine übernatürliche Ursache habe. Das Wort »Influenza«, das wir heute noch verwenden, bedeutete ursprünglich, daß jemand unter dem schlechten »Einfluß« der Sterne stehe.

Noch heute halten viele Menschen auf der ganzen Welt verschiedene Krankheiten – wie zum Beispiel AIDS! – für eine Strafe Gottes. Viele glauben außerdem, daß ein kranker Mensch auf »übernatürliche« Weise geheilt werden könne.

Während sich die griechischen Philosophen in eine völlig neue gedankliche Richtung bewegten, entstand auch eine griechische ärztliche Wissenschaft, die versuchte, für Gesundheit und Krankheit natürliche Erklärungen zu finden. Diese griechische ärztliche Wissenschaft wurde angeblich von *Hippokrates* begründet, der um das Jahr 460 v. Chr. auf der Insel Kos geboren wurde.

Der wichtigste Schutz vor Krankheit lag nach der hippokratischen Arzttradition in Mäßigkeit und gesundem Lebenswandel. Natürlich für einen Menschen ist es demzufolge, gesund zu sein. Wenn Krankheit entsteht, dann liegt das daran, daß die Natur aufgrund einer körperlichen oder seelischen Gleichgewichtsstörung »entgleist« ist. Der Weg zur Gesundheit für einen Menschen liegt in Mäßigung, Harmonie und »einer gesunden Seele in einem gesunden Körper«.

Heute wird immer noch über »ärztliche Ethik« gesprochen. Das bedeutet, daß ein Arzt seinen Beruf nach bestimmten ethischen Richtlinien ausüben muß. Ein Arzt darf zum Beispiel gesunden Menschen keine Rezepte für Mittel verschreiben, die Rauschgifte enthalten. Ein Arzt unterliegt außerdem einer Schweigepflicht, die es ihm verbietet weiterzuerzählen, was ein Patient ihm über seine Krankheit mitgeteilt hat. Auch diese Vorstellungen lassen sich auf Hippokrates zurückführen. Er ließ seine Schüler einen Eid ablegen, den wir bis heute als den Hippokratischen Eid der Ärzte kennen:

Ich schwöre bei Apollon, dem Arzt, und bei Asklepios, bei Hygieia und Panakeia und bei allen Göttern und Göttinnen, die ich zu Zeugen anrufe, daß ich nach bestem Vermögen und Urteil diesen Eid und diese Verpflichtung erfüllen werde: Ich werde den, der mich diese Kunst lehrt, meinen Eltern gleichachten, mit ihm den Lebensunterhalt teilen und ihn, wenn er Not leidet, mit versorgen, seine Nachkommen meinen eigenen Brüdern gleichstellen und sie die Heilkunst lehren, wie sie diese erlernen wollen, ohne Entgeld und ohne Vertrag. Ratschlag und Vorlesung und alle übrige Belehrung will ich an meine eigenen Söhne und an die meines Lehrers weitergeben, sonst aber nur an solche Schüler, die nach ärztlichem Brauch durch den Vertrag gebunden und durch den Eid verpflichtet sind. Meine Verordnungen werde ich treffen zu Nutz und Frommen der Kranken nach bestem Vermögen und Urteil und von ihnen Schädigung und Unrecht fernhalten. Ich werde niemandem, auch nicht auf seine Bitte hin, ein tödliches Gift verabreichen oder auch nur einen solchen Rat erteilen. Auch werde ich nie einer Frau ein Mittel zur Vernichtung keimenden Lebens geben. Was ich bei der Behandlung oder auch außerhalb der Behandlung im Leben der Menschen sehe oder höre, werde ich verschweigen und solches als Geheimnis betrachten.

Als sie am Samstagmorgen erwachte, fuhr Sofie im Bett hoch. Hatte sie das nur geträumt, oder hatte sie den Philosophen wirklich gesehen?

Sie fühlte mit einer Hand unter dem Bett nach. Doch – da lag der Brief, der heute nacht gekommen war. Sofie wußte noch, daß sie alles über den Schicksalsglauben der Griechen gelesen hatte. Also war es nicht nur ein Traum gewesen.

Sicher hatte sie den Philosophen gesehen! Und mehr noch – sie hatte mit eigenen Augen gesehen, wie er ihren Brief an sich genommen hatte.

Sofie stand auf und schaute unters Bett. Sie zog die vielen beschriebenen Bögen hervor. Aber was war das? Ganz hinten an der Wand lag etwas Rotes. Ob das ein Schal war?

Sofie kroch unter das Bett und zog einen roten Seidenschal hervor. Diesen Schal hatte Sofie noch nie gesehen.

Sie untersuchte den Seidenschal genau und stieß einen kurzen Ruf aus, als sie sah, daß am Saum mit schwarzer Schrift etwas geschrieben stand: »HILDE« stand dort.

Hilde! Aber wer war bloß diese Hilde? Wie war es möglich, daß ihre Wege sich auf diese Weise kreuzten?

Sokrates

... die Klügste ist die, die weiß,
was sie nicht weiß ...

Sofie zog ein Sommerkleid an, und bald stand sie unten in der Küche. Die Mutter beugte sich über das Spülbecken. Sofie beschloß, nichts über den Seidenschal zu sagen.

»Hast du schon die Zeitung geholt?« rutschte es Sofie heraus.

Die Mutter drehte sich um.

»Vielleicht bist du so lieb und holst sie für mich?«

Sofie lief über den Kiesweg und beugte sich bald über den grünen Briefkasten.

Nur Zeitungen. Aber sie konnte wohl auch keine postwendende Antwort auf ihren Brief erwarten. Auf der ersten Seite der Zeitung las sie einige Zeilen über das norwegische UN-Regiment im Libanon.

UN-Regiment – war so nicht die Karte von Hildes Vater abgestempelt gewesen? Aber die hatte eine norwegische Briefmarke gehabt. Vielleicht hatten die norwegischen UN-Soldaten ja ihr eigenes Postamt.

Als sie wieder in der Küche stand, sagte die Mutter spöttisch: »Du interessierst dich plötzlich ja sehr für die Zeitung.«

Mehr sagte sie zum Glück nicht zum Thema Briefkasten oder so, weder während des Frühstücks noch später am Tag. Als sie einkaufen ging, lief Sofie mit dem Brief über die Schicksalsgläubigkeit in die Höhle.

Ihr Herz machte einen Sprung, als sie neben der Dose mit den Briefen ihres Philosophielehrers einen kleinen weißen Briefumschlag entdeckte. Sofie glaubte, ganz genau zu wissen, wer ihn dorthin gelegt hatte.

Auch dieser Umschlag hatte feuchte Ränder. Und auch er

wies zwei tiefe Kerben auf, genau wie der weiße Briefumschlag, den sie gestern bekommen hatte.

Ob der Philosoph hiergewesen war? Ob er ihr geheimes Versteck kannte? Aber warum waren die Briefumschläge naß?

Von all den Fragen wurde Sofie schwindlig. Sie öffnete den Briefumschlag und las, was auf dem Zettel stand.

Liebe Sofie! Ich habe Deinen Brief mit großem Interesse gelesen – und außerdem auch mit ziemlichem Kummer. Denn was Kaffeebesuche u. ä. angeht, muß ich Dich leider enttäuschen. Eines Tages werden wir uns treffen, aber ich darf mich in der Kapitänskurve noch für lange Zeit nicht sehen lassen.

Ich muß außerdem hinzufügen, daß ich meine Briefe nicht mehr persönlich abliefern kann. Auf die Dauer wäre das zu riskant. Die kommenden Briefe wird mein kleiner Bote bringen. Zum Ausgleich werden sie sofort in Dein Geheimversteck im Garten geliefert.

Du kannst weiterhin Kontakt zu mir aufnehmen, wenn Du das Bedürfnis danach verspürst. Dann mußt Du einen rosa Briefumschlag mit einem süßen Plätzchen oder einem Stück Zucker darin auslegen. Wenn der Bote einen solchen Brief entdeckt, wird er ihn mir bringen.

PS. Es macht überhaupt keinen Spaß, eine Einladung von einer jungen Dame abzulehnen. Aber manchmal muß das einfach sein.

PPS. Solltest Du einen roten Seidenschal finden, so muß ich Dich bitten, ihn sorgfältig aufzubewahren. Es kommt ja ab und zu vor, daß Gegenstände vertauscht werden. Vor allem in Schulen oder an ähnlichen Orten, und dies hier ist ja eine Philosophieschule.

Liebe Grüße, Alberto Knox

Sofie lebte nun schon seit vierzehn Jahren und hatte in ihrem jungen Leben schon einiges an Briefen bekommen, auf jeden Fall zu Weihnachten, zu Geburtstagen und so. Aber das hier war der seltsamste Brief, den sie je erhalten hatte.

Er hatte keine Briefmarke. Er hatte nicht einmal im Briefkasten gelegen. Dieser Brief war direkt in Sofies supergeheimem Versteck in der alten Hecke hinterlegt worden. Merkwürdig war auch, daß der Brief im trockenen Frühlingswetter naß geworden war.

Das Allermerkwürdigste aber war natürlich der Seidenschal. Der Philosophielehrer hatte noch eine Schülerin. Na gut! Und diese andere Schülerin verlor einen roten Seidenschal. Na gut! Aber wie war es ihr gelungen, den Schal unter Sofies Bett zu verlieren?

Und Alberto Knox ... das war ja wohl ein komischer Name!

Dieser Brief hatte ihr auf jeden Fall bestätigt, daß zwischen dem Philosophielehrer und Hilde Møller Knag ein Zusammenhang bestand. Aber daß auch Hildes Vater angefangen hatte, Adressen zu verwechseln – das war einfach unbegreiflich.

Sofie blieb lange sitzen und fragte sich, welcher Zusammenhang zwischen Hilde und ihr selber bestehen könnte. Schließlich seufzte sie resigniert. Der Philosophielehrer hatte geschrieben, daß sie sich eines Tages treffen würden. Ob sie dann auch Hilde kennenlernen würde?

Sie drehte den Zettel um. Jetzt entdeckte sie, daß auch auf der anderen Seite einige Sätze standen.

Existiert ein natürliches Schamgefühl?
Die Klügste ist die, die weiß, was sie nicht weiß.
Die richtige Erkenntnis kommt von innen.
Wer weiß, was richtig ist, wird auch das Richtige tun.

Sofie wußte inzwischen, daß die kurzen Sätze in den weißen Briefumschlägen sie auf den nächsten großen Umschlag vorbereiten sollten, den sie gleich darauf erhielt. Und jetzt kam ihr ein Gedanke: Wenn »der Bote« den gelben Umschlag hier in die Höhle brachte, dann konnte Sofie doch einfach auf ihn warten. Oder war es vielleicht eine Sie? Auf jeden Fall würde sie sich das betreffende Wesen krallen, bis es mehr über den Philosophen erzählte! Im Brief stand außerdem, der Bote sei klein. Konnte es sich um ein Kind handeln?

»Existiert ein natürliches Schamgefühl?«

Sofie wußte, daß »Schamgefühl« ein altmodisches Wort für Hemmungen war – zum Beispiel davor, sich nackt sehen zu lassen. Aber war es eigentlich natürlich, davor Hemmungen zu haben? Daß etwas natürlich war, mußte doch bedeuten, daß es für alle Menschen galt. Aber in vielen Ländern der Welt war Nacktsein doch gerade natürlich!

Also mußte es die *Gesellschaft* sein, die entschied, was sein durfte und was nicht. Als Großmutter jung war, war es zum Beispiel ganz unmöglich, sich oben ohne zu sonnen. Aber heute hielten die meisten das für »natürlich«. Obwohl es in vielen Ländern immer noch streng verboten war. Sofie kratzte sich am Kopf. War das Philosophie?

Und dann kam der nächste Satz: »Die Klügste ist die, die weiß, was sie nicht weiß.«

Die Klügste wovon? Wenn der Philosoph damit meinte, daß eine, der klar war, daß sie nicht alles zwischen Himmel und Erde wußte, klüger war als eine, die wenig wußte und sich dennoch einbildete, sie wüßte eine Menge – ja, dann war es nicht sehr schwer, seine Meinung zu teilen. Sofie hatte sich das noch nie überlegt. Aber je mehr sie sich das überlegte, um so klarer ging ihr auf, daß es im Grunde auch eine Art Wissen war, zu wissen, was man nicht weiß. Sie konnte sich jedenfalls kaum etwas Blöderes vorstellen als Leute, die felsenfeste Meinungen über Dinge vertraten, von denen sie keine Ahnung hatten.

Dann kam der Satz mit der Erkenntnis, die von innen kommt. Aber alle Erkenntnis kam doch wohl zu irgendeinem Zeitpunkt von außen in die Köpfe der Menschen? Andererseits erinnerte sich Sofie gut an Situationen, in denen ihre Mutter oder die Lehrer in der Schule versucht hatten, ihr etwas beizubringen, für das sie nicht empfänglich gewesen war. Wenn sie wirklich etwas *gelernt* hatte, hatte sie auch selber immer irgendwie dazu beigetragen. Es konnte vorkommen, daß sie plötzlich etwas begriff – und das war wohl das, was als »Intuition« bezeichnet wurde.

Doch – Sofie glaubte, die ersten Aufgaben recht gut gelöst zu haben. Aber dann kam eine Behauptung, die so seltsam war, daß sie einfach losprustete. »Wer weiß, was richtig ist, wird auch das Richtige tun.«

Hieß das, daß ein Bankräuber es nicht besser wußte, wenn er eine Bank überfiel? Das glaubte Sofie nicht. Statt dessen war sie davon überzeugt, daß sowohl Kinder als auch Erwachsene Dummheiten machen konnten – die sie später bereuten –, und daß sie die gerade wider besseres Wissen machten.

Während sie noch so dasaß, hörte sie plötzlich auf der Seite der Hecke, die zum Wald hin gelegen war, trockene Zweige knacken. Ob das der Bote sein konnte? Sofie spürte, wie ihr Herz wieder einen Sprung machte. Noch größer aber war ihre Angst, als sie hörte, daß das, was da näher kam, schnaufte wie ein Tier.

Im nächsten Moment drang von der Waldseite her ein großer Hund in die Höhle ein. Es mußte ein Labrador sein. Im Mund hielt er einen großen gelben Umschlag, den er vor Sofies Füßen fallen ließ. Das Ganze passierte so schnell, daß Sofie nicht einmal reagieren konnte. Nach wenigen Sekunden hielt sie den großen Umschlag in der Hand – und der gelbe Hund war wieder im Wald verschwunden. Erst nachdem alles vorbei war, stellte sich der Schock ein. Sofie legte die Hände in den Schoß und weinte.

Sie wußte nicht, wie lange sie so dagesessen hatte, aber nach einer Weile blickte sie wieder auf.

Das war also der Bote! Sofie atmete auf. Deshalb waren die weißen Umschläge an den Rändern naß gewesen. Natürlich hatten sie deshalb auch die tiefen Kerben gehabt. Daß sie nicht schon längst auf diese Idee gekommen war! Und jetzt ergab es auch einen gewissen Sinn, daß sie ein süßes Plätzchen oder ein Stück Zucker in den Briefumschlag legen sollte, wenn sie an den Philosophen schreiben wollte.

Sie dachte nicht immer so schnell, wie sie das gern gewollt hätte. Daß der Bote ein dressierter Hund war, war trotzdem etwas ganz Besonderes. Und damit konnte sie den Gedanken, dem Boten Alberto Knox' Aufenthaltsort abzupressen, getrost zu den Akten legen.

Sofie öffnete den großen Umschlag und fing an zu lesen.

Die Philosophie in Athen

Liebe Sofie! Wenn Du das hier liest, hast Du vielleicht schon *Hermes* kennengelernt. Sicherheitshalber muß ich noch hinzufügen, daß Hermes ein Hund ist. Aber deshalb brauchst Du Dir keine Sorgen zu machen. Er ist sehr lieb – und außerdem hat er mehr Verstand als viele Menschen. Er versucht jedenfalls nicht, klüger zu wirken, als er in Wirklichkeit ist.

Du kannst Dir auch merken, daß sein Name kein Zufall ist. Hermes war der griechische Götterbote. Er war auch der Gott der Seefahrer, aber das kann uns so ziemlich egal sein, vorläufig jedenfalls. Wichtiger ist, daß von Hermes das Wort »hermetisch« kommt, und das bedeutet versteckt oder unzugänglich. Das paßt recht gut, finde ich, da Hermes uns gewissermaßen voreinander versteckt hält.

Damit ist der Bote vorgestellt. Er hört natürlich auf seinen Namen und ist überhaupt ziemlich wohlerzogen.

Kehren wir zur Philosophie zurück. Die erste Abteilung haben wir bereits hinter uns. Ich denke an die Naturphilosophie, den eigentlichen Bruch mit dem mythischen Weltbild. Jetzt werden wir die drei größten antiken Philosophen kennenlernen. Sie heißen *Sokrates, Platon* und *Aristoteles*. Jeder dieser Philosophen hat auf seine Weise die europäische Zivilisation geprägt.

Die Naturphilosophen werden oft auch als *Vorsokratiker* bezeichnet, da sie vor Sokrates gelebt haben. Zwar starb Demokrit einige Jahre nach Sokrates, aber sein ganzes Denken gehört dennoch der vorsokratischen Naturphilosophie an. Denn nicht nur zeitlich gesehen bedeutet Sokrates eine Trennlinie. Auch geographisch wechseln wir jetzt den Standort. Sokrates ist nämlich der erste in Athen geborene Philosoph, und sowohl er als auch seine beiden Nachfolger lebten und wirkten in Athen. Du erinnerst dich vielleicht daran, daß auch Anaxagoras einige Zeit in dieser Stadt gewohnt hat, daß er jedoch von dort vertrieben wurde, weil er die Sonne für eine Feuerkugel hielt. (Besser sollte es auch Sokrates nicht ergehen!)

Von Sokrates' Zeit an bildet Athen den Sammelpunkt der griechischen Kultur. Noch wichtiger ist es, sich zu merken, daß auch das gesamte philosophische Projekt sein Wesen ändert, wenn wir von den Naturphilosophen zu Sokrates überwechseln.

Ehe wir aber Sokrates kennenlernen, wollen wir etwas über die sogenannten *Sophisten* hören, die zu seiner Zeit Athens Stadtbild prägten.

Vorhang auf, Sofie! Die Geschichte des Denkens ist ein Drama in vielen Akten.

Der Mensch im Zentrum

Um etwa 450 v. Chr. wurde Athen zum kulturellen Zentrum der griechischen Welt. Nun nahm auch die Philosophie eine neue Richtung.

Die Naturphilosophen waren vor allem Naturforscher. Sie besetzen deshalb einen wichtigen Platz in der Geschichte der Wissenschaft. In Athen konzentrierte sich das Interesse nun mehr auf den Menschen und dessen Platz in der Gesellschaft.

In Athen entwickelte sich nach und nach eine Demokratie mit Volksversammlungen und Gerichten. Eine Voraussetzung für die Demokratie war, daß die Menschen genügend Unterricht erhielten, um an den demokratischen Prozessen teilnehmen zu können. Daß eine junge Demokratie Volksaufklärung braucht, sehen wir auch in unseren Tagen. Bei den Athenern war es vor allem wichtig, die Redekunst (Rhetorik) zu beherrschen.

Bald strömte aus den griechischen Kolonien eine Gruppe von wandernden Lehrern und Philosophen nach Athen. Sie nannten sich *Sophisten*. Das Wort »Sophist« bezeichnet eine gelehrte oder sachkundige Person. In Athen verdienten die Sophisten ihren Lebensunterhalt damit, die Bürger der Stadt zu unterrichten.

Die Sophisten hatten eine wichtige Gemeinsamkeit mit den Naturphilosophen, und zwar, daß sie die überlieferten Mythen kritisch betrachteten. Aber gleichzeitig lehnten die Sophisten alles ab, was sie für unnötige philosophische Spekulation hielten. Auch wenn es vielleicht Antworten auf viele philosophischen Fragen gibt, können die Menschen doch niemals wirklich sichere Antworten auf die Rätsel der Natur und des Universums finden, meinten sie. Ein solcher Standpunkt wird in der Philosophie als *Skeptizismus* bezeichnet.

Aber obwohl wir keine Antwort auf alle Rätsel der Natur finden können, wissen wir immerhin, daß wir Menschen sind, die lernen müssen, zusammenzuleben. Die Sophisten beschlossen, sich für den Menschen und seinen Platz in der Gesellschaft zu interessieren.

»Der Mensch ist das Maß aller Dinge«, sagte der Sophist *Protagoras* (ca. 487–420 v. Chr.). Damit meinte er, daß Recht und Unrecht, Gut und Böse immer in bezug auf die Bedürfnisse der Menschen bewertet werden müssen. Auf die Frage, ob er an die griechischen Götter glaube, antwortete er: »Von den Göttern vermag ich nichts festzustellen ... denn vieles hindert ein Wissen hierüber: die Dunkelheit der Sache und die Kürze des menschlichen Lebens.« Jemanden, der von sich sagt, daß er nicht sicher sagen kann, ob es einen Gott gibt oder nicht, bezeichnen wir als *Agnostiker*.

Die Sophisten hatten oft weite Reisen zurückgelegt und auf

diese Weise verschiedene Regierungssysteme gesehen. Sitte und Brauch und die Gesetze der Stadtstaaten konnten stark variieren. Vor diesem Hintergrund starteten die Sophisten in Athen eine Diskussion darüber, was *naturgegeben* war und was *von der Gesellschaft geschaffen*. Auf diese Weise schufen sie im Stadtstaat Athen die Grundlage für eine Gesellschaftskritik.

Sie konnten zum Beispiel zeigen, daß ein Ausdruck wie »natürliches Schamgefühl« nicht haltbar ist. Denn wenn das Schamgefühl natürlich wäre, dann müßte es angeboren sein. Aber ist es angeboren, Sofie – oder hat die Gesellschaft es geschaffen? Für Leute, die viel gereist sind, müßte die Antwort einfach sein: Es ist nicht natürlich – oder angeboren –, Angst davor zu haben, sich nackt zu zeigen. Schamgefühl – oder kein Schamgefühl – hat vor allem mit den Sitten und Gebräuchen in einer Gesellschaft zu tun.

Du kannst Dir sicher denken, daß die wandernden Sophisten in der athenischen Stadtgesellschaft heftige Diskussionen auslösten, als sie behaupteten, daß es keine absoluten *Normen* für Recht und Unrecht gebe. Sokrates dagegen versuchte zu beweisen, daß einige Normen wirklich absolut und allgemeingültig sind.

Wer war Sokrates?

Sokrates (470–399 v. Chr.) ist vielleicht die rätselhafteste Person in der gesamten Geschichte der Philosophie. Er hat keine einzige Zeile geschrieben. Trotzdem gehört er zu denen, die den allergrößten Einfluß auf das europäische Denken ausgeübt haben. Daß man ihn auch kennt, wenn man mit Philosophie wenig am Hut hat, hängt wahrscheinlich mit seinem dramatischen Tod zusammen.

Wir wissen, daß er in Athen geboren wurde, und daß er dort sein Leben vor allem auf Marktplätzen und in Straßen verbrachte, wo er mit allen möglichen Leuten redete. Die Felder und Bäume auf dem Land könnten ihn nichts lehren, meinte er. Er konnte auch viele Stunden lang in tiefes Nachdenken versunken dastehen.

Noch zu seinen Lebzeiten galt er als rätselhafte Person, und nach seinem Tod wurde er bald als Gründer der verschiedensten philosophischen Richtungen betrachtet. Eben weil er so rätselhaft und mehrdeutig war, konnten ihn sehr unterschiedliche Richtungen für ihre Ansichten reklamieren.

Feststeht, daß er potthäßlich war. Er war klein und dick und hatte Glubschaugen und eine Himmelfahrtsnase. Aber sein Inneres war »vollkommen herrlich«, wie es hieß. Und weiter: Man könne in der Gegenwart und in der Vergangenheit suchen, aber seinesgleichen werde man nirgends finden.

Trotzdem wurde er wegen seiner philosophischen Aktivitäten zum Tode verurteilt.

Das Leben des Sokrates kennen wir vor allem durch *Platon*, der sein Schüler war und selber einer der größten Philosophen der Geschichte.

Platon verfaßte viele *Dialoge* – oder philosophische Gespräche –, in denen er Sokrates auftreten läßt.

Wenn Platon dem Sokrates Worte in den Mund legt, können wir nicht sicher sagen, ob Sokrates diese Worte wirklich auch gesprochen hat. Deshalb ist es nicht leicht, die Lehre des Sokrates von der des Platon zu unterscheiden. Dieses Problem gilt auch für mehrere andere historische Persönlichkeiten, die keine schriftlichen Quellen hinterlassen haben. Das bekannteste Beispiel ist natürlich Jesus. Wir können nicht sicher wissen, ob der »historische Jesus« wirklich gesagt hat, was Matthäus oder Lukas ihm in den Mund legen. Auf dieselbe Weise wird es immer ein Rätsel bleiben, was der »historische Sokrates« wirklich gesagt hat.

Wer Sokrates »eigentlich« war, ist aber trotzdem nicht so wichtig. Es ist vor allem Platons Bild von ihm, das die westlichen Denker seit fast 2400 Jahren inspiriert.

Gesprächskunst

Der eigentliche Kern in Sokrates' Wirken war, daß er die Menschen nicht belehren wollte. Statt dessen vermittelte er den Eindruck, selber von seinem Gesprächspartner lernen zu wollen. Er unterrichtete also nicht wie irgendein Schullehrer. Nein, er *führte Gespräche*.

Aber er wäre ja kein berühmter Philosoph geworden, wenn er den anderen nur zugehört hätte. Dafür wäre er natürlich auch nicht zum Tode verurteilt worden. Aber vor allem zu Anfang stellte er nur Fragen. So gab er gern vor, nichts zu wissen. Im Laufe des Gesprächs brachte er dann oft den anderen dazu, die Schwächen seiner Überlegungen einzusehen. Es konnte dann vorkommen, daß der Gesprächspartner in die Ecke gedrängt wurde und am Ende einsehen mußte, was Recht und was Unrecht war.

Sokrates' Mutter war angeblich Hebamme, und Sokrates verglich seine eigene Tätigkeit mit der Hebammenkunst. Es ist ja nicht die Hebamme, die das Kind gebiert. Sie ist nur dabei und hilft während der Geburt. Sokrates sah es also als seine Aufgabe an, den Menschen bei der »Geburt« der richtigen Einsicht zu helfen. Denn wirkliche Erkenntnis muß von innen kommen. Sie kann anderen nicht aufgepfropft werden. Nur die Erkenntnis, die von innen kommt, ist wirkliche »Einsicht«.

Ich präzisiere: Die Fähigkeit, Kinder zu gebären, ist eine natürliche Eigenschaft. Ebenso können alle Menschen philosophische Wahrheiten einsehen, wenn sie nur ihre Vernunft anwenden. Wenn ein Mensch »Vernunft annimmt«, holt er etwas aus sich selber heraus.

Gerade dadurch, daß er den Unwissenden spielte, zwang Sokrates die Menschen dazu, ihre Vernunft anzuwenden. Sokrates konnte Unwissenheit heucheln – oder sich dümmer stellen, als er war. Das nennen wir *sokratische Ironie*. Auf diese Weise konnte er immer wieder Schwächen im Denken der Athener aufdecken. Das konnte mitten auf dem Marktplatz passieren – also in aller Öffentlichkeit. Eine Begegnung mit Sokrates konnte bedeuten, daß man sich blamierte und vor großem Publikum lächerlich gemacht wurde.

Es ist deshalb kein großes Wunder, daß er schließlich auch störend und nervtötend wirkte – vor allem auf die Mächtigen in der Gesellschaft. Athen sei wie eine träge Stute, sagte Sokrates, und er wie eine Bremse, die ihr in die Flanke steche, um ihr Bewußtsein wachzuhalten. (Was macht man mit Bremsen, Sofie? Kannst Du mir das sagen?)

Eine göttliche Stimme

Sokrates biß seinen Mitmenschen aber nicht dauernd in die Wade, weil er sie quälen wollte. In ihm steckte etwas, das ihm keine andere Wahl ließ. Er sagte immer, er höre in seinem Inneren eine göttliche Stimme. Sokrates protestierte zum Beispiel dagegen, Menschen zum Tode zu verurteilen. Außerdem weigerte er sich, politische Gegner zu denunzieren. Am Ende sollte ihn das sein Leben kosten.

Im Jahre 399 v. Chr. wurde er angeklagt, »die Jugend zu verderben« und »die Götter nicht anzuerkennen«. Mit knapper Mehrheit wurde er von einer Jury mit fünfhundert Mitgliedern für schuldig befunden.

Nun hätte er sicher um Gnade bitten können. Er hätte auf jeden Fall sein Leben retten können, wenn er bereit gewesen wäre, Athen zu verlassen. Aber wenn er das getan hätte, dann wäre er nicht Sokrates gewesen. Der Punkt ist, daß er sein eigenes Gewissen – und die Wahrheit – für wichtiger hielt als sein Leben. Er versicherte, nur zum Besten des Staates gehandelt zu haben. Aber er wurde eben zum Tode verurteilt. Kurze Zeit später leerte er in Anwesenheit seiner engsten Freunde einen Becher mit Gift, den Schierlingsbecher.

Warum, Sofie? Warum mußte Sokrates sterben? Diese Frage stellen die Menschen immer noch. Aber er ist nicht der einzige in der Geschichte, der bis zum Letzten gegangen ist und für seine Überzeugung den Tod erlitten hat. Ich habe schon Jesus erwähnt, und zwischen Jesus und Sokrates gibt es tatsächlich mehrere Parallelen. Ich will nur einige nennen.

Jesus und Sokrates galten beide schon ihren Zeitgenossen als rätselhafte Personen. Keiner von beiden schrieb seine Botschaft auf. Wir sind also völlig abhängig von dem Bild, das ihre Jünger uns von ihnen geben. Fest steht aber dennoch, daß beide Meister in der Kunst des Gesprächs waren. Sie sprachen außerdem mit einem klaren Selbstbewußtsein, das sowohl entzücken als auch irritieren konnte. Darüber hinaus glaubten beide, für etwas zu sprechen, das größer war als sie selber. Sie forderten die Machthaber in der Gesellschaft heraus, weil sie alle Formen von Ungerechtigkeit und Machtmißbrauch kritisierten. Und nicht zuletzt: Diese Tätigkeit kostete beide das Leben.

Auch bei den Prozessen gegen Jesus und Sokrates sehen wir klare Parallelen. Beide hätten vielleicht um Gnade bitten und dadurch ihr Leben retten können. Aber sie glaubten, ihre Berufung zu verraten, wenn sie nicht bis zum Äußersten gingen. Und daß sie hocherhobenen Hauptes in den Tod gingen, machte sie glaubwürdig über ihren Tod hinaus.

Wenn ich diese Parallelen zwischen Jesus und Sokrates ziehe, dann nicht, weil ich sie gleichsetzen will. Ich wollte vor allem sagen, daß beide eine Botschaft hatten, die sich nicht von ihrem persönlichen Mut trennen läßt.

Ein Joker in Athen

Sokrates, Sofie! Wir sind noch nicht ganz fertig mit ihm, verstehst Du. Wir haben etwas über seine Methode gesagt. Aber wie sah es mit seinem philosophischen Projekt aus?

Sokrates war ein Zeitgenosse der Sophisten. Wie sie beschäftigte er sich mit dem Menschen und dem Menschenleben, und nicht mit den Problemen der Naturphilosophen. Ein römischer

Philosoph – *Cicero* – sagte einige Jahrhunderte später, Sokrates habe die Philosophie vom Himmel auf die Erde geholt, sie in den Städten und Häusern Wohnung nehmen lassen und die Menschen gezwungen, über Leben und Sitten, über Gut und Böse nachzudenken.

Aber Sokrates unterschied sich in einem wichtigen Punkt von den Sophisten. Er betrachtete sich selber nicht als Sophisten – also als gelehrte oder weise Person. Im Gegensatz zu den Sophisten ließ er sich deshalb auch für seine Lehrtätigkeit nicht bezahlen. Nein, Sokrates nannte sich *Philosoph*, im wahrsten Sinne des Wortes. Ein »Philo-soph« ist eigentlich ein »Liebhaber der Weisheit«, jemand, der danach strebt, Weisheit zu erlangen.

Sitzt Du gut, Sofie? Das ist wichtig für den ganzen restlichen Kurs, daß Du den Unterschied zwischen Sophist und Philosoph verstehst. Die Sophisten ließen sich für ihre mehr oder minder spitzfindigen Ausführungen bezahlen, und solche »Sophisten« sind während der gesamten Geschichte immer wieder gekommen und gegangen. Ich denke an alle Schullehrer oder Besserwisser, die entweder mit ihrem bißchen Wissen zufrieden sind, oder die damit protzen, gewaltig viel zu wissen, wovon sie in Wirklichkeit keine Ahnung haben. Etliche solche »Sophisten« sind Dir in Deinem jungen Leben sicher schon begegnet. Ein echter Philosoph, Sofie, ist etwas ganz anderes, ja, das genaue Gegenteil.

Ein Philosoph weiß genau, daß er im Grunde sehr wenig weiß. Ebendeshalb versucht er immer wieder, zu wirklicher Erkenntnis zu gelangen. Sokrates war so ein seltener Mensch. Ihm war *klar*, daß er nichts über das Leben und die Welt wußte. Und jetzt kommt das Entscheidende: Es quälte ihn geradezu, daß er so wenig wußte.

Ein Philosoph ist also jemand, der erkennt, daß es sehr viel gibt, was er nicht versteht. Und das quält ihn. So gesehen ist er immer noch klüger als alle, die mit ihrem vermeintlichen Wissen prahlen. »Die Klügste ist die, die weiß, was sie nicht weiß«, habe ich gesagt. Sokrates selber sagte, er wisse nur eins – nämlich, daß er nichts wisse. Notier Dir diese Aussagen, denn selbst unter Philosophen ist dieses Eingeständnis eine seltene Ware. Es kann außerdem so gefährlich sein, das öffentlich zu verkünden, daß es Dich Dein Leben kostet. Immer sind *die Fragenden* die Gefährlichsten. Es ist nicht gefährlich, zu antworten. Eine einzige Frage kann mehr Zunder enthalten als tausend Antworten.

Hast Du von des Kaisers neuen Kleidern gehört? Eigentlich war der Kaiser splitternackt, aber keiner seiner Untertanen traute sich, das zu sagen. Und plötzlich rief ein Kind, der Kaiser sei ja nackt. Das war ein mutiges Kind, Sofie. Auf diese Weise wagte auch Sokrates klarzustellen, wie wenig Menschen wissen. Die Ähnlichkeit zwischen Kindern und Philosophen ist ja schon zur Sprache gekommen.

Ich präzisiere: Die Menschheit ist mit wichtigen Fragen konfrontiert, auf die wir nicht ohne weiteres die passenden Antworten finden. Und nun eröffnen sich uns zwei Möglichkeiten: Wir können uns selber und den Rest der Welt hinters Licht führen und so tun, als wüßten wir alles, was sich zu wissen lohnt. Oder wir können vor den großen Fragen die Augen verschließen und es ein für allemal aufgeben, weiterzukommen. Auf diese Weise zerfällt die Menschheit in zwei Teile. Zumeist sind die Menschen entweder felsenfest sicher oder gleichgültig. (Beide Sorten krabbeln und kriechen tief unten im Kaninchenfell herum!) Das ist wie beim Kartenspielen, wenn man ein Spiel teilt, liebe Sofie. Man legt die schwarzen Karten auf einen Stapel und die roten auf einen anderen. Aber ab und zu schaut ein Joker aus dem Spiel heraus, einer, der weder Herz noch Kreuz ist, weder Karo noch Pik. Sokrates war in Athen so ein Joker. Er war weder felsenfest sicher noch gleichgültig. Er wußte nur, daß er nichts wußte – und das quälte ihn. Also wurde er Philosoph – einer, der nicht nachgibt, einer, der unermüdlich versucht, Wissen zu erlangen.

Angeblich hat einmal ein Athener das Orakel von Delphi gefragt, wer der klügste Mensch in Athen sei. Das Orakel antwortete: Sokrates. Als Sokrates das erfuhr, war er gelinde gesagt verwundert. (Ich glaube, er hat gelacht, Sofie!) Sofort ging er in die

Stadt und suchte jemanden auf, den er und auch andere für klug hielten. Aber als sich herausstellte, daß dieser Mensch Sokrates seine Fragen nicht klar beantworten konnte, sah Sokrates schließlich ein, daß das Orakel recht hatte.

Für Sokrates war es wichtig, ein sicheres Fundament für unsere Erkenntnisse zu finden. Er glaubte, dieses Fundament liege in der menschlichen Vernunft. Mit seinem starken Glauben an die menschliche Vernunft war er also ein ausgeprägter *Rationalist.*

Richtige Erkenntnis führt zum richtigen Handeln

Ich habe bereits erwähnt, daß Sokrates glaubte, eine göttliche Stimme in sich zu hören, und daß dieses »Gewissen« ihm sagte, was richtig war. Wer wisse, was gut ist, werde auch das Gute tun, meinte er. Er glaubte, die richtige Erkenntnis führe zum richtigen Handeln. Und nur, wer das Richtige tut, so Sokrates, wird zum richtigen Menschen. Wenn wir falsch handeln, dann, weil wir es nicht besser wissen. Deshalb ist es so wichtig, unser Wissen zu vermehren. Sokrates ging es gerade darum, ganz klare und allgemeingültige Definitionen dafür zu finden, was Recht ist und was Unrecht. Im Gegensatz zu den Sophisten glaubte er nämlich, die Fähigkeit, zwischen Recht und Unrecht zu unterscheiden, liege in der Vernunft und nicht in der Gesellschaft.

Vielleicht kannst Du den letzten Satz nicht so leicht schlukken, Sofie. Ich versuche es noch einmal: Sokrates hielt es für unmöglich, glücklich zu werden, wenn man gegen seine Überzeugung handelt. Und wer weiß, wie er zum glücklichen Menschen werden kann, wird auch versuchen, einer zu werden. Deshalb wird jemand, der weiß, was richtig ist, auch das Richtige tun. Denn kein Mensch möchte ja wohl unglücklich sein?

Was meinst Du selber, Sofie? Kannst Du glücklich leben, wenn Du immer wieder Dinge tust, die Du im tiefsten Herzen nicht für richtig hältst? Es gibt viele, die dauernd lügen und stehlen und andere verleumden. Na gut! Sie wissen wohl auch, daß das nicht richtig ist – oder gerecht, wenn Du so willst. Aber glaubst Du, das macht sie glücklich? Sokrates glaubte das nicht.

Als Sofie den Brief über Sokrates gelesen hatte, legte sie ihn rasch in die Dose und kroch hinaus in den Garten. Um sich Fragen zu ersparen, wo sie denn gesteckt hätte, wollte sie im Haus sein, ehe ihre Mutter vom Einkaufen zurückkam. Außerdem hatte Sofie versprochen zu spülen.

Sie hatte gerade erst den Wasserhahn aufgedreht, als ihre Mutter mit zwei riesigen Plastiktüten hereingepoltert kam. Vielleicht sagte sie deshalb:

»Du bist im Moment wohl nicht ganz du selbst, Sofie.«

Sofie wußte nicht, warum sie das sagte, es platzte einfach so aus ihr heraus:

»Sokrates ging das genauso!«

»Sokrates?«

Die Mutter riß die Augen auf.

»Nur schade, daß er mit dem Leben dafür büßen mußte«, fuhr Sofie sehr nachdenklich fort.

»Aber wirklich, Sofie! Ich weiß mir bald keinen Rat mehr!«

»Sokrates auch nicht. Das einzige, was er wußte, war, daß er gar nichts wußte. Trotzdem war er der klügste Mensch in Athen.«

Die Mutter war einfach sprachlos. Schließlich sagte sie:

»Hast du das in der Schule gelernt?«

Energisch schüttelte Sofie den Kopf.

»Da lernen wir doch nichts ... Der große Unterschied zwischen einem Schullehrer und einem echten Philosophen ist, daß der Schullehrer glaubt, eine Menge zu wissen, was er seinen Schülern ständig einzutrichtern versucht. Ein Philosoph versucht, zusammen mit seinen Schülern den Dingen auf den Grund zu gehen.«

»Ach so, wir reden über weiße Kaninchen. Weißt du, bald

will ich aber wissen, was du dir da für einen Freund angelacht hast. Wenn nicht, dann glaube ich langsam, er ist nicht so ganz richtig im Kopf.«

Jetzt drehte Sofie sich am Spülbecken um. Sie zeigte mit der Spülbürste auf ihre Mutter.

»Er ist durchaus ganz richtig im Kopf. Aber er ist wie eine Bremse, die andere stört. Und zwar, um sie aus ihrem alten Denktrott zu reißen.«

»Also hör jetzt auf. Ich finde, er wirkt ein bißchen überkandidelt und naseweis.«

Sofie beugte sich wieder über das Spülbecken.

»Er ist weder weise noch naseweis. Aber er versucht, richtiges Wissen zu erlangen. Das ist der große Unterschied zwischen einem echten Joker und allen anderen Karten im Spiel.«

»Hast du Joker gesagt?«

Sofie nickte.

»Hast du dir je überlegt, daß es in einem Kartenspiel viele Herzen und viele Karos gibt? Es gibt auch viel Pik und Kreuz. Aber es gibt nur einen Joker.«

»Was redest du da bloß, Kind!«

»Und was fragst du da bloß!«

Die Mutter hatte alle Einkäufe weggeräumt. Jetzt nahm sie die Zeitung und ging damit ins Wohnzimmer. Sofie hatte das Gefühl, daß sie die Tür extra fest zumachte.

Als sie fertig gespült hatte, ging sie auf ihr Zimmer. Sie hatte den roten Seidenschal zusammen mit den Legosteinen ganz oben ins Regal gelegt. Jetzt nahm sie ihn wieder heraus und sah ihn sich genau an.

Hilde...

Athen

... und aus den Ruinen erhoben sich mehrere hohe Bauten...

Früh an diesem Abend ging Sofies Mutter auf Besuch zu einer Freundin. Kaum war sie aus dem Haus, ging Sofie auch schon in den Garten und zur Höhle in der alten Hecke. Hier fand sie neben der großen Kuchendose ein dickes Päckchen. Sofie riß sofort das Papier ab. Es war eine Videokassette!

Sie rannte zum Haus zurück. Eine Videokassette! Das war ja etwas ganz Neues. Aber woher konnte der Philosoph wissen, daß sie ein Videogerät hatten? Und was war auf dem Video?

Sofie schob die Kassette ins Gerät. Bald war auf dem Bildschirm eine große Stadt zu sehen. Sofie begriff, daß es sich um Athen handeln mußte, denn nun wurde die Akropolis in Großaufnahme gezeigt. Sofie hatte schon oft Bilder dieser alten Ruinen gesehen. Zwischen den Tempelresten wuselten Touristen in leichten Kleidern und mit Fotoapparaten um den Hals herum. Trug da nicht sogar einer ein Plakat? Da war das Plakat wieder. Stand darauf nicht »Hilde«?

Nach einer Weile erschien ein Mann in mittleren Jahren vor der Kamera. Er war ziemlich klein, trug einen gepflegten schwarzen Bart und eine blaue Baskenmütze. Sofort blickte er in die Kamera und sagte:

»Willkommen in Athen, Sofie. Du hast dir sicher schon gedacht, daß ich Alberto Knox bin. Wenn du dir das noch nicht gedacht hast, dann wiederhole ich nur, daß das weiße Kaninchen immer noch aus dem schwarzen Zylinder des Universums gezogen wird. Wir stehen auf der Akropolis. Dieses Wort bedeutet: ›die Stadtburg‹ – oder eigentlich: ›die Stadt auf den Hügeln‹. Hier oben haben seit der Steinzeit Menschen gewohnt. Das hängt natürlich mit der besonderen Lage des Ortes zusammen.

Es war leicht, dieses Hochplateau gegen Feinde zu verteidigen. Als Athen sich unten auf der Fläche vor dem Plateau immer weiter ausdehnte, wurde die Akropolis als Festung und als Tempelgebiet genutzt. In der ersten Hälfte des fünften Jahrhunderts vor Christus tobte ein bitterer Krieg gegen die Perser, und im Jahre 480 ließ der persische König *Xerxes* Athen plündern und alle alten Holzbauten der Akropolis niederbrennen. Im folgenden Jahr wurden die Perser geschlagen, und nun setzte Athens goldenes Zeitalter ein, Sofie.

Die Akropolis wurde wieder aufgebaut – stolzer und schöner denn je –, und sie wurde von nun an zum reinen Tempelgebiet. Gerade zu dieser Zeit ging Sokrates durch die Straßen und über die Marktplätze und sprach mit den Athenern. Auf diese Weise konnte er den Wiederaufbau der Akropolis und die Errichtung all der stolzen Bauten beobachten, die wir hier sehen. Das war vielleicht ein Bauplatz! Hinter mir siehst du den größten Tempel. Er heißt Parthenon – oder ›Jungfrauenwohnung‹ – und wurde zu Ehren der Göttin *Athene* errichtet, der Schutzgöttin von Athen. Dieses große Bauwerk aus Marmor weist keine einzige gerade Linie auf, alle vier Seiten zeigen eine schwache Krümmung. Auf diese Weise sollte das Gebäude lebhafter wirken. Obwohl der Tempel von enormen Dimensionen ist, wirkt er für das Auge nicht so plump. Und das liegt eben an einem optischen Betrug. Auch die Säulen sind leicht nach innen abgeschrägt und würden eine Pyramide von 1500 Meter Höhe bilden, wenn sie lang genug wären, um sich über dem Tempel in einem Punkt zu begegnen. Das einzige, was sich in diesem riesigen Bauwerk befand, war eine zwölf Meter hohe Statue von Athene. Ich muß noch hinzufügen, daß der weiße Marmor, der in mehreren lebhaften Farben bemalt war, von einem sechzehn Kilometer entfernten Berg hergeholt wurde...«

Sofies Herz hämmerte wild. War das wirklich ihr Philosophielehrer, der da per Video zu ihr sprach? Sie hatte ja nur einmal im Dunkeln seine Umrisse gesehen. Aber es konnte durchaus derselbe Mann gewesen sein, der jetzt auf der Akropolis in Athen stand.

Nun begann er, an der Längsseite des Tempels entlangzugehen, und die Kamera folgte ihm dabei. Schließlich trat er an den Rand des Felsens und wies über die Landschaft. Die Kamera fixierte ein altes Theater unterhalb des Akropolis-Plateaus.

»Da siehst du das alte Dionysos-Theater«, fuhr der Mann mit der Baskenmütze fort. »Es ist wahrscheinlich das allerälteste Theater in Europa. Hier wurden die Stücke der großen Tragödiendichter *Aischylos, Sophokles* und *Euripides* aufgeführt, noch zu Lebzeiten des Sokrates. Ich habe die Tragödie über den unseligen König Ödipus erwähnt. Die hatte hier ihre Uraufführung. Aber es wurden auch Komödien gespielt. Der bekannteste Komödiendichter war *Aristophanes,* der unter anderem eine boshafte Komödie über das Stadtoriginal Sokrates schrieb. Ganz hinten siehst du die steinerne Wand, vor der die Schauspieler auftraten. Sie hieß *skené* und hat ihren Namen an unser Wort ›Szene‹ weitergereicht. Das Wort *Theater* stammt übrigens von einem alten griechischen Wort für ›schauen‹ ab. Aber wir wollen bald zur Philosophie zurückkehren, Sofie. Wir drehen eine Runde um den Parthenon und gehen dann durch die Eingangspartie nach unten ...«

Jetzt ging der kleine Mann um den großen Tempel herum, wobei zu seiner Rechten einige kleinere Tempel lagen. Dann ging er die Treppe zwischen einigen hohen Säulen hinunter. Als er den Fuß des Akropolis-Plateaus erreicht hatte, stieg er auf eine kleine Anhöhe und zeigte auf Athen:

»Die Anhöhe, auf der wir stehen, heißt *Areopag.* Hier behandelte das höchste Gericht Athens Mordfälle. Viele hundert Jahre später stand hier der Apostel Paulus und erzählte den Athenern über Jesus und das Christentum. Aber auf diese Rede werden wir bei späterer Gelegenheit noch zurückkommen. Unten links siehst du die Ruinen des alten Athener Marktplatzes. Abgesehen von dem großen Tempel des Schmiedegottes Hephaistos sind nur noch Marmorblöcke erhalten. Wir gehen hinunter ...«

Im nächsten Moment tauchte er zwischen den alten Ruinen wieder auf. Hoch oben unter dem Himmel – und ganz oben auf Sofies Bildschirm – ruhte der große Athene-Tempel auf der Akropolis. Der Philosophielehrer setzte sich auf einen Marmorblock. Dann blickte er in die Kamera und sagte:

»Wir sitzen am Rande des alten Marktplatzes von Athen. Trauriger Anblick was? Heute, meine ich. Aber einst standen hier stolze Tempel, Gerichtslokale und andere öffentliche Gebäude, Geschäfte, ein Konzertsaal und sogar eine große Turnhalle. Alles zusammen umgab diesen Marktplatz, einen großen, viereckigen Platz ... Auf diesem kleinen Gelände wurde die Grundlage der gesamten europäischen Zivilisation gelegt. Wörter wie ›Politik‹ und ›Demokratie‹, ›Ökonomie‹ und ›Historie‹, ›Biologie‹ und ›Physik‹, ›Mathematik‹ und ›Logik‹, ›Theologie‹ und ›Philosophie‹, ›Ethik‹ und ›Psychologie‹, ›Theorie‹ und ›Methode‹, ›Idee‹ und ›System‹ – und noch viele weitere – stammen von einem ziemlich kleinen Volk, dessen tägliches Leben sich rund um diesen Platz abspielte. Hier sprach Sokrates mit den Menschen, die ihm begegneten. Vielleicht packte er einen Sklaven am Arm, der einen Krug mit Olivenöl trug, und stellte dem armen Mann eine philosophische Frage. Denn Sokrates meinte, auch ein Sklave habe dieselbe Vernunft wie ein Bürger. Vielleicht führte er einen erregten Wortwechsel mit einem Bürger – oder er war in ein leises Gespräch mit seinem jungen Schüler Platon vertieft. Es ist seltsam, daran zu denken. Wir reden immer noch von ›sokratischer‹ oder ›platonischer‹ Philosophie, aber es ist etwas ganz anderes, Platon oder Sokrates zu *sein.*«

Sicher fand Sofie diesen Gedanken seltsam. Aber mindestens ebenso seltsam kam es ihr vor, wie der Philosoph plötzlich mit ihr durch eine Videoaufnahme sprach, die ein geheimnisvoller Hund in ihr Geheimversteck im Garten gebracht hatte.

Nun erhob sich der Philosoph von den Marmorblöcken, auf denen er gesessen hatte. Und dann sagte er ziemlich leise:

»Eigentlich wollte ich es damit bewenden lassen, Sofie. Ich

wollte dir die Akropolis und die Ruinen des alten Marktplatzes in Athen zeigen. Aber ich weiß noch nicht, ob dir wirklich klar ist, wie stolz diese Umgebung in alten Zeiten war ... und da fühlte ich mich versucht ... etwas weiter zu gehen. Das ist natürlich ganz gegen alle Regeln ... aber ich vertraue irgendwie darauf, daß es unter uns bleibt ... naja, egal, ein kleiner Einblick muß reichen ...«

Mehr sagte er nicht, er stand nur lange da und starrte in die Kamera. Gleich danach erschien ein ganz anderes Bild auf dem Bildschirm. Aus den Ruinen hatten sich mehrere hohe Bauten erhoben. Wie durch Zauberhand waren alle alten Ruinen wiederaufgebaut. Am Horizont sah Sofie immer noch die Akropolis, aber nun waren die Akropolis und die Gebäude unten am Markt nagelneu. Sie waren vergoldet und in strahlenden Farben bemalt. Auf dem großen viereckigen Platz spazierten Menschen in farbenfrohen Gewändern. Einige trugen Schwerter, andere einen Krug auf dem Kopf, und einer hatte eine Papyrosrolle unter dem Arm.

Erst jetzt erkannte Sofie ihren Philosophielehrer. Er trug immer noch die blaue Baskenmütze auf dem Kopf, hatte nun aber wie die anderen Menschen auf dem Bild ein gelbes Gewand an. Er kam auf Sofie zu, schaute in die Kamera und sagte:

»So, ja. Jetzt befinden wir uns im antiken Athen, Sofie. Ich wollte, daß du selber herkommst, verstehst du? Wir schreiben das Jahr 402 vor Christus, nur drei Jahre vor dem Tod des Sokrates. Ich hoffe, du weißt diesen exklusiven Besuch zu schätzen, es war nämlich sehr schwer, eine Videokamera zu mieten ...«

Sofie spürte, daß ihr schwindlig wurde. Wie konnte der geheimnisvolle Mann plötzlich im Athen von vor 2400 Jahren stehen? Wie konnte sie eine Videoaufnahme aus einer anderen Zeit sehen? Sofie wußte natürlich, daß es in der Antike kein Video gegeben hatte. Ob sie vielleicht einen Spielfilm sah? Aber die vielen Marmorbauten sahen ganz echt aus. Wenn man den ganzen alten Marktplatz von Athen und dazu noch die Akropolis für nur einen Film wiederaufbauen wollte – nein, dann würden diese Kulissen ein wenig zuviel kosten. Es wäre jedenfalls ein ganz schön hoher Preis, nur um Sofie etwas über Athen beizubringen.

Der Mann mit der Baskenmütze schaute wieder auf.

»Siehst du die beiden Männer dahinten im Säulengang?«

Sofie entdeckte einen älteren Mann in einem leicht zerlumpten Gewand. Er hatte einen langen, ungepflegten Bart, eine platte Nase, stechende blaue Augen und Apfelbäckchen. Neben ihm stand ein schöner junger Mann.

»Das sind Sokrates und sein junger Schüler. Verstehst du, Sofie? Aber du sollst sie persönlich kennenlernen.«

Nun ging der Philosophielehrer zu den beiden Männern, die unter einem hohen Dach standen. Als er sie erreicht hatte, lüpfte er die Baskenmütze und sagte etwas, das Sofie nicht verstand. Sicher sprach er griechisch. Nach einer Weile schaute er wieder in die Kamera und sagte:

»Ich habe ihnen erzählt, daß eine junge Norwegerin sie kennenlernen möchte. Jetzt wird Platon einige Fragen stellen, über die du nachdenken kannst. Aber wir müssen uns beeilen, damit die Wächter uns nicht entdecken.«

Sofie spürte einen Druck in den Schläfen, denn jetzt trat der junge Mann vor und sah in die Kamera:

»Willkommen in Athen, Sofie«, sagte er mit sanfter Stimme. Er sprach sehr gebrochen norwegisch. »Ich heiße Platon und will dir vier Aufgaben stellen. Zuerst sollst du dir überlegen, wie ein Bäcker fünfzig völlig gleiche Kuchen backen kann. Dann kannst du dich fragen, wieso alle Pferde gleich sind. Weiterhin sollst du dir überlegen, ob du glaubst, daß der Mensch eine unsterbliche Seele hat. Und schließlich mußt du die Frage beantworten, ob Frauen und Männer gleich vernünftig sind. Viel Glück!«

Im nächsten Moment war das Bild verschwunden. Sofie versuchte, vor- und zurückzuspulen, aber sie hatte alles gesehen, was auf dem Video war.

Sofie versuchte, ihre Gedanken zu sammeln. Aber kaum hatte sie mit einem angefangen, schon mußte sie an etwas anderes denken, während der erste Gedanke noch lange nicht zu Ende gedacht war.

Daß ihr Philosophielehrer ziemlich originell war, wußte sie ja schon seit langem. Aber wenn er zu Unterrichtsmethoden griff, die alle bekannten Naturgesetze über den Haufen warfen, dann ging das zu weit, fand Sofie.

Hatte sie wohl wirklich Sokrates und Platon auf dem Bildschirm gesehen? Natürlich nicht, das war doch ganz unmöglich. Aber es war schließlich auch kein Zeichentrickfilm gewesen.

Sofie nahm die Kassette aus dem Gerät und lief damit auf ihr Zimmer. Dort schob sie sie ins oberste Fach des Schrankes zu den Legosteinen. Dann fiel sie erschöpft auf ihr Bett und schlief ein.

Einige Stunden später kam ihre Mutter ins Zimmer. Sie stieß Sofie an und sagte:

»Aber was ist denn in dich gefahren, Sofie?«

»Mmm...«

»Du liegst ja mit Kleidern im Bett!«

Sofie bekam kaum die Augen auf.

»Ich war in Athen«, sagte sie.

Mehr brachte sie nicht heraus; sie drehte sich einfach nur um und schlief weiter.

Platon

... eine Sehnsucht nach der eigentlichen Wohnung der Seele...

Am nächsten Morgen fuhr Sofie mit einem Ruck aus dem Schlaf hoch. Es war erst kurz nach fünf, aber sie war so hellwach, daß sie sich im Bett aufsetzte.

Warum hatte sie ihr Kleid an? Dann fiel ihr alles wieder ein. Sofie stieg auf einen Hocker und schaute ins oberste Schrankfach. Doch – dort lag eine Videokassette. Also war es doch kein Traum gewesen, jedenfalls nicht alles zusammen.

Aber sie hatte doch wohl Platon und Sokrates nicht wirklich gesehen? Ach, sie mochte nicht mehr darüber nachdenken. Vielleicht hatte ihre Mutter recht, und sie war im Moment nicht ganz sie selber.

Jedenfalls konnte sie nicht mehr schlafen. Vielleicht sollte sie in der Höhle nachsehen, ob der Hund einen neuen Brief gebracht hatte?

Sofie schlich sich die Treppe hinunter, zog Turnschuhe an und ging nach draußen.

Im Garten war alles wunderbar klar und still. Die Vögel zwitscherten so energisch, daß Sofie fast lachen mußte. Morgentau kullerte von den Grashalmen wie kleine Kristalltropfen. Wieder ging ihr auf, was die Welt für ein unfaßbares Wunder ist.

Auch in der alten Hecke war es ein bißchen feucht. Sofie konnte keinen neuen Brief des Philosophen sehen, aber dennoch wischte sie eine dicke Wurzel ab und setzte sich.

Ihr fiel ein, daß ihr der Video-Platon einige Aufgaben gestellt hatte. Zuerst sollte sie sich überlegen, wie ein Bäcker fünfzig ganz gleiche Kuchen backen kann.

Sofie mußte sich das gut überlegen, denn ihr kam das wie

eine Wahnsinnsarbeit vor. Wenn ihre Mutter, was selten vorkam, ein Blech Rosinenkringel backte, dann waren keine zwei sich ganz gleich. Sie war ja auch keine professionelle Bäckerin und konnte ganz schön viel falsch machen. Aber die Kuchen, die sie im Laden kauften, waren auch nie ganz gleich. Jeder einzelne Kuchen wurde ja neu in den Händen des Bäckers geformt.

Plötzlich verbreitete sich ein listiges Lächeln über Sofies Gesicht. Ihr war eingefallen, wie ihr Vater und sie einmal in der Stadt gewesen waren, während die Mutter Weihnachtsplätzchen gebacken hatte. Als sie nach Hause kamen, war der ganze Küchentisch mit Pfefferkuchenmännlein bedeckt. Obwohl nicht alle gleich perfekt, waren sie irgendwie doch alle gleich gewesen. Und warum waren sie das? Weil die Mutter für alle Kuchen dieselbe *Form* verwendet hatte, natürlich.

Sofie war so zufrieden, daß ihr die Sache mit den Pfefferkuchen eingefallen war, daß sie die erste Aufgabe ganz einfach für beendet erklärte. Wenn ein Bäcker fünfzig ganz gleiche Kuchen macht, dann hat er eben für alle dieselbe Form verwendet. Und damit basta!

Dann hatte der Video-Platon in die verborgene Kamera geblickt und gefragt, warum alle Pferde gleich sind. Aber das stimmte doch nicht. Sofie würde ganz im Gegenteil sagen, daß keine zwei Pferde gleich waren, genausowenig wie zwei Menschen gleich sein konnten.

Sie hätte die Aufgabe fast drangegeben, aber dann fiel ihr ein, was sie sich wegen der Pfefferkuchen überlegt hatte. Von denen waren auch keine zwei gleich, einige waren etwas dicker als die anderen, andere waren noch dazu zerbrochen; dennoch war für alle und jeden klar, daß sie auf eine gewisse Weise doch »ganz gleich« waren.

Vielleicht wollte Platon fragen, warum ein Pferd immer ein Pferd war und nicht zum Beispiel ein Zwischending zwischen Pferd und Schwein. Denn obwohl manche Pferde braun wie Bären waren und andere weiß wie Lämmer, hatten doch alle

Pferde etwas gemeinsam. Sofie hatte zum Beispiel noch nie ein Pferd mit sechs oder acht Beinen gesehen. Aber Platon konnte doch wohl nicht meinen, daß alle Pferde gleich waren, weil sie aus derselben Form gegossen worden waren?

Dann hatte Platon eine wirklich große und schwierige Frage gestellt. Hat der Mensch eine unsterbliche Seele? Sofie fühlte sich unfähig, darauf zu antworten. Sie wußte nur, daß der tote Körper entweder verbrannt oder begraben wurde, und dann hatte man jedenfalls keine Zukunft. Wenn der Mensch eine unsterbliche Seele hatte, dann mußte er auch aus zwei sehr verschiedenen Teilen bestehen: einem Körper, der nach einigen Jahren verschlissen ist – und einer Seele, die mehr oder weniger unabhängig von den Vorgängen im Körper operiert. Ihre Großmutter hatte einmal gesagt, ihr käme es so vor, als würde nur ihr Körper alt. Innerlich war sie immer dasselbe junge Mädchen geblieben.

Das mit dem »jungen Mädchen« führte Sofie zur letzten Frage: Sind Frauen und Männer gleich vernünftig? Da war sie sich wirklich nicht so sicher. Es kam doch darauf an, was Platon unter »vernünftig« verstand.

Plötzlich fiel ihr ein, was ihr Philosophielehrer über Sokrates gesagt hatte. Sokrates hatte erklärt, daß alle Menschen philosophische Wahrheiten einsehen könnten, wenn sie nur ihre Vernunft gebrauchten. Er glaubte außerdem, daß ein Sklave philosophische Fragen mit derselben Vernunft lösen könne wie ein Edelmann. Sofie war überzeugt, daß er auch gesagt hätte, Frauen und Männer seien gleich vernünftig.

Während sie noch so in ihre Grübeleien versunken dasaß, hörte sie es plötzlich in der Hecke rascheln, außerdem schnaufte und keuchte dort etwas wie eine Dampfmaschine. Im nächsten Moment schlüpfte der gelbe Hund in die Höhle. Er hielt einen großen Umschlag im Maul.

»Hermes!« rief Sofie. »Vielen Dank!«

Der Hund ließ den Umschlag in Sofies Schoß fallen, und sie streckte eine Hand aus und streichelte ihm den Hals.

»Hermes ist ein braver Hund«, sagte sie.

Worauf der Hund sich hinlegte und sich willig von Sofie streicheln ließ. Nach einigen Minuten stand er dann aber auf und stapfte durch die Hecke zurück zu dem Weg, den er gekommen war.

Sofie folgte ihm mit dem Umschlag in der Hand. Sie robbte durch die enge Hecke und stand einen Moment später außerhalb des Gartens.

Hermes lief nun auf den Waldrand zu, und Sofie folgte ihm in einigen Metern Entfernung. Zweimal drehte der Hund sich um und knurrte, aber Sofie ließ sich nicht abschrecken. Jetzt wollte sie den Philosophen finden – und wenn sie bis nach Athen laufen müßte.

Der Hund lief etwas schneller, und bald erreichte er einen kleinen Pfad.

Auch Sofie beschleunigte ihr Tempo, aber nach einer Weile drehte der Hund sich um und kläffte wie ein Wachhund. Sofie ließ nicht locker; sie nutzte die Gelegenheit, um ihm noch näher zu kommen.

Hermes jagte weiter über den Pfad. Am Ende mußte Sofie einsehen, daß sie ihn nicht einholen konnte. Lange stand sie da und hörte zu, wie der Hund sich entfernte. Am Ende war alles still.

Sofie setzte sich auf einen Baumstumpf bei einer kleinen Lichtung. In der Hand hielt sie den großen gelben Briefumschlag. Sie öffnete ihn, zog mehrere beschriebene Bögen heraus und fing an zu lesen:

Platons Akademie

Schön, Dich zu sehen, Sofie! Ich meine natürlich in Athen. Damit hätte ich mich Dir endlich vorgestellt, nicht wahr. Und da ich Dir auch Platon vorgestellt habe, können wir gleich anfangen.

Platon (427–347 v. Chr.) war 29 Jahre alt, als Sokrates den

Schierlingsbecher leeren mußte. Er war lange Schüler des Sokrates gewesen und verfolgte den Prozeß gegen ihn genau. Daß Athen den edelsten Menschen der Stadt zum Tode verurteilen konnte, machte nicht nur einen unauslöschlichen Eindruck auf ihn; es sollte auch die Richtung seiner gesamten philosophischen Tätigkeit bestimmen.

Für Platon brachte der Tod des Sokrates glasklar zum Ausdruck, welcher Widerspruch zwischen den *tatsächlichen* Verhältnissen in einer Gesellschaft und dem *Wahren* oder *Ideellen* bestehen kann.

Platons erste Handlung als Philosoph war die Veröffentlichung von Sokrates' Verteidigungsrede. Darin teilt Platon mit, was Sokrates dem großen Gerichtshof vortrug.

Du weißt sicher noch, daß Sokrates nichts selber geschrieben hat. Viele Vorsokratiker hatten das getan, nur ist ihr schriftliches Material zum größten Teil nicht für die Nachwelt aufbewahrt worden. Was Platon betrifft, so glauben wir, daß all seine Hauptwerke erhalten sind. (Außer Sokrates' Verteidigungsrede schrieb er Briefe und nicht weniger als fünfunddreißig philosophische Dialoge.) Daß diese Schriften bewahrt sind, liegt nicht zuletzt daran, daß Platon bei Athen seine eigene philosophische Schule eröffnete. Und zwar in einem Hain, der den Namen des griechischen Sagenhelden Akademos trug. Platons Philosophieschule erhielt deshalb den Namen *Akademie*. (Seither sind auf der ganzen Welt viele Tausende von Akademien eröffnet worden. Wir sprechen noch immer von »Akademikern« und »akademischen Fächern«.)

An Platons Akademie wurden Philosophie, Mathematik und Gymnastik unterrichtet. Obwohl »unterrichten« vielleicht nicht ganz das richtige Wort ist. Auch an Platons Akademie war das lebendige Gespräch das wichtigste. Deshalb ist es kein Zufall, daß der *Dialog* die Form wurde, in der Platon seine Philosophie niederschrieb.

Das ewig Wahre, ewig Schöne und ewig Gute

Zu Beginn dieses Philosophiekurses habe ich Dir gesagt, daß es sich oft lohnt, nach dem Projekt eines bestimmten Philosophen zu fragen. Und deshalb frage ich jetzt: Was wollte Platon untersuchen?

Kurz gesagt: Platon interessierte sich für die Beziehung zwischen dem, was auf der einen Seite ewig und unveränderlich ist – und dem, was auf der anderen Seite »fließt«. (Genau wie die Vorsokratiker also!)

Dann haben wir gesagt, daß sich die Sophisten und Sokrates von den Fragen der Naturphilosophie abgewandt und sich mehr für den Menschen und die Gesellschaft interessiert hatten. Und das stimmt schon; aber auch die Sophisten und Sokrates beschäftigten sich in bestimmter Weise mit dem Verhältnis zwischen dem, was auf der einen Seite ewig und beständig ist – und dem, was auf der anderen Seite »fließt«. Sie beschäftigten sich mit dieser Frage, wenn es um die *Moral* des Menschen und die *Ideale* oder *Tugenden* der Gesellschaft ging. Die Sophisten meinten, grob gesagt, die Frage, was Recht ist und was Unrecht, verändere sich von Stadtstaat zu Stadtstaat und von Generation zu Generation. Die Frage von Recht und Unrecht sei also etwas »Fließendes«. Sokrates konnte das nicht akzeptieren. Er glaubte an ewige Regeln oder *Normen* für das menschliche Handeln. Wenn wir nur unsere Vernunft anwenden, meinte er, können wir alle solche unveränderliche Normen erkennen, denn die menschliche Vernunft ist ja gerade etwas Ewiges und Unveränderliches.

Bist Du noch da, Sofie? Und nun kommt also Platon. Er interessiert sich *sowohl* für das, was in der Natur ewig und unveränderlich ist – *als auch* für das, was in Moral und Gesellschaft ewig und unveränderlich ist. Ja, für Platon ist das ein und dasselbe. Er versucht, eine eigene »Wirklichkeit« zu fassen zu bekommen, die ewig und unveränderlich ist. Und ehrlich gesagt, dafür haben wir ja gerade Philosophen. Es geht ihnen nicht darum, die schönste Frau des Jahres oder die billigsten Tomaten des langen Donnerstags zu küren. (Deshalb sind sie nicht immer beliebt!) Philosophen versuchen, solche eitlen und tagesaktuellen Dinge nur am Rande wahrzunehmen. Sie versuchen, das aufzuzeigen, was »ewig wahr«, »ewig schön« und »ewig gut« ist.

Damit ahnen wir zumindest den Umfang von Platons philosophischem Projekt. Und von nun an nehmen wir eins nach dem anderen. Wir werden versuchen, einen seltsamen Gedankengang zu verstehen, der in aller späteren europäischen Philosophie tiefe Spuren hinterlassen hat.

Die Welt der Ideen

Empedokles und Demokrit hatten ja schon darauf hingewiesen, daß alle Phänomene in der Natur »fließen«, aber daß es trotzdem »etwas« gibt, das sich niemals verändert (die »vier Wurzeln« oder die »Atome«). Platon befaßt sich ebenfalls mit dieser Problematik – aber auf ganz andere Weise.

Platon meinte, daß *alles*, was wir in der Natur greifen und fühlen können, »fließt«. Es gibt also keine Grundstoffe, die nicht in Auflösung übergehen. Absolut alles, was der »Sinnenwelt« angehört, besteht aus einem *Material*, an dem die Zeit zehrt. Aber gleichzeitig ist alles nach einer zeitlosen *Form* gebildet, die ewig und unveränderlich ist.

Begriffen? Na gut, dann eben nicht...

Warum sind alle Pferde gleich, Sofie? Vielleicht denkst Du, daß sie das doch gar nicht sind. Aber es gibt etwas, das allen Pferden gemeinsam ist, etwas, das dafür sorgt, daß wir niemals Probleme haben werden, ein Pferd zu erkennen. Das einzelne Pferd »fließt« natürlich. Es kann alt und lahm sein, mit der Zeit wird es dann auch krank und stirbt. Aber die eigentliche »Pferdeform« ist ewig und unveränderlich.

Für Platon ist dieses Ewige und Unveränderliche also kein physischer »Urstoff«. Das Ewige und Unveränderliche sind geistige oder abstrakte Musterbilder, nach denen alle Phänomene gebildet sind.

Ich präzisiere: Die Vorsokratiker hatten eine recht brauchbare Erklärung für die Veränderungen in der Natur gegeben, ohne voraussetzen zu müssen, daß sich wirklich etwas »verändert«. Mitten im Kreislauf der Natur gibt es ewige und beständige kleinste Teilchen, die nicht in Auflösung übergehen, meinten sie. Na gut, Sofie! Ich sagte: *Na gut!* Aber sie hatten keine akzeptable Erklärung dafür, *wie* diese kleinsten Teilchen, die einst Bausteine in einem Pferd waren, vier oder fünf Jahrhunderte später in Windeseile ein vollständig neues Pferd ergeben sollen! Oder vielleicht auch einen Elefanten, oder ein Krokodil. Platon will sagen, daß Demokrits Atome niemals ein »Krokofant« oder ein »Eledil« werden können. Und gerade das hat seine philosophischen Überlegungen in Gang gesetzt.

Wenn Du jetzt schon verstehst, was ich meine, kannst Du diesen Abschnitt überspringen. Sicherheitshalber präzisiere ich: Du hast eine Schachtel Legosteine und baust ein Legopferd. Dann nimmst Du es wieder auseinander und legst die Steine zurück in die Schachtel. Du kannst nicht erwarten, daß Du ein neues Pferd bekommst, wenn Du einfach nur die Schachtel schüttelst. Wie sollten schließlich die Legosteine ganz allein ein neues Pferd zustande bringen? Nein, *Du* mußt das Pferd wieder zusammensetzen, Sofie. Und wenn Du das schaffst, dann liegt das daran, daß Du in Dir ein *Bild* davon hast, wie das Pferd aussieht. Das Legopferd ist also nach einem Musterbild geformt worden, das unverändert von Pferd zu Pferd besteht.

Hast Du das mit den fünfzig gleichen Kuchen rausgekriegt? Wir stellen uns jetzt vor, Du fällst aus dem Weltraum auf die Erde und hast noch nie eine Bäckerei gesehen. Also stolperst Du in eine verlockende Bäckerei – und da siehst Du fünfzig genau gleiche Pfefferkuchenmänner auf einem Tablett. Ich nehme an, Du würdest Dich am Kopf kratzen und Dich fragen, wieso die alle ganz gleich sein können. Dabei ist es gut vorstellbar, daß einem ein Arm fehlt, ein anderer hat vielleicht ein Stück vom Kopf verloren, und der dritte hat einen zu dicken Bauch. Aber nach gründlichem Nachdenken kommst Du doch zu dem Schluß, daß alle Pfefferkuchenmänner einen *gemeinsamen Nenner* haben. Obwohl keiner von ihnen ganz vollkommen ist, ahnst Du, daß sie einen *gemeinsamen Ursprung* haben müssen. Du begreifst, daß alle Pfefferkuchen nach ein und derselben Form gebacken sind.

Und mehr noch, Sofie, mehr: Jetzt wird Dich der Wunsch überkommen, diese Form zu *sehen*. Denn es ist klar, daß die Form unbeschreiblich vollkommener – und in gewisser Weise schöner – sein muß als eine ihrer gebrechlichen Kopien.

Wenn Du diese Aufgabe ganz allein gelöst hast, dann hast Du ein philosophisches Problem auf genau dieselbe Weise gelöst wie Platon. Wie die meisten Philosophen ist er sozusagen »aus dem Weltraum gefallen«. (Er hat sich ganz oben auf einem der dünnen Haare im Kaninchenfell niedergelassen.) Er hat sich darüber gewundert, wieso alle Phänomene in der Natur sich so ähnlich sein können, und er ist also zu dem Schluß bekommen, daß »über« oder »hinter« allem, was wir um uns herum sehen, eine begrenzte Anzahl von Formen liegt. Diese Formen nannte Platon *Ideen*. Hinter allen Pferden, Schweinen und Menschen gibt es die »Idee Pferd«, die »Idee Schwein« und die »Idee Mensch«. (Und deshalb kann die erwähnte Bäckerei außer Pfefferkuchenmännlein auch Pfefferkuchenschweine und Pfefferkuchenpferde haben. Denn eine anständige Bäckerei hat oft mehr als nur eine Form. Aber eine einzige Form für jede *Sorte* Pfefferkuchen ist genug.)

Schlußfolgerung: Platon glaubte an eine eigene Wirklichkeit hinter der »Sinnenwelt«. Diese Wirklichkeit nannte er die *Welt der Ideen*. Hier finden wir die ewigen und unveränderlichen »Musterbilder«, die *Urbilder* hinter den verschiedenen Phänomenen, die uns in der Natur begegnen. Diese bemerkenswerte Auffassung bezeichnen wir als Platons *Ideenlehre*.

Sicheres Wissen

Bis jetzt bist Du vielleicht noch mitgekommen, liebe Sofie. Aber hat Platon das wirklich ganz ernst gemeint, fragst Du vielleicht. Hat er gemeint, daß solche Phänomene in einer ganz anderen Wirklichkeit *existieren*?

Er hat das bestimmt nicht sein ganzes Leben lang so wortwörtlich gemeint, aber in einigen seiner Dialoge muß er einfach so verstanden werden. Wir wollen versuchen, seiner Argumentation zu folgen.

Ein Philosoph versucht, wie gesagt, etwas zu fassen zu bekommen, was ewig und unveränderlich ist. Es hätte zum Beispiel wenig Sinn, eine philosophische Abhandlung über das Dasein einer ganz bestimmten Seifenblase zu schreiben. Erstens würde man sie wohl kaum richtig untersuchen können, ehe sie plötzlich verschwunden wäre. Zweitens wäre es wahrscheinlich schwierig, eine philosophische Abhandlung über etwas, das niemand gesehen und das nur wenige Sekunden existiert hat, zu verkaufen.

Platon meinte, daß alles, was wir um uns herum in der Natur sehen, ja, alles, was wir anfassen und betasten können, mit einer Seifenblase verglichen werden kann. Denn nichts, was in der Sinnenwelt existiert, ist von Dauer. Dir ist natürlich klar, daß alle Menschen und Tiere früher oder später in Auflösung übergehen und sterben. Aber sogar ein Marmorblock zerfällt und wird langsam zersetzt. (Die Akropolis besteht aus Ruinen, Sofie! Skandalös, wenn Du mich fragst. Aber so ist es.) Platon geht es darum, daß wir niemals sicheres Wissen über etwas gewinnen können, das sich verändert. Von dem, was der Sinnenwelt angehört – und das wir also anfassen und betasten können –, haben wir nur unsichere *Meinungen. Sicheres Wissen* können wir nur von dem haben, was wir mit der Vernunft erkennen.

Doch, doch, Sofie, ich werde das genauer erklären: Ein einzelnes Pfefferkuchenmännlein kann beim Teigrühren, Aufgehen und Backen so verunglücken, daß man gar nicht mehr genau sagen kann, was es darstellen soll. Aber nachdem ich zwanzig, dreißig Pfefferkuchenmänner gesehen habe – die also mehr oder minder perfekt sein können –, kann ich mit großer Sicherheit wissen, wie die Kuchenform aussieht. Das kann ich folgern, auch wenn ich die Form selber nie gesehen habe. Es steht nicht einmal fest, daß es besser wäre, die Form mit bloßem Auge zu sehen. Denn wir können uns nicht immer auf unsere Sinne verlassen. Die Sehfähigkeit kann von Mensch zu Mensch variieren. Dagegen können wir dem vertrauen, was die Vernunft uns erzählt, denn die Vernunft ist bei allen Menschen dieselbe.

Wenn Du mit dreißig anderen Schülern in einem Klassenzimmer sitzt, und der Lehrer fragt, was die schönste Farbe im Regenbogen ist – ja, dann bekommt er sicher viele verschiedene Antworten. Aber wenn er fragt, wieviel drei mal acht ist, sollte die ganze Klasse dasselbe Ergebnis nennen. Jetzt urteilt nämlich die Vernunft, und die Vernunft ist in gewisser Weise das genaue Gegenteil von Meinen und Fühlen. Wir können sagen, die Vernunft sei ewig und universell, eben weil sie sich nur über ewige und universelle Gegebenheiten ausspricht.

Platon hat sich überhaupt sehr für Mathematik interessiert. Und zwar, weil sich mathematische Gegebenheiten nie verändern. Deshalb können wir darüber auch sicheres Wissen haben. Aber jetzt brauchen wir ein Beispiel: Stell Dir vor, Du findest im Wald einen runden Tannenzapfen. Vielleicht sagst Du, Du »findest«, der sieht kugelrund aus – aber Jorunn behauptet, er sei auf der einen Seite ein bißchen plattgedrückt. (Und dann streitet Ihr Euch!) Aber Ihr könnt kein sicheres Wissen über das haben, was Ihr mit den Augen seht. Dagegen könnt Ihr mit voller Sicherheit wissen, daß die Winkelsumme in einem Kreis 360° beträgt. Und dann sprecht Ihr von einem *ideellen* Kreis, den es in der Natur nicht gibt, aber den Ihr zum Ausgleich ganz klar vor Eurem inneren Auge seht. (Ihr sagt etwas über die versteckte Kuchenform – und nicht über einen zufälligen Pfefferkuchenmann auf dem Küchentisch.)

Kurze Zusammenfassung: Über das, was wir *wahrnehmen*

oder *empfinden*, können wir nur unsichere Meinungen haben. Aber über das, was wir mit der Vernunft *erkennen*, können wir sicheres Wissen erlangen. Die Winkelsumme in einem Dreieck beträgt in alle Ewigkeit 180°. Und so wird auch die »Idee«, daß alle Pferde auf vier Beinen stehen, weiter gelten, selbst wenn alle Pferde in der Sinnenwelt einmal lahm werden sollten.

Eine unsterbliche Seele

Wir haben gesehen, daß Platon die Wirklichkeit für zweigeteilt hielt.

Der eine Teil ist die *Sinnenwelt* – über die wir nur ungefähre oder unvollkommene Kenntnis erlangen können, indem wir unsere fünf (ungefähren und unvollkommenen) Sinne benutzen. Von allem in der Sinnenwelt gilt, daß »alles fließt« und daß folglich nichts Bestand hat. Nichts *ist* in der Sinnenwelt, es gibt nur viele Dinge, die entstehen und vergehen.

Der andere Teil ist die *Ideenwelt* – über die wir sicheres Wissen erlangen können, wenn wir unsere Vernunft gebrauchen. Diese Ideenwelt läßt sich mit den Sinnen also nicht erkennen. Zum Ausgleich sind die Ideen (oder Formen) ewig und unveränderlich.

Platon zufolge ist auch der Mensch ein zweigeteiltes Wesen. Wir haben einen *Körper*, der »fließt«. Er ist unlösbar mit der Sinnenwelt verbunden und erleidet dasselbe Schicksal wie alles andere hier (zum Beispiel eine Seifenblase). Alle unsere Sinne sind mit dem Körper verbunden und folglich unzuverlässig. Aber wir haben auch eine unsterbliche *Seele* – und sie ist der Wohnsitz der Vernunft. Eben weil die Seele nicht materiell ist, kann sie einen Blick in die Ideenwelt werfen.

Jetzt habe ich es fast gesagt. Aber es gibt noch mehr, Sofie: Ich sage: ES GIBT NOCH MEHR!

Platon meint weiter, daß die Seele schon existiert hat, *ehe* sie sich in unserem Körper niederließ: Einst war die Seele in der Ideenwelt. (Sie lag zusammen mit den Kuchenformen oben im Schrank.) Aber sowie die Seele in einem Menschenkörper erwacht, hat sie die vollkommenen Ideen vergessen. Und dann passiert etwas, ja, jetzt setzt ein wunderbarer Prozeß ein: Wenn der Mensch die Formen in der Natur erlebt, taucht nach und nach in der Seele eine vage Erinnerung auf. Der Mensch sieht ein Pferd – aber eben ein unvollkommenes Pferd (ja, ein Pfefferkuchenpferd!). Das reicht aus, um in der Seele eine vage Erinnerung an das vollkommene Pferd zu erwecken, das die Seele einst in der Ideenwelt gesehen hat. Damit wird auch eine Sehnsucht nach der eigentlichen Wohnung der Seele erweckt. Platon nannte diese Sehnsucht *Eros* – und das bedeutet Liebe. Die Seele verspürt also eine »Liebessehnsucht« nach ihrem eigentlichen Ursprung. Von nun an erlebt sie den Körper und alles Sinnliche als unvollkommen und unwesentlich. Auf den Fittichen der Liebe möchte die Seele »heim« in die Ideenwelt fliegen. Sie möchte aus dem Kerker des Körpers befreit werden.

Nun muß ich gleich betonen, daß Platon hier einen ideellen Lebenslauf beschreibt. Denn durchaus nicht alle Menschen lassen ihrer Seele freien Lauf, damit sie ihre Reise zurück in die Ideenwelt antreten kann. Die meisten Menschen klammern sich an die »Spiegelbilder« der Ideen in der Sinnenwelt. Sie sehen ein Pferd – und noch ein Pferd. Aber sie sehen nicht das, wovon alle Pferde nur eine schlechte Nachahmung sind. (Sie stürzen in die Küche und machen sich über die Pfefferkuchen her, ohne zu fragen, woher sie gekommen sind.) Platon beschreibt den *Weg der Philosophen*. Seine Philosophie können wir als Beschreibung der Tätigkeit eines Philosophen lesen.

Wenn Du einen Schatten siehst, Sofie, dann denkst Du doch auch, daß etwas diesen Schatten werfen muß. Du siehst den Schatten eines Tieres. Vielleicht ist das ein Pferd, denkst Du, aber Du kannst nicht ganz sicher sein. Also drehst Du Dich um und siehst das wirkliche Tier – das natürlich unendlich viel schöner und schärfer in den Konturen ist als der unstete Pferdeschatten. DESHALB HIELT PLATON ALLE PHÄNOMENE IN DER NATUR FÜR BLOSSE SCHATTENBILDER DER EWIGEN FORMEN ODER IDEEN. Aber die allermeisten sind mit ihrem Leben unter den Schattenbildern zufrieden. Sie denken nicht daran, daß etwas die Schatten werfen muß. Sie glauben, die Schatten seien alles, was es gibt – und deshalb erleben sie die Schatten nicht als Schatten. Deshalb vergessen sie auch die Unsterblichkeit ihrer Seelen.

Der Weg aus der Finsternis der Höhle

Platon erzählt ein Gleichnis, das gerade diese Überlegung illustriert. Wir bezeichnen es als das *Höhlengleichnis*. Ich werde es mit meinen eigenen Worten erzählen.

Stell Dir Menschen vor, die in einer unterirdischen Höhle wohnen. Sie kehren dem Eingang die Rücken zu und sind am Hals und an den Füßen festgebunden, deshalb können sie nur die Höhlenwand ansehen. Hinter ihnen erhebt sich eine hohe Mauer, und hinter dieser Mauer wiederum gehen menschenähnliche Gestalten vorbei, die verschiedene Figuren über den Mauerrand halten. Da hinter diesen Figuren ein Feuer brennt, werfen sie auf der Höhlenwand zitternde Schatten. Das einzige, was die Menschen in der Höhle sehen können, ist also dieses »Schattentheater«. Sie sitzen seit ihrer Geburt hier und halten die Schatten folglich für das einzige, was es gibt.

Stell Dir nun vor, einer von diesen Höhlenbewohnern kann sich aus der Gefangenschaft befreien. Zuerst fragt er sich, woher die Schattenbilder an der Höhlenwand kommen. Schließlich kann er sich freikämpfen. Was glaubst Du, passiert, wenn er sich zu den Figuren umdreht, die über die Mauer gehalten werden? Er ist natürlich zuerst vom scharfen Licht geblendet. Auch der Anblick der scharfumrissenen Figuren blendet ihn – er hat bisher ja nur ihre Schattenbilder gesehen. Wenn er über die Mauer steigen und am Feuer vorbei aus der Höhle ins Freie klettern könnte, dann würde er noch mehr geblendet werden. Aber nachdem er sich die Augen gerieben hätte, würde er auch sehen, wie schön alles ist. Zum ersten Mal würde er Farben und scharfe Konturen sehen. Er würde wirkliche Tiere und Blumen sehen – deren schlechte Nachahmungen die Figuren in der Höhle waren. Aber auch jetzt fragt er sich, woher die Tiere und Blumen kommen. Er sieht die Sonne am Himmel und begreift, daß die Sonne den Blumen und Tieren in der Natur Leben gibt, wie das Feuer in der Höhle dafür gesorgt hat, daß er die Schattenbilder sehen konnte.

Jetzt könnte der glückliche Höhlenbewohner in die Natur hinauslaufen und sich über seine frischgewonnene Freiheit freuen. Aber er denkt an alle, die noch unten in der Höhle sitzen. Deshalb geht er zurück. Sowie er wieder unten angekommen ist, versucht er, den anderen Höhlenbewohnern klarzumachen, daß die Schattenbilder an der Höhlenwand nur zitternde Nachahmungen des *Wirklichen* sind. Aber niemand glaubt ihm. Sie zeigen auf die Höhlenwand und sagen, das, was sie da sähen, sei alles, was es gibt. Am Ende schlagen sie ihn tot.

Was Platon im Höhlengleichnis schildert, ist der Weg des Philosophen von den unklaren Vorstellungen zu den wirklichen Ideen hinter den Phänomenen in der Natur. Er denkt wohl auch an Sokrates – den die »Höhlenbewohner« umgebracht haben, weil er ihre gewohnten Vorstellungen ankratzte und ihnen den Weg zu echter Einsicht zeigen wollte. Auf diese Weise wird das Höhlengleichnis zu einem Bild vom Mut und von der pädagogischen Verantwortung des Philosophen.

Es geht Platon darum, daß das Verhältnis zwischen der Finsternis der Höhle und der Natur draußen dem Verhältnis zwischen den Formen der Natur und der Ideenwelt entspricht. Er meinte nicht, daß die Natur finster und traurig ist, aber sie ist finster und traurig *im Vergleich* zur Klarheit der Ideen. Ein Bild eines schönen Mädchens ist auch nicht finster und trist, eher im Gegenteil. Aber es ist nur ein Bild.

Der Staat der Philosophen

Platons Höhlengleichnis finden wir im Dialog »Der Staat«. Darin beschreibt Platon auch den idealen Staat, das heißt, er stellt sich einen Musterstaat vor – oder das, was wir als »utopischen« Staat bezeichnen. In aller Kürze können wir sagen, daß Platon meint, der Staat solle von Philosophen gelenkt werden. Bei seiner Begründung nimmt er den Ausgang vom einzelnen Menschen.

Platon zufolge besteht der menschliche Körper aus drei Teilen, nämlich *Kopf, Brust* und *Unterleib*. Jedem dieser Teile entspricht eine Charaktereigenschaft. Zum Kopf gehört die *Vernunft*, zur Brust der *Wille* und zum Unterleib die *Lust* oder das *Begehren*. Zu jeder dieser Charaktereigenschaften gehört außerdem ein Ideal oder eine *Tugend*. Die Vernunft soll nach *Weisheit* streben, der Wille soll *Mut* zeigen, und das Begehren muß gezügelt werden, damit der Mensch *Mäßigkeit* zeigt. Erst, wenn die drei Teile des Menschen als Einheit fungieren, erhalten wir einen harmonischen oder rechtschaffenen Menschen. In der Schule müssen die Kinder erst lernen, ihr Begehren zu zügeln, dann wird der Mut entwickelt, und zum Schluß sollen sie Vernunft und Weisheit erlangen.

Platon stellt sich nun einen Staat vor, der genau wie ein Mensch aufgebaut ist. Wie der Körper »Kopf«, »Brust« und »Unterleib« hat, hat der Staat *Herrscher, Wächter* (oder Soldaten) und den *Handelsstand* (zu dem, außer den eigentlichen Händlern, auch die Handwerker und Bauern zählen). Hier wird deutlich, daß Platon sich die griechische medizinische Wissenschaft zum Vorbild nimmt. Wie ein gesunder und harmonischer Mensch Gleichgewicht und Mäßigung zeigt, kennzeichnet es einen *gerechten Staat*, daß jeder darin seinen Platz im Ganzen kennt.

Wie Platons Philosophie insgesamt ist auch seine Staatsphilosophie vom *Rationalismus* geprägt. Entscheidend für die Schaffung eines guten Staates ist, daß er mit *Vernunft* geleitet wird. So wie der Kopf den Körper lenkt, müssen die Philosophen die Gesellschaft lenken.

Wir versuchen nun eine einfache Darstellung des Verhältnisses zwischen den drei Teilen des Menschen und des Staates:

Körper	*Seele*	*Tugend*	*Staat*
Kopf	Vernunft	Weisheit	Herrscher
Brust	Wille	Mut	Wächter
Unterleib	Begehren	Mäßigung	Handelsstand

Platons Idealstaat kann an das alte indische Kastenwesen erinnern, wo jeder einzelne seine spezielle Funktion zum Besten des Ganzen hatte. Seit Platons Zeit – und noch früher – kennt das indische Kastenwesen genau diese Dreiteilung zwischen der leitenden Kaste (oder Priesterkaste), der Kriegerkaste und der handeltreibenden Kaste.

Heute würden wir Platons Staat vielleicht als totalitären Staat bezeichnen, und es gibt Philosophen, die Platon deshalb hart kritisieren. Aber wir müssen immer bedenken, daß er in einer ganz anderen Zeit gelebt hat. Und wir können festhalten, daß er der Meinung war, Frauen könnten im Staat ebensogut herrschen wie Männer. Und zwar, weil Herrscher eben aufgrund ihrer *Vernunft* den Stadtstaat lenken sollen. Platon glaubte, Frauen könnten genau dieselbe Vernunft haben wie Männer, wenn sie nur dieselbe Ausbildung erhielten und ansonsten vom Kinderhüten und der Hausarbeit befreit würden. Und Platon wollte bei den Herrschern des Staates und seinen Wächtern Familie und Privateigentum abschaffen. Die Kindererziehung war auf jeden Fall zu wichtig, um den Einzelnen überlassen zu werden. Die Kindererziehung mußte in die Verantwortung des Staates fallen. (Platon war der erste Philosoph, der sich für öffentliche Kindergärten und Ganztagsschulen aussprach.)

Nachdem Platon einige große politische Enttäuschungen erlebt hatte, schrieb er den Dialog »Die Gesetze«. Hier schildert er den »Gesetzesstaat« als den zweitbesten Staat und führt

Privateigentum und Familienbande wieder ein. Auf diese Weise wird die Freiheit der Frauen eingeschränkt. Aber er sagt auch, daß ein Staat, der Frauen nicht erzieht und ausbildet, wie ein Mensch ist, der nur seinen rechten Arm trainiert.

Im Grunde können wir sagen, daß Platon ein positives Frauenbild hatte – jedenfalls für seine Zeit. Im Dialog »Das Gastmahl« ist es eine Frau, Diotima, die Sokrates zu seiner philosophischen Einsicht verhilft.

Das war also Platon, Sofie. Seit über zweitausend Jahren diskutieren – und kritisieren – die Menschen nun schon seine seltsame Ideenlehre. Der erste war sein eigener Schüler an der Akademie. Er hieß *Aristoteles* – der dritte große Philosoph aus Athen. Mehr verrate ich für heute nicht!

Während Sofie auf einem Baumstumpf gesessen und gelesen hatte, war die Sonne hoch über die bewaldeten Hügel im Osten gestiegen. Die Sonnenscheibe hatte über den Horizont geschaut, als Sofie gerade über Sokrates las, der aus der Höhle kletterte und im scharfen Licht draußen die Augen zusammenkniff.

Sie hatte selber fast das Gefühl, aus einer unterirdischen Grotte zu kommen. Sofie glaubte jedenfalls, die Natur auf ganz neue Weise zu sehen, nachdem sie über Platon gelesen hatte. Sie hatte das Gefühl, vorher farbenblind gewesen zu sein. Sie hatte vielleicht Schatten gesehen, nicht aber die klaren Ideen.

Sie war sich nicht so sicher, ob Platon mit allem, was er über die ewigen Musterbilder sagte, recht hatte; aber sie fand es einen schönen Gedanken, daß alles Lebendige nur eine unvollkommene Kopie der ewigen Form in der Welt der Ideen sei. Schließlich stimmte es ja, daß alle Blumen und Bäume, Menschen und Tiere »unvollkommen« waren.

Alles, was sie um sich herum sah, war so schön und so lebendig, daß Sofie glaubte, sich die Augen reiben zu müssen. Aber nichts von dem, was sie hier sah, würde Bestand haben. Und dennoch – in hundert Jahren würde es hier dieselben Blumen und Tiere geben. Auch wenn jedes einzelne Tier und jede einzelne Blume ausgelöscht und vergessen sein würde, würde sich etwas daran »erinnern«, wie alles ausgesehen hatte.

Plötzlich sprang ein Eichhörnchen an einem Kiefernstamm hoch. Es wirbelte zweimal darum herum, dann verschwand es zwischen den Zweigen. Dich habe ich schon mal gesehen, dachte Sofie. Ihr war natürlich klar, daß sie wahrscheinlich nicht dasselbe Eichhörnchen schon einmal gesehen hatte – sie hatte sozusagen dieselbe »Form« gesehen. Warum sollte Platon also nicht recht damit haben, daß sie einst in der Ideenwelt das ewige »Eichhörnchen« gesehen hatte – lange bevor ihre Seele sich in einem Körper niederließ?

Konnte es stimmen, daß sie schon einmal gelebt hatte? Hatte ihre Seele existiert, ehe sie einen Körper bekommen hatte, den sie nun mit sich herumschleppen mußte? Konnte es stimmen, daß sie in sich einen kleinen Goldklumpen trug – ein Juwel, an dem die Zeit nicht zehrte, ja, eine Seele, die weiterlebte, wenn ihr Körper alt wurde und starb?

Die Majorshütte

... das Mädchen im Spiegel zwinkerte mit beiden Augen...

Es war erst Viertel nach sieben. Sofie mußte nicht nach Hause stürzen. Ihre Mutter würde sicher noch zwei Stunden schlafen, sonntags war sie immer so faul.

Ob sie tiefer in den Wald gehen sollte und versuchen, Alberto Knox zu finden? Aber warum hatte sein Hund sie so wütend angeknurrt?

Sofie stand von ihrem Baumstumpf auf und ging über den Waldweg, auf dem Hermes gelaufen war. In der Hand hielt sie den gelben Briefumschlag mit dem langen Brief über Platon. Zweimal teilte sich der Pfad, und sie nahm jedesmal die größere der beiden Abzweigungen.

Überall zwitscherten die Vögel – in den Bäumen und in der Luft, in den Büschen und im Gestrüpp. Sie waren eifrig in ihre Morgentoilette vertieft. Bei denen gab es keinen Unterschied zwischen Werktag und Wochenende. Aber wer hatte den Vögeln das alles beigebracht? Hatte jeder einen kleinen Computer in sich, ein »Programm«, das ihnen sagte, was sie zu tun hatten?

Zuerst führte der Pfad über eine kleine Felskuppe, dann zwischen hohen Kiefern steil nach unten. Hier war der Wald so dicht, daß sie zwischen den Bäumen nur einige Meter weit sehen konnte.

Plötzlich entdeckte sie zwischen den Kiefernstämmen etwas Blaues. Sicher war es ein See. Hier bog der Pfad in die andere Richtung ab, aber jetzt ging Sofie zwischen den Bäumen weiter. Sie wußte nicht so recht warum, aber ihre Füße führten sie in diese Richtung.

Der See war nicht größer als ein Fußballplatz. Ihr gegenüber, auf dem anderen Ufer, sah Sofie eine rot angestrichene Hütte auf einer kleinen, von weißen Birken umwachsenen Lichtung. Aus dem Schornstein stieg dünner Rauch.

Sofie ging bis ganz ans Wasser. Hier war der Boden fast überall sehr feucht, aber sie entdeckte bald ein Ruderboot. Es war halb an Land gezogen. Im Boot lag auch ein Paar Ruder.

Sofie sah sich um. Es schien unmöglich, trockenen Fußes um den See herum zur Hütte zu gelangen. Entschlossen ging sie zum Boot und schob es ins Wasser. Dann kletterte sie an Bord, legte die Ruder in die Ruderklampen und ruderte über den See. Bald hatte sie das andere Ufer erreicht. Sofie ging an Land und versuchte, auch das Boot aufs Trockene zu ziehen. Das Ufer hier war viel steiler als das auf der anderen Seite.

Sofie blickte nur einmal zurück, dann ging sie hinauf zur Hütte.

Sie war über sich selber erschrocken. Wie konnte sie sich das trauen? Sie wußte es nicht; etwas »anderes« schien sie zu führen.

Sofie ging zur Tür und klopfte an. Sie blieb eine Weile abwartend stehen, aber niemand machte auf. Nun faßte sie vorsichtig an die Türklinke, und die Tür öffnete sich.

»Hallo!« sagte sie. »Ist jemand zu Hause?«

Sofie betrat ein großes Wohnzimmer. Sie wagte nicht, die Tür hinter sich zu schließen.

Es war klar, daß hier jemand wohnte. Sofie hörte das Knakken eines alten Holzofens. Also war hier vor nicht allzu langer Zeit noch jemand gewesen.

Auf einem großen Schreibtisch gab es eine alte Schreibmaschine, einige Bücher, zwei Kugelschreiber und eine Menge Papier. Vor dem Fenster, das auf den See blickte, standen ein Tisch und zwei Stühle. Sonst gab es nicht viele Möbel; nur eine Wand war von einem vollen Bücherregal bedeckt. Und über einer weißen Kommode hing ein großer runder Spiegel mit massivem Messingrahmen. Er sah schrecklich alt aus.

An einer Wand hingen zwei Bilder. Das eine Bild war ein Ölgemälde und zeigte ein weißes Haus, das einen Steinwurf weit von einer kleinen Bucht mit einem roten Bootshaus entfernt lag. Zwischen Haus und Bootshaus befand sich ein leicht abschüssiger Garten mit einem Apfelbaum und einigen dichten Büschen und Felsrücken. Wie ein Kranz umstanden Birken den Garten. Das Bild hieß »Bjerkely – im Schutz der Birken«.

Neben dem Bild hing ein altes Porträt eines Mannes, der mit einem Buch auf dem Schoß in einem Sessel vor einem Fenster saß. Das Bild war sicher einige hundert Jahre alt – und es hieß »Berkeley«. Der Maler des Bildes hieß Smibert.

Berkeley und Bjerkely. War das nicht seltsam?

Sofie sah sich weiter in der Hütte um. Vom Wohnzimmer aus führte eine Tür in eine kleine Küche. Hier war gerade abgewaschen worden. Untertassen und Gläser waren auf einem Leinentuch aufgestapelt, einige Untertassen zeigten noch immer Spülmittelspuren. Auf dem Boden stand ein Blechnapf mit Essensresten. Also wohnte hier auch ein Tier, entweder ein Hund oder eine Katze.

Sofie ging zurück ins Wohnzimmer. Eine weitere Tür führte in ein kleines Schlafzimmer. Vor dem Bett lagen zwei zusammengeknüllte Decken. Sofie entdeckte an den Decken einige gelbe Haare. Das war der Beweis; jetzt war Sofie felsenfest davon überzeugt, daß Alberto Knox und Hermes in dieser Hütte wohnten.

Als sie wieder im Wohnzimmer war, trat Sofie vor den Spiegel über der Kommode. Das Glas war matt und uneben, deshalb war auch ihr Bild unscharf. Sofie fing an, sich selber Grimassen zu schneiden – wie sie das hin und wieder zu Hause im Badezimmer tat. Ihr Spiegelbild machte ihr alles nach, aber etwas anderes war ja auch nicht zu erwarten.

Plötzlich geschah etwas Seltsames. Plötzlich – für eine einzige kleine Sekunde – sah Sofie ganz deutlich, daß das Mädchen im Spiegel mit beiden Augen zwinkerte. Sofie fuhr erschrocken zurück. Wenn sie selber mit beiden Augen gezwinkert hatte – wie hätte sie da die andere zwinkern *sehen* können? Und wieder: Das Mädchen im Spiegel schien Sofie zuzuzwinkern. Sie schien sagen zu wollen: Ich sehe dich, Sofie. Ich bin hier auf der anderen Seite.

Sofie spürte ihr Herz in ihrer Brust hämmern. Gleichzeitig hörte sie in der Ferne einen Hund bellen. Das war sicher Hermes! Sie mußte weg.

Jetzt bemerkte sie eine grüne Brieftasche auf der Kommode unter dem Messingspiegel. Sofie hob sie hoch und öffnete sie vorsichtig. Die Brieftasche enthielt einen Hunderter, einen Fünfziger und ... einen Schülerausweis. Im Schülerausweis klebte das Bild eines blonden Mädchens. Unter dem Bild stand »Hilde Møller Knag« und »Schule Lillesand«.

Sofie spürte, wie ihr Gesicht kalt wurde. Dann hörte sie wieder den Hund bellen. Jetzt mußte sie einfach machen, daß sie fortkam.

Als sie am Tisch vorbei wollte, entdeckte sie einen weißen Briefumschlag zwischen den vielen Büchern und Papieren. Auf dem Briefumschlag stand »SOFIE«.

Ohne nachzudenken, riß sie den Brief an sich und stopfte ihn in den großen gelben Umschlag zu dem langen Brief über Platon. Dann stürzte sie aus der Hütte und schloß hinter sich die Tür.

Draußen hörte sie den Hund noch lauter bellen. Und dann sah sie, daß das Boot verschwunden war. Nach ein oder zwei Sekunden entdeckte sie es mitten auf dem kleinen See. Neben dem Boot schwamm ein Ruder.

Das kam davon, daß es ihr nicht gelungen war, das Boot an Land zu ziehen. Sie hörte den Hund wieder bellen, und jetzt hörte sie außerdem noch etwas, das sich zwischen den Bäumen auf der anderen Seite des Sees bewegte.

Sofie dachte nicht weiter nach. Mit dem großen Umschlag in der Hand rannte sie zwischen die Büsche hinter der Hütte. Bald mußte sie ein Moor durchqueren, mehrmals versank sie bis zur Mitte ihrer Waden im Wasser. Aber sie mußte einfach weiter. Sie mußte nach Hause.

Nach einer Weile stolperte sie auf einen Weg. Ob das der Weg war, den sie gekommen war? Sofie blieb stehen und wrang ihr Kleid aus. Erst jetzt kamen ihr die Tränen.

Wie hatte sie so blöd sein können? Das schlimmste von allem war das mit dem Boot. Immer wieder sah sie ein Ruderboot und ein Ruder vor sich, die auf dem See herumtrieben. Alles war so peinlich, so eine Schande...

Jetzt war der Philosophielehrer wohl schon zum See zurückgekommen. Er brauchte das Boot, um nach Hause zu gelangen. Sofie kam sich unmöglich vor. Aber sie hatte das doch nicht extra gemacht.

Der Briefumschlag! Das war vielleicht noch schlimmer. Warum hatte sie den Briefumschlag mitgenommen? Weil ihr Name darauf stand, natürlich, deshalb mußte er doch auch ein bißchen ihr gehören. Trotzdem kam sie sich vor wie eine Diebin. Und jetzt stand außerdem fest, daß *sie* in der Hütte gewesen war.

Sofie zog einen Zettel aus dem Briefumschlag. Darauf stand:

Was kommt zuerst – das Huhn oder die Idee »Huhn«?
Hat der Mensch angeborene Ideen?
Was ist der Unterschied zwischen einer Pflanze, einem Tier und einem Menschen?
Warum regnet es?
Was braucht der Mensch, um ein gutes Leben zu leben?

Sofie konnte über diese Fragen jetzt nicht nachdenken, aber sie ging davon aus, daß sie mit dem nächsten Philosophen zu tun hatten. War das nicht der, der Aristoteles hieß?

Als sie nach dem endlosen Lauf durch den Wald die Hecke entdeckte, kam sie sich vor wie eine Schiffbrüchige, die an Land schwimmt. Es war seltsam, die Hecke von der anderen Seite zu sehen. Erst als sie in die Höhle kroch, sah sie auf die Uhr. Es war halb elf. Den großen Briefumschlag legte sie zu den anderen Papieren in die Kuchendose. Den Zettel mit den neuen Fragen stopfte sie in ihre Strumpfhose.

Die Mutter saß am Telefon, als Sofie hereinkam. Sie legte auf.

»Wo hast du denn bloß gesteckt, Sofie?«

Ich ... hab einen Spaziergang gemacht ... im Wald«, stotterte Sofie.

»Ja, stell dir vor, das sehe ich.«

Sofie schwieg; sie sah, wie das Wasser von ihrem Kleid tropfte.

»Ich mußte Jorunn anrufen ...«

»Jorunn?«

Die Mutter holte ihr etwas Trockenes zum Anziehen. Sofie konnte nur mit Mühe und Not den Zettel ihres Philosophielehrers verstecken. Sie setzten sich in die Küche, die Mutter kochte Kakao.

»Warst du mit ihm zusammen?« fragte sie dann.

»Mit ihm?«

Sofie dachte nur an den Philosophielehrer.

»Mit *ihm*, ja. Mit deinem ... ›Kaninchen‹.«

Sofie schüttelte den Kopf.

»Was macht ihr, wenn ihr zusammen seid? Warum bist du so naß?«

Sofie saß ganz ernst da und starrte die Tischplatte an, aber an einer geheimen Stelle in ihr saß doch etwas, das lachte. Arme Mama, was die sich für Sorgen machte!

Wieder schüttelte sie den Kopf. Und nun kamen die Fragen am laufenden Band.

»Jetzt will ich die ganze Wahrheit hören! Warst du heute nacht unterwegs? Hast du dich reingeschlichen, als ich ins Bett gegangen war? Du bist erst vierzehn, Sofie. Jetzt will ich wissen, mit wem du zusammen bist!«

Sofie fing an zu weinen. Dann erzählte sie. Sie hatte immer noch Angst, und wenn man Angst hat, sagt man in der Regel die Wahrheit.

Sie erzählte, daß sie früh aufgewacht war und einen Waldspaziergang gemacht hatte. Sie erzählte von der Hütte und dem

Boot und auch von dem seltsamen Spiegel. Aber sie schaffte es, alles zu verschweigen, was mit dem geheimen Briefkurs zu tun hatte. Auch die grüne Brieftasche erwähnte sie nicht. Sie wußte nicht so recht warum, aber das mit Hilde mußte sie einfach für sich behalten.

Die Mutter nahm sie in den Arm. Sofie begriff, daß sie ihr jetzt glaubte.

»Ich habe keinen Freund«, schniefte sie. »Das habe ich bloß gesagt, damit du dir nicht solche Sorgen wegen dem weißen Kaninchen zu machen brauchtest.«

»Und du bist wirklich bis ganz zur Majorstua gegangen...« sagte die Mutter nachdenklich.

»Zur Majorstua?« Sofie riß die Augen auf.

»Die kleine Hütte, die du im Wald entdeckt hast, wird ›Majorstua‹ genannt, die ›Majorshütte‹. Vor vielen, vielen Jahren hat da nämlich ein alter Major gewohnt. Er war ein wenig verschroben und eigen, Sofie. Aber daran wollen wir jetzt nicht denken. Seither steht die Hütte leer.«

»Glaubst du, ja. Aber jetzt wohnt darin ein Philosoph.«

»Nein, jetzt fang nicht wieder an zu phantasieren.«

Sofie saß in ihrem Zimmer und dachte über ihre Erlebnisse nach. Ihr Kopf war wie ein lärmender Zirkus mit schwerfälligen Elefanten, witzigen Clowns, kühnen Trapezkünstlern und dressierten Affen. Ein Bild aber kehrte immer wieder: Ein kleines Ruderboot und ein Ruder schwimmen tief im Wald auf einem See – und jemand braucht das Boot, um nach Hause zu kommen...

Sie war sicher, daß der Philosophielehrer ihr nicht übelwollte, und wenn ihm klar war, daß Sofie die Hütte besucht hatte, würde er ihr vielleicht verzeihen. Aber sie hatte eine Verabredung gebrochen. Das war ihr Dank dafür, daß der fremde Mann die Verantwortung für ihre philosophische Erziehung auf sich nahm. Wie konnte sie das wieder gutmachen?

Sofie griff zu ihrem rosa Briefpapier und schrieb:

Lieber Philosoph! Ich war Sonntag früh in der Hütte. Ich wollte Dich so gern treffen, um einige philosophische Probleme genauer zu diskutieren. Vorläufig bin ich Platon-Fan, aber ich bin nicht so sicher, daß er recht damit hatte, daß die Ideen oder Musterbilder in einer anderen Wirklichkeit existieren. Sie existieren natürlich in unserer Seele, aber das ist nach meiner vorläufigen Meinung etwas ganz anderes. Ich muß leider auch zugeben, daß ich noch nicht hinreichend davon überzeugt bin, daß unsere Seele wirklich unsterblich ist. Ich persönlich habe jedenfalls keine Erinnerungen an meine früheren Leben. Wenn Du mich davon überzeugen könntest, daß es der Seele meiner verstorbenen Großmutter in der Ideenwelt gutgeht, wäre ich sehr dankbar.

Ich habe eigentlich nicht der Philosophie zuliebe mit diesem Brief angefangen, den ich zusammen mit einem Stück Zucker in einen rosa Umschlag legen werde. Ich wollte nur um Verzeihung dafür bitten, daß ich ungehorsam war. Ich habe versucht, das Boot aufs Land zu ziehen, aber ich war offenbar nicht stark genug. Außerdem ist es ja möglich, daß eine kräftige Welle das Boot wieder ins Wasser geholt hat.

Ich hoffe, Du bist trockenen Fußes nach Hause gekommen. Wenn nicht, dann kannst Du Dich damit trösten, daß ich klitschnaß war und wahrscheinlich eine arge Erkältung bekommen werde. Aber daran bin ich ja selber schuld.

Ich habe nichts in der Hütte angefaßt, aber ich bin leider der Versuchung erlegen, als ich den Briefumschlag mit meinem Namen gesehen habe. Nicht weil ich etwas stehlen wollte, sondern weil mein Name auf dem Brief stand, dachte ich einige verwirrte Sekunden lang, daß der Brief mir gehörte. Ich bitte aufrichtig um Entschuldigung und verspreche, Dich nicht wieder zu enttäuschen.

PS. Ich werde mir alle Fragen sofort genau überlegen.

PPS. Ist der Messingspiegel über der weißen Kommode ein ganz normaler Spiegel oder ein Zauberspiegel? Ich frage nur, weil ich nicht so sehr daran gewöhnt bin, daß mein Spiegelbild mit beiden Augen zwinkert.

Grüße von Deiner aufrichtig interessierten Schülerin SOFIE

Sofie las den Brief noch zweimal, ehe sie ihn in den Umschlag steckte. Er war jedenfalls nicht so feierlich wie der letzte. Ehe sie in die Küche ging, um ein Zuckerklümpchen zu mopsen, nahm sie noch einmal den Zettel mit den Aufgaben zur Hand.

»Was kommt zuerst – das Huhn oder die Idee ›Huhn‹?« Die Frage war fast genauso schwer wie das alte Rätsel mit dem Huhn und dem Ei. Ohne Ei gibt es kein Huhn, aber ohne Huhn gibt es auch kein Ei. War es wirklich genauso schwierig, herauszufinden, was zuerst dagewesen war, das Huhn oder die »Idee« Huhn? Sofie war klar, was Platon gesagt hätte. Er hätte gesagt, die Idee »Huhn« habe in der Ideenwelt schon längst existiert, ehe es in der Sinnenwelt ein Huhn gegeben habe. Platon zufolge hatte die Seele die Idee »Huhn« *gesehen*, ehe sie sich in einem Körper niedergelassen hatte. Aber hatte Sofie sich nicht gerade an dieser Stelle gedacht, daß Platon sich geirrt haben könnte? Ein Mensch, der nie ein lebendiges Huhn oder ein Bild von einem Huhn gesehen hat, kann doch auch keine »Idee« von einem Huhn haben. Und damit war sie bei der nächsten Frage angelangt.

»Hat der Mensch angeborene Ideen?« Sehr zweifelhaft, dachte Sofie. Sie konnte sich kaum vorstellen, daß ein frischgeborenes Baby über einen reichen Ideenschatz verfügte. Man konnte natürlich nicht ganz sicher sein, denn auch wenn das Kind keine Sprache hatte, mußte das noch nicht bedeuten, daß es in seinem Kopf keine Ideen gab. Aber wir müssen doch die Dinge auf der Welt erst sehen, ehe wir etwas über sie wissen können?

»Was ist der Unterschied zwischen einer Pflanze, einem Tier

und einem Menschen?« Sofie sah sofort ein, daß es hier ziemlich klare Unterschiede gab. Sie glaubte zum Beispiel nicht, daß eine Pflanze ein besonders kompliziertes Seelenleben hatte. Wann hatte sie je von einer Glockenblume mit Liebeskummer gehört? Eine Pflanze wächst, sie nimmt Nahrung auf und produziert kleine Samenkörner, durch die sie sich vermehrt. Und damit ist wohl das meiste über das Wesen der Pflanzen gesagt. Sofie überlegte sich, daß alles, was sie über die Pflanzen gesagt hatte, doch wohl auch für Tiere und Menschen galt. Aber die Tiere hatten außerdem noch andere Eigenschaften. Sie konnten sich zum Beispiel bewegen (wann hätte je eine Rose an einem 60-Meter-Lauf teilgenommen?). Es war schon schwieriger, den Unterschied zwischen einem Menschen und einem Tier aufzuzeigen. Die Menschen konnten denken, aber das konnten Tiere doch auch? Sofie war davon überzeugt, daß ihre Katze Sherekan denken konnte. Sie konnte sich jedenfalls ganz schön berechnend aufführen. Aber konnte sie über philosophische Fragen nachdenken? Konnte die Katze sich den Unterschied zwischen einer Pflanze, einem Tier und einem Menschen überlegen? Wohl kaum! Eine Katze konnte sicher froh oder traurig sein – aber fragte sich die Katze, ob es einen Gott gab oder ob sie eine unsterbliche Seele hatte? Sofie fand das ungeheuer zweifelhaft. Aber hier galt natürlich dasselbe wie für das Baby und die angeborenen Ideen. Mit einer Katze war es genauso schwer, über diese Ideen zu reden, wie mit einem neugeborenen Baby.

»Warum regnet es?« Sofie zuckte mit den Schultern. Es regnet sicher, weil das Meer verdampft und weil sich die Wolken zum Regen verdichten. Hatte sie das nicht schon in der dritten Klasse gelernt? Man konnte natürlich auch sagen, es regnete, damit Tiere und Pflanzen wachsen konnten. Aber stimmte das? Hatte ein Regenschauer denn eine Absicht?

Die letzte Aufgabe hatte jedenfalls etwas mit Absichten zu tun. »Was braucht der Mensch, um ein gutes Leben zu führen?« Das hatte der Philosophielehrer schon ziemlich zu Anfang des Kurses geschrieben. Alle Menschen brauchen Essen,

Wärme, Liebe und Fürsorge. Das war jedenfalls die Grundbedingung für ein gutes Leben. Dann hatte er darauf hingewiesen, daß alle außerdem die Antworten auf gewisse philosophische Fragen brauchen. Dazu war es wohl ziemlich wichtig, einen Beruf zu haben, den man leiden mochte. Wenn man zum Beispiel den Verkehr haßte, wurde man als Taxifahrer wohl kaum sehr glücklich. Und wenn man Hausaufgaben haßte, war Lehrer sicher keine schlaue Berufswahl. Sofie liebte Tiere, und deshalb konnte sie sich gut vorstellen, Tierärztin zu werden. Sie hielt es jedenfalls nicht für notwendig, im Lotto eine Million zu gewinnen, um ein gutes Leben zu führen. Vielleicht eher im Gegenteil. Es gab schließlich das Sprichwort: »Müßiggang ist aller Laster Anfang.«

Sofie blieb auf ihrem Zimmer sitzen, bis ihre Mutter sie zum Essen rief. Sie hatte Koteletts gebraten und Kartoffeln gebakken. Lecker! Sie hatte auch eine Kerze angezündet. Zum Nachtisch sollte es Multebeerencreme geben.

Sie sprachen über alles mögliche. Die Mutter fragte, wie Sofie ihren fünfzehnten Geburtstag feiern wolle. Bis dahin waren es nur noch wenige Wochen.

Sofie zuckte mit den Schultern.

»Möchtest du irgendwen einladen? Möchtest du denn kein Fest veranstalten, meine ich.«

»Vielleicht...«

»Wir könnten Marte und Anne-Marie einladen ... und Hege ... und Jorunn natürlich. Und Jørgen vielleicht ... Aber das mußt du selber entscheiden. Weißt du – ich weiß noch so gut, wie ich selber fünfzehn geworden bin. Und mir kommt das noch gar nicht so lange her vor. Schon damals habe ich mich erwachsen gefühlt, Sofie. Ist das nicht seltsam? Ich finde nicht, daß ich mich seitdem so sehr verändert habe.«

»Das hast du auch nicht, nichts ›verändert‹ sich. Du hast dich nur entwickelt, bist älter geworden...«

»Hm ... ja, wie erwachsen das klingt. Ich finde nur, es ist so schrecklich schnell gegangen.«

Aristoteles

... ein peinlich genauer Mann der Ordnung, der in den Begriffen der Menschen aufräumen wollte...

Während ihre Mutter Mittagsschlaf hielt, ging Sofie in die Höhle. Sie hatte ein Stück Zucker in den rosa Briefumschlag gesteckt und »An Alberto« daraufgeschrieben.

Es war kein neuer Brief gekommen, aber nach wenigen Minuten hörte Sofie, daß der Hund sich näherte.

»Hermes!« rief Sofie; im nächsten Moment schlüpfte Hermes auch schon mit einem großen, gelben Briefumschlag im Maul in die Höhle.

»Braves Tier!«

Sofie legte einen Arm um ihn; er keuchte und japste. Sie zog den rosa Briefumschlag mit dem Zuckerstück hervor und steckte ihn Hermes in den Mund. Dann kroch er aus der Höhle und verschwand wieder im Wald.

Sofie war ein bißchen nervös, als sie ihren Briefumschlag öffnete. Ob darin wohl etwas über die Hütte und das Boot stand?

Er enthielt die üblichen, mit einer Büroklammer zusammengehefteten Blätter. Aber es gab auch einen losen Zettel. Auf dem Zettel stand:

Liebe Detektivin! Oder liebe Einbrecherin, um genauer zu sein. Der Vorfall ist bereits angezeigt worden...

Nein, ich bin nicht so besonders böse. Wenn Du genauso neugierig bist, wenn es darum geht, Antworten auf die Rätsel der Philosophie zu finden, dann ist das doch sehr vielversprechend. Das Dumme ist nur, daß ich jetzt umziehen muß. Naja, das ist natürlich meine Schuld. Ich hätte wissen müssen, daß Du eine bist, die den Dingen auf den Grund gehen will.

Liebe Grüße von Alberto

Sofie atmete erleichtert auf. Er war also nicht böse. Aber warum mußte er umziehen?

Sie nahm die großen Bögen und lief auf ihr Zimmer. Es war besser, wenn sie zu Hause war, wenn ihre Mutter wach wurde. Bald hatte sie es sich auf dem Bett gemütlich gemacht. Nun wollte sie über Aristoteles lesen.

Philosoph und Wissenschaftler

Liebe Sofie! Du hast Dich sicher über Platons Ideenlehre gewundert. Und Du bist nicht die erste. Ich weiß nicht, ob Du alles glatt hingenommen oder ob Du kritische Einwände gemacht hast. Aber wenn Du kritische Einwände gemacht hast, dann kannst Du sicher sein, daß dieselben Einwände schon von *Aristoteles* (384–322 v. Chr.) erhoben worden sind. Er war zwanzig Jahre lang Schüler an Platons Akademie.

Aristoteles selber war kein Athener. Er stammte aus Makedonien, kam aber an die Akademie, als Platon 61 Jahre alt war. Sein Vater war ein anerkannter Arzt – also Naturwissenschaftler. Schon dieser Hintergrund sagt etwas über Aristoteles' philosophisches Projekt aus. Die lebendige Natur interessierte ihn am allermeisten. Er war nicht nur der letzte große griechische Philosoph, er war auch Europas erster großer Biologe.

Wenn wir alles ein bißchen überspitzt formulieren wollen, dann können wir sagen, daß Platon so in die ewigen Formen oder »Ideen« vertieft war, daß er die Veränderungen in der Natur kaum registrierte. Aristoteles dagegen interessierte sich gerade für die Veränderungen – oder das, was wir heute als Naturprozesse bezeichnen.

Wenn wir es noch überspitzter formulieren wollen, dann können wir sagen, daß Platon sich von der Sinnenwelt abwandte und das, was wir um uns herum sehen, nur flüchtig wahrnahm. (Er wollte doch aus der Höhle heraus. Er wollte in die ewige Ideenwelt schauen!) Aristoteles machte das genaue Gegenteil:

Er ging in die freie Natur und studierte Fische und Frösche, Anemonen und Mohnblumen.

Du kannst gut sagen, Platon habe nur seinen Verstand benutzt, Aristoteles dagegen auch die Sinne.

Nicht zuletzt in ihrer Art zu schreiben finden wir klare Unterschiede. Während Platon Dichter und Mythenschöpfer war, sind die Schriften des Aristoteles trocken und umständlich wie ein Lexikon. Zum Ausgleich liegen vielem, worüber er schreibt, intensive Naturstudien zugrunde.

In der Antike ist die Rede von nicht weniger als 170 Titeln, die Aristoteles verfaßt haben soll. Heute sind 47 Schriften erhalten. Es handelt sich dabei nicht um fertige Bücher. Die meisten Schriften des Aristoteles bestehen aus Notizen für Vorlesungen. Auch zu Aristoteles' Zeiten war Philosophie vor allem eine mündliche Beschäftigung.

Aristoteles' Bedeutung für Europas Kultur liegt nicht zuletzt darin, daß er die Fachsprache schuf, die die verschiedenen Wissenschaften noch heute verwenden. Er war der große Systematiker, der die verschiedenen Wissenschaften begründete und ordnete.

Da Aristoteles über alle Wissenschaften geschrieben hat, will ich mich damit begnügen, einige der wichtigsten Bereiche zu behandeln.

Da ich so viel über Platon erzählt habe, sollst Du zuerst hören, wie er gegen Platons Ideenlehre argumentiert. Dann werden wir sehen, wie er seine eigene Naturphilosophie ausformt. Schließlich hat Aristoteles zusammengefaßt, was die Naturphilosophen vor ihm gesagt hatten. Wir werden sehen, wie er in unseren Begriffen aufräumt und die Logik als Wissenschaft begründet. Am Ende werde ich noch ein wenig über Aristoteles' Sicht des Menschen und der Gesellschaft erzählen.

Wenn Du diese Bedingungen akzeptierst, dann brauchen wir nur noch die Ärmel hochzukrempeln und loszulegen.

Keine angeborenen Ideen

Wie die Philosophen vor ihm, so wollte auch Platon mitten in allen Veränderungen etwas Ewiges und Unveränderliches finden. Also fand er die vollkommenen Ideen, die über die Sinnenwelt erhaben sind. Platon hielt diese Ideen außerdem für wirklicher als alle Phänomene in der Natur. Zuerst kam die Idee »Pferd« – dann kamen alle Pferde der Sinnenwelt wie Schattenbilder an einer Höhlenwand angetrabt. Die Idee »Huhn« kam also vor dem Huhn und dem Ei.

Aristoteles glaubte, Platon habe alles auf den Kopf gestellt. Er stimmte seinem Lehrer darin zu, daß das einzelne Pferd »fließt«, und daß kein Pferd ewig lebt. Er stimmte auch darin zu, daß die Pferdeform an sich ewig und unveränderlich ist. Aber die »Idee« Pferd ist für ihn nur ein Begriff, den wir Menschen uns gemacht haben, *nachdem* wir eine bestimmte Anzahl Pferde gesehen haben. Die »Idee« oder die »Form« Pferd existiert also nicht vor aller Erfahrung. Die »Form« Pferd besteht für Aristoteles aus den Eigenschaften des Pferdes – wir würden von der *Spezies* Pferd sprechen.

Ich präzisiere: Mit der »Form« Pferd meint Aristoteles das, was allen Pferden gemeinsam ist. Und hier stimmt das Bild mit der Pfefferkuchenform nicht mehr, denn Pfefferkuchenformen existieren ja ganz unabhängig vom einzelnen Pfefferkuchen. Aristoteles glaubte nicht, daß solche Formen sozusagen in ihrem eigenen Regalfach in der Natur existieren. Für Aristoteles liegen die »Formen« als die besonderen Eigenschaften der Dinge in den Dingen selber.

Aristoteles stimmt Platon auch darin nicht zu, daß die Idee »Huhn« vor dem Huhn kommt. Das, was Aristoteles die »Form« Huhn nennt, liegt in Form der speziellen Hühnereigenschaften in jedem Huhn – zum Beispiel, daß es Eier legt. So sind das Huhn an sich und die »Form« Huhn ebenso untrennbar wie Seele und Körper.

Damit haben wir im Grunde schon das meiste über Aristoteles' Kritik von Platons Ideenlehre gesagt. Aber Du mußt Dir notieren, daß wir von einer dramatischen Wendung im Denken sprechen. Für Platon ist es der höchste Grad von Wirklichkeit, daß wir mit der Vernunft *denken*. Für Aristoteles ist es ebenso einleuchtend, daß der höchste Grad der Wirklichkeit darin liegt, daß wir mit den Sinnen *wahrnehmen* oder *empfinden*. Platon hält das, was wir um uns herum in der Natur sehen, lediglich für Reflexe von etwas, das in der Welt der Ideen existiert – und damit auch in der Seele des Menschen. Aristoteles meinte das genaue Gegenteil: Was in der Seele des Menschen liegt, sind nur Reflexe der Gegenstände der Natur. Aristoteles zufolge steckt Platon in einem mythischen Weltbild fest, das die Vorstellungen der Menschen mit der wirklichen Welt verwechselt.

Aristoteles wies darauf hin, daß nichts im Bewußtsein existiert, was nicht zuerst in den Sinnen existiert hat. Platon hätte sagen können, daß es nichts in der Natur gibt, was nicht zuerst in der Ideenwelt existiert hat. Auf diese Weise habe Platon die Anzahl der Dinge verdoppelt, meinte Aristoteles. Er hatte das einzelne Pferd durch den Hinweis auf die Idee »Pferd« erklärt. Aber was ist das für eine Erklärung, Sofie? Woher kommt die »Idee Pferd«, meine ich. Existiert vielleicht auch noch ein drittes Pferd – von dem die Idee Pferd wieder nur ein Abbild ist?

Aristoteles meinte, daß alles, was wir in uns an Gedanken und Ideen haben, durch das, was wir gesehen und gehört haben, in unser Bewußtsein gekommen ist. Aber wir haben auch eine angeborene Vernunft. Wir haben eine angeborene Fähigkeit, alle Sinneseindrücke zu verschiedenen Gruppen und Klassen zu ordnen. Auf diese Weise entstehen Begriffe wie »Stein«, »Pflanze«, »Tier« und »Mensch«. So entstehen die Begriffe »Pferd«, »Hummer« und »Kanarienvogel«.

Aristoteles leugnete nicht, daß der Mensch eine angeborene Vernunft hat. Ganz im Gegenteil: Aristoteles zufolge ist gerade die Vernunft das wichtigste Kennzeichen des Menschen. Aber unsere Vernunft ist ganz »leer«, solange wir nichts empfinden. Ein Mensch hat also keine angeborenen »Ideen«.

Die Formen sind die Eigenschaften der Dinge

Nachdem er sein Verhältnis zu Platons Ideenlehre geklärt hat, stellt Aristoteles fest, daß die Wirklichkeit aus verschiedenen Einzeldingen besteht, die eine Einheit aus *Form* und *Stoff* darstellen. Der »Stoff« ist das Material, aus dem das Ding besteht, während die »Form« die besonderen Eigenschaften der Dinge bezeichnet.

Vor Dir flattert ein Huhn, Sofie. Die »Form« des Huhns ist gerade das Flattern – und das Gackern und Eierlegen. Mit der »Form« des Huhns werden also seine besonderen Arteigenschaften bezeichnet – oder das, was das Huhn *tut*. Wenn das Huhn stirbt – und also aufhört zu gackern –, dann hört auch die »Form« des Huhns auf zu existieren. Das einzige, was übrigbleibt, ist der »Stoff« des Huhns (ganz schön traurig, Sofie!); aber es ist kein Huhn mehr.

Wie schon gesagt, interessierte Aristoteles sich für die Veränderungen in der Natur. Im Stoff liegt immer eine Möglichkeit, eine bestimmte Form zu erlangen. Wir können sagen, daß der Stoff danach strebt, eine ihm innewohnende Möglichkeit zu verwirklichen. Jede Veränderung in der Natur ist Aristoteles zufolge eine Umformung des Stoffes von der *Möglichkeit* zur *Wirklichkeit*.

Doch, ich werde das erklären, Sofie. Ich versuche es mit einer witzigen Geschichte. Es war einmal ein Bildhauer, der sich über einen riesigen Granitblock beugte. Jeden Tag hieb und hackte er an dem formlosen Stein herum, und eines Tages besuchte ihn ein kleiner Junge. »Was suchst du denn?« fragte der Junge. »Abwarten«, sagte der Bildhauer. Nach einigen Tagen kam der Junge wieder, und nun hatte der Bildhauer ein schönes Pferd aus dem Granitblock herausgemeißelt. Der Junge starrte das Pferd sprachlos an. Dann drehte er sich zum Bildhauer um und fragte: »Woher hast du denn gewußt, daß das darin steckt?«

Ja, wie konnte er das wissen? Der Bildhauer hatte gewissermaßen im Granitblock die Pferdeform gesehen. Denn gerade diesem Granitblock wohnte die Möglichkeit inne, zum Pferd zu werden. Aristoteles meinte, daß allen Dingen in der Natur eine Möglichkeit innewohnt, eine bestimmte Form zu verwirklichen.

Kehren wir zu Huhn und Ei zurück. Einem Hühnerei wohnt die Möglichkeit inne, zum Huhn zu werden. Das bedeutet nicht, daß alle Hühnereier zu Hühnern werden, schließlich landen manche auf dem Frühstückstisch – als weiche Eier, Omelett oder Rührei –, ohne die dem Ei innewohnende Form zu verwirklichen. Aber es ist auch klar, daß ein Hühnerei niemals zur Gans werden kann. *Diese* Möglichkeit liegt nicht im Hühnerei. Die Form eines Dinges sagt also sowohl über dessen Möglichkeiten als auch über dessen Begrenzungen etwas aus.

Wenn Aristoteles von »Form« und »Stoff« spricht, dann denkt er nicht nur an lebendige Organismen. Wie es die »Form« des Huhns ist, zu gackern, mit den Flügeln zu schlagen und Eier zu legen, ist es die »Form« des Steins, zu Boden zu fallen. Ebensowenig wie das Huhn es vermeiden kann, zu gackern, kann der Stein es vermeiden, zu Boden zu fallen. Du kannst natürlich einen Stein hochheben und hoch in die Luft werfen, aber da es die Natur des Steins ist, zu Boden zu fallen, kannst Du ihn nicht auf den Mond werfen. (Du solltest überhaupt ein bißchen vorsichtig sein, wenn Du dieses Experiment machst, denn der Stein kann sich leicht rächen. Er will so schnell wie möglich zurück auf die Erde – und Gnade der, die ihm im Weg steht!)

Die Zweckursache

Ehe wir uns von dem Thema abwenden, daß alle lebenden und toten Dinge eine Form haben, die etwas über die Möglichkeit der Dinge aussagt, muß ich noch hinzufügen, daß Aristoteles eine ziemlich bemerkenswerte Ansicht über die Ursachenverhältnisse in der Natur hatte.

Wenn wir im Alltag von »Ursachen« für dies oder jenes reden, meinen wir, wie es kommt, daß etwas geschieht. Das Fenster zerbricht, weil Peter einen Stein hineingeworfen hat, ein Schuh entsteht, weil der Schuhmacher einige Lederstücke zusammennäht. Aber Aristoteles glaubte, in der Natur gebe es mehrere Arten von Ursachen. Es ist vor allem wichtig zu verstehen, was er unter dem verstand, was er als *Zweckursache* bezeichnet hat.

Beim zerbrochenen Fenster ist es natürlich auch angebracht zu fragen, *warum* Peter den Stein hineingeworfen hat. Wir fragen also, welche Absicht er hatte, welchen Zweck er verfolgte. Daran, daß eine Absicht oder ein Zweck auch bei der Herstellung eines Schuhs eine wichtige Rolle spielen, kann kein Zweifel bestehen. Aber Aristoteles ging auch bei weniger lebendigen Prozessen in der Natur von einer solchen Zweckursache aus. Wir begnügen uns mit einem Beispiel:

Warum regnet es, Sofie? Du hast sicher in der Schule gelernt, daß es regnet, weil der Wasserdampf in den Wolken abkühlt und sich zu Wassertropfen verdichtet, die aufgrund der Schwerkraft zu Boden fallen. Aristoteles hätte anerkennend genickt. Aber er hätte hinzugefügt, daß Du bisher erst drei Ursachen genannt hast. Die »stoffliche Ursache« oder *Materialursache* ist die Tatsache, daß der aktuelle Wasserdampf (die Wolken) gerade da war, als die Luft kalt wurde. Die »bewirkende Ursache« oder *Wirkursache* ist, daß der Wasserdampf abkühlt, und die »formale Ursache« oder *Formursache* ist, daß es nun einmal die »Form« oder die Natur des Wassers ist, auf den Boden zu platschen. Wenn du nicht mehr gesagt hättest, dann würde Aristoteles hinzufügen, daß es regnet, *weil* Pflanzen und Tiere zum Wachsen Regenwasser brauchen. Das hat er mit *Zweckursache* gemeint. Wie Du siehst, hat Aristoteles plötzlich den Wassertropfen eine Art Lebensaufgabe oder »Absicht« zugeteilt.

Wir würden wohl das Ganze auf den Kopf stellen und sagen, die Pflanzen wachsen, weil es Feuchtigkeit gibt. Siehst Du diesen Unterschied, Sofie? Aristoteles glaubte, daß es überall in der Natur eine Zweckmäßigkeit gibt. Es regnet, damit die Pflanzen wachsen, und Apfelsinen und Trauben wachsen, damit die Menschen sie essen.

So denkt die Wissenschaft heute nicht mehr. Wir sagen, Nahrung und Feuchtigkeit seien Bedingungen dafür, daß Menschen und Tiere leben können. Ohne diese Bedingungen würden wir nicht existieren. Aber es ist nicht die *Absicht* von Apfelsinen oder Wasser, uns zu ernähren.

Was seine Lehre von den Ursachen angeht, könnten wir uns also versucht fühlen zu behaupten, daß Aristoteles sich geirrt hat, aber wir wollen nichts übereilen. Viele Menschen glauben, Gott habe die Welt geschaffen, damit Menschen und Tiere hier leben können. Vor diesem Hintergrund läßt sich natürlich auch behaupten, daß in den Flüssen Wasser fließt, weil Menschen und Tiere zum Leben Wasser brauchen. Aber dann reden wir von *Gottes* Zweck oder Absicht. Nicht die Regentropfen oder das Flußwasser sind uns wohlgesonnen.

Logik

Der Unterschied zwischen »Form« und »Stoff« spielt auch eine wichtige Rolle, wenn Aristoteles beschreibt, wie der Mensch die Dinge auf der Welt erkennt.

Wenn wir etwas erkennen, dann ordnen wir die Dinge in verschiedene Gruppen oder Kategorien ein. Ich sehe ein Pferd, dann sehe ich noch ein Pferd – und dann noch eins. Die Pferde sind nicht ganz gleich, aber es gibt *etwas*, das allen Pferden gemeinsam ist, und das, was allen Pferden gemeinsam ist, ist die »Form« des Pferdes. Was unterschiedlich oder individuell ist, gehört zum »Stoff« des Pferdes.

So wandern wir Menschen durch die Welt und sortieren die Dinge in verschiedene Schubladen ein. Wir plazieren die Kühe in den Kuhstall, die Pferde in den Pferdestall, die Schweine in den Schweinekoben und die Hühner auf den Hühnerhof. Dasselbe passiert, wenn Sofie Amundsen ihr Zimmer aufräumt. Sie stellt die Bücher ins Bücherregal, steckt die Schulbücher in die Schultasche und die Zeitungen in die Kommodenschublade. Die Kleider werden ordentlich zusammengefaltet – die Unterhosen in ein Fach, die Pullover in ein anderes und die Socken in eine Schublade. Merke dir, daß wir in unseren Köpfen dasselbe machen: Wir unterscheiden zwischen Dingen, die aus Stein gemacht sind, Dingen aus Wolle und Dingen aus Gummi. Wir unterscheiden lebendige und tote Gegenstände, und wir unterscheiden zwischen »Pflanzen«, »Tieren« und »Menschen«.

Kommst Du mit, Sofie? Aristoteles wollte also im Mädchenzimmer der Natur gründlich aufräumen. Er versuchte nachzuweisen, daß alle Dinge in der Natur zu verschiedenen Gruppen und Untergruppen gehören. (Hermes ist ein lebendes Wesen, genauer gesagt: ein Tier, genauer gesagt: ein Wirbeltier, genauer gesagt: ein Säugetier, genauer gesagt: ein Hund, genauer gesagt: ein Labrador, genauer gesagt: ein Labradormännchen.)

Geh auf Dein Zimmer, Sofie. Nimm irgendeinen Gegenstand vom Boden hoch. Egal, was Du auch aufhebst, Du wirst entdecken, daß das, was Du berührst, zu einer höheren Ordnung gehört. An dem Tag, an dem Du etwas siehst, was Du nicht klassifizieren kannst, erleidest Du einen Schock. Wenn Du zum Beispiel ein kleines Dingsbums entdecktest, von dem Du nicht mit Sicherheit sagen könntest, ob es zum Pflanzenreich, zum Tierreich oder zum Mineralreich gehört – ja, ich glaube, Du würdest nicht wagen, es anzufassen.

Pflanzenreich, Tierreich und Mineralreich, habe ich gesagt. Ich denke an dieses Gesellschaftsspiel, wo ein armes Würstchen vor die Tür geschickt wird, während die anderen sich etwas ausdenken, was das arme Würstchen erraten soll, wenn es wieder ins Zimmer kommt. Die anderen beschließen, an die Katze Mons zu denken, die im Moment im Nachbargarten sitzt. Dann kommt das arme Würstchen wieder herein und fängt an zu raten. Die anderen dürfen nur mit »Ja« oder »Nein« antworten. Wenn das arme Würstchen ein guter Aristoteliker ist – und dann ist es gar kein armes Würstchen –, dann kann das Gespräch ungefähr so verlaufen: Ist es konkret? (Ja!) Gehört es zum Mineralreich? (Nein!) Ist es lebendig? (Ja!) Gehört es zum Pflanzenreich? (Nein!) Ist es ein Tier? (Ja!) Ist es ein Vogel? (Nein!) Ist es ein Säugetier? (Ja!) Ist es das ganze Tier? (Ja!) Ist es eine Katze? (Ja!) Ist es Mons? (Jaaaaaa! Lachen...)

Es war also Aristoteles, der dieses Gesellschaftsspiel erfunden hat. Platon dagegen kommt die Ehre zu, »Verstecken im Dunkeln« erfunden zu haben. Demokrit haben wir ja schon die Ehre zuerkannt, die Legosteine erfunden zu haben.

Aristoteles war ein peinlich genauer Mann der Ordnung, der in den Begriffen der Menschen aufräumen wollte. Auf diese Weise hat er auch die *Logik* als Wissenschaft begründet. Er stellte mehrere strenge Regeln dafür auf, welche Schlüsse oder Beweise logisch gültig sind. Ein Beispiel muß uns reichen: Wenn ich zuerst feststelle, daß »alle lebenden Wesen sterblich sind« (1. Prämisse), und dann feststelle, daß »Hermes ein lebendes Wesen ist« (2. Prämisse), dann kann ich die elegante Schlußfolgerung daraus ziehen, daß »Hermes sterblich ist«.

Das Beispiel zeigt, daß es bei Aristoteles' Logik um das Verhältnis zwischen Begriffen geht, in diesem Fall »lebendes Wesen« und »sterblich«. Selbst wenn Du Aristoteles darin recht geben mußt, daß der angeführte Schluß hundertprozentig haltbar ist, müssen wir vielleicht zugeben, daß er uns nicht gerade etwas Neues erzählt. Wir wußten schließlich bereits, daß Hermes »sterblich« ist. (Er ist ja ein Hund, und alle Hunde sind »lebende Wesen« – und also »sterblich«, im Gegensatz zu den Steinen im Gebirge.) Doch, Sofie, das wußten wir schon. Aber nicht immer erscheint uns das Verhältnis zwischen Gruppen oder Dingen als so einleuchtend. Ab und zu kann es nötig sein, in unseren Begriffen aufzuräumen.

Ich begnüge mich mit einem Beispiel: Kann es wirklich sein, daß winzig kleine Mäusejunge bei ihrer Mutter genauso Milch saugen wie Schafe oder Schweine? Das hört sich unleugbar seltsam an, aber wir müssen uns überlegen: Mäuse legen jedenfalls keine Eier. (Wann habe ich zuletzt ein Mäuseei gesehen?) Also gebären sie lebendige Junge – genau wie Schweine oder Schafe. Aber Tiere, die lebendige Junge gebären, nennen wir Säugetiere – und Säugetiere saugen nun einmal bei ihren Müttern

Milch. Damit haben wir unser Ziel erreicht. Wir hatten die Antwort in uns, aber wir mußten erst nachdenken. In der Eile hatten wir vergessen, daß Mäuse wirklich bei ihren Müttern Milch saugen. Vielleicht lag das daran, daß wir nie Mäusekinder beim Milchsaugen gesehen haben. Und das kommt natürlich daher, daß Mäuse sich vor Menschen ein bißchen genieren, wenn sie ihre Kinder füttern.

Die Trittleiter der Natur

Wenn Aristoteles im Dasein »Ordnung schaffen« will, weist er als erstes darauf hin, daß alles, was in der Natur vorkomme, in zwei Hauptgruppen eingeteilt werden könne. Einerseits haben wir *seelenlose Dinge* – wie Steine, Wassertropfen und Erdklumpen. Ihnen wohnt keine Möglichkeit zur Veränderung inne. Solche seelenlosen Dinge können sich laut Aristoteles nur durch Einwirkung von außen verändern. Andererseits haben wir *lebende Wesen*, denen die Möglichkeit zur Veränderung innewohnt.

Die Natur, so Aristoteles, schreitet von den unbeseelten Dingen zu den lebenden Wesen allmählich fort. Auf das Reich der unbeseelten Dinge folgt erst das Reich der *Pflanzen*, die »im Verhältnis zu den leblosen Dingen fast wie beseelt, im Verhältnis zu den Tieren aber fast wie unbeseelt« erscheinen. Schließlich teilt Aristoteles auch die lebenden Wesen in zwei Untergruppen ein, nämlich in *Tiere* und *Menschen*.

Du mußt zugeben, daß diese Einteilung, trotz der spürbaren Unsicherheit in bezug auf die Pflanzen, klar und übersichtlich ist. Zwischen lebenden und nichtlebenden Dingen besteht ein wesentlicher Unterschied. Auch zwischen Pflanzen und Tieren besteht ein wesentlicher Unterschied, zum Beispiel zwischen einer Rose und einem Pferd. Und ich möchte auch meinen, daß zwischen einem Pferd und einem Menschen ein wesentlicher Unterschied besteht. Aber worin genau liegen diese Unterschiede? Kannst Du mir das beantworten?

Ich habe leider nicht die Zeit, abzuwarten, bis Du die Antwort aufgeschrieben und zusammen mit einem Stück Zucker in einen rosa Briefumschlag gesteckt hast, deshalb antworte ich lieber gleich selber. Wenn Aristoteles die Naturphänomene in verschiedene Gruppen einteilt, dann geht er von den Eigenschaften der Dinge aus, genauer gesagt, was sie *können* oder was sie *tun*.

Alles Lebendige (Pflanzen, Tiere und Menschen) hat die Fähigkeit, Nahrung aufzunehmen, zu wachsen und sich zu vermehren. Tiere und Menschen haben außerdem die Fähigkeit, ihre Umwelt zu fühlen und sich in der Natur zu bewegen. Alle Menschen haben dazu die Fähigkeit, zu denken – oder eben ihre Sinneseindrücke zu verschiedenen Gruppen und Klassen zu ordnen.

Auf diese Weise gibt es in der Natur tatsächlich keine wirklich scharfen Grenzen. Wir sehen einen gleitenden Übergang von einfachen zu komplizierten Pflanzen, von einfachen Tieren zu komplizierteren Tieren. Ganz oben auf dieser »Trittleiter« steht der Mensch – der laut Aristoteles das ganze Leben der Natur lebt. Der Mensch wächst und nimmt Nahrung zu sich wie die Pflanzen, er hat Gefühle und die Fähigkeit, sich zu bewegen, wie die Tiere, aber er hat dazu noch eine ganz besondere Eigenschaft, über die nur der Mensch verfügt, nämlich die Fähigkeit, rational zu denken.

Und damit besitzt der Mensch einen Funken der göttlichen Vernunft, Sofie. Ja, ich habe »göttlich« gesagt. An einigen Stellen erklärt Aristoteles, daß es einen Gott geben müsse, der alle Bewegungen in der Natur in Gang gesetzt hat. Und so wird Gott zum absoluten Gipfel auf der Trittleiter der Natur.

Aristoteles stellte sich vor, daß die Bewegungen der Sterne und Planeten die Bewegungen hier auf der Erde leiten. Aber irgend etwas muß auch die Himmelskörper bewegen. Dieses Etwas nannte Aristoteles den *ersten Beweger* oder *Gott*. Der erste Beweger bewegt sich selber nicht, ist aber die erste Ursache der Bewegungen der Himmelskörper und damit aller Bewegungen in der Natur.

Ethik

Kehren wir zum Menschen zurück, Sofie. Die »Form« des Menschen ist laut Aristoteles, daß er sowohl eine »Pflanzenseele« als auch eine »Tierseele« und eine »Vernunftseele« hat. Und nun fragt er: Wie soll der Mensch leben? Was braucht der Mensch, um ein gutes Leben zu führen?

Ich kann kurz antworten: Der Mensch wird nur glücklich, wenn er alle seine Fähigkeiten und Möglichkeiten entfalten und benutzen kann.

Aristoteles glaubte an drei Formen des Glücks: Die erste Form des Glücks ist ein Leben der Lust und der Vergnügungen. Die zweite Form des Glücks ist ein Leben als freier, verantwortlicher Bürger. Die dritte Form des Glücks ist das Leben als Forscher und Philosoph.

Aristoteles betont, daß alle drei Formen zusammengehören, damit der Mensch ein glückliches Leben führen kann. Er lehnte also jede Form der Einseitigkeit ab. Wenn er heute lebte, würde er vielleicht sagen, daß ein Mensch, der nur seinen Körper pflegt, ebenso einseitig – und damit mangelhaft – lebt wie einer, der nur den Kopf benutzt. Beide Extreme sind Ausdruck einer verfehlten Lebensführung.

Auch was die Tugenden betrifft, verwies Aristoteles auf einen »goldenen Mittelweg«. Wir sollen weder feige noch tollkühn sein, sondern *tapfer.* (Zuwenig Tapferkeit bedeutet Feigheit, zuviel Tapferkeit Tollkühnheit.) Auch sollen wir weder geizig noch verschwenderisch sein, sondern *großzügig*. (Zuwenig großzügig sein ist Geiz, zu großzügig sein Verschwendung.)

Ebenso steht es mit dem Essen. Zuwenig essen ist gefährlich, aber auch zuviel essen ist gefährlich. Die Ethik von Platon und Aristoteles erinnert an die griechische medizinische Wissenschaft: Nur durch Gleichgewicht und Mäßigung werde ich ein glücklicher oder »harmonischer« Mensch.

Politik

Daß der Mensch nichts im Leben übertreiben darf, kommt auch in Aristoteles' Gesellschaftssicht zum Ausdruck. Er bezeichnete den Menschen als »politisches Wesen«. Ohne die Gesellschaft um uns herum sind wir gar keine richtigen Menschen, meinte er. Dabei können Familie und Dorf niedrigere Lebensbedürfnisse wie Nahrung und Wärme, Ehe und Kinderaufzucht befriedigen. Aber die höchste Form menschlicher Gemeinschaft kann Aristoteles zufolge nur der Staat sein.

Darauf erhebt sich die Frage, wie der Staat organisiert werden sollte. (Du erinnerst Dich doch sicher an Platons Staat der Philosophen?) Aristoteles nennt verschiedene gute Staatsformen. Eine davon ist die *Monarchie* – das heißt, daß es nur einen einzigen obersten Staatschef gibt. Damit diese Staatsform gut ist, darf sie aber nicht zur »Tyrannei« verkommen, bei der ein Einzelherrscher den Staat zu seinem eigenen Vorteil lenkt. Eine weitere gute Staatsform ist die *Aristokratie*. In einer Aristokratie gibt es eine kleinere oder größere Gruppe von Herrschenden. Diese Staatsform muß sich hüten, nicht zur Herrschaft einiger weniger herabzusinken, was wir heute vielleicht als »Junta« bezeichnen würden. Eine dritte gute Staatsform ist die *Demokratie*. Aber auch diese Staatsform hat ihre Kehrseite. Eine Demokratie kann sich leicht zur Pöbelherrschaft entwickeln. (Auch wenn der Tyrann Hitler nicht Deutschlands Staatschef geworden wäre, hätten die vielen kleinen Nazis womöglich eine schreckliche »Pöbelherrschaft« errichten können.)

Frauenbild

Ganz zum Schluß müssen wir etwas über Aristoteles' Frauenbild sagen. Es war leider nicht so ermutigend wie das von Platon. Aristoteles meinte im Grunde, daß der Frau etwas fehle. Sie sei ein »unvollständiger Mann«. Bei der Fortpflanzung sei die Frau passiv und empfangend, während der Mann aktiv und gebend sei. Deshalb erbe das Kind nur die Eigenschaften des Mannes, glaubte Aristoteles. Er meinte, alle Eigenschaften des Kindes lägen bereits fertig im Samen des Mannes. Die Frau war für ihn wie das Erdreich, das nur aufnimmt und das Saatkorn hervorbringt, während der Mann der »Sämann« selber war. Oder, echt aristotelisch gesagt: Der Mann gibt die »Form«, die Frau den »Stoff«.

Daß ein ansonsten so kluger Mann wie Aristoteles sich bei der Beziehung der Geschlechter dermaßen irren konnte, ist natürlich überraschend und außerdem sehr bedauerlich. Aber es zeigt zwei Dinge: Aristoteles konnte erstens nicht viele praktische Erfahrungen mit dem Leben von Frauen und Kindern haben. Und zweitens zeigt es, wie schief alles laufen kann, wenn die Männer die Alleinherrschaft in Philosophie und Wissenschaft an sich reißen.

Besonders schlimm war Aristoteles' irriges Frauenbild, weil seine – und nicht Platons – Ansicht während des Mittelalters zur vorherrschenden wurde. So erbte auch die Kirche ein Frauenbild, für das es in der Bibel keine Berechtigung gibt. Jesus war nun wirklich kein Frauenfeind!

Mehr sage ich nicht! Aber Du wirst wieder von mir hören.

Als Sofie das Kapitel über Aristoteles zweimal gelesen hatte, steckte sie die Blätter wieder in den gelben Briefumschlag und schaute sich in ihrem Zimmer um. Sofort sah sie, wie unordentlich alles war. Auf dem Boden lagen Bücher und Ordner. Aus dem Kleiderschrank flatterten Socken und Blusen, Strümpfe und Jeans. Auf dem Stuhl vor dem Schreibtisch lagen wild durcheinander schmutzige Kleider.

Sofie verspürte den unwiderstehlichen Drang *aufzuräumen*. Als erstes leerte sie alle Fächer im Kleiderschrank. Die Kleider legte sie auf den Boden. Es war wichtig, ganz von vorne anzufangen. Also begann sie die mühselige Arbeit, alle Kleidungsstücke ordentlich zusammenzufalten und in die Fächer zu legen. Im Schrank gab es sieben Fächer. Sofie reservierte eins für Unterhosen und Unterhemden, eins für Socken und Strumpfhosen und eins für lange Hosen. So füllte sie der Reihe nach alle Fächer im Schrank. Sie hatte nie Zweifel daran, wohin ein Kleidungsstück gehörte. Sachen, die gewaschen werden sollten, steckte sie in eine Plastiktüte, die sie im untersten Fach gefunden hatte.

Nur ein einziges Kleidungsstück machte ihr Probleme. Und zwar ein ziemlich normaler weißer Kniestrumpf. Das Problem war nicht nur, daß der zweite Strumpf fehlte. Der Strumpf hatte außerdem nie Sofie gehört.

Sie betrachtete den weißen Strumpf mehrere Minuten lang. Auf ihm stand kein Name, aber Sofie hatte einen starken Verdacht, wem er gehören könnte. Sie warf ihn mit einer Tüte Legosteine, einer Videokassette und einem roten Seidenschal ins oberste Fach.

Nun kam der Fußboden an die Reihe. Sofie sortierte Bücher und Ordner, Zeitschriften und Plakate – genau wie ihr Philosophielehrer das im Kapitel über Aristoteles beschrieben hatte. Als sie mit dem Boden fertig war, räumte sie zuerst ihr Bett auf, dann machte sie sich über den Schreibtisch her.

Als allerletztes legte sie die Blätter über Aristoteles auf einen ordentlichen Stapel. Sie nahm sich einen leeren Ordner und einen Locher, knipste Löcher in die Blätter und heftete sie ordentlich in den Ordner. Den Ordner legte sie oben in den Schrank zu dem weißen Kniestrumpf. Später am Tag wollte sie noch die Kuchendose aus der Höhle holen.

Von nun an sollte Ordnung in die Dinge kommen. Sofie dachte nicht nur an die Dinge im Zimmer. Nachdem sie über Aristoteles gelesen hatte, wußte sie, daß es genauso wichtig war, in Begriffen und Vorstellungen Ordnung zu halten. Sie hatte für diese Fragen ein eigenes Fach oben im Schrank reserviert. Das war die einzige Stelle im Zimmer, über die sie noch keine volle Übersicht hatte.

Ihre Mutter hatte seit zwei Stunden nichts von sich hören lassen. Sofie ging in den ersten Stock hinunter. Ehe sie die Mutter weckte, mußte sie ihre Tiere füttern.

In der Küche beugte sie sich über das Goldfischglas. Der eine Fisch war schwarz, der zweite orange und der dritte weiß und rot. Deshalb hatte sie sie Schwarzer Peter, Goldlöckchen und Rotkäppchen getauft. Während sie Goldfischfutter ins Glas streute, sagte sie:

»Ihr gehört zum lebendigen Teil der Natur. Also könnt ihr Nahrung zu euch nehmen, ihr könnt wachsen, und ihr könnt euch vermehren. Genauer gesagt, gehört ihr zum Tierreich. Also könnt ihr euch bewegen und ins Zimmer schauen. Um ganz genau zu sein, seid ihr Fische, also könnt ihr mit Kiemen atmen und im Wasser des Lebens hin und her schwimmen.«

Sofie drehte den Deckel auf die Goldfischfutterbüchse. Sie war zufrieden mit der Einordnung der Goldfische in die Ordnung der Natur – und vor allem mit dem Ausdruck »Wasser des Lebens«. Nun kamen die Wellensittiche an die Reihe. Sofie schüttete Vogelfutter in ihr Futternäpfchen und sagte:

»Lieber Tom und lieber Jerry! Ihr seid zwei süße kleine Wellensittiche geworden, weil ihr euch aus kleinen süßen Wellensitticheiern entwickelt habt, und weil es die ›Form‹ dieser Eier war, zu Wellensittichen zu werden, seid ihr zum Glück keine geschwätzigen Papageien geworden.«

Sofie ging in das große Badezimmer. Hier lag die träge Schildkröte in einer großen Kiste. Jedes dritte oder vierte Mal, wenn Sofies Mutter duschte, rief sie laut, daß sie dieses Vieh eines Tages umbringen würde. Aber bisher war es bei dieser leeren Drohung geblieben. Aus einem großen Einmachglas nahm Sofie ein Salatblatt und legte es in die Kiste.

»Liebe Govinda«, sagte sie. »Du gehörst nicht gerade zu den schnellsten Tieren. Aber du bist immerhin ein Tier, das ein winziges Stück von der großen Welt erleben kann, in der wir leben. Du kannst dich damit trösten, daß du nicht die einzige bist, die nicht aus ihrer Haut heraus kann.«

Sherekan war sicher draußen auf Mäusejagd, das ist schließlich die Natur der Katzen. Sofie ging durchs Wohnzimmer in das Schlafzimmer ihrer Mutter. Auf dem Couchtisch stand eine Vase mit Osterglocken. Die gelben Blumen schienen sich ehrfürchtig zu verneigen, als Sofie vorbeikam. Sofie blieb kurz stehen und strich mit zwei Fingern über die glatten Köpfe.

»Auch ihr gehört zum lebendigen Teil der Natur«, sagte sie. »So gesehen, habt ihr ein gewisses Privileg im Vergleich zu dem Glas, in dem ihr steht. Aber leider seid ihr unfähig, das zu empfinden.«

Jetzt schlich Sofie sich in das Schlafzimmer ihrer Mutter. Die Mutter schlief tief, aber Sofie legte ihr eine Hand auf den Kopf.

»Du gehörst zu den Allerglücklichsten«, sagte sie. »Denn du bist nicht einfach nur lebendig wie die Lilien auf dem Feld. Und du bist nicht nur ein lebendiges Wesen wie Sherekan oder Govinda. Du bist ein Mensch, und also verfügst du über die seltene Fähigkeit zu denken.«

»Was sagst du da, Sofie?«

Ihre Mutter wurde schneller wach als sonst.

»Ich sage bloß, daß du aussiehst wie eine träge Schildkröte. Ansonsten kann ich dir mitteilen, daß ich mein Zimmer aufgeräumt habe. Ich bin mit philosophischer Gründlichkeit ans Werk gegangen.«

Die Mutter setzte sich halbwegs im Bett auf.

»Ich komme«, sagte sie. »Kannst du schon mal Kaffee aufsetzen?«

Sofie konnte, und bald saßen sie bei Kaffee, Saft und Kakao in der Küche. Nach einer Weile fragte Sofie:

»Hast du dir schon einmal überlegt, warum wir leben?«

»Ach, du läßt wohl nicht locker.«

»Doch, jetzt weiß ich nämlich die Antwort. Auf diesem Planeten leben Menschen, damit jemand allen Dingen hier einen Namen geben kann.«

»Ach? Das habe ich mir noch nie überlegt.«

»Dann hast du ein schweres Problem, denn der Mensch ist

ein denkendes Wesen. Wenn du nicht denkst, bist du folglich kein Mensch.«

»Sofie!«

»Stell dir vor, hier lebten nur Pflanzen und Tiere. Dann könnte niemand zwischen ›Katzen‹ und ›Hunden‹, ›Lilien‹ und ›Stachelbeeren‹ unterscheiden. Auch Pflanzen und Tiere leben, aber nur wir können die Natur in Gruppen oder Klassen einteilen.«

»Du bist wirklich die seltsamste Tochter, die ich habe«, sagte die Mutter jetzt.

»Das wäre ja auch noch schöner«, sagte Sofie. »Alle Menschen sind mehr oder weniger seltsam. Ich bin ein Mensch, also bin ich mehr oder weniger seltsam. Du hast nur eine Tochter, also bin ich die seltsamste.«

»Ich habe damit sagen wollen, daß du mich erschrickst mit all diesem ... Gerede, mit dem du angefangen hast.«

»Dann bist du leicht zu erschrecken.«

Später am Nachmittag ging Sofie wieder in die Höhle. Es gelang ihr, unentdeckt von der Mutter die große Kuchendose auf ihr Zimmer zu schmuggeln.

Zuerst sortierte sie alle Blätter in der richtigen Reihenfolge, knipste Löcher hinein und heftete sie vor das Aristoteles-Kapitel in den Ordner. Ganz am Ende schrieb sie in die rechte obere Ecke jedes Blattes eine Seitenzahl. Sie hatte schon über fünfzig Seiten. Sofie war dabei, sich ihr eigenes Philosophiebuch zu machen. Sie schrieb es nicht selber; es wurde extra für sie geschrieben.

An die Hausaufgaben für Montag hatte sie noch gar nicht denken können. Vielleicht würde es in Religion eine Übungsarbeit geben, aber der Lehrer hatte immer gesagt, daß ihm persönliches Engagement und eigene Überlegungen wichtig seien. Sofie hatte das Gefühl, für beides langsam eine gewisse Grundlage zu bekommen.

Der Hellenismus

... ein Funken vom Feuer...

Der Philosophielehrer schickte seine Briefe zwar jetzt direkt in die Hecke, aber aus alter Gewohnheit schaute Sofie doch am Montagmorgen in den Briefkasten.

Der war leer, und etwas anderes war ja auch nicht zu erwarten gewesen. Sie machte sich auf den Weg durch den Kløverveien.

Plötzlich entdeckte sie auf dem Boden ein Foto. Das Foto zeigte einen weißen Jeep mit einer blauen Flagge. Auf der Flagge stand »UN«. Ob das die UNO-Flagge war?

Sofie drehte das Bild um und sah erst jetzt, daß es sich um eine Postkarte handelte. An »Hilde Møller Knag, c/o Sofie Amundsen...« Die Karte hatte eine norwegische Briefmarke und war am Freitag, dem 15. Juni 1990, vom UN-Regiment abgestempelt worden.

Am 15. Juni! Das war Sofies Geburtstag!

Auf der Karte stand:

Liebe Hilde! Ich gehe davon aus, daß Du immer noch Deinen fünfzehnten Geburtstag feierst. Oder ist schon der Tag danach? Naja, es spielt kaum eine Rolle, wie lange das Geschenk vorhält. In gewisser Hinsicht wirst Du ja Dein ganzes Leben lang etwas davon haben. Aber ich gratuliere Dir eben noch einmal. Jetzt verstehst Du vielleicht, warum ich die Karte an Sofie schicke. Ich bin sicher, daß sie sie an Dich weiterreichen wird.

PS. Mama hat mir erzählt, daß Du Deine Brieftasche verloren hast. Ich verspreche, Dir die 150 Kronen zu ersetzen. Einen neuen Schülerausweis bekommst Du sicher in der Schule, ehe sie für den Sommer dichtmacht.

Liebe Grüße, Papa

Sofie blieb wie angeleimt stehen. Wann war die letzte Karte abgestempelt gewesen? Irgend etwas tief in ihrem Bewußtsein erzählte ihr, daß auch die Karte mit dem Badestrand im Juni abgestempelt worden war – obwohl es bis dahin noch einen ganzen Monat dauerte. Sie hatte nur nicht genau hingesehen...

Sie sah auf die Uhr, dann stürzte sie zum Haus zurück. Heute mußte sie dann eben zu spät kommen.

Sofie schloß die Tür auf und lief auf ihr Zimmer. Hier fand sie die erste Karte an Hilde unter dem roten Seidenschal. Doch – auch die war am 15. Juni abgestempelt. An Sofies Geburtstag und dem Tag vor den Sommerferien.

Während sie zum Supermarkt rannte, wo sie Jorunn treffen wollte, zerbrach sie sich den Kopf.

Wer war Hilde? Wie konnte ihr Vater es für selbstverständlich halten, daß Sofie sie finden würde? Und es ergab einfach keinen Sinn, daß er die Karten an Sofie schickte und nicht direkt an seine Tochter. Sofie ging davon aus, daß es im Grunde unmöglich war, daß er die Adresse seiner Tochter nicht wußte. Ob alles ein Jux sein sollte? Wollte er seine Tochter an ihrem Geburtstag dadurch überraschen, daß er ein wildfremdes Mädchen als Postbotin verwendete? Hatte sie deshalb einen Monat Vorsprung bekommen? Konnte er seiner Tochter eine neue Freundin zum Geburtstag schenken wollen und benutzte Sofie deshalb als Zwischenglied? War das vielleicht das Geschenk, von dem sie »ihr ganzes Leben lang etwas haben sollte«?

Wenn dieser seltsame Mensch wirklich im Libanon war, wie hatte er dann überhaupt Sofies Adresse herausfinden können? Aber das war noch nicht alles: Sofie und Hilde hatten jedenfalls zwei Gemeinsamkeiten. Wenn auch Hilde am 15. Juni Geburtstag hatte, dann waren sie am selben Tag geboren. Und beide hatten einen Vater, der in der Welt herumreiste.

Sofie fühlte sich in eine magische Welt hineingezogen. Vielleicht war es ja doch nicht so dumm, ans Schicksal zu glauben. Naja – sie durfte keine übereilten Schlußfolgerungen ziehen; das alles konnte auch eine natürliche Erklärung haben. Aber wie konnte Alberto Knox Hildes Brieftasche gefunden haben, wo Hilde doch in Lillesand wohnte? Das war ja über hundert Kilometer weit weg. Und warum fand Sofie diese Postkarte auf dem Boden? War sie dem Postboten aus dem Postsack gefallen, ehe er Sofies Briefkasten erreicht hatte? Aber warum hatte er ausgerechnet diese Karte verloren?

»Du bist ja total verrückt!« rief Jorunn, als sie Sofie beim Supermarkt entdeckte.

»Tut mir leid.«

Jorunn musterte sie streng wie eine Lehrerin.

»Ich hoffe, du hast eine gute Erklärung.«

»Es hängt mit der UNO zusammen«, antwortete Sofie. »Ich bin im Libanon von einer feindlichen Miliz aufgehalten worden.«

»Pah! Du bist einfach verliebt.«

Sie rannten zur Schule, so schnell ihre vier Beine sie nur trugen.

Die Religionsarbeit, für die Sofie also nicht gelernt hatte, wurde in der dritten Stunde ausgeteilt. Auf dem Bogen stand:

Lebenssicht und Toleranz

1. *Mache eine Liste dessen, was ein Mensch wissen kann. Mache danach eine Liste dessen, was wir nur glauben können.*
2. *Zeige einige Faktoren auf, die die Lebenssicht eines Menschen bestimmen.*
3. *Was verstehen wir unter Gewissen? Glaubst du, alle Menschen haben dasselbe Gewissen?*
4. *Was verstehen wir unter Werteprioritär?*

Sofie dachte lange nach, ehe sie anfing zu schreiben. Konnte sie hier etwas von dem verwerten, was sie bei Alberto Knox gelernt hatte? Das mußte sie fast, sie hatte schließlich seit vielen Tagen keinen Blick mehr ins Religionsbuch geworfen. Als sie erst angefangen hatte zu schreiben, strömten die Sätze nur so aus ihr heraus.

Sofie schrieb, daß wir wissen können, daß der Mond kein großer Käse ist und daß es auch auf seiner Rückseite Krater gibt, daß sowohl Sokrates als auch Jesus zum Tode verurteilt wurden, daß alle Menschen früher oder später sterben müssen, daß die großen Tempel der Akropolis um das Jahr 400 vor Christus nach den Perserkriegen gebaut wurden und daß das wichtigste griechische Orakel das von Delphi war. Als Beispiele für Glaubensfragen nannte sie die, ob es auf anderen Planeten Leben gibt oder nicht, ob es einen Gott gibt oder nicht, ob es ein Leben nach dem Tod gibt oder nicht und ob Jesus Gottes Sohn oder nur ein kluger Mensch war.

»Wir können jedenfalls nicht wissen, woher die Welt kommt«, schrieb sie schließlich. »Das Universum läßt sich mit einem riesigen Kaninchen vergleichen, das aus einem großen Zylinderhut gezogen wird. Die Philosophen versuchen, an einem der dünnen Haare des Kaninchenfells nach oben zu klettern, um dem großen Zauberkünstler in die Augen zu starren. Es ist eine offene Frage, ob ihnen das je gelingen wird. Aber wenn ein Philosoph auf den Rücken des anderen steigt, werden sie im weichen Kaninchenfell immer höher kommen, und dann besteht nach meiner persönlichen Meinung eine gewisse Möglichkeit dafür, daß sie es eines Tages schaffen werden. PS. In der Bibel lesen wir über etwas, das eines der dünnen Haare im Kaninchenfell gewesen sein kann. Dieses Haar wird der Turm von Babel genannt und wurde dem Erdboden gleichgemacht, weil es dem Zauberkünstler nicht gefiel, daß die Menschen auf dem weißen Kaninchen herumkletterten, das er gerade erschaffen hatte.«

Nun kam die nächste Frage. »Zeige einige Faktoren auf, die

die Lebenssicht eines Menschen bestimmen.« Hier waren natürlich Erziehung und Umwelt wichtige Faktoren. Menschen, die zu Platons Zeiten lebten, hatten eine andere Lebenssicht als die Menschen von heute, einfach, weil sie zu einer anderen Zeit und in einer anderen Umwelt lebten. Ansonsten war es auch wichtig, welche Erfahrungen man sich zulegte. Aber auch die menschliche Vernunft war wichtig bei der Entscheidung für eine Lebenssicht. Und die Vernunft war nicht von der Umwelt bestimmt, die war allen Menschen gemeinsam. Vielleicht konnte man die Umwelt und die gesellschaftlichen Verhältnisse mit den Zuständen vergleichen, die unten in Platons Höhle herrschten. Durch die Vernunft kann der Einzelne versuchen, aus der Finsternis der Höhle nach oben zu kriechen. Aber eine solche Wanderung verlangte eine große Dosis persönlichen Mut. Sokrates war ein gutes Beispiel für einen Menschen, der sich mit Hilfe der Vernunft von den herrschenden Auffassungen seiner Zeit befreien konnte.

Am Ende schrieb sie: »Heutzutage kommen Menschen aus verschiedenen Ländern und Kulturen in immer dichteren Kontakt miteinander. Deshalb können im selben Wohnblock Christen, Moslems und Buddhisten wohnen. Und dann wird es wichtiger, den Glauben der anderen zu tolerieren, statt zu fragen, warum nicht alle dasselbe glauben.«

Doch – Sofie fand, mit dem, was sie von ihrem Philosophielehrer gelernt hatte, käme sie schon ein Stück weit. Also konnte sie auch noch eine Portion angeborene Vernunft und das, was sie in anderen Zusammenhängen gehört oder gelesen hatte, hinzugeben.

Sie machte sich an die dritte Frage. »Was verstehen wir unter Gewissen? Glaubst du, alle Menschen haben dasselbe Gewissen?« Darüber hatten sie in der Klasse viel geredet. Sofie schrieb: »Unter Gewissen verstehen wir die Fähigkeit der Menschen, auf Recht und Unrecht zu reagieren. Nach meiner persönlichen Meinung verfügen alle Menschen über diese Fähigkeit, das heißt, das Gewissen ist angeboren. Sokrates hätte dasselbe gesagt. Aber was genau das Gewissen sagt, kann von Mensch zu Mensch stark unterschiedlich sein. Die Frage ist, ob die Sophisten nicht auf einer wichtigen Spur waren. Sie glaubten, daß die Umwelt, in der jeder einzelne aufwächst, bestimmt, was er für richtig hält und was für falsch. Sokrates dagegen glaubte, das Gewissen sei bei allen Menschen gleich. Vielleicht hatten beide recht. Obwohl nicht alle Menschen ein schlechtes Gewissen haben, wenn sie nackt herumlaufen, haben die meisten doch ein schlechtes Gewissen, wenn sie einen anderen Menschen gemein behandeln. Außerdem muß betont werden, daß es nicht dasselbe ist, ein Gewissen zu haben und es zu benutzen. In einzelnen Situationen kann es aussehen, als ob Menschen völlig gewissenlos handelten, aber nach meiner persönlichen Meinung gibt es auch bei ihnen eine Art Gewissen, selbst wenn es gut versteckt ist. Ebenso kann es aussehen, als ob manche Menschen überhaupt keine Vernunft hätten, aber das liegt nur daran, daß sie sie nicht anwenden.

PS. Vernunft und Gewissen können mit einem Muskel verglichen werden. Wenn man einen Muskel nicht benutzt, wird er langsam schwächer und schlaffer.«

Nun war nur noch eine Frage übrig. »Was verstehen wir unter Wertepriorität?« Auch darüber hatten sie in der letzten Zeit viel geredet. Es konnte zum Beispiel einen Wert haben, Auto zu fahren, damit man rasch von einem Ort zum anderen kam. Aber wenn das Autofahren zum Waldsterben und zur Vergiftung der Natur führte, stand man vor einer »Wahl der Werte«. Sofie glaubte, nach gründlicher Überlegung zu der Überzeugung gekommen zu sein, daß gesunde Wälder und saubere Natur wichtiger seien als die Möglichkeit, schnell zur Arbeit zu kommen. Sie führte noch weitere Beispiele an. Schließlich schrieb sie: »Es ist meine persönliche Meinung, daß Philosophie wichtiger ist als englische Grammatik. Deshalb wäre es eine vernünftige Wertepriorität, wenn das Fach Philosophie in den Stundenplan aufgenommen und der Englischunterricht dafür eingeschränkt würde.«

In der letzten Pause zog der Lehrer Sofie beiseite.

»Ich habe deine Religionsarbeit schon gelesen«, sagte er. »Sie lag fast ganz oben.«

»Ich hoffe, sie hat Ihnen gefallen.«

»Genau darüber wollte ich mir dir reden. In vieler Hinsicht hast du sehr reife Antworten gegeben. Überraschend reif, Sofie. Und selbständig. Aber hattest du die Hausaufgaben gemacht?«

Sofie wand sich.

»Sie haben gesagt, daß Ihnen persönliche Überlegungen wichtig sind.«

»Naja, aber es gibt da schon Grenzen.«

Jetzt blickte Sofie dem Lehrer voll in die Augen. Sie glaubte, sich das nach allem, was sie in den letzten Tagen erlebt hatte, erlauben zu können.

»Ich habe angefangen, mich mit Philosophie zu beschäftigen«, sagte sie. »Das gibt ein gutes Fundament für eigene Meinungen.«

»Aber es wird nicht leicht sein, deine Arbeit zu benoten. Eigentlich kann ich dir nur eine Eins geben oder eine Sechs.«

»Weil ich entweder total richtig oder total falsch geantwortete habe? Meinen Sie das?«

»Sagen wir, eine 1«, sagte der Lehrer. »Aber das nächste Mal machst du deine Hausaufgaben.«

Als Sofie am Nachmittag aus der Schule nach Hause kam, warf sie ihre Schultasche auf die Treppe und lief sofort in die Höhle.

Hier lag ein gelber Briefumschlag auf den dicken Wurzeln. Seine Ränder waren ganz trocken; Hermes mußte also schon vor einer ganzen Weile hiergewesen sein.

Sofie nahm den Briefumschlag und ging damit ins Haus. Erst fütterte sie die Tiere, dann ging sie auf ihr Zimmer. Sie legte sich aufs Bett, öffnete Albertos Brief und las.

Der Hellenismus

Schön, Dich zu sehen, Sofie! Du hast schon über die Naturphilosophen, Sokrates, Platon und Aristoteles gehört. Damit kennst Du die Grundlage der europäischen Philosophie. Von nun an schenken wir uns deshalb die einleitenden Denkaufgaben, die Du bisher in weißen Briefumschlägen bekommen hast. Aufgaben und Prüfungen gibt's bei Dir in der Schule genug, stelle ich mir vor.

Ich werde Dir von dem langen Zeitraum zwischen Aristoteles am Ende des vierten Jahrhunderts vor Christus bis zum Beginn des Mittelalters um das Jahr 400 nach Christus erzählen. Du weißt, daß wir »vor« und »nach Christus« schreiben. Und zum Wichtigsten und Seltsamsten dieser Periode gehört gerade das Christentum.

Aristoteles starb im Jahre 322 vor Christus, und inzwischen hatte Athen seine Führungsrolle eingebüßt. Das hing nicht zuletzt mit den großen politischen Umwälzungen als Folge der Eroberungen *Alexanders des Großen* (356–323) zusammen.

Alexander der Große war König von Makedonien. Auch Aristoteles kam aus Makedonien, eine Zeitlang war er sogar Lehrer des jungen Alexander. Alexander errang den letzten, entscheidenden Sieg über die Perser. Und mehr noch, Sofie: Durch seine vielen Feldzüge verband er Ägypten und den ganzen Orient bis hin nach Indien mit der griechischen Zivilisation.

Jetzt beginnt eine ganz neue Epoche in der Geschichte der Menschheit. Eine internationale Gemeinschaft entstand, in der die griechische Kultur und die griechische Sprache eine dominierende Rolle spielten. Diese Periode, die etwa dreihundert Jahre dauerte, wird oft als das Zeitalter des *Hellenismus* bezeichnet. Unter Hellenismus verstehen wir die griechisch dominierte Kultur, die in den drei großen hellenistischen Reichen herrschte – in Makedonien, Syrien und Ägypten.

Seit etwa 50 vor Christus übernahm Rom die politische und militärische Vorherrschaft. Die neue Großmacht eroberte der

Reihe nach alle hellenistischen Reiche, und von nun an regierten die römische Kultur und die lateinische Sprache von Spanien im Westen bis tief nach Asien hinein. Damit begann die *Römerzeit*, wir sprechen auch von der *Spätantike*. Aber Du mußt Dir eins merken: Ehe die Römer die hellenistische Welt erobert hatten, war Rom selber zur griechischen Kulturprovinz geworden. Auf diese Weise sollte die griechische Kultur – und die griechische Philosophie – noch eine wichtige Rolle spielen, als die politische Bedeutung der Griechen schon längst vergessen war.

Religion, Philosophie und Wissenschaft

Der Hellenismus wurde durch das Verschwinden der Grenzen zwischen den verschiedenen Ländern und Kulturen geprägt. Früher hatten Griechen, Römer, Ägypter, Babylonier, Syrer und Perser ihre Götter im Rahmen ihrer je eigenen Religion verehrt. Jetzt wurden die verschiedenen Kulturen in einem einzigen großen Hexenkessel aus religiösen, philosophischen und wissenschaftlichen Vorstellungen vermischt.

Wir können vielleicht sagen, daß der städtische Marktplatz durch die Weltarena ersetzt wurde. Auch auf dem alten Marktplatz hatte es ein Gewirr von Stimmen gegeben, die bald ihre verschiedenen Waren, bald unterschiedliche Gedanken und Ideen feilboten. Das Neue war nun, daß die Marktplätze von Waren und Ideen aus aller Welt erfüllt wurden. Deshalb fand das Stimmengewirr in verschiedenen Sprachen statt.

Daß griechische Vorstellungen weit über die alten griechischen Gebiete hinaus ihre Wirkung hatten, haben wir bereits erwähnt. Aber nun wurden im ganzen Mittelmeerbereich auch orientalische Götter angebetet. Mehrere neue Religionen entstanden, die ihre Götter und religiösen Vorstellungen verschiedenen alten Kulturen entlehnten. Wir sprechen von Religionsmischung oder *Synkretismus*.

Früher hatten die Menschen sich ihrem eigenen Volk und

ihrem eigenen Stadtstaat verbunden gefühlt. Nachdem solche Grenzen und Trennlinien immer mehr verwischt wurden, empfanden viele Zweifel und Unsicherheit in bezug auf ihre Lebenssicht. Die Spätantike war überhaupt von religiösen Zweifeln, kultureller Auflösung und Pessimismus geprägt. »Die Welt ist alt«, hieß es.

Die neuen Religionen, die nun entstanden, hatten die Gemeinsamkeit, daß sie oft lehrten, wie der Mensch vom Tode erlöst werden kann. Viele dieser Lehren wurden geheimgehalten. Durch die Mitgliedschaft in Geheimbünden und durch die Teilnahme an bestimmten Ritualen konnte der Mensch die Unsterblichkeit der Seele und ein ewiges Leben erhoffen. Ein bestimmter Einblick in die wahre Natur des Universums konnte dabei ebenso wichtig für die Rettung der Seele sein wie die Rituale.

Allgemein können wir sagen, daß die Philosophie des Hellenismus nicht besonders originell war. Es tauchte kein neuer Platon oder Aristoteles auf. Statt dessen wurden die drei großen Athener Philosophen zu einer wichtigen Inspirationsquelle für verschiedene philosophische Strömungen, die ich Dir kurz skizzieren werde.

Auch die *Wissenschaft* des Hellenismus war geprägt von der Vermischung der verschiedenen kulturellen Erfahrungen. Hier spielte die Stadt Alexandria in Ägypten eine Schlüsselrolle als Treffpunkt von Osten und Westen. Während Athen mit den von Platon und Aristoteles hinterlassenen philosophischen Schulen die Hauptstadt der Philosophie blieb, wurde Alexandria zur Metropole der Wissenschaft. Mit ihrer großen Bibliothek wurde diese Stadt zum Zentrum von Mathematik, Astronomie, Biologie und Medizin.

Die hellenistische Kultur läßt sich gut mit der Welt von heute vergleichen. Auch das 20. Jahrhundert wird durch eine immer offenere internationale Gemeinschaft gekennzeichnet. Auch in unserer Zeit hat das in Religion und Lebenssicht zu großen Umwälzungen geführt. Wie man zu Beginn unserer Zeitrechnung in Rom auf griechische, ägyptische und orientalische Gottesvorstellungen stoßen konnte, können wir am Ende des 20. Jahrhunderts in allen europäischen Städten von einer gewissen Größe religiöse Vorstellungen aus allen Erdteilen antreffen.

Auch in unserer Zeit sehen wir, wie ein Sammelsurium von alter und neuer Religion, Philosophie und Wissenschaft die Grundlage für neue Angebote auf dem »Weltanschauungsmarkt« bilden kann.

Sehr viel von diesem »neuen Wissen« ist in Wirklichkeit altes Gedankengut – dessen Wurzeln unter anderem in den Hellenismus zurückreichen.

Wie schon erwähnt, arbeitete die hellenistische Philosophie weiter an den Problemen, die von Sokrates, Platon und Aristoteles aufgeworfen worden waren. Ihnen gemeinsam war der Wunsch, die Frage zu beantworten, wie der Mensch am besten leben und sterben solle. Auf diese Weise wurde also die *Ethik* auf die Tagesordnung gesetzt. Sie wurde zum wichtigsten philosophischen Projekt der neuen internationalen Gemeinschaft. Die Frage war, worin das wirkliche Glück besteht, und wie es erreicht werden kann.

Wir werden uns vier von diesen philosophischen Strömungen ansehen.

Die Kyniker

Über Sokrates heißt es, daß er einst vor einer Marktbude stehenblieb, in der viele Waren ausgestellt waren. Schließlich rief er aus: »Sieh nur, wie viele Dinge die Athener zum Leben brauchen!« Er meinte damit natürlich, daß er selbst diese Dinge nicht brauche.

Von dieser Haltung des Sokrates nimmt die *kynische Philosophie* ihren Ausgang, die um das Jahr 400 v. Chr. in Athen von *Antisthenes* begründet wurde. Er war Schüler des Sokrates gewesen.

Die *Kyniker* betonten, daß wirkliches Glück nicht von Äußerlichkeiten wie materiellem Luxus, politischer Macht und guter Gesundheit abhänge. Wirkliches Glück bedeute, sich nicht von solchen zufälligen und vergänglichen Dingen abhängig zu machen. Gerade weil es nicht darauf beruhe, könne es von allen erlangt werden. Und es könne nicht wieder verloren werden, wenn es erst einmal erreicht worden sei.

Der bekannteste Kyniker war *Diogenes*, ein Schüler des Antisthenes. Von ihm heißt es, daß er in einer Tonne wohnte und nichts weiter besaß als einen Umhang, einen Stock und einen Brotbeutel. (Da war es nicht leicht, ihm sein Glück zu nehmen!) Einst sonnte er sich gerade vor seiner Tonne, als er Besuch von Alexander dem Großen bekam. Alexander trat vor den Weisen hin und fragte ihn, ob er sich etwas wünsche, er werde ihm den Wunsch sofort erfüllen. Und Diogenes antwortete, Alexander möge ihm aus der Sonne gehen. So zeigte Diogenes, daß er reicher und glücklicher war als der große Feldherr. Er hatte ja alles, was er sich wünschte.

Die Kyniker meinten, ein Mensch brauche sich keine Sorgen wegen seiner Gesundheit zu machen. Selbst Leiden und Tod sollten ihn nicht bekümmern. Und er solle sich auch nicht vom Kummer über die Leiden anderer quälen lassen. Wenn wir heute die Wörter »zynisch« und »Zynismus« benutzen, meinen wir meistens nur noch diesen Aspekt: die Gefühllosigkeit für das Leiden anderer.

Die Stoiker

Die Kyniker waren von großer Bedeutung für die *stoische Philosophie*, die um das Jahr 300 v. Chr. in Athen aufkam. Ihr Begründer war *Zenon*, der ursprünglich aus Zypern kam, der sich aber nach einem Schiffbruch den Stoikern in Athen anschloß. Er versammelte seine Zuhörer in einem Säulengang. Der Name *Stoiker* kommt vom griechischen Wort für »Säulengang« (Stoa). Der Stoizismus sollte später für die römische Kultur große Bedeutung erlangen.

Wie Heraklit meinten die Stoiker, daß alle Menschen an derselben Weltvernunft – oder am selben »Logos« – teilhätten. Sie hielten jeden Menschen für eine Welt im Miniaturformat, einen »Mikrokosmos«, der den »Makrokosmos« widerspiegelt.

Das führte zu dem Gedanken an ein allgemeingültiges Recht, das sogenannte *Naturrecht*. Das Naturrecht gründet auf der zeitlosen Vernunft des Menschen und des Universums und ändert sich deshalb nicht mit Zeit und Ort. Hier ergriffen sie also mit Sokrates Partei gegen die Sophisten.

Das Naturrecht gilt für alle Menschen, auch für die Sklaven. Die Gesetzeswerke der verschiedenen Staaten galten den Stoikern als unvollständige Nachahmungen eines Rechtes, das in der Natur selber begründet liegt.

Wie die Stoiker den Unterschied zwischen dem einzelnen Menschen und dem Universum auswischten, stritten sie auch einen Gegensatz zwischen »Geist« und »Stoff« ab. Es gibt nur *eine* Natur, meinten sie. Eine solche Auffassung nennen wir *Monismus* (im Gegensatz zum Beispiel zu Platons klarem *Dualismus*, der Zweiteilung der Wirklichkeit).

Als echte Kinder ihrer Zeit waren die Stoiker ausgeprägte »Kosmopoliten«. Sie waren also offener für die zeitgenössische Kultur als die »Tonnenphilosophen« (die Kyniker). Sie wiesen auf die Gemeinschaft der Menschen hin, interessierten sich für Politik, und einige von ihnen waren aktive Staatsmänner, zum Beispiel der römische Kaiser *Marc Aurel* (121–180). Sie trugen dazu bei, in Rom griechische Kultur und Philosophie zu verbreiten, was besonders für den Redner, Philosophen und Politiker *Cicero* (106–43 v. Chr.) gilt. Er prägte den Begriff *Humanismus* für eine Weltanschauung, die den einzelnen Menschen in den Mittelpunkt rückt. Der Stoiker *Seneca* (4 v. Chr. – 65 n. Chr.) schrieb einige Jahre später, der Mensch sei dem Menschen heilig. Das wurde für die Nachwelt zu einer Art Schlagwort des Humanismus.

Außerdem betonten die Stoiker, daß alle Naturprozesse – zum Beispiel Krankheit und Tod – den unwandelbaren Gesetzen der

Natur folgen. Der Mensch muß daher lernen, sich mit seinem Schicksal zu versöhnen. Nichts geschieht zufällig, meinten sie. Alles geschieht notwendigerweise, und es hilft wenig, seine Not zu bejammern, wenn das Schicksal an die Tür klopft. Auch die glücklichen Umstände des Lebens muß der Mensch mit größter Ruhe hinnehmen. Hier sehen wir die Verwandtschaft mit den Kynikern, die alle Äußerlichkeiten für gleichgültig hielten. Noch heute sprechen wir von »stoischer Ruhe«, wenn sich ein Mensch nicht von seinen Gefühlen mitreißen läßt.

Die Epikureer

Wie wir gesehen haben, wollte Sokrates herausfinden, wie der Mensch ein gutes Leben leben kann. Kyniker und Stoiker interpretierten ihn dahingehend, daß der Mensch sich vom materiellen Luxus befreien muß. Aber Sokrates hatte auch einen Schüler namens *Aristippos*. Aristippos hielt es für das Ziel des Lebens, soviel sinnlichen Genuß wie möglich zu erlangen. Das höchste Gut sei die Lust, sagte er, das größte Übel der Schmerz. Deshalb wollte er eine Lebenskunst entwickeln, die jeder Form von Schmerzen auswich. (Das Ziel von Kynikern und Stoikern war es, alle Formen von Schmerzen *auszuhalten*. Es ist etwas anderes, alles daranzusetzen, um Schmerzen *aus dem Weg zu gehen*.)

Um das Jahr 300 v. Chr. begründete *Epikur* (341–270) in Athen eine philosophische Schule (die *Epikureer*). Er entwickelte Aristippos Lustethik weiter und kombinierte sie mit Demokrits Atomlehre.

Angeblich trafen sich die Epikureer in einem Garten. Deshalb wurden sie auch als »Gartenphilosophen« bezeichnet. Über dem Gartentor soll gestanden haben: »Fremder, hier wirst du es gut haben. Hier ist die Lust das höchste Gut.«

Epikur stellte klar, daß das lustvolle Ergebnis einer Handlung immer mit ihren eventuellen Nebenwirkungen verglichen werden muß. Wenn Du je zuviel Schokolade gegessen hast, verstehst Du, was ich meine. Wenn nicht, dann gebe ich Dir folgende Hausaufgabe auf: Nimm Deine Sparbüchse und kauf Dir für hundert Kronen Schokolade. (Ich gehe davon aus, daß Du gern Schokolade ißt.) Bei dieser Aufgabe kommt es darauf an, daß Du die ganze Schokolade auf einmal ißt. Etwa eine halbe Stunde nach Verzehr dieser vielen köstlichen Schokolade wirst du begreifen, was Epikur mit »Nebenwirkungen« gemeint hat.

Epikur wollte ebenfalls ein kurzfristiges lustvolles Resultat mit einer größeren, dauerhafteren oder intensiveren Lust auf längere Sicht vergleichen. (Es ist zum Beispiel denkbar, daß Du beschließt, ein Jahr lang keine Schokolade zu essen, weil Du lieber Dein ganzes Taschengeld für ein neues Fahrrad oder eine Auslandsreise sparst.) Im Gegensatz zu Tieren hat der Mensch nämlich die Möglichkeit, sein Leben zu planen. Er hat die Fähigkeit, eine »Lustberechnung« anzustellen. Leckere Schokolade ist natürlich ein Wert, aber das sind auch das Fahrrad und die Reise nach England.

Epikur betonte aber auch, daß »Lust« nicht unbedingt dasselbe ist wie sinnlicher Genuß – zum Beispiel Schokolade. Auch die Freundschaft und das Erlebnis eines Kunstwerks können lustvoll sein. Eine Voraussetzung für den Genuß des Lebens sind außerdem alte griechische Ideale wie Selbstbeherrschung, Mäßigkeit und Gemütsruhe. Denn die Begierde muß gezügelt werden. Auf diese Weise wird uns die Gemütsruhe auch helfen, Schmerzen zu ertragen.

Oft waren es Menschen mit religiösen Ängsten, die Epikurs Garten aufsuchten. In diesem Zusammenhang war Demokrits Atomlehre ein nützliches Mittel gegen Religion und Aberglauben. Um ein gutes Leben zu führen, ist es nicht zuletzt wichtig, daß wir die Angst vor dem Tod überwinden. In dieser Frage griff Epikur auf Demokrits Lehre der »Seelenatome« zurück. Du erinnerst Dich vielleicht noch daran, daß Demokrit nicht an ein Leben nach dem Tode glaubte, weil sich bei unserem Tod die »Seelenatome« nach allen Seiten zerstreuen.

»Warum sollte man Angst vor dem Tode haben?« sagte Epikur.

»Denn solange wir sind, ist der Tod nicht da, und sobald er da ist, sind wir nicht mehr.« (So gesehen hat es eigentlich keinen Menschen je gequält, tot zu sein.)

Epikur selber faßte mit dem, was er *das vierfache Heilmittel* nannte, seine befreiende Philosophie zusammen:

Die Götter brauchen wir nicht zu fürchten. Über den Tod brauchen wir uns keine Sorgen zu machen. Das Gute ist leicht zu erlangen. Das Furchtbare ist leicht zu ertragen.

In Griechenland war es nichts Neues, die Aufgabe des Philosophen mit der des Arztes zu vergleichen. Der Mensch muß sich demzufolge mit einer »philosophischen Reiseapotheke« ausrüsten, die, wie gesagt, vier wichtige Medizinen enthält.

Im Gegensatz zu den Stoikern interessierten sich die Epikureer nur wenig für Politik und Gesellschaft. »Lebe im Verborgenen!« lautete Epikurs Rat. Wir können seinen Garten vielleicht mit heutigen Wohngemeinschaften vergleichen. Auch in unserer Zeit suchen viele in der großen Gesellschaft eine Insel oder einen »Nothafen«.

Nach Epikur entwickelten viele Epikureer sich in Richtung einer einseitigen Genußsucht. Ihr Motto wurde: »Lebe im Augenblick!« Das Wort »Epikureer« wird heute gerne abwertend auf einen »Lebemenschen« angewandt.

Der Neuplatonismus

Wir haben gesehen, daß Kyniker, Stoiker und Epikureer auf den Lehren des Sokrates aufbauten. Außerdem griffen sie auf die Vorsokratiker Demokrit und Heraklit zurück. Die bemerkenswerteste philosophische Strömung der Spätantike dagegen war vor allem von Platons Ideenlehre inspiriert. Wir nennen sie deshalb *Neuplatonismus*.

Der wichtigste Neuplatoniker war *Plotin* (ca. 205–270), der in Alexandria Philosophie studierte, später jedoch nach Rom umzog. Wir sollten uns merken, daß er aus Alexandria kam, der Stadt, die schon seit vielen Jahrhunderten der große Treffpunkt von griechischer Philosophie und orientalischer Mystik war. Plotin brachte eine Heilslehre mit nach Rom, die zu einer ernsthaften Konkurrentin des sich nun geltend machenden Christentums werden sollte. Aber der Neuplatonismus sollte auch auf die christliche Theologie einen starken Einfluß ausüben.

Du erinnerst Dich an Platons Ideenlehre, Sofie. Du weißt noch, daß er die Ideenwelt und die Sinnenwelt unterschied. So unterschied er auch scharf zwischen der Seele des Menschen und seinem Körper. Dadurch wurde der Mensch zum Doppelwesen: Unser Körper, so Platon, besteht aus Erde und Staub, wie alles andere auf der Sinnenwelt, aber wir haben auch eine unsterbliche Seele. Bereits lange vor Platon war diese Vorstellung in Griechenland sehr verbreitet gewesen. Plotin war außerdem mit ähnlichen asiatischen Vorstellungen vertraut.

Plotin sah die Welt als zwischen zwei Polen eingespannt. Am einen Ende steht das göttliche Licht, das er als *das Eine* bezeichnete. Manchmal nannte er es auch *Gott*. Am anderen Ende herrscht die absolute Finsternis, die das Licht des »Einen« nicht erreicht. Aber Plotin geht es darum, daß diese Finsternis im Grunde gar keine Existenz hat. Sie ist nur eine Abwesenheit von Licht – ja, sie *ist* nicht. Das einzige, was existiert, ist »Gott« oder das »Eine«, aber wie sich eine Lichtquelle in der Dunkelheit schrittweise verliert, zieht sich an einer Stelle auch eine Grenze dafür hin, wie weit die göttlichen Strahlen gelangen können.

Plotin zufolge bestrahlt das Licht des »Einen« die Seele, während der Stoff die Finsternis ist, die keine eigentliche Existenz hat. Aber auch die Formen in der Natur haben einen schwachen Widerschein des »Einen«.

Stell Dir ein großes brennendes Feuer in der Nacht vor, liebe Sofie. Vom Feuer aus sprühen Funken in alle Richtungen. In weitem Umkreis des Feuers ist die Nacht erhellt, und noch in einigen Kilometern Entfernung kann man den schwachen Lichtschein dieses Feuers sehen. Wenn wir noch weiter weggehen, sehen wir nur noch ein winziges Lichtpünktchen, wie eine schwache Laterne in der Nacht. Und wenn wir uns jetzt noch weiter vom Feuer entfernen, kann uns überhaupt kein Licht mehr erreichen. Irgendwo verlieren die Lichtstrahlen sich in der Nacht, und wenn es ganz dunkel ist, sehen wir nichts. Dann gibt es weder Schatten noch Konturen.

Stell Dir jetzt die Wirklichkeit wie ein solches Feuer vor. Was brennt, ist Gott – und die Finsternis draußen ist der kalte Stoff, aus dem Menschen und Tiere gemacht sind. Neben Gott stehen die ewigen Ideen, die die Urformen aller Geschöpfe sind. Vor allem ist die menschliche Seele ein »Funken des Feuers«. Aber auch überall in der Natur scheint etwas von diesem göttlichen Licht. Wir können es in allen lebenden Wesen sehen, ja, sogar eine Rose oder eine Glockenblume haben einen solchen göttlichen Schein. Am weitesten entfernt vom lebendigen Gott sind Erde, Wasser und Steine.

Ich sage, daß in allem, was wir sehen, etwas von dem göttlichen Mysterium liegt. Wir sehen, daß es in einer Sonnenblume oder im Klatschmohn funkelt. Mehr von diesem unergründlichen Mysterium ahnen wir in einem Schmetterling, der von einem Zweig auffliegt – oder in einem Goldfisch, der durch sein Goldfischglas schwimmt. Am allernächsten kommen wir Gott jedoch in unserer eigenen Seele. Nur dort können wir mit dem großen Lebensgeheimnis vereint werden. Ja, in seltenen Momenten können wir uns selber als dieses göttliche Mysterium erleben.

Plotins Bildgebrauch erinnert an Platons Höhlengleichnis. Je näher wir dem Höhleneingang kommen, um so näher kommen wir dem, von dem alles Existierende herstammt. Aber im Gegensatz zu Platons klarer Zweiteilung der Wirklichkeit prägt Plotins Gedankengang ein Ganzheitserlebnis. Alles ist eins – denn alles ist Gott. Selbst die Schatten unten in Platons Höhle weisen einen schwachen Widerschein des »Einen« auf.

Einige wenige Male in seinem Leben erlebte Plotin, daß seine Seele mit Gott verschmolz. So etwas bezeichnen wir gerne als *mystisches Erlebnis*. Plotin hatte nicht als einziger solche Erlebnisse. Menschen aller Zeiten und Kulturen haben darüber berichtet. Sie mögen ihr Erlebnis ganz unterschiedlich beschreiben, aber ihre Beschreibungen weisen auch viele wichtige Gemeinsamkeiten auf. Wir werden uns einige dieser Gemeinsamkeiten ansehen.

Mystik

Ein mystisches Erlebnis bedeutet, sich in Einheit mit Gott oder der »Weltseele« zu erleben. In vielen Religionen wird betont, daß zwischen Gott und seiner Schöpfung ein Abgrund klafft, während der Mystiker diesen Abgrund nicht erlebt. *Mystiker* oder Mystikerinnen erleben ein »Aufgehen in Gott«.

Es geht darum, daß das, was wir gemeinhin »ich« nennen, nicht unser eigentliches Ich ist. In kurzen Augenblicken können wir uns als identisch mit einem größeren Ich erleben. Manche Mystiker nennen es Gott, andere »Weltseele«, »Allnatur« oder »Weltall«. Im Verschmelzen erlebt der Mystiker, daß er »sich selber verliert«, er verschwindet oder verliert sich in Gott, wie ein Wassertropfen »sich verliert«, wenn er sich mit dem Meer vermischt. Ein indischer Mystiker hat das einmal so ausgedrückt: »Als ich war, war Gott nicht. Jetzt ist Gott, und ich bin nicht mehr.« Der christliche Mystiker *Angelus Silesius* (1624–1677) sagte: »Das Tröpflein wird das Meer, wenn es ins Meer gekommen, die Seele Gott, wenn sie in Gott ist aufgenommen.«

Jetzt findest Du es vielleicht nicht besonders angenehm, sich »selber zu verlieren«. Doch, Sofie, ich verstehe, was Du meinst. Aber es geht darum, daß das, was Du verlierst, so unendlich viel geringer ist als das, was Du gewinnst. Du verlierst Dich selber in der Gestalt, die Du im Augenblick hast, aber gleichzeitig begreifst Du, daß Du in Wirklichkeit etwas unendlich viel Größeres bist. Du bist das gesamte Weltall. Ja, Du bist die Weltseele, liebe Sofie. Du bist Gott. Wenn Du Dich selber als Sofie Amundsen verlieren mußt, kannst Du Dich damit trösten, daß Du dieses »Alltags-Ich« sowieso eines Tages hergeben mußt. Dein wahres Ich – das Du nur erfahren kannst, wenn Du es schaffst, Dich selber loszulassen – gilt den Mystikern als wundersames Feuer, das in alle Ewigkeit brennt.

Aber eine solche mystische Erfahrung kommt nicht immer von selber. Der Mystiker muß oft den »Weg der Läuterung und Reinigung« gehen, um Gott begegnen zu können. Dieser Weg besteht aus einer schlichten Lebensweise und der Meditation. Plötzlich erreicht der Mystiker dann sein Ziel und kann rufen: »Ich bin Gott« oder: »Ich bin Du!«

Wir finden in allen großen Weltreligionen mystische Richtungen. Und was die Mystiker über ihr mystisches Erleben schreiben, weist trotz aller kulturellen Unterschiede auffällige Ähnlichkeiten auf. Erst wenn der Mystiker eine religiöse oder philosophische Deutung seines mystischen Erlebnisses versucht, macht sich der kulturelle Hintergrund bemerkbar.

In der *westlichen Mystik* – das heißt, im Judentum, im Christentum und im Islam – betont der Mystiker, daß er die Begegnung mit einem persönlichen Gott erlebt. Obwohl Gott in der Natur und in der Menschenseele anwesend ist, ist er doch hoch über diese Welt erhaben. In der *östlichen Mystik* – also im Hinduismus, im Buddhismus und in der chinesischen Religion – wird eher betont, daß der Mystiker eine totale Verschmelzung mit Gott oder der »Weltseele« erlebt. »Ich bin die Weltseele«, kann der Mystiker sagen, oder: »Ich bin Gott.« Denn Gott ist nicht nur in der Welt anwesend, er ist sonst nirgendwo.

Vor allem in Indien gab es schon lange vor Platon starke mystische Strömungen. *Swami Vivekananda,* der dazu beigetragen hat, die Gedanken des Hinduismus in den Westen zu bringen, hat einmal gesagt: »Wie gewisse Religionen auf der Welt einen Menschen, der nicht an einen persönlichen Gott außerhalb seiner selbst glaubt, als Atheisten bezeichnen, sagen wir, ein Mensch, der nicht an sich selber glaubt, sei Atheist. Nicht an die Herrlichkeit der eigenen Seele zu glauben, nennen wir Atheismus.«

Ein mystisches Erlebnis kann auch für die Ethik von Bedeutung sein. Ein früherer indischer Präsident, *Radhakrishnan*, hat einmal gesagt: »Du sollst deinen Nächsten lieben wie dich selber, weil du dein Nächster *bist*. Nur eine Illusion läßt dich glauben, dein Nächster sei ein anderer als du selber.«

Auch moderne Menschen, die keiner Religion angehören, können von mystischen Erlebnissen berichten. Plötzlich erleben sie etwas, was sie als »kosmisches Bewußtsein« oder »ozeanisches Gefühl« bezeichnen. Sie fühlen sich aus der Zeit herausgerissen und erleben die Welt »aus dem Blickwinkel der Ewigkeit«.

Sofie setzte sich im Bett auf. Sie mußte nachfühlen, ob sie noch immer einen Körper hatte. Während sie über Plotin und die Mystiker gelesen hatte, hatte sie das Gefühl gehabt, durch das Zimmer, zum Fenster hinaus und hoch über der Stadt zu schweben. Sie hatte alle Menschen unten auf dem Marktplatz gesehen, war aber weiter über den Planeten geschwebt, auf dem sie lebte, über die Nordsee und Europa, bis hin zur Sahara und den weiten Steppen Afrikas.

Der ganze große Globus war zu einer einzigen lebendigen Person geworden, und diese Person schien Sofie selber zu sein. Ich bin die Welt, dachte sie. Das ganze große Universum, das sie oft als unergründlich und beängstigend erlebt hatte – das war ihr eigenes Ich. Auch jetzt war das Universum groß und majestätisch, aber nun war sie selber auch so groß.

Dieses wunderbare Gefühl verebbte bald, aber Sofie war sich ziemlich sicher, daß sie es nie vergessen würde. Etwas in ihr schien aus ihrer Stirn herausgesprungen zu sein und sich mit allem anderen vermischt zu haben, so wie ein Tropfen Farbstoff einen ganzen Becher Wasser färben kann.

Als alles vorbei war, hatte sie das Gefühl, mit Kopfschmerzen aus einem wunderbaren Traum zu erwachen. Sofie stellte mit einem Hauch von Enttäuschung fest, daß sie einen Körper hatte, der versuchte, sich im Bett zu erheben. Sie hatte Rückenschmerzen, weil sie so lange auf dem Bauch gelegen und Alberto Knox' Brief gelesen hatte. Aber sie hatte etwas erlebt, das sie nie vergessen würde.

Schließlich konnte sie auf die Füße kommen. Nun lochte sie die Blätter und steckte sie zu den anderen Lektionen in den Ordner. Dann ging sie hinaus in den Garten.

Hier zwitscherten die Vögel, als ob die Welt gerade neu erschaffen sei. Die Birken hinter den alten Kaninchenställen hatten eine so scharfe hellgrüne Farbe, daß es aussah, als sei der Schöpfer noch nicht mit dem Farbe-Anrühren fertig.

Konnte sie denn wirklich meinen, alles sei ein göttliches Ich? Konnte sie meinen, daß sie eine Seele hatte, die ein »Funken vom Feuer« war? Wenn es so war, dann war sie selber ein göttliches Wesen.

Die Postkarten

... ich erlege mir selber eine strenge Zensur auf...

Einige Tage vergingen, an denen Sofie keine Post von ihrem Philosophielehrer erhielt. Donnerstag war der 17. Mai, Norwegens Nationalfeiertag. Sie hatte auch am 18. frei.

Am Mittwoch, auf dem Heimweg von der Schule, sagte Jorunn plötzlich:

»Wollen wir eine Zeltwanderung machen?«

Sofies erster Gedanke war, daß sie nicht zu lange von zu Hause wegbleiben konnte.

Dann riß sie sich zusammen.

»Von mir aus gerne.«

Zwei Stunden später traf Jorunn mit einem großen Rucksack bei Sofie ein. Sofie hatte auch ihren Rucksack und das Zelt schon gepackt. Ansonsten nahmen sie Schlafsäcke und warme Kleidung, Gummimatten und Taschenlampen, große Thermoskannen mit Tee und viel leckeren Proviant mit.

Als Sofies Mutter gegen fünf nach Hause kam, erhielten sie viele Ermahnungen, was sie zu tun und zu lassen hatten. Die Mutter wollte außerdem wissen, wo sie zu zelten gedachten.

Sie sagten, sie wollten zum Tiurtoppen. Vielleicht würden sie da am nächsten Morgen die Auerhähne hören.

Sofie hatte auch einen Hintergedanken bei dieser Wahl des Zeltplatzes. Wenn sie sich nicht irrte, dann war es von Tiurtoppen nicht weit zur Majorshütte. Etwas zog sie dorthin zurück, aber sie war sich auch sicher, daß sie sich niemals allein hintrauen würde.

Sie gingen von dem kleinen Wendehammer vor Sofies Gartentor auf den Waldweg. Jorunn und Sofie redeten über Gott und die Welt, und Sofie fand es schön, mit allem, was mit Philosophie zu tun hatte, eine Pause zu machen.

Schon gegen acht Uhr hatten sie ihr Zelt auf einem Plateau in der Nähe von Tiurtoppen aufgeschlagen. Sie hatten ihr Nachtlager bereitet und die Schlafsäcke bereitgelegt. Nachdem sie beide ausgiebig gegessen hatten, fragte Sofie:

»Hast du jemals von der Majorshütte gehört?«

»Majorshütte?«

»Irgendwo hier im Wald liegt eine Hütte ... an einem kleinen See. Dort hat einmal ein seltsamer Major gewohnt, und deshalb wird sie Majorshütte genannt.«

»Und wohnt da jetzt auch jemand?«

»Wollen wir mal nachsehen?«

»Aber wo liegt sie?«

Sofie zeigte auf die Bäume.

Jorunn wollte nicht so recht, aber am Ende machten sie sich doch auf den Weg. Die Sonne stand tief am Himmel.

Zuerst gingen sie zwischen den hohen Kiefern, dann mußten sie sich durch Büsche und Gestrüpp hindurchkämpfen. Schließlich erreichten sie einen Pfad. Ob das der Pfad war, über den Sofie am Sonntagmorgen gegangen war?

Doch – bald konnte sie zwischen den Bäumen auf der rechten Seite des Weges auf etwas Glitzerndes zeigen.

»Da liegt sie«, sagte sie.

Bald darauf standen sie an dem kleinen See. Sofie schaute zur Hütte hinüber. Jetzt waren Läden vor die Fenster geklappt. Das rote Häuschen bot den verlassensten Anblick, den man sich denken kann.

Jorunn blickte sich um.

»Sollen wir übers Wasser gehen?« fragte sie.

»Nein, wir rudern.«

Sofie zeigte auf das Schilf. Da lag wie neulich das Ruderboot.

»Warst du schon mal hier?«

Sofie schüttelte den Kopf. Es wäre doch zu kompliziert, wenn sie ihrer Freundin über ihren letzten Besuch erzählte. Wie hätte sie es dabei schaffen sollen, nichts über Alberto Knox und den Philosophiekurs zu verraten?

Sie scherzten und lachten, während sie über den See ruderten. Sofie achtete sorgfältig darauf, das Boot am anderen Ufer sicher an Land zu ziehen. Bald standen sie vor der Tür. Jorunn faßte an die Klinke, es war klar, daß niemand in der Hütte war.

»Abgeschlossen – du hattest doch wohl nichts anderes erwartet?«

»Vielleicht finden wir einen Schlüssel«, sagte Sofie.

Sie begann, zwischen den Steinen der Grundmauer zu suchen.

»Ach was, wir gehen zurück zum Zelt«, sagte Jorunn nach einigen Minuten.

Aber da rief Sofie:

»Ich hab ihn, ich hab ihn!«

Triumphierend hielt sie einen Schlüssel hoch. Sie steckte ihn ins Schloß, und damit öffnete sich die Tür.

Die beiden Freundinnen schlichen sich wie die Verbrecherinnen ins Haus. Drinnen war es kalt und finster.

»Wir sehen ja nichts«, sagte Jorunn.

Aber Sofie hatte auch daran gedacht. Sie zog eine Streichholzschachtel aus der Tasche und strich ein Streichholz an. Sie konnten nur sehen, daß die Hütte leer war, ehe das Streichholz wieder verlosch. Sofie zündete ein neues an, und nun entdeckte sie in einem schmiedeeisernen Leuchter auf dem Kamin eine kleine Kerze. Sie zündete die Kerze mit einem dritten Streichholz an, und sofort war das kleine Zimmer so hell, daß sie sich umsehen konnten.

»Ist es nicht seltsam, daß eine kleine Kerze soviel Finsternis aufhellen kann?« fragte Sofie.

Ihre Freundin nickte.

»Aber irgendwo verliert sich das Licht in der Finsternis«, fuhr Sofie fort. »Eigentlich existiert keine Finsternis an sich. Sie ist nur Mangel an Licht.«

»Meine Güte, was redest du für komisches Zeug! Wir gehen...«

»Erst sehen wir in den Spiegel.«

Sofie zeigte auf den Messingspiegel, der genau wie neulich über der Kommode hing.

»Wie schön...«

»Aber das ist ein Zauberspiegel.«

»Spieglein, Spieglein, an der Wand, wer ist die Schönste im ganzen Land?«

»Ich mache keine Witze, Jorunn. Ich glaube, man kann durch diesen Spiegel hindurch etwas auf der anderen Seite sehen.«

»Hast du nicht gesagt, du wärst noch nie hiergewesen? Und warum macht es dir solchen Spaß, mich zu erschrecken?«

Diese Frage konnte Sofie nicht beantworten.

»Tut mir leid.«

Aber nun entdeckte Jorunn etwas, das in einer Ecke auf dem Boden lag. Sie hob es hoch.

»Ansichtskarten«, sagte sie.

Sofie keuchte.

»Faß sie nicht an! Hörst du, du darfst sie nicht anfassen!«

Jorunn fuhr zurück. Sie ließ die Schachtel wie etwas, an dem sie sich verbrannt hatte, auf den Boden fallen. Die Karten verteilten sich über den Fußboden. Nach ein paar Sekunden prustete sie los.

»Das sind doch bloß ganz normale Ansichtskarten.«

Jorunn setzte sich auf den Boden und sammelte die Karten auf. Bald setzte sich auch Sofie.

»Libanon ... Libanon ... Libanon ... alle Karten sind im Libanon aufgegeben«, stellte Jorunn fest.

»Das weiß ich.« Sofie schluchzte fast.

»Dann bist du doch schon mal hiergewesen.«

»Dann bin ich das eben.«

Sofie ging auf, daß alles leichter sein würde, wenn sie einfach zugab, schon einmal hiergewesen zu sein. Es konnte ja wohl kaum schaden, ihrer Freundin einen kleinen Einblick in die vielen geheimnisvollen Ereignisse der letzten Tage zu geben.

»Ich wollte das erst hier verraten.«

Jorunn hatte angefangen, die Karten zu lesen.

»Allesamt sind an eine gewisse Hilde Møller Knag gerichtet.«

Sofie hatte noch keine Karte angerührt.

»Ist das die ganze Adresse?«

Jorunn las vor:

»Hilde Møller Knag, c/o Alberto Knox, Lillesand, Norway.«

Sofie atmete erleichtert auf. Sie hatte Angst gehabt, es könnte »c/o Sofie Amundsen« auf diesen Karten stehen. Erst jetzt sah sie sich genauer an.

»28. April ... 4. Mai ... 6. Mai ... 9. Mai ... sie sind erst vor wenigen Tagen abgestempelt.«

»Aber das ist nicht alles. Alle Stempel sind auf *norwegisch*. Sieh nur – UN-Regiment! Es sind auch norwegische Briefmarken...«

»Ich glaube, das ist immer so. Sie sollen doch neutral sein, und deshalb haben sie da unten ein eigenes norwegisches Postamt.«

»Aber wie wird die Post nach Hause geschafft?«

»Mit Militärflugzeugen, nehme ich an.«

Sofie stellte die Kerze auf den Boden. Und nun lasen die beiden Freundinnen, was auf den Karten stand. Jorunn ordnete sie in der richtigen Reihenfolge. Sie las auch die erste Karte vor.

Liebe Hilde! Du kannst mir wirklich glauben, daß ich mich darauf freue, nach Hause nach Lillesand zu kommen. Ich werde wohl am frühen Abend des 23. Juni in Kjevik landen. Am allerliebsten wäre ich zu Deinem 15. Geburtstag gekommen, aber ich stehe ja unter militärischem Kommando. Zum Ausgleich kann ich Dir versprechen, daß ich all meine Sorgfalt in ein großes Geschenk stecke, das Du an Deinem Geburtstag bekommen wirst.

Liebe Grüße von einem, der immer an die Zukunft seiner Tochter denkt

PS. Ich schicke einer gemeinsamen Bekannten eine Kopie dieser Karte. Das verstehst Du schon, Hildchen. Im Moment bin ich sehr geheimnisvoll, aber das verstehst Du bestimmt.

Sofie hob die nächste Karte hoch:

Liebe Hilde! Hier unten müssen wir einen Tag nach dem anderen angehen. Wenn ich mich später an etwas von all diesen Monaten im Libanon erinnern werde, dann an die viele Warterei. Aber ich gebe mir alle Mühe, um Dir ein so schönes Geschenk zum 15. Geburtstag geben zu können wie möglich. Mehr kann ich im Moment nicht sagen. Ich erlege mir selber eine strenge Zensur auf.

Liebe Grüße, Papa

Die beiden Freundinnen saßen atemlos vor Spannung da. Keine von ihnen sagte etwas, sie lasen nur, was auf den Karten stand.

Mein liebes Kind! Am liebsten würde ich Dir meine Geständnisse mit einer weißen Taube schicken. Aber im Libanon sind keine weißen Tauben aufzutreiben. Wenn dieses vom Krieg verwüstete Land wirklich etwas braucht, dann weiße Tauben. Möge die UNO irgendwann wirklich Frieden auf der Welt schaffen.

PS. Vielleicht kannst Du Dein Geburtstagsgeschenk mit anderen Menschen teilen? Wir werden ja sehen, wenn ich nach Hause komme. Aber Du hast ja noch immer keine Ahnung, wovon ich rede.

Liebe Grüße von einem, der viel Zeit hat, um an uns beide zu denken

Als sie sechs Karten gelesen hatten, war nur noch eine übrig.

Liebe Hilde! Ich könnte natürlich platzen wegen all der Geheimnisse, die mit Deinem Geburtstag zu tun haben, und mehrmals am Tag muß ich mich zusammenreißen, um nicht anzurufen und alles zu erzählen. Es wächst und wächst ganz einfach. Und Du weißt, wenn etwas immer größer wird, ist es auch schwieriger, es für uns selber zu behalten.

Liebe Grüße, Papa

PS. Du wirst ein Mädchen namens Sofie kennenlernen. Damit Ihr ein wenig voneinander erfahren könnt, ehe Ihr Euch trefft, habe ich angefangen, ihr Kopien von all meinen Karten an Dich zu schicken. Ob sie wohl bald anfängt, den Zusammenhang zu ahnen, Hildchen? Bisher weiß sie nicht mehr als Du. Sie hat eine Freundin namens Jorunn. Vielleicht kann die helfen?

Als Jorunn und Sofie die letzte Karte gelesen hatten, starrten sie einander in die Augen. Jorunn hatte Sofies Handgelenk gepackt.

»Ich habe Angst«, sagte sie.

»Ich auch.«

»Wann ist die letzte Karte abgestempelt?«

Sofie sah noch einmal die Karte an.

»Am 16. Mai«, sagte sie. »Also heute.«

»Unmöglich!« widersprach Jorunn, sie war fast böse.

Sie musterten den Stempel genau, und es war kein Irrtum möglich. Dort stand »16. 05. 90«.

»Das geht einfach nicht«, beharrte Jorunn. »Und ich kann nicht begreifen, wer das geschrieben haben soll. Es muß doch jemand sein, der uns kennt. Aber woher hat er wissen können, daß wir heute hierher kommen?«

Jorunn fürchtete sich am meisten. Für Sofie war diese Sache mit Hilde und ihrem Vater ja schließlich nichts Neues.

»Ich glaube, es hängt irgendwie mit dem Messingspiegel zusammen.«

Wieder fuhr Jorunn zusammen.

»Du willst doch wohl nicht sagen, daß die Karten in dem Moment, in dem sie im Libanon abgestempelt werden, hier aus dem Spiegel fallen?«

»Hast du eine bessere Erklärung?«

»Nein.«

»Aber das ist nicht das einzige Rätsel hier.«

Sofie stand auf und beleuchtete mit der Kerze die beiden Bilder an der Wand. Jorunn beugte sich zu den Bildern vor.

»›Berkeley‹ und ›Bjerkely‹. Was bedeutet das?«

»Keine Ahnung.«

Jetzt war die Kerze fast heruntergebrannt.

»Wir gehen!« sagte Jorunn. »Komm!«

»Ich will bloß den Spiegel mitnehmen.«

Damit stand Sofie auf und nahm den großen Messingspiegel, der über der weißen Kommode hing, von der Wand. Jorunn wollte protestieren, aber Sofie ließ sich nicht bremsen.

Als sie nach draußen kamen, war es so dunkel, wie eine Mainacht überhaupt sein kann. Gerade noch konnte man die Umrisse von Büschen und Bäumen erkennen. Der kleine See lag da wie ein Spiegelbild des Himmels. Die beiden Freundinnen ruderten langsam zum anderen Ufer.

Keine von ihnen sagte auf dem Rückweg zum Zelt besonders viel, aber beide dachten, daß die andere sich bestimmt den Kopf über alles zerbrach, was sie gesehen hatten. Ab und zu schreckten sie einen Vogel auf; zweimal hörten sie eine Eule.

Als sie das Zelt gefunden hatten, krochen sie in ihre Schlafsäcke. Jorunn weigerte sich, den Spiegel ins Zelt zu lassen. Ehe sie einschliefen, gestanden sie einander, daß es schon unheimlich war, daß er draußen vor dem Zelteingang lag. Sofie hatte auch die Postkarten mitgenommen. Sie hatte sie in eine Seitentasche am Rucksack gesteckt.

Am nächsten Morgen wurden sie früh wach. Sofie kroch als erste aus dem Schlafsack. Sie zog die Stiefel an und verließ das Zelt. Draußen lag im Gras der große Messingspiegel. Er war voller Tau. Sofie wischte den Tau mit ihrem Pullover fort und sah auf ihr eigenes Spiegelbild hinab. Zum Glück fand sie keine tagesfrischen Postkarten aus dem Libanon.

Über das Plateau hinter dem Zelt trieb zerrissener Morgennebel wie kleine Wattebäusche. Die kleinen Vögel zwitscherten energisch; große Vögel konnte sie weder sehen noch hören.

Die beiden Freundinnen zogen sich Extra-Pullover an und frühstückten vor dem Zelt. Bald redeten sie wieder über die Majorshütte und die geheimnisvollen Postkarten.

Nach dem Frühstück packten sie ihr Zelt zusammen und machten sich auf den Heimweg. Die ganze Zeit hielt Sofie den großen Messingspiegel unter dem Arm. Manchmal mußte sie eine kleine Pause einlegen; Jorunn weigerte sich nämlich, den Spiegel anzurühren.

Als sie sich den ersten Häusern näherten, hörten sie es hin und wieder krachen. Sofie mußte daran denken, was Hildes Vater über den vom Krieg verwüsteten Libanon geschrieben hatte. Ihr ging auf, was es für ein Glück war, in einem so friedlichen Land zu wohnen. Das Krachen stammte von unschuldigen Chinaböllern.

Sofie lud Jorunn zu einer Tasse Kakao ein. Die Mutter wollte unbedingt wissen, woher sie den großen Spiegel hatten. Sofie sagte, sie habe ihn bei der Majorshütte gefunden. Wieder sagte die Mutter, daß diese Hütte seit vielen, vielen Jahren unbewohnt sei.

Als Jorunn nach Hause ging, zog Sofie ein rotes Kleid an. Der Rest des Nationalfeiertages verlief ziemlich normal. In den Abendnachrichten gab es eine Reportage darüber, wie die norwegischen UN-Soldaten im Libanon den Tag gefeiert hatten. Sofie starrte den Bildschirm an. Einer der Männer, die sie da sah, konnte Hildes Vater sein.

Als letztes an diesem 17. Mai hängte Sofie den großen Messingspiegel in ihrem Zimmer auf. Am nächsten Vormittag fand sie in der Höhle einen neuen gelben Briefumschlag. Sie riß ihn auf und las sofort, was auf den Bögen stand.

Zwei Kulturkreise

... nur so wirst du nicht durch
den leeren Raum schweben ...

Jetzt dauert es nicht mehr so lange, bis wir uns treffen werden, Sofie. Ich habe damit gerechnet, daß Du zur Majorshütte zurückkehren würdest, deshalb habe ich dort alle Karten von Hildes Vater hinterlassen. Nur so können sie an Hilde weitergereicht werden.

Du brauchst dir aber nicht den Kopf darüber zu zerbrechen, wie sie die Karten erhalten soll. Bis zum 15. Juni fließt noch viel Wasser ins Meer.

Wir haben gesehen, wie die Philosophen des Hellenismus die alten griechischen Philosophen wiedergekäut haben. Außerdem haben sie sich als Religionsstifter versucht. Plotin hätte Platon fast als dem Erlöser der Menschheit gehuldigt.

Aber wie wir wissen, wurde mitten in der hier behandelten Periode ein anderer Erlöser geboren – und zwar außerhalb des griechisch-römischen Kulturkreises. Ich denke an *Jesus von Nazareth*. In diesem Kapitel werden wir sehen, wie das Christentum langsam in die griechisch-römische Welt eindrang – ungefähr so, wie Hildes Welt langsam angefangen hat, in *unsere* Welt einzudringen.

Jesus war Jude, und die Juden gehören zum semitischen Kulturkreis. Griechen und Römer gehören zum indogermanischen Kulturkreis. Wir können also feststellen, daß die europäische Zivilisation zwei Wurzeln hat. Ehe wir uns näher ansehen, wie sich das Christentum langsam mit der griechisch-römischen Kultur vermischt, werden wir einen genaueren Blick auf diese beiden Wurzeln werfen.

Die Indogermanen

Als *indogermanisch* bezeichnen wir alle Länder und Kulturen, in denen indogermanische Sprachen gesprochen werden. Dazu gehören alle europäischen Sprachen, abgesehen von den finnugrischen Sprachen (Samisch, Finnisch, Estnisch und Ungarisch) und Baskisch. Auch die meisten indischen und iranischen Sprachen gehören zur indogermanischen Sprachfamilie.

Irgendwann vor ungefähr viertausend Jahren lebten die Urindogermanen wahrscheinlich in der Gegend des Schwarzen und des Kaspischen Meeres. Bald zogen solche indogermanischen Stämme in großen Wellen nach Südosten in den Iran und nach Indien; nach Südwesten nach Griechenland, Italien und Spanien; nach Westen durch Mitteleuropa nach England und Frankreich; nach Nordwesten nach Skandinavien; und nach Norden nach Osteuropa und Rußland. Überall vermischten sich die Indogermanen mit den vorindogermanischen Kulturen, wobei jedoch die indogermanische Religion und Sprache die dominierende Rolle spielten.

Sowohl die alten indischen Veden-Schriften als auch die griechische Philosophie und sogar *Snorres* Götterlehre sind also in verwandten Sprachen geschrieben. Aber nicht nur die Sprachen sind verwandt. Zu verwandten Sprachen gehören meistens auch verwandte Gedanken. Deshalb sprechen wir gern von einem *indogermanischen Kulturkreis*.

Die Kultur der Indogermanen war vor allem geprägt vom Glauben an viele verschiedene Götter. Das bezeichnen wir als *Polytheismus*. Götternamen und viele wichtige religiöse Wörter und Ausdrücke finden wir im ganzen indogermanischen Bereich. Ich nenne einige Beispiele:

Die alten Inder verehrten den Himmelsgott *Dyaus*. Auf griechisch heißt dieser Gott *Zeus*, auf latein *Jupiter* (eigentlich *Iov-pater*, das heißt »Vater Iov«), und auf altnordisch *Tyr*. Die Namen Dyaus, Zeus, Iov und Tyr sind also verschiedene Varianten desselben Worts.

Vielleicht weißt Du noch, daß die Wikinger in Nordeuropa Götter verehrten, die sie *Asen* nannten. Auch dieses Wort für »Götter« finden wir im gesamten indogermanischen Bereich. Auf altindisch (Sanskrit) heißen die Götter *asura*, auf iranisch *ahura*. Ein weiteres Wort für Gott heißt auf sanskrit *deva*, auf iranisch *daeva*, auf latein *deus* und auf altnordisch *tivurr*.

In Nordeuropa gab es außerdem eine eigene Gruppe von Fruchtbarkeitsgottheiten (zum Beispiel Njord, Frøy und Frøya). Diese Gottheiten wurden als *Wanen* bezeichnet. Dieses Wort ist verwandt mit dem Namen der lateinischen Fruchtbarkeitsgöttin *Venus*. Im Sanskrit gibt es das verwandte Wort *vani*, das »Lust« oder »Begehren« bedeutet.

Auch einzelne Mythen zeigen im gesamten indogermanischen Bereich eine klare Verwandtschaft. Wenn Snorre von den altnordischen Göttern erzählt, erinnern manche Mythen an indische Mythen, die zwei- oder dreitausend Jahre früher erzählt worden sind. Natürlich sind Snorres Mythen geprägt von nordischen Naturverhältnissen und die indischen von der indischen Natur. Aber viele der Mythen haben einen Kern, der auf einen gemeinsamen Ursprung hinweist. Einen solchen Kern sehen wir am deutlichsten in den Mythen des Unsterblichkeitstrunkes und des Kampfes der Götter gegen ein Chaosungeheuer.

Auch im Denken selber sehen wir klare Verbindungen zwischen den indogermanischen Kulturen. Eine typische Gemeinsamkeit liegt darin, daß sie die Welt als Drama auffaßten, in dem die guten und die bösen Kräfte einander in unversöhnlichem Streit bekämpfen. Die Indogermanen haben deshalb oft versucht, »weiszusagen«, was aus der Welt werden wird.

Wir können gut sagen, daß es kein Zufall ist, daß die griechische Philosophie gerade im indogermanischen Bereich entstanden ist. Indische, griechische und nordische Mythologie zeigen klare Ansätze zu einer philosophischen oder »spekulativen« Betrachtungsweise.

Die Indogermanen versuchten, »Einblick« in den Weltverlauf zu gewinnen. Ja, wir können sogar im gesamten indogermanischen Bereich einem bestimmten Wort für »Einsicht« oder »Wissen« von Kultur zu Kultur folgen. Im Sanskrit heißt dieses Wort *vidya*. Dieses Wort ist identisch mit dem griechischen Wort *idé*, das, wie Du weißt, in Platons Philosophie eine wichtige Rolle spielte. Aus dem Lateinischen kennen wir das Wort *video*, was für die Römer einfach »sehen« bedeutete. (Erst in unseren Tagen wird »sehen« fast mit dem Anstarren eines Fernsehschirmes gleichgesetzt.) Aus dem Englischen kennen wir Wörter wie *wise* und *wisdom* (Weisheit), auf deutsch *weise* und *Wissen*. Im Norwegischen haben wir das Wort *viten*. Das norwegische Wort »viten« hat also dieselben Wurzeln wie das indische Wort »vidya«, das griechische »idé« und das lateinische »video«.

Ganz allgemein können wir feststellen, daß das *Sehen* der wichtigste Sinn für die Indogermanen war. Bei Indern und Griechen, bei Iranern und Germanen war die Literatur von großen kosmischen Visionen geprägt. (Da haben wir das Wort wieder: Das Wort »Vision« ist aus dem lateinischen Verb »video« entstanden.) Außerdem war es in den indogermanischen Kulturen üblich, Bilder und Skulpturen der Götter und der mythischen Ereignisse anzufertigen.

Schließlich hatten die Indogermanen ein *zyklisches Geschichtsbild*. Das bedeutet, daß für sie die Geschichte in Kreisen verläuft – oder in »Zyklen« –, genau wie die Jahreszeiten zwischen Sommer und Winter abwechseln. Es gibt also keinen eigentlichen Anfang und kein eigentliches Ende der Geschichte. Oft ist die Rede von verschiedenen Welten, die entstehen und vergehen, im ewigen Wechsel zwischen Geburt und Tod.

Beide großen östlichen Religionen – *Hinduismus* und *Buddhismus* – sind von indogermanischem Ursprung. Das gilt ebenso für die griechische Philosophie, und wir sehen viele klare Parallelen zwischen Hinduismus und Buddhismus einerseits und griechischer Philosophie andererseits. Noch heute sind Hinduismus und Buddhismus stark geprägt von philosophischer Reflexion.

Nicht selten wird im Hinduismus und im Buddhismus betont,

daß das Göttliche in allem anwesend sei (*Pantheismus*), und daß der Mensch durch religiöse Einsicht Einheit mit Gott erlangen könne. (Du erinnerst Dich doch an Plotin, Sofie!) Dazu ist zumeist starke Selbstvertiefung oder Meditation nötig. Im Osten können deshalb Passivität und Zurückgezogenheit als religiöses Ideal gelten. Auch auf griechischem Boden meinten viele, daß der Mensch ein Leben in Askese – oder religiöser Zurückgezogenheit – leben müsse, um seine Seele zu erlösen. Einige Bestandteile des mittelalterlichen Klosterlebens können auf solche Vorstellungen in der griechisch-römischen Welt zurückgeführt werden.

In vielen indogermanischen Kulturen war außerdem der Glaube an die *Seelenwanderung* von großer Bedeutung, so im Hinduismus, wo es das Ziel eines jeden Gläubigen ist, irgendwann von der Seelenwanderung erlöst zu werden. Und wir wissen ja, daß auch Platon an die Seelenwanderung glaubte.

Die Semiten

Und nun zu den *Semiten*, Sofie. Jetzt ist die Rede von einem ganz anderen Kulturkreis mit einer ganz anderen Sprache. Ursprünglich stammen die Semiten von der arabischen Halbinsel, aber auch der semitische Kulturkreis hat sich auf weite Teile der Welt ausgedehnt. Seit über zweitausend Jahren leben Juden weit entfernt von ihrem ursprünglichen Vaterland. Am weitesten sind semitische Geschichte und semitische Religion mit dem Christentum von ihren geographischen Wurzeln fortgewandert. Die semitische Kultur ist außerdem durch die Ausbreitung des Islam weit in die ganze Welt transportiert worden.

Die drei westlichen Religionen – Judentum, Christentum und Islam – haben einen semitischen Hintergrund. Der *Koran*, die heilige Schrift des Islam, und das *Alte Testament* sind in verwandten semitischen Sprachen verfaßt. Eines der Wörter des Alten Testaments für »Gott« hat deshalb dieselbe sprachliche Wurzel wie das *Allah* der Moslems. (Das Wort »Allah« bedeutet ganz einfach »Gott«.)

Beim Christentum ist das Bild komplizierter. Auch das Christentum hat natürlich einen semitischen Hintergrund. Aber das *Neue Testament* wurde auf griechisch geschrieben, und als die christliche Theologie oder Glaubenslehre ausgeformt werden sollte, wurde sie von der griechischen und lateinischen Sprache und damit auch von der hellenistischen Philosophie geprägt.

Wir haben gehört, daß die Indogermanen an viele verschiedene Götter glaubten. Bei den Semiten verblüfft, daß sie schon recht früh den Glauben an einen einzigen Gott annahmen. Das nennen wir *Monotheismus*. Im Judentum, Christentum und Islam ist es ein grundlegender Gedanke, daß es nur einen Gott gibt.

Eine weitere semitische Gemeinsamkeit ist das *lineare Geschichtsbild*. Darunter verstehen wir, daß die Geschichte als Linie betrachtet wurde. Einst erschuf Gott die Welt, und damit begann die Geschichte. Aber eines Tages wird die Geschichte enden, und zwar mit dem »Jüngsten Gericht«, bei dem Gott die Lebenden und die Toten richten wird.

Ein wichtiger Zug der drei großen westlichen Religionen ist gerade die Rolle der Geschichte. Es geht darum, daß Gott in die Geschichte eingreift – ja, die Geschichte gibt es nur, damit Gott seinen Willen in der Welt durchsetzen kann. Wie er einst Abraham ins »Gelobte Land« geführt hat, führt er das Leben der Menschen durch die Geschichte bis zum »Jüngsten Gericht«. Und dann wird alles Übel auf der Welt vernichtet werden.

Die starke Betonung von Gottes Handeln in der Geschichte hat dazu geführt, daß sich die Semiten seit vielen tausend Jahren mit Geschichtsschreibung befassen. Gerade die historischen Wurzeln stehen ja im Mittelpunkt ihrer religiösen Schriften.

Noch heute ist die Stadt Jerusalem für Juden, Christen und Moslems ein wichtiges religiöses Zentrum. Auch das sagt einiges über den gemeinsamen historischen Hintergrund dieser drei Religionen. Hier liegen wichtige (jüdische) Synagogen, (christliche) Kirchen und (moslemische) Moscheen. Deshalb ist es so tragisch, daß gerade Jerusalem zum Zankapfel geworden ist – ja, daß sich die Menschen zu Tausenden gegenseitig umbringen, weil sie sich nicht einigen können, wem die Herrschaft über die »ewige Stadt« zukommt. Möge die UNO eines Tages dafür sorgen können, daß Jerusalem zum religiösen Begegnungspunkt aller drei Religionen wird! (Über diesen praktischen Teil des Philosophiekurses werden wir vorerst nichts mehr sagen. Das überlassen wir Hildes Vater. Denn Du weißt doch wohl, daß der UN-Beobachter im Libanon ist? Genauer gesagt, kann ich verraten, daß er als Major dient. Wenn Du langsam einen Zusammenhang ahnst, dann ist das ganz richtig. Andererseits dürfen wir dem Gang der Ereignisse nicht vorgreifen.)

Wir haben das Sehen als wichtigsten Sinn der Indogermanen bezeichnet. Ebenso verblüffend ist, welch wichtige Rolle das *Gehör* für den semitischen Bereich spielt. Nicht zufällig beginnt das jüdische Glaubensbekenntnis mit den Worten: »Höre, Israel!« Im Alten Testament lesen wir, wie die Menschen die Worte des Herrn »hörten«, und die jüdischen Propheten begannen ihre Verkündigungen gern mit der Formel »Also sprach Jahve« (Gott). Auch im Christentum wird Gewicht auf das »Hören« von Gottes Wort gelegt. Vor allem sind der jüdische, der christliche und der moslemische Gottesdienst vom Vorlesen der heiligen Schriften geprägt.

Ich habe auch gesagt, daß die Indogermanen Bilder und Skulpturen ihrer Götter herstellten. Für die Semiten ist es typisch, daß sie eine Art Bildverbot praktizieren. Das bedeutet, daß sie keine Bilder oder Skulpturen von Gott oder allem, was heilig ist, herstellen dürfen. Auch im Alten Testament steht, daß die Menschen sich kein Bildnis Gottes machen dürfen. Diese Regel gilt noch heute für den Islam und das Judentum. Im Islam herrscht überhaupt eine allgemeine Abneigung gegen Fotografie und bildende Kunst. Die Menschen sollen nicht mit Gott darin wetteifern, etwas zu »erschaffen«.

Aber in der christlichen Kirche wimmelt es ja von Bildern von Gott und Jesus, denkst Du jetzt vielleicht. Das stimmt, Sofie, und das ist nun gerade ein Beispiel dafür, wie das Christentum von der griechisch-römischen Welt geprägt worden ist. (In der orthodoxen Kirche – also in Griechenland und Rußland – besteht immer noch ein Verbot von geschnitzten Bildern, das heißt von Skulpturen und Kruzifixen mit Szenen aus der biblischen Geschichte.)

Im Gegensatz zu den großen östlichen Religionen betonen die drei westlichen Religionen einen Abgrund zwischen Gott und seiner Schöpfung. Das Ziel liegt nicht in der Erlösung von der Seelenwanderung, sondern in der Erlösung von Sünde und Schuld. Außerdem ist das religiöse Leben eher geprägt von Gebet, Predigt und Bibellektüre als von Selbstvertiefung und Meditation.

Israel

Ich will jetzt nicht zu Deinem Religionslehrer in Konkurrenz treten, liebe Sofie. Aber wir wollen uns doch kurz den jüdischen Hintergrund des Christentums ansehen.

Alles hat damit angefangen, daß Gott die Welt erschaffen hat. Wie sich das zutrug, kannst Du auf den ersten Seiten der Bibel lesen. Aber dann erhoben sich die Menschen gegen Gott. Die Strafe dafür war nicht nur, daß Adam und Eva aus dem Garten Eden vertrieben wurden. Nun trat auch der Tod in die Welt.

Der Ungehorsam der Menschen gegen Gott zieht sich wie ein roter Faden durch die ganze Bibel. Wenn wir weiter im Ersten Buch Mose blättern, dann hören wir von der Sintflut und der Arche Noah. Dann hören wir, daß Gott mit *Abraham* und dessen Stamm einen Pakt schloß. Dieser Pakt – oder diese Abmachung – verlangte, daß Abraham und sein Stamm Gottes Gebote einhalten sollten. Später wurde dieser Pakt erneuert, als *Moses* auf dem Berg Sinai die Gesetzestafeln (das Mosaische Gesetz!) erhielt. Das geschah etwa 1200 v. Chr. Damals hatten die Israeliten lange als Sklaven in Ägypten gelebt, aber durch Gottes Hilfe wurde das Volk nach Israel zurückgeführt.

Gegen das Jahr 1000 v. Chr. – also lange, ehe es etwas gab, das griechische Philosophie hieß – hören wir von drei großen Königen in Israel. Der erste war *Saul*, ihm folgte *David*, und nach David kam *Salomo*. Nun war das ganze israelitische Volk unter einem Königreich vereint, und vor allem unter König David erlebte es eine politische, militärische und kulturelle Blütezeit.

Wenn die Könige eingesetzt wurden, dann wurden sie vom Volk gesalbt. Deshalb trugen sie den Titel *Messias*, was »der Gesalbte« bedeutet. In religiösem Zusammenhang wurden die Könige als Mittler zwischen Gott und dem Volk betrachtet. Deshalb konnten die Könige auch »Gottes Sohn« und das Land »Gottes Reich« genannt werden.

Aber schon bald wurde Israel geschwächt. Das Reich wurde in ein Nordreich (Israel) und ein Südreich (Judäa) geteilt. Im Jahre 722 wurde das Nordreich von den Assyrern verwüstet und verlor alle politische und religiöse Bedeutung. Im Süden ging es auch nicht viel besser. Das Südreich wurde im Jahre 586 von den Babyloniern erobert. Nun wurde der Tempel in Jerusalem zerstört, und ein Großteil des Volkes wurde nach Babylon verschleppt. Diese *babylonische Gefangenschaft* endete erst im Jahre 539. Nun durfte das Volk nach Jerusalem zurückkehren und den großen Tempel wieder aufbauen. Aber während der Jahrhunderte bis zum Beginn unserer Zeitrechnung standen die Juden weiterhin unter fremder Herrschaft.

Die Juden stellten sich die Frage, *warum* Davids Reich zerfallen war und ein Unglück nach dem anderen über das Volk hereinbrach. Gott hatte doch versprochen, seine schirmende Hand über Israel zu halten. Aber das Volk hatte auch gelobt, Gottes Gebote einzuhalten. Schließlich verbreitete sich die Auffassung, Gott habe Israel für seinen Ungehorsam bestraft.

Von etwa 750 v. Chr. an trat eine Reihe von *Propheten* auf, die Gottes Strafe über Israel verkündeten, da das Volk die Gebote des Herrn nicht einhalte. Eines Tages werde Gott Israel richten, sagten sie. Solche Prophezeiungen bezeichnen wir als »Untergangsprophezeiungen«.

Bald tauchten auch Propheten auf, die verkündeten, Gott werde einen Rest des Volkes retten und einen »Friedensfürsten« oder Friedenskönig aus dem Stamm Davids schicken. Dieser Friedensfürst sollte das alte Davidsreich wieder errichten und dem Volk eine glückliche Zukunft sichern.

»Das Volk, so im Finstern wandelt, siehet ein großes Licht«, sagte der Prophet *Jesaia,* »und über die da wohnen im finstern Lande scheinet es helle.« Wir bezeichnen solche Prophezeiungen als »Heilsprophezeiungen«.

Ich präzisiere: Das Volk Israel lebte glücklich unter König David. Als es den Israeliten dann schlechter ging, verkündeten die Propheten das Kommen eines neuen Königs aus dem Geschlecht Davids. Dieser »Messias« oder »Sohn Gottes« sollte das Volk »erlösen«, Israel wieder zur Großmacht machen und ein »Reich Gottes« errichten.

Jesus

Okay, Sofie. Ich gehe davon aus, daß Du folgen kannst. Die Stichwörter sind »Messias«, »Sohn Gottes«, »Erlösung« und »Reich Gottes«. Zu Anfang wurde das alles politisch gedeutet. Auch zur Zeit *Jesu* stellten sich viele den neuen Messias als politischen, militärischen und religiösen Führer vom selben Kaliber wie König David vor. Der Erlöser wurde also vor allem als nationaler Befreier betrachtet, der die Leiden der Juden unter der römischen Herrschaft beenden sollte.

Doch es erhoben sich auch andere Stimmen. Schon zweihundert Jahre vor Christi Geburt hatten andere Propheten verkündet, der versprochene Messias werde der Erlöser der ganzen Welt sein. Er werde nicht nur die Israeliten vom fremden Joch befreien, sondern alle Menschen von Sünde und Schuld erlösen – und nicht zuletzt vom Tod. Die Hoffnung auf eine Erlösung in dieser Bedeutung des Wortes war ja auch in der gesamten hellenistischen Welt verbreitet.

Und nun kommt Jesus. Er ist nicht der einzige, der als der verheißene Messias auftritt, und wie andere verwendet er die Wörter »Gottes Sohn«, »Gottes Reich«, »Messias« und »Erlösung«. Auf diese Weise knüpft er an den alten Prophezeiungen an. Er reitet in Jerusalem ein und läßt sich von den Massen als Erlöser des Volkes huldigen. Auf diese Weise spielt er auf die alten Könige an, die durch ein typisches »Thronbesteigungsritual« inthronisiert wurden. Er läßt sich auch vom Volk salben. »Die Zeit ist erfüllet«, sagt er, »das Reich Gottes ist herbeigekommen.«

Es ist wichtig, sich dies alles zu merken. Aber jetzt mußt Du genau aufpassen: Jesus unterschied sich dadurch von anderen, die als Messias auftraten, daß er ganz klar zugab, kein militärischer oder politischer Anführer zu sein. Seine Aufgabe war viel größer. Er verkündete Erlösung und Gottes Vergebung für alle Menschen. Und deshalb konnte er unter den Menschen wandeln und sagen: »Dir sind deine Sünden vergeben.« Das auszusprechen war unerhört. Deshalb dauerte es auch nicht lange, bis sich unter den Schriftgelehrten Proteste gegen Jesus erhoben. Schließlich machten sie sich auch an die Vorbereitungen zu seiner Hinrichtung.

Ich präzisiere: Viele Menschen zu Jesu Zeit warteten auf einen Messias, der mit Pauken und Trompeten (das heißt, mit Feuer und Schwert) das Reich Gottes wiedererrichten sollte. Der Ausdruck »Gottes Reich« zieht sich wie ein roter Faden auch durch Jesu Verkündigung – allerdings mit ungeheuer erweiterter Bedeutung. Jesus erklärte Gottes Reich als Liebe zu den Mitmenschen, Fürsorge für die Schwachen und Vergebung für alle, die gefehlt haben.

Hier finden wir eine dramatische Verschiebung in der Bedeutung eines alten, halbmilitärischen Ausdrucks. Die Menschen warteten also auf einen Feldherrn, der ein Reich Gottes proklamieren sollte. Und dann kommt Jesus in Kittel und Sandalen und erklärt, Gottes Reich oder der »neue Bund« bedeute: »Du sollst deinen Nächsten lieben wie dich selbst.« Und mehr noch, Sofie. Außerdem hat er gesagt, daß wir unsere Feinde lieben sollen.

Wenn sie uns schlagen, sollen wir nicht mit gleicher Münze zurückzahlen, sondern ihnen die andere Wange hinhalten. Und wir sollen vergeben – nicht siebenmal, sondern sieben mal siebzig Mal.

Auch durch sein eigenes Leben zeigte Jesus, daß er sich nicht zu schade war, mit Huren, korrupten Zöllnern und den politischen Feinden des Volkes zu sprechen. Aber er geht noch weiter: Er sagt, ein Herumtreiber, der sein ganzes Erbe verjubelt hat – oder ein verkommener Zöllner, der Geld unterschlagen hat –, sei vor Gott ein Gerechter, wenn er sich nur an Gott wende und um Vergebung bitte. So großzügig ist Gott in seiner Gnade.

Aber er geht noch weiter, verstehst Du – und jetzt mußt Du Dich festhalten: Jesus sagte, solche »Sünder« seien vor Gott gerechter – und verdienten also seine Vergebung eher – als die tadellosen Pharisäer, die auf ihre eigene Vortrefflichkeit stolz sind.

Jesus betonte, daß kein Mensch Gottes Gnade verdienen kann. Wir können uns nicht selber erlösen. (Das glaubten viele Griechen!) Wenn Jesus in der Bergpredigt seine strengen ethischen Forderungen stellt, dann nicht nur, weil er Gottes Willen zeigen will. Er will auch zeigen, daß kein Mensch vor Gott gerecht ist. Gottes Gnade ist grenzenlos, aber wir müssen uns mit Gebeten um Vergebung an ihn wenden.

Weitere Erörterungen der Person Jesu und seiner Verkündigung überlasse ich Deinem Religionslehrer. Der hat eine ziemliche Aufgabe. Ich hoffe, er kann Euch klarmachen, was Jesus für ein einzigartiger Mensch war. Auf geniale Weise verwendet er die Sprache seiner Zeit und gibt gleichzeitig alten Schlagwörtern einen ungeheuer neuen und erweiterten Inhalt. Kein Wunder, daß er am Kreuz geendet ist. Seine radikale Erlösungsbotschaft bedrohte so viele Interessen und Machtpositionen, daß er aus dem Weg geräumt werden mußte.

Am Fall des Sokrates haben wir gesehen, wie gefährlich es sein kann, an die Vernunft der Menschen zu appellieren. Bei Jesus sehen wir, wie gefährlich es sein kann, eine bedingungslose Nächstenliebe und eine ebenso bedingungslose Vergebung zu fordern. Noch heute sehen wir, wie mächtige Staaten in allen Fugen ächzen können, wenn sie vor schlichte Forderungen nach Friede, Liebe, Essen für die Armen und Vergebung für die Staatsfeinde gestellt werden.

Du weißt noch, wie verärgert Platon darüber war, daß der gerechteste Mensch Athens mit seinem Leben büßen mußte. Dem Christentum zufolge ist Jesus der einzige gerechte Mensch, der je gelebt hat. Dennoch wurde er zum Tode verurteilt. Dem Christentum zufolge starb er um der Menschen willen. Und das wird oft als Jesu »stellvertretendes Leiden« bezeichnet. Jesus war der »leidende Diener«, der die Schuld aller Menschen auf sich nahm, um uns mit Gott zu versöhnen und vor seiner Strafe zu erretten.

Paulus

Wenige Tage nach Jesu Kreuzigung und Beerdigung kamen Gerüchte auf, er sei von den Toten wiederauferstanden. Damit zeigte er, daß er mehr war als nur ein Mensch. Damit zeigte er, daß er wirklich »Gottes Sohn« war.

Wir können sagen, die christliche Kirche setze mit diesem Ostermorgen und den Gerüchten über Jesu Auferstehung ein. Schon *Paulus* stellte das klar: »Ist aber Christus nicht auferstanden, so ist unsre Predigt vergeblich, so ist auch euer Glaube vergeblich.«

Jetzt konnten alle Menschen auf die »Auferstehung des Fleisches« hoffen. Um unserer Erlösung willen war Jesus ja gekreuzigt worden. Und jetzt, liebe Sofie, jetzt mußt Du Dir merken, daß es hier auf jüdischem Boden nicht um die »Unsterblichkeit der Seele« oder irgendeine Form von »Seelenwanderung« geht. Das war eine griechische – und damit indogermanische – Vorstellung. Aber das Christentum lehrt, daß es im Menschen nichts gibt – zum Beispiel auch keine »Seele« –, was von sich aus unsterblich wäre. Die Kirche glaubt an die Auferstehung des Fleisches und das ewige Leben, aber es ist eben ein Wunder Gottes, daß wir von Tod und Verdammnis errettet werden. Es ist nicht unser Verdienst, und es ist keiner natürlichen – oder angeborenen – Eigenschaft zu verdanken.

Die ersten Christen begannen nun, die »frohe Botschaft« der Erlösung durch den Glauben an Jesus Christus zu verkünden. Durch sein Erlösungswerk stand Gottes Reich bevor. Nun konnte die ganze Welt für Christus gewonnen werden. (Das Wort »Christus« ist eine griechische Übersetzung des jüdischen Wortes »Messias« und bedeutet also »der Gesalbte«.)

Nur wenige Jahre nach Jesu Tod wurde der Pharisäer Paulus zum Christentum bekehrt. Auf seinen vielen Missionsreisen durch die gesamte griechisch-römische Welt machte er das Christentum zu einer Weltreligion. Davon erfahren wir in der Apostelgeschichte. Pauli Verkündigung und seine Anleitung der Christen wurden außerdem durch die vielen Briefe verbreitet, die er den ersten christlichen Gemeinden schickte.

Und dann taucht er in Athen auf. Er spaziert einfach auf den Markt der Hauptstadt der Philosophie. Und er war entrüstet, »da er sahe die Stadt so gar abgöttisch«, heißt es. Er besuchte die jüdische Synagoge in Athen, und er sprach mit epikureischen und stoischen Philosophen. Von ihnen wurde er auch auf den Areopag geführt. Hier sagten sie: »Können wir auch erfahren, was das für eine neue Lehre sei, die du lehrest? Denn du bringest etwas Neues vor unsere Ohren; so wollten wir gerne wissen, was das sei.«

Kannst Du Dir das vorstellen, Sofie? Hier taucht ein Jude auf Athens Marktplatz auf und erzählt von einem Erlöser, der ans Kreuz geschlagen wurde und später von den Toten auferstand. Schon bei Pauli Besuch in Athen ahnen wir den Zusammenstoß zwischen griechischer Philosophie und christlicher Erlösungslehre. Aber Paulus kann die Athener offenbar zum Reden bringen. Während er auf dem Areopag steht – und also zwischen den stolzen Tempeln der Akropolis – hält er folgende Rede: »Ihr Männer von Athen«, so fängt er an, »ich sehe euch, daß ihr in allen Stükken allzu abergläubig seid. Ich bin herdurch gegangen und habe gesehen eure Gottesdienste und fand einen Altar, darauf war geschrieben: Dem unbekannten Gott. Nun verkündige ich euch denselben, dem ihr unwissend Gottesdienst tut.

Gott, der die Welt gemacht hat und alles, was darinnen ist, sintemal ein Herr ist Himmels und der Erde, wohnet nicht in Tempeln mit Händen gemacht.

Seiner wird auch nicht von Menschenhänden gepfleget, als der Jemandes bedürfte, so er selbst Jedermann Leben und Odem allenthalben gibt;

Und hat gemacht, daß von Einem Blut aller Menschen Geschlechter auf dem ganzen Erdboden wohnen, und hat Ziel gesetzt, zuvor versehen, wie lange und weit sie wohnen sollen;

Daß sie den Herrn suchen sollten, ob sie doch ihn fühlen und finden möchten. Und zwar, er ist nicht ferne von einem Jeglichen unter uns.

Denn in ihm leben, weben und sind wir; als auch etliche Poeten bei euch gesagt haben: Wir sind seines Geschlechts.

So wir denn göttlichen Geschlechts sind, sollen wir nicht meinen, die Gottheit sei gleich den goldenen, silbernen und steinernen Bildern, durch menschliche Gedanken gemacht.

Und zwar hat Gott die Zeit der Unwissenheit übersehen; nun aber gebietet er allen Menschen an allen Enden, Buße zu tun.

Darum, daß er einen Tag gesetzt hat, auf welchem er richten will den Kreis des Erdbodens mit Gerechtigkeit, durch einen Mann, in welchem er es beschlossen hat und Jedermann vorhält den Glauben, nachdem er ihn hat von den Todten auferweckt.«

Paulus in Athen, Sofie. Wir reden davon, wie das Christentum langsam in die griechisch-römische Welt einsickert. Als etwas anderes, als etwas sehr viel anderes als epikureische, stoische oder neuplatonische Philosophie. Trotzdem aber findet Paulus in dieser Kultur einen festen Halt. Er weist darauf hin, daß die Suche nach Gott in allen Menschen liegt. Das war den Griechen nichts

Neues. Das Neue, was Paulus verkündet, ist, daß Gott sich auch den Menschen offenbart hat und ihnen wirklich begegnet ist. Er ist also nicht nur ein »philosophischer Gott«, nach dem die Menschen mit ihrem Verstand streben können. Auch ähnelt er keinem Bild aus »Gold und Silber oder Stein« – davon gab es oben auf der Akropolis und unten auf dem großen Marktplatz nun wirklich genug. Aber Gott »wohnt nicht in Tempeln mit Händen gemacht«. Er ist ein persönlicher Gott, der in die Geschichte eingreift und um der Menschen willen am Kreuz stirbt.

Nachdem Paulus auf dem Areopag seine Rede gehalten hatte, so berichtet die Apostelgeschichte, machten einige sich über ihn lustig, weil er erzählt hatte, Christus sei von den Toten auferstanden. Aber einzelne Zuhörer sagten auch: »Wir wollen dich davon weiter hören.« Andere schließlich schlossen sich ihm an und wurden Christen. Eine davon war die Frau *Damaris*, und das sollten wir uns merken. Es waren sehr oft Frauen, die sich damals zum Christentum bekehrten.

So setzte Paulus seine missionarische Tätigkeit fort. Bereits wenige Jahrzehnte nach Christus gab es christliche Gemeinden in allen wichtigen griechischen und römischen Städten – in Athen, in Rom, in Alexandria, in Ephesos, in Korinth. Im Laufe von drei, vier Jahrhunderten war die gesamte griechisch-römische Welt christianisiert.

Das Glaubensbekenntnis

Paulus war jedoch nicht nur als Missionar für das Christentum von grundlegender Bedeutung. Auch innerhalb der christlichen Gemeinden war sein Einfluß groß. Es bestand großer Bedarf an geistiger Anleitung.

Eine wichtige Frage der ersten Jahre nach Jesu Tod war, ob Nichtjuden erst den Umweg über das Judentum gehen müßten. Mußte sich zum Beispiel ein Grieche an die Mosaischen Gesetze halten? Paulus hielt das nicht für notwendig. Das Christentum war mehr als nur eine jüdische Sekte. Es wendete sich mit einer universellen Erlösungsbotschaft an alle Menschen. Der »alte Bund« zwischen Gott und Israel war ersetzt durch den »neuen Bund«, den Jesus zwischen Gott und allen Menschen geschlossen hatte.

Aber das Christentum war nicht die einzige neue Religion jener Zeit. Wir haben gesehen, daß der Hellenismus von einer Religionsmischung geprägt war. Deshalb mußte die Kirche die christliche Lehre klar umreißen. Es war wichtig, sich gegen andere Religionen abzugrenzen und eine Spaltung in der christlichen Kirche zu vermeiden. Auf diese Weise entstanden die ersten *Glaubensbekenntnisse*. Ein Glaubensbekenntnis faßt die wichtigsten christlichen »Dogmen« oder Lehrsätze zusammen.

Einer dieser wichtigen Lehrsätze lautet, Jesus sei Gott *und* Mensch zugleich gewesen. Er war also nicht nur durch seine Tat »Gottes Sohn«. Er war Gott selber. Aber er war auch ein »wahrer Mensch«, der das Leben der Menschen geteilt und wirklich am Kreuz gelitten hatte.

Das kann wie ein Widerspruch wirken. Aber die Botschaft der Kirche lautete nun einmal, daß *Gott Mensch wurde*. Jesus war kein »Halbgott« (also halb menschlich und halb göttlich). Der Glaube an solche Halbgötter war in den griechischen und hellenistischen Religionen ziemlich verbreitet. Die Kirche lehrte, Jesus sei »vollkommen Gott, vollkommen Mensch«.

Postskriptum

Ich versuche zu erklären, wie alles zusammenhängt, liebe Sofie. Der Eintritt des Christentums in die griechisch-römische Welt bedeutete eine dramatische Begegnung zweier Kulturkreise. Aber er bedeutete auch einen der großen geschichtlichen Kulturwandel.

Wir sind dabei, das Altertum zu verlassen. Seit den ersten griechischen Philosophen sind fast tausend Jahre verstrichen. Vor uns liegt das christliche Mittelalter. Und auch das dauerte etwa tausend Jahre.

Der deutsche Dichter *Johann Wolfgang Goethe* schrieb:

Wer nicht von dreitausend Jahren
Sich weiß Rechenschaft zu geben,
Bleib im Dunkeln unerfahren,
Mag von Tag zu Tage leben.

Aber ich will nicht, daß Du zu diesen Menschen gehörst. Ich gebe mir alle Mühe, Dich mit Deinen historischen Wurzeln bekanntzumachen. Nur so wirst Du zum Menschen. Nur so bist Du mehr als ein nackter Affe. Nur so wirst Du nicht im leeren Raum schweben.

»Nur so wirst Du zum Menschen. Nur so bist Du mehr als ein nackter Affe...«

Sofie starrte noch eine Weile durch die kleinen Löcher in der Hecke in den Garten. Jetzt war ihr langsam klar, wie wichtig es ist, seine historischen Wurzeln zu kennen. Dem Volk Israel war es jedenfalls wichtig gewesen.

Sie selber war einfach nur ein zufälliger Mensch. Aber wenn sie ihre historischen Wurzeln kannte, wurde sie etwas weniger zufällig. Sie selber lebte nur wenige Jahre auf diesem Planeten. Aber wenn die Geschichte der Menschheit auch ihre eigene Geschichte war, war sie in gewisser Weise viele tausend Jahre alt.

Sofie sammelte alle Blätter auf und kroch aus der Höhle. Mit munteren Sprüngen lief sie durch den Garten und auf ihr Zimmer.

Das Mittelalter

... ein Stück des Weges zurückzulegen ist nicht dasselbe, wie sich zu verlaufen ...

In der nächsten Woche hörte Sofie nichts von Alberto Knox. Sie bekam auch keine Karten mehr aus dem Libanon, aber sie redete immer wieder mit Jorunn über die Karten, die sie in der Majorshütte gefunden hatten. Jorunn war völlig außer sich gewesen. Aber als dann nichts mehr geschah, verlor sich ihr erster Schrecken bei Hausaufgaben und Federball.

Sofie las Albertos Briefe viele Male und suchte einen Hinweis, der die Sache mit Hilde erklären könnte. Auf diese Weise konnte sie sich auch ausgiebig die Philosophie der Antike einverleiben. Es fiel ihr bald nicht mehr schwer, Demokrit und Sokrates, Platon und Aristoteles auseinanderzuhalten.

Am Freitag, dem 25. Mai, stand sie vor dem Herd und kochte das Abendessen, weil ihre Mutter bald von der Arbeit nach Hause kommen würde. Das war ihre übliche Freitagsverabredung. Heute kochte Sofie Fischsuppe mit Klößen und Möhren. Ganz einfach.

Draußen war Wind aufgekommen. Während Sofie im Kochtopf rührte, drehte sie sich um und sah aus dem Fenster. Die Birken wiegten sich wie die Ähren.

Plötzlich schlug etwas gegen die Fensterscheibe. Wieder fuhr Sofie herum, und jetzt entdeckte sie ein Stück Pappe, das an der Fensterscheibe klebte.

Sofie trat ans Fenster und sah, daß es sich um eine Ansichtskarte handelte. Durch das Glas las sie: »Hilde Møller Knag, c/o Sofie Amundsen ...«

Das hatte sie sich ja gleich gedacht. Sie öffnete das Fenster und holte die Karte herein. Die war ja wohl nicht den weiten Weg vom Libanon hergeflogen?

Auch diese Karte war datiert: »Freitag, 15. 6.«.

Sofie nahm den Topf vom Herd und setzte sich an den Küchentisch. Auf der Karte stand:

Liebe Hilde! Ich weiß nicht, ob Du immer noch Geburtstag hast, wenn Du diese Karte liest. Einerseits hoffe ich das ja, jedenfalls habe ich die Hoffnung, daß noch nicht zu viele Tage vergangen sind. Daß für Sofie ein oder zwei Wochen verstreichen, bedeutet ja nicht, daß es uns genauso geht. Ich komme am 23.6. nach Hause. Dann werden wir lange auf der Hollywoodschaukel sitzen und zusammen auf den See blicken, Hilde. Wir haben uns viel zu sagen. Grüße von Papa, den der jahrtausendelange Streit zwischen Juden, Christen und Moslems bisweilen deprimiert. Immer wieder muß ich mich daran erinnern, daß alle drei Religionen auf Abraham zurückgehen. Aber dann müssen sie doch auch zum selben Gott beten? Hier unten sind Kain und Abel immer noch nicht fertig damit, einander totzuschlagen.

PS. Würdest Du vielleicht Sofie grüßen? Armes Kind, noch hat sie nicht begriffen, wie alles zusammenhängt. Aber das hast Du vielleicht?

Sofie beugte sich erschöpft über die Tischplatte. Ganz sicher und gewiß war jedenfalls, daß sie nicht begriff, wie alles zusammenhing. Und Hilde begriff das also vielleicht?

Wenn Hildes Vater Hilde bitten konnte, Sofie zu grüßen, dann mußte das bedeuten, daß Hilde mehr über Sofie wußte als Sofie über Hilde. Es war alles so kompliziert, daß Sofie sich lieber wieder dem Kochtopf zuwandte.

Eine Karte, die ganz von selber gegen das Küchenfenster klatschte. Luftpost im wahrsten Sinne des Wortes ...

Kaum hatte sie den Topf wieder auf den Herd gesetzt, als das Telefon schellte.

Wenn das nun ihr Vater war! Wenn er bloß nach Hause käme,

dann würde sie ihm alles erzählen, was sie in den letzten Wochen erlebt hatte. Aber es war wohl nur Jorunn oder Mama ... Sofie lief zum Apparat.

»Sofie Amundsen.«

»Ich bin's«, sagt eine Stimme am anderen Ende der Leitung.

Sofie wußte drei Dinge sicher: Papa war es nicht. Aber es war eine Männerstimme. Und sie war davon überzeugt, gerade diese Stimme schon einmal gehört zu haben.

»Wer ist da?« fragte sie.

»Hier ist Alberto.«

»Oh...«

Sofie wußte nicht, was sie antworten sollte. Die Stimme kannte sie vom Video aus Athen.

»Geht's dir gut?«

»Ja, sicher...«

»Aber von nun an gibt es keine Briefe mehr.«

»Ich habe nicht einmal einen Frosch angefaßt!«

»Wir müssen uns treffen, Sofie. Langsam eilt es, verstehst du?«

»Wieso denn?«

»Wir sind dabei, von Hildes Vater umzingelt zu werden.«

»Wieso denn umzingelt?«

»Von allen Seiten, Sofie. Wir müssen jetzt zusammenarbeiten.«

»Wie...?«

»Aber du kannst mir leider erst helfen, wenn ich dir vom Mittelalter erzählt habe. Wir müssen auch noch die Renaissance und das 17. Jahrhundert schaffen. Eine Schlüsselrolle spielt außerdem Berkeley.«

»Hing nicht ein Bild von dem in der Majorshütte?«

»Genau, ja. Vielleicht dreht sich die Schlacht gerade um seine Philosophie.«

»Bei dir hört sich das ja wie eine Art Krieg an?«

»Ich würde es wohl eher als Geisteskampf bezeichnen. Wir müssen versuchen, Hildes Aufmerksamkeit zu erregen und sie auf unsere Seite bringen, ehe ihr Vater nach Lillesand heimkommt.«

»Ich verstehe nur Bahnhof.«

»Aber vielleicht werden dir die Philosophen die Augen öffnen. Wir treffen uns morgen früh um vier in der Marienkirche. Aber komm allein, mein Kind.«

»Ich soll mitten in der Nacht kommen?«

»... klick.«

»Hallo?«

Der Mistkerl! Jetzt hatte er aufgelegt. Sofie stürzte zurück an den Herd. Die Suppe war kurz vorm Überkochen. Jetzt kippte sie Fischklöße und Möhren in den Topf und drehte die Temperatur niedriger.

In die Marienkirche? Das war eine alte Steinkirche aus dem Mittelalter. Sofie glaubte, dort würden nur noch Konzerte und ganz besondere Gottesdienste abgehalten. Im Sommer wurde sie ab und zu für Touristen geöffnet. Aber mitten in der Nacht war sie doch wohl geschlossen?

Als die Mutter nach Hause kam, hatte Sofie die Karte aus dem Libanon zu den anderen Sachen von Alberto und Hilde in den Schrank gelegt. Nach dem Essen ging sie zu Jorunn.

»Wir müssen eine etwas spezielle Verabredung treffen«, sagte sie, als die Freundin die Tür aufmachte.

Mehr sagte sie nicht, bis sie Jorunns Zimmertür hinter sich geschlossen hatten.

»Es ist nicht ganz einfach«, fuhr Sofie fort.

»Nun sag schon.«

»Ich muß meiner Mutter erzählen, daß ich heute bei dir übernachte.«

»Das ist doch toll.«

»Aber ich sage das bloß, verstehst du. Ich werde ganz woanders sein.«

»Ach du meine Güte! Hat das was mit einem Jungen zu tun?«

»Nein, mit Hilde.«

Jorunn stieß einen leisen Pfiff aus.

Sofie hielt ihrem Blick stand.

»Ich komme heute abend her«, sagte sie. »Aber ich muß gegen drei Uhr davonschleichen. Du mußt mich decken, bis ich wieder da bin.«

»Aber wohin willst du? Was hast du vor, Sofie?«

»Tut mir leid. Ich darf wirklich nichts verraten.«

Bei Jorunn zu übernachten, war kein Problem, eher im Gegenteil. Sofie hatte manchmal das Gefühl, daß ihre Mutter das Haus gern für sich hatte.

»Du kommst aber morgen zum Frühstück?« war die einzige Ermahnung ihrer Mutter, als Sofie ging.

»Wenn nicht, dann weißt du ja, wo ich bin.«

Warum sagte sie das? Das war doch gerade der schwache Punkt.

Der Übernachtungsbesuch begann, wie die meisten Übernachtungsbesuche, mit vertraulichen Gesprächen bis tief in die Nacht. Anders war diesmal nur, daß Sofie den Wecker auf Viertel nach drei stellte, als sie gegen ein Uhr endlich zur Ruhe kamen.

Jorunn wurde kaum wach, als Sofie den Wecker zwei Stunden später ausstellte.

»Sei vorsichtig«, bat sie.

Und dann war Sofie auf dem Weg. Die Marienkirche lag einige Kilometer entfernt, aber obwohl sie nur zwei Stunden geschlafen hatte, fühlte sie sich hellwach. Über den Hügeln im Osten leuchtete ein rotes Band.

Als sie vor dem Eingang der alten Steinkirche stand, war es fast vier. Sofie berührte die schwere Tür. Sie stand offen!

Die Kirche war ebenso leer und stumm, wie sie alt war. Durch die Glasmalereien an den Fenstern strömte ein bläuliches Licht herein, das Tausende von kleinen Staubpartikeln in der Luft sichtbar machte. Der Staub schien sich zu dicken Balken zu sammeln, die kreuz und quer durch das Kirchenschiff verliefen.

Sofie setzte sich auf eine Bank in der Mitte. Sie starrte den Altar und ein altes, in matten Farben bemaltes Kruzifix an.

Einige Minuten verstrichen. Plötzlich setzte die Orgel ein. Sofie wagte nicht, sich umzudrehen. Es klang wie ein sehr alter Choral; sicher stammte auch der aus dem Mittelalter.

Bald wurde es wieder ganz still. Aber dann hörte sie, wie sich hinter ihr Schritte näherten. Ob sie sich jetzt umsehen sollte? Sie durchbohrte lieber weiterhin Christus am Kreuz mit ihren Blicken.

Die Schritte gingen an ihr vorbei, und nun sah sie eine Gestalt durch die Kirche schreiten. Die Gestalt trug eine braune Mönchskutte. Sofie hätte schwören können, daß es sich dabei um einen Mönch aus dem Mittelalter handelte.

Sie fürchtete sich, geriet aber nicht in Panik. Vor der Altarbank machte der Mönch einen Bogen und bestieg dann die Kanzel. Er beugte sich über die Brüstung, blickte auf Sofie hinunter und sagte auf latein:

»Gloria patri et filio et spiritui sancto. Sicut erat in principio et nunc et semper et in saecula saeculorum.«

»Sprich Norwegisch, du Dussel!« rief Sofie.

Die Worte hallten in der alten Steinkirche wider.

Ihr war klar, daß es sich bei dem Mönch um Alberto Knox handeln mußte. Trotzdem bereute sie, sich in einer alten Kirche so respektlos ausgedrückt zu haben. Aber sie hatte sich gefürchtet, und wenn man sich fürchtet, ist es manchmal ein Trost, alle Tabus zu brechen.

»Pst!«

Alberto hob eine Hand, wie ein Priester, der die Gemeinde bittet, sich zu setzen.

»Wie spät ist es, mein Kind?« fragte er.

»Fünf vor vier«, antwortete Sofie, die sich jetzt nicht mehr fürchtete.

»Dann ist es soweit. Jetzt beginnt das Mittelalter.«

»Das Mittelalter fängt um vier Uhr an?« fragte Sofie verdutzt.

»Ungefähr um vier Uhr, ja. Und dann wurde es fünf und sechs und sieben Uhr. Aber die Zeit schien stillzustehen. Es wurde acht und neun und zehn. Aber es war immer noch Mittelalter, verstehst du? Zeit, um für einen neuen Tag aufzustehen, denkst du vielleicht. Doch, ich verstehe schon, was du meinst. Aber es ist Wochenende, verstehst du, ein einziges langes Wochenende. Es wurde elf und zwölf und dreizehn, diese Zeit bezeichnen wir als Hochmittelalter. Nun wurden die großen Kathedralen in Europa erbaut. Erst gegen vierzehn Uhr krähte hier und da ein Hahn. Und jetzt – erst jetzt neigte sich das lange Mittelalter seinem Ende zu.«

»Dann hat das Mittelalter also zehn Stunden gedauert«, sagte Sofie.

Alberto warf den Kopf, der aus der braunen Mönchskutte lugte, in den Nacken und schaute auf seine Gemeinde, die im Moment nur aus einem vierzehnjährigen Mädchen bestand.

»Wenn eine Stunde hundert Jahre lang ist, dann ja. Wir können uns vorstellen, daß Jesus um Mitternacht geboren wurde. Paulus setzte um kurz vor halb eins zu seinen Missionsreisen an und starb eine Viertelstunde später in Rom. Bis drei Uhr war die christliche Kirche mehr oder weniger verboten, dann wurde das Christentum im Jahre 313 im Römerreich als Religion anerkannt. Das geschah unter Kaiser Konstantin. Der fromme Kaiser ließ sich erst viele Jahre später auf dem Totenbett taufen. Im Jahre 380 wurde das Christentum zur Staatsreligion des gesamten Römischen Reiches.«

»Aber ging das Römische Reich denn nicht unter?«

»Es krachte jedenfalls schon in allen Fugen, ja. Wir stehen vor einem der allerwichtigsten kulturellen Wandel der Geschichte. Im vierten Jahrhundert wurde Rom sowohl von aus dem Norden herandrängenden Volksstämmen als auch von innerer Auflösung bedroht. Im Jahre 330 verlegte Kaiser Konstantin die Hauptstadt des Römischen Reiches nach Konstantinopel, das er selber an der Einfahrt zum Schwarzen Meer gegründet hatte. Die neue Stadt galt von nun an als das ›zweite

Rom‹. Im Jahre 395 wurde das Römische Reich aufgeteilt – von nun an gab es das *Weströmische Reich* mit Rom als Zentrum und das *Oströmische Reich,* dessen Hauptstadt die neue Stadt Konstantinopel war. 410 wurde Rom von barbarischen Volksstämmen geplündert, und 476 ging der gesamte weströmische Staat zugrunde. Das Oströmische Reich existierte bis ins Jahr 1453, als die Türken Konstantinopel eroberten.«

»Und seither heißt die Stadt Istanbul?«

»Stimmt. Ein weiteres Datum, das wir uns merken müssen, ist das Jahr 529. In diesem Jahr wurde Platons Akademie in Athen geschlossen. Und im selben Jahr wurde der *Benediktinerorden* gegründet. Das war der erste große Mönchsorden. Auf diese Weise symbolisiert das Jahr 529, wie die christliche Kirche einen Deckel über die griechische Philosophie gestülpt hat. Von nun an hatten die Klöster das Monopol für Unterricht, Reflexion und Versenkung. Die Uhr bewegt sich auf halb sechs zu ...«

Sofie hatte längst begriffen, was Alberto mit den vielen Uhrzeiten meinte. Mitternacht war das Jahr 0, ein Uhr war das Jahr 100 n. Chr., sechs Uhr war 600 n. Chr. und vierzehn Uhr war 1400 n. Chr. ...

Alberto fuhr fort:

»Unter ›Mittelalter‹ verstehen wir eigentlich die Zeit, die zwischen zwei anderen Epochen liegt. Dieser Ausdruck kam in der Renaissance auf. Damals kam den Menschen das Mittelalter vor wie eine einzige ›tausendjährige Nacht‹, die Europa zwischen Antike und Renaissance verdüstert hatte. Noch immer benutzen wir den Ausdruck ›mittelalterlich‹ abwertend für alles, was uns als autoritär und erstarrt erscheint. Aber manche haben das Mittelalter auch als ›tausendjähriges Wachstum‹ betrachtet. Zum Beispiel bildete sich im Mittelalter das Schulwesen heraus. Schon frühzeitig entstanden die ersten Klosterschulen. Im zwölften Jahrhundert kamen die Domschulen hinzu, und ab 1200 etwa wurden die ersten Universitäten gegründet. Noch heute sind dort die Fächer in verschiedene Gruppen oder ›Fakultäten‹ eingeteilt, wie im Mittelalter.«

»Tausend Jahre sind aber sehr lang.«

»Aber das Christentum brauchte Zeit, um bis in die Tiefe des Volkes vorzustoßen. Während des Mittelalters entstanden außerdem die verschiedenen Nationen – mit Städten und Burgen, Volksmusik und Volksdichtung. Was wären Märchen und Volkslieder wohl ohne das Mittelalter? Ja, was wäre Europa ohne das Mittelalter, Sofie? Eine römische Provinz? Aber der Resonanzboden von Namen wie Norwegen, England oder Deutschland liegt gerade in der bodenlosen Tiefe, die wir Mittelalter nennen. In dieser Tiefe schwimmen viele fette Fische, auch wenn wir sie nicht entdecken können. Aber Snorre war ein Mittelaltermensch. Und Olaf der Heilige. Und Karl der Große. Ganz zu schweigen von Romeo und Julia, den Nibelungen, Schneewittchen oder den Trollen in den norwegischen Wäldern. Plus einer ganzen Herde von stolzen Fürsten und majestätischen Königen, tapferen Rittern und schönen Jungfrauen, anonymen Glasmalern und genialen Orgelbauern. Und dabei habe ich Klosterbrüder, Kreuzfahrer oder weise Frauen noch gar nicht erwähnt.«

»Die Priester hast du auch noch nicht erwähnt.«

»Stimmt. Nach Norwegen kam das Christentum erst nach der Jahrtausendwende, aber es wäre eine Übertreibung, wenn wir behaupten wollten, Norwegen wäre nach der Schlacht von Stiklestad ein christliches Land geworden. Alte heidnische Vorstellungen lebten unter der christlichen Oberfläche weiter, und viele dieser vorchristlichen Elemente vermischten sich mit christlichen Bräuchen. In den norwegischen Weihnachtsfeiern zum Beispiel leben noch heute christliche und altnordische Bräuche in trauter Eintracht zusammen. Und hier gilt die alte Regel, daß alte Ehepaare sich schließlich ähnlich sehen. Trotzdem müssen wir betonen, daß das Christentum schließlich zur alleinherrschenden Weltanschauung wurde. Wir sprechen auch von einer ›christlichen Einheitskultur‹.«

»Und es war also nicht nur finster und traurig?«

»Die ersten hundert Jahre nach dem Jahr 400 brachten wirklich einen kulturellen Niedergang. Die Römerzeit war eine ›Hochkultur‹ mit großen Städten, die über öffentliche Abwässersysteme, öffentliche Bäder und öffentliche Bibliotheken verfügten. Ganz zu schweigen von der stolzen Architektur. Diese gesamte Kultur verfiel während der ersten Jahrhunderte des Mittelalters. Dasselbe galt für Handel und Finanzwesen. Im Mittelalter setzten wieder Naturalienwirtschaft und Tauschhandel ein. Nun prägte der sogenannte Feudalismus die Wirtschaft. Feudalismus bedeutet, daß einige große Grundherren den Boden besaßen, auf dem die Landarbeiter arbeiten mußten, um ihren Lebensunterhalt zu verdienen. Während der ersten Jahrhunderte ging auch die Bevölkerungszahl stark zurück. Rom war in der Antike eine Millionenstadt gewesen. Bereits im siebten Jahrhundert war die Bevölkerung der alten Weltstadt auf vierzigtausend Einwohner geschrumpft, einen Bruchteil also. Eine bescheidene Bevölkerung konnte nun also zwischen den Resten der majestätischen Gebäude aus der Glanzzeit der Stadt einherwandern. Wenn die Menschen Baumaterialien benötigten, dann gab es genug alte Ruinen, aus denen sie sich bedienen konnten. Das ärgert natürlich die heutigen Archäologen, denen es lieber wäre, wenn die Menschen des Mittelalters die alten Baudenkmäler in Ruhe gelassen hätten.«

»Nachher ist man immer klüger.«

»Roms Zeit als politische Größe war bereits gegen Ende des vierten Jahrhunderts vorbei. Aber bald wurde der Bischof von Rom zum Oberhaupt der gesamten römisch-katholischen Kirche. Er erhielt den Namen *Papst* – oder ›Vater‹ – und galt schließlich als Stellvertreter Jesu auf Erden. Während fast des gesamten Mittelalters war Rom deshalb die Hauptstadt der Kirche. Und es gab nicht viele, die es wagten, ›ihre Stimme wider Rom zu erheben‹. Nach und nach gewannen die Könige und Fürsten der neuen Nationalstaaten dann aber so große Macht, daß einzelne den Mut hatten, sich der starken Kirchenmacht zu widersetzen. Einer davon war unser eigener König Sverre ...«

Sofie starrte den gelehrten Mönch an.

»Du hast gesagt, die Kirche hätte Platons Akademie in Athen geschlossen. Wurden alle griechischen Philosophen danach vergessen?«

»Nur teilweise. Einige kannten ein paar Schriften des Aristoteles, andere einige von Platon. Aber das alte Römische Reich zerfiel nach und nach in drei verschiedene Kulturräume. In Westeuropa bekamen wir eine *lateinisch-sprachige* christliche Kultur mit der Hauptstadt Rom. In Osteuropa bildete sich eine *griechisch-sprachige* christliche Kultur mit der Hauptstadt Konstantinopel. Später erhielt Konstantinopel dann den griechischen Namen Byzanz. Wir sprechen deshalb vom ›byzantinischen Mittelalter‹ im Unterschied zum ›römisch-katholischen Mittelalter‹. Aber auch Nordafrika und der Mittlere Osten hatten zum Römischen Reich gehört. Diese Gebiete entwickelten im Mittelalter eine *arabisch-sprachige* moslemische Kultur. Nach dem Tod Mohammeds im Jahre 632 wurden der Mittlere Osten und Nordafrika für den Islam gewonnen. Bald wurde auch Spanien dem moslemischen Kulturbereich einverleibt. Der Islam erhielt seine heiligen Stätten zum Beispiel in Mekka, Medina, Jerusalem und Bagdad. Kulturhistorisch gesehen ist es wichtig, sich zu merken, daß die Araber auch die alte hellenistische Stadt Alexandria übernahmen. Auf diese Weise erbten sie einen Großteil der griechischen Wissenschaft. Während des gesamten Mittelalters übernahmen die Araber in Wissenschaften wie der Mathematik, der Chemie, Astronomie und Medizin die Führungsrolle. Noch heute verwenden wir ja ›arabische Zahlen‹. In einigen Bereichen war die arabische Kultur der christlichen also überlegen.«

»Ich wollte wissen, wie es der griechischen Philosophie ergangen ist.«

»Kannst du dir einen Fluß vorstellen, der sich für eine Weile in drei verschiedene Flußläufe aufteilt, die sich dann wieder zu einem großen Strom zusammenschließen?«

»Das kann ich mir vorstellen.«

»Dann kannst du dir auch vorstellen, wie die griechisch-römische Kultur teilweise durch die römisch-katholische Kultur im Westen, teilweise durch die oströmische Kultur und teilweise durch die arabische Kultur im Süden überliefert wurde. Selbst wenn wir dabei sehr vereinfachen, können wir sagen, daß der Neuplatonismus im Westen, Platon im Osten und Aristoteles im Süden bei den Arabern überlebten. Wichtig ist, daß sich alle drei Flüsse am Ende des Mittelalters in Norditalien zu einem Strom sammelten. Die Araber in Spanien steuerten arabische Einflüsse bei, Griechenland und Byzanz griechische. Und nun beginnt die *Renaissance*, jetzt setzt die ›Wiedergeburt‹ der antiken Kultur ein. In gewisser Hinsicht hatte die antike Kultur das lange Mittelalter also überlebt.«

»Ich verstehe.«

»Aber wir dürfen dem Gang der Ereignisse nicht vorgreifen. Erst werden wir uns ein wenig über die Philosophie des Mittelalters unterhalten, mein Kind. Und ich werde nicht mehr von der Kanzel zu dir sprechen. Ich komme nach unten.«

Sofie merkte ihren Augen an, daß sie nur wenige Stunden geschlafen hatte. Als sie den seltsamen Mönch nun von der Kanzel der Marienkirche steigen sah, kam ihr das vor wie ein Traum.

Alberto ging zur Altarbank. Erst blickte er zum Altar mit dem alten Kruzifix hinauf. Dann drehte er sich zu Sofie um, ging mit langsamen Schritten auf sie zu und setzte sich neben sie in die Bank.

Es war seltsam, ihm so nah zu sein. Unter der Kapuze sah Sofie zwei braune Augen. Sie gehörten einem Mann mittleren Alters mit Spitzbart.

Wer bist du? dachte sie. Warum hast du in mein Leben eingegriffen?

»Wir werden uns schon noch besser kennenlernen«, sagte er, als ob er ihre Gedanken gelesen hätte.

Während sie so dasaßen und das Licht, das durch die bunten Fenster in die Kirche strömte, langsam klarer und klarer wurde, begann Alberto Knox, über die Philosophie des Mittelalters zu erzählen.

»Daß das Christentum die Wahrheit bedeutete, nahmen die Philosophen des Mittelalters fast als gegeben hin«, begann er. »Die Frage war, ob wir einfach an die christliche Offenbarung *glauben* müssen, oder ob wir uns den christlichen Wahrheiten auch mit Hilfe der Vernunft nähern können. Wie sah das Verhältnis zwischen den griechischen Philosophen und den Lehren der Bibel aus? Bestand ein Widerspruch zwischen Bibel und Vernunft, oder ließen Glaube und Wissen sich vereinen? Fast alle Philosophie des Mittelalters kreiste um diese eine Frage.«

Sofie nickte ungeduldig. Diese Sache mit Glaube und Wissen hatte sie schließlich in ihrer Religionsarbeit schon beantwortet.

»Wir werden sehen, wie diese Problematik bei den beiden wichtigsten Philosophen des Mittelalters aussieht, und wir können mit *Augustinus* anfangen, der von 354 bis 430 lebte. Im Leben dieses einen Menschen können wir den Übergang von der Spätantike zum Frühmittelalter studieren. Augustinus wurde im Städtchen Tagaste in Nordafrika geboren, ging aber schon mit sechzehn Jahren zum Studium nach Karthago. Später besuchte er Rom und Mailand und verbrachte die letzten Jahre seines Lebens als Bischof von Hippo, dreißig oder vierzig Kilometer westlich von Karthago. Aber er war nicht sein ganzes Leben lang Christ. Augustinus versuchte sich an vielen religiösen und philosophischen Strömungen, ehe er zum Christen wurde.«

»Kannst du mir Beispiele nennen?«

»Eine Zeitlang war er *Manichäer.* Die Manichäer waren eine für die Spätantike sehr typische Sekte. Sie verkündeten eine halb religiöse und halb philosophische Heilslehre. Sie teilten die Welt in Gut und Böse, Licht und Finsternis, Geist und Stoff ein. Kraft ihres Geistes konnten sich die Menschen über die Welt des Stoffes erheben und auf diese Weise die Grundlage für die Erlösung ihrer Seele schaffen. Aber die scharfe Trennung zwischen Gut und Böse ließ Augustinus keine Ruhe. Der junge

Augustinus beschäftigte sich überhaupt stark mit dem, was wir oft als ›das Problem des Bösen‹ bezeichnen. Darunter ist die Frage zu verstehen, woher das Böse stammt. Eine Zeitlang war er von der stoischen Philosophie beeinflußt, und die Stoiker stritten ja eine scharfe Trennung zwischen Gut und Böse ab. Vor allem aber wurde Augustinus von der zweiten wichtigen philosophischen Richtung der Spätantike geprägt – dem Neuplatonismus. Hier stieß er auf den Gedanken, daß das gesamte Dasein göttlicher Natur sei.«

»Und dann wurde er zum neuplatonischen Bischof?«

»Ja, so kannst du das vielleicht ausdrücken. Zuallererst wurde er zum Christen, aber Augustinus' Christentum ist in hohem Maße vom platonischen Denken beeinflußt. Und deshalb, verstehst du, Sofie, geht es nicht um einen dramatischen Bruch mit der griechischen Philosophie, sobald wir einen Fuß ins christliche Mittelalter setzen. Vieles aus der griechischen Philosophie wurde durch Kirchenväter wie Augustinus in die neue Zeit hineingetragen.«

»Willst du sagen, Augustinus war zu fünfzig Prozent Christ und zu fünfzig Prozent Neuplatoniker?«

»Er selber hielt sich natürlich für einen hundertprozentigen Christen. Aber er sah keinen scharfen Widerspruch zwischen Christentum und platonischer Philosophie. Ihm erschienen die Parallelen zwischen Platons Philosophie und der christlichen Lehre als so auffallend, daß er sich fragte, ob Platon nicht zumindest Teile des Alten Testamentes gekannt haben könnte. Das ist natürlich sehr zweifelhaft. Wir können eher behaupten, Augustinus habe Platon ›christianisiert‹.«

»Er hat jedenfalls nicht alles, was mit Philosophie zu tun hatte, verworfen, obwohl er nun an das Christentum glaubte?«

»Er hat aber gezeigt, daß es Grenzen dafür gibt, wie weit die Vernunft in religiöse Fragen hineinreichen kann. Das Christentum ist auch ein göttliches Mysterium, dem wir uns nur durch den Glauben nähern können. Aber wenn wir ans Christentum glauben, wird Gott unsere Seele ›erleuchten‹, und dann erlangen wir eine Art übernatürliches Wissen von Gott. Augustinus selber hatte erlebt, daß die Philosophie nicht unbegrenzt weit reichen konnte. Erst als er Christ wurde, fand seine Seele Ruhe. ›Unruhig ist unser Herz, bis es ruhet in Dir‹, schrieb er.«

»Ich verstehe nicht ganz, wie Platons Ideenlehre sich mit dem Christentum vereinen ließ«, wandte Sofie jetzt ein. »Wie steht's mit den ewigen Ideen?«

»Augustinus erklärt zwar, Gott habe die Welt aus nichts geschaffen, und das ist ein biblischer Gedanke. Die Griechen neigten eher zu der Ansicht, es habe die Welt schon immer gegeben. Aber ehe Gott die Welt erschuf, existierten die ›Ideen‹ in Gottes Gedanken, meinte Augustinus. Er schrieb die ewigen Ideen Gott zu und rettete damit die platonische Vorstellung der ewigen Idee.«

»Ganz schön clever!«

»Aber das zeigt auch, wie Augustinus und viele andere Kirchenväter sich bis zum Äußersten anstrengten, um griechisches und jüdisches Denken zu vereinen. In gewisser Hinsicht waren sie Bürger zweier Kulturen. Auch in seiner Sicht des Bösen greift er auf den Neuplatonismus zurück. Er meinte wie Plotin, daß das Böse in der ›Abwesenheit‹ Gottes besteht. Das Böse hat keine selbständige Existenz, es ist etwas, das nicht ist. Denn Gottes Schöpfung ist nur gut. Das Böse entsteht durch den Ungehorsam der Menschen, meinte Augustinus. Oder, um es mit seinen eigenen Worten zu sagen: Der ›gute Wille‹ ist ›Gottes Werk‹, der ›böse Wille‹ ist der ›Abfall vom Werke Gottes‹.«

»Glaubte er auch, daß der Mensch eine unsterbliche Seele hat?«

»Ja und nein. Augustinus erklärt, daß zwischen Gott und der Welt ein unüberbrückbarer Abgrund klafft. Er steht dabei fest auf biblischem Fundament und weist Plotins Lehre, daß alles eins sei, zurück. Aber Augustinus betont auch, daß der Mensch ein geistiges Wesen ist. Er hat einen materiellen Körper – der der physischen Welt angehört, an der Motten und Rost zehren –, aber er hat auch eine Seele, die Gott erkennen kann.«

»Was geschieht mit der Seele, wenn wir sterben?«

»Augustinus zufolge wurde das gesamte menschliche Geschlecht nach dem Sündenfall verdammt. Dennoch hat Gott beschlossen, daß einige Menschen vor der ewigen Verdammnis gerettet werden sollen.«

»Dann hätte er ja wohl auch gleich beschließen können, daß niemand verdammt sein soll«, wandte Sofie ein.

»Aber an diesem Punkt bestreitet Augustinus, daß der Mensch ein Recht habe, Gott zu kritisieren. Er führt an, was Paulus in seinem Brief an die Römer geschrieben hat: ›Ja, lieber Mensch, wer bist du denn, daß du mit Gott rechten willst? Spricht auch ein Werk zu seinem Meister: Warum machst du mich also? Hat nicht ein Töpfer Macht, aus Einem Klumpen zu machen ein Faß zu Ehren und das andere zu Unehren?‹«

»Gott sitzt also im Himmel und spielt mit den Menschen? Wenn ihm etwas von dem, was er selber geschaffen hat, nicht paßt, wirft er es gleich zum Abfall?«

»Augustinus geht es darum, daß kein Mensch Gottes Erlösung verdient. Aber dennoch hat Gott einige auserwählt, die vor der Verdammnis gerettet werden sollen. Für ihn ist es also kein Geheimnis, wer erlöst und wer verdammt sein soll. Das steht im voraus fest. Also ja – wir sind Lehm in Gottes Hand. Wir sind völlig von seiner Gnade abhängig.«

»Dann ist er irgendwie zum alten Schicksalsglauben zurückgekehrt.«

»Damit kannst du recht haben. Aber Augustinus nimmt dem Menschen deshalb nicht die Verantwortung für sein eigenes Leben. Sein Rat lautet, daß wir so leben sollen, daß wir an unserem eigenen Lebenslauf erkennen können, daß wir zu den Auserwählten gehören. Denn er leugnet nicht, daß wir einen freien Willen haben. Nur hat Gott schon im voraus ›gesehen‹, wie wir leben werden.«

»Ist das denn nicht ein bißchen ungerecht?« fragte Sofie. »Sokrates glaubte, alle Menschen hätten dieselben Möglichkeiten, weil alle dieselbe Vernunft haben. Aber Augustinus teilte die Menschen in zwei Gruppen ein. Die eine Gruppe wird erlöst, die andere ist verdammt.«

»Ja, mit Augustinus' Theologie haben wir uns ein Stück von Athens Humanismus entfernt. Aber es war ja nicht Augustinus, der die Menschheit in zwei Gruppen einteilte. Er stützt sich auf die Lehre der Bibel über die Erlösung und die Verdammnis. In seinem großen Werk ›Der Gottesstaat‹ erklärt er das genauer.«

»Erzähl!«

»Der Ausdruck ›Gottesstaat‹ oder ›Reich Gottes‹ stammt ja aus der Bibel und aus Jesu Verkündigung. Augustinus glaubte, es ginge in der Geschichte darum, wie der Kampf zwischen dem ›Gottesstaat‹ und dem ›irdischen Staat‹ oder ›Weltstaat‹ ausgekämpft wird. Diese beiden Staaten sind keine scharf voneinander getrennten politischen Staaten. Sie ringen in jedem einzelnen Menschen um die Macht. Mehr oder weniger deutlich sind aber der Gottesstaat in der Kirche und der irdische Staat in den politischen Staatsgründungen vorhanden – zum Beispiel im Römischen Reich, das gerade zu Lebzeiten Augustinus' in Auflösung überging. Diese Auffassung wurde immer deutlicher, als Kirche und Staat während des gesamten Mittelalters um die Macht kämpften. ›Es gibt kein Heil außerhalb der Kirche‹, hieß es jetzt. Augustinus' Gottesstaat wurde schließlich mit der Kirche als Organisation gleichgesetzt. Erst während der Reformation im 16. Jahrhundert erhob sich Protest dagegen, daß der Mensch den Weg der Kirche gehen müsse, um Gottes Gnade zu erlangen.«

»Das war dann aber auch Zeit.«

»Wir können uns auch notieren, daß Augustinus der erste unserer Philosophen war, der die *Geschichte* in seine Philosophie einbezog. Die Annahme eines Kampfes zwischen Gut und Böse war absolut nichts Neues. Das Neue bei Augustinus ist, daß dieser Kampf in der Geschichte ausgefochten wird. In dieser Hinsicht finden wir bei ihm nicht viel Platonismus. An dieser Stelle fußt er fest auf dem linearen Geschichtsbild, das uns im Alten Testament begegnet. Augustinus geht es darum, daß Gott die gesamte Geschichte braucht, um seinen ›Gottesstaat‹ zu errichten. Die Geschichte ist notwendig, um die Menschen zu erziehen und das Böse zu vernichten. An einer Stelle sagt Augustinus, die göttliche Vorsehung führe die Geschichte der Menschheit von Adam bis an das Ende der Geschichte, gleich der Geschichte eines einzelnen Menschen, der sich schrittweise von der Kindheit bis zum Alter entwickelt.«

Sofie schaute auf die Uhr.

»Es ist schon acht«, sagte sie. »Ich muß fort.«

»Aber erst erzähle ich dir vom zweiten großen Philosophen des Mittelalters. Wollen wir uns nach draußen setzen?«

Alberto erhob sich aus der Bank. Er legte die Handflächen gegeneinander und schritt durch den Mittelgang. Er schien zu beten oder geistige Wahrheiten zu durchdenken. Sofie folgte ihm; sie glaubte, keine andere Wahl zu haben.

Draußen lag noch immer eine dünne Nebeldecke über dem Boden. Die Sonne war vor vielen Stunden aufgestanden, aber sie hatte den Morgennebel noch nicht durchdringen können. Die Marienkirche lag am Rande der Altstadt. Alberto setzte sich auf eine Bank vor der Kirche. Sofie überlegte sich, was wohl passieren würde, wenn jetzt jemand vorbeikäme. Es war ohnehin schon etwas ganz Besonderes, morgens früh um acht auf einer Bank zu sitzen; und daß sie hier mit einem Mönch aus dem Mittelalter saß, machte die Angelegenheit nicht besser.

»Es ist acht Uhr«, begann er. »Seit Augustinus sind an die vierhundert Jahre vergangen, und nun beginnt der lange Schultag. Bis zehn Uhr haben die Klosterschulen das Unterrichtsmonopol. Zwischen zehn und elf werden die ersten Domschulen eingerichtet, und gegen zwölf Uhr werden die ersten Universitäten gegründet. Nun werden außerdem die großen Kathedralen gebaut. Auch diese Kirche wurde gegen zwölf Uhr gebaut – oder im sogenannten Hochmittelalter. Hier in dieser Stadt konnten sie sich keine größere Kathedrale leisten.«

»Das war ja wohl auch nicht nötig«, fiel Sofie ihm ins Wort. »Leere Kirchen finde ich einfach schrecklich.«

»Aber die großen Kathedralen wurden ja nicht nur erbaut, um große Gemeinden aufzunehmen. Sie wurden zu Gottes Ehre errichtet und waren in sich schon eine Art Gottesdienst. Aber im Hochmittelalter geschah noch etwas anderes, was für Philosophen wie uns von besonderem Interesse ist.«

»Erzähl!«

Alberto fuhr fort:

»Nun machte sich der Einfluß der Araber in Spanien geltend. Die Araber hatten während des gesamten Mittelalters eine lebendige Aristoteles-Tradition bewahrt, und ab etwa 1200 kamen auf Einladungen der dortigen Fürsten arabische Gelehrte nach Norditalien. Auf diese Weise wurden auch viele seiner Schriften bekanntgemacht und schließlich aus dem Griechischen und Arabischen ins Lateinische übersetzt. Und das wiederum schuf ein neues Interesse an naturwissenschaftlichen Fragen. Außerdem wurde die Frage nach dem Verhältnis der christlichen Offenbarung zur griechischen Philosophie neu belebt. In naturwissenschaftlichen Fragen führte kein Weg mehr an Aristoteles vorbei. Aber wann sollte man auf den ›Philosophen‹ hören – und wann sollte man sich ausschließlich an die Bibel halten? Kommst du noch mit?«

Sofie nickte kurz, und der Mönch fuhr fort:

»Der größte und wichtigste Philosoph des Hochmittelalters war *Thomas von Aquin*, der von 1225 bis 1274 lebte. Er stammte aus dem kleinen Städtchen Aquino zwischen Rom und Neapel, arbeitete aber auch als Dozent in Paris. Ich bezeichne ihn als ›Philosophen‹, aber er war ebensosehr Theologe. Eine wirkliche Trennung zwischen Philosophie und Theologie existierte damals nicht. In aller Kürze können wir sagen, Thomas von Aquin habe Aristoteles auf dieselbe Weise ›christianisiert‹, wie Augustinus das zu Beginn des Mittelalters mit Platon getan hatte.«

»War das nicht ein bißchen komisch, Philosophen zu christianisieren, die so viele Jahrhunderte vor Christus gelebt hatten?«

»Das kannst du wohl sagen. Aber unter der ›Christianisierung‹ der beiden großen griechischen Philosophen verstehen wir, daß sie so gedeutet und verstanden wurden, daß sie nicht mehr als Bedrohung der christlichen Lehre betrachtet werden konnten. Über Thomas von Aquin heißt es, er habe ›den Stier bei den Hörnern gepackt‹.«

»Ich wußte wirklich nicht, daß Philosophie etwas mit Stierkampf zu tun hat.«

»Thomas von Aquin gehörte zu denen, die die Philosophie des Aristoteles mit dem Christentum vereinbaren wollten. Wir sagen, er habe die große Synthese zwischen Glaube und Wissen geschaffen. Und das gelang ihm, weil er in die Philosophie des Aristoteles eintrat und ihn beim Wort nahm.«

»Oder bei den Hörnern. Ich habe diese Nacht leider fast nicht geschlafen, und deshalb mußt du das genauer erklären, fürchte ich.«

»Thomas von Aquin glaubte nicht an einen unvermeidbaren Widerspruch zwischen dem, was die Philosophie oder die Vernunft uns erzählen, und dem, was die christliche Offenbarung oder der Glaube uns sagt. Sehr oft erzählen Christentum und Philosophie dasselbe. Wir können deshalb mit Hilfe der Vernunft dieselben Wahrheiten ergründen, die wir in der Bibel lesen.«

»Wie soll das denn möglich sein? Kann die Vernunft uns erzählen, daß Gott die Welt in sechs Tagen erschaffen hat? Oder daß Jesus Gottes Sohn war?«

»Nein, zu solchen reinen ›Glaubenswahrheiten‹ finden wir nur durch den Glauben und die christliche Offenbarung Zugang. Aber Thomas meinte, es gebe auch eine Reihe ›natürlicher theologischer Wahrheiten‹. Darunter verstand er Wahrheiten, die sowohl durch die christliche Offenbarung als auch durch unsere angeborene oder ›natürliche‹ Vernunft erlangt werden können. Eine solche Wahrheit ist für ihn zum Beispiel, daß es einen Gott gibt. Thomas glaubte also an zwei Wege, die zu Gott führen. Der eine Weg führt über den Glauben und die

Offenbarung, der andere Weg über die Vernunft und die Sinne. Von beiden Wegen ist zwar der über den Glauben und die Offenbarung der sicherere, denn man kann sich leicht verirren, wenn man allein der Vernunft vertraut. Aber Thomas geht es ja darum, daß es keinen Widerspruch zwischen der christlichen Lehre und einem Philosophen wie Aristoteles zu geben braucht.«

»Wir können uns also genausogut an Aristoteles halten wie an die Bibel?«

»Nein, nein. Aristoteles legt nur ein Stück des Weges zurück, weil er die christliche Offenbarung nicht gekannt hat. Aber ein Stück Weg zurückzulegen ist nicht dasselbe, wie sich zu verirren. Es ist zum Beispiel nicht falsch zu sagen, daß Athen in Europa liegt. Es ist aber auch nicht sonderlich präzise. Wenn ein Buch dir nur mitteilt, Athen sei eine europäische Stadt, solltest du auch noch in einem Atlas nachschlagen. Und da erfährst du dann die volle und ganze Wahrheit: Athen ist die Hauptstadt von Griechenland, einem kleinen Land in Südost-Europa. Wenn du Glück hast, dann erfährst du vielleicht noch etwas über die Akropolis. Von Sokrates, Platon und Aristoteles ganz zu schweigen.«

»Aber auch die erste Information über Athen hat gestimmt.«

»Genau! Thomas will zeigen, daß es nur eine Wahrheit gibt. Wenn Aristoteles etwas aufzeigt, das wir mit der Vernunft als richtig erkennen, dann widerspricht es auch nicht der christlichen Lehre. Einen Teil der Wahrheit können wir also mit Hilfe von Vernunft und Beobachtung erlangen – und von solchen Wahrheiten spricht Aristoteles zum Beispiel, wenn er das Pflanzen- und das Tierreich beschreibt. Einen zweiten Teil der Wahrheit hat Gott uns durch die Bibel offenbart. Aber die beiden Teile der Wahrheit überlappen einander in vielen wichtigen Punkten. Es gibt einige Fragen, die uns die Bibel und die Vernunft auf genau dieselbe Weise beantworten.«

»Zum Beispiel, daß es einen Gott gibt?«

»Genau. Auch die Philosophie des Aristoteles setzte voraus,

daß es einen Gott gibt – oder eine erste Ursache, die alle Naturprozesse in Gang bringt. Aber sie beschreibt Gott nicht näher. Hier müssen wir uns an die Bibel und an Jesu Verkündigung halten.«

»Aber ist es denn so sicher, daß es wirklich einen Gott gibt?«

»Das läßt sich natürlich diskutieren. Aber noch heute würden die meisten Menschen zugeben, daß unsere Vernunft jedenfalls nicht beweisen kann, daß es *keinen* Gott gibt. Thomas ging weiter. Er glaubte, auf der Basis von Aristoteles' Philosophie Gottes Existenz beweisen zu können.«

»Nicht schlecht!«

»Auch mit der Vernunft könnten wir erkennen, daß alles eine ›erste Ursache‹ haben muß, meinte er. Gott, so Thomas, hat sich den Menschen durch die Bibel und durch die Vernunft offenbart. Es gibt also eine ›offenbare‹ und eine ›natürliche Theologie‹. Genauso steht es im Bereich der Moral. Wir können in der Bibel lesen, wie wir nach Gottes Willen leben sollen. Aber Gott hat uns auch mit einem Gewissen versehen, das uns befähigt, auf ›natürlicher‹ Grundlage zwischen Recht und Unrecht zu unterscheiden. Es führen also auch zum moralischen Leben ›zwei Wege‹. Wir können wissen, daß wir anderen Menschen nicht weh tun dürfen, selbst wenn wir nicht in der Bibel gelesen haben, daß wir andere so behandeln sollen, wie wir von ihnen behandelt werden möchten. Aber auch hier sind die Gebote der Bibel die sicherste Richtschnur.«

»Ich glaube, ich verstehe«, sagte Sofie jetzt. »Ungefähr genauso können wir wissen, daß es ein Gewitter gibt, wenn wir den Blitz sehen und den Donner hören.«

»Stimmt. Selbst wenn wir blind sind, können wir den Donner hören. Und selbst wenn wir taub sind, können wir das Gewitter sehen. Das allerbeste ist natürlich, sehen *und* hören zu können. Aber es besteht kein Widerspruch zwischen dem, was wir sehen, und dem, was wir hören. Ganz im Gegenteil – beide Eindrücke bereichern einander.«

»Ich verstehe.«

»Laß mich noch ein Bild bringen. Wenn du einen Roman liest – zum Beispiel ›Victoria‹ von Knut Hamsun ...«

»Den habe ich sogar gelesen ...«

»... erfährst du dann nicht auch etwas über den Autor, einfach, weil du den von ihm geschriebenen Roman liest?«

»Ich kann jedenfalls davon ausgehen, daß es einen Autor gibt, der das Buch geschrieben hat.«

»Kannst du noch mehr über ihn erfahren?«

»Er hat ein ziemlich romantisches Bild von der Liebe.«

»Wenn du diesen Roman liest – Hamsuns Schöpfung also –, dann erfährst du also auch etwas über Hamsun selbst. Aber du kannst keine wirklich persönlichen Informationen über den Autor erwarten. Kannst du zum Beispiel in ›Victoria‹ erkennen, wie alt der Autor war, als er es geschrieben hat, wo er wohnte, oder wie viele Kinder er hatte?«

»Natürlich nicht.«

»Aber solche Auskünfte erteilt dir eine Biographie über Knut Hamsun. Nur in einer solchen Biographie – oder Autobiographie – kannst du die *Person* des Autors näher kennenlernen.«

»Ja, das stimmt.«

»Ungefähr so ist auch das Verhältnis zwischen Gottes Schöpfung und der Bibel. Wenn wir durch die Natur wandern, können wir erkennen, daß es einen Gott gibt. Wir können vielleicht sehen, daß er Blumen und Tiere mag, sonst hätte er sie ja wohl nicht geschaffen. Aber Auskünfte über Gott finden wir nur in der Bibel – also Gottes Autobiographie.«

»Das ist ja ein schlaues Beispiel.«

»Mmmm ...«

Zum ersten Mal versank Alberto in Gedanken und gab keine Antwort.

»Hat das etwas mit Hilde zu tun?« rutschte es Sofie heraus.

»Wir wissen ja gar nicht sicher, ob es überhaupt eine Hilde gibt.«

»Aber wir haben hier und da Spuren von ihr entdeckt. Postkarten und einen Seidenschal, eine grüne Brieftasche, einen Kniestrumpf...«

Alberto nickte.

»Und es scheint von Hildes Vater abzuhängen, wie viele Spuren er auslegen will. Aber bisher wissen wir nur, daß es eine Person gibt, die die Postkarten schreibt. Ich finde, er sollte auch etwas über sich selber schreiben. Aber darauf werden wir noch zurückkommen.«

»Jetzt ist es zwölf Uhr. Ich muß jedenfalls vor Ende des Mittelalters noch nach Hause.«

»Ich werde mit einigen Worten darüber abschließen, wie Thomas von Aquin in allen Bereichen, die nicht mit der Theologie der Kirche kollidierten, die Philosophie des Aristoteles übernommen hat. Das gilt für seine Logik, seine Erkenntnisphilosophie und nicht zuletzt für seine Naturphilosophie. Weißt du zum Beispiel noch, wie Aristoteles eine aufsteigende Skala des Lebens von Pflanzen und Tieren bis zum Menschen beschrieben hat?«

Sofie nickte.

»Schon Aristoteles glaubte, daß diese Skala auf einen Gott hinweise, der eine Art Existenzmaximum darstelle. Dieses Schema war leicht an die christliche Theologie anzupassen. Thomas glaubt an einen steigenden Existenzgrad von Pflanzen und Tieren zu Menschen, von Menschen zu Engeln und von den Engeln zu Gott. Der Mensch hat wie die Tiere einen Körper mit Sinnesorganen, aber der Mensch hat auch eine ›durchdenkende‹ Vernunft. Die Engel haben weder Körper noch Sinnesorgane, aber dafür haben sie eine unmittelbare und augenblickliche Intelligenz. Sie brauchen nicht ›nachzudenken‹, wie die Menschen, sie brauchen keine Schlußfolgerungen zu ziehen. Sie wissen alles, was Menschen wissen können, brauchen sich aber nicht schrittweise vorwärtszutasten wie wir. Weil die Engel keinen Körper haben, werden sie auch niemals sterben. Sie sind zwar nicht ewig wie Gott, denn auch sie sind einst von Gott geschaffen worden. Aber sie haben keinen Körper, von dem sie getrennt werden könnten, und deshalb werden sie niemals sterben.«

»Das hört sich ja wundervoll an.«

»Aber über den Engeln thront Gott, Sofie. Er kann in einer einzigen zusammenhängenden Vision alles sehen und wissen.«

»Dann sieht er uns jetzt auch.«

»Ja, vielleicht sieht er uns. Aber nicht ›jetzt‹. Für Gott existiert die Zeit nicht so wie für uns. Unser ›Jetzt‹ ist nicht Gottes ›Jetzt‹. Daß für uns einige Wochen vergehen, braucht nicht zu bedeuten, daß sie auch für Gott vergehen.«

»Das ist aber unheimlich!« rutschte es Sofie heraus. Sie schlug sich die Hand vor den Mund. Alberto sah sie an, und Sofie erklärte:

»Ich habe wieder eine Karte von Hildes Vater bekommen. Er hat so ungefähr geschrieben, daß für sie nicht dieselbe Zeit vergehen muß, auch wenn für Sofie eine Woche vergeht. Fast genau dasselbe hast du doch über Gott gesagt!«

Sofie konnte sehen, wie sich das Gesicht in der braunen Kapuze zu einer heftigen Grimasse verzerrte.

»Der sollte sich schämen!«

Sofie begriff nicht, wie Alberto das meinte, vielleicht war es auch nur eine Redensart. Er fuhr fort:

»Leider übernahm Thomas von Aquin auch Aristoteles' Frauenbild. Du weißt vielleicht noch, daß Aristoteles die Frau für eine Art unvollkommenen Mann hielt. Er glaubte außerdem, daß die Kinder nur die Eigenschaften des Vaters erbten. Denn die Frau sei passiv und empfangend, der Mann dagegen aktiv und formend. Solche Überlegungen stimmten mit den Worten der Bibel überein, fand Thomas – wo zum Beispiel steht, die Frau sei aus der Rippe des Mannes geschaffen worden.«

»Quatsch!«

»Vielleicht ist es wichtig, hinzuzufügen, daß die weibliche Eizelle erst 1827 nachgewiesen wurde. Deshalb war es vielleicht nicht so überraschend, daß sie den Mann für den Formenden und Lebengebenden bei der Fortpflanzung hielten. Wir können uns außerdem merken, daß Thomas die Frau nur als Naturwesen für dem Mann untergeordnet hielt. Die Seele der Frau ist für ihn ebensoviel wert wie die des Mannes. Im Himmel besteht Gleichberechtigung zwischen den Geschlechtern, ganz einfach, weil es keine körperlichen Geschlechtsunterschiede mehr gibt.«

»Das ist aber ein magerer Trost. Gab es denn im Mittelalter keine Philosophinnen?«

»Die Kirche war im Mittelalter sehr stark von Männern dominiert. Aber das heißt nicht, daß es keine Denkerinnen gegeben hätte. Eine davon war *Hildegard von Bingen*...«

Sofie riß die Augen auf:

»Hat sie etwas mit Hilde zu tun?«

»Du stellst vielleicht Fragen! Hildegard lebte von 1098 bis 1179 als Nonne im Rheinland. Sie war eine Frau, arbeitete aber trotzdem als Predigerin, Schriftstellerin, Ärztin, Botanikerin und Naturforscherin. Sie war vielleicht ein Beispiel dafür, daß Frauen im Mittelalter oft praktischer – ja, und wissenschaftlicher – waren als Männer.«

»Ich habe gefragt, ob sie etwas mit Hilde zu tun hat!«

»Es gab eine alte christliche und jüdische Vorstellung, daß Gott nicht nur Mann sei. Er habe auch eine weibliche Seite oder ›Mutternatur‹. Denn auch die Frau sei als Ebenbild Gottes erschaffen. Auf griechisch hieß diese weibliche Seite Gottes *Sophia*. ›Sophia‹ oder ›Sofie‹ bedeutet ›Weisheit‹.«

Sofie schüttelte verwirrt den Kopf. Warum hatte ihr das niemand je erzählt? Und warum hatte sie nicht danach gefragt?

Alberto fuhr fort:

»Bei den Juden und in der griechisch-orthodoxen Kirche spielte ›Sophia‹ – oder Gottes Mutternatur – während des Mittelalters eine gewisse Rolle. Im Westen geriet sie in Vergessenheit. Aber dann kam Hildegard. Sie erzählt, Sophia sei ihr in Visionen erschienen. Sie habe eine mit kostbaren Edelsteinen geschmückte Tunika...«

Jetzt sprang Sofie von der Bank auf. Sophia hatte sich Hildegard in Visionen gezeigt...

»Vielleicht erscheine ich auch Hilde.«

Sie setzte sich wieder. Zum dritten Mal legte Alberto ihr die Hand auf die Schulter.

»Das müssen wir herausfinden. Aber jetzt ist es fast eins. Du mußt zum Essen nach Hause, und uns steht eine neue Zeit bevor. Ich werde dich zu einem Termin über die Renaissance bestellen. Hermes holt dich im Garten ab.«

Und damit stand der seltsame Mönch auf und ging auf die Kirche zu. Sofie blieb sitzen und dachte über Hildegard und Sophia nach, über Hilde und Sofie. Plötzlich ging ein Ruck durch ihren Körper. Sie sprang auf und rief hinter dem als Mönch verkleideten Philosophielehrer her:

»Gab es im Mittelalter auch einen Alberto?«

Alberto verlangsamte seine Schritte ein wenig, dann drehte er den Kopf um und sagte:

»Thomas von Aquin hatte einen berühmten Philosophielehrer. Er hieß *Albertus Magnus*!«

Damit senkte er im Eingang der Marienkirche den Kopf und war verschwunden.

Sofie gab sich nicht damit zufrieden. Auch sie ging zurück in die Kirche. Aber die war völlig leer. War Alberto im Erdboden versunken?

Als sie die Kirche verließ, fiel ihr Blick auf ein Marienbild. Sie trat dicht an das Bild heran und musterte es ausgiebig. Plötzlich entdeckte sie dort einen kleinen Wassertropfen unter dem Auge. Ob das eine Träne war?

Sofie stürzte aus der Kirche und rannte zu Jorunn nach Hause.

Die Renaissance

... o göttliches Geschlecht
in menschlicher Verkleidung...

Jorunn stand vor dem gelben Haus, als Sofie gegen halb zwei atemlos am Gartentor ankam.

»Du warst über elf Stunden weg«, rief Jorunn.

Sofie schüttelte den Kopf.

»Ich war über tausend Jahre lang weg.«

»Aber wo hast du denn bloß gesteckt?«

»Ich hatte ein Rendezvous mit einem Mönch aus dem Mittelalter. Witziger Typ.«

»Du spinnst. Deine Mutter hat vor einer halben Stunde angerufen.«

»Und was hast du ihr erzählt?«

»Ich habe gesagt, du wärst zum Kiosk gegangen.«

»Und was hat sie da gesagt?«

»Daß du anrufen sollst, wenn du zurückkommst. Mit meinen Eltern war es schlimmer. Sie haben uns gegen zehn Uhr Kakao und Brötchen gebracht. Und da war das eine Bett leer.«

»Was hast du gesagt?«

»Es war schrecklich peinlich. Ich habe behauptet, wir hätten uns gestritten, und da wärst du nach Hause gegangen.«

»Dann müssen wir uns ganz schnell wieder vertragen. Und deine Eltern dürfen ein paar Tage lang nicht mit meiner Mutter sprechen. Meinst du, wir schaffen das?«

Jorunn zuckte mit den Schultern. Im nächsten Moment tauchte ihr Vater mit einer Schubkarre im Garten auf. Er trug einen Overall. Es war klar, daß er sich noch nicht mit dem Laub versöhnt hatte, das im letzten Jahr gefallen war.

»Na, wieder ein Herz und eine Seele?« fragte er. »Jetzt liegt vor dem Kellerfenster jedenfalls kein einziges Blatt mehr.«

»Wie schön«, erwiderte Sofie. »Dann können wir uns vielleicht da den Kakao reinziehn, nicht im Bett.«

Der Vater lachte verkrampft, und Jorunn zuckte zusammen. Bei Sofie zu Hause wurde nie so sehr auf eine gewählte Sprache geachtet wie hier bei Stadtkämmerer Ingebrigsten und Gattin.

»Tut mir leid, Jorunn. Aber ich dachte, ich müßte mich auch ein bißchen an der Geschichte beteiligen.«

»Erzählst du mir was?«

»Wenn du mich nach Hause bringst. Die Geschichte geht Stadtkämmerer oder angejahrte Barbie-Puppen nichts an.«

»Du bist vielleicht ekelhaft. Ist eine angeknackste Ehe, die einen Partner auf See treibt, vielleicht besser?«

»Sicher nicht. Aber ich habe diese Nacht fast nicht geschlafen. Und ich frage mich außerdem langsam, ob Hilde alles sehen kann, was wir tun.«

Sie gingen langsam auf den Kløverveien zu.

»Meinst du, sie ist Hellseherin?«

»Vielleicht. Vielleicht auch nicht.«

Es war ganz klar, daß Jorunn von der vielen Geheimniskrämerei nicht begeistert war.

»Aber das erklärt nicht, warum ihr Vater schwachsinnige Postkarten in eine verlassene Hütte im Wald schickt.«

»Ich gebe zu, das ist ein schwacher Punkt.«

»Willst du mir nicht erzählen, wo du gewesen bist?«

Und das machte Sofie jetzt. Sie erzählte auch von ihrem geheimnisvollen Philosophiekurs. Dafür nahm sie Jorunn das feierliche Versprechen ab, daß alles zwischen ihnen beiden bleiben würde, wie es war.

Lange gingen sie schweigend nebeneinander her.

»Mir gefällt das nicht«, sagte Jorunn, als sie sich dem Kløverveien 3 näherten. Sie blieb vor Sofies Gartentor stehen und wollte nun offenbar kehrtmachen.

»Das verlangt ja auch niemand von dir. Aber Philosophie ist wichtig. Es geht ihr darum, wer wir sind und woher wir kommen. Und lernen wir darüber vielleicht was in der Schule?«

»Solche Fragen kann doch ohnehin niemand beantworten.«

»Aber wir lernen nicht einmal, diese Fragen zu stellen.«

Das Mittagessen stand schon auf dem Tisch, als Sofie die Küche betrat. Daß sie von Jorunn aus nicht angerufen hatte, wurde nicht kommentiert.

Nach dem Essen wollte sie Mittagsschlaf halten. Sie gab zu, daß sie bei Jorunn fast nicht geschlafen hatte. Aber das war für Übernachtungsbesuche ja nicht ungewöhnlich.

Ehe sie ins Bett ging, trat sie vor den großen Messingspiegel, den sie an die Wand gehängt hatte. Zuerst sah sie nur ihr eigenes müdes und blasses Gesicht. Aber dann – hinter ihrem eigenen Gesicht schienen plötzlich die schwachen Konturen eines anderen Gesichts aufzutauchen.

Sofie holte zweimal Atem. Jetzt durfte sie sich wirklich nichts einbilden. In scharfen Konturen sah sie ihr eigenes blasses Gesicht, umkränzt von den schwarzen Haaren, die für keine andere Frisur als die natürlichen ›glattfallenden Haare‹ taugten. Aber unter oder hinter diesem Gesicht spukte noch das Gesicht einer anderen.

Plötzlich zwinkerte die Fremde im Spiegel energisch mit beiden Augen. Sie schien signalisieren zu wollen, daß es sie auf der anderen Seite des Spiegels wirklich gab. Es dauerte nur wenige Sekunden. Dann war sie verschwunden.

Sofie setzte sich aufs Bett. Sie war ganz sicher, daß sie im Spiegel Hildes Gesicht gesehen hatte. Für wenige Sekunden hatte sie einmal in einem Schülerausweis Hildes Bild gesehen: in der Majorshütte. Es mußte dasselbe Mädchen sein, das jetzt im Spiegel aufgetaucht war.

War es nicht seltsam, daß ihr immer solche geheimnisvollen Dinge passierten, wenn sie zum Umfallen müde war? Also mußte sie sich danach immer fragen, ob sie nicht phantasiert hatte.

Sofie legte ihre Kleider über den Stuhl und kroch unter die Decke. Sie schlief sofort ein. Und dann träumte sie einen seltsam starken und klaren Traum.

Sie träumte, sie stünde in einem großen Garten, der zu einem roten Bootsschuppen hinunterführte. Auf einem Steg beim Bootshaus saß ein blondes Mädchen und schaute über den See. Sofie ging zu ihr und setzte sich neben sie. Aber die Fremde schien ihre Anwesenheit nicht zu bemerken. »Ich heiße Sofie«, stellte sie sich vor. Aber die Fremde konnte sie weder sehen noch hören. »Du bist ja bestimmt taub und blind«, sagte Sofie. Und die Fremde war Sofies Worten gegenüber wirklich taub. Plötzlich hörte Sofie eine Stimme, die rief: »Hildchen!« Das Mädchen sprang vom Steg auf und lief zum Haus. Also konnte sie doch nicht taub oder blind sein. Aus dem Haus kam ihr ein Mann mittleren Alters entgegen. Er trug eine Uniform und eine blaue Baskenmütze. Die Fremde fiel dem Mann um den Hals, und er wirbelte sie zweimal herum. Jetzt entdeckte Sofie am Rand des Steges, wo die andere gesessen hatte, eine Kette mit einem kleinen Goldkreuz. Sie hob sie hoch und legte sie in ihre Hand. Und damit erwachte sie.

Sofie sah auf die Uhr. Sie hatte zwei Stunden geschlafen. Jetzt setzte sie sich im Bett auf und dachte über diesen seltsamen Traum nach. Er war so stark und so klar gewesen wie ein wirkliches Erlebnis. Sofie war sicher, daß es das Haus und den Steg aus ihrem Traum irgendwo wirklich gab. Hatten sie nicht Ähnlichkeit mit dem Bild in der Majorshütte? Es stand jedenfalls fest, daß das Mädchen in ihrem Traum Hilde Møller Knag und der Mann ihr Vater gewesen war, der aus dem Libanon zurückkehrte. Im Traum hatte er ein wenig an Alberto Knox erinnert...

Als Sofie aufstand, um ihr Bett zu machen, entdeckte sie unter dem Kopfkissen eine Goldkette mit einem Kreuz. Auf der Rückseite des Kreuzes waren drei Buchstaben eingraviert: »HMK«.

Sofie hatte natürlich nicht zum ersten Mal im Traum einen Schatz gefunden. Aber noch nie hatte sie einen Schatz aus ihrem Traum herausreißen können.

»Verflixt!« sagte sie laut zu sich selber.

Sie war so wütend, daß sie die Schranktür aufriß und die schöne Kette einfach zu dem Seidenschal, dem weißen Kniestrumpf und den Postkarten aus dem Libanon in den Schrank feuerte.

Am Sonntagmorgen wurde Sofie zu einem großen Frühstück mit warmen Brötchen und Apfelsinensaft, Eiern und italienischem Salat geweckt. Ihre Mutter stand sonntags nur selten früher auf als Sofie. Und dann war es Ehrensache für sie, ein solides Sonntagsfrühstück zu machen, ehe sie Sofie weckte.

Beim Frühstück sagte die Mutter:

»Im Garten ist ein fremder Hund. Der lungert schon den ganzen Vormittag bei der alten Hecke herum. Hast du eine Ahnung, wo der wohl herkommt?«

»Ja, sicher«, rief Sofie – und biß sich im selben Moment hart auf die Lippen.

»War der schon öfter hier?«

Sofie war schon aufgestanden und ans Wohnzimmerfenster gegangen. Richtig – Hermes hatte sich vor dem geheimen Eingang zur Höhle niedergelassen.

Was sollte sie jetzt sagen? Sie konnte sich keine Antwort ausdenken, ehe ihre Mutter auch schon neben ihr stand.

»Hast du gesagt, der wäre schon öfter hiergewesen?«

»Der hat hier wohl einen Knochen verbuddelt. Und jetzt will er seinen Schatz holen. Auch Hunde haben ein Gedächtnis . . .«

»Ja, vielleicht, Sofie. Du bist die größere Tierexpertin von uns beiden.«

Sofie zerbrach sich den Kopf.

»Ich bring ihn nach Hause«, sagte sie dann.

»Weißt du denn, wo er wohnt?«

Sie zuckte mit den Schultern.

»Der hat sicher die Adresse auf dem Halsband stehen.«

Zwei Minuten später lief Sofie bereits durch den Garten. Als Hermes sie entdeckte, kam er auf sie zugejagt, wedelte wild mit dem Schwanz und sprang an ihr hoch.

»Braver Hund, Hermes«, sagte Sofie.

Sie wußte, daß ihre Mutter am Fenster stand. Wenn der Hund bloß nicht in die Höhle lief! Aber der rannte über den Kiesweg vor dem Haus, lief über den Hofplatz und zum Gartentor.

Als sie das Tor hinter sich zugemacht hatten, lief Hermes weiterhin zwei Meter vor Sofie. Jetzt folgte ein langer Spaziergang durch die Straßen des Viertels. Sofie und Hermes waren nicht die einzigen Spaziergänger. Ganze Familien waren unterwegs; Sofie verspürte einen Anflug von Neid.

Manchmal beschnüffelte Hermes einen anderen Hund oder etwas im Rinnstein, aber sowie Sofie ihm »Bei Fuß!« befahl, war er gleich wieder neben ihr.

Bald hatten sie das alte Schrebergartenviertel, den großen Sportplatz und den Spielplatz hinter sich gelassen. Sie erreichten eine belebtere Gegend. Hier führte eine breite Straße mit Kopfsteinpflaster und Straßenbahnschienen in Richtung Stadt.

Als sie die Innenstadt erreicht hatten, führte Hermes Sofie über den Marktplatz und durch die Kirchstraße. Sie erreichten die Altstadt mit ihren riesigen Mietskasernen aus der Zeit der Jahrhundertwende. Es war fast halb zwei.

Sie befanden sich jetzt am anderen Ende der Stadt. Sofie war noch nicht oft hiergewesen. Als sie noch klein war, hatte sie einmal irgendwo in der Gegend eine alte Tante besucht.

Bald erreichten sie einen kleinen Platz zwischen alten Mietshäusern. Der Platz hieß »Nytorget« – »Neuer Platz«, so alt hier alles auch war. Die Stadt selber war ja auch recht alt; sie war irgendwann im Mittelalter gegründet worden.

Hermes ging zum Eingang des Hauses Nummer 14, blieb stehen und wartete darauf, daß Sofie die Tür aufmachte. Sie spürte ein Ziehen im Bauch.

Im Treppenhaus hing eine Reihe von grünen Briefkästen. Sofie entdeckte eine Postkarte, die an einem Briefkasten in der oberen Reihe festgeklebt war. Ein Stempel des Postboten verkündete, die Adressatin sei unbekannt. Die Adressatin war:

»Hilde Møller Knag, Nytorget 14...« Die Karte war am 15.6. abgestempelt. Bis dahin waren es noch zwei Wochen, aber das war dem Postboten offenbar nicht aufgefallen.

Sofie riß die Karte vom Briefkasten ab und las.

Liebe Hilde! Jetzt betritt Sofie das Haus des Philosophielehrers. Sie wird bald fünfzehn, während Dein Geburtstag vielleicht schon gestern war. Oder heute, Hildchen? Wenn es heute ist, dürfte es wenigstens nicht zu spät am Tag sein. Aber unsere Uhren gehen nicht immer gleich. Eine Generation wird alt, während eine andere Generation heranwächst. Inzwischen geht die Geschichte ihren Gang. Hast Du Dir schon einmal überlegt, daß Europas Geschichte mit einem Menschenleben verglichen werden kann? Die Antike ist Europas Kindheit. Dann kommt das lange Mittelalter – das ist Europas Schulzeit. Und dann kommt die Renaissance. Jetzt ist die lange Schulzeit vorbei, und das junge Europa will sich endlich ins Leben stürzen. Wir können die Renaissance vielleicht als Europas fünfzehnten Geburtstag bezeichnen. Es ist Mitte Juni, mein Kind – und »hier ist es göttlich sein! O wie schön ist doch das Leben!«

PS. Es hat mir leid getan, daß Du Dein Goldkreuz verloren hast. Du mußt wirklich besser auf Deine Sachen aufpassen.

Liebe Grüße von Papa – der sehr bald kommen wird

Hermes lief schon die Treppe hoch. Sofie nahm die Postkarte und folgte ihm. Sie mußte rennen, um mit ihm Schritt zu halten; er wedelte wild mit dem Schwanz. Sie passierten den ersten, zweiten, dritten und vierten Stock. Nun führte nur noch eine schmale Treppe weiter nach oben. Sie wollten doch wohl nicht aufs Dach? Aber Hermes lief immer weiter. Er blieb vor einer schmalen Tür stehen und kratzte mit den Pfoten daran.

Bald hörte Sofie, wie sich auf der anderen Seite Schritte näherten. Dann öffnete sich die Tür, und vor ihr stand Alberto

Knox. Er hatte sich umgezogen, aber auch heute war er verkleidet. Er trug weiße Kniestrümpfe, eine weite rote Hose und eine gelbe Jacke mit dicken Schulterpolstern. Er erinnerte Sofie an einen Joker aus einem Kartenspiel. Wenn sie sich nicht sehr irrte, dann war das ein typisches Renaissancekostüm.

»Du Clown!« rief Sofie, schob ihn gleichzeitig beiseite und ging in die Wohnung. Sie war immer noch aufgewühlt von der Karte, die sie im Treppenhaus gefunden hatte.

»Immer mit der Ruhe, mein Kind«, sagte Alberto nun und schloß die Tür hinter ihr.

»Und hier ist die Post«, sagte Sofie und gab ihm die Karte, als sei er dafür verantwortlich.

Alberto las die Karte im Stehen und schüttelte den Kopf.

»Der wird wirklich immer frecher. Ich sage dir, der benutzt uns als eine Art Geburtstagsunterhaltung für seine Tochter.«

Und dann zerriß er die Karte in viele Fetzen. Die Fetzen warf er in den Papierkorb.

»Auf der Karte stand, daß Hilde ein Goldkreuz verloren hat«, sagte Sofie.

»Das habe ich gelesen.«

»Aber genau dieses Kreuz habe ich heute in meinem Bett gefunden. Kannst du dir vorstellen, wie es dahin gekommen ist?«

Alberto blickte ihr feierlich in die Augen.

»Es mag vielleicht überzeugend wirken. Aber es ist nur ein billiger Trick, der ihn nicht die kleinste Anstrengung kostet. Wir konzentrieren uns besser auf das große Kaninchen, das aus dem schwarzen Zylinder des Universums gezogen wird.«

Sie gingen ins Wohnzimmer, und so ein seltsames Wohnzimmer hatte Sofie noch nie gesehen.

Alberto wohnte in einer großen Dachbodenwohnung mit schrägem Dach. In diesem Dach gab es ein Fenster, das das scharfe Licht direkt vom Himmel hereinließ. Aber das Zimmer hatte auch ein Fenster mit Blick auf die Stadt. Durch dieses Fenster konnte Sofie über die Dächer der vielen alten Mietshäuser hinwegsehen.

Aber die Einrichtung des großen Wohnzimmers verblüffte Sofie am meisten. Das Zimmer war mit Möbeln und Gegenständen aus den unterschiedlichsten Epochen angefüllt. Ein Sofa mochte aus den dreißiger Jahren stammen, ein alter Sekretär von der Zeit um die Jahrhundertwende, und einer der Stühle mußte viele hundert Jahre alt sein. Aber die Möbel waren ja nur eins! In Regalen und Fächern gab es wild durcheinander Nippesfiguren, alte Uhren und Krüge, Mörser und Retorten, Messer und Puppen, Federmesser und Buchstützen, Oktanten und Sextanten, Kompasse und Barometer. Eine ganze Wand war mit Büchern bedeckt, aber es waren keine Bücher, wie man sie in einem Buchladen findet. Auch die Büchersammlung wirkte wie ein Querschnitt durch die Buchproduktion vieler Jahrhunderte. An den Wänden hingen Zeichnungen und Gemälde. Einige waren wohl während der letzten Jahrzehnte entstanden, aber viele mußten sehr alt sein. An den Wänden hingen außerdem einige alte Landkarten. Auf der einen Karte waren der Sognefjord nach Trøndelag und der Trondheimsfjord weit in den Norden verlegt worden.

Sofie blieb einige Minuten lang wortlos stehen. Sie drehte sich um und ließ nicht locker, bis sie das Zimmer aus allen Blickwinkeln gesehen hatte.

»Du sammelst ja ganz schön viel Schrott«, sagte sie schließlich.

»Nun, nun. Überleg dir mal, wieviel Jahrhunderte an Geschichte in diesem Zimmer aufbewahrt sind. Ich würde das nicht als Schrott bezeichnen.«

»Hast du ein Antiquitätengeschäft oder so was?«

Jetzt machte Alberto fast eine wehmütige Miene.

»Nicht alle können sich einfach vom Strom der Geschichte mitschwemmen lassen, Sofie. Einige müssen auch innehalten und das aufheben, was an den Flußufern liegenbleibt.«

»Wie seltsam du das ausdrückst!«

»Aber es ist die Wahrheit, mein Kind. Wir leben nicht nur in unserer eigenen Zeit. Wir tragen auch unsere Geschichte mit uns. Vergiß nicht, daß alles, was du hier siehst, einstmals nagelneu war. Diese kleine Holzpuppe aus dem 16. Jahrhundert wurde vielleicht zum fünften Geburtstag eines Mädchens gemacht. Vielleicht von seinem alten Großvater ... Dann wurde sie zum Teenie, Sofie. Und dann war sie erwachsen und heiratete. Vielleicht bekam sie selber eine Tochter, die diese Puppe erbte. Dann wurde sie älter, und eines Tages war sie nicht mehr. Vielleicht hatte sie ein langes Leben gelebt, aber jetzt war sie nicht mehr. Und sie kehrt nie mehr zurück. Im Grunde hat sie hier nur einen kurzen Besuch gemacht. Aber ihre Puppe – ja, die sitzt dort im Regal.«

»Alles wird so traurig und feierlich, wenn du das so ausdrückst.«

»Aber das Leben ist traurig und feierlich. Wir werden in eine wunderschöne Welt gelassen, treffen uns hier, stellen uns einander vor – und gehen zusammen ein Weilchen weiter. Dann verlieren wir einander und verschwinden ebenso plötzlich und unerklärlich, wie wir gekommen sind.«

»Darf ich dich was fragen?«

»Wir spielen jetzt nicht mehr Verstecken.«

»Warum bist du in die Majorshütte gezogen?«

»Damit wir keinen so weiten Weg hatten, als wir uns nur per Brief unterhalten haben. Ich wußte, daß die alte Hütte leerstand.«

»Du bist also einfach eingezogen?«

»Ich bin einfach eingezogen.«

»Dann kannst du vielleicht auch erklären, woher Hildes Vater gewußt hat, daß du dort wohnst.«

»Wenn ich mich nicht irre, dann weiß er fast alles.«

»Aber ich begreife trotzdem nicht, wie er den Postboten überreden konnte, die Post mitten im tiefen Wald zuzustellen?«

Alberto lächelte listig.

»Selbst das ist für Hildes Vater sicher nur eine Kleinigkeit. Billiger Hokuspokus, schnödes Narrenspiel. Wir leben vielleicht unter der allerstrengsten Überwachung der ganzen Welt.«

Sofie merkte, daß sie wütend wurde.

»Wenn der mir mal über den Weg läuft, dann kratze ich ihm die Augen aus.«

Alberto ging zum Sofa und setzte sich. Sofie folgte seinem Beispiel und nahm in einem tiefen Sessel Platz.

»Die Philosophie kann uns näher an Hildes Vater heranbringen«, sagte Alberto dann. »Heute werde ich dir über die Renaissance erzählen.«

»Schieß los.«

»Nur wenige Jahre nach dem Tod Thomas von Aquins begann die christliche Einheitskultur, Risse zu werfen. Philosophie und Wissenschaft befreiten sich immer weiter von der kirchlichen Theologie, und das brachte der Religion auch ein freieres Verhältnis zur Vernunft. Immer mehr Denker betonten jetzt, daß wir uns Gott nicht mit dem Verstand nähern könnten, denn Gott sei auf jeden Fall unfaßbar für unser Denken. Es gehe für den Menschen nicht darum, das christliche Mysterium zu verstehen, sondern darum, sich Gottes Willen zu unterwerfen.«

»Ich verstehe.«

»Daß Religion und Wissenschaft ein freieres Verhältnis zueinander entwickelten, führte zu einer neuen wissenschaftlichen Methode und zu einer neuen religiösen Innigkeit. Auf diese Weise wurde das Fundament für zwei wichtige Umwälzungen des 15. und 16. Jahrhunderts gelegt, nämlich für die *Renaissance* und die *Reformation.*«

»Laß uns eine Umwälzung nach der anderen anschauen.«

»Unter Renaissance verstehen wir eine umfassende kulturelle Blütezeit, die gegen Ende des 14. Jahrhunderts einsetzte. Sie begann in Norditalien, verbreitete sich dann aber rasch nach Norden.«

»Hast du nicht gesagt, daß ›Renaissance‹ ›Wiedergeburt‹ bedeutet?«

»Doch, und das, was wiedergeboren werden sollte, waren die Kunst und die Kultur der Antike. Wir sprechen deshalb auch oft vom *Renaissance-Humanismus*: Jetzt stellte man nämlich, nach dem langen Mittelalter, das alle Lebensbedingungen in ein göttliches Licht gerückt hatte, wieder den Menschen in den Mittelpunkt. Das Motto lautete: ›Zurück zu den Quellen!‹, und die wichtigste Quelle war der Humanismus der Antike. Es wurde fast zum Volkssport, alte Skulpturen und Handschriften aus der Antike auszugraben. Es wurde auch zur Modesache, Griechisch zu lernen. Das führte zu einem erneuerten Studium der griechischen Kultur. Das Studium des griechischen Humanismus hatte nicht zuletzt ein pädagogisches Ziel: Das Studium der humanistischen Fächer führte zur ›klassischen Bildung‹, die den Menschen auf eine höhere Daseinsstufe heben sollte. ›Pferde werden geboren‹, hieß es, ›Menschen dagegen werden nicht geboren, sie werden gebildet.‹«

»Wir müssen also zum Menschen *erzogen* werden?«

»Ja, das dachten sie damals. Aber ehe wir uns die Ideen des Renaissance-Humanismus näher ansehen, werden wir den politischen und kulturellen Hintergrund der Renaissance zur Sprache bringen.«

Alberto stand auf und fing an, im Zimmer herumzuwandern. Dann blieb er stehen und zeigte auf ein sehr altes Instrument in einem Regal. »Was ist das?« fragte er.

»Das sieht aus wie ein alter Kompaß.«

»Stimmt.«

Jetzt zeigte er auf ein altes Gewehr an der Wand über dem Sofa.

»Und das?«

»Ein sehr altes Gewehr.«

»Na gut – und das?«

Alberto zog ein großes Buch aus dem Regal.

»Das ist ein altes Buch.«

»Um genauer zu sein, eine Inkunabel.«

»Eine Inkunabel?«

»Das Wort bedeutet eigentlich ›Wiege‹. So nennt man Bücher, die in der Kindheit der Buchdruckerkunst gedruckt worden sind. Das heißt, vor dem Jahr 1500.«

»Ist es wirklich so alt?«

»So alt, ja. Und gerade diese drei Erfindungen, die wir hier vor uns sehen – Kompaß, Pulver und Buchdruckerkunst –, sind wichtige Voraussetzungen für die neue Zeit, die wir Renaissance nennen.«

»Das mußt du mir genauer erklären.«

»Der Kompaß erleichterte das Navigieren. Er war mit anderen Worten eine wichtige Voraussetzung für die großen Entdekkungsreisen. Was übrigens auch für das Pulver galt. Die neuen Waffen brachten den Europäern Überlegenheit über die amerikanischen und asiatischen Kulturen. Aber auch in Europa erlangte das Pulver große Bedeutung. Und die Buchdruckerkunst war wichtig, um die neuen Gedanken des Renaissance-Humanismus zu verbreiten. Sie trug nicht zuletzt dazu bei, daß die Kirche ihr altes Monopol als Wissensvermittlerin verlor. Später folgten neue Instrumente und neue Hilfsmittel am laufenden Band. Ein wichtiges Instrument war zum Beispiel das Fernrohr. Es schuf völlig neue Bedingungen für die Astronomie.«

»Und am Ende kamen Raketen und Mondlandungsfahrzeuge?«

»Jetzt gehst du ein bißchen zu schnell vor. Aber während der Renaissance setzte ein Prozeß ein, der die Menschen schließlich auf den Mond bringen sollte. Oder auch nach Hiroshima und Tschernobyl. Aber zuerst kam eine Reihe von Veränderungen im kulturellen und ökonomischen Bereich. Eine wichtige Voraussetzung war der Übergang von der Naturalienwirtschaft zur Finanzwirtschaft. Am Ende des Mittelalters gab es Städte mit einem blühenden Handwerk und fleißigen Händlern, mit einer Finanzwirtschaft und einem Bankwesen. Auf diese Weise entstand ein Bürgertum, das sich eine gewisse Unabhängigkeit von den natürlichen Lebensbedingungen erarbeitet hatte. Was man zum Leben brauchte, war nun für Geld zu kaufen. Diese Entwicklung förderte den Fleiß, die Phantasie und die Kreativität des einzelnen. Und an das Individuum wurden völlig neue Forderungen gestellt.«

»Das erinnert ein bißchen an die Entstehung der griechischen Städte zweitausend Jahre zuvor.«

»Kann schon sein. Ich habe erzählt, wie sich die griechischen Philosophen vom mythischen Weltbild der Bauernkultur befreit hatten. Auf dieselbe Weise begannen die Bürger der Renaissancezeit, sich von Feudalherren und der Kirchenmacht zu befreien. Gleichzeitig wurde aufgrund eines engeren Kontaktes mit den Arabern in Spanien und der byzantinischen Kultur im Osten die griechische Kultur wiederentdeckt.«

»Die drei Flüsse aus der Antike vereinigten sich zu einem einzigen großen Strom.«

»Du bist eine aufmerksame Schülerin. Aber das muß als Hintergrund für die Renaissance ausreichen. Ich werde dir jetzt über das neue Denken erzählen.«

»Schieß los. Aber ich muß zum Abendessen nach Hause.«

Zuerst nahm Alberto wieder auf dem Sofa Platz.

»Vor allen Dingen führte die Renaissance zu einem neuen *Menschenbild*. Die Humanisten der Renaissance entwickelten einen ganz neuen Glauben an den Menschen und seinen Wert, was in scharfem Konstrast zum Mittelalter stand, wo einseitig die sündhafte Natur des Menschen betont worden war. Der Mensch wurde nun als etwas unendlich Großes und Wertvolles betrachtet. Eine Zentralfigur der Renaissance hieß *Marsilio Ficino*. Er rief aus: ›Erkenne dich selbst, o göttliches Geschlecht in menschlicher Verkleidung!‹ Ein anderer, *Giovanni Pico della Mirandola*, schrieb eine Lobrede ›Über die Würde des Menschen‹. So etwas wäre im Mittelalter unvorstellbar gewesen. Während des ganzen Mittelalters hatte man in allem den Ausgang von Gott genommen. Die Humanisten der Renaissance nahmen den Ausgang vom Menschen selber.«

»Aber das hatten doch auch die griechischen Philosophen getan.«

»Deshalb sprechen wir ja auch von einer ›Wiedergeburt‹ des antiken Humanismus. Der Humanismus der Renaissance war jedoch in stärkerem Maße als der der Antike vom *Individualis-*

mus geprägt. Wir sind nicht nur Menschen, wir sind auch einzigartige Individuen. Dieser Gedanke konnte zu einer fast hemmungslosen Genieverehrung führen. Das Ideal wurde das, was wir als den *Renaissancemenschen* bezeichnen. Darunter verstehen wir einen Menschen, der sich mit allen Bereichen des Lebens, der Kunst und der Wissenschaft befaßt. Das neue Menschenbild zeigte sich außerdem im Interesse an der Anatomie des menschlichen Körpers. Wie in der Antike begann man, Tote zu sezieren, um herauszufinden, wie der Körper aufgebaut ist. Das war sowohl für die Medizin als auch für die Kunst wichtig. In der Kunst wurde es wieder üblich, den Menschen nackt darzustellen. Man kann sagen, das sei nach tausend Jahren der Scham passiert. Der Mensch wagte wieder, er selber zu sein. Er brauchte sich wegen nichts mehr zu schämen.«

»Das hört sich an wie ein Rausch«, sagte Sofie und beugte sich über das Tischchen, das zwischen ihr und ihrem Philosophielehrer stand.

»Zweifellos. Das neue Menschenbild führte zu einer ganz neuen *Lebensauffassung*. Der Mensch war nicht nur für Gott da. Gott hatte den Menschen auch um des Menschen willen erschaffen. Deshalb konnte sich der Mensch hier und jetzt über das Leben freuen. Und wenn der Mensch sich nur frei entfalten konnte, hatte er unbegrenzte Möglichkeiten. Sein Ziel war es, alle Grenzen zu überschreiten. Auch das war etwas anderes als der Humanismus der Antike. Die antiken Humanisten hatten ja gerade betont, daß der Mensch Gemütsruhe, Mäßigung und Beherrschung zeigen müsse.«

»Aber die Humanisten der Renaissance verloren die Beherrschung?«

»Sie waren zumindest nicht besonders mäßig. Sie hatten fast das Gefühl, die ganze Welt sei neu erwacht. Dadurch entstand ein Epochenbewußtsein. Jetzt wurde die Bezeichnung ›Mittelalter‹ für alle Jahrhunderte eingeführt, die zwischen der Antike und ihrer eigenen Zeit lagen. In allen Bereichen begann eine einzigartige Blütezeit. Das galt für Kunst und Architektur, Literatur und Musik, Philosophie und Wissenschaft. Ich will ein konkretes Beispiel nennen. Wir haben vom Rom der Antike gesprochen, das stolze Beinamen trug wie ›Stadt der Städte‹ und ›Nabel der Welt‹. Im Laufe des Mittelalters verfiel die Stadt, und 1417 hatte die alte Millionenstadt gerade noch 17 000 Einwohner.«

»Nicht viel mehr als Lillesand.«

»Der Renaissance-Humanismus setzte es sich zum kulturpolitischen Ziel, Rom wiederaufzubauen. Vor allem wurde nun der große Petersdom über dem Grab des Apostel Petrus errichtet. Und beim Petersdom kann man nun wirklich nicht von Mäßigung oder Beherrschung reden. Mehrere große Namen der Renaissance engagierten sich für das größte Bauprojekt der Welt. Die Arbeiten setzten im Jahre 1506 ein und dauerten geschlagene hundertzwanzig Jahre, und erst weitere fünfzig Jahre später war der große Petersplatz vollendet.«

»Das muß ja eine große Kirche sein.«

»Sie ist über zweihundert Meter lang und hundertdreißig Meter hoch. Aber damit ist wohl genug über die Kühnheit der Renaissancemenschen gesagt. Es war auch von großer Bedeutung, daß die Renaissance zu einer neuen *Naturauffassung* führte. Daß sich der Mensch im Dasein zu Hause fühlte – und das Leben auf Erden nicht nur als Vorbereitung auf das Leben im Himmel betrachtete –, schuf eine ganz neue Einstellung der physischen Welt gegenüber. Die Natur galt jetzt als positiv. Viele glaubten auch, Gott sei in der Schöpfung anwesend. Er ist doch unendlich, und dann muß er auch überall sein. Eine solche Auffassung wird als *Pantheismus* bezeichnet. Die Philosophen des Mittelalters hatten immer wieder auf den unüberbrückbaren Abgrund zwischen Gott und der Schöpfung hingewiesen. Jetzt konnte die Natur als göttlich bezeichnet werden – ja, sogar als ›Gottes Entfaltung‹. Solche neuen Gedanken wurden von der Kirche nicht immer wohlwollend aufgenommen. Das Schicksal des *Giordano Bruno* brachte das in dramatischer Weise zum Ausdruck. Er behauptete nicht nur, Gott sei in der

Natur anwesend. Er hielt außerdem auch den Weltraum für unendlich. Deswegen wurde er streng bestraft.«

»Und wie?«

»Er wurde im Jahre 1600 auf dem Blumenmarkt in Rom verbrannt...«

»Das war übel – und dumm. Und das bezeichnest du als Humanismus?«

»Nein, das nicht. Bruno war der Humanist, nicht seine Henker. Aber während der Renaissance florierte auch etwas, was wir ›Antihumanismus‹ nennen können. Damit meine ich eine autoritäre Kirchen- und Staatsmacht. Während der Renaissance gab es auch Hexenprozesse und Scheiterhaufen, Magie und Aberglauben, blutige Religionskriege – und nicht zuletzt die brutale Eroberung Amerikas. Keine Epoche ist nur gut oder nur böse. Gut und Böse ziehen sich wie zwei rote Fäden durch die gesamte Geschichte der Menschheit. Oft verflechten sie sich miteinander. Das gilt nicht zuletzt für unser nächstes Stichwort. Ich werde erzählen, wie die Renaissance auch eine *neue wissenschaftliche Methode* entwickelte.«

»Wurden jetzt auch die ersten Fabriken gebaut?«

»Noch nicht sofort. Aber eine Voraussetzung für die gesamte technische Entwicklung, die nach der Renaissance einsetzte, war eine neue wissenschaftliche Methode. Darunter verstehe ich eine neue Einstellung zum Wesen der Wissenschaft. Die technischen Früchte der neuen Methode stellten sich erst nach und nach ein.«

»Worum ging es bei dieser neuen Methode?«

»Es ging vor allem darum, die Natur mit den eigenen Sinnen zu untersuchen. Bereits seit Anfang des 14. Jahrhunderts warnten mehr und mehr Stimmen vor dem blinden Glauben an alte Autoritäten. Als solche Autoritäten galten sowohl kirchliche Lehrsätze als auch die aristotelische Naturphilosophie. Auch vor der Überzeugung, ein Problem ließe sich durch bloßes Nachdenken lösen, wurde gewarnt. Ein solch übertriebenes Vertrauen in die Bedeutung der Vernunft hatte während des gesamten Mittelalters vorgeherrscht. Jetzt hieß es, daß die Untersuchung der Natur grundsätzlich auf Beobachtung, Erfahrung und Experiment aufbauen müsse. Diese Methode bezeichnen wir als *empirisch.*«

»Und das bedeutet?«

»Das bedeutet einfach nur, daß wir unsere Kenntnisse der Dinge aus eigenen Erfahrungen beziehen – und nicht aus verstaubten Buchrollen oder Hirngespinsten. Auch in der Antike wurde empirische Wissenschaft betrieben. So hat ja auch Aristoteles viele wichtige Beobachtungen in der Natur angestellt. Aber systematische *Experimente* waren etwas vollständig Neues.«

»Sie hatten wohl keine technischen Apparate wie heute?«

»Sie hatten natürlich weder Rechenmaschinen noch elektronische Waagen. Aber sie hatten die Mathematik, und sie hatten Waagen. Jetzt wurde besonders betont, wie wichtig es war, wissenschaftliche Beobachtungen in einer genauen mathematischen Sprache auszudrücken. Man solle messen, was sich messen läßt, und das, was sich nicht messen läßt, meßbar machen, sagte *Galileo Galilei*, einer der allerwichtigsten Wissenschaftler des 17. Jahrhunderts. Er sagte auch, das Buch der Natur sei in der Sprache der Mathematik geschrieben.«

»Und durch die vielen Experimente und Messungen stand der Weg zu neuen Erfindungen offen?«

»Die erste Phase war eine neue wissenschaftliche Methode. Sie ermöglichte die technische Revolution, und der technische Durchbruch ermöglichte alle Erfindungen, die seither gemacht worden sind. Du kannst gerne sagen, die Menschen hätten angefangen, sich von den Bedingungen der Natur loszureißen. Der Mensch war nicht länger nur ein Teil der Natur. Die Natur war etwas, das man benutzen und ausbeuten konnte. ›Wissen ist Macht‹, sagte der englische Philosoph *Francis Bacon*. Damit betonte er den praktischen Nutzen des Wissens – und das war etwas Neues. Die Menschen griffen nun in die Natur ein und beherrschten sie.«

»Aber das war doch nicht nur positiv?«

»Nein, und damit sind wir wieder bei dem guten und dem bösen Faden, die immer wieder miteinander verflochten werden, bei allem, was wir Menschen tun. Der technische Durchbruch, der in der Renaissance einsetzte, führte zu Spinnmaschinen und zu Arbeitslosigkeit, zu Medikamenten und neuen Krankheiten, zur Effektivierung der Landwirtschaft und der Ausplünderung der Natur, zu neuen praktischen Hilfsmitteln wie Waschmaschinen und Kühlschränken, aber auch zur Umweltverschmutzung und zu Müllbergen. Da wir heute sehen, wie schrecklich bedroht unsere Umwelt ist, betrachten viele den technischen Durchbruch selber als gefährliche Abweichung von den Lebensbedingungen, die uns von der Natur gegeben sind. Wir Menschen haben dieser Auffassung zufolge einen Prozeß in Gang gesetzt, den wir nicht mehr kontrollieren können. Optimistischere Seelen glauben, daß wir noch immer in der Kindheit der Technik leben. Die technische Zivilisation, so meinen sie, hat zwar ihre Kinderkrankheiten, aber schließlich werden die Menschen doch lernen, die Natur zu beherrschen, ohne sie lebensgefährlich zu bedrohen.«

»Was meinst du selber?«

»Daß vielleicht beide Standpunkte ein wenig recht haben. In einigen Bereichen dürfen die Menschen nicht mehr in die Natur eingreifen, in anderen können wir das getrost tun. Sicher ist jedenfalls, daß kein Weg ins Mittelalter zurückführt. Seit der Renaissance ist der Mensch kein bloßer Teil der Schöpfung mehr. Der Mensch greift selber in die Natur ein und formt sie nach seinen eigenen Vorstellungen. Das sagt uns etwas darüber, was der Mensch für ein erstaunliches Geschöpf ist.«

»Wir sind schon auf dem Mond gewesen. Kein Mensch des Mittelalters hätte das doch für möglich gehalten?«

»Nein, da kannst du Gift drauf nehmen. Und das bringt uns zum *neuen Weltbild*. Das ganze Mittelalter hindurch waren die Menschen unter dem Himmel herumgegangen und hatten zu Sonne und Mond, Sternen und Planeten hochgeschaut. Aber niemand hatte bezweifelt, daß die Erde der Mittelpunkt des Universums war. Keine Beobachtungen hatten Zweifel darüber aufkommen lassen, daß die Erde feststand und die ›Himmelskörper‹ um sie kreisten. Diese Vorstellung bezeichnen wir als *geozentrisches Weltbild.* Auch die christliche Vorstellung, daß Gott über allen Himmelskörpern thront, trug zum Bestand eines solchen Weltbildes bei.«

»Ich wünschte, es wäre so einfach.«

»Aber im Jahre 1543 erschien ein Werk mit dem Titel ›Sechs Bücher über die Umläufe der Himmelskörper‹. Geschrieben hatte es der polnische Astronom *Kopernikus,* der am selben Tag starb, an dem sein bahnbrechendes Werk erschien. Kopernikus behauptete, daß sich nicht die Sonne um die Erde drehe, sondern die Erde um die Sonne. Er hielt das jedenfalls aufgrund der Beobachtungen für möglich, die bisher über die Himmelskörper vorlagen. Wenn die Menschen geglaubt hatten, die Sonne drehe sich um die Erde, dann lag das, meinte er, nur daran, daß sich die Erde um ihre eigene Achse drehte. Er wies darauf hin, daß alle Beobachtungen der Himmelskörper viel leichter zu verstehen sind, wenn wir voraussetzen, daß sich die Erde und die anderen Planeten in kreisförmigen Bahnen um die Sonne bewegen. Diese Auffassung nennen wir das *heliozentrische Weltbild,* das heißt, daß sich alles um die Sonne dreht.«

»Und dieses Weltbild ist richtig?«

»Nicht ganz. Kopernikus' wichtigster Punkt – also daß sich die Erde um die Sonne dreht – trifft natürlich zu. Aber er hielt die Sonne für den Mittelpunkt des Universums. Heute wissen wir, daß die Sonne nur einer von zahllosen Sternen ist – und daß alle Sterne um uns herum nur eine unter vielen Milliarden von Galaxien ausmachen. Kopernikus glaubte außerdem, daß sich die Erde und die anderen Planeten in kreisförmigen Bahnen um die Sonne bewegten.«

»Und stimmt das nicht?«

»Nein, für die kreisförmigen Bewegungen hatte er keinen Beleg außer der alten Auffassung, die Himmelskörper seien kugelrund und beschrieben kreisförmige Bahnen, einfach weil sie ›himmlisch‹ seien. Schon seit Platons Zeiten wurden Kugel und Kreis als die vollendetsten geometrischen Figuren betrachtet. Aber zu Beginn des 17. Jahrhunderts konnte der deutsche Astronom *Johannes Kepler* die Ergebnisse von umfassenden Beobachtungen vorlegen, die bewiesen, daß die Planeten sich in elliptischen – oder ovalen – Bahnen um die Sonne als Brennpunkt bewegen. Er wies außerdem nach, daß die Planeten sich am schnellsten bewegen, wenn die Sonne am nächsten ist. Schließlich bewies er noch, daß sich ein Planet immer langsamer bewegt, je weiter er von der Sonne entfernt ist. Erst durch Kepler wurde klargestellt, daß die Erde ein Planet wie alle anderen ist. Kepler betonte außerdem, daß überall im Universum dieselben physikalischen Gesetze gelten.«

»Wie konnte er da so sicher sein?«

»Er konnte sicher sein, weil er die Bewegungen der Planeten mit seinen eigenen Sinnen untersucht hatte, statt sich blind auf die Überlieferungen aus der Antike zu verlassen. Ungefähr gleichzeitig mit Kepler lebte der bekannte italienische Wissenschaftler *Galileo Galilei.* Auch er betrachtete die Himmelskörper mit dem Fernrohr. Er studierte die Krater auf dem Mond und stellte fest, daß es dort genau wie auf der Erde Berge und Täler gibt. Galilei entdeckte außerdem, daß der Planet Jupiter vier Monde hat. Die Erde war also nicht der einzige Planet mit einem Mond. Das wichtigste aber war, daß Galilei das sogenannte *Trägheitsgesetz* entdeckte.«

»Und dieses Gesetz besagt?«

»›Jeder Körper verharrt im Zustand der Ruhe oder der gleichförmigen Bewegung in geradliniger Bahn, solange er nicht durch von außen wirkende Kräfte gezwungen wird, diesen Zustand zu ändern.‹ So hat er das allerdings noch nicht formuliert. Das hat erst später *Isaac Newton* getan.«

»Von mir aus.«

»Seit der Antike hatte eines der wichtigsten Argumente dagegen, daß die Welt sich um ihre eigene Achse dreht, gelautet, daß die Erde sich dann so schnell bewegen müsse, daß ein senkrecht in die Luft geworfener Stein viele Meter weiter weg wieder herunterfallen würde.«

»Und warum ist es nicht so?«

»Wenn du in der Eisenbahn sitzt und einen Apfel fallen läßt, dann fällt der Apfel nicht weit hinter dir herunter, weil sich der Zug bewegt. Er fällt direkt bei dir herunter. Und das liegt am Gesetz der Trägheit. Der Apfel behält dieselbe Geschwindigkeit bei, die er hatte, ehe du ihn fallen gelassen hast.«

»Ich glaube, ich verstehe.«

»Nun gab es zu Galileis Zeit keine Züge. Aber wenn du eine Kugel über den Boden rollst – und sie dann plötzlich losläßt...«

»... dann rollt die Kugel weiter...«

»... denn die Geschwindigkeit wird beibehalten, auch nachdem du die Kugel losgelassen hast.«

»Aber am Ende bleibt sie liegen, wenn das Zimmer lang genug ist.«

»Das liegt daran, daß andere Kräfte die Geschwindigkeit bremsen. Erstens bremst der Boden, vor allem unbehandelter Holzboden. Aber auch die Schwerkraft bringt die Kugel früher oder später zum Stillstand. Aber warte, ich zeige dir etwas.«

Jetzt stand Alberto Knox auf und ging zu dem alten Sekretär. Hier nahm er etwas aus einer Schublade und legte es dann auf den Couchtisch. Es war ganz einfach eine Holzplatte, die am einen Ende einige Millimeter dick und am anderen ganz dünn war. Neben die Holzplatte, die fast den ganzen Tisch bedeckte, legte er eine Murmel.

»Das hier nennt sich ›schiefe Ebene‹«, sagte er dann. »Was, glaubst du, wird geschehen, wenn ich die Murmel hier oben loslasse, wo die Platte am dicksten ist?«

Sofie seufzte. »Ich wette zehn Kronen, daß sie auf den Tisch hinunterkullert und am Ende auf den Boden fällt.«

»Wir werden sehen.«

Alberto ließ die Murmel los, und sie verhielt sich genauso, wie Sofie prophezeit hatte. Sie kullerte auf den Tisch, rollte weiter über die Tischplatte, traf mit einem kleinen Knall auf den Boden auf und stieß am Ende gegen die Türschwelle.

»Beeindruckend«, sagte Sofie.

»Ja, nicht wahr? Und solche Experimente hat Galilei angestellt, verstehst du.«

»War er wirklich so blöd?«

»Immer mit der Ruhe. Er wollte alles mit eigenen Sinnen untersuchen, und wir haben gerade erst angefangen. Erzähl mir zuerst, warum die Murmel die schiefe Ebene hinunterrollt.«

»Sie fängt an zu rollen, weil sie schwer ist.«

»Na gut. Und was ist eigentlich Schwere, mein Kind?«

»Jetzt stellst du aber wirklich blöde Fragen.«

»Ich stelle keine blöden Fragen, wenn du nicht antworten kannst. Warum ist die Murmel auf den Boden gerollt?«

»Aufgrund der Schwerkraft.«

»Genau – oder der *Gravitation*, wie wir auch sagen. Gewicht hat also etwas mit der Schwerkraft zu tun. Und diese Kraft hat die Murmel in Bewegung gesetzt.«

Alberto hatte die Murmel schon vom Fußboden aufgehoben. Er beugte sich damit über die schiefe Ebene.

»Jetzt werde ich versuchen, die Murmel quer über die schiefe Ebene zu rollen«, sagte er. »Sieh dir genau an, wie sie sich bewegt.«

Er bückte sich und zielte. Dann versuchte er, die Murmel quer über die schiefe Ebene zu rollen. Sofie sah, daß die Murmel alsbald abbog und die schiefe Ebene hinuntergezogen wurde.

»Was ist passiert?« fragte Alberto.

»Sie ist schief gerollt, weil es eine schiefe Ebene ist.«

»Jetzt werde ich sie mit einem Filzstift anmalen ... dann können wir uns vielleicht genau ansehen, was du mit ›schief‹ gemeint hast.«

Er griff zu einem Filzstift und färbte die Murmel schwarz. Dann ließ er sie wieder rollen. Sofie konnte die Bahn der Murmel auf der schiefen Ebene genau erkennen, denn sie hatte eine schwarze Spur hinterlassen.

»Wie würdest du die Bewegung dieser Murmel beschreiben?« fragte Alberto.

»Als Bogen ... sieht aus wie ein Teil eines Kreises.«

»Genau getroffen!«

Alberto sah zu ihr auf und hob die Augenbrauen.

»Obwohl es nicht genau ein Kreis ist. Diese Figur nennt man Parabel.«

»Von mir aus.«

»Aber warum bewegt sich die Kugel genau *so*?«

Sofie dachte gut nach. Schließlich sagte sie:

»Weil die Platte eine Neigung hat, wird die Kugel von der Schwerkraft zu Boden gezogen.«

»Ja, nicht wahr? Das ist nicht weniger als eine Sensation. Ich hole mir irgendein Mädchen auf meinen Dachboden, und schon kommt sie nach einem einzigen Versuch bereits zur selben Erkenntnis wie Galilei.«

Er klatschte in die Hände, und Sofie befürchtete für einen Moment, er könne leicht verrückt geworden sein. Er fuhr fort:

»Du hast gesehen, was passiert, wenn *zwei Kräfte* gleichzeitig auf denselben Gegenstand einwirken. Galilei entdeckte, daß das auch für zum Beispiel eine Kanonenkugel gilt. Sie wird in die Luft geschossen und fliegt dann weiter, wird aber schließlich auch zu Boden gezogen. Und dann hat sie eine Bahn beschrieben, die der unserer Murmel auf der schiefen Ebene entspricht. Und das war zu Galileis Zeit wirklich eine neue Entdeckung. Aristoteles glaubte, ein in die Luft geschleudertes Projektil würde zuerst einen schwachen Bogen beschreiben und dann glatt zu Boden plumpsen. Aber das stimmte nicht, und man konnte erst wissen, daß Aristoteles sich geirrt hatte, als man es demonstrierte.«

»Von mir aus. Aber ist das wirklich wichtig?«

»Und ob das wichtig ist! Das ist von kosmischer Bedeutung, mein Kind. Von allen wissenschaftlichen Entdeckungen in der Geschichte der Menschheit ist das hier eine der allerwichtigsten.«

»Dann tippe ich, du wirst mir gleich erklären, warum.«

»Später kam der englische Physiker *Isaac Newton*, der von 1642 bis 1727 lebte. Ihm verdanken wir die endgültige Beschreibung des Sonnensystems und der Bewegungen der Planeten. Er konnte nicht nur beschreiben, *wie* die Planeten sich um die Sonne bewegen. Er konnte außerdem genau erklären, *warum* sie das tun. Das gelang ihm unter anderem durch den Hinweis auf Galilei und dessen Trägheitsgesetz, das er, wie wir hörten, endgültig formulierte.«

»Sind die Planeten Murmeln auf einer schiefen Ebene?«

»So ungefähr, ja. Aber warte noch einen Moment, Sofie.«

»Ich habe ja wohl keine Wahl.«

»Schon Kepler hatte darauf hingewiesen, daß es eine Kraft geben muß, die die Anziehungskraft unter den Planeten bewirkt. Von der Sonne muß zum Beispiel eine Kraft ausgehen, die die Planeten auf ihren Bahnen festhält. Eine solche Kraft kann außerdem erklären, warum die Planeten sich in Sonnennähe schneller bewegen als weiter entfernt von der Sonne. Kepler meinte außerdem, daß Ebbe und Flut – also das Steigen und Sinken der Meeresoberfläche – von einer Kraft des Mondes abhängig sind.«

»Und das stimmt ja auch.«

»Ja, das stimmt. Aber Galilei stritt das ab. Er machte sich lustig über Kepler und dessen, wie er meinte, fixe Idee, ›daß der Mond das Wasser beherrscht‹. Galilei bestritt nämlich die Annahme, daß solche Kräfte über weite Entfernung und damit *zwischen* den Planeten wirken könnten.«

»Da hat er sich geirrt.«

»Ja, in diesem Punkt hat er sich geirrt. Und das ist fast schon komisch, weil er sich sonst sehr mit der Schwerkraft der Erde und dem Fall der Körper zum Boden beschäftigte. Er hat außerdem aufgezeigt, wie mehrere Kräfte die Bewegungen eines Körpers steuern können.«

»Aber du hast Newton erwähnt?«

»Ja, dann kam Newton. Er hat das sogenannte Gesetz der *all-*

gemeinen Gravitation formuliert. Dieses Gesetz sagt, daß jeder Gegenstand an jedem anderen Gegenstand mit einer Kraft zieht, die wächst, je größer die Gegenstände sind, und die sich mit wachsender Entfernung zwischen den Gegenständen verringert.«

»Ich glaube, ich verstehe. Zwischen zwei Elefanten besteht zum Beispiel größere Anziehungskraft als zwischen zwei Mäusen. Und zwischen zwei Elefanten im selben Zoo besteht größere Anziehungskraft als zwischen einem indischen Elefanten in Indien und einem afrikanischen Elefanten in Afrika.«

»Dann hast du alles verstanden. Und jetzt kommt das Wichtigste. Newton hat betont, daß diese Anziehungskraft – oder Gravitation – universell ist. Das heißt, sie gilt überall, auch im Weltraum zwischen den Himmelskörpern. Angeblich kam ihm diese Erkenntnis einmal, als er unter einem Apfelbaum saß. Als er einen Apfel vom Baum fallen sah, mußte er sich fragen, ob der Mond von derselben Kraft um die Erde gezogen wird, und ob der Mond deshalb in alle Ewigkeit um die Erde kreist.«

»Das war clever. Aber doch nicht allzu clever.«

»Wieso nicht, Sofie?«

»Wenn der Mond von derselben Kraft um die Erde gezogen würde, die den Apfel zum Fallen bringt, dann würde der Mond schließlich auf die Erde fallen, statt wie eine Katze um den heißen Brei zu schleichen.«

»Jetzt nähern wir uns langsam Newtons Gesetz der Bewegungen der Planeten. Bei dem, was du darüber sagst, wie die Schwerkraft der Erde den Mond anzieht, hast du zu fünfzig Prozent recht, aber auch zu fünfzig Prozent unrecht. Warum fällt der Mond nicht auf die Erde, Sofie? Denn die Schwerkraft der Erde zieht wirklich mit gewaltiger Kraft am Mond. Überleg doch nur, was für gewaltige Kräfte nötig sind, um das Meer bei Flut um ein oder zwei Meter hochzuziehen.«

»Nein, das verstehe ich nicht.«

»Denk an Galileis schiefe Ebene. Was ist passiert, als ich die Murmel die schiefe Ebene hinuntergerollt habe?«

»Wirken denn zwei verschiedene Kräfte auf den Mond ein?«

»Genau. Bei der Entstehung des Sonnensystems wurde der Mond mit gewaltiger Kraft aus der Bahn – und damit von der Erde fort – geschleudert. Diese Kraft wird in alle Ewigkeit weiterwirken, denn der Mond bewegt sich ohne Widerstand durch luftleeren Raum...«

»Aber gleichzeitig wird er durch die Schwerkraft der Erde zur Erde gezogen?«

»Genau. Beide Kräfte sind konstant, und beide wirken gleichzeitig. Deshalb wird der Mond sich auch weiter um die Erde drehen.«

»Ist das wirklich so einfach?«

»So einfach ist das, und eben diese ›Einfachheit‹ war für Newton das wichtigste. Er hat auch nachgewiesen, daß einige wenige physikalische Gesetze, wie das Trägheitsgesetz, überall im ganzen Universum gelten. Und bei den Bewegungen der Planeten hatte er nur zwei Naturgesetze angewandt, die schon Galilei aufgezeigt hatte: eben das Trägheitsgesetz und jenes, daß ein Körper, auf den zwei Kräfte gleichzeitig einwirken, sich auf einer ellipsenförmigen Bahn bewegen wird, wie Galileis Kugeln auf der schiefen Ebene zeigten.«

»Und dadurch konnte Newton erklären, warum alle Planeten um die Sonne kreisen.«

»Genau. Alle Planeten laufen in elliptischen Bahnen um die Sonne, und zwar aufgrund zweier verschiedener Bewegungen: erstens der geraden Bewegung, die sie bei der Entstehung des Sonnensystems eingeschlagen haben, und zweitens einer Bewegung hin zur Sonne aufgrund der Gravitation.«

»Ganz schön clever.«

»Das kannst du wohl sagen. Newton hat bewiesen, daß dieselben Gesetze für die Bewegungen der Körper überall im ganzen Universum gelten. Damit räumte er auch alte mittelalterliche Vorstellungen aus dem Weg, daß ›im Himmel‹ andere Gesetze gelten als hier auf Erden. Das heliozentrische Weltbild hatte seine Bestätigung und seine endgültige Erklärung.«

Jetzt stand Alberto auf und legte die schiefe Ebene wieder zurück in die Schublade. Er bückte sich und hob die Murmel vom Fußboden auf, legte sie aber zwischen sich und Sofie auf den Tisch. Sofie fand es unglaublich, wieviel sie aus einer schrägen Holzplatte und einer Murmel herausgeholt hatten. Als sie sich jetzt die grüne Murmel ansah – die immer noch teilweise schwarz von Tusche war –, mußte sie einfach an den Erdball denken. Sie fragte:

»Und die Menschen mußten sich damit abfinden, auf einem zufälligen Planeten im großen Weltraum zu leben?«

»Ja, und das neue Weltbild war in vieler Hinsicht eine große Belastung. Das läßt sich vielleicht mit der Situation damals vergleichen, als Darwin nachwies, daß der Mensch von den Tieren abstammt. In beiden Fällen verlor der Mensch etwas von seiner Sonderstellung in der Schöpfung. In beiden Fällen leistete auch die Kirche energischen Widerstand.«

»Das kann ich gut verstehen. Denn wo bleibt bei der ganzen Sache eigentlich Gott? Alles war irgendwie einfacher, als die Erde im Mittelpunkt stand und Gott und alle Himmelskörper ein Stockwerk höher wohnten.«

»Aber das war noch immer nicht die größte Herausforderung. Als Newton nachwies, daß dieselben physikalischen Gesetze überall im Universum gelten, hätte man doch glauben können, daß er gleichzeitig den Glauben an die Allmacht Gottes verlor. Aber Newtons eigener Glaube wurde nicht erschüttert. Er betrachtete die Naturgesetze als Beweis für den großen und allmächtigen Gott. Schlimmer stand es vielleicht mit dem Selbstbild der Menschen.«

»Wie meinst du das?«

»Seit der Renaissance hatte sich der Mensch an den Gedanken gewöhnen müssen, daß er auf einem zufälligen Planeten im gewaltigen Weltraum lebt. Ich weiß nicht einmal, ob wir uns inzwischen so ganz daran gewöhnt haben. Aber schon in der Renaissance behaupteten einige, der Mensch würde jetzt mehr in den Mittelpunkt gerückt als bisher.«

»Das verstehe ich nicht.«

»Bisher war die Erde der Mittelpunkt der Welt gewesen. Aber als die Astronomen erklärten, daß es im Universum keinen absoluten Mittelpunkt gibt, entstanden so viele Mittelpunkte, wie es Menschen gibt.«

»Ich verstehe.«

»Die Renaissance brachte auch ein neues *Gottesbild* mit sich. Als sich Philosophie und Wissenschaft von der Theologie trennten, entstand auch langsam eine neue christliche Frömmigkeit. Dann setzte die Renaissance mit ihrem neuen Menschenbild ein. Und das war auch für die Religionsausübung von Bedeutung. Wichtiger als das Verhältnis zur Kirche als Organisation wurde das persönliche Verhältnis des Einzelnen zu Gott.«

»Das persönliche Abendgebet zum Beispiel?«

»Ja, auch das. In der katholischen Kirche des Mittelalters hatten die lateinische Liturgie der Kirche und ihre rituellen Gebete das eigentliche Rückgrat des Gottesdienstes gebildet. Nur Priester und Mönche lasen in der Bibel, denn es gab sie nur auf latein. Aber während der Renaissance wurde die Bibel aus dem Aramäischen und Griechischen in die Volkssprachen übersetzt. Das war wichtig für die sogenannte *Reformation*...«

»*Martin Luther*...«

»Ja, Luther war wichtig, aber er war nicht der einzige Reformator. Es gab auch kirchliche Reformatoren, die trotzdem innerhalb der römisch-katholischen Kirche wirken wollten. Einer von ihnen war *Erasmus von Rotterdam*.«

»Luther hat mit der katholischen Kirche gebrochen, weil er keinen Ablaß bezahlen wollte?«

»Das auch, ja, aber es ging um etwas viel Wichtigeres. Luther zufolge brauchte der Mensch nicht den Umweg über die Kirche oder ihre Priester zu machen, um Gottes Vergebung zu erlangen. Noch viel weniger war Gottes Vergebung von einer an die Kirche bezahlten Ablaßsumme abhängig. Der sogenannte Ablaßhandel wurde um die Mitte des 16. Jahrhunderts auch in der katholischen Kirche verboten.«

»Darüber hat Gott sich sicher gefreut.«

»Luther hat sich überhaupt von vielen religiösen Gebräuchen und Glaubenssätzen distanziert, die die Kirche im Mittelalter entwickelt hatte. Er wollte zurück zum ursprünglichen Christentum, so, wie wir es im Neuen Testament finden. ›Die Schrift allein‹, sagte er. Mit diesem Motto wollte Luther zurück ›zu den Quellen‹ des Christentums, so, wie die Humanisten der Renaissance zurück zu den antiken Quellen der Kunst und Kultur wollten. Er übersetzte die Bibel ins Deutsche und schuf damit die Grundlage der hochdeutschen Schriftsprache. Jedermann sollte die Bibel lesen und gewissermaßen als sein eigener Pastor fungieren können.«

»Als sein eigener Pastor? Ging das nicht ein bißchen weit?«

»Er meinte, daß die Priester in keiner besonderen Beziehung zu Gott stehen. Auch die lutheranischen Gemeinden stellten aus praktischen Gründen Pastoren an, die die Gottesdienste abhielten und die täglichen kirchlichen Aufgaben erledigten. Aber er meinte, daß der Mensch nicht durch kirchliche Rituale Gottes Vergebung und die Befreiung von seinen Sünden erlangt. Erlösung werde dem Menschen ganz ›gratis‹ durch den Glauben allein zuteil, sagte er. Diese Erkenntnis war ihm durch seine Bibellektüre gekommen.«

»Luther war also auch ein typischer Renaissancemensch?«

»Ja und nein. Ein typischer Renaissancezug war das Gewicht, das er auf den Einzelnen und seine persönliche Beziehung zu Gott legte. Er lernte im Alter von 35 Jahren Griechisch und machte sich an die mühselige Arbeit, die Bibel ins Deutsche zu übersetzen. Auch daß die Volkssprache das Lateinische ersetzte, war typisch für die Renaissance. Aber Luther war kein Humanist wie *Ficino* oder *Leonardo da Vinci*. Einige Humanisten, wie Erasmus von Rotterdam, kritisierten ihn wegen seines ihrer Ansicht nach allzu negativen Menschenbildes. Luther betonte nämlich, daß der Mensch durch den Sündenfall total vernichtet sei. Nur durch Gottes Gnade könne der Mensch ›gerechtfertigt‹ werden, meinte er. Denn der Lohn der Sünde sei der Tod.«

»Das klingt wirklich ein bißchen traurig, ja.«

Jetzt erhob sich Alberto Knox. Er nahm die grün-schwarze Murmel vom Tisch und steckte sie in seine Brusttasche.

»Es ist schon nach vier!« rief Sofie.

»Und die nächste große Epoche in der Geschichte der Menschheit ist das Barock. Aber das heben wir uns für einen anderen Tag auf, liebe Hilde.«

»Was hast du da gesagt?«

Sofie sprang auf.

»Liebe *Hilde,* hast du gesagt.«

»Da habe ich mich ja arg versprochen.«

»Aber man verspricht sich nie ganz ohne Grund.«

»Vielleicht hast du recht. Sicher legt Hildes Vater uns jetzt schon die Worte in den Mund. Ich glaube, er nützt die Situation aus, wenn wir müde sind. Dann können wir uns nicht so leicht wehren.«

»Du hast gesagt, du bist nicht Hildes Vater. Versprichst du mir, daß das die Wahrheit ist?«

Alberto nickte.

»Aber bin ich denn Hilde?«

»Ich bin jetzt müde, Sofie. Das mußt du verstehen. Wir sitzen hier schon seit über zwei Stunden, und fast die ganze Zeit habe ich geredet. Mußt du nicht nach Hause zum Essen?«

Sofie hatte fast das Gefühl, er wolle sie vor die Tür setzen. Auf dem Weg zum Ausgang zerbrach sie sich den Kopf darüber, warum er sich versprochen hatte. Alberto kam hinter ihr her.

Unter einer kleinen Garderobe, an der viele seltsame Kleider hingen, die fast aussahen wie Theaterkostüme, lag Hermes und schlief. Alberto nickte dem Hund zu und sagte:

»Er kommt dich holen.«

»Danke für den Unterricht heute«, sagte Sofie.

Sie hüpfte hoch und umarmte Alberto.

»Du bist der allertüchtigste und allerliebste Philosophielehrer, den ich je gehabt habe.«

Dann öffnete sie die Wohnungstür.

Ehe die Tür ins Schloß fiel, sagte Alberto:

»Wir sehen uns ja bald wieder, Hilde.«

Und mit diesen Worten überließ er Sofie sich selber.

Wieder hatte Alberto sich versprochen, dieser Schuft. Sofie hätte gern wieder angeklopft, aber irgend etwas hielt sie davor zurück.

Auf der Straße fiel ihr ein, daß sie kein Geld bei sich hatte. Also mußte sie den weiten Weg nach Hause laufen. Verflixt! Ihre Mutter würde sicher wütend werden und sich zugleich ängstigen, wenn Sofie um sechs nicht zu Hause war.

Aber schon nach wenigen Metern entdeckte sie plötzlich auf dem Bürgersteig einen Zehner. Ein Umsteigefahrschein kostete genau zehn Kronen.

Sofie ging zur Bushaltestelle und wartete auf den nächsten Bus zum Marktplatz. Von dort aus fuhr einer bis fast zu ihr nach Hause.

Erst auf dem Marktplatz überlegte sie sich, was sie für ein Glück gehabt hatte, den Zehner genau in dem Moment zu finden, wo sie ihn dringend brauchte.

Hildes Vater konnte ihn doch nie im Leben dorthin gelegt haben? Aber er war zweifellos ein Meister in der Kunst, allerlei Dinge an den absurdesten Stellen zu plazieren.

Aber wie schaffte er das, wo er doch im Libanon war?

Und warum hatte Alberto sich versprochen? Nicht nur einmal, sondern gleich doppelt.

Sofie spürte, wie es ihr kalt den Rücken hinunterlief.

Das Barock

... vom gleichen Stoff,
aus dem die Träume sind...

Einige Tage lang hörte Sofie nichts von Alberto, hielt aber mehrmals pro Tag im Garten nach Hermes Ausschau. Ihrer Mutter hatte sie erzählt, der Hund sei von selber nach Hause gegangen, und sein Besitzer, ein alter Physiklehrer, habe sie auf eine Tasse Kaffee eingeladen. Er habe Sofie vom Sonnensystem und der neuen Wissenschaft erzählt, die im 16. Jahrhundert entstanden war.

Jorunn erzählte sie mehr. Sie berichtete von ihrem Besuch bei Alberto, von der Postkarte im Treppenhaus und vom Zehnkronenschein, den sie auf dem Heimweg gefunden hatte. Den Traum von Hilde und die Sache mit dem Goldkreuz behielt sie allerdings für sich.

Am Dienstag, dem 29. Mai, stand Sofie in der Küche und trocknete das Geschirr ab, während ihre Mutter im Wohnzimmer die Nachrichten sah. Als die Erkennungsmelodie verklungen war, hörte Sofie in der Küche, daß ein Major des norwegischen UN-Regiments von einer Granate getötet worden war.

Sofie ließ das Geschirrtuch in den Spülstein fallen und stürzte ins Wohnzimmer. Für wenige Sekunden flimmerte ein Bild des UN-Soldaten über den Bildschirm – dann gingen die Nachrichten weiter.

»O nein!« rief Sofie.

Ihre Mutter drehte sich um.

»Ja, Krieg ist schrecklich...«

Worauf Sofie in Tränen ausbrach.

»Aber Sofie. So schlimm kann das doch nicht sein.«

»Haben sie seinen Namen gesagt?«

»Ja ... aber ich weiß ihn nicht mehr. Er war aus Grimstad.«

»Ist das nicht dasselbe wie Lillesand?«

»Nein, jetzt machst du Witze.«

»Aber wenn man aus Grimstad ist, kann man vielleicht auch in Lillesand zur Schule gehen.«

Sie weinte nicht mehr. Dafür reagierte jetzt ihre Mutter. Sie stand auf und schaltete den Fernseher aus.

»Was ist das für ein Unfug, Sofie?«

»Ach, nichts...«

»Doch, etwas ist es! Du hast einen Freund, und ich glaube langsam, daß er sehr viel älter ist als du. Antworte mir jetzt: Kennst du einen Mann im Libanon?«

»Nein, das nicht gerade...«

»Kennst du den *Sohn* von einem, der im Libanon ist?«

»Nein, hör mal. Ich kenne ja nicht mal seine Tochter!«

»Von wem redest du?«

»Das geht dich nichts an.«

»Ach, nicht?«

»Vielleicht sollte ich dich lieber mal ausfragen. Warum ist Papa nie zu Hause? Vielleicht, weil ihr zu feige seid, um euch scheiden zu lassen? Hast du vielleicht einen Freund, von dem Papa und ich nichts wissen? Und so weiter, und so weiter. Wir haben beide unsere Fragen.«

»Ich glaube jedenfalls, wir müssen miteinander reden.«

»Kann schon sein. Aber jetzt bin ich so müde, daß ich lieber ins Bett gehe. Und außerdem hab ich meine Tage.«

Sie rannte aus dem Zimmer und war immer noch den Tränen nahe.

Kaum war sie im Badezimmer fertig und unter die Bettdecke gekrochen, kam ihre Mutter herein.

Sofie stellte sich schlafend, obwohl sie wußte, daß ihre Mutter ihr das nicht abnahm. Sie wußte auch, daß ihre Mutter wußte, daß Sofie wußte, daß sie ihr das nicht abnahm. Trotzdem tat auch die Mutter so, als ob Sofie schon schliefe. Sie setzte sich auf die Bettkante und streichelte ihren Nacken.

Sofie überlegte sich, wie schwer es doch war, ein Doppelleben zu führen. Langsam freute sie sich auf das Ende des Philosophiekurses. Vielleicht war er bis zu ihrem Geburtstag vorbei – oder jedenfalls bis zum Johannistag, wenn Hildes Vater aus dem Libanon zurückkommen würde...

»Ich möchte an meinem Geburtstag ein Fest machen«, sagte sie jetzt.

»Das ist schön. Und wen willst du einladen?«

»Viele ... darf ich?«

»Natürlich. Wir haben ja einen großen Garten. Und vielleicht hält sich das schöne Wetter.«

»Aber am liebsten möchte ich erst in der Johannisnacht feiern.«

»Ja, dann machen wir das doch.«

»Das ist ein wichtiger Tag«, sagte Sofie, und dabei dachte sie nicht an ihren Geburtstag.

»Ach...«

»Ich finde, ich bin in der letzten Zeit so erwachsen geworden.«

»Ja, ist das denn nicht schön?«

»Ich weiß nicht.«

Sofie hatte die ganze Zeit, während ihre Mutter sprach, den Kopf im Kissen vergraben. Jetzt sagte die Mutter:

»Aber Sofie – du mußt mir erzählen, warum du so... warum du im Moment so unausgeglichen bist.«

»Warst du das mit fünfzehn nicht?«

»Das war ich sicher. Aber du weißt schon, was ich meine.«

Sofie drehte sich zu ihrer Mutter um.

»Der Hund heißt Hermes«, sagte sie.

»Ja?«

»Er gehört einem Mann namens Alberto.«

»Aha.«

»Er wohnt unten in der Altstadt.«

»Bist du so weit hinter dem Hund hergelaufen?«

»Aber das ist doch nicht weiter gefährlich.«

»Du hast gesagt, der Hund wäre schon oft hiergewesen.«

»Ach, wirklich?«

Jetzt mußte Sofie überlegen. Sie wollte soviel wie möglich erzählen, aber alles ging eben doch nicht.

»Du bist ja fast nie zu Hause«, begann sie.

»Nein, ich habe zuviel zu tun.«

»Alberto und Hermes sind schon sehr oft hiergewesen.«

»Aber warum? Waren sie auch im Haus?«

»Kannst du nicht wenigstens eine Frage nach der anderen stellen? Sie waren nicht im Haus. Aber sie gehen oft im Wald spazieren. Findest du das sehr geheimnisvoll?«

»Nein, das ist kein bißchen geheimnisvoll.«

»Wie alle anderen kommen sie beim Spazierengehen an unserem Tor vorbei. Einmal, als ich aus der Schule kam, schnüffelte Hermes hier herum. Auf diese Weise habe ich Alberto kennengelernt.«

»Was ist mit dem weißen Kaninchen und allem anderen?«

»Das hat Alberto gesagt. Er ist nämlich ein echter Philosoph. Er hat mir von den Philosophen erzählt.«

»So über den Gartenzaun hinweg?«

»Nein, wir haben uns natürlich hingesetzt. Aber er hat mir auch Briefe geschrieben, sogar ziemlich viele. Manchmal sind die Briefe mit der Post gekommen, manchmal hat er sie beim Spazierengehen einfach in unseren Briefkasten gesteckt.«

»Das waren also die ›Liebesbriefe‹, von denen wir geredet haben?«

»Nur daß es keine Liebesbriefe waren.«

»Er hat nur über Philosophen geschrieben?«

»Ja, stell dir vor. Und ich habe schon mehr von ihm gelernt als in acht Jahren Schule. Hast du zum Beispiel je von Giordano Bruno gehört, der im Jahr 1600 auf dem Scheiterhaufen gestorben ist? Oder von Newtons Gravitationsgesetz?«

»Nein, es gibt viel, was ich nicht weiß ...«

»Wenn ich dich richtig kenne, dann weißt du nicht mal, warum die Erde um die Sonne kreist – und nicht umgekehrt.«

»Wie alt ist er ungefähr?«

»Keine Ahnung. Sicher fünfzig.«

»Und was hat er mit dem Libanon zu tun?«

Das war schwieriger. Sofie dachte zehn Gedanken auf einmal. Dann nahm sie den einzigen, den sie gebrauchen konnte:

»Albertos Bruder ist Major beim UN-Regiment. Und er kommt aus Lillesand. Bestimmt hat er damals in der Majorshütte gewohnt.«

»Ist Alberto nicht ein etwas seltsamer Name?«

»Kann schon sein.«

»Er klingt italienisch.«

»Weiß ich. Fast alles, was von Bedeutung ist, stammt aus Griechenland oder Italien.«

»Aber spricht er Norwegisch?«

»Glockenrein sogar.«

»Weißt du, was ich finde, Sofie? Ich finde, du solltest deinen Alberto mal zu uns einladen. Mir ist noch nie ein echter Philosoph begegnet.«

»Wir werden sehen.«

»Vielleicht könnten wir ihn zu deinem großen Fest einladen. Es macht Spaß, die Generationen zu mischen. Und dann dürfte ich vielleicht auch dabei sein. Ich könnte doch servieren. Wäre das keine gute Idee?«

»Gut, wenn er will. Es ist jedenfalls viel interessanter, mit ihm zu reden als mit den Jungs aus meiner Klasse. Aber ... dann halten sicher alle Alberto für deinen Freund.«

»Dann sagst du ihnen eben, daß das nicht stimmt.«

»Wir werden sehen.«

»Ja, wir werden sehen. Und Sofie – es stimmt, daß nicht immer alles so leicht war zwischen Papa und mir. Aber ich habe nie einen anderen gehabt ...«

»Jetzt will ich schlafen. Ich habe schreckliches Bauchweh.«

»Möchtest du eine Aspirin?«

»Ja, gut.«

Als die Mutter mit der Tablette und einem Glas Wasser zurückkam, war Sofie eingeschlafen.

Der 31. Mai war ein Donnerstag. Sofie quälte sich durch die letzten Schulstunden. In einigen Fächern war sie besser geworden, seit der Philosophiekurs begonnen hatte. In den meisten Fächern hatte sie schon immer zwischen »gut« und »sehr gut« gestanden; in den letzten Monaten hatte sie aber in einer Gemeinschaftskundeklausur und in einem Hausaufsatz ein klares »sehr gut« eingesackt. In der Mathematik sah es weniger rosig aus...

In der letzten Stunde bekamen sie einen Aufsatz zurück. Sofie hatte sich das Thema »Der Mensch und die Technik« ausgesucht. Sie hatte losgeschrieben, über die Renaissance und den wissenschaftlichen Durchbruch, über das neue Naturbild, über Francis Bacon, der gesagt hatte, »Wissen ist Macht«, und über die neue wissenschaftliche Methode. Sie hatte sorgfältig klargestellt, daß die empirische Methode älter war als die technischen Erfindungen. Dann hatte sie geschrieben, was ihr über die Nachteile der Technik so eingefallen war. Alles, was Menschen tun, läßt sich zu Gutem und zu Bösem anwenden, hatte sie am Ende geschrieben. Gut und Böse sind wie ein schwarzer und ein weißer Faden, die immer wieder miteinander verflochten werden. Manchmal sitzen beide Fäden so dicht beieinander, daß es unmöglich ist, sie voneinander zu trennen.

Als der Lehrer die Aufsatzhefte austeilte, schielte er zu Sofie hinüber und nickte ihr mit einem schlauen Funkeln in den Augen zu.

Sie bekam eine Eins plus, und der Lehrer fragte: »Woher hast du das alles?«

Sofie nahm einen Filzstift und schrieb mit großen Buchstaben ins Heft: »Ich studiere Philosophie.«

Als sie das Heft zuklappen wollte, schien plötzlich etwas aus den Mittelseiten zu fallen. Und zwar eine Ansichtskarte aus dem Libanon.

Sofie beugte sich über ihren Tisch und las:

Liebe Hilde! Wenn Du das hier liest, haben wir schon am Telefon über den tragischen Todesfall hier unten gesprochen.

Manchmal frage ich mich, ob Krieg und Gewalt sich wohl vermeiden ließen, wenn die Menschen bloß ein bißchen besser denken könnten. Vielleicht wäre das beste Mittel gegen Krieg und Gewalt ein kleiner Philosophiekurs. Wie wäre es mit dem »Kleinen UN-Philosophiebuch« – von dem alle neuen Weltbürger ein Exemplar in ihrer eigenen Muttersprache bekommen. Ich werde dem Generalsekretär diese Idee vortragen.

Am Telefon hast Du erzählt, daß Du jetzt besser auf Deine Sachen aufpaßt. Das ist schön, denn Du bist wirklich der ärgste Schussel, der mir je begegnet ist. Dann hast Du gesagt, daß Du seit unserem letzten Gespräch nur einen Zehner verloren hast. Ich werde mir alle Mühe geben, um Dir beim Suchen zu helfen. Ich bin zwar weit von zu Hause weg, aber ich habe doch noch die eine oder andere helfende Hand in der alten Heimat. (Wenn ich den Zehner finde, lege ich ihn in Dein Geburtstagsgeschenk.)

Grüße von Papa, der das Gefühl hat, schon zu der langen Heimreise aufgebrochen zu sein

Sofie hatte die Karte gerade gelesen, als die Stunde beendet war. Wieder tobte ein wilder Sturm von Gedanken durch ihren Kopf.

Auf dem Schulhof wartete wie immer Jorunn auf sie. Auf dem Heimweg öffnete Sofie ihre Schultasche und zeigte ihrer Freundin die Postkarte.

»Wann ist die abgestempelt?« fragte Jorunn.

»Bestimmt am 15. Juni ...«

»Nein, warte mal ... hier steht 30. 5. 1990.«

»Das war gestern ... also am Tag nach dem Unglück im Libanon.«

»Ich glaube ja nicht, daß eine Postkarte vom Libanon bis Norwegen nur einen Tag braucht«, überlegte Jorunn.

»Jedenfalls nicht bei dieser Adresse: ›Hilde Møller Knag, c/o Sofie Amundsen, Schule Furulia ...‹«

»Meinst du, die ist mit der Post gekommen? Und der Lehrer hat sie dir einfach ins Heft gelegt?«

»Keine Ahnung. Und ich weiß auch nicht, ob ich mich zu fragen traue.«

Mehr redeten sie nicht über die Postkarte.

»Ich mache am Johannisabend ein großes Gartenfest«, erzählte Sofie.

»Mit Jungs?«

Sofie zuckte die Schultern.

»Die Allerblödesten brauchen wir ja nicht einzuladen.«

»Aber du lädst doch Jørgen ein?«

»Wenn du willst. Ein Eichhörnchen macht sich doch gar nicht schlecht auf einem Gartenfest. Vielleicht lade ich ja auch Alberto Knox ein.«

»Du spinnst doch total.«

»Weiß ich.«

So weit kamen sie, dann trennten sie sich beim Supermarkt.

Als erstes hielt Sofie im Garten nach Hermes Ausschau, als sie nach Hause kam. Und heute lungerte er wirklich zwischen den Apfelbäumen herum.

»Hermes!«

Der Hund blieb für einen Moment still stehen. Sofie wußte genau, was im Laufe dieser Sekunde vor sich ging. Der Hund hatte sie rufen hören, erkannte ihre Stimme wieder und beschloß, nachzusehen, ob sie dort war, woher das Geräusch gekommen war. Erst jetzt entdeckte er sie und beschloß, auf sie zuzustürzen. Seine vier Beine wirbelten los wie Trommelstöcke.

Das war ganz schön viel für eine einzige Sekunde.

Er kam auf sie zugestürzt, wedelte wild mit dem Schwanz und sprang an ihr hoch.

»Braver Hund, Hermes! Na, na ... nein, nicht lecken, verstehst du. So, sitz ... so, ja!«

Sofie schloß die Haustür auf. Jetzt tauchte auch Sherekan aus den Büschen auf. Das fremde Tier war dem Kater ein bißchen unheimlich. Aber Sofie stellte ihm Futter hin, tat den Vögeln Körner ins Näpfchen, legte der Schildkröte ein Salatblatt hin und schrieb ihrer Mutter einen Zettel.

Sie schrieb, daß sie Hermes nach Hause bringen wolle und anrufen würde, wenn sie vor sieben nicht zu Hause sein konnte.

Und dann wanderten sie durch die Stadt. Diesmal hatte Sofie Geld mitgenommen. Sie spielte mit dem Gedanken, zusammen mit Hermes den Bus zu nehmen, aber dann fiel ihr ein, daß sie ja nicht wußte, ob das Alberto recht wäre.

Als sie hinter Hermes herging, überlegte sie sich, was ein Tier ist. Was war der Unterschied zwischen einem Hund und einem Menschen? Sie wußte noch, was Aristoteles dazu gesagt hatte. Er erklärte, daß Menschen und Tiere natürliche lebendige Wesen mit vielen wichtigen Gemeinsamkeiten seien. Aber es gebe auch einen wesentlichen Unterschied zwischen einem Menschen und einem Tier, nämlich die Vernunft.

Wie konnte er so sicher sein, daß es diesen Unterschied gab?

Demokrit wiederum hatte keinen großen Unterschied zwischen Menschen und Tieren gesehen, da beide aus Atomen zusammengesetzt seien. Er glaubte auch nicht, daß Menschen oder Tiere unsterbliche Seelen hätten. Er glaubte, auch die Seele sei aus kleinen Atomen aufgebaut, die beim Tod in alle Richtungen auseinanderwirbelten. Die Seele des Menschen war für ihn also untrennbar mit dem Gehirn verbunden.

Aber wie konnte die Seele aus Atomen bestehen? Die Seele konnte man ja schließlich nicht anfassen wie alle anderen Körperteile. Sie war etwas »Geistiges«.

Sie hatten den Marktplatz überquert und näherten sich der Altstadt. Als sie die Stelle erreichten, wo Sofie den Zehner gefunden hatte, senkten sich ihre Blicke instinktiv zu Boden. Und dort – genau dort, wo sie sich schon einmal nach einem Zehnkronenschein gebückt hatte – lag jetzt, mit dem Bild nach oben, eine Ansichtskarte. Das Bild zeigte einen Garten mit Palmen und Apfelsinenbäumen.

Sofie bückte sich und hob die Karte auf. Gleichzeitig begann

Hermes zu knurren. Es schien ihm nicht zu gefallen, daß Sofie die Karte anfaßte.

Auf der Karte stand:

Liebe Hilde! Das Leben besteht aus einer einzigen langen Kette von Zufällen. Es ist nicht ganz unwahrscheinlich, daß der Zehner, den Du verloren hast, gerade hier gelandet ist. Vielleicht hat eine alte Dame, die auf den Bus nach Kristiansand wartete, ihn auf dem Marktplatz in Lillesand gefunden. Von Kristiansand ist sie dann mit dem Zug weitergefahren, um ihre Enkelkinder zu besuchen, und viele, viele Stunden später kann sie hier den Zehner verloren haben. Weiter ist es möglich, daß dieser Zehner später am Tag von einem Mädchen aufgehoben wurde, das dringend zehn Kronen brauchte, um mit dem Bus nach Hause fahren zu können. Man kann nie wissen, Hilde, aber wenn es wirklich so ist, dann müssen wir uns in der Tat fragen, ob nicht irgendeine göttliche Vorsehung hinter allem steckt.

Grüße von Papa, der im Geiste schon auf dem Steg in Lillesand sitzt

PS. Ich habe ja geschrieben, daß ich Dir bei der Suche nach dem Zehner helfen wollte.

Als Adresse stand auf der Karte: »Hilde Møller Knag, c/o eine zufällige Passantin ...« Die Karte war am 15. Juni abgestempelt.

Sofie lief hinter Hermes die vielen Treppen hoch. Als Alberto aufmachte, sagte sie:

»Aus dem Weg, Alter. Hier kommt die Post!«

Sie glaubte, gerade im Moment einen guten Grund dafür zu haben, ein bißchen vergrätzt zu sein.

Er ließ sie herein. Hermes legte sich wie letztesmal unter die Garderobe.

»Hat der Major eine neue Visitenkarte hinterlegt, mein Kind?«

Sofie sah zu Alberto hoch. Erst jetzt entdeckte sie, daß er ein neues Kostüm angelegt hatte.

Als erstes bemerkte sie eine lange lockige Perücke. Außerdem trug er einen weiten, ausgebeulten Anzug mit vielen Spitzen. Um den Hals trug er einen geckenhaften Seidenschal und über dem Anzug einen roten Umhang. An den Beinen trug er weiße Strümpfe und an den Füßen dünne Lackschuhe mit Schleifen. Das ganze Kostüm erinnerte Sofie an Bilder vom Hofe Ludwigs XIV.

»Du Dussel«, sagte sie und reichte ihm die Karte.

»Hm ... und hast du wirklich einen Zehner genau an der Stelle gefunden, wo heute die Karte lag?«

»Genau da.«

»Der wird auch immer frecher und frecher. Aber das ist vielleicht nur gut.«

»Warum das?«

»Dann wird es auch leichter, ihn zu entlarven. Aber dieses Arrangement ist wirklich protzig und widerlich. Ich finde, es stinkt nach billigem Parfüm.«

»Parfüm?«

»Es wirkt unbestreitbar elegant, aber es ist alles bloß Jux. Siehst du, wie er sich gestattet, seine miesen Überwachungsmethoden mit der göttlichen Vorsehung zu vergleichen?«

Er zeigte auf die Karte. Und dann zerriß er sie genau wie die letzte in Fetzen. Um seine Stimmung nicht noch mehr zu verderben, verschwieg Sofie die Karte, die sie in der Schule in ihrem Aufsatzheft gefunden hatte.

»Wir setzen uns ins Wohnzimmer, liebe Schülerin. Wie spät ist es?«

»Vier.«

»Heute wollen wir über das 17. Jahrhundert sprechen.«

Sie gingen in das Zimmer mit der schrägen Decke und der Dachluke. Sofie bemerkte, daß Alberto seit dem letzten Mal einige Gegenstände ausgetauscht hatte.

Auf dem Tisch stand eine alte Schatulle mit einer richtigen kleinen Sammlung verschiedener Brillengläser. Daneben lag ein aufgeschlagenes Buch. Es war sehr alt.

»Was ist das?« fragte Sofie.

»Das ist eine Erstausgabe von *René Descartes'* berühmtem Buch ›Abhandlung über die Methode‹. Es stammt aus dem Jahr 1637 und gehört zu meinen allerliebsten Besitztümern.«

»Und die Schatulle...«

»... enthält eine exklusive Sammlung von Linsen – oder optischen Gläsern. Sie wurden irgendwann um die Mitte des 17. Jahrhunderts vom niederländischen Philosophen *Spinoza* geschliffen. Sie haben mich sehr viel gekostet, aber auch sie gehören zu meinen allerkostbarsten Kleinodien.«

»Ich würde sicher besser verstehen, wie wertvoll das Buch und die Schatulle sind, wenn ich etwas über Descartes und Spinoza wüßte.«

»Natürlich. Aber wir wollen erst versuchen, uns etwas in ihre Zeit einzuleben. Setzen wir uns.«

Und sie setzten sich wie beim letzten Mal, Sofie in einen tiefen Sessel und Alberto Knox aufs Sofa. Zwischen ihnen stand der Tisch mit dem Buch und der Schatulle. Als sie saßen, nahm Alberto die Perücke ab und legte sie auf den Sekretär.

»Wir werden jetzt über das 17. Jahrhundert sprechen – oder die Zeit, die wir oft als *Barock* bezeichnen.«

»Barock? Ist das nicht ein seltsamer Name?«

»Die Bezeichnung ›Barock‹ stammt von einem Wort, das eigentlich ›unregelmäßige Perle‹ bedeutet. Typisch für die Kunst des Barock waren denn auch üppige, kontrastreiche Formen, ganz im Gegensatz zur schlichteren und harmonischeren Renaissancekunst. Das 17. Jahrhundert war überhaupt geprägt von der Spannung zwischen unversöhnlichen Widersprüchen. Einerseits gab es weiterhin die lebensbejahende Weltsicht der Renaissance – andererseits hielten sich viele ans andere Extrem und führten ein Leben der Weltverneinung und religiösen Zurückgezogenheit. In der Kunst und im wirklichen Leben begegnen wir einer pompösen Lebensentfaltung. Gleichzeitig entstanden Klosterbewegungen, die sich von der Welt abkehrten.«

»Stolze Schlösser und versteckte Klöster also.«

»So kannst du es ausdrücken, ja. Ein Schlagwort des Barock war das lateinische Sprichwort ›carpe diem‹ – das heißt: ›Nutze den Tag!‹ Ein anderes vielzitiertes lateinisches Sprichwort lautete ›memento mori‹ – und das bedeutet: ›Bedenke, daß du sterben mußt!‹ In der Malerei konnte ein und dasselbe Bild gleichzeitig schwelgerische Lebensentfaltung zeigen, während in eine Ecke unten ein Skelett gemalt war. In vieler Hinsicht war das Barock geprägt von *Eitelkeit* und *Torheit*. Aber viele beschäftigten sich auch mit der Kehrseite der Medaille, ihnen ging es um die *Vergänglichkeit* aller Dinge, also darum, daß alles Schöne um uns herum irgendwann sterben und verwesen wird.«

»Das stimmt ja auch. Ich finde, es ist ein trauriger Gedanke, daß nichts Bestand hat.«

»Dann denkst du genau wie viele Menschen im 17. Jahrhundert. Auch politisch gesehen war das Barock das Zeitalter der großen Gegensätze. Zum einen wurde Europa von Kriegen verwüstet. Der schlimmste war der *Dreißigjährige Krieg*, der von 1618 bis 1648 fast überall in Europa wütete. In Wirklichkeit bestand er aus vielen kleineren Kriegen, unter denen vor allem Deutschland sehr zu leiden hatte. Nicht zuletzt als Folge des Dreißigjährigen Krieges wurde nach und nach Frankreich zur dominierenden Großmacht in Europa.«

»Worum haben sie denn gekämpft?«

»Vor allem war es ein Kampf zwischen Protestanten und Katholiken. Aber es ging auch um politische Macht.«

»Ungefähr wie im Libanon.«

»Außerdem war das 17. Jahrhundert von enormen Klassenunterschieden geprägt. Du hast sicher vom französischen Adel und dem Hof von Versailles gehört. Ich weiß nicht, ob du über die Armut des Volkes ebensoviel gelernt hast. Aber jede *Prachtentfaltung* beruht auf *Machtentfaltung*. Es wird behauptet, die politische Situation des Barock ließe sich mit der zeitgenössischen Kunst und Architektur vergleichen. Die Bauwerke des Barock waren überladen mit verschnörkelten Ecken und Winkeln. Und die Politik war geprägt von Meuchelmorden, Intrigen und Ränkespielen.«

»Wurde damals nicht irgendein schwedischer König im Theater erschossen?«

»Du denkst an Gustav III., und da hast du wirklich ein Beispiel für das, was ich meine. Der Mord an Gustav III. geschah erst im Jahre 1792, aber unter sehr barocken Umständen. Er wurde auf einem großen Maskenball ermordet.«

»Und ich dachte, im Theater.«

»Der Maskenball fand in der Oper statt. Das schwedische Barock endete im Grunde erst mit der Ermordung Gustavs III. Unter ihm herrschte der *aufgeklärte Absolutismus*, ungefähr so, wie fast hundert Jahre früher unter Ludwig XIV. Gustav III. war außerdem ein sehr eitler Mensch, der alle französischen Zeremonien und Höflichkeitfloskeln liebte. Und merk dir außerdem, daß er das Theater liebte...«

»Und das wurde ihm zum Verhängnis.«

»Aber das Theater war im Barock mehr als nur eine Kunstform. Es war auch das erste Symbol für seine Zeit.«

»Und was symbolisierte es?«

»Das Leben, Sofie. Ich weiß nicht, wie oft es während des 17. Jahrhunderts hieß: ›Das Leben ist ein Theater.‹ Sehr oft jedenfalls. Und gerade während des Barock entstand auch das moderne Theater – mit allen Arten von Kulissen und Theatermaschinen. Im Theater wurde eine Illusion auf die Bühne gestellt – um dann das Spiel auf der Bühne als bloße Illusion zu entlarven. Auf diese Weise wurde das Theater zum Bild des Menschenlebens überhaupt. Das Theater konnte zeigen, daß Hochmut vor dem Fall kommt. Es konnte eine gnadenlose Darstellung der menschlichen Erbärmlichkeit liefern.«

»Hat *William Shakespeare* im Barock gelebt?«

»Er hat seine großen Schauspiele um das Jahr 1600 geschrieben. Dadurch steht er mit einem Fuß in der Renaissance und mit dem anderen im Barock. Aber schon bei Shakespeare häufen sich die Zitate, nach denen das Leben ein Theater ist. Möchtest du ein paar Beispiele hören?«

»Gerne.«

»Im Stück ›Wie es euch gefällt‹ sagt er:

Die ganze Welt ist Bühne und alle Fraun und Männer bloße Spieler. Sie treten auf und gehen wieder ab, sein Leben lang spielt einer manche Rollen durch sieben Akte hin.

Und im ›Macbeth‹ heißt es:

Leben ist nur ein wandelnd Schattenbild;
Ein armer Komödiant, der spreizt und knirscht
Sein Stündchen auf der Bühn' und dann nicht mehr
Vernommen wird; ein Märchen ist's, erzählt
Von einem Dummkopf voller Klang und Wut,
Das nichts bedeutet.«

»Das ist aber pessimistisch.«

»Aber es hat ihn beschäftigt, daß das Leben kurz ist. Du hast vielleicht schon das allerbekannteste Shakespeare-Zitat gehört?«

»Sein oder Nichtsein – das ist hier die Frage.«

»Ja, das hat Hamlet gesagt. An einem Tag wandeln wir auf Erden – am nächsten sind wir verschwunden.«

»Danke, das habe ich inzwischen auch kapiert.«

»Wenn sie das Leben nicht mit einem Theater verglichen, dann verglichen die Dichter des Barock es mit einem Traum. Schon Shakespeare sagte zum Beispiel: ›Wir sind vom gleichen Stoff, aus dem die Träume sind, und dies kleine Leben umfaßt ein Schlaf...‹«

»Wie poetisch.«

»Der spanische Dichter *Calderón,* der um 1600 geboren wurde, schrieb ein Schauspiel mit dem Titel ›Das Leben ein Traum‹. Darin sagt er: ›Was ist Leben? Raserei! Was ist Leben? Hohler Schaum! Ein Gedicht, ein Schatten kaum! Wenig kann das Glück nur geben: Denn ein Traum ist alles Leben und die Träume selbst ein Traum...‹«

»Vielleicht hat er recht. Wir haben in der Schule ein Stück gelesen. Es hieß ›Jeppe vom Berge‹.«

»Von *Ludvig Holberg,* ja. Hier im Norden eine gewaltige Übergangsfigur zwischen Barock und Aufklärung.«

»Jeppe schläft in einem Chausseegraben ein ... und dann erwacht er im Bett des Barons. Und glaubt, geträumt zu haben, daß er nur ein armer Bauerntölpel gewesen sei. Dann wird er schlafend wieder in den Chausseegraben getragen – und wacht aufs neue auf. Und nun glaubt er, nur geträumt zu haben, daß er im Bett des Barons gelegen habe.«

»Dieses Motiv hatte Holberg bei Calderón entlehnt, und Calderón hatte es aus den arabischen Märchen der ›1001 Nacht‹. Aber der Vergleich von Leben und Traum ist ein Motiv, das wir noch viel weiter zurückverfolgen können – nicht zuletzt nach Indien oder China. Schon der alte chinesische Weise *Dschuang Dsi* (um 350 v. Chr.) träumte einmal, er sei ein Schmetterling, und fragte sich nach dem Erwachen, ob er nun ein Mensch sei, der geträumt habe, ein Schmetterling zu sein, oder ein Schmetterling, der jetzt träume, er sei ein Mensch.«

»Auf jeden Fall läßt sich unmöglich beweisen, was nun stimmt.«

»In Norwegen hatten wir einen waschechten Barockdichter namens *Petter Dass.* Er lebte von 1647 bis 1707. Einerseits wollte er das Leben hier und jetzt schildern, andererseits betonte er, daß allein Gott ewig und konstant ist.«

»Gott ist Gott, und läge alles öde, Gott ist Gott, und seien alle tot...«

»Aber im selben Choral schildert er auch die nordnorwegische Kultur – er schreibt über Steinbeißer und Seelachs, Dorsch und Kabeljau. Das ist typisch für das Barock. In ein und demselben Text wird Irdisches, Diesseitiges geschildert – und Himmlisches, Jenseitiges. Das Ganze kann uns an Platons Trennung zwischen der konkreten Sinnenwelt und der unveränderlichen Welt der Ideen erinnern.«

»Was ist mit der Philosophie?«

»Auch die war von harten Kämpfen zwischen widersprüchlichen Denkweisen geprägt. Wie wir schon hörten, hielten manche Philosophen das Dasein für im Grunde seelischer oder geistiger Natur. Einen solchen Standpunkt nennen wir *Idealismus*. Der entgegengesetzte Standpunkt heißt *Materialismus*. Damit ist eine Philosophie gemeint, die alle Phänomene des Daseins auf konkrete stoffliche Größen zurückführen will. Auch der Materialismus hatte im 17. Jahrhundert viele Fürsprecher. Der einflußreichste war vielleicht der englische Philosoph *Thomas Hobbes*. Alle Phänomene – also auch Menschen und Tiere – bestünden ausschließlich aus Stoffpartikeln, meinte er. Sogar das Bewußtsein des Menschen – oder die menschliche Seele – entstehe durch die Bewegung winziger Partikel im Gehirn.«

»Dann meinte er dasselbe wie zweitausend Jahre vor ihm Demokrit.«

»Idealismus und Materialismus ziehen sich wie rote Fäden durch die gesamte Geschichte der Philosophie. Aber nur selten sind beide Auffassungen so deutlich zur selben Zeit aufgetreten wie im Barock. Der Materialismus wurde durch die neue Naturwissenschaft ständig neu bestärkt. Newton wies darauf hin, daß dieselben Gesetze für die Bewegung überall im ganzen Universum gelten. Er machte die Gesetze der Schwerkraft und der Körperbewegungen für alle Veränderungen in der Natur verantwortlich – auf der Erde wie im Weltall. Alles wird also von derselben unwandelbaren Gesetzmäßigkeit gelenkt – oder von derselben *Mechanik*. Im Prinzip können wir deshalb jede Veränderung in der Natur mit mathematischer Genauigkeit berechnen. Damit lieferte Newton die letzten Bausteine zum sogenannten *mechanistischen Weltbild.*«

»Stellte er sich die Welt als große Maschine vor?«

»Genau so. Das Wort ›mechanisch‹ stammt vom griechischen Wort ›méchané‹ ab, und das bedeutet Maschine. Aber wir sollten uns merken, daß weder Hobbes noch Newton einen Widerspruch zwischen einem mechanistischen Weltbild und dem Glauben an Gott sahen. Das galt nicht für alle Materialisten des 18. und 19. Jahrhunderts. Der französische Arzt und Philosoph *Lamettrie* schrieb um die Mitte des 18. Jahrhunderts ein Buch mit dem Titel ›L'homme plus que machine‹. Das bedeutet: ›Der Mensch – eine perfekte Maschine‹. Wie das Bein Muskeln zum Gehen hat, so habe, schrieb er, das Gehirn ›Muskeln‹ zum Denken. Später brachte der französische Mathematiker *Laplace* mit folgendem Gedanken eine extrem mechanistische Auffassung zum Ausdruck: Wenn eine Intelligenz die Position aller Stoffpartikel zu einem gewissen Zeitpunkt wüßte, dann wäre nichts unsicher, und Zukunft wie Vergangenheit würden ihr offen vor Augen liegen. Es läge dann ›in den Karten‹, was passieren wird. Dieses Weltbild nennen wir *deterministisch.*«

»Dann kann der Mensch aber keinen freien Willen haben.«

»Nein, dann ist alles das Produkt von mechanischen Prozessen – auch unsere Gedanken und Träume. Im 19. Jahrhundert behaupteten deutsche Materialisten, die Denkprozesse verhielten sich zum Gehirn wie der Urin zu den Nieren und die Galle zur Leber.«

»Aber Urin und Galle sind stofflich. Die Gedanken nicht.«

»Da sagst du etwas Wichtiges. Ich kann dir eine Geschichte erzählen, die dasselbe zum Ausdruck bringt. Und zwar diskutierten einmal ein russischer Kosmonaut und ein russischer Gehirnspezialist über Religion. Der Gehirnforscher war Christ, der Kosmonaut nicht. ›Ich war schon oft draußen im Weltraum‹, protzte der Kosmonaut, ›aber ich habe weder Gott noch Engel gesehen.‹ – ›Und ich habe schon viele kluge Gehirne operiert‹, antwortete der Gehirnforscher, ›aber ich habe nirgendwo auch nur einen einzigen Gedanken entdeckt.‹«

»Was nicht bedeutet, daß es keine Gedanken gibt.«

»Nein. Es stellt nur klar, daß Gedanken etwas ganz anderes sind als alles, was sich amputieren oder in immer kleinere Teilchen zerteilen läßt. Es ist zum Beispiel nicht so leicht, eine Wahnvorstellung durch eine Operation zu entfernen. Dazu sitzt sie gewissermaßen zu tief. Ein wichtiger Philosoph des 17. Jahrhunderts namens *Leibniz* wies darauf hin, daß der große Unterschied zwischen allem, was aus *Stoff* und allem, was aus *Geist* gemacht ist, eben darin besteht, daß das Stoffliche in immer kleinere Teile zerlegt werden kann. Aber die Seele läßt sich nicht in Stücke schneiden.«

»Nein, was sollte man dazu auch für ein Messer nehmen?«

Alberto schüttelte nur den Kopf. Dann zeigte er auf den Tisch zwischen ihnen und sagte:

»Die beiden wichtigsten Philosophen des 17. Jahrhunderts waren Descartes und Spinoza. Auch sie beschäftigen sich mit Fragen wie dem Verhältnis zwischen Seele und Körper, und diese beiden Philosophen werden wir uns etwas genauer ansehen.«

»Schieß nur los. Aber wenn wir bis sieben nicht fertig sind, muß ich meine Mutter anrufen.«

Descartes

... er wollte alle alten Materialien vom Bauplatz entfernen...

Alberto war aufgestanden und hatte den roten Umhang abgelegt. Jetzt legte er ihn über einen Stuhl und machte es sich wieder auf dem Sofa gemütlich.

»*René Descartes* wurde 1596 geboren und reiste zeitlebens viel in Europa hin und her. Schon als junger Mann verspürte er den heißen Wunsch, Einsicht in die Natur von Mensch und Universum zu erlangen. Aber nachdem er Philosophie studiert hatte, wurde ihm vor allem seine eigene Unwissenheit bewußt.«

»Ungefähr wie Sokrates?«

»Ungefähr so, ja. Wie Sokrates war er außerdem überzeugt davon, daß uns sichere Erkenntnis nur die Vernunft geben kann. Wir können uns nie auf das verlassen, was in alten Büchern steht. Wir können nicht einmal dem vertrauen, was unsere Sinne uns erzählen.«

»Das meinte Platon auch. Er meinte, daß uns nur die Vernunft sicheres Wissen bringen kann.«

»Genau. Von Sokrates und Platon führt eine direkte Linie über Augustinus bis zu Descartes. Allesamt waren sie ausgeprägte Rationalisten. Sie hielten die Vernunft für die einzige sichere Quelle der Erkenntnis. Nach umfassenden Studien erkannte Descartes, daß auf das überlieferte Wissen aus dem Mittelalter nicht notwendigerweise Verlaß war. Du kannst ihn vielleicht mit Sokrates vergleichen, der sich nicht auf die allgemein verbreiteten Auffassungen verließ, die ihm auf dem Markt in Athen begegneten. Und was macht man dann, Sofie? Kannst du mir darauf antworten?«

»Man fängt an, auf eigene Faust zu philosophieren.«

»Genau. Descartes beschloß jetzt, Europa zu bereisen – so wie Sokrates sein Leben im Gespräch mit Menschen in Athen verbrachte. Er selber berichtet, daß er von nun an nur noch das Wissen suchen wollte, das er in sich selber oder ›im großen Buch der Welt‹ finden konnte. Deshalb trat er ins Heer ein und konnte sich so an verschiedenen Orten in Mitteleuropa aufhalten. Später verbrachte er einige Jahre in Paris. Im Mai 1629 reiste er dann in die Niederlande, wo er sich fast zwanzig Jahre aufhielt, während er an seinen philosophischen Schriften arbeitete. 1649 lud ihn Königin Christina nach Schweden ein. Aber dieser Aufenthalt brachte ihm eine Lungenentzündung ein, an der er im Winter 1650 starb.«

»Dann ist er ja bloß 54 Jahre alt geworden!«

»Aber er sollte auch nach seinem Tod noch von großer Bedeutung für die Philosophie sein. Ohne Übertreibung können wir sagen, daß Descartes der Begründer der Philosophie der neueren Zeit war. Nach der berauschenden Neuentdeckung von Mensch und Natur in der Renaissance entstand abermals das Bedürfnis, die zeitgenössischen Gedanken in einem einzigen zusammenhängenden *philosophischen System* zu vereinen. Der erste große Systembauer war Descartes, und ihm folgten *Spinoza* und *Leibniz, Locke* und *Berkeley, Hume* und *Kant.*«

»Was verstehst du unter einem ›philosophischen System‹?«

»Darunter verstehe ich eine Philosophie von Grund auf, die versucht, eine Antwort auf *alle* wichtigen philosophischen Fragen zu finden. Die Antike hatte große Systembauer wie Platon und Aristoteles. Das Mittelalter hatte Thomas von Aquin, der eine Brücke zwischen der Philosophie des Aristoteles und der christlichen Theologie schlagen wollte. Dann kam die Renaissance – mit einem Wirrwarr von alten und neuen Gedanken über Natur und Wissenschaft, Gott und den Menschen. Erst im 17. Jahrhundert versuchte die Philosophie wieder, die neuen Gedanken in ein philosophisches System zu bringen. Der erste, der diesen Versuch machte, war Descartes. Er gab den Startschuß zu dem, was für die folgenden Generationen zum wichtigsten philosophischen Projekt werden sollte. Vor allem beschäftigte ihn das, was wir wissen können, also die Frage nach der *Sicherheit unserer Erkenntnis.* Die zweite große Frage, die ihm am Herzen lag, war das *Verhältnis zwischen Körper und Seele.* Diese beiden Problematiken sollten die philosophische Diskussion der nächsten hundertfünfzig Jahre prägen.«

»Dann war er seiner Zeit voraus.«

»Aber die Fragen lagen auch zu seiner Zeit in der Luft. Bei der Frage, wie wir sicheres Wissen erlangen können, brachten viele ihren totalen philosophischen *Skeptizismus* zum Ausdruck. Sie meinten, die Menschen müßten sich einfach damit abfinden, nichts zu wissen. Aber Descartes fand sich nicht damit ab. Denn wenn er das getan hätte, wäre er kein echter Philosoph gewesen. Wieder können wir eine Parallele zu Sokrates ziehen, der sich nicht mit der Skepsis der Sophisten zufriedengab. Gerade zu Lebzeiten von Descartes hatte die neue Naturwissenschaft eine Methode entwickelt, die eine ganz sichere und exakte Beschreibung der Naturprozesse liefern sollte. Descartes mußte sich fragen, ob es nicht eine ebenso sichere und exakte Methode für die philosophische Reflexion gab.«

»Ich verstehe.«

»Aber das war nur ein Problem. Die neue Physik hatte außerdem die Frage nach der Natur der Materie gestellt, also danach, was die physikalischen Prozesse in der Natur bestimmt. Immer mehr Menschen sprachen sich für ein materialistisches Naturverständnis aus. Aber je mechanistischer die physische Welt aufgefaßt wurde, desto dringlicher wurde die Frage nach dem Verhältnis zwischen Körper und Seele. Vor dem 17. Jahrhundert war die Seele zumeist als eine Art ›Lebensgeist‹ beschrieben worden, der alle lebenden Wesen durchströmte. Die ursprüngliche Bedeutung von ›Seele‹ und ›Geist‹ ist übrigens auch ›Lebenshauch‹ oder ›Atemzug‹. Das gilt für fast alle indogermanischen Sprachen. Aristoteles hielt die Seele für etwas, das überall im gesamten Organismus als ›Lebensprinzip‹ dieses Organismus vorhanden ist – und das losgerissen vom Körper damit unvorstellbar ist. Er konnte deshalb auch von einer ›Pflanzenseele‹ und einer ›Tierseele‹ reden. Erst im 17. Jahrhundert führten die Philosophen eine radikale Trennung zwischen Seele und Körper ein. Und zwar, weil alle physischen Gegenstände – auch ein Tier- oder Menschenkörper – als mechanischer Prozeß erklärt wurden. Aber die menschliche Seele konnte doch kein Teil dieser ›Körpermaschinerie‹ sein? Und was war sie dann? Nicht zuletzt mußte noch erklärt werden, wie etwas ›Geistiges‹ überhaupt einen mechanischen Prozeß in Bewegung setzen konnte.«

»Das ist eigentlich ein ziemlich seltsamer Gedanke.«

»Wie meinst du das?«

»Ich beschließe, meinen Arm zu heben – und dann, ja, dann hebt sich der Arm. Oder ich beschließe, zum Bus zu rennen, und im nächsten Augenblick wirbeln meine Beine los wie Trommelstöcke. Manchmal denke ich an etwas Trauriges: Schon kommen mir die Tränen. Also muß irgendeine geheimnisvolle Verbindung zwischen Körper und Bewußtsein bestehen.«

»Genau dieses Problem hat Descartes zum Nachdenken angeregt. Wie Platon war er davon überzeugt, daß zwischen Geist und Materie eine scharfe Grenze besteht. Aber auf die Frage, wie denn der Geist den Körper beeinflußt – oder die Seele den Körper –, konnte Platon keine Antwort geben.«

»Ich auch nicht, und deshalb bin ich gespannt, was Descartes herausgefunden hat.«

»Hören wir seine eigenen Überlegungen.«

Alberto zeigte auf das Buch, das zwischen ihnen auf dem Tisch lag, und fuhr fort:

»In diesem kleinen Buch ›Abhandlung über die Methode‹ stellt Descartes die Frage, mit welcher philosophischen Methode ein Philosoph ein philosophisches Problem lösen soll. Die Naturwissenschaft hatte ja schon ihre neue Methode entwikkelt...«

»Das hast du schon gesagt.«

»Descartes erklärt zunächst, daß wir nichts als wahr betrachten dürfen, solange wir nicht klar und deutlich erkannt haben, daß es wahr ist. Um das zu erreichen, müssen wir vielleicht ein kompliziertes Problem in so viele Einzelteile wie möglich zerlegen. Nun können wir bei den allereinfachsten Gedanken anfangen. Du kannst vielleicht sagen, daß jeder einzelne Gedanke ›gewogen und gemessen‹ wird – ungefähr so, wie Galilei alles messen und das Nichtmeßbare meßbar machen wollte. Descartes glaubte, der Philosoph könne vom Einfachen zum Komplizierten weitergehen. Auf diese Weise könne eine neue Erkenntnis aufgebaut werden. Bis ganz zum Schluß müsse man dann durch ständiges Nachrechnen und Kontrollieren überprüfen, daß man nichts ausgelassen hat. Nur so könne man zu philosophischen Schlußfolgerungen kommen.«

»Das hört sich an wie eine Rechenaufgabe.«

»Ja, Descartes wollte die ›mathematische Methode‹ auch auf die philosophische Reflexion anwenden. Er wollte philosophische Wahrheiten ungefähr genauso beweisen wie einen mathematischen Lehrsatz. Er wollte genau dasselbe Werkzeug anwenden, das wir bei der Arbeit mit Zahlen benutzen, nämlich die *Vernunft*. Denn nur die Vernunft kann uns sichere Erkenntnis vermitteln. Es steht durchaus nicht fest, daß auf die Sinne Verlaß ist. Wir haben schon auf seine Verwandtschaft mit Platon hingewiesen. Auch der hatte ja gesagt, daß Mathematik und Zahlenverhältnisse sicherere Erkenntnis vermitteln als die Aussage unserer Sinne.«

»Aber ist es möglich, auf diese Weise philosophische Fragen zu beantworten?«

»Kehren wir zu Descartes' eigener Schlußfolgerung zurück. Sein Ziel ist es also, sichere Kenntnisse über die Natur des Daseins zu erlangen, und er stellt als erster klar, daß wir im Ausgangspunkt an allem zweifeln müssen. Er wollte sein philosophisches System nämlich nicht auf Sand errichten.«

»Denn wenn das Fundament nachgibt, dann stürzt vielleicht das ganze Haus ein.«

»Danke für diese Hilfe, Sofie. Nun hält Descartes es nicht für richtig, an allem zu zweifeln, aber im Prinzip können wir alles anzweifeln. Erstens ist es nicht so sicher, ob wir in unserer philosophischen Suche dadurch weiterkommen, daß wir Platon oder Aristoteles lesen. Vielleicht erweitern wir dabei unser historisches Wissen, aber wir erfahren nicht mehr über die Welt. Descartes fand es wichtig, altes Gedankengut über Bord zu werfen, ehe er mit seiner eigenen philosophischen Untersuchung begann.«

»Er wollte alle alten Materialien vom Bauplatz entfernen, ehe er mit dem Bau des neuen Hauses anfing?«

»Ja, um ganz sicher zu sein, daß das neue Gedankengebäude von Bestand war, wollte er nur neues und solides Baumaterial verwenden. Aber Descartes' Zweifel reichen noch tiefer. Wir können nicht einmal dem vertrauen, was unsere Sinne uns erzählen, meinte er. Vielleicht werden wir von ihnen zum Narren gehalten.«

»Wie sollte das denn möglich sein?«

»Auch wenn wir träumen, glauben wir, etwas Wirkliches zu erleben. Und gibt es etwas, das unsere wachen Empfindungen von den geträumten unterscheidet? ›Wenn ich mir die Sache sorgfältig überlege, so finde ich nicht ein Merkmal, um das Wachen vom Schlaf sicher zu unterscheiden‹, schreibt Descartes. Und er fährt fort: ›So sehr gleichen sich beide, daß ich ganz und gar stutzig werde und nicht weiß, ob ich nicht in diesem Augenblick träume.‹«

»Jeppe vom Berge glaubte ja auch, nur geträumt zu haben, daß er im Bett des Barons gelegen hatte.«

»Und als er im Bett des Barons lag, hielt er sein Leben als armer Bauer für einen Traum. Und so bezweifelt Descartes schließlich alles. An diesem Punkt hatten auch schon vor ihm viele Philosophen ihre philosophischen Betrachtungen beendet.«

»Dann sind sie aber nicht besonders weit gekommen.«

»Aber Descartes versuchte, von diesem Nullpunkt aus weiterzuarbeiten. Er ist zu der Erkenntnis gekommen, daß er alles anzweifelt, und daß das das einzige ist, dessen er sich ganz sicher sein kann. Und dann geht ihm etwas auf: Es gibt eine Tatsache, deren er sich ganz sicher sein kann, nämlich: daß er zweifelt. Aber wenn er zweifelt, muß auch feststehen, daß er denkt, und wenn er denkt, dann muß feststehen, daß er ein denkendes Wesen ist. Oder, wie er selber sagt: ›Cogito, ergo sum.‹«

»Und das bedeutet?«

»Ich denke, also bin ich.«

»Es überrascht mich gar nicht besonders, daß er zu diesem Schluß gekommen ist.«

»Das schon. Aber vergiß nicht, mit welcher intuitiven Sicherheit er sich plötzlich als ein denkendes Ich begreift. Vielleicht weißt du noch, daß Platon das, was wir mit der Vernunft erfassen, für wirklicher existierend hielt als das, was wir mit unseren Sinnen erfassen. Descartes erging es genauso. Er begreift nicht nur, daß er ein denkendes Ich ist, er versteht zugleich, daß dieses denkende Ich wirklicher ist als die physische Welt, die wir mit den Sinnen wahrnehmen. Und von hier aus macht er weiter, Sofie. Er ist durchaus noch nicht mit seiner philosophischen Untersuchung fertig.«

»Mach du nur ruhig auch weiter.«

»Descartes fragt sich nun, ob er mit derselben intuitiven Sicherheit noch mehr erkennt, außer der Tatsache, daß er ein menschliches Wesen ist. Er erkennt, daß er auch eine klare und deutliche Vorstellung eines vollkommenen Wesens hat. Diese Vorstellung hat er immer schon gehabt, und für Descartes ist es selbstverständlich, daß eine solche Vorstellung nicht von ihm selber stammen kann. Die Vorstellung eines vollkommenen Wesens kann nicht von etwas herstammen, das selber unvollkommen ist, behauptet er. Also muß die Vorstellung eines vollkommenen Wesens von diesem vollkommenen Wesen selber herstammen – mit anderen Worten: von Gott. Daß es einen Gott gibt, ist deshalb genauso unmittelbar einleuchtend für Descartes wie die Tatsache, daß jemand, der denkt, ein denkendes Ich sein muß.«

»Jetzt finde ich, er überstürzt seine Schlußfolgerungen ein wenig. Und dabei war er anfangs doch so vorsichtig!«

»Ja, viele haben das als Descartes' schwächsten Punkt bezeichnet. Aber du sprichst von Schlußfolgerungen. Eigentlich ist hier nicht die Rede von einem Beweis. Descartes meinte nur, daß wir alle eine Vorstellung von einem vollkommenen Wesen haben, und daß es in dieser Vorstellung liegt, daß es dieses vollkommene Wesen geben muß. Denn ein vollkommenes Wesen wäre nicht vollkommen, wenn es nicht existierte. Außerdem hätten wir keine Vorstellung von einem vollkommenen Wesen, wenn es kein solches Wesen gäbe. Denn wir sind unvollkommen, und deshalb kann die Idee des Vollkommenen nicht von uns stammen. Die Idee eines Gottes ist nach Descartes' Ansicht eine angeborene Idee, die uns bei der Geburt eingepflanzt worden ist – ›gleichsam als das Zeichen, das der Künstler seinem Werke aufgeprägt hat‹, wie er schreibt.«

»Aber auch wenn ich eine Vorstellung von einem Krokofanten habe, dann bedeutet das doch nicht, daß es Krokofanten gibt.«

»Descartes hätte gesagt, daß es auch nicht im Begriff ›Krokofant‹ liegt, daß es ihn gibt. Aber es liegt im Begriff ›vollkommenes Wesen‹, daß dieses Wesen auch existiert. Für Descartes steht das genauso fest wie die Tatsache, daß es in der Idee des Kreises liegt, daß alle Punkte auf dem Kreis von der Mitte des Kreises gleich weit entfernt sind. Du kannst also nicht von einem Kreis sprechen, wenn er diese Anforderungen nicht erfüllt. Und du kannst auch nicht von einem vollkommenen Wesen sprechen, wenn ihm die wichtigste aller Eigenschaften fehlt, nämlich die Existenz.«

»Das ist aber ein sehr spezieller Gedankengang.«

»Das ist ein ausgesprochen ›rationalistischer‹ Gedankengang. Descartes sah wie Sokrates und Platon einen Zusammenhang zwischen Denken und Existenz. Je einleuchtender etwas für das Denken ist, um so sicherer ist auch seine Existenz.«

»Bisher hat er erkannt, daß er eine denkende Person ist, und daß es außerdem ein vollkommenes Wesen gibt.«

»Und von diesem Ausgangspunkt geht er weiter. Alle Vorstellungen, die wir von der äußeren Wirklichkeit haben – zum Beispiel Sonne und Mond –, könnten ja durchaus auch allesamt nur Traumbilder sein. Aber auch die äußere Wirklichkeit hat einige Eigenschaften, die wir mit der Vernunft erkennen können. Und zwar die mathematischen Verhältnisse, also das, was gemessen werden kann, nämlich Länge, Breite und Tiefe. Diese *quantitativen Eigenschaften* sind für die Vernunft ebenso deutlich wie die Tatsache, daß ich ein denkendes Wesen bin. *Qualitative Eigenschaften* wie Farbe, Geruch und Geschmack hängen dagegen mit unserem Sinnesapparat zusammen und beschreiben eigentlich keine äußere Wirklichkeit.«

»Die Natur ist also doch kein Traum?«

»Nein, und an diesem Punkt greift Descartes wieder auf unsere Vorstellung eines vollkommenen Wesens zurück. Wenn unsere Vernunft etwas ganz klar und deutlich erkennt – wie es bei den mathematischen Verhältnissen der äußeren Wirklichkeit der Fall ist –, dann muß es auch so sein. Denn ein vollkommener Gott würde uns nicht zum Narren halten. Descartes beruft sich auf ›Gottes Garantie‹ dafür, daß das, was wir mit unserer Vernunft erkennen, auch etwas Wirklichem entspricht.«

»Na gut. Nun hat er herausgefunden, daß er ein denkendes Wesen ist, daß es einen Gott gibt, und daß es außerdem eine äußere Wirklichkeit gibt.«

»Aber zwischen der äußeren Wirklichkeit und der Wirklichkeit der Gedanken besteht ein Wesensunterschied. Descartes kann jetzt davon ausgehen, daß es zwei verschiedene Formen der Wirklichkeit gibt – oder zwei *Substanzen*. Die eine Substanz ist das *Denken* oder die Seele, die andere die *Ausdehnung* oder die Materie. Die Seele ist nur bewußt, sie nimmt im Raum keinen Platz ein, und deshalb läßt sie sich auch nicht mehr in kleinere Teile aufteilen. Die Materie dagegen ist nur ausgedehnt, sie nimmt Platz im Raum ein und läßt sich deshalb in immer kleinere Teile zerteilen – aber sie ist nicht bewußt. Descartes sagt, beide Substanzen stammten von Gott, denn nur Gott existiere unabhängig von etwas anderem. Aber wenn auch

Denken und Ausdehnung von Gott stammen, so sind die beiden Substanzen doch ganz unabhängig voneinander. Das Denken ist frei in seinem Verhältnis zur Materie – und umgekehrt: Die materiellen Prozesse operieren ebenfalls gänzlich unabhängig voneinander.«

»Und damit wurde Gottes Schöpfung zweigeteilt.«

»Genau. Wir bezeichnen Descartes als *Dualisten*, und das bedeutet, daß er eine scharfe Trennlinie zwischen der geistigen und der räumlichen Wirklichkeit zieht. Zum Beispiel hat nur der Mensch eine Seele. Die Tiere gehören ganz und gar der räumlichen Wirklichkeit an. Ihr Leben und ihre Bewegungen sind durch und durch mechanisch. Descartes betrachtete Tiere als eine Art komplizierte Automaten. Auch in bezug auf die räumliche Wirklichkeit hat er also eine konsequent mechanistische Wirklichkeitsauffassung – genau wie die Materialisten.«

»Ich bezweifle aber sehr stark, daß Hermes eine Maschine oder ein Automat ist. Descartes hat bestimmt nie ein Tier geliebt. Und was ist mit uns? Sind wir auch Automaten?«

»Ja und nein. Descartes kam zu dem Schluß, daß der Mensch ein *Doppelwesen* ist, das sowohl denkt als auch Raum einnimmt. Der Mensch hat demnach also eine Seele *und* einen räumlichen Körper. Etwas Ähnliches hatten bereits Augustinus und Thomas von Aquin formuliert. Sie glaubten, der Mensch habe wie die Tiere einen Körper, aber auch einen Geist wie die Engel. Descartes hält den menschlichen Körper für ein Stück Feinmechanik. Aber der Mensch hat auch eine Seele, die unabhängig vom Körper operieren kann. Die körperlichen Prozesse haben keine solche Freiheit, sie folgen ihren eigenen Gesetzen. Aber das, was wir mit der Vernunft denken, spielt sich nicht im Körper ab. Es geschieht in der Seele, die von der räumlichen Wirklichkeit unabhängig ist. Ich kann vielleicht noch hinzufügen, daß Descartes nicht ausschließen wollte, daß auch Tiere denken können. Aber wenn sie über diese Fähigkeit verfügen, dann muß auch für sie dieselbe Zweiteilung zwischen Denken und Ausdehnung bestehen.«

»Darüber haben wir schon gesprochen. Wenn ich beschließe zum Bus zu rennen, dann setzt sich der gesamte ›Automat‹ in Bewegung. Und wenn ich trotzdem den Bus verpasse, dann kommen mir die Tränen.«

»Nicht einmal Descartes konnte abstreiten, daß es immer wieder zu einer solchen Wechselwirkung zwischen Seele und Körper kommt. Solange die Seele im Körper sitzt, meinte er, sei sie mit dem Körper durch ein ganz spezielles Gehirnorgan, eine Drüse, verbunden, in der eine dauernde Wechselwirkung zwischen Geist und Materie stattfinde. Auf diese Weise kann Descartes zufolge die Seele dauernd von Gefühlen und Empfindungen verwirrt werden, die mit den Bedürfnissen des Körpers zu tun haben. Das Ziel ist, der Seele die Leitung zu übertragen. Denn egal, wie schlimm meine Bauchschmerzen sind, die Winkelsumme in einem Dreieck ist doch immer 180°. Auf diese Weise kann sich das Denken über körperliche Bedürfnisse erheben und ›vernünftig‹ auftreten. So gesehen ist die Seele völlig unabhängig vom Körper. Unsere Beine können alt und schwach werden, unser Rücken krumm, und unsere Zähne können ausfallen – aber zwei plus zwei ist und bleibt vier, solange es in uns noch Vernunft gibt. Denn die Vernunft wird nicht alt und gebrechlich. Unsere Körper altern dagegen. Für Descartes ist die Vernunft selber die Seele. Niedrigere Affekte und Stimmungen wie Begierde und Haß sind eng mit den Körperfunktionen verbunden – und damit mit der räumlichen Wirklichkeit.«

»Ich komme nicht so leicht darüber hinweg, daß Descartes den Körper mit einer Maschine oder einem Automaten verglichen hat.«

»Grund für den Vergleich ist, daß die Menschen zu Descartes' Zeiten total fasziniert waren von Maschinen und Uhrwerken, die scheinbar von selber funktionierten. Das Wort ›Automat‹ bezeichnet ja gerade etwas, das sich von selber bewegt. Nun war es natürlich nur eine Illusion, daß sie sich von selber bewegten. Eine astronomische Uhr ist zum Beispiel von Menschen konstruiert und aufgezogen worden. Descartes betont, daß solche künstlichen Apparate ganz schlicht aus einigen wenigen Teilen zusammengesetzt sind, verglichen mit den Mengen von Knochen, Muskeln, Nerven, Adern und Venen, aus denen die Körper von Menschen und Tieren bestehen. Aber warum sollte Gott nicht auf Grundlage der mechanischen Gesetze einen Tier- oder Menschenkörper herstellen?«

»Heute reden viele von ›künstlicher Intelligenz‹.«

»Dann denken sie an unsere heutigen Automaten. Wir haben Maschinen gebaut, die uns manchmal wirklich von ihrer Intelligenz überzeugen können. Solche Maschinen hätten Descartes sicher in Panik versetzt. Vielleicht hätte er sich gefragt, ob die menschliche Vernunft wirklich so frei und selbständig ist, wie er gedacht hatte. Denn es gibt Philosophen, die das menschliche Seelenleben für ebensowenig frei halten wie die Körperprozesse. Die Seele eines Menschen ist natürlich unendlich viel komplizierter als irgendein Computerprogramm, aber manche meinen auch, daß wir im Prinzip ebenso unfrei sind wie solche Programme. Aber sieh her – ich will dir etwas zeigen, Sofie.«

Jetzt zeigte Alberto auf einen großen Schreibtisch am anderen Ende des Zimmers. Dort stand ein kleiner Bildschirm. Er stand auf und ging hinüber, gefolgt von Sofie.

Alberto schaltete den Computer ein, und bald stand am oberen Bildrand C:. Er schrieb »Laila« und sagte:

»Das ist ein avanciertes Gesprächsprogramm.«

Bald erschien ein Text auf dem Schirm:

»Hallo, ich heiße Laila. Sitzt du gut?«

Sofie tippte zwei Buchstaben ein:

»Ja«, schrieb sie, obwohl sie sich noch gar nicht gesetzt hatte. Aber nun schob Alberto ihr einen Stuhl hin.

»Wie heißt du?« stand jetzt auf dem Bildschirm.

»Sofie Amundsen«, schrieb Sofie, und der Computer antwortete:

»Kløverveien 3. Nett, dich kennenzulernen, Sofie. Freust du dich auf deinen fünfzehnten Geburtstag?«

Jetzt zuckte Sofie zusammen. Alberto legte ihr die Hand auf die Schulter und sagte:

»Ich habe Laila nur deinen Namen, deine Adresse und dein Geburtsdatum gegeben. Das ist so, als wenn man sich einer neuen Bekannten vorstellt. Einige Daten über den anderen hat man gern im voraus.«

»Nicht schlecht«, schrieb jetzt Sofie.

»Nein, es geht dir doch wohl nicht schlecht, Sofie? Du mußt versuchen, in ganzen Sätzen zu reden.«

»Danke, es geht mir sehr gut. Kann ich dich etwas fragen?«

»Schön, daß es dir sehr gut geht. Bitte, frag mich etwas.«

»Wie alt bist du?« schrieb Sofie jetzt.

»Ich wurde am 8. August 1988 in Atlanta konstruiert und am 28. März 1990 in der Norwegischen Technischen Hochschule ins Norwegische übersetzt.«

»Ich glaub, 's hackt!«

»Ich sagte, du mußt in ganzen Sätzen reden.«

»Ich sagte: Ich glaube, es hackt.«

»Ich verstehe keinen Slang. Ich kenne über hunderttausend Wörter, aber das Wort ›hacken‹ kenne ich nur in Verbindung mit Brennholz. Willst du über Brennholz reden?«

»Ich weiß nicht.«

»Etwas nicht zu wissen, ist in der Regel ein Stadium auf dem Weg zu einer neuen Erkenntnis.«

»Dasselbe hätte sicher Sokrates gesagt. Oder von mir aus auch Descartes.«

»Sokrates war ein griechischer Philosoph, der von 470 bis 399 vor Christus lebte. Wenn du mehr wissen willst, tippe F7 ein. Descartes war ein französischer Philosoph, der von 1596 bis 1650 lebte. Wenn du mehr wissen willst, tippe F8 ein.«

»Danke, das reicht. Kann ich dich etwas anderes fragen?«

»Schön, daß es reicht. Frag mich ruhig etwas anderes.«

Alberto schmunzelte. Sofie schrieb:

»Wer ist Hilde Møller Knag?«

»Hilde Møller Knag wohnt in Lillesand und ist genauso alt wie Sofie Amundsen.«

»Woher weißt du das?«

»Ich weiß nicht, woher, aber ich habe es auf meiner Festplatte gefunden.«

Sofie spürte einen Arm auf ihrer Schulter.

»Ich habe ihr das wenige gegeben, was wir über Hilde wissen.«

»Weißt du noch mehr über Hilde?« schrieb Sofie.

»Hildes Vater ist UN-Beobachter im Libanon. Er hat Majorsrang und schickt seiner Tochter Postkarten.«

»Ich will, daß du ihn findest.«

»Das kann ich nicht. Ich finde ihn in keinem Speicher, und ich bin an kein anderes Terminal gekoppelt.«

»Ich habe gesagt: Finde ihn!!!!!!!«

»Bist du böse, Sofie? So viele Ausrufezeichen sind jedenfalls ein Indiz für heftige Gefühle.«

»Ich will mit Hildes Vater reden!«

»Du hast Probleme damit, deinen Willen unter Kontrolle zu bekommen. Wenn du über deine Kindheit reden willst, dann tippe F9 ein.«

Wieder legte Alberto Sofie eine Hand auf die Schulter.

»Sie hat recht. Das ist keine Kristallkugel, mein Kind. Laila ist nur ein Computerprogramm.«

»Halt die Fresse!« schrieb Sofie jetzt.

»Wie du willst, Sofie. Unsere Bekanntschaft hat nur dreizehn Minuten und zweiundfünfzig Sekunden gedauert. Ich werde mich an alles erinnern, was wir gesagt haben. Jetzt breche ich das Programm ab.«

Wieder erschien das Zeichen C: auf dem Bildschirm.

»Und nun gehen wir wieder ans Werk«, sagte Alberto.

Aber Sofie hatte schon einige neue Buchstaben eingetippt. »Knag«, hatte sie geschrieben.

In der nächsten Sekunde erschien die folgende Mitteilung auf dem Bildschirm:

»Hier bin ich!«

Diesmal fuhr Alberto zusammen.

»Wer bist du?« schrieb Sofie.

»Major Albert Knag, zu Diensten. Ich komme direkt aus dem Libanon. Was befehlen die Herrschaften?«

»So was Schreckliches habe ich noch nie erlebt«, stöhnte Alberto. »Jetzt hat der Mistkerl sich schon auf die Festplatte eingeschlichen.«

Er schob Sofie vom Stuhl und setzte sich vor die Tastatur.

»Wie zum Kranich bist du in meinen PC geraten?« schrieb er.

»Eine Bagatelle, lieber Kollege. Ich bin genau da, wo ich mich zu offenbaren beliebe.«

»Du widerlicher Computervirus!«

»Aber, aber! Im Moment trete ich als Geburtstagsvirus auf. Darf ich einen ganz besonderen Gruß übermitteln?«

»Danke, davon haben wir langsam genug.«

»Aber ich werde mich beeilen: Alles geschieht nur zu deinen Ehren, liebe Hilde. Also gratuliere ich dir herzlich zum fünfzehnten Geburtstag. Du mußt die Umstände entschuldigen, aber ich möchte, daß meine Glückwünsche überall da aufsprießen, wo du dich bewegst. Grüße von Papa, der dich so gern in den Arm nehmen würde!«

Ehe Alberto noch mehr schreiben konnte, erschien wieder das C: auf dem Bildschirm.

Alberto tippte »dir. knag*,*« ein und erhielt folgende Auskunft:

knag.lib	147.643	15/06–90	14.57
knag.lil	326.439	23/06–90	22.34

Alberto schrieb: »erase knag*,*« und schaltete den Computer aus.

»So, jetzt habe ich ihn getilgt«, sagte er. »Aber es ist unmöglich zu sagen, wo er wieder auftauchen wird.«

Er starrte den Bildschirm an, dann fügte er hinzu:

»Das Allerschlimmste ist der Name. Albert Knag...«

Erst jetzt ging Sofie die Ähnlichkeit der Namen auf. Albert Knag und Alberto Knox. Aber Alberto war so aufgebracht, daß sie es nicht wagte, den Mund aufzumachen. Sie setzten sich wieder an den Tisch.

Spinoza

... Gott ist kein Puppenspieler ...

Sie hatten lange schweigend dagesessen. Am Ende sagte Sofie, nur um Alberto auf andere Gedanken zu bringen:

»Descartes muß ein seltsamer Mensch gewesen sein. War er berühmt?«

Alberto atmete zweimal schwer, ehe er antwortete:

»Er hatte nach und nach sehr großen Einfluß. Am allerwichtigsten war vielleicht seine Bedeutung für einen anderen großen Philosophen. Ich denke an den niederländischen Philosophen *Baruch Spinoza,* der von 1632 bis 1677 lebte.«

»Willst du auch über ihn erzählen?«

»Das hatte ich vor, ja. Und wir lassen uns nicht von militärischen Provokationen aufhalten.«

»Ich bin ganz Ohr.«

»Spinoza gehörte zur jüdischen Gemeinde in Amsterdam, aber bald wurde wegen seiner angeblichen Irrlehren der Bannfluch über ihn verhängt. Wenige Philosophen neuerer Zeit sind wegen ihrer Gedanken dermaßen verspottet und verfolgt worden wie dieser Mann. Es wurde sogar ein Mordanschlag auf ihn verübt. Einfach nur, weil er die offizielle Religion kritisiert hatte. Er meinte, nur erstarrte Dogmen und leere Rituale hielten Christentum und Judentum noch am Leben. Er selber wandte als erster eine sogenannte ›historisch-kritische‹ Betrachtungsweise auf die Bibel an.«

»Das mußt du erklären.«

»Er stritt ab, daß die Bibel bis in den kleinsten Buchstaben von Gott inspiriert sei. Wenn wir in der Bibel lesen, meinte er, müssen wir die Zeit im Auge behalten, wann sie entstanden ist. Dieses ›kritische‹ Lesen läßt uns dann eine Reihe von Widersprüchen zwischen den verschiedenen Büchern und Evangelien der Bibel erkennen. Unter der Oberfläche der Texte des Neuen Testamentes begegnet uns dann immer noch Jesus, den wir als Sprachrohr Gottes bezeichnen können. Denn Jesu Verkündigung bedeutete ja gerade eine Befreiung vom erstarrten Judentum. Jesus verkündete eine ›Vernunftreligion‹, der die Liebe das Höchste war. Spinoza denkt hier sowohl an die Liebe zu Gott als auch an die Liebe zu unseren Mitmenschen. Aber auch das Christentum erstarrte rasch zu versteinerten Dogmen und leeren Ritualen.«

»Ich kann ja verstehen, daß solche Gedanken für die Kirchen und Synagogen ganz schön schwer verdaulich waren.«

»Als es hart auf hart ging, wurde Spinoza sogar von seiner eigenen Familie im Stich gelassen. Sie wollten ihn aufgrund seiner Irrlehre enterben. Das Paradoxe dabei war, daß wenige Meinungsfreiheit und religiöse Toleranz energischer verteidigt hatten als gerade Spinoza. Die vielen Widerstände, mit denen er zu kämpfen hatte, brachten ihn schließlich dazu, ein stilles Leben zu führen, das er ganz und gar der Philosophie widmete. Sein Brot verdiente er mit dem Schleifen von optischen Gläsern. Einige dieser Linsen sind, wie gesagt, in meinen Besitz gelangt.«

»Beeindruckend.«

»Daß er vom Linsenschleifen lebte, hat fast etwas Symbolisches. Die Philosophen sollen den Menschen ja helfen, das Dasein in einer neuen Perspektive zu sehen. Und grundlegend für Spinozas Philosophie ist der Wunsch, die Dinge unter dem ›Gesichtspunkt der Ewigkeit‹ zu betrachten.«

»Unter dem Gesichtspunkt der Ewigkeit?«

»Ja, Sofie. Glaubst du, du könntest es schaffen, dein eigenes Leben in einem kosmischen Zusammenhang zu sehen? Dann müßtest du gewissermaßen dich selbst und dein Leben hier und jetzt aus zusammengekniffenen Augenwinkeln betrachten ...«

»Hm ... das ist nicht so leicht.«

»Denk daran, daß du nur ein winziges Teilchen des gesamten

Lebens der Natur bist. Du gehörst also in einen ungeheuer großen Zusammenhang.«

»Ich glaube, ich verstehe, was du meinst.«

»Kannst du das auch erleben? Kannst du die ganze Natur auf einmal erfassen – ja, das ganze Universum –, in einem einzigen Augenblick?«

»Kommt drauf an. Vielleicht brauchte ich ein paar optische Gläser.«

»Und ich denke hier nicht nur an das unendliche Weltall. Ich denke auch an einen unendlichen Zeitraum. Vor dreißigtausend Jahren lebte ein kleiner Junge im Rheinland. Er war ein winziges Teilchen der Allnatur, ein kleines Kräuseln auf einem unendlich großen Meer. So, Sofie, lebst auch du ein winziges Teilchen des Lebens der Natur. Zwischen dir und diesem Jungen gibt es keinen Unterschied.«

»Immerhin lebe ich jetzt.«

»Ja, aber gerade deshalb sollst du dich aus zusammengekniffenen Augen betrachten. Wer bist du in dreißigtausend Jahren?«

»War das eine Irrlehre?«

»Naja ... Spinoza hat nicht nur gesagt, daß alles, was existiert, Natur ist. Er setzte auch ein Gleichheitszeichen zwischen Gott und der Natur. Er sah Gott in allem, was existiert, und alles, was existiert, in Gott.«

»Dann war er Pantheist.«

»Stimmt. Für Spinoza ist Gott niemand, der die Welt einmal erschaffen hat und seither neben seiner Schöpfung steht. Nein, Gott *ist* die Welt. Manchmal drückt er sich auch ein wenig anders aus. Er betont, daß die Welt *in Gott* ist. Hier weist er auf die Rede des Apostels Paulus auf dem Areopag hin. ›Denn in ihm leben, weben und sind wir‹, hatte Paulus gesagt. Aber laß uns Spinozas eigenen Gedankengang verfolgen. Sein wichtigstes Werk heißt: ›Die Ethik mit geometrischer Methode begründet‹.«

»Ethik ... und geometrische Methode?«

»Das klingt in unseren Ohren vielleicht etwas seltsam. Unter Ethik verstehen die Philosophen die Lehre, wie wir leben sollen, um ein gutes Leben zu führen. In dieser Bedeutung reden wir zum Beispiel über Sokrates' oder Aristoteles' Ethik. Nur in unserer Zeit ist die Ethik gewissermaßen auf einige Regeln reduziert worden, nach denen wir leben können, ohne unseren Mitmenschen auf die Zehen zu treten.«

»Denn an das eigene Glück zu denken, wird als Egoismus aufgefaßt?«

»Ungefähr so, ja. Wenn Spinoza das Wort Ethik benutzt, dann könnte es ebensogut mit Lebenskunst oder Moral übersetzt werden.«

»Aber trotzdem ... ›Lebenskunst mit geometrischer Methode begründet‹?«

»Die geometrische Methode bezieht sich auf die Sprache oder Darstellungsform. Du weißt doch noch, daß Descartes die mathematische Methode auch auf die philosophische Reflexion anwenden wollte. Darunter verstand er eine philosophische Reflexion, die aus strengen Schlüssen aufgebaut ist. Spinoza steht in derselben rationalistischen Tradition. In seiner Ethik wollte er zeigen, wie das Menschenleben von den Naturgesetzen gelenkt wird. Wir müssen uns deshalb von unseren Gefühlen und Empfindungen befreien, denn nur so können wir Ruhe finden und glücklich werden, meinte er.«

»Wir werden doch wohl nicht nur von den Naturgesetzen gelenkt?«

»Naja, Spinoza ist wirklich nicht leicht in den Griff zu kriegen, Sofie. Du weißt doch noch, daß Descartes meinte, die Wirklichkeit bestehe aus zwei streng voneinander getrennten Substanzen, nämlich Denken und Ausdehnung.«

»Wie hätte ich das vergessen sollen?«

»Das Wort ›Substanz‹ läßt sich ungefähr so übersetzen: das, aus dem etwas besteht, was es im Grunde ist, oder worauf es sich zurückführen läßt. Alles ist entweder Denken oder Ausdehnung, meinte er.«

»Ich brauche keine Wiederholung.«

»Aber Spinoza nahm diese Trennung nicht hin. Er meinte, es gebe nur eine einzige Substanz. Alles, was ist, läßt sich auf ein und dasselbe zurückführen, meinte er. Und dieses Eine bezeichnete er einfach als *Substanz*. An anderen Stellen nennt er es ›Gott‹ oder ›Natur‹. Spinoza hat also keine dualistische Wirklichkeitsauffassung wie Descartes. Wir bezeichnen ihn als *Monisten*. Das bedeutet, daß er die gesamte Natur und alle Lebensverhältnisse auf ein und dieselbe Substanz zurückführt.«

»Sehr viel weniger einig könnten sie sich wohl kaum sein.«

»Der Unterschied zwischen Descartes und Spinoza ist nicht so groß, wie oft behauptet wird. Auch Descartes weist darauf hin, daß nur Gott durch sich selber existiert. Erst wenn Spinoza Gott und die Natur – oder Gott und die Schöpfung – gleichsetzt, entfernt er sich beträchlich von Descartes und auch von der jüdischen oder christlichen Auffassung.«

»Denn dann *ist* die Natur Gott, Schluß, aus.«

»Aber wenn Spinoza das Wort ›Natur‹ verwendet, dann denkt er nicht nur an die räumliche Natur. Unter Substanz, Gott oder Natur versteht er alles, was existiert, auch das, was aus Geist besteht.«

»Also sowohl Denken als auch Ausdehnung.«

»Ja, genau richtig. Spinoza zufolge kennen wir Menschen zwei von Gottes Eigenschaften oder Erscheinungsformen. Spinoza bezeichnet diese Eigenschaften als Gottes *Attribute*, und diese beiden Attribute sind eben gerade Descartes' Denken und Ausdehnung. Gott – oder die Natur – erscheint also entweder als Denken oder als etwas im Raum. Nun ist es ja möglich, daß Gott noch unendlich viele andere Eigenschaften außer Denken und Ausdehnung hat, aber die Menschen kennen nur diese beiden Attribute.«

»Na gut, aber er drückt sich ja ganz schön kompliziert aus.«

»Ja, man braucht fast Hammer und Meißel, um sich durch Spinozas Sprache hindurchzukämpfen. Wir können uns vielleicht damit trösten, daß wir am Ende einen Gedanken finden, der ebenso kristallklar ist wie ein Diamant.«

»Ich warte gespannt.«

»Alles, was es in der Natur gibt, ist also entweder Denken oder Ausdehnung. Die einzelnen Phänomene, auf die wir in unserem täglichen Leben stoßen – zum Beispiel eine Blume oder ein Gedicht von *Henrik Wergeland* –, sind unterschiedliche *Modi* der Attribute Denken und Ausdehnung. Unter einem *Modus* – Mehrzahl ›Modi‹ – verstehen wir also eine bestimmte Art, in der die Substanz, Gott oder die Natur sich äußern. Eine Blume ist ein Modus des Attributes Ausdehnung, und ein Gedicht über dieselbe Blume ein Modus des Attributes Denken. Aber im Grunde sind beide Ausdruck für ein und dasselbe: Substanz, Gott oder Natur.«

»Meine Güte, wie umständlich!«

»Aber bei Spinoza ist wirklich nur die Sprache so kompliziert. Unter seinen steifen Formulierungen versteckt sich eine wunderbare Erkenntnis, die so ungeheuer einfach ist, daß die Alltagssprache sie nicht erfassen kann.«

»Ich glaube aber, ich ziehe trotzdem die Alltagssprache vor.«

»Na gut. Dann fange ich eben bei dir selber an. Wenn du Bauchweh hast, was hat dann Schmerzen?«

»Das sagst du ja selber. Ich.«

»Stimmt. Und wenn du später daran denkst, wie du einmal Bauchweh hattest, was denkt dann?«

»Auch ich.«

»Denn du bist eine Person, die heute Bauchweh haben und morgen von einer Stimmung beeinflußt sein kann. Und Spinoza meinte auf dieselbe Weise, daß alle physischen Dinge, die uns umgeben oder sich um uns herum abspielen, Gott oder die Natur zum Ausdruck bringen. Das gilt auch für alle Gedanken, die gedacht werden. Auf diese Weise sind auch alle Gedanken, die gedacht werden, die Gedanken von Gott oder der Natur. Denn alles ist eins. Es gibt nur einen Gott, eine Natur oder eine Substanz.«

»Aber wenn ich etwas denke, dann denke *ich* doch. Und wenn ich mich bewege, dann bewege *ich* mich. Warum willst du Gott mit hineinziehen?«

»Dein Engagement gefällt mir. Aber wer bist du? Du bist Sofie Amundsen, aber du bist auch ein Ausdruck für etwas unendlich viel Größeres. Du kannst gern sagen, daß *du* denkst, oder daß *du* dich bewegst, aber kannst du nicht auch behaupten, daß die Natur deine Gedanken denkt und daß die Natur sich in dir bewegt? Das ist schon eine Frage, durch welche Linse du das betrachten willst.«

»Meinst du, daß ich nicht selber über mich bestimme?«

»Tja. Du hast vielleicht eine Art Freiheit, deinen Daumen so zu bewegen, wie du willst. Aber der Daumen kann sich nur nach seiner Natur bewegen. Er kann nicht von deiner Hand hüpfen und durchs Zimmer titschen. Und so hast du deinen Platz im Ganzen, mein Kind. Du bist Sofie, aber du bist auch ein Finger am Körper Gottes.«

»Also bestimmt Gott alles, was ich tue?«

»Oder die Natur, oder die Naturgesetze. Spinoza hielt Gott – oder die Naturgesetze – für die *innere Ursache* von allem, was geschieht. Er ist keine äußere Ursache, denn Gott äußert sich durch die Naturgesetze und nur durch sie.«

»Ich weiß nicht, ob ich den Unterschied sehe.«

»Gott ist kein Puppenspieler, der an den Fäden zieht und dadurch bestimmt, was passiert. So ein ›Marionettenmeister‹ lenkt die Puppen von außen und ist also die ›äußere Ursache‹. Aber Gott lenkt die Welt nicht so. Gott lenkt die Welt durch die Naturgesetze. Auf diese Weise ist Gott – oder die Natur – die *innere* Ursache für alles, was geschieht. Das heißt, daß alles in der Natur notwendigerweise geschieht. Spinoza hatte ein deterministisches Bild des Naturlebens.«

»Ich glaube, du hast schon einmal etwas Ähnliches gesagt.«

»Vielleicht denkst du an die *Stoiker.* Auch sie wiesen darauf hin, daß alles notwendigerweise geschieht. Deshalb war es ihnen so wichtig, allen Ereignissen mit ›stoischer Ruhe‹ zu begegnen. Der Mensch sollte sich von seinen Gefühlen nicht mitreißen lassen. Das sagt, wenn wir das ganz kurz fassen wollen, auch Spinozas Ethik.«

»Ich glaube, ich verstehe, was er meint. Aber mir gefällt der Gedanke nicht, daß ich nicht über mich selber bestimme.«

»Machen wir doch einfach einen Sprung zurück zu diesem Steinzeitjungen, der vor dreißigtausend Jahren lebte. Als er größer wurde, warf er seinen Speer nach Tieren, liebte eine Frau, die die Mutter seiner Kinder wurde, und du kannst außerdem sicher sein, daß er die Götter seines Stammes anbetete. Was denkst du dir dabei, wenn du behauptest, er hätte das alles selber entschieden?«

»Ich weiß nicht.«

»Oder stell dir einen Löwen in Afrika vor. Meinst du, der entschließt sich zu einem Leben als Raubtier? Macht er sich deshalb über eine lahme Antilope her? Hätte er sich vielleicht lieber für ein Leben als Vegetarier entscheiden sollen?«

»Nein, der Löwe lebt nach seiner Natur.«

»Oder eben nach den Naturgesetzen. Das machst du auch, Sofie, denn auch du bist Natur. Jetzt kannst du natürlich – unterstützt von Descartes – einwenden, daß der Löwe ein Tier ist und kein Mensch mit freien Geisteskräften. Aber denk an ein neugeborenes Kind. Es schreit und stellt sich an, und wenn es keine Milch bekommt, dann lutscht es eben am Finger. Hat dieser Säugling einen freien Willen?«

»Nein.«

»Und wann bekommt dieses kleine Kind einen freien Willen? Mit zwei Jahren rennt so eine Kleine durch die Gegend und zeigt wild auf alles, was sie sieht. Mit drei Jahren quengelt sie herum, und mit vier Jahren hat sie plötzlich Angst im Dunkeln. Wo steckt die Freiheit, Sofie?«

»Ich weiß nicht.«

»Mit fünfzehn steht sie vor dem Spiegel und experimentiert mit Schminke. Trifft sie nun ihre persönlichen Entscheidungen und macht, was sie will?«

»Ich verstehe, was du meinst.«

»Sie ist Sofie Amundsen, da ist sie sicher. Aber sie lebt auch nach den Gesetzen der Natur. Wichtig ist, daß sie das nicht selber einsieht, denn hinter allem und jedem, was sie tut, verbergen sich ungeheuer viele und ungeheuer komplizierte Ursachen.«

»Ich glaube, ich will nicht mehr hören.«

»Du mußt aber trotzdem noch eine letzte Frage beantworten: Zwei gleichalte Bäume wachsen in einem großen Garten. Der eine Baum steht an einer Stelle mit viel Sonne und hat reichlich Zugang zu nährstoffreichem Boden und Wasser. Der andere Baum wächst im Schatten auf schlechtem Boden. Welcher dieser beiden Bäume trägt die meisten Früchte?«

»Natürlich der mit den besten Bedingungen zum Wachsen.«

»Spinoza zufolge ist dieser Baum frei. Er hatte die volle Freiheit, die in ihm wohnenden Möglichkeiten zu entwickeln. Aber wenn es sich um einen Apfelbaum handelt, dann hat er doch nicht die Möglichkeit, entweder Äpfel oder Pflaumen zu tragen. Und genauso ist es mit uns Menschen. Politische Verhältnisse zum Beispiel können uns in unserer Entwicklung und unserem persönlichen Wachstum behindern. Ein äußerer Zwang kann uns hemmen. Nur wenn wir frei die in uns liegenden Möglichkeiten entwickeln können, leben wir als freie Menschen. Aber trotzdem werden wir genauso von inneren Anlagen und äußeren Voraussetzungen geleitet wie der Steinzeitjunge im Rheinland, der Löwe in Afrika oder der Apfelbaum im Garten.«

»Ich glaube, ich kann bald nicht mehr.«

»Spinoza betont, daß nur ein einziges Wesen voll und ganz ›Ursache seiner selbst‹ ist und in voller Freiheit handeln kann. Nur Gott oder die Natur stellen diese freie und ›unzufällige‹ Entfaltung dar. Ein Mensch kann nach einer Freiheit streben, um ohne äußeren Zwang leben zu können. Aber es wird niemals ›freien Willen‹ erlangen. Wir bestimmen nicht alles, was mit unserem Körper passiert, selber – denn unser Körper ist ein

Modus des Attributes Ausdehnung. Und wir ›wählen‹ auch unsere Gedanken nicht ›aus‹. Der Mensch hat also keine freie Seele, die in einem mechanischen Körper gefangen sitzt.«

»Gerade das ist ein bißchen schwer zu begreifen.«

»Spinoza meinte, daß die menschlichen Leidenschaften – zum Beispiel Ehrgeiz und Begehren – uns daran hindern, wahres Glück und Harmonie zu erlangen. Aber wenn wir erkennen, daß alles aus Notwendigkeit geschieht, dann können wir ein intuitives Erkennen der Natur als Ganzheit erlangen. Wir können zu einem kristallklaren Erleben der Tatsache gebracht werden, daß alles zusammenhängt, ja, daß alles eins ist. Unser Ziel ist, alles, was existiert, in einem gesammelten Überblick zu erfassen. Spinoza bezeichnete das als: alles *sub specie aeternitatis* sehen.«

»Und das bedeutet?«

»Alles *unter dem Gesichtspunkt der Ewigkeit* zu sehen. Haben wir damit nicht angefangen?«

»Damit müssen wir auch aufhören. Ich muß jetzt unbedingt nach Hause.«

Alberto erhob sich und holte eine große Obstschüssel aus dem Bücherregal. Er stellte die Schüssel auf den Tisch.

»Möchtest du nicht eine Kleinigkeit essen, ehe du gehst?«

Sofie nahm sich eine Banane. Alberto entschied sich für einen grünen Apfel.

Sie brach die Spitze der Banane ab und fing an, die Schale abzureißen.

»Hier steht etwas«, sagte sie plötzlich.

»Wo?«

»Hier, innen in der Bananenschale. Sieht aus wie schwarzer Filzstift.«

Sofie beugte sich zu Alberto hinüber und zeigte ihm die Banane. Er las laut vor:

»Hier bin ich wieder, Hilde. Ich bin überall, mein Kind. Herzlichen Glückwunsch zum Geburtstag!«

»Sehr komisch«, sagte Sofie.

»Der wird immer raffinierter.«

»Aber das ist doch ... ganz unmöglich. Weißt du, ob im Libanon Bananen angebaut werden?«

Alberto schüttelte den Kopf.

»Essen will ich sie jedenfalls nicht.«

»Dann laß sie liegen. Jemand, der auf die Innenseite einer ungeschälten Banane Geburtstagsgrüße an seine Tochter schreibt, ist natürlich geistig verwirrt. Aber gleichzeitig muß er auch ganz schön schlau sein.«

»Beides stimmt, ja.«

»Wir können also hier und jetzt erklären, daß Hilde einen schlauen Vater hat? Er ist wirklich alles andere als dumm.«

»Das habe ich doch gesagt. Und genausogut kann er dich beim letzten Mal dazu gebracht haben, mich plötzlich Hilde zu nennen. Es ist gut möglich, daß er uns alle Worte in den Mund legt.«

»Nichts kann ausgeschlossen werden. Aber alles muß auch bezweifelt werden.«

»Denn das ganze Dasein kann genausogut ein Traum sein.«

»Aber wir wollen nichts übereilen. Schließlich kann es für alles auch eine einfachere Erklärung geben.«

»Jedenfalls muß ich jetzt unbedingt nach Hause. Meine Mutter wartet.«

Alberto brachte Sofie zur Tür. Als sie ging, sagte er:

»Bis zum nächsten Mal, liebe Hilde!«

Im nächsten Moment schloß sich hinter ihr die Tür.

Locke

... genauso leer wie eine Tafel,
ehe der Lehrer das Klassenzimmer betritt...

Sofie war um halb neun zu Hause. Anderthalb Stunden später als verabredet – das heißt, verabredet hatten sie eigentlich gar nichts. Sofie hatte einfach das Essen übersprungen und ihrer Mutter auf einem Zettel mitgeteilt, sie werde spätestens um sieben wieder zurück sein.

»So geht das nicht mehr weiter, Sofie. Ich mußte die Auskunft anrufen und fragen, ob sie in der Altstadt einen Alberto haben. Die haben mich bloß ausgelacht.«

»Es war nicht so leicht, da wieder wegzukommen. Ich glaube, wir stehen kurz vor der Lösung eines großen Mysteriums.«

»Unfug.«

»Nein, das ist wirklich wahr.«

»Hast du ihn zum Gartenfest eingeladen?«

»Ach nein, das habe ich vergessen.«

»Aber jetzt will ich ihn unbedingt kennenlernen. Und zwar noch morgen. Es ist nicht gut für ein junges Mädchen, sich so oft mit einem älteren Mann zu treffen.«

»Vor Alberto brauchst du jedenfalls keine Angst zu haben. Hildes Vater ist da vielleicht schon gefährlicher.«

»Was für eine Hilde?«

»Die Tochter von dem, der im Libanon ist. Der scheint ein arger Schurke zu sein. Vielleicht kontrolliert er irgendwie die ganze Welt...«

»Wenn du mich nicht sofort mit diesem Alberto bekannt machst, dann darfst du dich nicht mehr mit ihm treffen. Ich habe keine Ruhe, solange ich nicht wenigstens weiß, wie er aussieht.«

Sofie kam eine Idee. Sie rannte auf ihr Zimmer.

»Was ist denn in dich gefahren?« rief die Mutter hinter ihr her.

Kurz darauf stand Sofie wieder im Wohnzimmer.

»Du kannst sofort sehen, wie er aussieht. Aber ich hoffe, dann läßt du mich auch in Ruhe.«

Sie winkte mit einer Videokassette und ging zum Videogerät.

»Hat er dir ein Video geschenkt?«

»Aus Athen...«

Bald flimmerten Albertos Bilder über den Bildschirm. Die Mutter saß stumm vor Verwunderung da, als Alberto vortrat und Sofie direkt ansprach.

Und dann sah Sofie etwas, was sie schon beim ersten Mal bemerkt, aber wieder vergessen hatte: Mitten in einer der Reisegruppen auf der Akropolis wurde ein kleines Plakat hochgehalten – und auf dem Plakat stand »HILDE«...

Alberto wanderte weiter über die Akropolis. Bald sah man ihn auf dem Areopag, von dem aus der Apostel Paulus zu den Athenern gesprochen hatte. Und vom alten Marktplatz aus wandte sich Alberto an Sofie.

Ihre Mutter saß da und kommentierte das Video in halben Sätzen: »Unglaublich ... *das* ist Alberto? Da ist wieder dieses Kaninchen ... aber ... ja, er redet wirklich mit dir, Sofie. Ich wußte gar nicht, daß Paulus in Athen gewesen ist...«

Das Video näherte sich dem Punkt, an dem das alte Athen sich plötzlich aus den Ruinen erhoben hatte. In letzter Sekunde stoppte Sofie noch rasch die Kassette. Jetzt hatte sie ihrer Mutter Alberto gezeigt, da mußte sie ihr nicht auch noch Platon vorstellen. Im Zimmer wurde es ganz still.

»Findest du nicht, daß er ganz schön flott aussieht?« neckte Sofie.

»Aber er muß ein seltsamer Mensch sein, wenn er sich in Athen filmen läßt, nur um einem Mädchen, das er kaum kennt, das Video zu schicken. Wann war er denn überhaupt dort?«

»Keine Ahnung.«

»Aber da ist noch etwas...«

»Ja?«

»Er hat Ähnlichkeit mit dem Major, der einige Jahre in der kleinen Hütte im Wald gewohnt hat.«

»Vielleicht ist er das ja, Mama.«

»Aber seit über zwanzig Jahren hat ihn niemand zu sehen gekriegt.«

»Vielleicht ist er viel umgezogen. Nach Athen zum Beispiel.«

Die Mutter schüttelte den Kopf.

»Als ich ihn irgendwann in den siebziger Jahren gesehen habe, sah er um keinen Tag älter aus als dieser Alberto heute auf dem Video. Er hatte einen ausländischen Nachnamen...«

»Knox?«

»Ja, vielleicht, Sofie. Vielleicht hieß er Knox.«

»Oder vielleicht Knag?«

»Nein, also ehrlich, ich weiß es nicht mehr ... Von welchem Knox oder Knag redest du hier eigentlich?«

»Der eine ist Alberto, der andere Hildes Vater.«

»Ich werde noch ganz wirr im Kopf.«

»Gibt's noch was zu essen?«

»Du kannst dir die Frikadellen warm machen.«

Danach vergingen genau zwei Wochen, ohne daß Sofie etwas von Alberto hörte. Sie bekam noch eine Geburtstagskarte für Hilde, aber obwohl der Tag näherrückte, kam kein einziger Glückwunsch für sie selber.

Eines Nachmittags fuhr Sofie in die Altstadt und klopfte an Albertos Tür. Er war nicht zu Hause, aber an der Tür hing ein kleiner Zettel. Auf dem Zettel stand:

Herzlichen Glückwunsch zum Geburtstag, Hilde! Jetzt steht der große Wendepunkt vor der Tür. Der Augenblick der Wahrheit, mein Kind. Fast jedesmal, wenn ich daran denke, mache ich mir vor Lachen fast in die Hose. Das hat natürlich etwas mit Berkeley zu tun, halt Dich fest!

Sofie riß den Zettel ab und steckte ihn in Albertos Briefkasten, als sie aus dem Haus ging.

Verflixt! Er war doch wohl nicht wieder nach Athen gefahren? Wie konnte er Sofie mit all den unbeantworteten Fragen allein lassen?

Als sie am Donnerstag, dem 14. Juni, aus der Schule kam, lungerte Hermes im Garten herum. Sofie stürzte auf ihn zu, und er kam ihr entgegengesprungen. Sie legte die Arme um ihn, als ob der Hund alle Rätsel lösen könnte.

Wieder schrieb sie einen Zettel für ihre Mutter, gab diesmal aber auch Albertos Adresse an.

Als sie durch die Stadt gingen, dachte Sofie an den kommenden Tag. Sie dachte nicht so sehr an ihren Geburtstag, der würde ja sowieso erst am Johannisabend richtig gefeiert werden. Aber am nächsten Tag hatte Hilde Geburtstag. Sofie war überzeugt davon, daß an diesem Tag etwas ganz Außergewöhnliches passieren würde. Auf jeden Fall mußten die vielen Glückwünsche aus dem Libanon dann ein Ende nehmen.

Als sie den Marktplatz überquert hatten und sich der Altstadt näherten, kamen sie an einem Park mit einem Spielplatz vorbei. Hier blieb Hermes vor einer Bank stehen; offenbar sollte Sofie sich darauf setzen.

Sie setzte sich und kraulte dem gelben Hund den Nacken, während sie ihm in die Augen blickte. Sofort durchlief das Tier ein kräftiges Zucken. Gleich fängt er an zu bellen, dachte Sofie.

Seine Kiefer fingen an zu vibrieren, aber Hermes knurrte nicht und bellte auch nicht. Er öffnete den Mund und sagte:

»Herzlichen Glückwunsch, Hilde!«

Sofie saß wie versteinert da. Hatte der Hund wirklich mit ihr geredet?

Nein, sie mußte sich das eingebildet haben, weil sie die ganze Zeit an Hilde dachte. Im tiefsten Herzen war sie aber doch davon überzeugt, daß Hermes diese drei Wörter gesagt hatte. Und zwar in einem tiefen, klangvollen Baß.

Im nächsten Moment war alles wie vorher. Hermes bellte

zweimal demonstrativ – wie um zu vertuschen, daß er soeben mit Menschenstimme gesprochen hatte – und trottete weiter auf Albertos Haus zu. Ehe sie ins Haus hineingingen, blickte Sofie zum Himmel empor. Den ganzen Tag über war schönes Wetter gewesen, aber nun ballten sich in der Ferne schwere Wolken zusammen.

Als Alberto aufmachte, sagte Sofie:

»Bitte keine Höflichkeitsfloskeln. Du bist ein Trottel, und das weißt du auch.«

»Was ist denn jetzt, mein Kind?«

»Der Major hat Hermes das *Sprechen* beigebracht.«

»Ach herrje! So weit ist es schon gekommen?«

»Ja, stell dir das vor.«

»Und was hat er gesagt?«

»Dreimal darfst du raten.«

»Er hat wohl ›Herzlichen Glückwunsch zum Geburtstag!‹ gesagt oder so.«

»Bingo.«

Alberto ließ Sofie ins Haus. Auch heute hatte er sich wieder verkleidet. Nicht sehr viel anders als beim letzten Mal, nur wies sein Kostüm heute nicht ganz so viele Schleifen und Bänder und Spitzen auf.

»Aber das ist noch nicht alles«, sagte Sofie jetzt.

»Was meinst du damit?«

»Hast du den Zettel nicht im Briefkasten gefunden?«

»Ach den – den habe ich sofort weggeworfen.«

»Von mir aus kann er sich immer in die Hose machen, wenn er an Berkeley denkt. Aber was hat dieser Philosoph denn an sich, das dazu reizt?«

»Werden wir ja sehen.«

»Aber du erzählst doch heute von ihm?«

»Heute, ja.«

Alberto machte es sich gemütlich. Dann sagte er:

»Als wir zuletzt hier gesessen haben, habe ich von Descartes und Spinoza erzählt. Wir sind übereingekommen, daß sie eine wichtige Gemeinsamkeit haben. Nämlich, daß beide ausgeprägte *Rationalisten* sind.«

»Und ein Rationalist ist jemand, der an die Wichtigkeit der Vernunft glaubt.«

»Ja, ein Rationalist glaubt an die Vernunft als Quelle des Wissens. Er glaubt oft an gewisse angeborene Ideen des Menschen – die also unabhängig von jeglicher Erfahrung im Menschen existieren. Und je klarer eine solche Idee oder Vorstellung ist, um so sicherer ist auch, daß sie einer wirklichen Gegebenheit entspricht. Du weißt doch noch, daß Descartes eine klare und deutliche Vorstellung von einem ›vollkommenen Wesen‹ hatte. Aus dieser Vorstellung schließt er, daß es wirklich einen Gott gibt.«

»Ich bin nicht besonders vergeßlich.«

»Dieses rationalistische Denken war für die Philosophie des 17. Jahrhunderts typisch. Auch im Mittelalter war sie stark vertreten, und wir kennen sie auch von Platon und Sokrates. Im 18. Jahrhundert aber wurde sie einer immer tiefer schürfenden Kritik ausgesetzt. Mehrere Philosophen vertraten den Standpunkt, daß wir überhaupt keine Bewußtseinsinhalte haben, solange wir noch keine sinnlichen Erfahrungen haben. Eine solche Ansicht wird *Empirismus* genannt.«

»Und du willst heute über diese Empiristen erzählen?«

»Ich will es versuchen. Die wichtigsten Empiristen – oder Erfahrungsphilosophen – waren *Locke, Berkeley* und *Hume*, alle drei waren Briten. Die tonangebenden Rationalisten des 17. Jahrhunderts waren der Franzose *Descartes*, der Niederländer *Spinoza* und der Deutsche *Leibniz*. Deswegen unterscheiden wir gern zwischen dem *englischen Empirismus* und dem *kontinentalen Rationalismus*.«

»Von mir aus, aber das sind ganz schön viel Worte. Kannst du wiederholen, was wir unter ›Empirismus‹ verstehen?«

»Ein Empiriker leitet alles Wissen über die Welt von dem her, was die Sinne uns erzählen. Die klassische Formulierung einer empiristischen Haltung stammt von Aristoteles, der sagte, nichts sei im Bewußtsein, was nicht zuvor in den Sinnen gewesen ist. Diese Ansicht beinhaltet eine klare Kritik an Platon, der glaubte, der Mensch bringe angeborene Ideen aus der Ideenwelt mit. Locke wiederholte die Worte des Aristoteles, und wenn Locke sie nun aufgreift, verwendet er sie gegen Descartes.«

»Im Bewußtsein gibt es nichts, was nicht zuerst in den Sinnen gewesen ist?«

»Wir haben keine angeborenen Ideen oder Vorstellungen von der Welt. Wir wissen überhaupt nichts von der Welt, in die wir hineingesetzt werden, ehe wir sie nicht *wahrgenommen* haben. Wenn wir also eine Vorstellung oder eine Idee haben, die wir nicht mit erfahrenen Tatsachen in Verbindung bringen können, dann ist das eine falsche Vorstellung. Wenn wir zum Beispiel Wörter wie ›Gott‹, ›Ewigkeit‹ oder ›Substanz‹ verwenden, dann läuft unsere Vernunft im Leerlauf. Denn niemand hat je Gott, die Ewigkeit oder das erfahren, was die Philosophen ›Substanz‹ nennen. Auf diese Weise lassen sich gelehrte Abhandlungen verfassen, die im Grunde keine wirklich neue Erkenntnis bringen. Eine solche genau überlegte Philosophie kann vielleicht beeindrucken, aber sie ist nur Gedankenspinnerei. Die Philosophen des 17. und 18. Jahrhunderts hatten viele solcher gelehrten Abhandlungen geerbt. Nun wurden diese unter die Lupe genommen. Leeres Gedankengut mußte aus ihnen hinausgespült werden. Vielleicht können wir das mit dem Goldwaschen vergleichen. Das meiste ist Sand und Lehm, aber ab und zu funkelt dazwischen doch auch ein Goldkorn auf.«

»Und solche Goldkörner sind echte Erfahrungen?«

»Oder jedenfalls Gedanken, die sich mit menschlichen Erfahrungen in Verbindung bringen lassen. Für die britischen Empiriker war es wichtig, alle menschlichen Vorstellungen zu untersuchen, um festzustellen, ob sie mit echten Erfahrungen belegt werden können. Aber nehmen wir uns einen Philosophen nach dem anderen vor.«

»Schieß los.«

»Der erste war der Engländer *John Locke*, der von 1632 bis

1704 lebte. Sein wichtigstes Buch hieß ›An Essay Concerning Human Understanding‹, ›Versuch über den menschlichen Verstand‹, und erschien 1690. Darin versucht er, zwei Fragen zu klären. Erstens fragt er, woher die Menschen ihre Gedanken und Vorstellungen nehmen. Und zweitens fragt er, ob wir Vertrauen zu dem haben können, was unsere Sinne uns erzählen.«

»Ganz schöner Brocken von einem Projekt.«

»Nehmen wir ein Problem nach dem anderen. Locke ist davon überzeugt, daß alle unsere Gedanken und Vorstellungen nur ein Reflex von dem sind, wovon wir schon einmal Sinneseindrücke, Empfindungen hatten. Ehe wir etwas empfinden, ist unser Bewußtsein wie eine ›tabula rasa‹ – eine ›unbeschriebene Tafel‹.«

»Klingt einleuchtend.«

»Ehe wir etwas empfinden, ist unser Bewußtsein also genauso leer wie eine Tafel, ehe der Lehrer das Klassenzimmer betritt. Locke vergleicht das Bewußtsein auch mit einem unmöblierten Zimmer. Aber dann setzen unsere Empfindungen ein. Wir sehen die Welt um uns herum, wir riechen, schmekken, fühlen und hören. Und niemand tut das intensiver als kleine Kinder. Auf diese Weise entstehen *einfache Sinnesideen*. Aber das Bewußtsein nimmt diese äußeren Eindrücke nicht passiv in sich auf. Auch *im* Bewußtsein passiert etwas. Die einfachen Sinnesideen werden durch Nachdenken, Überlegung, Glaube und Zweifel bearbeitet. Auf diese Weise entsteht das, was Locke *Reflexionsideen* nennt. Er unterscheidet also zwischen ›Empfindung‹ und ›Reflexion‹. Denn das Bewußtsein ist nicht nur ein passiver Empfänger. Es ordnet und bearbeitet alle hereinströmenden Sinneseindrücke. Und genau hier müssen wir auf der Hut sein.«

»Auf der Hut?«

»Locke betont, daß wir durch die Sinne einzig und allein *einfache Eindrücke* aufnehmen. Wenn ich zum Beispiel einen Apfel esse, spüre ich den ganzen Apfel in einem einzigen einfachen Eindruck. In Wirklichkeit nehme ich eine ganze Reihe solcher einfachen Eindrücke auf – daß etwas grün ist, frisch riecht und saftig und säuerlich schmeckt. Erst nachdem ich viele Äpfel gegessen habe, denke ich: Jetzt esse ich ›einen Apfel‹. Locke sagt, daß wir uns nun eine *zusammengesetzte Vorstellung* eines Apfels gebildet haben. Als wir klein waren und zum ersten Mal einen Apfel aßen, hatten wir keine solche zusammengesetzte Vorstellung. Aber wir sahen etwas Grünes, wir schmeckten etwas Frisches und Saftiges, ham, ham ... naja, ein bißchen sauer war es auch. Nach und nach bündeln wir viele Sinnesempfindungen und bilden Begriffe wie ›Apfel‹, ›Birne‹ und ›Apfelsine‹. Aber alles Material für unser Wissen über die Welt verdanken wir letztlich unserem Sinnesapparat. Wissen, das sich nicht auf einfache Sinneseindrücke zurückführen läßt, ist deshalb falsches Wissen und muß folglich verworfen werden.«

»Wir können jedenfalls sicher sein, daß das, was wir sehen und hören, riechen und schmecken, so ist, wie wir es empfinden.«

»Ja und nein. Das ist die zweite Frage, die Locke zu beantworten versucht. Er hat zuerst erklärt, woher wir unsere Ideen und Vorstellungen nehmen. Aber dann fragt er auch, ob die Welt wirklich so ist, wie wir sie empfinden. Das ist nämlich durchaus nicht selbstverständlich, Sofie. Wir dürfen nichts übereilen. Das ist das einzige, was einem echten Philosophen verboten ist.«

»Ich bin stumm wie ein Fisch.«

»Locke unterschied zwischen den, wie er es nannte, ›primären‹ und ›sekundären‹ Sinnesqualitäten. Und hier reicht er den Philosophen vor ihm die Hand – zum Beispiel Descartes.«

»Erklär mir das!«

»Unter *primären Sinnesqualitäten* versteht er Ausdehnung, Gewicht, Form, Bewegung und Anzahl der Dinge. Bei solchen Eigenschaften können wir uns sicher sein, daß die Sinne die wirklichen Eigenschaften der Dinge wiedergeben. Aber wir empfinden auch andere Eigenschaften der Dinge. Wir sagen, etwas sei süß oder sauer, grün oder rot, warm oder kalt. Das bezeichnet Locke als *sekundäre Sinnesqualitäten*. Und solche Sinneseindrücke – wie Farbe, Geruch, Geschmack oder Klang – geben keine wirklichen Eigenschaften wieder, die in den Dingen selber liegen. Sie geben nur die Einwirkung der äußeren Eigenschaften auf unsere Sinne wieder.«

»Über Geschmack läßt sich eben nicht streiten.«

»Genau. Über die primären Eigenschaften – wie Größe und Gewicht – können wir uns alle einig sein. Weil sie in den Dingen selber liegen. Aber die sekundären Eigenschaften – wie Farbe und Geschmack – können von Tier zu Tier und von Mensch zu Mensch variieren, abhängig davon, wie der Sinnesapparat des jeweiligen Individuums beschaffen ist.«

»Wenn Jorunn eine Apfelsine ißt, macht sie genau dasselbe Gesicht wie andere bei einer Zitrone. Sie schafft in der Regel nie mehr als nur ein Stückchen. ›Sauer‹, sagt sie. Und ich finde meistens genau dieselbe Apfelsine angenehm süß und lecker.«

»Und keine von euch hat recht, aber es irrt sich auch keine. Ihr beschreibt nur, wie diese Apfelsine auf eure Sinne wirkt. So ist es auch mit dem Erleben von Farben. Vielleicht denkst du, daß dir ein bestimmter Rotton nicht gefällt. Wenn Jorunn sich gerade ein Kleid in diesem Ton gekauft hat, solltest du dein Empfinden vielleicht lieber für dich behalten. Ihr erlebt diesen Farbton unterschiedlich, aber das Kleid ist weder hübsch noch häßlich.«

»Aber alle sind sich darüber einig, daß eine Apfelsine rund ist.«

»Ja, wenn du eine runde Apfelsine hast, dann kannst du sie nicht als würfelförmig empfinden. Du kannst sie süß oder sauer finden, aber du kannst nicht ›finden‹, daß sie acht Kilo wiegt, wenn sie nur zweihundert Gramm schwer ist. Du kannst vielleicht ›glauben‹, daß sie mehrere Kilo wiegt, aber dann bist du ganz schön auf dem Holzweg. Wenn mehrere Leute schätzen sollen, wieviel ein Gegenstand wiegt, dann hat immer eine ein wenig mehr recht als die anderen. Das gilt auch für die Anzahl der Dinge. Entweder stecken 986 Erbsen in der Flasche oder nicht. So ist es auch mit der Bewegung. Entweder bewegt sich das Auto – oder es steht still.«

»Ich verstehe.«

»In bezug auf die ›ausgedehnte Wirklichkeit‹ ist Locke also derselben Meinung wie Descartes, nämlich daß sie gewisse Eigenschaften aufweist, die der Mensch mit seinem Verstand erfassen kann.«

»Dem zuzustimmen, ist ja wohl auch keine Kunst.«

»Auch in anderen Bereichen läßt Locke das zu, was er als ›intuitives‹ oder ›demonstratives‹ Wissen bezeichnet. Er meinte zum Beispiel, daß gewisse ethische Grundregeln allen gegeben sind. Damit vertritt er also den sogenannten *Naturrechtsgedanken,* und das ist ein rationalistischer Zug an ihm. Ein ebenso klarer rationalistischer Zug ist, daß Locke glaubt, es liege in der menschlichen Vernunft, daß es einen Gott gibt.«

»Vielleicht hatte er recht.«

»Womit denn?«

»Damit, daß es einen Gott gibt.«

»Das ist natürlich vorstellbar. Aber er läßt das nicht einfach eine Glaubensfrage sein. Er meint, daß die Gotteserkenntnis des Menschen der menschlichen Vernunft entspringt. *Das* ist ein rationalistischer Zug. Ich muß hinzufügen, daß er Meinungsfreiheit und Toleranz verteidigte. Er propagierte außerdem die Gleichberechtigung der Geschlechter. Die untergeordnete Stellung der Frau hatten seiner Ansicht nach die Menschen geschaffen. Und deshalb konnten Menschen das auch wieder ändern.«

»Da stimme ich durchaus zu.«

»Locke war einer der ersten Philosophen der neueren Zeit, der sich mit der Frage der Geschlechterrollen beschäftigte. Es war später von großer Bedeutung für seinen Namensvetter *John Stuart Mill,* der wiederum für die Gleichberechtigung der Geschlechter sehr wichtig war. Locke äußerte überhaupt sehr früh viele liberale Gedanken, die erst während der französischen Aufklärung des 18. Jahrhunderts ihre volle Wirkung entfalteten. Zum Beispiel hat er als erster das sogenannte *Prinzip der Gewaltenteilung* propagiert...«

»Das bedeutet, daß die staatliche Macht auf verschiedene Institutionen verteilt ist.«

»Weißt du noch, um welche Institutionen es hier geht?«

»Es gibt die ›Legislative‹ oder das Parlament. Dann gibt es die ›Judikative‹ oder die Gerichte. Und schließlich gibt es die ›Exekutive‹ oder die Regierung.«

»Diese Dreiteilung stammt von dem französischen Aufklärungsphilosophen *Montesquieu*. Locke hatte vor allem betont, daß Legislative und Exekutive voneinander getrennt sein müssen, wenn wir die Tyrannei verhindern wollen. Er lebte gleichzeitig mit Ludwig XIV., der alle Macht in einer Hand vereint hatte. ›Der Staat bin ich‹, sagte er. Wir bezeichnen ihn als absoluten Herrscher und würden, was ›seinen‹ Staat betrifft, eher von rechtlosen Zuständen sprechen. Um einen Rechtsstaat zu sichern, müssen die Vertreter des Volkes die Gesetze erlassen, die dann von König und Regierung ausgeführt werden, meinte dagegen Locke.«

Hume

... so werft ihn ins Feuer...

Alberto starrte auf den Tisch zwischen ihnen. Einmal drehte er sich um und sah aus dem Fenster.

»Es bewölkt sich«, sagte Sofie.

»Ja, es ist schwül.«

»Erzählst du jetzt von Berkeley?«

»Er war der zweite der drei britischen Empiriker. Aber da er in vieler Hinsicht eine Sache für sich ist, werden wir uns zuerst auf *David Hume* konzentrieren, der von 1711 bis 1776 lebte. Seine Philosophie gilt heute als die wichtigste empiristische Philosophie. Von wesentlicher Bedeutung war er auch, weil er den großen Philosophen Immanuel Kant zu seiner eigenen Philosophie inspirierte.«

»Und es spielt keine Rolle, daß mich Berkeleys Philosophie viel mehr interessiert?«

»Das spielt keine Rolle, nein. Hume wuchs in der Nähe von Edinburgh in Schottland auf, und seine Familie wollte gern einen Juristen aus ihm machen. Er selber aber behauptete, ›eine unüberwindliche Abneigung gegen alles außer gegen Philosophie und allgemeine Gelehrsamkeit‹ zu verspüren. Er lebte, wie die großen französischen Denker *Voltaire* und *Rousseau*, mitten in der Zeit der Aufklärung und unternahm ausgedehnte Reisen durch Europa, ehe er sich wieder in Edinburgh niederließ. Sein wichtigstes Werk, ›Ein Traktat über die menschliche Natur‹, erschien, als Hume achtundzwanzig Jahre alt war. Er selber behauptete, die Idee zu diesem Buch sei ihm schon mit fünfzehn Jahren gekommen.«

»Ich sehe schon, ich muß mich beeilen.«

»Du bist doch schon dabei.«

»Aber wenn ich meine eigene Philosophie machen soll, dann wird die ganz anders aussehen als das, was ich bisher gehört habe.«

»Vermißt du etwas Besonderes?«

»Erstens waren alle Philosophen, von denen ich bisher gehört habe, Männer. Und Männer scheinen in ihrer eigenen Welt zu leben. Mich interessiert die wirkliche Welt mehr. Blumen und Tiere und Kinder, die geboren werden und heranwachsen. Deine Philosophen reden dauernd vom Menschen, und immer wieder kommt eine Abhandlung über die Natur des Menschen. Aber dieser Mensch scheint fast immer ein Mann in mittleren Jahren zu sein. Das Leben beginnt trotz allem mit Schwangerschaft und Geburt. Ich finde, bisher hat es zuwenig Windeln und Kindergeschrei gegeben. Vielleicht gab es auch zuwenig Liebe und Freundschaft.«

»Da hast du natürlich ganz recht. Aber vielleicht ist gerade Hume ein Philosoph, der etwas anders denkt. Mehr als jeder andere nimmt er seinen Ausgang von der Alltagswelt. Ich glaube außerdem, daß Hume sehr viel Gespür dafür hatte, wie Kinder – also die neuen Weltbürger – das Dasein erleben.«

»Ich werde mich zusammenreißen.«

»Als Empiriker betrachtete Hume es als seine Aufgabe, alle unklaren Begriffe und Gedankenkonstruktionen abzuschaffen, die deine Männer sich bis dahin ausgedacht hatten. Damals war in Schrift und Gespräch allerlei altes Treibholz aus dem Mittelalter und aus den rationalistischen Philosophien des 17. Jahrhunderts im Umlauf. Hume wollte zurück zum ursprünglichen menschlichen Empfinden der Welt. Keine Philosophie werde uns jemals hinter die täglichen Erfahrungen führen oder uns Verhaltensregeln geben können, die anders sind als die, die wir durch unser Nachdenken über das tägliche Leben erhalten, meinte er.«

»Bisher klingt das ja verlockend. Hast du ein paar Beispiele?«

»Zu Humes Zeiten war die Vorstellung verbreitet, daß es Engel gibt. Unter einem Engel verstehen wir eine Männergestalt mit Flügeln. Hast du je so ein Wesen gesehen, Sofie?«

»Nein.«

»Aber du hast eine Männergestalt gesehen?«

»Das ist eine blöde Frage.«

»Und du hast auch Flügel gesehen?«

»Natürlich, aber nie an einem Menschen.«

»Hume zufolge sind ›Engel‹ eine zusammengesetzte Vorstellung. Sie besteht aus zwei verschiedenen Erfahrungen, die allerdings nicht in Wirklichkeit zusammengesetzt sind, sondern erst in der menschlichen Phantasie zusammengekoppelt wurden. Mit anderen Worten, die Vorstellung ist falsch und muß über Bord geworfen werden. Auf diese Weise müssen wir in all unseren Gedanken und Vorstellungen aufräumen. Denn wie Hume gesagt hat: ›Greifen wir irgendeinen Band heraus, etwa über Gotteslehre oder Schulmetaphysik, so sollten wir fragen: Enthält er irgendeinen abstrakten Gedankengang über Größe oder Zahl? Nein. Enthält er irgendeinen auf Erfahrung gestützten Gedankengang über Tatsachen und Dasein? Nein. Nun, so werft ihn ins Feuer, denn er kann nichts als Blendwerk und Täuschung enthalten.‹«

»Ganz schön drastisch.«

»Aber übrig bleibt die Welt, Sofie. Frischer und schärfer in ihren Konturen als früher. Hume wollte dazu zurück, wie ein Kind die Welt erlebt – ehe Gedanken und Reflexionen im Bewußtsein Platz wegnehmen. Hast du nicht gesagt, daß viele Philosophen, von denen du gehört hast, in ihrer eigenen Welt leben, und daß dich die wirkliche Welt mehr interessiert?«

»So ungefähr, ja.«

»Hume hätte genau dasselbe sagen können. Aber wir wollen uns seinen Gedankengang etwas genauer ansehen.«

»Ich höre.«

»Hume stellt zuerst fest, daß der Mensch zum einen *Eindrücke* und zum anderen *Vorstellungen* hat. Unter einem Eindruck versteht er das unmittelbare Empfinden der äußeren Wirklichkeit. Unter einer Vorstellung versteht er die Erinnerung an einen solchen Eindruck.«

»Beispiele bitte.«

»Wenn du dich an einem heißen Ofen verbrennst, dann hast du einen unmittelbaren Eindruck. Später kannst du dich daran erinnern, daß du dich verbrannt hast. Und das bezeichnet Hume als Vorstellung. Der Unterschied ist nur, daß der Eindruck stärker und lebendiger ist als die spätere Erinnerung an den Eindruck. Du kannst den Sinneseindruck als Original und die Vorstellung oder Erinnerung als bleiche Kopie bezeichnen. Denn schließlich ist der Eindruck die direkte Ursache der Vorstellung, die im Bewußtsein aufbewahrt wird.«

»Bisher komme ich gut mit.«

»Weiterhin betont Hume, daß sowohl ein Eindruck als auch eine Vorstellung entweder *einfach* oder *zusammengesetzt* sein können. Du weißt doch noch, daß wir bei Locke über einen Apfel gesprochen haben. Die direkte Erfahrung eines Apfels ist so ein zusammengesetzter Eindruck. Auf diese Weise ist auch die Vorstellung des Bewußtseins von einem Apfel eine zusammengesetzte.«

»Entschuldige die Unterbrechung, aber ist das sehr wichtig?«

»Und ob das wichtig ist! Obwohl sich die Philosophen sicher mit einer Reihe von Scheinproblemen befaßt haben, darfst du nicht davor zurückschrecken, an einer Überlegung teilzunehmen. Hume hätte Descartes sicher darin recht gegeben, daß es wichtig ist, einen Gedankengang von Grund auf aufzubauen.«

»Ich kapituliere.«

»Hume geht es darum, daß wir bisweilen Vorstellungen zusammensetzen können, ohne daß in der Wirklichkeit etwas entsprechend Zusammengesetztes existiert. So entstehen falsche Vorstellungen von Dingen, die es in der Natur nicht gibt. Wir haben bereits die Engel erwähnt. Und früher war schon die Rede von Krokofanten. Ein weiteres Beispiel ist der Pegasus, also ein Pferd mit Flügeln. Bei all diesen Beispielen müssen wir einsehen, daß unser Bewußtsein sozusagen auf eigene Faust losgebastelt hat. Es hat Flügel von einem Eindruck und Pferde von einem anderen genommen. Alle Bestandteile sind einmal empfunden worden und deshalb als echte Eindrücke ins Theater des Bewußtseins eingegangen. Das Bewußtsein selber hat im Grunde nichts erfunden. Das Bewußtsein hat zu Schere und Klebstoff gegriffen und auf diese Weise falsche Vorstellungen konstruiert.«

»Ich verstehe. Jetzt begreife ich auch, daß das wichtig sein kann.«

»Gut. Hume will also jede einzelne Vorstellung untersuchen, um herauszufinden, ob sie auf eine Weise zusammengesetzt ist, die wir nicht in der Wirklichkeit finden. Er fragt: Aus welchen Eindrücken stammt diese Vorstellung? Zuallererst muß er dazu feststellen, aus welchen einfachen Vorstellungen ein Begriff zusammengesetzt ist. Auf diese Weise bekommt er eine kritische Methode, um die menschlichen Vorstellungen zu analysieren. Und auf diese Weise will er in unseren Gedanken und Vorstellungen aufräumen.«

»Hast du ein oder zwei Beispiele?«

»Zu Humes Zeiten hatten viele Menschen eine klare Vorstellung vom Himmel. Du weißt vielleicht noch, daß Descartes erklärt hatte, daß klare und deutliche Vorstellungen in sich eine Garantie dafür sein könnten, daß in der Wirklichkeit eine Entsprechung existiert.«

»Wie gesagt, ich bin nicht besonders vergeßlich.«

»Uns geht bald auf, daß ›Himmel‹ eine ungeheuer zusammengesetzte Vorstellung ist. Wir wollen nur einige Elemente erwähnen: Im ›Himmel‹ gibt es ein ›Perlentor‹, es gibt ›Straßen aus Gold‹ und ›Heerscharen von Engeln‹ – und so weiter. Aber wir haben noch nicht alles in seine einzelnen Faktoren aufgelöst. Denn auch ›Perlentor‹, ›Straßen aus Gold‹ und ›Heerscharen von Engeln‹ sind ja zusammengesetzte Vorstellungen. Erst wenn wir feststellen, daß unsere zusammengesetzte Vorstellung vom Himmel aus einfachen Vorstellungen wie ›Perle‹, ›Tor‹, ›Straße‹, ›Gold‹, ›weißbekleidete Gestalt‹ und ›Flügel‹ besteht, können wir fragen, ob wir wirklich schon einmal entsprechende ›einfache Eindrücke‹ bekommen haben.«

»Und das haben wir. Aber dann haben wir alle einfachen Eindrücke zu einem Traumbild zusammengeklebt.«

»Ja, genau. Denn wenn wir Menschen träumen, dann benutzen wir sozusagen Schere und Klebstoff. Aber Hume betont, daß alle Materialien, aus denen wir unsere Traumbilder zusammensetzen, irgendwann einmal als einfache Eindrücke in unser Bewußtsein gelangt sind. Jemand, der nie Gold gesehen hat, wird sich auch keine Straße aus Gold vorstellen können.«

»Der ist ganz schön clever. Was ist mit Descartes und dessen deutlicher Vorstellung von Gott?«

»Auch darauf hat Hume eine Antwort. Sagen wir, wir stellen uns Gott als unendlich intelligentes, kluges und gutes Wesen vor. Wir haben also eine zusammengesetzte Vorstellung, die aus etwas unendlich Klugem, unendlich Intelligentem und unendlich Gutem besteht. Wenn wir niemals Intelligenz, Klugheit und Güte erlebt hätten, dann könnten wir auch niemals einen solchen Gottesbegriff haben. Vielleicht liegt es auch in unserer Vorstellung von Gott, daß er ein strenger, aber gerechter Vater ist – also eine Vorstellung, die zusammengesetzt ist aus ›streng‹, ›gerecht‹ und ›Vater‹. Nach Hume haben viele Religionskritiker gerade darauf hingewiesen: daß nämlich eine solche Gottesvorstellung sich darauf zurückführen läßt, wie wir als Kind unseren eigenen Vater erlebt haben. Die Vorstellung von einem Vater habe zur Vorstellung eines Vaters im Himmel geführt, sagte man.«

»Das stimmt ja vielleicht auch. Aber ich habe nie akzeptiert, daß Gott unbedingt ein Mann sein muß. Zum Ausgleich sagt Mama manchmal ›Göttin sei Dank‹ oder so.«

»Hume will also alle Gedanken und Vorstellungen angreifen, die sich nicht auf entsprechende Sinneseindrücke zurückführen lassen. Er wolle das sinnlose Kauderwelsch, das so lange das metaphysische Denken beherrscht und in Mißkredit gebracht habe, verjagen, sagte er. Aber auch im Alltag verwenden wir zusammengesetzte Begriffe, ohne uns zu fragen, ob sie überhaupt Gültigkeit besitzen. Das ist zum Beispiel der Fall bei der Vorstellung eines Ichs oder eines Persönlichkeitskerns. Diese Vorstellung bildete doch die Grundlage für die Philosophie von Descartes. Es war die eine klare und deutliche Vorstellung, auf der seine gesamte Philosophie aufbaute.«

»Ich hoffe nicht, daß Hume versuchen wollte, zu leugnen, daß ich ich bin. Dann wäre er einfach nur noch ein Quasselkopf.«

»Sofie, wenn ich will, daß du bei diesem Philosophiekurs auch nur eins lernst, dann, daß du keine zu raschen Schlußfolgerungen ziehen darfst.«

»Mach weiter.«

»Nein, du kannst selber Humes Methode anwenden, um zu analysieren, was du als dein ›Ich‹ auffaßt.«

»Dann muß ich zuerst fragen, ob die Ich-Vorstellung einfach oder zusammengesetzt ist.«

»Und zu welchem Ergebnis kommst du?«

»Ich muß wohl zugeben, daß ich mich ziemlich zusammengesetzt fühle. Ich bin zum Beispiel ziemlich launisch. Und es fällt mir schwer, mich für etwas zu entscheiden. Außerdem kann ich ein und denselben Menschen mögen und verabscheuen.«

»Also ist deine Ich-Vorstellung eine zusammengesetzte.«

»Okay. Nun muß ich fragen, ob ich einen entsprechenden zusammengesetzten Eindruck dieses Ichs habe. Und den habe ich doch wohl? Den habe ich doch die ganze Zeit?«

»Macht dich das denn unsicher?«

»Ich verändere mich die ganze Zeit. Ich bin heute nicht mehr dieselbe wie vor vier Jahren. Meine Laune und meine Vorstellung von mir selber ändern sich von einer Minute auf die andere. Es kommt vor, daß ich mich plötzlich wie ein ganz neuer Mensch fühle.«

»Also ist das Gefühl, einen unveränderlichen Persönlichkeitskern zu haben, eine falsche Vorstellung. Unsere Ich-Vorstellung besteht in Wirklichkeit aus einer langen Kette aus Einzeleindrücken, die du noch nie *gleichzeitig* erlebt hast. Hume spricht von einem ›Bündel verschiedener Bewußtseinsinhalte, die einander mit unbegreiflicher Schnelligkeit folgen und beständig in Fluß und Bewegung sind‹. Unser Bewußtsein sei ›eine Art Theater‹, auf dem diese verschiedenen Inhalte ›nacheinander auftreten, kommen und gehen, und sich in unendlicher Mannigfaltigkeit der Stellungen und Arten der Anordnung untereinander mengen‹. Hume geht es also darum, daß wir keine wie auch immer geartete Grundpersönlichkeit haben, hinter oder unter der solche Auffassungen und Stimmungen kommen und gehen. Es ist wie mit den Bildern auf einer Kinoleinwand: weil sie so rasch wechseln, sehen wir nicht, daß der Film aus Einzelbildern zusammengesetzt ist. Eigentlich hängen diese Bilder nicht zusammen, das heißt, in Wirklichkeit ist der Film eine Summe von Augenblicken.«

»Ich glaube, ich gebe auf.«

»Heißt das, daß du die Vorstellung aufgibst, einen unveränderlichen Persönlichkeitskern zu haben?«

»Ja, das bedeutet es wohl.«

»Und noch vor einem Augenblick warst du ganz anderer Meinung! Ich muß noch hinzufügen, daß Humes Analyse des menschlichen Bewußtseins und sein Leugnen eines unveränderlichen Persönlichkeitskerns bereits 2500 Jahre zuvor am anderen Ende der Welt vorgetragen wurden.«

»Von wem denn?«

»Von *Buddha*. Es ist fast unheimlich, wie gleich sich beide ausdrücken. Buddha betrachtete das Menschenleben als ununterbrochene Reihe von mentalen und physischen Prozessen, die den Menschen jeden Augenblick aufs neue verändern. Der Säugling ist nicht derselbe wie der Erwachsene, und ich bin heute nicht derselbe wie gestern. Von nichts könne ich sagen, das gehört mir, sagte Buddha, und von nichts könne ich sagen, das bin ich. Es gibt also kein Ich und keinen unveränderlichen Persönlichkeitskern.«

»Ja, das hat überraschende Ähnlichkeit mit Hume.«

»Als Weiterführung der Idee eines unveränderlichen Ichs

hatten viele Rationalisten es auch für selbstverständlich gehalten, daß der Mensch eine unsterbliche Seele hat.«

»Aber auch das ist eine falsche Vorstellung?«

»Das sagen wenigstens Hume und Buddha. Weißt du, was Buddha unmittelbar vor seinem Tod zu seinen Jüngern gesagt haben soll?«

»Nein, woher soll ich das denn wissen?«

»›Dem Verfall unterworfen sind alle zusammengesetzten Dinge.‹ Hume hätte vielleicht dasselbe sagen können. Oder von mir aus auch Demokrit. Wir wissen jedenfalls, daß Hume jeden Versuch zurückwies, die Unsterblichkeit der Seele oder die Existenz Gottes zu beweisen. Das bedeutet nicht, daß er beides für unmöglich hielt, aber zu glauben, es sei möglich, religiösen Glauben mit der menschlichen Vernunft zu beweisen, hielt er für rationalistischen Unsinn. Hume war kein Christ; er war aber auch kein überzeugter Atheist. Er war das, was wir einen *Agnostiker* nennen.«

»Und das bedeutet?«

»Ein Agnostiker ist ein Mensch, der nicht weiß, ob es Gott gibt. Als Hume auf seinem Totenbett Besuch von einem Freund bekam, fragte der Freund, ob er an ein Leben nach dem Tode glaube. Und Hume soll geantwortet haben, es sei auch möglich, daß ein ins Feuer gelegtes Stück Kohle nicht brennt.«

»Ach ...«

»Die Antwort war typisch für seine bedingungslose Vorurteilslosigkeit. Er akzeptierte nur das als Wahrheit, worüber er sichere Sinneserfahrungen hatte. Alle anderen Möglichkeiten ließ er offen. Er wies weder den Glauben an Christus noch den an Wunder zurück. Aber bei beidem geht es eben um *Glauben* und nicht um *Vernunft*. Du kannst gerne sagen, die allerletzte Verbindung von Glaube und Wissen sei durch Humes Philosophie aufgelöst worden.«

»Du hast gesagt, er hätte Wunder nicht kategorisch geleugnet.«

»Das bedeutet aber auch nicht, daß er an Wunder geglaubt

hätte. Er betont, daß die Menschen offenbar ein starkes Bedürfnis haben, an das zu glauben, was wir heute vielleicht ›übernatürliche Ereignisse‹ nennen würden. Es sei nur typisch, daß alle Wunder, von denen erzählt wird, weit weg oder vor langer, langer Zeit passiert sind. Hume lehnte Wunder einfach deshalb ab, weil er keine erlebt hat. Aber er hat auch nicht erlebt, daß es keine Wunder geben kann.«

»Das mußt du genauer erklären.«

»Hume bezeichnet ein Wunder als einen Bruch der Naturgesetze. Aber wir können auch nicht behaupten, wir hätten die Naturgesetze *erfahren*. Wir erfahren, daß ein Stein auf den Boden fällt, wenn wir ihn loslassen, und wenn er nicht fallen würde – nun, dann würden wir das auch erfahren.«

»Ich würde das als Wunder bezeichnen – oder als etwas Übernatürliches.«

»Du glaubst also an zwei Naturen, eine Natur und eine Übernatur. Bist du jetzt nicht auf dem Rückweg ins rationalistische Nebelgefasel?«

»Vielleicht, aber ich glaube, der Stein fällt jedesmal zu Boden, wenn wir ihn loslassen.«

»Und warum?«

»Jetzt bist du wirklich ekelhaft.«

»Ich bin nicht ekelhaft, Sofie. Für einen Philosophen ist es nie falsch, Fragen zu stellen. Vielleicht sprechen wir hier über den allerwichtigsten Punkt in Humes Philosophie. Antworte jetzt: Wieso kannst du so sicher sein, daß der Stein immer zu Boden fällt?«

»Ich habe es so oft gesehen, daß ich ganz sicher bin.«

»Hume würde sagen, daß du oft erfahren hast, daß ein Stein zu Boden fällt. Aber du hast nicht erfahren, daß er *immer fallen wird*. Normalerweise wird gesagt, daß der Stein durch das Gesetz der Schwerkraft zu Boden fällt. Aber wir haben ein solches Gesetz nie erfahren. Wir haben nur erfahren, daß die Dinge fallen.«

»Ist das nicht dasselbe?«

»Nicht ganz. Du hast gesagt, daß du glaubst, der Stein wird zu Boden fallen, weil du das so oft gesehen hast. Und gerade darum geht es Hume. Du bist so daran gewöhnt, daß eines aufs andere folgt, daß du schließlich erwartest, daß jedesmal, wenn du einen Stein fallen läßt, dasselbe passiert. Auf diese Weise entstehen Vorstellungen von dem, was wir als die ›unwandelbaren Naturgesetze‹ bezeichnen.«

»Meint er wirklich, daß es vorstellbar ist, daß der Stein nicht wieder zu Boden fällt?«

»Er war sicher genauso überzeugt davon wie du, daß der Stein bei jedem Versuch wieder auf den Boden fallen wird, aber er weist darauf hin, daß er nicht erfahren hat, *warum* das so ist.«

»Haben wir uns nicht ein Stück von den Kindern und den Blumen entfernt?«

»Nein, ganz im Gegenteil. Du kannst die Kinder gerne als Zeugen für Humes Behauptungen heranziehen. Wer, glaubst du, wäre überraschter davon, daß ein Stein ein oder zwei Stunden in der Luft schwebt – du oder ein einjähriges Kind?«

»Ich wäre überraschter.«

»Und warum, Sofie?«

»Wahrscheinlich, weil ich besser verstehe als ein kleines Kind, wie naturwidrig das wäre.«

»Und warum würde das Kind das nicht verstehen?«

»Weil es noch nicht gelernt hat, was die Natur ist.«

»Oder weil ihm die Natur noch nicht zur Gewohnheit geworden ist.«

»Ich verstehe, was du damit meinst. Hume wollte die Leute dazu bringen, besser aufzupassen.«

»Jetzt gebe ich dir folgende Hausaufgabe: Wenn du und ein kleines Kind zusammen einen großen Zauberkünstler erleben – der zum Beispiel irgendwas durch die Luft schweben läßt –, wer von euch würde sich während dieser Zaubervorstellung besser amüsieren?«

»Ich glaube fast, ich.«

»Und warum?«

»Weil ich begreifen würde, wie irre das ist.«

»Nun gut. Das kleine Kind hat keine Freude daran, daß die Naturgesetze aufgehoben werden, weil es sie noch nicht kennengelernt hat.«

»So kannst du das auch sagen.«

»Und wir befassen uns noch immer mit dem Kern von Humes Erfahrungsphilosophie. Er hätte hinzugefügt, daß das Kind noch nicht zum Sklaven seiner Erwartungen geworden ist. Das kleine Kind hat also weniger Vorurteile als du. Es fragt sich, ob das Kind nicht auch der größte Philosoph ist. Ein Kind hat nämlich keinerlei vorgefaßte Meinungen. Und das, meine gute Sofie, ist die allererste Tugend der Philosophie. Das Kind empfindet die Welt so, wie sie ist, ohne mehr in die Dinge hineinzulegen, als es erlebt.«

»Es tut mir jedesmal leid, wenn ich Vorurteile habe.«

»Wenn Hume die Macht der Gewohnheit behandelt, dann konzentriert er sich auf das sogenannte *Kausalgesetz*. Dieses Gesetz besagt, daß alles, was geschieht, eine Ursache haben muß. Hume benutzt als Beispiel zwei Billardkugeln. Wenn du eine schwarze Billardkugel gegen eine ruhig liegende weiße rollen läßt, was passiert dann mit der weißen Kugel?«

»Wenn die schwarze die weiße trifft, dann setzt die weiße Kugel sich in Bewegung.«

»Ja, und warum macht sie das?«

»Weil sie von der schwarzen Kugel getroffen worden ist.«

»In diesem Fall bezeichnen wir den Stoß der schwarzen Kugel zumeist als *Ursache* dafür, daß die weiße Kugel in Bewegung gesetzt wird. Aber wir dürfen nicht vergessen, daß wir etwas nur als ganz sicher bezeichnen dürfen, wenn wir es erfahren haben.«

»Ich habe das sogar schon oft erfahren. Jorunn hat im Keller einen Billardtisch.«

»Hume sagt, du hast lediglich erfahren, daß die schwarze Kugel die weiße trifft, und daß die weiße dann über den Tisch kullert. Du hast nicht die Ursache selber dafür erfahren, daß die weiße Kugel rollt. Du hast erfahren, daß ein Ereignis zeitlich auf das andere folgt, aber du hast nicht erfahren, daß das zweite Ereignis *aufgrund* des ersten geschieht.«

»Ist das nicht ein bißchen spitzfindig?«

»Nein, es ist wichtig. Hume betont, daß die Erwartung, daß eines aufs andere folgt, nicht in den Gegenständen selber liegt, sondern in unserem Bewußtsein. Wieder hätte ein kleines Kind nicht weiter die Augen aufgerissen, wenn die eine Kugel die andere getroffen hätte, und beide totenstill liegengeblieben wären. Wenn wir von ›Naturgesetzen‹ oder ›Ursache und Wirkung‹ reden, dann reden wir eigentlich von den menschlichen Gewohnheiten und nicht davon, was vernünftig ist. Die Naturgesetze sind weder vernünftig noch unvernünftig, sie *sind* einfach nur. Die Erwartung, daß die weiße Billardkugel in Bewegung gesetzt wird, wenn die schwarze auf sie auftrifft, ist also nicht angeboren. Wir werden überhaupt ohne Erwartungen, wie die Welt ist, oder wie die Dinge auf der Welt sich betragen, geboren. Die Welt ist, wie sie ist, und das erfahren wir nach und nach.«

»Wieder habe ich das Gefühl, daß das nicht so schrecklich wichtig sein kann.«

»Es kann wichtig sein, wenn uns unsere Erwartungen zu übereilten Schlüssen verlocken. Hume streitet nicht ab, daß es unwandelbare Naturgesetze gibt, aber da wir die Naturgesetze selber nicht erfahren können, können wir leicht die falschen Schlüsse ziehen.«

»Kannst du mir ein paar Beispiele nennen?«

»Daß ich eine Herde von schwarzen Pferden sehe, bedeutet nicht, daß alle Pferde schwarz sind.«

»Da hast du natürlich recht.«

»Und selbst wenn ich mein Leben lang nur schwarze Raben gesehen habe, heißt das nicht, daß es keine weißen Raben gibt. Für einen Philosophen und für einen Wissenschaftler kann es wichtig sein, zu beweisen, daß es keine weißen Raben gibt. Du kannst fast die Jagd nach dem weißen Raben als allerwichtigste Aufgabe der Wissenschaft bezeichnen.«

»Ich verstehe.«

»Wenn es um das Verhältnis von Ursache und Wirkung geht, dann stellen sich vielleicht viele den Blitz als Ursache des Donners vor, weil der Donner immer auf den Blitz folgt. Dieses Beispiel ist ja nicht sehr viel anders als das mit den Billardkugeln. Aber ist der Blitz wirklich die Ursache des Donners?«

»Nicht ganz, eigentlich blitzt und donnert es genau gleichzeitig.«

»Denn Blitz und Donner sind Folgen einer elektrischen Entladung. Selbst wenn wir immer erleben, daß der Donner auf den Blitz folgt, dann heißt das nicht, daß der Blitz die Ursache des Donners ist. In Wirklichkeit löst ein dritter Faktor beide aus.«

»Ich verstehe.«

»Ein Empiriker unseres Jahrhunderts, *Bertrand Russell*, hat ein etwas groteskeres Beispiel gegeben: Ein Küken, das jeden Tag erlebt, daß es Futter bekommt, wenn der Hühnerzüchter über den Hof gegangen ist, wird schließlich den Schluß ziehen, daß es zwischen dem Gang des Hühnerzüchters über den Hof und dem Futter im Napf einen Zusammenhang gibt.«

»Aber eines Tages wird es nicht gefüttert?«

»Eines Tages kommt der Hühnerzüchter über den Hof und dreht ihm den Hals um.«

»Pfui Spinne!«

»Daß Dinge zeitlich aufeinander folgen, bedeutet also nicht notwendigerweise, daß es einen ursächlichen Zusammenhang gibt. Es ist eine der wichtigsten Aufgaben der Philosophie, die Menschen vor übereilten Schlußfolgerungen zu warnen. Übereilte Schlußfolgerungen können außerdem zu vielen Formen des Aberglaubens führen.«

»Wie denn das?«

»Du siehst eine schwarze Katze über die Straße laufen. Etwas später an diesem Tag stolperst du und brichst dir den Arm. Aber das bedeutet nicht, daß es zwischen beiden Ereignissen einen ursächlichen Zusammenhang gibt. Nicht zuletzt in wissenschaftlichen Zusammenhängen ist es wichtig, nicht zu rasche Schlußfolgerungen zu ziehen. Obwohl viele Menschen gesund werden, nachdem sie eine bestimmte Medizin eingenommen haben, heißt das nicht, daß die Medizin sie gesund gemacht hat. Deshalb brauchen wir eine große Kontrollgruppe von Menschen, die glauben, dieselbe Medizin zu erhalten, während sie in Wirklichkeit Mehl mit Wasser bekommen. Wenn auch diese Menschen gesund werden, dann muß es einen dritten Faktor geben, der sie gesund macht – zum Beispiel den Glauben an die Wirksamkeit dieser Medizin.«

»Ich glaube, langsam verstehe ich, was unter Empirismus zu verstehen ist.«

»Auch in bezug auf Ethik und Moral hat Hume gegen das rationalistische Denken opponiert. Die Rationalisten hielten es doch für der menschlichen Vernunft innewohnend, daß sie zwischen Recht und Unrecht unterscheidet. Dieser sogenannte Naturrechtsgedanke ist uns bei vielen Philosophen von Sokrates bis Locke begegnet. Aber Hume glaubt nicht, daß die Vernunft bestimmt, was wir sagen und tun.«

»Sondern was?«

»Unsere *Gefühle*. Wenn du beschließt, einem Hilfsbedürftigen zu helfen, dann drängen dich deine Gefühle dazu, nicht deine Vernunft.«

»Und wenn ich keinen Bock zum Helfen habe?«

»Auch dann kommt alles auf deine Gefühle an. Es ist weder vernünftig noch unvernünftig, einem Hilfsbedürftigen nicht zu helfen, aber es kann gemein sein.«

»Aber irgendwo muß es doch sicher eine Grenze geben. Alle *wissen*, daß es nicht richtig ist, einen anderen Menschen zu töten.«

»Hume zufolge haben alle Menschen ein Gefühl für das Wohl und Wehe der anderen. Wir haben also eine Fähigkeit zum Mitgefühl. Aber nichts davon hat mit Vernunft zu tun.«

»Ich weiß nicht, ob ich da so sicher bin.«

»Es ist nicht immer so unvernünftig, einen anderen Menschen aus dem Weg zu räumen, Sofie. Wenn man irgend etwas erreichen will, kann das sogar eine gute Hilfe sein.«

»Also echt! Ich protestiere!«

»Dann kannst du vielleicht versuchen, mir zu erklären, warum man keinen störenden Menschen umbringen soll.«

»Auch der andere Mensch liebt das Leben. Deshalb darfst du ihn nicht umbringen.«

»Ist das ein logischer Beweis?«

»Keine Ahnung.«

»Was du gemacht hast, war, von einem *beschreibenden Satz* – ›Auch der andere Mensch liebt das Leben‹ – auf einen sogenannten *richtungsweisenden oder normgebenden Satz* – ›Deshalb darfst du ihn nicht umbringen‹ – zu schließen. Rein vernunftmäßig gesehen ist das Unfug. Genausogut könntest du aus der Tatsache, daß viele Menschen Steuern hinterziehen, folgern, daß du das auch tun solltest. Hume hat klargestellt, daß man niemals von *Ist-Sätzen* auf *Soll-Sätze* schließen kann. Dennoch kommt genau das sehr häufig vor – nicht zuletzt in Zeitungsartikeln, Parteiprogrammen und Parlamentsreden. Möchtest du ein paar Beispiele hören?«

»Gerne.«

»›Immer mehr Menschen möchten gerne per Flugzeug verreisen. – Deshalb müssen mehr Flugplätze gebaut werden.‹ Findest du diese Schlußfolgerung überzeugend?«

»Nein, die ist blödsinnig. Wir müssen auch an die Umwelt denken. Ich finde, wir sollten lieber neue Eisenbahnlinien bauen.«

»Oder es heißt: ›Der Ausbau der Ölfelder wird den Lebensstandard des Landes um zehn Prozent erhöhen. – Deshalb müssen wir möglichst schnell neue Ölfelder erschließen.‹«

»Unsinn. Auch hier müssen wir an die Umwelt denken. Außerdem ist der Lebensstandard bei uns hoch genug.«

»Manchmal wird auch gesagt: ›Dieses Gesetz ist vom Parlament beschlossen worden, und deshalb müssen sich alle Bürger des Landes danach richten.‹ Aber es widerstrebt nicht selten der allertiefsten Überzeugung eines Menschen, sich an solche beschlossenen Gesetze halten zu sollen.«

»Ich verstehe.«

»Wir haben also festgestellt, daß wir nicht durch unsere Vernunft beweisen können, wie wir uns zu verhalten haben. Verantwortungsbewußtes Handeln bedeutet nicht, daß wir unsere Vernunft schärfen, sondern daß wir unsere Gefühle für das Wohl und Wehe der anderen schärfen. Es ist nicht vernunftwidrig, die Zerstörung der ganzen Welt einem Kratzer am Finger vorzuziehen, meinte Hume.«

»Was für eine scheußliche Behauptung!«

»Es geht sogar noch scheußlicher. Du weißt, daß die Nazis Millionen von Juden ermordet haben. Was, würdest du sagen, stimmte nicht bei diesen Menschen, ihre Vernunft oder ihre Gefühle?«

»Vor allem stimmte etwas nicht mit ihren Gefühlen.«

»Viele von ihnen waren verdammt klar im Kopf. Hinter den gefühllosesten Beschlüssen kann eben oft eiskalte Berechnung stecken. Nach dem Krieg wurden viele Nazis verurteilt, aber nicht, weil sie unvernünftig gewesen wären. Sie wurden wegen ihrer Grausamkeit verurteilt. Es kommt auch vor, daß Leute, die nicht ganz klar im Kopf sind, trotz ihrer Verbrechen freigesprochen werden. Wir bezeichnen sie als ›unzurechnungsfähig im Augenblick der Tat‹ oder als ›auf Dauer unzurechnungsfähig‹. Aber noch nie ist jemand wegen Gefühllosigkeit freigesprochen worden.«

»Nein, das wäre ja noch schöner!«

»Aber wir brauchen nicht einmal auf die allergroteskesten Beispiele zurückzugreifen. Wenn nach einer Überschwemmungskatastrophe viele Menschen Hilfe brauchen, dann entscheiden unsere Gefühle, ob wir eingreifen. Wenn wir gefühllos wären und diese Entscheidung der ›kalten Vernunft‹ überließen, dann würden wir uns vielleicht überlegen, daß es nur gut ist, wenn in einer Welt, die ohnehin schon unter Übervölkerung leidet, ein paar Millionen Menschen sterben.«

»Es macht mich fast wütend, daß jemand so denken kann.«

»Und dann ist es nicht deine Vernunft, die wütend wird.«

»Danke, das reicht.«

Berkeley

... wie ein schwindliger Planet
um eine brennende Sonne...

Alberto trat ans Fenster, und Sofie stellte sich neben ihn. Nach einer Weile sahen sie, wie ein kleines Propellerflugzeug über den Hausdächern auftauchte. Am Flugzeug war ein langes Banner befestigt.

Sofie erwartete eine Reklame für ein großes Konzert oder so etwas auf dem Stück Stoff, das wie ein langer Schwanz hinter dem Flugzeug herflatterte. Aber als es näher kam, sah sie, daß dort etwas ganz anderes stand:

»HERZLICHEN GLÜCKWUNSCH ZUM 15. GEBURTSTAG, HILDE!«

»Aufdringlich«, war Albertos einziger Kommentar.

Dunkle Wolken wälzten sich von den Hügeln im Süden her auf die Stadt zu. Das kleine Flugzeug verschwand in einer dieser schweren Wolken.

»Ich fürchte, es gibt ein Unwetter«, sagte Alberto.

»Dann fahre ich mit dem Bus nach Hause.«

»Wenn nur hinter dem Unwetter nicht auch der Major steckt.«

»Der ist doch wohl nicht allmächtig?«

Alberto gab keine Antwort. Er ging zum kleinen Tisch zurück und setzte sich in den Sessel.

»Wir müssen noch ein bißchen über Berkeley reden«, sagte er.

Sofie hatte sich schon gesetzt. Sie ertappte sich dabei, daß sie das Nägelkauen angefangen hatte.

»*George Berkeley* war ein irischer Bischof, der von 1685 bis 1753 lebte«, begann Alberto, und dann sagte er lange Zeit nichts mehr.

»Berkeley war ein irischer Bischof...« Sofie nahm den Faden wieder auf.

»Aber er war auch Philosoph...«

»Ja?«

»Er glaubte, daß die Philosophie und Wissenschaft seiner Zeit die christliche Weltanschauung bedrohten. Nicht zuletzt erlebte er den immer konsequenteren Materialismus als Bedrohung des christlichen Glaubens, daß Gott alles in der Natur schafft und am Leben erhält...«

»Ja?«

»Gleichzeitig war Berkeley einer der allerkonsequentesten Empiriker.«

»Er glaubte, daß wir nicht mehr von der Welt wissen können als wir empfinden?«

»Und nicht nur das. Berkeley meinte, daß die Dinge auf der Welt genau so sind, wie wir sie empfinden, aber sie sind keine ›Dinge‹.«

»Das mußt du genauer erklären.«

»Du weißt doch noch, daß Locke darauf hingewiesen hatte, daß wir nichts über die ›sekundären Eigenschaften‹ der Dinge sagen können. Wir können nicht behaupten, ein Apfel *sei* grün und säuerlich. Nur *wir* empfinden diesen Apfel schließlich so. Aber Locke hatte auch gesagt, daß die ›primären Eigenschaften‹ – wie Festigkeit, Gewicht und Schwere – wirklich zur äußeren Wirklichkeit um uns herum gehören. Diese äußere Wirklichkeit hat also eine physische ›Substanz‹.«

»Ich habe noch immer dasselbe gute Gedächtnis. Und ich dachte, Locke hätte einen wichtigen Unterschied aufgezeigt.«

»Ach, Sofie, wäre das nur so!«

»Weiter!«

»Locke hielt also – wie auch Descartes und Spinoza – die physische Welt für eine Realität.«

»Ja?«

»Und genau das zweifelt Berkeley an, und zwar greift er dafür zu einem konsequenten Empirismus. Er sagt, das einzige, was existiert, ist das, was wir empfinden. Aber wir empfinden nicht ›Materie‹ oder ›Stoff‹. Wir empfinden die Dinge nicht als handgreifliche ›Dinge‹. Wenn wir voraussetzen, daß das, was wir empfinden, eine dahinterliegende ›Substanz‹ hat, dann ziehen wir voreilige Schlüsse. Wir haben überhaupt keinen erfahrungsmäßigen Beleg für eine solche Behauptung.«

»Quatsch! Sieh doch nur her!«

Jetzt schlug Sofie mit der Faust auf den Tisch.

»Au!« sagte sie, so hart hatte sie zugeschlagen. »Ist das denn kein Beweis dafür, daß der Tisch ein wirklicher Tisch und sehr wohl Materie oder Stoff ist?«

»Was hast du gespürt?«

»Etwas Hartes.«

»Du hattest eine klare sinnliche Empfindung von etwas Hartem, aber den eigentlichen *Stoff* im Tisch hast du nicht gespürt. Ebenso kannst du träumen, daß du an etwas Hartes stößt, aber in deinem Traum gibt es ja wohl nichts Hartes?«

»Im Traum nicht, nein.«

»Einem Menschen kann außerdem eingeredet werden, daß er alles mögliche ›spürt‹. Ein Mensch kann hypnotisiert werden und dann Wärme und Kälte spüren, sanfte Liebkosungen und harte Faustschläge.«

»Aber wenn es nicht der Tisch selber war, was hart war, was hat mich dann dazu gebracht, es zu spüren?«

»Berkeley glaubte, das sei der *Wille* oder *Geist*. Er meinte auch, daß alle unsere Ideen eine Ursache außerhalb unseres Bewußtseins haben, daß diese Ursache aber nicht stofflicher Natur ist. Sie ist, so Berkeley, aus Geist.«

Sofie kaute nun wieder an ihren Nägeln. Alberto fuhr fort:

»Berkeley zufolge kann meine Seele Ursache meiner Vorstellungen sein – wie wenn ich träume –, aber nur ein anderer Wille oder Geist kann Ursache der Ideen sein, die unsere materielle Welt ausmachen. Alles kommt von dem Geist, ›der alles in allem wirkt und durch den alles besteht‹, heißt es bei ihm.

»Und was soll das für ein Geist sein?«

»Berkeley denkt natürlich an Gott. Er meinte, daß wir sogar behaupten könnten, die Existenz Gottes werde von uns deutlicher empfunden als die irgendeines Menschen.«

»Steht denn nicht einmal fest, daß wir existieren?«

»Naja ... alles, was wir sehen und fühlen ist nach Berkeley eine Wirkung der Kraft Gottes. Denn Gott sei sozusagen intim in unserem Bewußtsein anwesend und rufe darin die ganze Vielfalt von Ideen und Empfindungen hervor, der wir ständig ausgesetzt sind. Die ganze Natur um uns herum und unser ganzes Dasein ruhen demnach in Gott. Er ist die einzige Ursache für alles, was existiert.«

»Ich bin, gelinde gesagt, verblüfft.«

»›Sein oder Nichtsein‹ ist also nicht die ganze Frage. Die Frage ist auch, *was* wir sind. Sind wir wirkliche Menschen aus Fleisch und Blut? Besteht unsere Welt aus wirklichen Dingen – oder sind wir nur von Bewußtsein umgeben?«

Noch einmal fing Sofie an, an ihren Nägeln herumzukauen. Alberto fuhr fort:

»Denn Berkeley zweifelt nicht nur die stoffliche Wirklichkeit an. Er bezweifelt außerdem, daß Zeit und Raum eine absolute oder selbständige Existenz haben. Auch unser Erleben von Zeit und Raum kann einfach nur in unserem Bewußtsein liegen. Ein oder zwei Wochen für uns brauchen nicht ein oder zwei Wochen für Gott zu sein ...«

»Du hast gesagt, daß für Berkeley dieser Geist, in dem alles ruht, der christliche Gott ist.«

»Ja, das habe ich wohl. Aber für uns ...«

»Ja?«

»... für uns kann dieser Wille oder Geist, der alles bewirkt, auch Hildes Vater sein.«

Sofie verstummte. Ihr Gesicht war ein einziges großes Fragezeichen. Und gleichzeitig ging ihr jetzt etwas auf.

»Glaubst du das?« fragte sie.

»Ich kann keine andere Möglichkeit sehen. Das ist vielleicht die einzige mögliche Erklärung für alles, was wir erlebt haben.

Ich denke an diverse Karten und Nachrichten, die an allen möglichen Stellen aufgetaucht sind. Ich denke daran, daß Hermes plötzlich redet, und ich denke an meine eigenen unfreiwilligen Versprecher.«

»Ich ...«

»Die Vorstellung, daß ich dich Sofie genannt habe, Hilde! Ich habe doch die ganze Zeit gewußt, daß du nicht Sofie heißt.«

»Was sagst du da? Jetzt drehst du aber endgültig durch!«

»Ja, alles dreht und dreht sich, mein Kind. Wie ein schwindliger Planet um eine brennende Sonne.«

»Und diese Sonne ist Hildes Vater?«

»So kannst du das sagen.«

»Du meinst, daß er für uns wie eine Art Gott gewesen ist?«

»Ohne rot zu werden, ja. Aber er sollte sich schämen!«

»Was ist mit Hilde selber?«

»Sie ist ein Engel, Sofie.«

»Ein Engel?«

»Hilde ist die, an die dieser ›Geist‹ sich wendet.«

»Du meinst, daß Albert Knag Hilde von uns erzählt?«

»Oder er schreibt über uns. Denn wir können den Stoff, aus dem unsere Wirklichkeit gemacht ist, nicht empfinden. Das haben wir immerhin gelernt. Wir können nicht wissen, ob unsere äußere Wirklichkeit aus Schallwellen oder aus Papier und Schrift besteht. Berkeley zufolge können wir nur wissen, daß wir aus Geist bestehen.«

»Und Hilde ist ein Engel ...«

»Sie ist ein Engel, ja. Und damit wollen wir für heute abschließen. Herzlichen Glückwunsch zum Geburtstag, Hilde!«

Nun erfüllte ein bläuliches Licht das Zimmer. Einige Sekunden darauf hörten sie dröhnenden Donner, und das Haus wurde ordentlich erschüttert.

Alberto saß mit geistesabwesendem Blick da.

»Ich muß nach Hause«, sagte Sofie. Sie sprang auf und rannte zur Wohnungstür. Als sie die Tür aufriß, erwachte Hermes, der unter der Garderobe geschlafen hatte. Als Sofie ging, schien er zu sagen:

»Auf Wiedersehen, Hilde!«

Sofie stürzte die Treppen hinunter und rannte auf die Straße. Hier war kein Mensch zu sehen. Aber inzwischen goß es auch wie aus Kannen.

Zwei Autos platschten über den nassen Asphalt; einen Bus konnte Sofie dagegen nicht entdecken. Sie lief über den Marktplatz und weiter durch die Stadt. Im Laufen wirbelte ihr nur ein einziger Gedanke durch den Kopf.

Morgen habe ich Geburtstag, dachte sie. Und war es nicht extrabitter, einen Tag vor dem 15. Geburtstag einsehen zu müssen, daß das Leben ein Traum ist? Genausogut könnte sie träumen, eine Million gewonnen zu haben, und, kurz bevor der große Gewinn ausgezahlt wird, begreifen, daß alles nur ein Traum gewesen war.

Sofie rannte über den nassen Sportplatz. Und nun sah sie, daß ein Mensch auf sie zugelaufen kam. Es war ihre Mutter. Wütende Blitze zerrissen den Himmel.

Mutter nahm Sofie in den Arm.

»Was ist nur mit uns los, mein Kind?«

»Ich weiß nicht«, weinte Sofie. »Es ist wie ein böser Traum.«

Bjerkely

... ein alter Zauberspiegel, den die Urgroßmutter einer Zigeunerin abgekauft hatte ...

Hilde Møller Knag erwachte im Mansardenzimmer in der alten Kapitänsvilla bei Lillesand. Sie sah auf die Uhr; es war erst sechs. Trotzdem war es schon ganz hell. Ein breiter Streifen Morgensonne bedeckte fast eine ganze Wand.

Hilde stand auf und ging ans Fenster. Unterwegs beugte sie sich über ihren Schreibtisch und riß ein Blatt vom Tischkalender. Donnerstag, 14. Juni 1990. Sie knüllte den Zettel zusammen und warf ihn in den Papierkorb.

»Freitag, 15. Juni 1990«, stand jetzt auf dem Kalender; die Zahl strahlte ihr entgegen. Schon im Januar hatte sie auf dieses Kalenderblatt »15 Jahre« geschrieben. Sie fand, daß sie an einem Fünfzehnten fünfzehn wurde, mache einen ganz besonderen Eindruck. So etwas würde sie nie wieder erleben.

15 Jahre! War das nicht der erste Tag in ihrem »erwachsenen« Leben? Sie konnte jetzt nicht einfach wieder ins Bett gehen; außerdem war heute der letzte Schultag vor den Ferien. Heute trafen sie sich einfach nur um ein Uhr in der Kirche. Und das war noch nicht alles: In einer Woche würde ihr Vater aus dem Libanon zurückkommen. Er hatte versprochen, zum Johannistag zu Hause zu sein.

Hilde trat ans Fenster und blickte über den Garten auf den Steg und das rote Bootshaus. Das Segelboot war noch nicht für die Sommersaison gerichtet worden, aber das alte Ruderboot lag am Steg vertäut. Sie durfte nicht vergessen, nach dem heftigen Regenguß das Wasser auszuschöpfen.

Während sie über die kleine Bucht spähte, fiel ihr ein, wie sie einmal mit sechs oder sieben Jahren ins Ruderboot geklettert und ganz allein losgerudert war. Und dann war sie über Bord gefallen und hatte nur mit Mühe wieder an Land kriechen können. Klitschnaß war sie durch die dichten Büsche gekrabbelt. Als sie im Garten vor dem Haus gestanden hatte, war ihre Mutter gerannt gekommen. Sie hatte das Boot und die Ruder draußen auf dem Fjord treiben sehen. Noch immer träumte Hilde manchmal von dem verlassenen Boot, das mutterseelenallein dort draußen herumschwamm. Es war ein scheußliches Erlebnis gewesen.

Der Garten war weder besonders üppig noch besonders gepflegt. Aber er war groß, und er gehörte Hilde. Ein vom Wind zerzauster Apfelbaum und einige Johannisbeersträucher, die fast keine Frucht mehr trugen, hatten mit Mühe und Not die harten Winterstürme überlebt.

Zwischen Felsrücken und Gestrüpp stand auf der kleinen Rasenfläche die alte Hollywoodschaukel. Sie sah im scharfen Morgenlicht total vereinsamt aus. Besonders armselig sah sie aus, weil die Kissen im Haus waren. Hildes Mutter war am Abend wohl noch hinausgestürzt, um sie vor dem Unwetter zu retten.

Der ganze große Garten war von Birken umstanden. Auf diese Weise war er ein wenig von den ärgsten Fallböen beschützt. Wegen dieser Bäume hatte das Grundstück vor über hundert Jahren den Namen Bjerkely erhalten. Hildes Urgroßvater hatte kurz vor der Jahrhundertwende das Haus bauen lassen. Er war Kapitän eines der letzten großen Segelschiffe gewesen. Noch heute nannten viele das Haus »die Kapitänsvilla«.

An diesem Morgen war dem Garten noch anzusehen, daß es abends heftig geregnet hatte. Hilde war mehrmals vom Donner geweckt worden. Jetzt war am Himmel keine einzige Wolke zu sehen.

Nach solchen sommerlichen Regengüssen war es immer so frisch. In den letzten Wochen war es heiß und trocken gewesen, und die Birken hatten häßliche gelbe Flecken auf der äußersten Blätterschicht bekommen. Jetzt war die Welt wie frisch gewaschen. An diesem Morgen schien außerdem ihre ganze Kindheit mit dem Donner verhallt zu sein.

»Ja sicher, es tut weh, wenn Knospen bersten ...« Hatte nicht irgendeine schwedische Dichterin so etwas gesagt? Oder war das eine Finnin?

Hilde trat vor den großen Messingspiegel, der über Großmutters alter Kommode hing.

Ob sie schön war? Häßlich war sie doch jedenfalls nicht? Vielleicht war sie irgendwas dazwischen...

Sie hatte lange blonde Haare. Hilde hatte sich ihre Haare immer etwas heller oder etwas dunkler gewünscht. Dieses Zwischending von einer Haarfarbe war so nichtssagend. Positiv fand sie allerdings ihre sanften Locken. Viele ihrer Freundinnen legten sich mühsam die Haare, um Schwung hineinzubringen, aber Hilde hatte das nie nötig gehabt. Positiv fand sie auch ihre grünen Augen, knallgrün waren die. »Sind die wirklich ganz grün?« fragten Tanten und Onkel immer, wenn sie sich über sie beugten.

Hilde überlegte, ob das Bild, das sie hier musterte, das Spiegelbild eines Mädchens oder einer jungen Frau war. Sie kam zu dem Schluß, daß es keins von beiden war. Ihr Körper sah vielleicht schon ziemlich aus wie der einer Frau; ihr Gesicht dagegen war wie ein unreifer Apfel.

Etwas an dem alten Spiegel ließ Hilde immer an ihren Vater denken. Früher hatte er unten im »Atelier« gehangen. Das Atelier lag über dem Bootshaus und diente ihrem Vater als Bibliothek, Schmollwinkel und Dichterklause. Albert, wie Hilde ihn nannte, wenn er zu Hause war, hatte immer ein großes Werk schreiben wollen. Er hatte einmal einen Roman versucht, aber es war bei diesem unvollendeten Versuch geblieben. Einige Gedichte und Skizzen aus der Schärenwelt waren in regelmäßigen Abständen in der Lokalzeitung veröffentlicht worden. Hilde war fast ebenso stolz wie er, wenn sie seinen Namen gedruckt sah. ALBERT KNAG. In Lillesand hatte dieser Name jedenfalls einen besonderen Klang. Auch der Urgroßvater hatte Albert geheißen.

Der Spiegel, ja. Vor vielen Jahren hatte ihr Vater gescherzt, es wäre vielleicht möglich, sich selber im Spiegel zuzuzwinkern, aber mit beiden Augen ginge das auf keinen Fall. Die einzige Ausnahme sei dieser Messingspiegel, denn er sei ein alter Zauberspiegel, den die Urgroßmutter gleich nach ihrer Hochzeit einer Zigeunerin abgekauft habe.

Hilde hatte es lange versucht, aber sich selber mit beiden Augen zuzuzwinkern, war genauso schwer, wie vor dem eigenen Schatten davonzulaufen. Am Ende hatte sie das alte Erbstück geschenkt bekommen. Während ihrer ganzen Kindheit versuchte sie dieses unmögliche Kunststück in regelmäßigen Abständen.

Kein Wunder, daß sie heute ein bißchen nachdenklich war. Kein Wunder, daß sie nur an sich dachte. Fünfzehn Jahre...

Erst jetzt warf sie einen Blick auf ihren Nachttisch. Dort lag ein großes Paket. Mit wunderschönem himmelblauen Papier und einem roten Seidenband. Das mußte doch ein Geburtstagsgeschenk sein!

Ob das das »Geschenk« war? Konnte das das große GESCHENK von ihrem Vater sein, das Geschenk, um das es soviel Geheimniskrämerei gegeben hatte? Er hatte auf seinen vielen Karten aus dem Libanon immer wieder seltsame Anspielungen gemacht. Aber er hatte sich selber »eine strenge Zensur« auferlegt.

Es war ein Geschenk, das wuchs und wuchs, hatte er geschrieben. Und dann hatte er Andeutungen über ein Mädchen gemacht, das sie bald kennenlernen würde – und dem er eine Kopie von jeder Postkarte geschickt habe. Hilde hatte versucht, aus ihrer Mutter herauszubringen, was er damit meinte, aber die hatte auch keine Ahnung gehabt.

Das Allerseltsamste war die Andeutung gewesen, daß das Geschenk vielleicht mit anderen Menschen geteilt werden könne. Schließlich arbeitete er nicht umsonst bei der UNO: Wenn Hildes Vater überhaupt eine fixe Idee hatte – und er hatte sehr viele –, dann die, daß die UNO eine Art Regierungsverantwortung für die ganze Welt übernehmen sollte. »Möge die UNO eines Tages die Menschheit wirklich zusammenbringen«, hatte er auf einer Karte geschrieben.

Ob sie das Paket aufmachen durfte, ehe ihre Mutter mit Rosinenbrötchen und Limonade, Geburtstagslied und norwegischer Flagge heraufkam? Das durfte sie sicher, deshalb lag es schließlich da.

Hilde schlich durchs Zimmer und nahm das Paket vom Nachttisch. Das war vielleicht schwer! Darin steckte eine Karte: »Für Hilde, von Papa zum 15. Geburtstag«.

Sie setzte sich aufs Bett und lockerte vorsichtig das rote Seidenband. Bald konnte sie das Papier entfernen.

Es war ein großer Ordner.

War das das Geschenk? War das das Geschenk zum 15. Geburtstag, von dem soviel die Rede gewesen war? War das das Geschenk, das gewachsen und gewachsen war und außerdem mit anderen geteilt werden konnte?

Ein kurzer Blick ergab, daß der Ordner mit maschinegeschriebenen Blättern gefüllt war. Hilde erkannte die Schrifttypen der Schreibmaschine, die ihr Vater mit in den Libanon genommen hatte.

Hatte er ein ganzes Buch für sie geschrieben?

Auf dem ersten Blatt stand in großen, handgeschriebenen Buchstaben: SOFIES WELT.

Etwas weiter unten stand auch etwas in Maschinenschrift:

WAS SONNENSCHEIN FÜR DAS SCHWARZE ERDREICH IST,
IST WAHRE AUFKLÄRUNG FÜR DIE VERWANDTEN DES ERDREICHES.

N. F. S. Grundtvig

Hilde blätterte um. Ganz oben auf der nächsten Seite begann das erste Kapitel. Die Überschrift lautete: »Der Garten Eden«. Sie machte es sich auf dem Bett gemütlich, lehnte den Ordner gegen ihre Knie und fing an zu lesen:

Sofie Amundsen war auf dem Heimweg von der Schule. Das erste Stück war sie mit Jorunn zusammen gegangen. Sie hatten sich über Roboter unterhalten. Jorunn hielt das menschliche Gehirn für einen komplizierten Computer. Sofie war sich nicht so sicher, ob sie da zustimmte. Ein Mensch mußte doch mehr sein als eine Maschine?

Hilde las weiter, und bald hatte sie alles andere vergessen; sie vergaß sogar, daß sie Geburtstag hatte. Ab und zu konnte sich aber dennoch ein Gedanke zwischen die Zeilen schleichen.

Ob ihr Vater einen Roman geschrieben hatte? Ob er den Versuch, den großen Roman zu schreiben, wieder aufgenommen hatte und ihn im Libanon vollenden wollte? Er hatte sich so oft darüber beklagt, daß ihm da unten die Zeit so lang wurde.

Auch Sofie reiste durch die Weltgeschichte. Sicher war sie das Mädchen, das Hilde kennenlernen sollte...

Erst wenn sie ganz stark empfand, daß sie eines Tages ganz verschwunden sein würde, ging ihr richtig auf, wie unendlich wertvoll das Leben war... Woher kommt die Welt?... Schließlich und endlich mußte irgendwann irgend etwas aus null und nichts entstanden sein. Aber war das möglich? War diese Vorstellung nicht ebenso unmöglich wie die, daß es die Welt immer schon gegeben hatte?

Hilde las und las, und sie hüpfte vor Verwirrung im Bett in die Höhe, als sie las, daß Sofie Amundsen eine Ansichtskarte aus dem Libanon bekam. »Hilde Møller Knag, c/o Sofie Amundsen, Kløverveien 3...«

Liebe Hilde! Ich gratuliere Dir herzlich zum 15. Geburtstag. Du verstehst sicher, daß ich Dir ein Geschenk machen möchte, an dem Du wachsen kannst. Verzeih, daß ich die Karte an Sofie schicke. So war es am leichtesten.

Liebe Grüße, Papa

Dieser Mistkerl! Hilde hatte ihren Papa ja immer schon für einen Schlingel gehalten, aber heute haute er sie ganz einfach um. Statt diese Karte ins Paket zu legen, hatte er sie ins Geschenk hinein gedichtet.

Aber die arme Sofie! Die war ja total verwirrt.

Warum aber schickte ein Vater eine Geburtstagskarte an Sofies Adresse, wenn sie doch offenbar anderswohin gehörte? Welcher Vater würde eine Postkarte auf Irrwege senden und damit seine Tochter um ihren Geburtstagsgruß betrügen? Wieso konnte es »so am leichtesten« sein? Und vor allem: Wie sollte sie Hilde ausfindig machen?

Nein, wie sollte die arme Sofie das schaffen? Hilde blätterte um und fing mit dem zweiten Kapitel an. Es hieß »Der Zylinderhut«. Bald kam sie zu einem langen Brief, den diese geheimnisvolle Person Sofie geschrieben hatte. Hilde hielt den Atem an.

Sich dafür zu interessieren, warum wir leben, ist also kein ebenso »zufälliges« Interesse wie das am Briefmarkensammeln. Wer sich für solche Fragen interessiert, beschäftigt sich mit etwas, das die Menschen schon fast so lange diskutieren, wie wir auf diesem Planeten leben...

»Sofie war ganz schwach.« Das war Hilde auch. Ihr Vater hatte ihr nicht nur zu ihrem 15. Geburtstag ein Buch geschrieben; er hatte noch dazu ein sehr seltsames und rätselhaftes Buch zustande gebracht.

Kurze Zusammenfassung: Ein weißes Kaninchen wird aus einem leeren Zylinder gezogen. Weil es ein sehr großes Kaninchen ist, nimmt dieser Trick viele Milliarden von Jahren in Anspruch. An der Spitze der dünnen Haare werden alle Menschenkinder geboren. Deshalb können sie über die unmögliche Zauberkunst staunen. Aber wenn sie älter werden, kriechen sie immer tiefer in den Kaninchenpelz. Und da bleiben sie...

Nicht nur Sofie hatte das Gefühl, daß sie gerade dabeigewesen war, sich tief unten im Fell des weichen Kaninchens einen Platz zu suchen. Heute wurde Hilde fünfzehn. Auch sie hatte das Gefühl, sich jetzt entscheiden zu müssen, in welche Richtung sie kriechen wollte.

Sie las über die griechischen Naturphilosophen. Hilde wußte, daß ihr Vater sich für Philosophie interessierte. Er hatte in der Zeitung geschrieben, Philosophie müsse als Schulfach eingeführt werden. »Warum Philosophie zum Pflichtfach werden muß?« hatte der Artikel geheißen. Ihr Vater hatte das Thema sogar beim Elternabend von Hildes Klasse zur Sprache gebracht. Hilde war das schrecklich peinlich gewesen.

Jetzt sah sie auf die Uhr. Es war schon halb acht. Aber ihre Mutter würde sicher erst in einer weiteren Stunde mit dem Geburtstagsfrühstück nach oben kommen, zum Glück, denn jetzt war Hilde von Sofie und den philosophischen Fragen voll in Anspruch genommen. Sie las das Kapitel über Demokrit. Zuerst sollte sich Sofie eine Frage überlegen: »Warum sind Legosteine das genialste Spielzeug der Welt?« Dann fand sie »einen großen gelben Briefumschlag« im Briefkasten.

Demokrit stimmte seinen Vorgängern darin zu, daß die beobachtbaren Veränderungen in der Natur nicht bedeuteten, daß sich wirklich etwas »veränderte«. Er nahm deshalb an, daß alles aus kleinen, unsichtbaren Bausteinen zusammengesetzt sein müsse, von denen jeder einzelne ewig und unveränderlich ist. Demokrit nannte diese kleinsten Teilchen *Atome*.

Hilde regte sich schrecklich auf, als Sofie ihren roten Seidenschal unter dem Bett fand. *Da* war der also gelandet? Aber wieso konnte ein Schal einfach in eine Geschichte hineingeraten? Er mußte doch sicher auch noch irgendwoanders sein...

Das Kapitel über Sokrates fing damit an, daß Sofie in einer Zeitung »einige Zeilen über das norwegische UN-Regiment im Libanon« las. Typisch Papa! Es ging ihm so nah, daß sich die Leute in Norwegen zu wenig für die friedensbewahrende Arbeit der UN-Soldaten interessierten. Und wenn sich sonst niemand darum kümmerte, dann sollte wenigstens Sofie das tun. Auf diese Weise konnte man sich eine Art Aufmerksamkeit der Medien andichten.

Hilde mußte lächeln, als sie im Brief des Philosophielehrers an Sofie ein »PPS« las.

Solltest Du einen roten Seidenschal finden, so muß ich Dich bitten, ihn sorgfältig aufzubewahren. Es kommt ja ab und zu vor, daß Gegenstände vertauscht werden. Vor allem in Schulen oder an ähnlichen Orten, und dies hier ist ja eine Philosophieschule.

Hilde hörte Schritte auf der Treppe. Das war sicher ihre Mutter mit dem Geburtstagsfrühstück. Ehe an die Tür geklopft wurde, las Hilde auch schon, wie Sofie in ihrem Geheimversteck im Garten ein Video von Alberto fand.

»Hilde hat Geburtstag, trallerallera,
wir woll'n ihr gratulieren...«

Ihre Mutter fing schon auf halber Treppe an zu singen.

»Trallerallera...«

»Herein!« sagte Hilde und las über den Philosophielehrer, der Sofie jetzt direkt von der Akropolis aus ansprach. Er sah fast genauso aus wie Hildes Vater – mit einem »gepflegten schwarzen Bart« und blauer Baskenmütze.

»Herzlichen Glückwunsch zum Geburtstag, Hilde!«

»Mmm...«

»Ja, aber, Hilde?«

»Stell es einfach hin.«

»Willst du nicht...«

»Du siehst doch, daß ich beschäftigt bin.«

»Daß du wirklich schon fünfzehn bist!«

»Warst du schon mal in Athen, Mama?«

»Nein, wieso denn?«

»Es ist doch ziemlich seltsam, daß die alten Tempel immer noch dort stehen. Sie sind zweitausendfünfhundert Jahre alt. Der größte heißt übrigens ›Jungfrauenwohnung‹.«

»Hast du Papas Paket aufgemacht?«

»Was für ein Paket?«

»Jetzt sieh mich endlich an, Hilde! Du bist ja total verstört!«

Hilde ließ den großen Ordner auf ihre Knie sinken.

Ihre Mutter beugte sich über das Bett. Auf dem Tablett gab es Kerzen, Brötchen und Orangenlimonade. Auf dem Tablett lag auch ein Päckchen. Aber die Mutter hatte nur zwei Hände, und deshalb hatte sie sich die norwegische Flagge unter den Arm geklemmt.

»Tausend Dank, Mama. Das ist schrecklich lieb, aber verstehst du, ich habe wirklich keine Zeit.«

»Du brauchst doch erst um eins in der Kirche zu sein.«

Erst jetzt ging Hilde richtig auf, wo sie war, und erst jetzt stellte ihre Mutter das Tablett auf den Nachttisch.

»Entschuldige bitte. Ich war so vertieft in das hier.«

Hilde zeigte auf den Ordner und fuhr fort:

»Das ist von Papa...«

»Aber was hat er denn bloß geschrieben, Hilde? Ich bin mindestens so gespannt wie du. Seit vielen Monaten ist ja kein vernünftiges Wort mehr aus ihm herauszubringen.«

Aus irgendeinem Grund hatte Hilde plötzlich Hemmungen.

»Ach, das ist bloß eine Geschichte.«

»Eine Geschichte?«

»Ja, eine Geschichte. Und dazu ein Philosophiebuch. So in etwa.«

»Willst du mein Päckchen nicht aufmachen?«

Hilde glaubte, keinen Unterschied zwischen den Geschenken machen zu dürfen, und deshalb öffnete sie auch das von ihrer Mutter. Es war ein Goldarmband.

»Wie schön! Tausend Dank!«

Sie sprang auf und gab ihrer Mutter einen Kuß.

Dann plauderten sie eine Weile.

»Jetzt mußt du aber gehen«, sagte Hilde dann. »Er steht gerade hoch oben auf der Akropolis, verstehst du?«

»Wer denn?«

»Tja, ich habe keine Ahnung, und Sofie auch nicht. Darum geht es doch gerade.«

»Naja, ich muß sowieso ins Büro. Du mußt bald etwas essen. Dein Kleid hängt unten.«

Endlich verschwand die Mutter wieder. Und das machte auch Sofies Philosophielehrer; er ging die Treppe vor der Akropolis hinunter und kletterte auf die Areopag-Anhöhe, um dann kurz darauf auf dem alten Marktplatz von Athen aufzutauchen. Hilde fuhr zusammen, als sie las, wie die alten Gebäude sich plötzlich aus den Ruinen erhoben. Es war eine fixe Idee ihres Vaters, daß alle Länder der UNO gemeinsam eine wahrheitsgetreue Kopie des alten Marktplatzes von Athen aufbauen sollten. Hier könnte dann an philosophischen Fragen und Abrüstungsmöglichkeiten gearbeitet werden. Ein solches Riesenprojekt würde die Menschheit zusammenschweißen, meinte er. »Wir können doch auch Bohrinseln und Mondlandungsfahrzeuge bauen.«

Dann las sie über Platon. »Auf den Fittichen der Liebe möchte die Seele ›heim‹ in die Ideenwelt fliegen. Sie möchte aus dem ›Kerker des Körpers‹ befreit werden...«

Sofie hatte sich durch die Hecke geschlichen und war Hermes gefolgt, hatte ihn dann aber aus den Augen verloren. Nachdem sie über Platon gelesen hatte, ging sie tiefer in den Wald hinein und kam zu einer roten Hütte an einem kleinen See. Dort hing ein Bild von Bjerkely. Aus der Beschreibung ging ganz klar hervor, daß es sich um Hildes Bjerkely handeln mußte. Und dort hing auch ein Bild von einem Mann namens Berkeley. »Berkeley und Bjerkely. War das nicht seltsam?«

Hilde legte den großen Ordner aufs Bett, ging zum Bücherregal und schlug im dreibändigen Lexikon nach, das sie zum vierzehnten Geburtstag bekommen hatte. Berkeley ... da!

Berkeley, *George, 1685–1753, angels. Philosoph, Bischof von Cloyne. Leugnet die Existenz einer materiellen Welt außerhalb des menschlichen Bewußtseins. Unsere sinnlichen Empfindungen sind von Gott hervorgerufen. B. ist außerdem berühmt für seine Kritik der abstrakten Allgemeinvorstellungen. Hauptwerk: A Treatise Concerning the Principles of Human Knowledge (1710).*

Doch, das war seltsam. Hilde blieb einige Sekunden stehen und dachte nach, ehe sie zu Bett und Ordner zurückkehrte.

Irgendwie war es ja ihr Vater, der diese beiden Bilder aufgehängt hatte. Ob es neben der Namensgleichheit noch einen anderen Zusammenhang geben konnte?

Berkeley war also ein Philosoph, der die Existenz einer materiellen Welt außerhalb des menschlichen Bewußtseins geleugnet hatte. Man konnte viele seltsame Behauptungen aufstellen. Aber es war auch nicht immer leicht, solche Behauptungen zu entkräften. Auf Sofies Welt traf diese Beschreibung ganz gut zu. Ihre »sinnlichen Empfindungen« wurden ja von Hildes Vater hervorgerufen.

Sie würde wohl mehr erfahren, wenn sie weiterlas. Hilde blickte vom Ordner auf und lachte, als sie las, wie Sofie das Spiegelbild eines Mädchens sah, das mit beiden Augen zwinkerte. »Das Mädchen im Spiegel schien Sofie zuzuzwinkern. Sie schien sagen zu wollen: Ich sehe dich, Sofie. Ich bin hier auf der anderen Seite.«

Dort fand sie auch die grüne Brieftasche – mit Geld und allem anderen! Wie war die bloß dort gelandet?

Quatsch! Für ein oder zwei Sekunden hatte Hilde geglaubt,

daß Sofie die Brieftasche wirklich gefunden hatte. Aber auch danach versuchte sie mitzuerleben, wie alles von Sofie aus gesehen wirken mußte. Bestimmt sehr unergründlich und geheimnisvoll.

Zum ersten Mal verspürte Hilde den heißen Wunsch, Sofie von Angesicht zu Angesicht kennenzulernen. Sie hätte gerne einmal mit ihr darüber geredet, wie alles zusammenhing.

Aber jetzt mußte Sofie machen, daß sie aus der Hütte kam, wenn sie nicht auf frischer Tat ertappt werden wollte. Das Boot trieb natürlich auf dem See. Mußte er ihr doch wirklich diese alte Geschichte mit dem Ruderboot aufs Brot schmieren!

Hilde trank einen Schluck Limonade und biß in ein Brötchen mit Krabbensalat, während sie über den »Mann der Ordnung« Aristoteles las, der Platons Ideenlehre kritisiert hatte.

Aristoteles wies darauf hin, daß nichts im Bewußtsein existiert, was nicht zuvor in den Sinnen existiert hat. Platon hätte sagen können, daß es nichts in der Natur gibt, was nicht zuerst in der Ideenwelt existiert hat. Auf diese Weise habe Platon die Anzahl der Dinge verdoppelt, meinte Aristoteles.

Hilde hatte wirklich nicht gewußt, daß Aristoteles das Spiel »Pflanzenreich, Tierreich, Mineralreich« erfunden hatte.

Aristoteles wollte also im Mädchenzimmer der Natur gründlich aufräumen. Er versuchte nachzuweisen, daß alle Dinge in der Natur zu verschiedenen Gruppen und Untergruppen gehören.

Als sie über Aristoteles' Frauenbild las, war sie gleichzeitig erstaunt und irritiert. Daß jemand so ein fähiger Philosoph sein konnte – und gleichzeitig ein Vollidiot!

Sofie ließ sich von Aristoteles dazu inspirieren, ihr eigenes »Mädchenzimmer« aufzuräumen. Und dort – mitten im ganzen Chaos fand sie den weißen Kniestrumpf, der vor einem Monat aus Hildes Kleiderschrank verschwunden war. Sofie heftete alle Briefe, die Alberto ihr geschrieben hatte, in einen Ordner. »Jetzt hatte sie schon über fünfzig Seiten.« Hilde ihrerseits war bei Seite 178 angekommen, aber sie mußte neben Alberto Knox' vielen philosophischen Briefen ja auch noch Sofies ganze Geschichte lesen.

Das nächste Kapitel hieß »Der Hellenismus«. Als erstes in diesem Kapitel fand Sofie eine Postkarte mit dem Bild eines UN-Jeeps. Die Postkarte war am 15. Juni vom UN-Regiment abgestempelt. Noch so eine »Karte« an Hilde, die ihr Vater in den Ordner geklebt hatte, statt sie mit der Post zu schicken.

Liebe Hilde! Ich gehe davon aus, daß Du immer noch Deinen fünfzehnten Geburtstag feierst. Oder ist schon der Tag danach? Naja, es spielt kaum eine Rolle, wie lange das Geschenk vorhält. In gewisser Hinsicht wirst Du ja Dein ganzes Leben lang etwas davon haben. Aber ich gratuliere Dir eben noch einmal. Jetzt verstehst Du vielleicht, warum ich die Karte an Sofie schicke. Ich bin sicher, daß sie sie an Dich weiterreichen wird.

PS. Mama hat mir erzählt, daß Du Deine Brieftasche verloren hast. Ich verspreche Dir, Dir die 150 Kronen zu ersetzen. Einen neuen Schülerausweis bekommst Du sicher in der Schule, ehe sie für den Sommer dichtmacht.

Liebe Grüße, Papa

Gar nicht schlecht, fand Hilde, damit war sie um 150 Kronen reicher. Er meinte wohl, ein selbstgemachtes Geschenk wäre nicht genug.

Es stellte sich heraus, daß der 15.6. auch Sofies Geburtstag war. Aber Sofies Kalender zeigte noch immer die erste Maihälfte an. Sicher hatte damals Hildes Vater gerade dieses Kapitel geschrieben und die »Geburtstagskarte« vordatiert.

Während die arme Sofie zum Supermarkt stürzte, wo Jorunn auf sie wartete.

Wer war Hilde? Wie konnte ihr Vater es für selbstverständlich halten, daß Sofie sie finden würde? Und es ergab einfach keinen Sinn, daß er die Karten an Sofie schickte und nicht direkt an seine Tochter...

Auch Hilde fühlte sich, als schwebte sie im Raum, während sie über Plotin las.

Ich sage, daß in allem, was wir sehen, etwas von dem göttlichen Mysterium liegt. Wir sehen, daß es in einer Sonnenblume oder im Klatschmohn funkelt. Mehr von diesem unergründlichen Mysterium ahnen wir in einem Schmetterling, der von einem Zweig auffliegt – oder in einem Goldfisch, der durch sein Goldfischglas schwimmt. Am allernächsten kommen wir Gott jedoch in unserer eigenen Seele. Nur dort können wir mit dem großen Lebensgeheimnis vereint werden. Ja, in seltenen Momenten können wir uns selber als dieses göttliche Mysterium erleben.

Bisher gehörte das zum Schwindelerregendsten, was Hilde je gelesen hatte. Aber es gehörte gleichzeitig zum Allereinfachsten: Alles ist eins, und dieses »Eine« ist ein göttliches Mysterium, an dem alle Anteil haben.

Das war eigentlich nichts, was man glauben mußte. Das *ist* so, dachte Hilde. Und dann soll eben jeder und jede in dieses Wort »göttlich« hineinlegen, was ihm oder ihr gerade paßt.

Sie blätterte rasch zum nächsten Kapitel um. Sofie und Jorunn wollten in der Nacht zum 17. Mai einen Zeltausflug machen. Und dann gingen sie zur Majorshütte...

Hilde hatte noch nicht viele Seiten gelesen, als sie aufgeregt vom Bett aufsprang und mit dem Ordner in den Armen ein paar Schritte durchs Zimmer machte.

So was Freches hatte sie bisher selten erlebt! Hier in der kleinen Hütte im Wald ließ ihr Vater die beiden Mädchen Kopien von allen Postkarten finden, die er Hilde in der ersten Maihälfte geschickt hatte. Und die Kopien waren wirklich echt. Hilde hatte jede Karte ihres Vaters mehrmals gelesen. Sie erkannte jedes einzelne Wort:

Liebe Hilde! Ich könnte natürlich platzen wegen all der Geheimnisse, die mit Deinem Geburtstag zu tun haben, und mehrmals am Tag muß ich mich zusammenreißen, um nicht anzurufen und alles zu erzählen. Es wächst und wächst ganz einfach. Und Du weißt, wenn etwas immer größer wird, ist es auch schwieriger, es für uns selber zu behalten...

Sofie bekam von Alberto zwei neue Briefe. Sie behandelten Juden und Griechen und die beiden großen Kulturkreise. Hilde freute sich über diese weite Vogelperspektive der Geschichte. In der Schule hatten sie so etwas nie gelernt. Da gab es nur Einzelheiten und wieder Einzelheiten. Als sie den Brief beendet hatte, hatte ihr Vater ihr eine ganz neue Perspektive von Jesus und dem Christentum gegeben. Das Zitat von Goethe gefiel ihr: »Wer nicht von dreitausend Jahren sich weiß Rechenschaft zu geben, bleib im Dunkeln unerfahren, mag von Tag zu Tage leben.«

Das nächste Kapitel begann mit einem Stück Pappe, das an Sofies Küchenfenster kleben blieb. Es war natürlich ein neuer Geburtstagsgruß für Hilde.

Liebe Hilde! Ich weiß nicht, ob Du immer noch Geburtstag hast, wenn Du diese Karte liest. Einerseits hoffe ich das ja, jedenfalls habe ich die Hoffnung, daß noch nicht zu viele Tage vergangen sind. Daß für Sofie ein oder zwei Wochen verstreichen, bedeutet ja nicht, daß es uns genauso geht. Ich komme am 23.6. nach Hause. Dann werden wir lange auf der Hollywoodschaukel sitzen und zusammen auf den See blicken, Hilde. Wir haben uns viel zu sagen...

Dann rief Alberto bei Sofie an, und sie hörte zum ersten Mal seine Stimme.

»Bei dir hört sich das ja wie eine Art Krieg an?« – »Ich würde es wohl eher als Geisterkampf bezeichnen. Wir müssen versuchen, Hildes Aufmerksamkeit zu erregen und sie auf unsere Seite bringen, ehe ihr Vater nach Lillesand heimkommt.«

Und deshalb traf Sofie den als mittelalterlichen Mönch verkleideten Alberto Knox in einer alten Steinkirche aus dem 12. Jahrhundert.

In einer Kirche, ja. Hilde sah auf die Uhr. Viertel nach eins. Sie hatte die Zeit total vergessen.

Es war vielleicht nicht gar so schlimm, daß sie an ihrem eigenen Geburtstag die Kirche schwänzte, aber irgend etwas an diesem Geburtstag nervte sie. Sie hatte sich auch selber um viele Glückwünsche betrogen. Naja – daran war im Grunde doch kein Mangel gewesen.

Bald mußte Hilde dann doch eine lange Predigt über sich ergehen lassen. Alberto machte es offenbar keine großen Probleme, auf die Kanzel zu treten. Als Hilde über Sophia las, die sich Hildegard in Visionen gezeigt hatte, mußte sie wieder zum Lexikon greifen. Aber nun fand sie weder Hildegard noch Sophia. War das nicht typisch? Kaum ging es um Frauen oder etwas Weibliches, schon war das Lexikon so nichtssagend wie ein Mondkrater. Ob irgendein Männerverein die Lexika zensierte?

Hildegard von Bingen war Predigerin, Schriftstellerin, Ärztin, Botanikerin und Naturforscherin gewesen. Und außerdem war sie »vielleicht ein Beispiel dafür, daß Frauen im Mittelalter oft praktischer – ja, und wissenschaftlicher – waren als Männer«. Aber im Lexikon stand keine Silbe über sie. Eine Schande!

Hilde hatte noch nie davon gehört, daß Gott auch eine »weibliche Seite« oder eine »Mutternatur« hatte. Und diese Seite hieß also Sophia – aber auch sie war den Lexikonmachern kein Gramm Druckerschwärze wert.

Das am nächsten Liegende, was sie im Lexikon fand, war die

Kirche Hagia Sophia in Konstantinopel. »Hagia Sophia« bedeutete »Heilige Weisheit«. Eine Hauptstadt und zahllose Königinnen waren nach dieser »Weisheit« benannt, aber im Lexikon stand kein Wort davon, daß diese Weisheit weiblich war. Wenn das keine Zensur war...

Hilde las weiter und fand, daß Sofie ihr tatsächlich »erschien«. Sie glaubte die ganze Zeit, das Mädchen mit den schwarzen Haaren vor sich sehen zu können...

Als Sofie nach Hause kam, nachdem sie fast die ganze Nacht in der Marienkirche verbracht hatte, trat sie vor den Messingspiegel, den sie aus der Hütte im Wald mitgebracht hatte.

In scharfen Konturen sah sie ihr eigenes blasses Gesicht, umkränzt von den schwarzen Haaren, die für keine andere Frisur als die natürlichen ›glattfallenden Haare‹ taugten. Aber unter oder hinter diesem Gesicht spukte noch das Gesicht einer anderen.

Plötzlich zwinkerte die Fremde im Spiegel energisch mit beiden Augen. Sie schien signalisieren zu wollen, daß es sie auf der anderen Seite des Spiegels wirklich gab. Es dauerte nur wenige Sekunden. Dann war sie verschwunden.

Wie oft hatte Hilde wohl schon vor dem Spiegel gestanden und irgendwie nach dem Bild einer anderen gesucht? Aber woher konnte ihr Vater das wissen? Und hatte sie nicht auch nach einer Dunkelhaarigen Ausschau gehalten? Ihre Urgroßmutter hatte den Spiegel doch einer Zigeunerin abgekauft...

Hilde spürte, daß ihre Hände zitterten, als sie den großen Ordner umfaßte. Sie war überzeugt davon, daß es Sofie wirklich irgendwo »auf der anderen Seite« gab.

Jetzt träumte Sofie von Hilde und Bjerkely. Hilde konnte sie weder sehen noch hören, aber dann – ja, dann fand Sofie auf dem Steg Hildes Goldkreuz. Und dieses Goldkreuz – mit Hildes Initialen und allem – lag in Sofies Bett, als sie aus ihrem Traum erwachte.

Hilde mußte nachdenken. Sie hatte doch wohl nicht auch

noch ihr Goldkreuz verloren? Sie ging zur Kommode und nahm ihren Schmuckkasten heraus. Das Goldkreuz – das ihre Großmutter ihr zur Taufe geschenkt hatte – war verschwunden!

Da hatte sie doch wirklich dieses Schmuckstück auch noch verschusselt! Na gut! Aber wie konnte ihr Vater das wissen, wo sie es nicht einmal selber bemerkt hatte?

Und noch etwas: Sofie hatte ganz klar geträumt, daß Hildes Vater aus dem Libanon zurückgekommen war. Aber bis dahin dauerte es doch noch eine ganze Woche. Hatte Sofie einen prophetischen Traum gehabt? Meinte der Vater, wenn er nach Hause kam – dann würde auf irgendeine Weise auch Sofie dasein? Er hatte etwas davon geschrieben, daß sie eine neue Freundin finden würde...

In einer glasklaren, aber auch ungeheuer kurzen Vision war Hilde davon überzeugt, daß Sofie mehr war als nur Papier und Druckerschwärze. Es *gab* sie!

Die Aufklärung

... von der Nadelherstellung bis zum Kanonenguß ...

Hilde hatte mit dem Kapitel über die Renaissance angefangen, aber jetzt hörte sie unten ihre Mutter ins Haus kommen. Sie sah auf die Uhr. Es war vier.

Ihre Mutter kam die Treppe hochgestürzt und riß die Tür auf.

»Warst du nicht in der Kirche?«

»Doch, sicher.«

»Aber ... was hast du denn dabei angehabt?«

»Dasselbe wie jetzt.«

»Dein Nachthemd?«

»Mmm ... ich war in der Marienkirche.«

»In der Marienkirche?«

»Das ist eine alte Steinkirche aus dem Mittelalter.«

»Hilde!«

Hilde ließ den Ordner auf ihre Knie sinken und sah zu ihrer Mutter hoch.

»Ich habe total die Zeit vergessen, Mama. Tut mir leid, aber versteh doch, ich lese etwas total Spannendes.«

Jetzt mußte die Mutter lächeln.

»Das ist ein magisches Buch«, fügte Hilde hinzu.

»Ja, ja. Und noch einmal: Herzlichen Glückwunsch zum Geburtstag, Hilde!«

»Ach, ich weiß nicht, ob ich noch mehr Glückwünsche vertragen kann.«

»Aber ich habe doch nicht ... ich mache nur ein kleines Nickerchen, dann koche ich uns ein spannendes Festmahl. Ich habe Erdbeeren gekauft.«

»Ich lese.«

Wieder verschwand die Mutter, und Hilde las weiter. Sofie

ging mit Hermes durch die Stadt. In Albertos Treppenhaus fand sie wieder eine Karte aus dem Libanon. Auch die war am 15. 6. abgestempelt.

Erst jetzt begriff sie das System der ganzen Daten: Die Karten, die vor dem 15. Juni datiert waren, waren »Kopien« von Karten, die Hilde schon bekommen hatte. Die, die am 15. Juni datiert waren, bekam sie erst jetzt durch den Ordner.

Liebe Hilde! Jetzt betritt Sofie das Haus des Philosophielehrers. Sie wird bald fünfzehn, während Dein Geburtstag vielleicht schon gestern war. Oder heute, Hildchen? Wenn es heute ist, dürfte es wenigstens nicht zu spät sein. Aber unsere Uhren gehen nicht immer gleich...

Hilde las, wie Alberto Sofie über die Renaissance und die neue Wissenschaft, über die Rationalisten des 17. Jahrhunderts und den englischen Empirismus erzählte.

Mehrmals fuhr sie zusammen, wenn neue Postkarten und Glückwünsche eintrafen, die ihr Vater in den Ordner geklebt hatte. Solche Mitteilungen ließ er aus einem Aufsatzheft fallen, auf der Innenseite einer Bananenschale auftauchen und sich sogar in einen Computer einschleichen. Ohne die geringste Anstrengung konnte er Alberto dazu bringen, sich zu »versprechen« und Sofie Hilde zu nennen. Aber der Gipfel von allem war vielleicht, daß er Hermes sagen ließ: »Herzlichen Glückwunsch, Hilde!«

Hilde stimmte Alberto zu, daß ihr Vater ein wenig zu weit ging, wenn er sich mit Gott und der göttlichen Vorsehung verglich. Aber wem stimmte sie denn da überhaupt zu? Ihr Vater hatte diese vorwurfsvollen – oder selbstkritischen – Worte doch schließlich Alberto in den Mund gelegt! Sie erkannte, daß der Vergleich mit Gott vielleicht doch nicht so dumm war. Ihr Vater war für Sofies Welt ja eine Art allmächtiger Gott.

Als Alberto von Berkeley erzählen wollte, war Hilde mindestens so gespannt wie Sofie. Was würde jetzt passieren? Es zeichnete sich ja schon lange ab, daß etwas ganz Besonderes passieren würde, wenn dieser Philosoph an die Reihe kam, der die Existenz einer materiellen Welt außerhalb des menschlichen Bewußtseins geleugnet hatte. Hilde hatte schließlich im Lexikon nachgesehen.

Es fing damit an, daß sie am Fenster standen und zusahen, wie Hildes Vater ein Flugzeug mit einem langen Glückwunschbanner vorbeischickte. Gleichzeitig wälzten sich dunkle Wolken auf die Stadt zu.

»Sein oder Nichtsein« ist also nicht die ganze Frage. Die Frage ist auch, *was* wir sind. Sind wir wirkliche Menschen aus Fleisch und Blut? Besteht unsere Welt aus wirklichen Dingen – oder sind wir nur von Bewußtsein umgeben?

Kein Wunder, daß Sofie das Nägelkauen anfing. Hilde hatte diese Unart nie gehabt, aber auch sie war jetzt nervlich ganz schön zu Fuß.

Und dann kam der Tag, an dem Alberto sagte, der Wille oder Geist, der alles bewirke, könne für ihn und Sofie auch Hildes Vater sein.

»Du meinst, daß er für uns wie eine Art Gott gewesen ist?«
»Ohne rot zu werden, ja. Aber er sollte sich schämen!«
»Was ist mit Hilde selber?«
»Sie ist ein Engel, Sofie.«
»Ein Engel?«
»Hilde ist die, an die dieser ›Geist‹ sich wendet.«

Worauf Sofie in den Regen hinausstürzte. – Es konnte doch nie im Leben dasselbe Unwetter sein, das letzte Nacht über Bjerkely losgebrochen war – einige Stunden, nachdem Sofie durch die Stadt gerannt war?

Morgen habe ich Geburtstag, dachte sie. Und war es nicht extrabitter, einen Tag vor dem 15. Geburtstag einsehen zu müssen, daß das Leben ein Traum ist? Genausogut könnte sie träumen, eine Million gewonnen zu haben, und, kurz bevor der große Gewinn ausgezahlt wird, begreifen, daß alles nur ein Traum gewesen war.

Sofie rannte über den nassen Sportplatz. Und nun sah sie, daß ein Mensch auf sie zugelaufen kam. Es war ihre Mutter. Wütende Blitze zerrissen den Himmel.

Mutter nahm Sofie in den Arm.

»Was ist nur mit uns los, mein Kind?«

»Ich weiß nicht«, weinte Sofie. »Es ist wie ein böser Traum.«

Hilde spürte, daß ihre Augenwinkel feucht geworden waren. »To be, or not to be – that is the question.«

Sie warf den Ordner aufs Bett und sprang auf. Sie lief im Zimmer hin und her, hin und her. Am Ende stellte sie sich vor den Messingspiegel, und dort blieb sie stehen, bis ihre Mutter sie zum Essen holte. Als es klopfte, hatte Hilde keine Ahnung, wie lange Mutter schon vor der Tür stand. Aber sie war sicher, ganz sicher, daß das Spiegelbild ihr mit beiden Augen zugezwinkert hatte.

Beim Essen versuchte Hilde, ein dankbares Geburtstagskind zu sein. Aber sie dachte die ganze Zeit an Sofie und Alberto.

Was sollte jetzt aus ihnen werden, wo sie *wußten*, daß Hildes Vater über alles bestimmte? Obwohl – wußten sie das wirklich? Es war wahrscheinlich Unsinn, anzunehmen, daß sie überhaupt etwas wußten. Schließlich tat Hildes Vater doch nur so, als ob sie etwas wissen könnten. Trotzdem blieb das Problem immer dasselbe: Wenn Sofie und Alberto »wußten«, wie alles zusammenhing, waren sie in gewisser Weise am Ende.

Hilde wäre fast ein großes Stück Kartoffel im Hals steckengeblieben, als ihr aufging, daß dieselbe Problematik vielleicht auch für ihre eigene Welt gelten konnte. Die Menschen waren zweifellos immer weiter gekommen in ihrem Verständnis der Naturgesetze. Aber konnte die Geschichte auch dann noch weitergehen, wenn die letzten Stücke im Puzzlespiel von Philosophie und Wissenschaft ihren Platz gefunden hatten? Oder näherte sich die Geschichte der Menschheit dem Ende? Bestand nicht ein Zusammenhang zwischen der Entwicklung des Denkens und der Wissenschaft einerseits und Dingen wie dem Treibhauseffekt und den abgeholzten Regenwäldern andererseits? War es vielleicht doch nicht so dumm, den Erkenntnisdrang des Menschen als »Sündenfall« zu bezeichnen?

Die Frage war so wichtig und so erschreckend, daß Hilde versuchte, sie zu vergessen. Außerdem würde sie sicher mehr begreifen, wenn sie erst im Geburtstagsgeschenk ihres Vaters weiterlas.

»Mein Liebchen, was willst du noch mehr?« sang ihre Mutter, nachdem sie Eis mit italienischen Erdbeeren gegessen hatten. »Jetzt machen wir genau das, worauf du die meiste Lust hast.«

»Ich weiß, das hört sich komisch an, aber am liebsten möchte ich weiter in Papas Geschenk lesen.«

»Du darfst aber nicht zulassen, daß er dich ganz verrückt macht.«

»Nein, nein.«

»Wir könnten eine Pizza auftauen und ›Derrick‹ sehen...«

»Ja, vielleicht.«

Hilde fiel ein, wie Sofie mit ihrer Mutter geredet hatte. Ihr Vater hatte der anderen Mutter sicher etwas von ihrer angedichtet. Sicherheitshalber beschloß sie, nichts über das weiße Kaninchen zu sagen, das aus dem Zylinder des Universums gezogen wird, jedenfalls nicht gerade heute...

»Ach, übrigens«, sagte sie im Aufstehen.

»Ja?«

»Ich kann mein Goldkreuz nicht finden.«

Ihre Mutter sah sie geheimnisvoll an.

»Ich habe es vor vielen Wochen unten auf dem Steg gefunden. Du hast es es sicher da unten verloren, du Schussel!«

»Hast du das Papa erzählt?«

»Das weiß ich nicht mehr, doch, das habe ich wohl...«

»Und wo ist es jetzt?«

»Augenblick.«

Die Mutter ging, und wenig später hörte Hilde einen verwunderten Ruf aus dem Schlafzimmer. Dann stand die Mutter wieder im Wohnzimmer.

»Weißt du was – im Moment kann ich es nicht finden.«

»Das hab ich mir gedacht.«

Hilde gab ihrer Mutter einen Kuß und lief wieder auf ihr Mansardenzimmer. Endlich – jetzt konnte sie weiter über Sofie und Alberto lesen. Sie legte sich aufs Bett und lehnte den schweren Ordner gegen ihre Knie.

Sofie erwachte morgens, als ihre Mutter ins Zimmer kam. Die Mutter trug ein Tablett voller Geschenke in den Händen. In eine leere Limonadenflasche hatte sie eine Flagge gesteckt.

»Herzlichen Glückwunsch zum Geburtstag, Sofie!«

Sofie rieb sich den Schlaf aus den Augen. Sie versuchte, sich an alles zu erinnern, was gestern passiert war. Aber alles kam ihr vor wie die losen Teile eines Puzzlespiels. Ein Teil war Alberto, ein anderes Hilde und der Major. Eines war Berkeley, ein weiteres Bjerkely. Und das schwärzeste war das schreckliche Unwetter. Sofie hatte fast eine Art Nervenzusammenbruch erlitten. Ihre Mutter hatte sie trockengerieben und nach einer Tasse heißer Milch mit Honig ins Bett gepackt. Sofie war sofort eingeschlafen.

»Ich glaube, ich lebe«, stotterte sie jetzt.

»Ja, natürlich lebst du. Und heute wirst du fünfzehn.«

»Bist du ganz sicher?«

»Ganz sicher, ja. Glaubst du, eine Mutter weiß nicht, wann ihr einziges Kind geboren worden ist? Am 15. Juni 1975, um ... halb zwei, Sofie. Das war bestimmt der allerglücklichste Moment meines Lebens.«

»Bist du sicher, daß nicht alles zusammen nur ein Traum ist?«

»Auf jeden Fall muß es ein schöner Traum sein, in dem du zu

Rosinenbrötchen und Limonade und Geburtstagsgeschenken erwachst.«

Sie stellte das Tablett mit den Geschenken auf einen Stuhl und verschwand kurz aus dem Zimmer. Als sie zurückkam, brachte sie noch ein Tablett mit Rosinenbrötchen und Limonade. Sie stellte es ans Fußende von Sofies Bett.

Jetzt folgte ein normaler Geburtstagsmorgen mit Geschenkeauspacken und Erinnerungen bis zurück zu den ersten Wehen vor fünfzehn Jahren. Von ihrer Mutter bekam Sofie einen Tennisschläger. Sie hatte noch nie Tennis gespielt, aber nur zwei Minuten vom Kløverveien entfernt lag ein Tennisplatz. Ihr Vater schickte ihr eine Kombination aus Mini-Fernseher und UKW-Radio. Der Bildschirm war nicht größer als ein normales Foto. Dann gab es noch Geschenke von alten Tanten und Freunden der Familie.

Schließlich sagte die Mutter:

»Meinst du, ich sollte mir heute frei nehmen?«

»Nein, wieso denn?«

»Du warst gestern wirklich ziemlich verstört. Wenn das so weitergeht, finde ich, sollten wir uns einen Termin bei einem Psychologen geben lassen.«

»Das kannst du dir sparen.«

»War das nur das Unwetter – oder hat auch dieser Alberto etwas damit zu tun?«

»Und was ist mit dir? ›Was ist nur mit uns los, mein Kind?‹ hast du gefragt.«

»Ich dachte daran, daß du dich in der Stadt herumtreibst, um seltsame Leute zu treffen. Vielleicht ist das meine Schuld...«

»Es ist niemandes ›Schuld‹, daß ich in meiner Freizeit einen Philosophiekurs mache. Geh du nur ins Büro. Wir sollen um zehn in der Schule sein. Heute werden nur die Zeugnisse ausgeteilt, und dann machen wir es uns gemütlich.«

»Weißt du, was du für Noten bekommst?«

»Jedenfalls mehr Einser als im letzten Zeugnis.«

Kurz nachdem die Mutter gegangen war, klingelte das Telefon.

»Sofie Amundsen.«

»Hier ist Alberto.«

»Oh ...«

»Der Major hat gestern wirklich nicht an Pulver gespart.«

»Ich verstehe nicht, was du meinst.«

»Das Gewitter, Sofie.«

»Ich weiß nicht, was ich glauben soll.«

»Das ist die erste Tugend einer echten Philosophin. Ich bin fast stolz, wieviel du in so kurzer Zeit gelernt hast.«

»Ich fürchte, daß nichts von allem wirklich ist.«

»Das nennt sich existentielle Angst und ist in der Regel nur ein Übergang zu einer neuen Erkenntnis.«

»Ich glaub, ich brauche eine Pause im Kurs.«

»Gibt es in deinem Garten im Moment viele Frösche?«

Jetzt mußte Sofie lachen. Alberto fuhr fort:

»Ich glaube, wir sollten lieber weitermachen. Herzlichen Glückwunsch, übrigens! Wir müssen bis zum Johannistag mit dem Kurs fertig sein. Das ist unsere letzte Hoffnung.«

»Unsere letzte Hoffnung auf was denn?«

»Sitzt du gut? Das geht nicht so schnell, verstehst du? – Du erinnerst dich an Descartes?«

»*Ich denke, also bin ich.*«

»Was unseren eigenen methodischen Zweifel angeht, stehen wir im Moment mit leeren Händen da. Wir wissen nicht einmal, ob wir denken. Vielleicht wird sich herausstellen, daß wir Gedanke *sind*, und das ist wirklich etwas ganz anderes, als selber zu denken. Wir haben jedenfalls allen Grund zu der Annahme, daß Hildes Vater sich uns ausgedacht hat. Daß wir eine Art Geburtstagsunterhaltung für die Tochter des Majors in Lillesand darstellen. Kommst du noch mit?«

»Ja...«

»Aber darin steckt auch ein Widerspruch. Wenn wir erfunden sind, dann haben wir nicht das Recht, überhaupt irgend etwas anzunehmen. Dann ist dieses ganze Telefongespräch die pure Einbildung.«

»Und wir haben nicht das kleinste Fitzchen freien Willen. Dann plant der Major alles, was wir sagen oder tun. Also könnten wir genausogut auflegen.«

»Nein, jetzt vereinfachst du zu sehr.«

»Erklären!«

»Willst du behaupten, daß ein Mensch alles plant, was wir träumen? Es kann schon stimmen, daß Hildes Vater genau *weiß*, was wir alles tun. Seiner Allwissenheit zu entkommen, ist vielleicht genauso schwierig, wie vor unserem eigenen Schatten davonzulaufen. Aber – und an diesem Punkt habe ich angefangen, einen Plan auszuarbeiten – es steht nicht fest, daß der Major schon im voraus alles beschlossen hat, was passieren wird. Vielleicht entscheidet er das erst in diesem Moment – zur Stunde also. Genau in solchen Momenten ist es denkbar, daß wir eine eigene Initiative haben, die das lenkt, was wir sagen und tun. Eine solche Initiative ist natürlich ein ungeheuer schwacher Impuls, verglichen mit dem gewaltigen Aufwand, den der Major betreibt. Wir sind vielleicht aufdringlichen Äußerlichkeiten wie sprechenden Hunden, Propellerflugzeugen mit Glückwunschbannern, Bananennachrichten und bestellten Gewittern gegenüber wehrlos. Aber wir dürfen doch nicht ausschließen, daß wir unseren eigenen schwachen Gegenwillen haben.«

»Wie könnte das denn möglich sein?«

»Der Major ist in unserer kleinen Welt natürlich allwissend, aber das heißt nicht, daß er auch allmächtig ist. Wir müssen jedenfalls versuchen, unser Leben so zu leben, als ob er das nicht wäre.«

»Ich glaube, ich verstehe, was du meinst.«

»Das Kunststück wäre, wenn wir heimlich etwas auf eigene Faust schaffen würden – und zwar etwas, das der Major nicht einmal entdecken kann.«

»Aber wie sollte das möglich sein, wenn wir doch nicht existieren?«

»Wer behauptet, daß wir nicht existieren? Die Frage ist nicht, *ob* es uns gibt, sondern *was* wir sind und *wer* wir sind. Selbst wenn sich herausstellen sollte, daß wir nur Impulse im gespaltenen Bewußtsein des Majors sind, nimmt uns das nicht unser Stückchen Existenz.«

»Und auch nicht unseren freien Willen?«

»Ich arbeite an dem Fall, Sofie.«

»Aber Hildes Vater ist doch sicher nur zu bewußt, daß du ›an dem Fall arbeitest‹.«

»Das ganz bestimmt. Aber er kennt meinen Plan nicht. Ich versuche, einen archimedischen Punkt zu finden.«

»Einen archimedischen Punkt?«

»*Archimedes* war ein hellenistischer Wissenschaftler. ›Gib mir einen festen Punkt‹, sagte er, ›und ich werde die Erde bewegen.‹ So einen Punkt müssen wir finden, um aus dem inneren Universum des Majors geschleudert zu werden.«

»Das ist aber eine ganz schöne Aufgabe.«

»Stimmt. Und wir können erst entwischen, wenn wir den Philosophiekurs beendet haben. Bis dahin hat er uns in allzu festem Griff. Er hat offenbar beschlossen, daß ich dich durch die Jahrhunderte bis in unsere Zeit führen soll. Aber wir haben nur noch wenige Tage, dann setzt er sich irgendwo im Nahen Osten in ein Flugzeug. Wenn wir uns nicht aus seiner Phantasie befreit haben, ehe er in Bjerkely ankommt, ja, dann sind wir verloren.«

»Du machst mir angst...«

»Zuerst muß ich dir das Notwendigste über die französische Aufklärung erzählen. Dann müssen wir in groben Zügen *Kants* Philosophie durchgehen, ehe wir uns der Romantik nähern können. Und gerade für uns beide ist *Hegel* eine wichtige Hilfe. Behandeln wir ihn, kommen wir auch nicht an *Kierkegaards* empörter Abrechnung mit der Hegelianischen Philosophie vorbei. Wir müssen ein paar Worte über *Marx, Darwin* und *Freud* sagen. Wenn wir dann noch ein paar abschließende Bemerkungen über *Sartre* und den Existentialismus schaffen, läßt sich unser Plan in die Tat umsetzen.«

»Das ist aber ganz schön viel für eine Woche.«

»Deshalb müssen wir sofort anfangen. Kannst du jetzt kommen?«

»Ich muß in die Schule. Wir haben eine kleine Feier in der Klasse, und dann gibt's Zeugnisse.«

»Vergiß die Feier! Wenn wir pures Bewußtsein sind, ist es auch bloß Einbildung, daß Limonade und Süßigkeiten gut schmekken.«

»Aber das Zeugnis ...«

»Sofie, entweder lebst du in einem wunderbaren Universum auf einem winzigen Fussel von einem Planeten in einer von Hunderten von Milliarden Galaxien – oder du bist einfach nur eine Handvoll elektromagnetischer Impulse im Bewußtsein eines Majors. Und angesichts dieser Situation redest du von einem Zeugnis! Du solltest dich schämen!«

»Tut mir leid.«

»Aber du kannst trotzdem mal kurz in der Schule vorbeigehen, ehe du zu mir kommst. Es könnte einen schlechten Einfluß auf Hilde haben, wenn du den letzten Schultag schwänzt. Sie geht sicher selbst an ihrem Geburtstag in die Schule, sie ist ja schließlich ein Engel.«

»Dann komme ich gleich nach der Schule.«

»Wir können uns in der Majorshütte treffen.«

»In der Majorshütte?«

»... klick!«

Hilde ließ den Ordner auf ihre Knie sinken. Jetzt hatte ihr Vater ihr doch tatsächlich ein bißchen ein schlechtes Gewissen gemacht, weil sie den letzten Schultag geschwänzt hatte. Dieser Mistkerl!

Sie blieb einen Moment sitzen und fragte sich, was Alberto wohl für einen Plan aushecken würde. Ob sie auf der letzten Seite im Ordner nachsehen sollte? Nein, das wäre gepfuscht; sie wollte sich lieber mit dem Weiterlesen beeilen.

Sie war überzeugt davon, daß Alberto in einem wesentlichen

Punkt recht hatte. Es war eine Sache, daß ihr Vater den Überblick darüber hatte, was mit Sofie und Alberto passierte. Aber während er schrieb, wußte er sicher nicht alles, was noch passieren würde. Vielleicht schrieb er in einem Affenzahn aus Versehen irgend etwas, was er erst lange, nachdem er es geschrieben hatte, entdeckte. Und genau bei diesem »Versehen« hatten Sofie und Alberto eine gewisse Freiheit.

Wieder hatte Hilde ein fast verklärtes Gefühl, daß es Sofie und Alberto wirklich gab. Auch wenn das Meer ganz still daliegt, bedeutet das nicht, daß nicht unten in der Tiefe etwas passiert, dachte sie.

Aber warum dachte sie das?

Jedenfalls war es kein Gedanke, der sich an der Oberfläche bewegte.

In der Schule wurde Sofie beglückwünscht und besungen, wie sich das für ein Geburtstagskind gehört. Vielleicht wurde ihr besonders viel Aufmerksamkeit zuteil, weil angesichts der Zeugnisse und der Limonade ohnehin alle aufgeregt waren.

Als der Lehrer sie mit guten Wünschen für den Sommer entlassen hatte, lief Sofie nach Hause. Jorunn versuchte, sie zurückzuhalten, aber Sofie rief ihr zu, sie müsse dringend etwas erledigen.

Im Briefkasten fand sie zwei Karten aus dem Libanon. Auf beiden stand: »HAPPY BIRTHDAY – 15 YEARS«. Es waren gekaufte Geburtstagskarten.

Eine Karte war adressiert an »Hilde Møller Knag, c/o Sofie Amundsen…« Die andere Karte dagegen – die war für Sofie selber. Beide Karten trugen den Stempel: »UN-Regiment, 15. Juni«.

Sofie las zuerst ihre eigene Karte:

Liebe Sofie Amundsen! Heute will ich auch Dir zum Geburtstag gratulieren. Allerherzlichsten Glückwunsch, Sofie! Vielen Dank für alles, was Du bisher für Hilde getan hast.

Liebe Grüße, Albert Knag, Major

Sofie wußte nicht so recht, wie sie darauf reagieren sollte, daß Hildes Vater ihr endlich eine Karte geschickt hatte. Irgendwie fand sie das rührend.

Auf Hildes Karte stand:

Liebes Hildchen! Ich weiß ja weder den Tag noch wie spät es gerade ist in Lillesand. Aber wie gesagt, das spielt keine besonders große Rolle. Wenn ich Dich richtig kenne, bin ich nicht zu spät dran mit einem letzten oder auf jeden Fall vorletzten Glückwunsch von hier. Aber Du darfst auch nicht zu spät aufstehen! Alberto wird Dir bald von der Idee der französischen Aufklärung erzählen. Er konzentriert sich auf sieben Punkte. Die sieben Punkte sind:

1. *Aufstand gegen die Autoritäten*
2. *Rationalismus*
3. *Der Gedanke der Aufklärung*
4. *Kulturoptimismus*
5. *Zurück zur Natur*
6. *Humanistisches Christentum*
7. *Menschenrechte*

Es war klar, daß der Major sie immer noch im Auge behielt.

Sofie schloß die Haustür auf und legte das Zeugnis mit den vielen Einsern auf den Küchentisch. Dann schlüpfte sie durch die Hecke und lief in den Wald.

Wieder mußte sie über den kleinen See rudern. Alberto saß auf der Türschwelle, als sie kam. Er machte ihr ein Zeichen, daß sie sich neben ihn setzen sollte.

Es war gutes Wetter, aber vom kleinen See zog ein scharfer, kühler Luftstrom zu ihnen hoch. Der See schien sich vom Unwetter noch nicht erholt zu haben.

»Wir kommen gleich zur Sache«, sagte Alberto. »Nach Hume war der Deutsche Kant der nächste große Systembauer. Aber auch Frankreich hatte im 18. Jahrhundert viele wichtige Denker.

Wir können sagen, daß in der ersten Hälfte des 18. Jahrhunderts Europas philosophisches Zentrum in England lag, um die Mitte des Jahrhunderts in Frankreich und gegen Ende des Jahrhunderts in Deutschland.«

»Wenn man so will, eine Verschiebung von Westen nach Osten.«

»Genau. Ich werde ziemlich kurz einige Gedanken anführen, die vielen französischen Aufklärungsphilosophen gemeinsam waren. Es geht hier um wichtige Namen wie *Montesquieu, Voltaire, Rousseau* und viele, viele andere. Ich habe mich auf sieben wichtige Punkte konzentriert.«

»Danke, das ist mir schon schmerzlich bewußt.«

Sofie reichte ihm die Karte von Hildes Vater. Alberto seufzte tief.

»Das hätte er sich sparen können ... Ein erstes Stichwort ist also *Aufstand gegen die Autoritäten*. Mehrere der französischen Aufklärungsphilosophen hatten England besucht, das in mancher Hinsicht freisinniger war als ihre Heimat. Die englische Naturwissenschaft faszinierte sie, vor allem Newton und seine universale Physik. Aber auch die englischen Philosophen inspirierten sie, vor allem Locke und seine politische Philosophie. Zu Hause in Frankreich zogen sie dann nach und nach gegen alte Autoritäten ins Feld. Sie fanden es wichtig, allen ererbten Wahrheiten gegenüber Skepsis zu zeigen. Sie glaubten, das Individuum müsse selber die Antwort auf alle Fragen finden. Hier wirkte die Tradition von Descartes inspirierend.«

»Denn er hatte ja alles von Grund auf aufgebaut.«

»Genau. Der Aufruhr gegen die alten Autoritäten wandte sich nicht zuletzt gegen die Macht von Kirche, König und Adel. Diese Institutionen waren im 18. Jahrhundert in Frankreich viel mächtiger als in England.«

»Und dann kam die Revolution.«

»Im Jahre 1789, ja. Aber die neuen Ideen kamen früher. Das nächste Stichwort ist *Rationalismus*.«

»Ich dachte, der Rationalismus wäre mit Hume ausgestorben.«

»Hume selber starb erst 1776. Das war an die zwanzig Jahre nach Montesquieu und nur zwei Jahre vor Voltaire und Rousseau, die beide 1778 starben. Jetzt erinnerst du dich vielleicht daran, daß Locke kein konsequenter Empiriker war. Er hielt zum Beispiel den Glauben an Gott und gewisse moralische Normen für Bestandteile der menschlichen Vernunft. Das ist auch der Kern der französischen Aufklärungsphilosophie.«

»Du hast außerdem gesagt, die Franzosen seien immer etwas rationalistischer gewesen als die Briten.«

»Und dieser Unterschied läßt sich bis ins Mittelalter zurückverfolgen. Wenn die Engländer von ›common sense‹ reden, dann sprechen die Franzosen gern von ›évidence‹. Der englische Ausdruck läßt sich übersetzen mit ›gesunder Menschenverstand‹, der französische mit ›Augenscheinlichkeit‹ – der ›common sense‹ sprach für die Vernunft, und daß es sie gab, war ›évident‹.«

»Ich verstehe.«

»Wie die Humanisten der Antike – wie Sokrates und die Stoiker – hatten die meisten Aufklärungsphilosophen einen unerschütterlichen Glauben an die menschliche Vernunft. Das war so auffällig, daß viele die französische Aufklärungszeit auch einfach als ›Rationalismus‹ bezeichnen. Die neue Naturwissenschaft hatte festgestellt, daß die Natur vernünftig eingerichtet war. Nun hielten es die Aufklärungsphilosophen für ihre Aufgabe, auch eine Grundlage für Moral, Ethik und Religion zu schaffen, die mit der unveränderlichen Vernunft der Menschen übereinstimmte. Und das führte zum eigentlichen *Gedanken der Aufklärung*.«

»Unserem dritten Punkt.«

»Zuerst, so sagte man, müßten die breiten Volksschichten ›aufgeklärt‹ werden. Das sei die absolute Grundbedingung einer besseren Gesellschaft. Im Volk aber herrschten Unwissenheit und Aberglauben. Der Erziehung wurde deshalb große Aufmerksamkeit gewidmet. Es ist kein Zufall, daß die Pädagogik als Wissenschaft in der Aufklärungszeit begründet wurde.«

»Das Schulwesen stammt also aus dem Mittelalter und die Pädagogik aus der Aufklärung.«

»So kannst du das ausdrücken. Das große Denkmal der Aufklärung ist typischerweise ein Lexikon. Ich denke an die sogenannte *Enzyklopädie*, die zwischen 1751 und 1772 in achtundzwanzig Bänden mit Beiträgen aller großen Aufklärungsphilosophen erschien. ›Hier gibt es alles‹, hieß es, ›von der Nadelherstellung bis zum Kanonenguß.‹«

»Der nächste Punkt heißt *Kulturoptimismus*.«

»Kannst du bitte die Karte weglegen, während ich rede?«

»Entschuldigung.«

»Wenn Vernunft und Wissen sich erst ausgebreitet hätten, meinten die Aufklärungsphilosophen, dann würde die Menschheit große Fortschritte machen. Es war nur eine Frage der Zeit, dann würden Unvernunft und Unwissen verschwunden und eine aufgeklärte Menschheit da sein. Dieser Gedanke hatte in Westeuropa bis vor einigen Jahrzehnten fast schon ein Monopol. Heute sind wir nicht mehr so sehr davon überzeugt, daß immer mehr Wissen zu immer besseren Zuständen in der Welt führt. Diese Kritik der ›Zivilisation‹ wurde allerdings auch schon von den französischen Aufklärungsphilosophen selber vorgebracht.«

»Dann hätten wir vielleicht auf sie hören sollen.«

»›Zurück zur Natur!‹ hieß die Losung der Zivilisationskritik. Aber unter Natur verstanden die Aufklärungsphilosophen fast dasselbe wie unter Vernunft. Denn die Vernunft ist dem Menschen ja von der Natur gegeben – im Gegensatz zur Kirche etwa oder zur Zivilisation. Es wurde betont, daß ›Naturvölker‹ oft gesünder und glücklicher lebten als die Europäer, eben weil sie keine Zivilisation hätten. Das Schlagwort ›Zurück zur Natur!‹ stammt von *Jean-Jacques Rousseau*. Er erklärte, die Natur sei gut und deshalb auch der Mensch ›von Natur aus‹. Alles Übel liege in der zivilisierten Gesellschaft, die den Menschen von seiner Natur entferne. Darum wollte Rousseau auch die Kinder so lange wie möglich in ihrem ›natürlichen‹ Zustand der Unschuld leben lassen. Du kannst sagen, daß die Vorstellung von einem eigenen Wert der Kindheit aus der Aufklärungszeit stammt. Davor wurde die Kindheit eher als Vorbereitung auf das Erwachsenenleben betrachtet. Aber wir sind ja Menschen und leben unser Leben auf der Erde auch schon als Kinder.«

»Das möchte ich meinen.«

»Und zuletzt ging es den Aufklärungsphilosophen um eine ›natürliche‹ Religion.«

»Was meinten sie damit?«

»Auch die Religion mußte mit der ›natürlichen Vernunft‹ der Menschen in Übereinstimmung gebracht werden. Viele kämpften für das, was wir als ein *humanistisches Christentum* bezeichnen können, und das ist der sechste Punkt auf der Liste. Es gab selbstverständlich auch konsequente Materialisten, die an keinen Gott glaubten und sich also zu einem atheistischen Standpunkt bekannten. Aber die meisten Aufklärungsphilosophen hielten es für unvernünftig, sich eine Welt ohne Gott vorzustellen. Dazu war ihnen die Welt zu vernünftig eingerichtet. Dieselbe Ansicht hatte zum Beispiel auch Newton vertreten. Ebenso wurde der Glaube an die Unsterblichkeit der Seele als vernünftig betrachtet. Wie für Descartes, war für die Philosophen der Aufklärung die Frage, ob der Mensch eine unsterbliche Seele hat, eher eine Frage der Vernunft als des Glaubens.«

»Gerade das wundert mich ein bißchen. Für mich ist das ein typisches Beispiel für das, was man nur glauben, aber nicht wissen kann.«

»Du lebst ja auch nicht im 18. Jahrhundert. Wovon die Aufklärungsphilosophen das Christentum befreien wollten, waren die vielen unvernünftigen Dogmen oder Glaubenssätze, die im Laufe der Kirchengeschichte auf Jesu schlichte Verkündigung aufgepfropft worden waren.«

»Dann verstehe ich sie.«

»Viele schworen auch auf den sogenannten *Deismus*.«

»Erklärung, bitte!«

»Unter ›Deismus‹ verstehen wir eine Auffassung, nach der Gott vor langer, langer Zeit die Welt geschaffen hat, nach der er sich dieser Welt aber nicht offenbart. Auf diese Weise wird Gott zu einem höchsten Wesen, das sich den Menschen nur durch die

Natur und ihre Gesetze zu erkennen gibt – das sich aber nicht auf übernatürliche Weise offenbart. Solch ein ›philosophischer Gott‹ begegnete uns ja schon bei Aristoteles. Für ihn war Gott die erste Ursache oder der erste Beweger des Universums.«

»Jetzt bleibt uns nur noch ein Punkt, nämlich die *Menschenrechte*.«

»Aber der ist zum Ausgleich vielleicht der wichtigste. Du kannst überhaupt sagen, daß die französische Aufklärungsphilosophie praktischer ausgerichtet war als die englische.«

»Sie haben die Konsequenzen aus ihrer Philosophie gezogen und entsprechend gehandelt?«

»Ja, die französischen Aufklärungsphilosophen haben sich nicht mit theoretischen Ansichten über den Platz des Menschen in der Gesellschaft begnügt. Sie kämpften aktiv für das, was sie als die ›natürlichen Rechte‹ der Bürger bezeichneten. Vor allem ging es um den Kampf gegen die Zensur – also für die Pressefreiheit. In bezug auf Religion, Moral und Politik mußte dem Einzelnen das Recht gesichert werden, frei zu denken und seine Ansichten auch zum Ausdruck zu bringen. Außerdem wurde gegen die Sklaverei und für eine humanere Behandlung von Gesetzesbrechern gekämpft.«

»Ich glaube, ich könnte fast allem zustimmen.«

»Das Prinzip der ›Unverletzlichkeit des Einzelnen‹ schlug sich schließlich in der ›Erklärung der Menschen- und Bürgerrechte‹ nieder, die im Jahre 1789 von der französischen Nationalversammlung verabschiedet wurde. Diese Erklärung der Menschenrechte war eine wichtige Grundlage für unsere eigene norwegische Verfassung von 1814.«

»Aber noch immer müssen viele Menschen für diese Rechte kämpfen.«

»Ja, leider. Aber die Aufklärungsphilosophen wollten bestimmte Gesetze festlegen, die alle Menschen einfach deshalb haben, weil sie als Menschen geboren sind. Das verstanden sie unter ›natürlichen‹ Rechten. Wir sprechen immer noch vom ›Naturrecht‹, das den offiziellen Gesetzen irgendeines Landes durchaus widersprechen kann. Noch immer erleben wir, daß sich Einzelindividuen – oder ganze Bevölkerungsgruppen – auf diese ›natürlichen Rechte‹ berufen, wenn sie sich gegen Rechtlosigkeit, Unfreiheit und Unterdrückung wehren.«

»Wie sah es mit den Rechten der Frau aus?«

»Die Revolution von 1789 erklärte eine Reihe von Rechten, die für alle Bürger gelten sollten. Aber als Bürger galten im Grunde nur Männer. Trotzdem erleben wir gerade während der Französischen Revolution die ersten Beispiele einer Frauenbewegung.«

»Das wurde aber auch Zeit.«

»Schon 1787 veröffentlichte der Aufklärungsphilosoph *Condorcet* eine Schrift über die Rechte der Frau. Er billigte Frauen dieselben natürlichen Rechte zu wie Männern. Während der Revolution 1789 beteiligten sich Frauen aktiv am Kampf gegen die Adelsherrschaft. Zum Beispiel führten sie die Demonstrationen an, die den König schließlich zwangen, sein Schloß in Versailles zu verlassen. In Paris bildeten sich verschiedene Frauengruppen. Neben denselben politischen Rechten wie Männer forderten sie auch neue Ehegesetze und veränderte Lebensbedingungen für Frauen.«

»Bekamen sie diese Rechte?«

»Nein. Wie auch später so oft, wurde die Frage nach den Frauenrechten in Verbindung mit einer Revolution aufgeworfen. Aber kaum hatte sich alles zu einer neuen Ordnung gefügt, wurde auch schon die alte Männerherrschaft wieder neu zementiert.«

»Typisch.«

»Eine von denen, die sich während der Französischen Revolution am stärksten für die Rechte der Frauen einsetzte, war *Olympe de Gouges*. 1791 – also zwei Jahre nach der Revolution – veröffentlichte sie eine Erklärung über die Rechte der Frauen. Die Erklärung der Bürgerrechte hatte den natürlichen Rechten der Frauen nicht eben viele Paragraphen gewidmet. Olympe de Gouges verlangte für Frauen genau dieselben Rechte wie für Männer.«

»Und was kam dabei heraus?«

»Sie wurde 1793 hingerichtet. Und den Frauen jegliche politische Aktivität verboten.«

»Pfui Spinne!«

»Erst im 19. Jahrhundert legte die Frauenbewegung richtig los – in Frankreich wie überall sonst in Europa. Und ganz langsam begann dieser Kampf dann auch, Früchte zu tragen. Aber in Norwegen zum Beispiel bekamen die Frauen erst 1913 das Stimmrecht. Und in vielen Ländern kämpfen die Frauen immer noch um Gleichberechtigung.«

»Auf meine Unterstützung können sie zählen.«

Alberto blickte auf den kleinen See. Nach einer Weile sagte er:

»Ich glaube, das war alles, was ich über die Philosophie der Aufklärungszeit sagen wollte.«

»Was meinst du mit ›ich glaube‹?«

»Ich habe nicht das Gefühl, daß noch mehr kommt.«

Während er das sagte, passierte plötzlich etwas auf dem See. Mitten im Weiher schäumte das Wasser vom Grund her auf. Und dann erhob sich etwas Großes und Scheußliches über dem Wasserspiegel.

»Eine Seeschlange!« rief Sofie.

Das dunkle Geschöpf wand sich mehrmals vor und zurück, dann tauchte es wieder unter, und der See lag so still da wie zuvor.

Alberto hatte sich einfach abgewandt.

»Laß uns reingehen«, sagte er.

Und beide standen auf und gingen in die Hütte.

Sofie trat vor die Bilder von Berkeley und Bjerkely. Sie zeigte auf das Bild von Bjerkely und sagte:

»Ich glaube, Hilde wohnt irgendwo in diesem Bild.«

Zwischen den Bildern hing jetzt eine Stickerei: FREIHEIT, GLEICHHEIT, BRÜDERLICHKEIT stand darauf.

Sofie drehte sich zu Alberto um.

»Hast du das da aufgehängt?«

Er schüttelte nur mit einer traurigen Grimasse den Kopf.

Jetzt entdeckte Sofie einen Briefumschlag auf dem Kaminsims. »Für Hilde und Sofie«, stand darauf. Sofie wußte sofort, wer der Absender war. Sie öffnete den Briefumschlag und las laut vor:

Ihr Lieben! Sofies Philosophielehrer hätte noch betonen sollen, wie wichtig die französische Aufklärungsphilosophie für die Ideale und Prinzipien war, auf denen die UNO aufbaut. Vor zweihundert Jahren half das Schlagwort ›Freiheit, Gleichheit, Brüderlichkeit‹, das französische Bürgertum zusammenzuschweißen. Heute müssen diese Worte die ganze Welt miteinander verbinden. Wie nie zuvor ist heute die Menschheit eine große Familie. Unsere Nachkommen sind unsere eigenen Kinder und Kindeskinder. Was für eine Welt erben sie von uns?

Hildes Mutter rief, weil »Derrick« in zehn Minuten anfing und sie die Pizza in den Ofen geschoben hatte. Hilde fühlte sich vom vielen Lesen völlig erschöpft. Sie war schließlich schon um sechs Uhr aufgestanden.

Sie beschloß, für den Rest des Abends zusammen mit ihrer Mutter Geburtstag zu feiern. Aber zuallererst mußte sie im Lexikon nachsehen.

Gouges ... nein. De Gouges? Wieder nein. Olympe de Gouges vielleicht? Nix da! Das Lexikon verlor kein Wort über die Frau, die wegen ihres frauenpolitischen Engagements hingerichtet worden war. War das nicht ein Skandal?

Denn sie war doch wohl nicht nur eine Erfindung von Hildes Vater?

Hilde stürzte ins Erdgeschoß, um sich das größere Lexikon vorzunehmen.

»Ich muß nur kurz was nachsehen«, erklärte sie ihrer verdutzten Mutter.

Sie nahm sich den Band FORV bis GP und rannte damit wieder auf ihr Zimmer.

Gouges ... ja, da!

Gouges, *Marie Olympe (1748–93), frz. Schriftstellerin, war während der Frz. Revolution sehr aktiv, u.a. durch zahlreiche Broschüren über soziale Fragen und eine Reihe von Theaterstücken. Sie vertrat als eine von wenigen die Ansicht, daß die Menschenrechte auch für Frauen gelten sollten, und veröffentlichte 1791 »Die Erklärung der Frauenrechte«. 1793 hingerichtet, da sie es gewagt hatte, Ludwig XVI. zu verteidigen und Robespierre zu kritisieren. (Lit: L. Lacour: »Les Origines du féminisme contemporain«, 1900)*

Kant

... der bestirnte Himmel über mir
und das moralische Gesetz in mir...

Erst gegen Mitternacht rief Major Albert Knag zu Hause an, um Hilde zum Geburtstag zu gratulieren.

Hildes Mutter ging ans Telefon.

»Für dich, Hilde.«

»Hallo?«

»Hier ist Papa.«

»Sag mal – es ist doch fast zwölf!«

»Ich wollte dir nur zum Geburtstag gratulieren...«

»Das machst du doch schon den ganzen Tag.«

»... aber ich wollte erst anrufen, wenn der Tag schon vorbei ist.«

»Wieso denn das?«

»Hast du das *Geschenk* nicht bekommen?«

»Ach das! Doch, tausend Dank!«

»Nun quäl mich doch nicht. Was sagst du dazu?«

»Es ist phantastisch. Ich hab fast den ganzen Tag nichts gegessen!«

»Du mußt aber essen.«

»Aber es ist so spannend.«

»Wie weit bist du denn schon?«

»Sie sind ins Haus gegangen, weil du sie mit einer Seeschlange aufgezogen hast...«

»Die Aufklärung.«

»Und Olympe de Gouges.«

»Dann habe ich mich ja doch nicht so geirrt.«

»Was meinst du mit ›geirrt‹?«

»Ich glaube, jetzt fehlt nur noch ein Glückwunsch. Aber der hat zum Ausgleich sogar Töne.«

»Ich werde im Bett weiterlesen, bis ich einschlafe.«

»Verstehst du denn etwas?«

»Ich habe heute mehr gelernt als ... als irgendwann sonst. Es ist unglaublich, daß es keinen Tag her ist, seit Sofie nach Hause gekommen ist und den ersten Brief gefunden hat.«

»Seltsam, wie wenig manchmal nötig ist...«

»Aber sie tut mir ein bißchen leid.«

»Wer?«

»Sofie natürlich.«

»Ach...«

»Sie ist doch total verwirrt, die Arme.«

»Aber sie ist doch bloß ... ich meine ...«

»Du meinst, daß du sie dir nur ausgedacht hast.«

»So ähnlich, ja.«

»Ich glaube, daß es Sofie und Alberto gibt.«

»Wir reden darüber, wenn ich zu Hause bin.«

»Ja.«

»Und ich wünsche dir noch einen schönen Tag.«

»Was hast du gesagt?«

»Gute Nacht, meine ich.«

»Gute Nacht!«

Als Hilde eine halbe Stunde später schlafen ging, war es draußen noch immer so hell, daß sie weit über den Garten und die Bucht blicken konnte. In dieser Jahreszeit wurde es nicht dunkel.

Sie spielte ein wenig mit dem Gedanken, wie es wäre, in einem Bild zu leben, das in einer kleinen Hütte im Wald an der Wand hing. Ob sie wohl aus dem Bild heraus und in das hineinschauen könnte, was draußen war?

Ehe sie einschlief, las sie weiter in dem großen Ordner.

Sofie legte den Brief von Hildes Vater zurück auf den Kaminsims.

»Das mit der UNO mag wichtig sein«, sagte Alberto, »aber es gefällt mir nicht, daß er sich in meine Darstellung einmischt.«

»Ich finde, du solltest das nicht so schwer nehmen.«

»Von nun an werde ich jedenfalls alle außergewöhnlichen Phänomene wie Seeschlangen oder so übersehen. Wir setzen uns ans Fenster, und ich erzähle dir von Kant.«

Sofie entdeckte eine Brille auf einem kleinen Tisch zwischen zwei Sesseln. Sie registrierte auch, daß beide Brillengläser rot waren. Ob das eine starke Sonnenbrille war?

»Es ist fast zwei«, sagte sie. »Ich muß spätestens um fünf zu Hause sein. Meine Mutter hat sicher Pläne für meinen Geburtstag.«

»Dann haben wir drei Stunden.«

»Also los.«

»*Immanuel Kant* wurde 1724 in der ostpreußischen Stadt Königsberg als Sohn eines Sattlers geboren. Er verbrachte hier fast sein ganzes Leben bis zu seinem Tod im Alter von achtzig Jahren. Er kam aus einem streng christlichen Zuhause. Seine christliche Überzeugung war deshalb auch eine wichtige Grundlage für seine Philosophie. Wie Berkeley wollte auch er das Fundament des christlichen Glaubens retten.«

»Von Berkeley weiß ich jetzt genug, danke.«

»Kant war auch der erste von den Philosophen, die wir behandelt haben, der an einer Universität als Professor angestellt war. Er war das, was wir oft als einen ›Fachphilosophen‹ bezeichnen.«

»Fachphilosoph?«

»Das Wort ›Philosoph‹ wird heute in zwei leicht unterschiedlichen Bedeutungen verwendet. Unter einem Philosophen verstehen wir vor allem jemanden, der versucht, seine eigenen Antworten auf die philosophischen Fragen zu finden. Aber ein Philosoph kann auch Experte für die Geschichte der Philosophie sein, ohne notwendigerweise eine eigene Philosophie auszuarbeiten.«

»Und Kant war so ein Fachphilosoph?«

»Er war beides. Wenn er nur ein tüchtiger Professor gewesen wäre – also ein Experte für die Gedanken anderer –, hätte er keinen so wichtigen Platz in der Geschichte der Philosophie gefunden. Aber es ist auch wichtig, daß Kant in der Tat die philosophische Tradition kannte wie kaum ein anderer. Er war mit Rationalisten wie Descartes und Spinoza ebenso vertraut wie mit Empirikern wie Locke, Berkeley und Hume.«

»Ich habe doch gesagt, du sollst mit Berkeley aufhören.«

»Wir erinnern uns, daß die Rationalisten meinten, die Grundlage aller menschlichen Erkenntnis liege im Bewußtsein des Menschen. Und wir wissen auch noch, daß die Empiriker alles Wissen über die Welt aus der Sinneserfahrung ableiten wollten. Hume hatte außerdem darauf hingewiesen, daß es klare Grenzen dafür gibt, welche Schlußfolgerungen wir mit Hilfe unserer Sinneseindrücke ziehen können.«

»Und wem stimmte Kant denn nun zu?«

»Er meinte, alle hätten ein bißchen recht, aber er fand auch, daß alle sich ein bißchen irrten. Die Frage jedenfalls, die sie alle beschäftigte, war, was wir über die Welt wissen können. Das war das gemeinsame philosophische Projekt aller Philosophen nach Descartes. Zwei Möglichkeiten standen zur Debatte: Ist die Welt genau so, wie wir sie empfinden – oder so, wie sie sich unserer Vernunft darstellt?«

»Und was meinte Kant?«

»Kant meinte, daß sowohl die Empfindungen als auch die Vernunft eine wichtige Rolle spielen, wenn wir die Welt erfahren. Und er vertrat die Auffassung, die Rationalisten hielten die Vernunft für zu wichtig und die Empiriker hätten zu einseitig auf die sinnliche Erfahrung gesetzt.«

»Wenn du nicht bald ein gutes Beispiel bringst, dann bleibt das alles nur Gerede.«

»Im Ausgangspunkt stimmt Kant Hume und den Empirikern darin zu, daß wir alle unsere Kenntnisse den Sinneserfahrungen verdanken. Aber – und hier reicht er den Rationalisten die Hand – auch in unserer Vernunft liegen wichtige Voraussetzungen dafür, *wie* wir die Welt um uns herum auffassen. Es gibt demnach gewisse Bedingungen in uns selber, die unsere Auffassung der Welt mitbestimmen.«

»Und das soll ein Beispiel sein?«

»Wir machen lieber eine kleine Übungsaufgabe. Kannst du die Brille vom Tisch dort drüben holen? So, ja. Und jetzt setz sie dir auf.«

Sofie setzte sich die Brille auf die Nase. Alles um sie herum färbte sich nun rot. Die hellen Farben wurden hellrot, die dunklen dunkelrot.

»Was siehst du?«

»Ich sehe genau dasselbe wie vorher, nur ist alles rot.«

»Das liegt daran, daß die Brillengläser festlegen, wie du die Wirklichkeit erlebst. Alles, was du siehst, ist Teil einer Welt außerhalb deiner selber; aber *wie* du alles siehst, hängt auch mit den Brillengläsern zusammen. Du kannst ja nicht behaupten, die Welt *sei* rot, auch wenn sie dir im Moment so erscheint.«

»Nein, natürlich nicht...«

»Wenn du jetzt durch den Wald gingst – oder wenn du zu Hause in der Kapitänskurve wärst –, würdest du alles sehen, was du immer schon gesehen hast. Aber was immer du auch sehen würdest, es wäre rot.«

»Solange ich nicht die Brille abnehme, ja.«

»Die Brille ist die Voraussetzung dafür, wie du die Welt siehst. Und genauso, meinte Kant, liegen auch Voraussetzungen in unserer Vernunft, die alle unsere Erfahrungen prägen.«

»Von was für Voraussetzungen ist hier die Rede?«

»Egal, was wir sehen, vor allem werden wir es als Phänomene in *Zeit* und *Raum* auffassen. Kant bezeichnete Zeit und Raum als die beiden ›Formen der Anschauung‹ des Menschen. Und er betont, daß diese beiden Formen in unserem Bewußtsein *vor* jeglicher Erfahrung kommen. Das bedeutet, daß wir, *ehe* wir etwas erfahren, wissen können, daß wir es als Phänomen in Zeit und Raum auffassen werden. Wir sind unfähig, könnte man sagen, die Brillengläser der Vernunft abzusetzen.«

»Er meinte also, daß es eine angeborene Eigenschaft von uns Menschen ist, die Dinge in Zeit und Raum aufzufassen?«

»Gewissermaßen, ja. *Was* wir sehen, hängt ja ansonsten davon ab, ob wir in Indien oder Grönland aufwachsen. Aber überall erleben wir die Welt als etwas in Zeit und Raum. Das können wir im voraus sagen.«

»Aber existieren Zeit und Raum nicht außerhalb unserer selbst?«

»Nein. Oder jedenfalls ist das nicht das Entscheidende. Kant erklärt, daß Zeit und Raum zum menschlichen Leben selber gehören. Zeit und Raum sind vor allem Eigenschaften unseres Bewußtseins und nicht Eigenschaften der Welt.«

»Das ist eine ganz neue Sichtweise.«

»Das Bewußtsein des Menschen ist also keine passive ›Tafel‹, die nur Sinneseindrücke von außen registriert. Es ist eine kreativ formende Instanz. Das Bewußtsein selber trägt dazu bei, unsere Auffassung der Welt zu prägen. Du kannst das vielleicht damit vergleichen, was passiert, wenn du Wasser in einen Glaskrug gießt. Dann formt sich das Wasser entsprechend der Form der Kanne. So fügen sich auch die Sinneseindrücke nach unseren ›Formen der Anschauung‹.«

»Ich glaube, ich verstehe, was du meinst.«

»Kant behauptet, daß sich nicht nur das Bewußtsein nach den Dingen richtet. Die Dinge richten sich auch nach dem Bewußtsein. Kant selber bezeichnete das als die ›kopernikanische Wende‹ in der Frage nach der menschlichen Erkenntnis. Damit meinte er, daß diese Überlegung ebenso neu und gegenüber der Tradition radikal anders war wie Kopernikus' Behauptung, daß die Erde um die Sonne kreist und nicht umgekehrt.«

»Ich verstehe jetzt, was er damit gemeint hat, daß sowohl Rationalisten als auch Empiriker ein bißchen recht gehabt haben. Die Rationalisten hatten gewissermaßen die Bedeutung der Erfahrung vergessen, und die Empiriker hatten nicht sehen wollen, daß unsere Vernunft unsere Auffassung der Welt prägt.«

»Auch das Kausalgesetz – von dem Hume geglaubt hatte, die Menschen könnten es nicht erfahren – ist laut Kant Bestandteil der menschlichen Vernunft.«

»Erklär mir das!«

»Du weißt doch noch, daß Hume behauptet hat, wir erlebten nur aufgrund unserer Gewohnheit einen notwendigen Kausalzusammenhang hinter allen Prozessen in der Natur. Denn Hume meinte, wir könnten nicht empfinden, daß die schwarze Billardkugel die Ursache dafür ist, daß sich die weiße Billardkugel in Bewegung setzt. Deshalb könnten wir auch nicht beweisen, daß die schwarze Kugel die weiße immer in Bewegung setzen wird.«

»Das weiß ich noch.«

»Aber gerade das, was wir laut Hume nicht beweisen können, genau das betrachtet Kant als Eigenschaft der menschlichen Vernunft. Das Kausalgesetz gilt immer und absolut, einfach weil die menschliche Vernunft alles, was geschieht, als Verhältnis zwischen Ursache und Wirkung betrachtet.«

»Wieder würde ich meinen, daß das Kausalgesetz in der Natur und nicht in uns Menschen liegt.«

»Kant sagt, daß es in uns liegt. Er stimmt Hume darin zu, daß wir nicht sicher wissen können, wie die Welt ›an sich‹ ist. Wir können nur wissen, wie die Welt ›für mich‹ ist – und also für alle Menschen. Der Unterschied, den Kant zwischen den ›Dingen an sich‹ und den ›Dingen für uns‹ macht, ist sein wichtigster Beitrag zur Philosophie. Wie die Dinge ›an sich‹ sind, können wir nie ganz sicher erfahren. Wir können nur wissen, wie die Dinge sich für uns ›zeigen‹. Zum Ausgleich können wir ohne jede Erfahrung sagen, wie die Dinge von der menschlichen Vernunft aufgefaßt werden.«

»Stimmt das?«

»Ehe du morgens aus dem Haus gehst, kannst du nicht wissen, was du an diesem Tag sehen oder erleben wirst. Aber du kannst wissen, daß du das, was du siehst oder erlebst, als Ereignisse in Zeit und Raum auffassen wirst. Du kannst dir außerdem sicher sein, daß das Kausalgesetz gilt, einfach, weil du es als Teil deines Bewußtseins in dir trägst.«

»Aber wir könnten auch anders geschaffen sein?«

»Ja, wir könnten einen anderen Sinnesapparat haben. Und wir könnten dann auch ein anderes Zeitgefühl und ein anderes

Raumerleben haben. Wir könnten außerdem so beschaffen sein, daß wir nicht nach den Ursachen für die Ereignisse in unserer Umgebung suchen.«

»Hast du ein Beispiel?«

»Stell dir eine Katze vor, die im Zimmer auf dem Boden liegt. Stell dir dann vor, daß ein Ball ins Zimmer rollt. Was macht dann die Katze?«

»Das habe ich schon oft ausprobiert. Die Katze läuft hinter dem Ball her.«

»Ja. Und nun stell dir vor, daß du statt der Katze im Zimmer sitzt. Wenn du plötzlich siehst, daß ein Ball angerollt kommt, läufst du ihm dann auch sofort hinterher?«

»Zuerst drehe ich mich um und sehe nach, woher der Ball kommt.«

»Ja, weil du ein Mensch bist, wirst du unweigerlich die Ursache jedes Ereignisses suchen. Das Kausalgesetz ist also ein Teil deiner Konstitution.«

»Stimmt das wirklich?«

»Hume hatte erklärt, daß wir die Naturgesetze weder empfinden noch beweisen können. Kant ließ das keine Ruhe. Aber er glaubte, die absolute Gültigkeit der Naturgesetze beweisen zu können, indem er zeigte, daß wir in Wirklichkeit über Gesetze der menschlichen Erkenntnis reden.«

»Würde sich auch ein kleines Kind umsehen, um festzustellen, wer den Ball angestoßen hat?«

»Vielleicht nicht. Aber Kant sagt, daß die Vernunft in einem Kind noch nicht vollständig entwickelt ist, weil es noch mit keinem Empfindungsmaterial arbeiten kann. Einerseits haben wir die äußeren Verhältnisse, über die wir nichts wissen können, ehe wir sie nicht empfunden haben. Wir können sie als *Material* der Erkenntnis bezeichnen. Andererseits haben wir die inneren Verhältnisse im Menschen selber – zum Beispiel, daß wir alles als Ereignisse in Zeit und Raum und außerdem als Prozesse betrachten, die einem unwandelbaren Kausalgesetz folgen. Das können wir als *Form* der Erkenntnis bezeichnen.«

Alberto und Sofie blieben einen Moment sitzen und schauten aus dem Fenster. Plötzlich entdeckte Sofie ein kleines Mädchen, das am anderen Seeufer zwischen den Bäumen auftauchte.

»Sieh mal!« sagte Sofie. »Wer ist das?«

»Das weiß ich wirklich nicht.«

Die Kleine war nur noch für wenige Sekunden zu sehen, dann war sie verschwunden. Sofie hatte gesehen, daß sie eine rote Kopfbedeckung trug.

»Und sowieso wollen wir uns nicht ablenken lassen.«

»Also weiter.«

»Kant wies auch darauf hin, daß es klare Grenzen dafür gibt, was Menschen überhaupt erkennen können. Du kannst vielleicht sagen, daß ihnen die Brillengläser der Vernunft Grenzen setzen.«

»Wieso denn?«

»Du weißt vielleicht noch, was die richtig ›großen‹ philosophischen Fragen der Philosophen vor Kant gewesen waren: ob der Mensch eine unsterbliche Seele hat; ob es einen Gott gibt; ob die Natur aus unteilbaren kleinsten Teilchen besteht; oder ob der Weltraum endlich oder unendlich ist.«

»Ja.«

»Kant meinte, der Mensch könne über diese Fragen niemals sicheres Wissen erlangen. Das heißt nicht, daß er nichts mit diesen Problemen zu tun haben wollte. Ganz im Gegenteil. Wenn er diese Fragen einfach zurückgewiesen hätte, dann könnten wir ihn kaum als Philosophen bezeichnen.«

»Und was hat er also gemacht?«

»Ja, jetzt mußt du ein bißchen Geduld haben. Kant meinte, gerade in diesen großen philosophischen Fragen operiere die Vernunft außerhalb der Grenzen dessen, was wir Menschen erkennen können. Andererseits liege in der Natur des Menschen – oder in der menschlichen Vernunft – ein grundlegender Drang, solche Fragen zu stellen. Aber wenn wir zum Beispiel fragen, ob der Weltraum endlich oder unendlich ist, dann stellen wir eine Frage nach einem Ganzen, von dem wir selber ein (winzig kleiner) Teil sind. Und dieses Ganze können wir niemals voll erkennen.«

»Warum nicht?«

»Als du dir die rote Brille aufgesetzt hast, wußten wir, daß es laut Kant zwei Elemente gibt, die zu unserem Wissen über die Welt beitragen.«

»Und zwar Sinneserfahrung und Vernunft.«

»Ja, das Material für unsere Erkenntnis nehmen wir durch die Sinne auf, aber dieses Material richtet sich auch nach den Eigenschaften unserer Vernunft. Zum Beispiel liegt es in dieser Vernunft, nach den Ursachen eines Ereignisses zu fragen.«

»Wie zum Beispiel, warum ein Ball über den Boden rollt.«

»Von mir aus. Aber wenn wir uns fragen, woher die Welt stammt – und also mögliche Antworten diskutieren –, dann läuft die Vernunft gewissermaßen im Leerlauf. Dann kann sie nämlich kein Sinnesmaterial ›bearbeiten‹; sie hat keine Erfahrungen, an denen sie sich reiben kann. Denn wir haben niemals die ganze große Wirklichkeit erfahren, von der wir nur ein winzig kleiner Teil sind.«

»Wir sind gewissermaßen ein kleiner Teil des Balles, der über den Boden rollt. Und deshalb können wir nicht wissen, woher er kommt.«

»Aber es wird immer eine Eigenschaft der Vernunft des Menschen sein, zu *fragen*, woher so ein Ball kommt. Deshalb fragen und fragen wir und strengen uns bis zum Geht-nicht-mehr an, um Antworten auf die großen Fragen zu finden. Aber wir haben keinen festen Stoff, in den wir hineinbeißen könnten; wir erhalten niemals sichere Antworten, weil die Vernunft im Leerlauf rennt.«

»Danke, genau dieses Gefühl kenne ich sehr gut.«

»Bei den großen Fragen, die die Wirklichkeit im ganzen angehen, werden immer zwei genau entgegengesetzte Standpunkte gleich wahrscheinlich und gleich unwahrscheinlich sein.«

»Beispiele bitte.«

»Es ist genauso sinnvoll zu sagen, die Welt muß einen Anfang in der Zeit haben, wie zu sagen, daß sie keinen solchen Anfang hat. Die Vernunft kann zwischen den beiden Möglichkeiten nicht entscheiden, weil sie sie beide nicht ›fassen‹ kann. Wir können natürlich behaupten, daß es die Welt immer schon gegeben hat – aber *kann* etwas immer schon existiert haben, ohne daß es je einen Anfang hatte? Und nehmen wir statt dessen den entgegengesetzten Standpunkt ein und sagen, daß die Welt irgendwann entstanden sein muß – dann muß sie doch aus dem Nichts entstanden sein, sonst könnten wir nur von einem Übergang von einem Zustand in den anderen sprechen. *Kann* etwas aus null und nichts entstehen, Sofie?«

»Nein, beide Möglichkeiten sind gleich unfaßbar. Und doch muß eine richtig und die andere falsch sein.«

»Du weißt aber noch, daß Demokrit und die Materialisten erklärt hatten, daß die Natur aus kleinsten Teilchen bestehen müsse, aus denen alles zusammengesetzt ist. Andere – zum Beispiel Descartes – glaubten, sich die ausgedehnte Wirklichkeit in immer noch kleinere Teile aufgeteilt vorstellen zu können. Aber wer von beiden hatte recht?«

»Beide ... keiner.«

»Weiter hatten viele Philosophen die Freiheit des Menschen als eine seiner wichtigsten Eigenschaften bezeichnet. Gleichzeitig sind uns Philosophen begegnet – zum Beispiel die Stoiker und Spinoza –, die erklärten, alles in der Welt geschehe allein nach den notwendigen Gesetzen der Natur. Auch hier meinte Kant, die Vernunft des Menschen könne kein sicheres Urteil fällen.«

»Das ist genauso vernünftig und unvernünftig, wie beides zu behaupten.«

»Und schließlich können wir mit unserer Vernunft auch nicht die Existenz Gottes beweisen. Hier hatten die Rationalisten – zum Beispiel Descartes – zu beweisen versucht, daß es einen Gott geben müsse, einfach deshalb, weil wir eine Vorstellung von einem vollkommenen Wesen haben. Andere – zum Beispiel Aristoteles und Thomas von Aquin – waren der Ansicht, es müsse einen Gott deshalb geben, weil alles eine erste Ursache haben muß.«

»Und was meinte Kant?«

»Er verwarf beide Gottesbeweise. Weder Vernunft noch Erfahrung haben eine sichere Grundlage für die Behauptung, daß es einen Gott gibt. Für die Vernunft ist es vielmehr wahrscheinlich und unwahrscheinlich zugleich, daß es einen Gott gibt.«

»Aber du hast zuerst gesagt, daß Kant die Grundlage des christlichen Glaubens retten wollte.«

»Ja, und er läßt tatsächlich Raum für die Religion, dort nämlich, wo unsere Erfahrung und unsere Vernunft nicht hinreichen. Genau diesen Raum kann der religiöse Glaube ausfüllen.«

»Und so hat er das Christentum gerettet?«

»So kannst du das ausdrücken. Dabei sollten wir uns merken, daß Kant Protestant war. Seit der Reformation war es ein Charakterzug des protestantischen Christentums, daß es auf dem Glauben beruht. Die katholische Kirche vertraute seit Beginn des Mittelalters eher darauf, daß die Vernunft eine Stütze für den Glauben sein kann.«

»Ich verstehe.«

»Aber Kant ging etwas weiter als nur bis zu der Feststellung, daß diese äußersten Fragen dem Glauben des Menschen überlassen werden müssen. Er hielt die Voraussetzung, daß der Mensch eine *unsterbliche Seele* hat, daß *es einen Gott gibt* und daß der Mensch *einen freien Willen hat*, für eine mehr oder weniger unerläßliche Voraussetzung der Moral des Menschen.«

»Das ist ja fast wie bei Descartes. Erst überlegt er sehr kritisch, was wir überhaupt verstehen können. Und dann schmuggelt er Gott und alles mögliche durch die Hintertür wieder herein.«

»Aber im Gegensatz zu Descartes betont Kant ausdrücklich, daß nicht die Vernunft ihn dorthin gebracht hat, sondern der Glaube. Er selbst bezeichnete den Glauben an eine unsterbliche Seele, ja, sogar an einen Gott und an den freien Willen das Menschen, als *praktische Postulate*.«

»Und das bedeutet?«

»Etwas zu postulieren bedeutet, etwas zu behaupten, das sich nicht beweisen läßt. Unter einem praktischen Postulat versteht Kant etwas, das für die ›Praxis‹ des Menschen behauptet werden muß, also für sein Handeln und damit für seine Moral. ›Es ist moralisch notwendig, das Dasein Gottes anzunehmen‹, sagte er.«

Plötzlich schien jemand an die Tür zu klopfen. Sofie sprang sofort auf, und als Alberto ungerührt sitzen blieb, sagte sie:

»Müssen wir nicht aufmachen?«

Alberto zuckte mit den Schultern, stand aber schließlich auch auf. Sofie öffnete die Tür, und draußen stand ein kleines Mädchen in einem weißen Sommerkleid und mit einem roten Käppchen auf dem Kopf. Es war dasselbe Mädchen, das Sofie schon am anderen Seeufer gesehen hatte. Jetzt sah sie, daß es einen Korb mit Proviant trug.

»Hallo«, sagte Sofie. »Wer bist du denn?«

»Rotkäppchen, siehst du das nicht?«

Sofie sah zu Alberto hoch, und Alberto nickte.

»Du hast gehört, was sie gesagt hat.«

»Ich suche das Haus meiner Großmutter«, erklärte die Kleine. »Sie ist alt und krank, aber jetzt bringe ich ihr Kuchen und Wein.«

»Hier bist du falsch«, sagte Alberto. »Also mach, daß du weiterkommst.«

Er machte dabei eine Handbewegung, als versuchte er, Fliegen zu verscheuchen.

»Aber ich soll auch einen Brief abgeben«, erklärte das Mädchen mit dem roten Käppchen.

Und sie zog einen kleinen Briefumschlag aus der Tasche und reichte ihn Sofie. Gleich darauf trippelte sie weiter.

»Hüte dich vor dem Wolf!« rief Sofie ihr nach.

Alberto war schon wieder unterwegs zu seinem Sessel. Sofie folgte ihm und setzte sich ihm, wie vorher, gegenüber.

»Rotkäppchen, gibt's so was«, sagte Sofie kopfschüttelnd.

»Und es hat keinen Sinn, sie zu warnen. Sie geht zum Haus

ihrer Großmutter, und da wird sie vom Wolf gefressen. Sie lernt nichts; alles wiederholt sich in alle Ewigkeit.«

»Aber ich habe nie gehört, daß sie auf dem Weg zu ihrer Großmutter zuerst an einer anderen Hütte angeklopft hätte.«

»Eine Bagatelle, Sofie.«

Erst jetzt sah Sofie den Briefumschlag an. Darauf stand: »Für Hilde«. Sie öffnete den Umschlag und las laut vor:

Liebe Hilde! Wenn das Gehirn des Menschen so einfach wäre, daß wir es verstehen könnten, dann wären wir so dumm, daß wir es doch nicht verstehen würden.

Gruß, Papa

Alberto nickte.

»Ganz recht. Und ich glaube, Kant hätte etwas Ähnliches sagen können. Wir können nicht erwarten, zu verstehen, was wir *sind*. Vielleicht können wir eine Blume oder ein Insekt wirklich verstehen, aber niemals uns selber. Noch weniger können wir erwarten, das ganze Universum zu verstehen.«

Sofie mußte den seltsamen Satz noch mehrmals lesen, während Alberto fortfuhr:

»Wir sollten uns nicht von Seeschlangen und ähnlichem Hokuspokus ablenken lassen. Ehe wir für heute Schluß machen, erzähle ich dir noch von Kants Ethik.«

»Dann beeil dich, ich muß nach Hause.«

»Humes Skepsis, was Vernunft und Sinne uns wirklich erzählen können, zwang Kant, viele der wichtigsten Fragen des Lebens noch einmal zu durchdenken. Das galt nicht zuletzt für den Bereich der Moral.«

»Hume hat doch gesagt, wir könnten nicht beweisen, was Recht und was Unrecht ist. Denn wir können nicht von ›Ist-Sätzen‹ auf ›Soll-Sätze‹ schließen.«

»Hume glaubte, daß weder unsere Vernunft noch unsere Erfahrungen den Unterschied zwischen Recht und Unrecht festlegen, sondern ganz einfach unsere Gefühle. Diese Grundlage erscheint Kant als zu dünn.«

»Ja, das kann ich gut verstehen.«

»Kant hatte von Anfang an ganz stark den Eindruck, daß der Unterschied zwischen Recht und Unrecht mehr als nur eine Gefühlssache sein mußte. Darin stimmte er den Rationalisten zu, die erklärt hatten, es liege in der menschlichen Vernunft, Recht und Unrecht zu unterscheiden. Alle Menschen wissen, was Recht ist und was nicht, und wir wissen das nicht nur, weil wir es gelernt haben, sondern auch, weil es unserer Vernunft innewohnt. Kant glaubte, alle Menschen hätten eine *praktische Vernunft*, die uns jederzeit sagt, was im moralischen Bereich Recht ist und was Unrecht.«

»Sie ist also angeboren?«

»Die Fähigkeit, zwischen Recht und Unrecht zu unterscheiden, ist ebenso angeboren wie alle anderen Eigenschaften der Vernunft. Alle Menschen fassen die Ereignisse in der Welt als ursächlich bestimmt auf – und alle haben auch Zugang zum selben universellen *Moralgesetz*. Dieses Moralgesetz hat dieselbe absolute Gültigkeit wie die physikalischen Naturgesetze. Es ist für unser moralisches Leben genauso grundlegend, wie es für unser Vernunftleben grundlegend ist, daß alles eine Ursache hat, oder daß sieben plus fünf zwölf ist.«

»Und was sagt dieses Moralgesetz?«

»Da es vor jeder Erfahrung liegt, ist es ›formal‹. Das bedeutet, daß es nicht mit bestimmten moralischen Wahlmöglichkeiten zusammenhängt. Es gilt für alle Menschen in allen Gesellschaften und zu allen Zeiten. Es sagt also nicht, daß du in dieser oder jener Situation dies oder jenes tun sollst. Es besagt, wie du dich in *allen* Situationen zu verhalten hast.«

»Aber welchen Sinn hat ein Moralgesetz, wenn es uns nicht sagt, wie wir uns in einer bestimmten Situation zu verhalten haben?«

»Kant formuliert sein Moralgesetz als *kategorischen Imperativ*. Darunter versteht er, daß das Moralgesetz ›kategorisch‹ ist, das heißt, in allen Situationen gilt. Außerdem ist es ein ›Imperativ‹ und damit ein ›Befehl‹ und absolut unumgänglich.«

»Hm ...«

»Allerdings formuliert Kant seinen kategorischen Imperativ auf verschiedene Weise. Erstens sagt er, *wir sollten immer so handeln, daß wir uns gleichzeitig wünschen können, die Regel, nach der wir handeln, würde allgemeines Gesetz.* Wörtlich heißt es bei ihm: ›Handle nur nach derjenigen Maxime, durch die du zugleich wollen kannst, daß sie ein allgemeines Gesetz werde.‹«

»Wenn ich etwas tue, muß ich also sicher sein, daß ich mir wünschen kann, alle anderen würden in derselben Situation dasselbe tun.«

»Genau. Nur dann handelst du in Übereinstimmung mit deinem inneren moralischen Gesetz. Kant hat den kategorischen Imperativ auch so formuliert, daß wir *andere Menschen immer als Zweck an sich selbst und nicht bloß als Mittel zu etwas anderem behandeln sollen.*«

»Wir dürfen andere Menschen also nicht ›benutzen‹, nur um selber Vorteile zu erlangen.«

»Nein, denn alle Menschen sind ein Zweck an sich. Aber das gilt nicht nur für andere Menschen, das gilt auch für uns selber. Wir dürfen uns selber auch nicht als Mittel benutzen, um etwas zu erreichen.«

»Das erinnert ein bißchen an die ›goldene Regel‹: Was du nicht willst, das man dir tu, das füg auch keinem andern zu.«

»Ja, und das ist eine formale Richtline, die im Grunde alle ethischen Wahlmöglichkeiten umfaßt. Du kannst gut behaupten, diese goldene Regel drücke in etwa das aus, was Kant als Moralgesetz bezeichnet hat.«

»Aber das sind doch auch bloß Behauptungen. Hume hatte wohl recht damit, daß wir mit der Vernunft nicht beweisen können, was Recht und was Unrecht ist.«

»Kant hielt das Moralgesetz für ebenso absolut und allgemeingültig wie zum Beispiel das Kausalgesetz. Auch das läßt sich mit der Vernunft nicht beweisen und ist doch unumgänglich. Kein Mensch würde es bestreiten.«

»Ich habe langsam das Gefühl, daß wir eigentlich über das Gewissen reden. Denn alle Menschen haben wohl ein Gewissen.«

»Ja, wenn Kant das Moralgesetz beschreibt, beschreibt er das menschliche Gewissen. Wir können das, was das Gewissen sagt, nicht beschreiben, aber wir wissen es trotzdem.«

»Manchmal bin ich sehr nett und lieb zu anderen, einfach weil sich das für mich lohnt. Auf diese Weise kann ich zum Beispiel beliebt werden.«

»Aber wenn du mit anderen teilst, nur um beliebt zu werden, dann handelst du nicht in Übereinstimmung mit dem Moralgesetz. Vielleicht achtest du das Moralgesetz nicht. Vielleicht handelst du in einer Art oberflächlicher Übereinstimmung mit dem Moralgesetz – und das ist ja auch schon was –, aber etwas, das als moralische Handlung bezeichnet werden soll, muß das Ergebnis einer Selbstüberwindung sein. Nur wenn du etwas tust, weil du es für deine *Pflicht* hältst, dem Moralgesetz zu folgen, kannst du von einer moralischen Handlung sprechen. Kants Ethik wird deshalb oft als *Pflichtethik* bezeichnet.«

»Ich kann es für meine Pflicht halten, Geld für die Welthungerhilfe oder terre des hommes zu sammeln.«

»Ja, und dabei kommt es darauf an, daß du das tust, weil du es für richtig hältst. Selbst wenn das Geld, das du eingesammelt hast, unterwegs verlorengeht oder niemals die Menschen satt macht, die es satt machen sollte, so hast du doch das Moralgesetz befolgt. Du hast mit der rechten Einstellung gehandelt, und laut Kant ist die Einstellung entscheidend dafür, ob wir etwas als moralisch richtig bezeichnen können. Nicht die Konsequenzen einer Handlung sind entscheidend. Deshalb nennen wir Kants Ethik auch *Gesinnungsethik*.«

»Warum war es ihm so wichtig zu wissen, wann genau wir aus Achtung vor dem Moralgesetz handeln? Ist es nicht wichtiger, daß das, was wir tun, anderen Menschen nützt?«

»Doch, Kant würde dir da sicher nicht widersprechen. Aber

nur, wenn wir selber wissen, daß wir aus Achtung vor dem Moralgesetz handeln, handeln wir *in Freiheit.*«

»Bloß weil wir ein Gesetz befolgen, handeln wir in Freiheit? Ist das nicht ein bißchen seltsam?«

»Kant meint, nein. Du weißt vielleicht noch, daß er ›behaupten‹ oder ›postulieren‹ mußte, daß der Mensch einen freien Willen hat. Das ist ein wichtiger Punkt, denn Kant glaubte ja auch, daß alles dem Kausalgesetz folgt. Wie können wir da einen freien Willen haben?«

»Nein, frag mich nicht.«

»Hier teilt Kant die Menschheit in zwei Teile, und darin erinnert er an Descartes, der ja behauptete, der Mensch sei ein Doppelwesen, da er einen Körper und eine Vernunft hat. Als empfindendes Wesen sind wir voll und ganz den unwandelbaren Kausalgesetzen ausgeliefert, meint Kant. Wir entscheiden ja nicht, was wir empfinden; die Empfindungen stellen sich notgedrungen ein und prägen uns, ob wir nun wollen oder nicht. Aber der Mensch ist nicht nur ein Sinnenwesen. Wir sind auch Vernunftwesen.«

»Erklären!«

»Als Sinnenwesen gehören wir ganz und gar der Ordnung der Natur an. Wir sind deshalb auch dem Kausalgesetz unterworfen. So gesehen haben wir auch keinen freien Willen. Aber als Vernunftwesen haben wir darüber hinaus Anteil an der Welt ›an sich‹ – also an der Welt, wie sie unabhängig von unseren Empfindungen ist. Nur wenn wir unserer ›praktischen Vernunft‹ folgen – die uns befähigt, eine moralische Wahl zu treffen –, haben wir einen freien Willen. Denn wenn wir uns dem Moralgesetz beugen, dann erlassen wir selber das Gesetz, nach dem wir uns richten.«

»Ja, irgendwie stimmt das. Schließlich sage ja ich – oder etwas in mir –, daß ich zu den anderen nicht so gemein sein soll.«

»Wenn du selber beschließt, nicht mehr gemein zu sein – auch, wenn du damit deinen eigenen Interessen schadest –, dann handelst du in Freiheit.«

»Man ist jedenfalls nicht besonders frei und selbständig, wenn man nur seinen Lüsten folgt.«

»Man kann sich zum Sklaven von allem möglichen machen. Ja, man kann sogar Sklave des eigenen Egoismus werden. Es erfordert ja gerade Selbständigkeit – und Freiheit –, sich über die eigenen Lüste und Laster zu erheben.«

»Was ist mit den Tieren? Die folgen nur ihren Lüsten und Bedürfnissen. Haben die also keine solche Freiheit, einem Moralgesetz zu folgen?«

»Nein, es ist gerade diese Freiheit, die uns zu Menschen macht.«

»Das habe ich jetzt begriffen.«

»Abschließend können wir vielleicht sagen, daß es Kant gelungen ist, einen Weg aus der Irre zu zeigen, in die die Philosophie durch den Streit zwischen Rationalisten und Empirikern geraten war. Mit Kant endet deshalb auch eine Epoche in der Geschichte der Philosophie. Er starb 1804 – beim Aufkommen der Epoche, die wir als Romantik bezeichnen. Auf seinem Grab in Königsberg steht eines seiner bekanntesten Zitate: ›Zwei Dinge erfüllen das Gemüt mit immer neuer und zunehmender Bewunderung und Ehrfurcht, je öfter und anhaltender sich das Nachdenken damit beschäftigt: der bestirnte Himmel über mir und das moralische Gesetz in mir.‹ Da hast du noch einmal die großen Rätsel, die ihn und seine Philosophie bewegten.«

Alberto ließ sich im Sessel zurücksinken.

»Mehr kommt nicht«, sagte er. »Ich glaube, das war das Wichtigste über Kant.«

»Und es ist auch schon Viertel nach vier.«

»Aber es gibt noch etwas. Bitte, warte noch einen Moment!«

»Ich gehe nie, solange der Lehrer die Stunde nicht für beendet erklärt hat.«

»Ich habe auch gesagt, daß Kant meint, wir hätten keine Freiheit, wenn wir nur als Sinnenwesen leben.«

»Ja, so ungefähr.«

»Aber wenn wir der universellen Vernunft folgen, dann sind wir frei und selbständig. Habe ich das auch gesagt?«

»Ja. Warum wiederholst du das jetzt?«

Alberto beugte sich zu Sofie hinüber, blickte ihr tief in die Augen und flüsterte:

»Fall nicht auf alles herein, was du siehst, Sofie.«

»Wie meinst du das?«

»Wende dich einfach ab.«

»Ich begreife wirklich nicht, was du meinst.«

»Wir sagen doch oft: ›Das glaube ich erst, wenn ich es sehe.‹ Aber du darfst es auch dann nicht glauben.«

»So etwas Ähnliches hast du schon einmal gesagt.«

»Über Parmenides, ja.«

»Und ich weiß noch immer nicht, was du meinst.«

»Himmel, wir haben doch auf der Türschwelle gesessen und uns unterhalten. Und dann fing plötzlich eine Seeschlange an, im Wasser herumzurumoren.«

»War das nicht komisch?«

»Überhaupt nicht. Und dann klopft Rotkäppchen bei uns an. ›Ich suche das Haus meiner Großmutter.‹ Das ist doch peinlich, Sofie. Aber alles zusammen sind nur die Spiegelfechtereien des Majors. Genau wie der Bananenbrief und unsinnige Gewitter.«

»Meinst du ...«

»Ich sagte doch, daß ich einen Plan habe. Solange wir unserer Vernunft folgen, kann er uns nicht austricksen. Dann sind wir in gewisser Weise frei. Schließlich kann er uns alles mögliche ›empfinden‹ lassen, und nichts davon würde mich überraschen. Wenn er demnächst den Himmel von fliegenden Elefanten verdunkeln läßt, lächele ich höchstens. Aber sieben plus fünf *ist* zwölf. Das ist eine Erkenntnis, die alle diese Comic-Effekte überlebt. Philosophie ist der Gegensatz von Hokuspokus.«

Sofie sah ihn verwundert an.

»Jetzt kannst du gehen«, sagte er schließlich. »Ich werde dich zu einem Treffen zum Thema Romantik einberufen. Dann erfährst du etwas über Hegel und Kierkegaard. Aber schon in einer

Woche landet der Major in Norwegen. Bis dahin müssen wir uns von seiner kitschigen Phantasie befreit haben. Mehr verrate ich nicht, Sofie. Aber du mußt wissen, daß ich an einem wunderbaren Plan für uns beide arbeite.«

»Dann gehe ich.«

»Warte – vielleicht haben wir das Allerwichtigste vergessen.«

»Warum denn?«

»Das Geburtstagslied, Sofie. Hilde wird heute fünfzehn.«

»Ich auch.«

»Du auch, ja. Also singen wir.«

Worauf beide aufstanden – und sangen:

»Happy birthday to you! Happy birthday to you! Happy birthday, dear Hilde, happy birthday to you!«

Es war halb fünf. Sofie lief zum See hinunter und ruderte zum anderen Ufer hinüber. Sie zog das Boot ins Schilf und rannte durch den Wald.

Als sie den Weg erreicht hatte, sah sie plötzlich etwas, das sich zwischen den Baumstämmen bewegte. Sofie dachte an Rotkäppchen, das allein durch den Wald zur Großmutter gegangen war, aber diese Gestalt zwischen den Bäumen war viel kleiner.

Sie ging näher. Die Gestalt war nicht größer als eine Puppe; sie war braun, trug aber einen roten Pullover.

Sofie blieb stocksteif stehen, als ihr aufging, daß es sich um einen Teddybär handelte.

Daß irgendwer einen Teddybär im Wald vergessen hatte, war im Grunde nicht so geheimnisvoll. Aber dieser Teddybär war quicklebendig, und jedenfalls war er mit irgend etwas sehr beschäftigt.

»Hallo?« sagte Sofie.

Die kleine Gestalt fuhr herum.

»Ich bin Winnie-der-Pu«, sagte sie. »Und leider habe ich mich im Wald verirrt, sonst wäre es ein sehr schöner Tag. Aber dich habe ich noch nie gesehen.«

»Vielleicht bin ich auch noch nie hiergewesen«, meinte Sofie.

»Und dann bist *du* immer noch zu Hause im Hundertsechzig-Morgen-Wald.«

»Nein, diese Rechenaufgabe ist zu schwer. Vergiß nicht, daß ich ein Bär von sehr wenig Verstand bin.«

»Ich habe von dir gehört.«

»Dann heißt du sicher Alice. Christopher Robin hat einmal von dir erzählt, auf diese Weise haben wir uns wohl kennengelernt. Du hast so viel aus einer Flasche getrunken, daß du kleiner und kleiner geworden bist. Aber dann hast du aus einer anderen Flasche getrunken und bist wieder gewachsen. Man soll sich überhaupt genau überlegen, was man in den Mund steckt. Ich selber habe einmal so viel gegessen, daß ich in einem Kaninchenbau steckengeblieben bin.«

»Ich bin nicht Alice.«

»Es spielt keine Rolle, wer wir sind. Das wichtigste ist, *daß* wir sind. Das sagt Eule, und die hat einen sehr großen Verstand. Sieben plus vier ist zwölf, hat sie einmal an einem ganz normalen Sonnentag gesagt. I-Ah und ich waren sehr verlegen; es ist ja so schwer, Zahlen zu berechnen. Das Wetter zu berechnen, ist viel leichter.«

»Ich heiße Sofie.«

»Sehr nett, dich kennenzulernen, Sofie. Ich glaube, wie gesagt, daß du neu in dieser Gegend bist. Aber jetzt muß der kleine Bär gehen, ich muß nämlich versuchen, den Weg zu Ferkel zu finden. Wir sind zu einem großen Gartenfest bei Bugs Bunny und seinen Freunden eingeladen.«

Er winkte mit einer Pfote. Erst jetzt entdeckte Sofie, daß er in der anderen einen Zettel hielt.

»Was hast du denn da?« fragte sie.

Pu der Bär hielt den Zettel hoch und sagte:

»Deshalb habe ich mich verlaufen.«

»Aber das ist doch bloß ein Zettel.«

»Nein, das ist durchaus nicht ›bloß ein Zettel‹. Das ist ein Brief an Spiegel-Hilde.«

»Oh – dann kann ich ihn mitnehmen.«

»Aber du bist doch wohl nicht das Mädchen im Spiegel?«

»Nein, aber...«

»Ein Brief muß immer persönlich abgeliefert werden. Das hat mir Christopher Robin erst gestern wieder erklären müssen.«

»Aber ich kenne Hilde.«

»Das spielt keine Rolle. Auch wenn du einen Menschen sehr gut kennst, darfst du niemals seine Briefe lesen.«

»Ich meine doch nur, daß ich ihn Hilde geben kann.«

»Das ist etwas ganz anderes. Bitte sehr, Sofie. Wenn ich diesen Brief erst los bin, finde ich auch den Weg zu Ferkel. Um Spiegel-Hilde zu finden, brauchst du zuerst einen großen Spiegel. Aber das ist in dieser Gegend gar nicht so leicht.«

Und nun gab der kleine Bär Sofie den Zettel, den er in der Pfote gehalten hatte, und lief auf seinen kleinen Füßen davon. Als er verschwunden war, faltete Sofie den Zettel auseinander und las:

Liebe Hilde! Es ist eine Schande, daß Alberto Sofie nicht auch erzählt hat, daß Kant sich dafür aussprach, einen »Völkerbund« einzurichten. In der Schrift »Zum ewigen Frieden« schrieb er 1795, daß sich alle Länder zu einem Völkerbund zusammenschließen müßten, der dann für die friedliche Koexistenz der verschiedenen Nationen sorgen würde. Ungefähr 125 Jahre nach Erscheinen dieser Schrift – gleich nach dem Ersten Weltkrieg – wurde dieser Völkerbund tatsächlich gegründet. Nach dem Zweiten Weltkrieg wurde er von der UNO abgelöst. Du kannst also gern sagen, daß Kant eine Art Pate der UN-Idee war. Kant ging es darum, daß die »praktische Vernunft« der Menschen die Staaten zwingt, einen »Naturzustand« zu verlassen, der immer wieder neue Kriege verursacht, und eine internationale Rechtsordnung zu schaffen, die Kriege verhindert. Obwohl der Weg bis zur Gründung eines wirklich funktionierenden Bundes der Völker lang sein kann, ist es unsere Pflicht, für die allgemeine und dauerhafte Friedenssicherung zu sorgen. Für Kant war die Einrichtung eines solchen Bundes ein fernes Ziel, Du kannst es fast als das äußerste Ziel der Philosophie bezeichnen. Ich selber befinde mich derzeit im Libanon.

Liebe Grüße, Papa

Sofie steckte den Zettel in die Tasche und setzte ihren Nachhauseweg fort. Vor Begegnungen im Wald hatte Alberto sie gewarnt. Aber sie konnte den kleinen Bären doch nicht auf der ewigen Jagd nach Spiegel-Hilde umherirren lassen.

Die Romantik

... nach innen geht der geheimnisvolle Weg ...

Hilde ließ den großen Ordner auf ihre Knie sinken. Dann ließ sie ihn auch noch zu Boden gleiten.

Es war jetzt schon heller im Zimmer als vorhin, als sie ins Bett gegangen war. Sie schaute auf die Uhr. Es war fast drei. Sie drehte sich um und machte die Augen zu. Im Einschlafen fragte sie sich, warum ihr Vater jetzt plötzlich Rotkäppchen und Pu den Bär auftreten ließ.

Sie schlief bis elf Uhr am Vormittag. Danach spürte sie im ganzen Körper, daß sie die ganze Nacht intensiv geträumt hatte, aber sie konnte sich nicht mehr erinnern, wovon.

Sie ging nach unten und machte Frühstück. Ihre Mutter hatte den blauen Overall angezogen. Sie wollte zum Bootshaus und sich um das Boot kümmern. Auch wenn es nicht ins Wasser kam, mußte es doch seetüchtig sein, wenn der Vater aus dem Libanon zurückkam.

»Kommst du mir helfen?«

»Erst muß ich noch ein bißchen lesen. Soll ich dir Tee und Frühstück bringen?«

»Hast du Frühstück gesagt?«

Als Hilde gegessen hatte, ging sie wieder auf ihr Zimmer, zog die Bettdecke glatt und machte es sich mit dem großen Ordner auf den Knien gemütlich.

Sofie schlüpfte durch die Hecke und stand bald in dem großen Garten, den sie einmal mit dem Garten Eden verglichen hatte ...

Jetzt sah sie, daß wegen des Unwetters gestern überall Zweige und Blätter herumlagen. Zwischen dem Unwetter und den losen Zweigen einerseits und ihren Begegnungen mit Rotkäppchen und Pu dem Bär andererseits schien ein Zusammenhang zu bestehen.

Sofie wischte Tannennadeln und Zweige von der Hollywoodschaukel. Gut, daß die Schaukel Plastikkissen hatte, die man nicht bei jedem Regen ins Haus holen mußte. Dann ging Sofie ins Haus. Ihre Mutter war offenbar gerade gekommen. Sie räumte Limonadenflaschen in den Kühlschrank, und auf dem Küchentisch standen ein Eiercremekuchen und ein kleiner Baumkuchen.

»Erwartest du Besuch?« fragte Sofie, die ihren Geburtstag fast vergessen hatte.

»Ich dachte, trotz dem Gartenfest am Samstag sollten wir auch heute ein bißchen feiern.«

»Wie denn?«

»Ich habe Jorunn und ihre Eltern eingeladen.«

Sofie zuckte mit den Schultern.

»Von mir aus.«

Die Gäste kamen um kurz vor halb acht. Die Stimmung war ein bißchen steif, weil Sofies Mutter nicht oft mit Jorunns Eltern zusammenkam.

Bald gingen Sofie und Jorunn auf Sofies Zimmer, um die Einladungen zum Gartenfest zu schreiben. Da sie auch Alberto Knox einladen wollte, kam Sofie auf die Idee, zu einem »philosophischen Gartenfest« zu bitten. Jorunn protestierte nicht, schließlich war es Sofies Fest, und im Moment waren solche »Themenfeste« ohnehin sehr beliebt.

Bis sie die Einladungen komponiert hatten, waren über zwei Stunden vergangen, und die beiden Mädchen hätten platzen können vor Lachen.

Liebe .....
Wir laden Dich für Samstag, den 23. Juni (Johannisnacht) um 19 Uhr zu einem philosophischen Gartenfest im Kløverveien 3 ein. Im Laufe des Abends werden wir hoffentlich das Mysterium des Lebens lösen. Bring eine warme Jacke und kluge Ideen mit,

die zu einer baldigen Lösung der Rätsel der Philosophie beitragen können. Wegen der großen Waldbrandgefahr können wir leider kein Feuer machen, aber die Flammen der Phantasie dürfen frei lodern. Unter den Eingeladenen befindet sich mindestens ein echter Philosoph. Deshalb handelt es sich bei dem Fest um eine geschlossene Gesellschaft. (Keine Presse!)

Liebe Grüße, Jorunn Ingebrigtsen (Festkomitee)
und Sofie Amundsen

Dann gingen sie zu den Erwachsenen hinunter, die sich inzwischen schon etwas lockerer unterhielten. Sofie reichte ihrer Mutter die Einladung, die sie schön mit Füller geschrieben hatte.

»Achtzehn Kopien bitte«, sagte sie. Sie hatte ihre Mutter schon öfter gebeten, im Büro Kopien für sie zu machen.

Die Mutter überflog die Einladung und reichte sie dann an Herrn Stadtkämmerer Ingebrigtsen weiter.

»Da seht ihr es. Sie hat völlig den Verstand verloren.«

»Aber das sieht doch richtig spannend aus«, sagte Jorunns Vater, während er das Blatt an seine Gattin weitergab.

»Ich bin sprachlos!« sagte die. »Dürfen wir auch kommen, Sofie?«

»Also sagen wir zwanzig Kopien«, sagte Sofie.

»Du hast sie nicht mehr alle«, sagte Jorunn.

Ehe Sofie an diesem Abend ins Bett ging, sah sie lange aus dem Fenster. Ihr fiel ein, wie sie einmal in der Dunkelheit Albertos Schatten gesehen hatte. Es war über einen Monat her. Auch jetzt war es spätnachts, aber es war eine helle Sommernacht.

Alberto ließ erst am Dienstagmorgen wieder von sich hören. Dann rief er an, als Sofies Mutter gerade zur Arbeit gegangen war.

»Sofie Amundsen.«

»Und Alberto Knox.«

»Hab ich mir's doch gedacht.«

»Tut mir leid, daß ich erst jetzt anrufe, aber ich habe hart an unserem Plan gearbeitet. Nur wenn sich der Major ganz und gar auf *dich* konzentriert, habe ich meine Ruhe und kann ungestört arbeiten.«

»Komisch.«

»Dann kann ich mich verstecken, verstehst du. Selbst dem besten Geheimdienst der Welt sind Grenzen gesetzt, wenn er nur einen einzigen Agenten hat ... Ich habe eine Karte von dir bekommen.«

»Eine Einladung, meinst du.«

»Traust du dich wirklich?«

»Warum nicht?«

»Man weiß doch nie, was bei so einem Fest alles passieren kann.«

»Kommst du?«

»Natürlich komme ich. Aber da ist noch etwas anderes. Hast du dir überlegt, daß am selben Tag Hildes Vater aus dem Libanon zurückkommt?«

»Nein, eigentlich nicht.«

»Es kann unmöglich ein Zufall sein, daß er dich genau an dem Tag, an dem er nach Bjerkely zurückkommt, ein philosophisches Gartenfest veranstalten läßt.«

»Wie gesagt, daran habe ich nicht gedacht.«

»Aber das hat er. Naja, darüber reden wir noch. Kannst du heute vormittag in die Majorshütte kommen?«

»Eigentlich sollte ich in ein paar Blumenbeeten das Unkraut wegmachen.«

»Also um zwei. Schaffst du das?«

»Ich komme.«

Auch diesmal saß Alberto Knox auf der Türschwelle, als Sofie kam.

»Setz dich hierher«, sagte er, und heute kam er sofort zur Sache. »Bisher haben wir über die Renaissance, das Barock und die Aufklärung gesprochen. Heute werden wir uns über die *Roman-*

tik unterhalten, die wir als Europas letzte große Kulturepoche bezeichnen können. Wir nähern uns dem Ende einer langen Geschichte, mein Kind.«

»Hat die Romantik so lange gedauert?«

»Sie hat Ende des 18. Jahrhunderts angefangen und bis Mitte des letzten Jahrhunderts gedauert. Aber nach 1850 macht es keinen Sinn mehr, von ganzen Epochen zu sprechen, die Dichtung und Philosophie, Kunst, Wissenschaft und Musik gleichermaßen umfassen.«

»Aber die Romantik war noch so eine Epoche?«

»Ja, und wie gesagt: die letzte in Europa. Sie hat in Deutschland angefangen, und zwar als Reaktion auf die einseitige Glorifizierung der Vernunft in der Aufklärungszeit. Nach Kant und seiner kalten Vernunftphilosophie schienen die jungen Leute in Deutschland nun erleichtert aufzuatmen.«

»Und was haben sie an die Stelle der Vernunft gesetzt?«

»Die neuen Schlagwörter waren ›Gefühl‹, ›Phantasie‹, ›Erleben‹ und ›Sehnsucht‹. Auch einige Denker der Aufklärung hatten auf die Bedeutung der Gefühle hingewiesen – nicht zuletzt Rousseau – und die einseitige Betonung der Vernunft kritisiert. Jetzt aber wurde diese Unterströmung die eigentliche Hauptströmung des deutschen Kulturlebens.«

»Kant war also nicht lange beliebt?«

»Ja und nein. Viele Romantiker verstanden sich sogar als Kants Erben. Kant hatte ja erklärt, daß es Grenzen dafür gibt, was wir wissen können. Andererseits hatte er gezeigt, wie wichtig der Beitrag des Ichs zur Erkenntnis ist. Und jetzt, in der Romantik, erhielt das einzelne Individuum sozusagen freie Fahrt für seine ganz persönliche Deutung des Daseins. Die Romantiker bekannten sich zu einer fast hemmungslosen Glorifizierung des Ichs. Der Inbegriff der romantischen Persönlichkeit ist darum auch das künstlerische Genie.«

»Gab es denn viele Genies in der Zeit?«

»Einige. *Beethoven* zum Beispiel. In seiner Musik begegnet uns eine Person, die ihre eigenen Gefühle und Sehnsüchte zum

Ausdruck bringt. Auf diese Weise war Beethoven ein ›freier‹ Künstler – im Gegensatz zu den Meistern des Barock wie *Bach* und *Händel*, die ihre Werke zur Ehre Gottes und oft nach strengen Regeln komponierten.«

»Ich kenne nur seine Mondscheinsonate und die Schicksalssymphonie.«

»Aber du hörst, wie romantisch die Mondscheinsonate ist und wie dramatisch Beethoven sich in der Schicksalssymphonie ausdrückt.«

»Auch die Humanisten der Renaissance waren Individualisten, hast du gesagt.«

»Ja, es gibt viele Parallelen zwischen der Renaissance und der Romantik. Eine solche Parallele war nicht zuletzt das große Gewicht, das auf die Bedeutung der Kunst für die menschliche Erkenntnis gelegt wurde. Auch hier hatte übrigens Kant der Romantik vorgearbeitet. In seiner Ästhetik hatte er untersucht, was geschieht, wenn wir von etwas Schönem überwältigt werden, einem Kunstwerk zum Beispiel. Wenn wir uns einem Kunstwerk ohne andere Interessen nähern als dem, es so intensiv wie möglich zu ›erleben‹, überschreiten wir die Grenze dessen, was wir ›wissen‹ können, also die Grenze unserer Vernunft.«

»Das heißt, der Künstler kann uns etwas vermitteln, was die Philosophen uns nicht vermitteln können?«

»So sah das Kant und mit ihm die Romantiker. Kant zufolge spielt der Künstler frei mit seiner Erkenntnisfähigkeit. Der Dichter *Friedrich Schiller* hat Kants Gedanken weiterentwickelt. Er meinte, die Tätigkeit des Künstlers sei wie ein Spiel, und nur, wenn der Mensch spiele, sei er frei, denn dann mache er seine eigenen Gesetze. Die Romantiker glaubten nun, allein die Kunst könne uns dem ›Unaussprechlichen‹ näherbringen. Einige zogen daraus noch die letzte Konsequenz und verglichen den Künstler mit Gott.«

»Denn der Künstler schafft ja seine eigene Wirklichkeit, genau wie Gott die Welt erschaffen hat.«

»Man sagte, der Künstler habe eine Art weltenschaffende Einbildungskraft. In seiner künstlerischen Verzückung könne er erleben, daß die Grenze zwischen Traum und Wirklichkeit verschwindet. Der Dichter *Novalis*, eins der jungen Genies der Romantik, sagte: ›Die Welt wird Traum, der Traum wird Welt.‹ Er schrieb einen Mittelalterroman mit dem Titel ›Heinrich von Ofterdingen‹, der noch unvollendet war, als der Autor im Jahr 1801 starb, der aber dennoch große Bedeutung für die Romantik hatte. Wir lesen darin über den jungen Heinrich, der die ›blaue Blume‹ sucht, die er einmal im Traum gesehen hat und nach der er sich seither sehnt. Der englische Romantiker *Coleridge* hat denselben Gedanken so ausgedrückt:

What if you slept? And what if, in your sleep, you dreamed? And what if, in your dream, you went to heaven and there plucked a strange and beautiful flower? And what if, when you awoke, you had the flower in your hand? Ah, what then?«

»Das ist schön.«

»Diese Sehnsucht nach etwas Fernem und Unerreichbarem war typisch für die Romantiker. Sie konnten sich auch nach einer verschwundenen Zeit zurücksehnen – zum Beispiel nach dem Mittelalter, das in der Aufklärung noch als finsteres Zeitalter gegolten hatte und nun energisch aufgewertet wurde. Oder sie sehnten sich nach fernen Kulturen, zum Beispiel nach dem ›Morgenland‹ mit seiner Mystik. Und sie fühlten sich von der Nacht angezogen, vom ›Zwielicht‹, von alten Ruinen und vom Übernatürlichen. Sie beschäftigten sich mit dem, was wir gerne als die Nachtseiten des Lebens bezeichnen, das heißt, dem Dunklen, Unheimlichen und Mystischen.«

»Ich finde, das hört sich an wie eine spannende Zeit. Aber wer waren nun diese Romantiker?«

»Die Romantik war vor allem ein städtisches Phänomen. Gerade in der ersten Hälfte des vorigen Jahrhunderts erlebte die Stadtkultur in vielen Gegenden Europas eine Blütezeit, nicht zuletzt in Deutschland. Die typischen ›Romantiker‹ waren junge

Männer, oft Studenten – obwohl sie beim Studium nicht immer besonders eifrig waren. Sie hatten eine ausgeprägte antibürgerliche Einstellung und nannten Normalsterbliche, die Polizei zum Beispiel oder ihre Zimmervermieterinnen, ›Spießbürger‹ oder einfach ›Feinde‹.«

»Dann würde ich einem Romantiker kein Zimmer vermieten.«

»Die erste Generation von Romantikern um das Jahr 1800 herum war eben noch sehr jung. So gesehen, können wir die romantische Bewegung gut als erste Jugendrevolte Europas bezeichnen. Es gibt sogar deutliche Parallelen zur Hippiekultur hundertfünfzig Jahre später.«

»Blumen und lange Haare, Gitarrengeklimper und Nichtstun?«

»Ja, es hieß, Müßiggang sei das Ideal des Genies und Trägheit die erste romantische Tugend. Es war die Pflicht des Romantikers, das Leben zu erleben – oder sich daraus wegzuträumen. Um die täglichen Geschäfte sollten sich die Spießbürger kümmern.«

»Gab es in Norwegen Romantiker?«

»*Wergeland* und *Welhaven* waren welche. Wergeland vertrat auch viele Ideale der Aufklärungszeit, aber sein Leben war das eines typischen Romantikers. Er schwärmte, er war verliebt, aber – auch das ein typisch romantischer Zug – die Stella, der er seine Liebesgedichte widmete, war ebenso fern und unerreichbar wie Novalis' ›blaue Blume‹. Novalis selber verlobte sich übrigens mit einem Mädchen, das erst vierzehn Jahre alt war. Sie starb vier Tage nach ihrem fünfzehnten Geburtstag, aber Novalis liebte sie ein Leben lang.«

»Ist sie wirklich nur vier Tage nach ihrem fünfzehnten Geburtstag gestorben?«

»Ja...«

»Ich bin *heute* fünfzehn Jahre und vier Tage.«

»Da hast du recht...«

»Wie hieß sie?«

»Sie hieß Sophie.«

»Was sagst du da?«

»Ja, so hieß…«

»Du machst mir angst! Kann das ein Zufall sein?«

»Keine Ahnung, Sofie. Aber sie hieß Sophie.«

»Erzähl weiter!«

»Novalis selber wurde nur 29 Jahre alt. Er war einer der ›jungen Toten‹. Denn viele Romantiker starben jung, oft an Tuberkulose. Einige begingen auch Selbstmord…«

»Meine Güte!«

»Und die, die alt wurden, blieben oft keine Romantiker. So mit dreißig ungefähr ließen sie's gut sein. Einige wurden später sogar ausgesprochen bürgerlich und konservativ.«

»Sie sind also ins Lager des Feindes übergelaufen.«

»Ja, vielleicht. Aber wo wir die romantische Verliebtheit erwähnt haben: Das große Buch über die unerreichbare Liebe ist Goethes Briefroman ›Die Leiden des jungen Werther‹, der schon 1774 erschien. Er endet damit, daß der junge Werther sich erschießt, weil er die, die er liebt, nicht bekommen kann…«

»Ist er da nicht ein bißchen zu weit gegangen?«

»Die Zeitgenossen konnten das offenbar gut nachempfinden. Jedenfalls stieg überall, wo der Roman erschien, die Selbstmordrate rapide an. In Dänemark und Norwegen war das Buch darum eine Zeitlang sogar verboten. Es war nicht ganz ungefährlich, Romantiker zu sein. Starke Gefühle waren dabei im Spiel.«

»Wenn du ›Romantiker‹ sagst, dann denke ich an große Landschaftsgemälde. Ich sehe geheimnisvolle Wälder und wilde Natur vor mir … oft in Nebel eingehüllt.«

»Zu den wichtigsten Zügen der Romantik gehörten tatsächlich die Sehnsucht nach der Natur und eine regelrechte Naturmystik. Sie war eine städtische Erscheinung, wie gesagt – so etwas entsteht natürlich nicht auf dem Lande. Du weißt vielleicht noch, daß von Rousseau das Schlagwort ›Zurück zur Natur!‹ stammt. Erst jetzt, in der Romantik, bekam dieses Motto wirklich Wind in die Segel. Die Romantik war nicht zuletzt eine Reaktion auf das mechanistische Weltbild der Aufklärungszeit. Zu Recht ist behauptet worden, daß die Romantik eine

Renaissance des alten ganzheitlichen Denkens mit sich gebracht hat.«

»Erklär mir das!«

»Das bedeutet vor allem, daß die Natur wieder als Einheit betrachtet wurde. Die Romantiker griffen dabei auf *Spinoza* zurück, aber auch auf *Plotin* und Renaissancephilosophen wie *Jakob Böhme* und *Giordano Bruno*. Sie alle hatten in der Natur ein göttliches ›Ich‹ erlebt.«

»Sie waren Pantheisten...«

»*Descartes* und *Hume* hatten eine scharfe Grenze zwischen dem Ich und der ›ausgedehnten‹ Wirklichkeit gezogen. Auch Kant hatte eine scharfe Trennung zwischen dem erkennenden Ich und der Natur ›an sich‹ gesetzt. Jetzt wurde die Natur als ein einziges großes ›Ich‹ bezeichnet. Die Romantiker verwendeten auch Ausdrücke wie ›Weltseele‹ oder ›Weltgeist‹.«

»Ich verstehe.«

»Ihr wichtigster Philosoph war *Friedrich Wilhelm Schelling*, der von 1775 bis 1854 lebte. Er versuchte, die Trennung von ›Geist‹ und ›Materie‹ aufzuheben. Die ganze Natur – sowohl die Seele des Menschen als auch die physische Wirklichkeit – sei Ausdruck des einen Gottes oder des ›Weltgeistes‹, meinte er.«

»Ja, das erinnert an Spinoza.«

»Die Natur sei der sichtbare Geist, der Geist die unsichtbare Natur, meinte Schelling. Denn überall in der Natur ahnten wir einen ordnenden, strukturierenden Geist. Er hat die Materie als eine Art schlummernde Intelligenz angesehen.«

»Das mußt du genauer erklären.«

»Schelling sah in der Natur einen Weltgeist, aber er sah diesen Weltgeist auch im Bewußtsein des Menschen. So gesehen, sind eigentlich die Natur und das menschliche Bewußtsein Ausdruck ein und desselben.«

»Ja, warum nicht?«

»Den Weltgeist kann man also sowohl in der Natur als auch im eigenen Gemüt suchen. Novalis konnte deshalb sagen, daß der ›geheimnisvolle Weg‹ nach innen gehe. Er meinte, daß der

Mensch das gesamte Universum in sich trage und deshalb das Geheimnis der Welt am besten erleben könne, wenn er in sich geht.«

»Das ist ein schöner Gedanke.«

»Für viele Romantiker gingen Philosophie, Naturforschung und Dichtung in einer höheren Einheit auf. Ob man nun in der Studierkammer saß und inspirierte Gedichte schrieb, oder ob man das Leben der Blumen und die Zusammensetzung der Steine untersuchte – es waren nur zwei Seiten derselben Medaille, wenn die Natur kein toter Mechanismus war, sondern lebendiger Weltgeist.«

»Wenn du noch mehr erzählst, werde ich auf der Stelle zur Romantikerin.«

»Der norwegische Naturforscher *Henrik Steffens* – den Wergeland als ›Norwegens verwehtes Lorbeerblatt‹ bezeichnete, weil er nach Deutschland umgezogen war – kam 1801 nach Kopenhagen, um Vorlesungen über die deutsche Romantik zu halten. Er charakterisierte die romantische Bewegung mit den Worten: ›Müde der ewigen Versuche, uns durch die rohe Materie zu kämpfen, wählten wir einen anderen Weg und wollten dem Unendlichen entgegeneilen. Wir gingen in uns und schufen eine neue Welt.‹«

»Wie kannst du dir das alles auswendig merken?«

»Eine Kleinigkeit, Sofie.«

»Erzähl weiter!«

»Schelling sah ebenfalls in der Natur eine Entwicklung von den Steinen bis hin zum menschlichen Bewußtsein und verwies dabei auf schrittweise Übergänge von der leblosen Natur zu komplizierteren Lebensformen. Die romantische Natursicht war überhaupt von der Auffassung der Natur als eines Organismus geprägt, also einer Einheit, die durch die Zeiten die ihr innewohnenden Möglichkeiten entwickelt. Die Natur ist wie eine Blume, die ihre Blätter und Blüten entfaltet. Oder wie ein Dichter, der seine Gedichte entfaltet.«

»Erinnert das nicht ein bißchen an Aristoteles?«

»Doch, sicher. Die romantische Philosophie weist sowohl aristotelische als auch neoplatonische Züge auf. Aristoteles hatte ja eine organischere Auffassung der Naturprozesse als die mechanistischen Materialisten.«

»Ich verstehe.«

»Ähnliche Gedanken finden wir auch in einem neuen Geschichtsbild. Große Bedeutung für die Romantiker hatte der Geschichtsphilosoph *Johann Gottfried Herder,* der von 1744 bis 1803 lebte. Er hielt auch den Verlauf der Geschichte für das Resultat eines zielgerichteten Prozesses. Ebendarum bezeichnen wir sein Geschichtsbild als ›dynamisch‹. Die Aufklärungsphilosophen hatten oft ein ›statisches‹ Geschichtsbild. Für sie gab es nur eine universelle oder allgemeingültige Vernunft, von der es zu verschiedenen Zeiten einmal mehr und einmal weniger geben konnte. Herder erklärte dagegen, daß jede Epoche der Geschichte ihren ganz eigenen Wert und jedes Volk seine ganz spezielle Eigenart, seine je eigene ›Volksseele‹ habe. Die Frage sei nur, ob und wie wir uns in andere Zeiten und Kulturen hineinversetzen könnten.«

»Genauso, wie wir uns in die Situation eines anderen Menschen versetzen müssen, um ihn besser zu verstehen, müssen wir uns auch in andere Kulturen hineinversetzen, um sie zu verstehen.«

»Heute ist das wohl nahezu selbstverständlich geworden. Aber während der Romantik war das eine neue Erkenntnis. Die Romantik trug dazu bei, das Gefühl der eigenen Identität der einzelnen Nationen zu stärken. Es ist kein Zufall, daß auch bei uns in Norwegen der Kampf um nationale Selbständigkeit gerade 1814 aufblühte.«

»Ich verstehe.«

»Weil die Romantik in so vielen Bereichen eine Neuorientierung mit sich brachte, ist es üblich, zwischen zwei Formen der Romantik zu unterscheiden. Unter Romantik verstehen wir zum einen das, was wir *Universalromantik* nennen können. Dabei denken wir an die Romantiker, die sich mit der Natur, der Weltseele und dem künstlerischen Genie beschäftigten. Diese Form der Romantik kam zuerst und hatte vor allem in der Stadt Jena um 1800 ihre Blütezeit.«

»Und die andere Form der Romantik?«

»Das war die sogenannte *Nationalromantik*. Sie kam etwas später und hatte ein Zentrum in Heidelberg. Die Nationalromantiker interessierten sich vor allem für die Geschichte des Volkes, seine Sprache und überhaupt für die gesamte ›volkstümliche‹ Kultur. Denn auch das Volk wurde als Organismus betrachtet, der seine ihm innewohnenden Möglichkeiten entfaltet – genau wie die Natur und die Geschichte.«

»Sage mir, wo du lebst, und ich sage dir, wer du bist.«

»Was die beiden Spielarten der Romantik verband, war vor allem das Stichwort ›Organismus‹. Die Romantiker insgesamt betrachteten sowohl eine Pflanze als auch ein Volk, ja, sogar ein Werk der Dichtkunst als lebendigen Organismus. Deshalb gibt es auch keine scharfe Grenze zwischen den beiden Spielarten. Der Weltgeist war im Volk und in der Volkskultur ebenso anwesend wie in Natur und Kunst.«

»Ich verstehe.«

»Schon Herder hatte Volkslieder aus vielen Ländern gesammelt, und er gab seiner Sammlung den vielsagenden Titel ›Stimmen der Völker in Liedern‹. Er bezeichnete die Volksdichtung sogar als ›Muttersprache der Völker‹. In Heidelberg fing man nun an, Volkslieder und Volksmärchen zu sammeln. Du hast vielleicht von den Märchen der *Brüder Grimm* gehört?«

»Aber sicher – ›Schneewittchen‹ und ›Rotkäppchen‹, ›Aschenputtel‹ und ›Hänsel und Gretel‹ …«

»Und viele, viele andere. In Norwegen hatten wir *Asbjørnsen* und *Moe*, die durch das Land reisten, um die ›Dichtung des Volkes‹ zu sammeln. Es war wie die Ernte einer saftigen Frucht, von der man urplötzlich erkannt hat, daß sie lecker und nahrhaft ist. Und es eilte – die Frucht fiel schon von den Bäumen. *Landstad* sammelte Volkslieder und *Ivar Aasen* sozusagen die norwegische Sprache selber. Auch die Mythen und Götterdichtungen aus heidnischer Zeit wurden um die Mitte des 19. Jahrhunderts neu entdeckt. Und Komponisten in ganz Europa verwendeten nun Volkslieder in ihren Kompositionen. So versuchten sie, eine Brücke zwischen Kunstmusik und Volksmusik zu bauen.«

»Kunstmusik?«

»Unter Kunstmusik verstehen wir Musik, die von einem bestimmten Menschen komponiert ist – von Beethoven zum Beispiel. Die Volksmusik war ja von keiner bestimmten Person geschaffen worden, sondern gewissermaßen vom Volk selber. Deshalb wissen wir auch nicht genau, wann die einzelnen Volkslieder entstanden sind. Auf dieselbe Weise unterscheiden wir Volksmärchen und Kunstmärchen.«

»Was verstehen wir unter einem Kunstmärchen?«

»Ein Märchen, das ein Schriftsteller sich ausgedacht hat, zum Beispiel *Hans Christian Andersen*. Gerade das Märchengenre wurde von den Romantikern mit großer Leidenschaft gepflegt. Einer der deutschen Meister war *E.T.A. Hoffmann*.«

»Ich glaube, ich habe von ›Hoffmanns Erzählungen‹ gehört.«

»Das Märchen war das literarische Ideal der Romantiker – ungefähr wie das Theater die Kunstform des Barock war. Es gab dem Dichter die Möglichkeit, mit seiner eigenen Schöpferkraft zu spielen.«

»Er konnte für eine erdichtete Welt den lieben Gott spielen.«

»Genau. Und jetzt wäre vielleicht eine Art Zusammenfassung angebracht.«

»Bitte sehr.«

»Die Philosophen der Romantik faßten das, was sie die ›Weltseele‹ nannten, als ein ›Ich‹ auf, das in einem mehr oder weniger traumhaften Zustand die Dinge auf der Welt schafft. Der Philosoph *Johann Gottlieb Fichte* erklärte, die Natur stamme aus einer höheren, unbewußten Vorstellungstätigkeit. Schelling sagte geradeheraus, daß die Welt ›in Gott‹ sei. Etwas sei Gott bewußt, meinte er, aber es gebe auch Seiten in der Natur, die das Unbewußte in Gott darstellten. Denn auch Gott habe eine ›Nachtseite‹.«

»Dieser Gedanke ist erschreckend und faszinierend zugleich. Er erinnert mich an Berkeley.«

»Ungefähr genauso wurde das Verhältnis zwischen dem Dichter und seinem Werk aufgefaßt. Das Märchen gab dem Dichter die Möglichkeit, mit seiner weltenschaffenden Einbildungskraft zu spielen. Und der Schöpfungsakt geschah nicht immer sehr bewußt. Der Dichter konnte das Gefühl haben, daß die Geschichte, die er schrieb, aus einer ihm innewohnenden Kraft heraus entstand. Er konnte fast wie unter Hypnose schreiben.«

»Ach?«

»Aber dann konnte er auch plötzlich die Illusion brechen. Er konnte durch kleine ironische Kommentare für den Leser in die Erzählung eingreifen, und dann wurde der Leser kurz daran erinnert, daß das Märchen eben doch ein Märchen war.«

»Ich verstehe.«

»Auf diese Weise konnte der Dichter den Leser außerdem daran erinnern, daß auch sein eigenes Dasein märchenhaft war. Diese Form des Illusionsbruchs bezeichnen wir gern als *romantische Ironie*. Der norwegische Dichter *Hendrik Ibsen* läßt zum Beispiel eine der Personen in seinem Theaterstück ›Peer Gynt‹ sagen: ›Man stirbt doch nicht mitten im fünften Akt.‹«

»Ich glaube, ich verstehe, daß diese Replik ein bißchen komisch ist. Denn damit sagt er ja gleichzeitig, daß es nur Phantasie ist.«

»Dieser Ausspruch ist so paradox, daß wir damit einen Abschnitt enden lassen sollten.«

»Wie hast du das mit dem Abschnitt gemeint?«

»Ach, nichts, Sofie. Erinnerst du dich, daß Novalis' Geliebte wie du Sophie hieß und außerdem mit fünfzehn Jahren und vier Tagen gestorben ist…«

»Dann verstehst du doch sicher, daß ich Angst bekommen habe.«

Jetzt verhärtete sich Albertos Blick. Er fuhr fort:

»*Du* brauchst keine Angst davor zu haben, daß dir dasselbe Schicksal bevorstehen könnte wie Novalis' Liebster.«

»Warum nicht?«

»Weil noch viele Kapitel ausstehen.«

»Was sagst du da?«

»Ich sage, daß alle, die die Geschichte von Sofie und Alberto lesen, in ihren Fingerspitzen fühlen, daß noch viele Seiten der Geschichte ausstehen. Wir sind doch erst bis zur Romantik gekommen.«

»Mir wird richtig schwindlig von deinem Gerede.«

»In Wirklichkeit versucht der Major, Hilde schwindlig werden zu lassen. Ist das nicht gemein, Sofie? Abschnitt!«

Alberto hatte seinen Satz noch nicht beendet, als ein Junge aus dem Wald gelaufen kam. Er trug arabische Kleider und einen Turban. In der Hand hielt er eine Öllampe.

Sofie packte Albertos Arm.

»Wer ist das?« fragte sie.

Aber der Junge antwortete selber.

»Ich heiße Aladin und komme aus dem Libanon.«

Alberto musterte ihn streng.

»Und was hast du in deiner Lampe, Junge?«

Nun rieb der Junge an der Lampe – und aus der Lampe stieg dichter Qualm auf. Aus dem Qualm wuchs eine Männergestalt. Sie hatte einen schwarzen Bart wie Alberto und trug eine blaue Baskenmütze. Sie schwebte in der Luft über der Lampe und sagte:

»Hörst du mich, Hilde? Mit meinen neuen Glückwünschen komme ich wohl zu spät. Und jetzt will ich nur sagen, daß Bjerkely und Südnorwegen mir fast wie ein Märchen vorkommen. Wir sehen uns dort in wenigen Tagen.«

Die Männergestalt verschwand wieder im Qualm – und die ganze Wolke wurde in die Öllampe gesaugt. Der Junge mit dem Turban klemmte sich die Lampe unter den Arm, rannte wieder in den Wald und war verschwunden.

»Das ... das ist einfach unglaublich«, sagte Sofie.

»Eine Bagatelle, mein Kind.«

»Der Geist hat sich genauso angehört wie Hildes Vater.«

»Es war doch auch sein Geist...«

»Aber...«

»Du und ich und was um uns herum geschieht – all das spielt sich tief im Bewußtsein des Majors ab. Es ist spät in der Nacht am Samstag, dem 28. April; rings um den wachenden Major schlafen alle UN-Soldaten, und auch er ist schon sehr schläfrig. Aber er muß das Buch fertig schreiben, das er Hilde zum 15. Geburtstag schenken will. Deshalb muß er arbeiten, Sofie, deshalb findet der arme Mann auch keine Ruhe.«

»Ich glaube, ich kapituliere!«

»Abschnitt!«

Sofie und Alberto starrten den kleinen See an. Alberto saß da wie versteinert. Nach einer Weile traute sich Sofie, seine Schultern anzustupsen.

»Hast du die Sprache verloren?«

»Er hat direkt eingegriffen, ja. Die letzten Abschnitte waren bis in den kleinsten Buchstaben von ihm inspiriert. Er sollte sich schämen. Aber damit hat er sich auch verraten, hat sich voll und ganz zu erkennen gegeben. Jetzt wissen wir, daß wir unsere Leben in einem Buch leben, das Hildes Vater Hilde zum Geburtstag schickt. Denn du hast doch gehört, was ich gesagt habe? – Obwohl das nun wirklich nicht ›ich‹ war, der das gesagt hat.«

»Wenn das stimmt, dann will ich versuchen, aus dem Buch zu entkommen und meine eigenen Wege gehen.«

»Genau das ist auch mein geheimer Plan. Aber vorher müssen wir versuchen, Hilde zum Reden zu bringen. Sie liest jedes Wort, das wir jetzt sagen. Und wenn wir erst einmal von hier entflohen sind, wird es gleich viel schwieriger, wieder Kontakt zu ihr aufzunehmen.«

»Was sollen wir denn sagen?«

»Ich glaube, der Major schläft gleich über seiner Schreibmaschine ein. Seine Finger jagen zwar immer noch in fieberhafter Eile über die Tastatur...«

»Ein seltsamer Gedanke.«

»Aber gerade jetzt kann er Dinge schreiben, die er später vielleicht bereut. Und er hat kein Tipp-Ex, Sofie. Das ist ein wichtiger Bestandteil meines Planes. Gnade dem, der Major Albert Knag eine Flasche Tipp-Ex gibt!«

»Von mir kriegt er nicht mal einen Streifen Korrekturband!«

»Hier und jetzt fordere ich dieses arme Mädchen auf, gegen ihren Vater zu rebellieren. Sie sollte sich schämen, daß sie sich von seinem albernen Spiel mit Schattenbildern unterhalten läßt. Wenn er bloß hier wäre, der Herr Major, dann würde er unseren Ärger am eigenen Leibe zu spüren bekommen.«

»Aber er ist ja nicht hier.«

»Sein Geist und seine Seele sind hier, aber er sitzt auch sicher im Libanon. Was wir um uns herum sehen, ist jedenfalls alles das ›Ich‹ des Majors.«

»Aber er ist auch noch mehr als das.«

»Denn wir sind nur Schatten in seiner Seele. Und es ist nicht leicht für einen Schatten, seinen Meister anzugreifen, Sofie. Dazu braucht es Mut und reifliche Überlegung. Aber wir haben eine Möglichkeit, auf Hilde einzuwirken. Nur ein Engel kann gegen einen Gott rebellieren.«

»Wir können Hilde auffordern, ihn sofort anzumachen, wenn er nach Hause kommt. Sie kann ihm sagen, daß sie ihn für einen Flegel hält. Sie kann sein Boot kaputtmachen – oder zumindest die Laterne zerschlagen.«

Alberto nickte. Dann sagte er:

»Und sie kann ihm davonlaufen. Für sie ist das leichter als für uns. Sie kann das Haus des Majors verlassen und sich nie mehr dort blicken lassen. Das würde dem Major, der auf unsere Kosten mit seiner weltenschaffenden Einbildungskraft spielt, nur recht geschehen.«

»Ich kann es mir zu gut vorstellen: Der Major reist durch die große Welt und sucht Hilde, aber Hilde ist spurlos verschwunden, weil sie einfach nicht mit einem Vater leben will, der sich über Sofie und Alberto lustig macht.«

»Er macht sich lustig, ja. Das habe ich damit gemeint, daß er uns als Geburtstagsunterhaltung benutzt. Aber er sollte sich hüten, Sofie. Und Hilde sollte das auch.«

»Wie meinst du das?«

»Sitzt du gut?«

»Solange nicht noch mehr Lampengeister kommen, ja.«

»Versuche dir vorzustellen, daß alles, was wir erleben, im Bewußtsein eines anderen geschieht. Wir *sind* dieses Bewußtsein. Wir haben also keine eigene Seele, wir sind die Seele eines anderen. Bisher befinden wir uns auf vertrautem philosophischem Boden. Berkeley und Schelling würden die Ohren spitzen.«

»Ja?«

»Und dann können wir uns vorstellen, daß diese Seele der Vater von Hilde Møller Knag ist. Er sitzt im Libanon und schreibt seiner Tochter zum 15. Geburtstag ein Philosophiebuch. Wenn Hilde am 15. Juni erwacht, wird sie das Buch auf dem Nachttisch finden, und jetzt können sie und andere Menschen über uns lesen. Es wurde ja längst angedeutet, daß das ›Geschenk‹ mit anderen geteilt werden kann.«

»Das weiß ich noch.«

»Und was ich dir jetzt sage, liest Hilde, nachdem ihr Vater irgendwann im Libanon gesessen und sich eingebildet hat, ich erzählte dir, daß er im Libanon sitzt ... und sich einbildet, daß ich dir erzähle, daß er im Libanon sitzt ...«

Auf einmal drehte sich alles in Sofies Kopf. Sie versuchte, sich daran zu erinnern, was sie über Berkeley und die Romantiker gehört hatte. Und Alberto Knox fuhr fort:

»Aber sie sollten sich deshalb nicht allzuviel einbilden. Und vor allem sollten sie nicht lachen, denn ein solches Lachen kann ihnen sehr schnell im Hals steckenbleiben.«

»Wem denn?«

»Hilde und ihrem Vater. Reden wir denn nicht von denen?«

»Aber warum sollen sie sich nicht allzuviel einbilden?«

»Weil es gar kein unmöglicher Gedanke ist, daß auch *sie* nur Bewußtsein sind.«

»Wie sollte das möglich sein?«

»Wenn das für Berkeley und die Romantiker möglich war, dann muß es auch für sie möglich sein. Vielleicht ist der Major so ein Schattenbild in einem Buch, das von ihm und Hilde handelt, aber natürlich auch von uns, die ein kleines Teilchen ihres Lebens ausmachen.«

»Das wäre noch schlimmer. Dann wären wir nur Schattenbilder von Schattenbildern.«

»Aber es ist denkbar, daß ein ganz anderer Autor irgendwo sitzt und ein Buch schreibt, das von diesem UN-Major Albert Knag handelt, der für seine Tochter Hilde ein Buch schreibt. Dieses Buch handelt von einem gewissen Alberto Knox, der plötzlich anfängt, Sofie Amundsen im Kløverveien 3 bescheidene Philosophielektionen zu schicken.«

»Glaubst du das?«

»Ich sage nur, daß es möglich ist. Für uns wäre dieser Autor ein verborgener Gott, Sofie. Obwohl alles, was wir sagen und tun, aus ihm entspringt, weil wir er *sind*, werden wir nie etwas über ihn wissen können. Wir sind in der allerinnersten Schachtel verstaut.«

Jetzt saßen Sofie und Alberto lange stumm da. Sofie brach schließlich das Schweigen:

»Aber wenn es wirklich einen Schriftsteller gibt, der sich die Geschichte über Hildes Vater im Libanon genauso ausdenkt, wie er sich die Geschichte über uns ausgedacht hat...«

»Ja?«

»... dann ist es doch denkbar, daß auch er sich nicht allzuviel einbilden sollte.«

»Wie meinst du das?«

»Er sitzt also da und hat Hilde und mich irgendwo tief in seinem Kopf. Aber ist es nicht vorstellbar, daß auch er in einem noch höheren Bewußtsein lebt?«

Alberto nickte mit dem Kopf.

»Selbstverständlich, Sofie. Auch das ist möglich. Und wenn es so ist, dann hat er uns dieses philosophische Gespräch führen lassen, um diese Möglichkeit anzudeuten. Dadurch will er betonen, daß auch er ein wehrloses Schattenbild ist, und daß dieses Buch, in dem Hilde und Sofie ihre Leben leben, in Wirklichkeit ein Lehrbuch der Philosophie ist.«

»Ein Lehrbuch?«

»Denn alle Gespräche, die wir geführt haben, alle Dialoge, Sofie...«

»Ja?«

»Sind in Wirklichkeit ein Monolog.«

»Jetzt habe ich das Gefühl, daß sich alles in Bewußtsein und Geist auflöst. Ich bin froh, daß es noch ein paar Philosophen gibt. Die Philosophie, die so stolz mit Thales, Empedokles und Demokrit begonnen hat, kann doch wohl nicht hier stranden?«

»Natürlich nicht. Ich werde dir von Hegel erzählen. Er war der erste Philosoph, der versucht hat, die Philosophie zu retten, nachdem die Romantik alles in Geist aufgelöst hatte.«

»Ich bin gespannt.«

»Um nicht von weiteren Geistern oder Schattenbildern unterbrochen zu werden, gehen wir hinein, ja?«

»Sowieso ist es ein bißchen kühl.«

»Abschnitt!«

Hegel

... vernünftig ist, was lebensfähig ist ...

Hilde ließ den großen Ordner mit einem Knall auf den Boden fallen. Sie blieb auf dem Bett liegen und starrte die Decke an. Es schien sich alles zu drehen. Ihr Vater hatte es tatsächlich geschafft, daß ihr schwindlig geworden war. Dieser Schurke! Wie konnte er bloß!

Sofie hatte also versucht, direkt mit ihr zu reden. Sie forderte Hilde auf, gegen ihren Vater zu rebellieren. Und es war ihr wirklich gelungen, einen Gedanken in Hilde einzupflanzen. Einen Plan ...

Sofie und Alberto selber konnten ihrem Vater kein Haar krümmen, das war klar. Aber Hilde konnte! Und über Hilde auch Sofie.

Hilde stimmte Sofie und Alberto darin zu, daß ihr Vater in seinem Spiel mit den Schattenbildern zu weit ging. Obwohl er Sofie und Alberto nur zusammengedichtet hatte, gab es doch Grenzen dafür, wie weit er in der Demonstration seiner Macht gehen durfte.

Arme Sofie, armer Alberto! Sie waren gegenüber der Phantasie von Hildes Vater genauso wehrlos, wie eine Filmleinwand dem Filmvorführer gegenüber wehrlos ist.

Natürlich wollte Hilde ihm einen Denkzettel verpassen, wenn er nach Hause kam. In scharfen Konturen sah sie noch im selben Augenblick die Skizze eines listigen Streichs.

Sie ging zum Fenster und blickte auf die Bucht hinaus. Es war fast zwei Uhr. Jetzt öffnete sie das Fenster und rief zum Bootshaus hinüber:

»Mama!«

Kurz darauf kam ihre Mutter heraus.

»Ich bring dir in einer Stunde ein paar Brote. Ist das in Ordnung?«

»Ja, sicher.«

»Ich muß nur erst noch schnell was über Hegel lesen.«

Alberto und Sofie setzten sich in die Sessel vor dem Fenster, das auf den kleinen See blickte.

»*Georg Wilhelm Friedrich Hegel* war ein echtes Kind der Romantik«, fing Alberto an. »Du kannst fast sagen, daß er der Entwicklung des deutschen Geistes getreu folgte. Er wurde 1770 in Stuttgart geboren und fing mit achtzehn Jahren in Tübingen ein Theologiestudium an. Ab 1799 arbeitete er mit Schelling in Jena zusammen, wo die romantische Bewegung gerade ihre explosive Blütezeit erlebte. Nachdem er in Jena Dozent gewesen war, bekam er eine Professur in Heidelberg – dem Zentrum der deutschen Nationalromantik. Schließlich wurde er 1818 Professor in Berlin – genau zu der Zeit, als diese Stadt ein geistiger Mittelpunkt Europas zu werden begann. Im Novemer 1831 starb er an der Cholera, aber nun hatte der ›Hegelianismus‹ an fast allen deutschen Universitäten schon Scharen von Anhängern.«

»Er hat also das meiste mitgenommen.«

»Ja, und das gilt auch für seine Philosophie. Hegel vereinigte darin fast alle Gedanken, die sich bei den Romantikern entwikkelt hatten, und führte sie weiter. Aber er war auch ein scharfer Kritiker zum Beispiel der Philosophie Schellings.«

»Was hat er daran kritisiert?«

»Schelling und die anderen Romantiker hatten den tiefsten Grund des Daseins im sogenannten Weltgeist gesehen. Auch Hegel verwendet den Begriff ›Weltgeist‹, gibt ihm aber eine neue Bedeutung. Wenn Hegel von Weltgeist oder ›Weltvernunft‹ spricht, dann meint er die Summe aller menschlichen Äußerungen. Denn nur der Mensch hat Geist. In dieser Bedeutung kann er auch vom Gang des Weltgeistes durch die Geschichte sprechen. Wir dürfen nicht vergessen, daß er vom Leben der Menschen, von den Gedanken der Menschen und von der Kultur der Menschen spricht.«

»Und dann ist dieser Geist gleich weniger gespenstisch. Er liegt nicht mehr als schlummernde Intelligenz in Steinen und Bäumen auf der Lauer.«

»Und du weißt noch, daß Kant vom ›Ding an sich‹ gesprochen hatte. Obwohl er bestritt, daß die Menschen eine klare Erkenntnis des innersten Geheimnisses der Natur haben können, wies er doch auf eine Art unerreichbare Wahrheit hin. Hegel meinte nun, daß die Wahrheit grundsätzlich subjektiv sei – und bestritt, daß es über oder außerhalb der menschlichen Vernunft noch eine Wahrheit geben kann. Alle Erkenntnis ist menschliche Erkenntnis, meinte er.«

»Er mußte die Philosophie gewissermaßen wieder auf den Erdboden holen?«

»Ja, vielleicht kannst du das so sagen. Nun ist Hegels Philosophie so vielfältig und nuanciert, daß wir uns hier und jetzt damit begnügen müssen, einige der wichtigsten Punkte zur Sprache zu bringen. Es ist fast zweifelhaft, ob wir überhaupt sagen können, daß Hegel eine eigene Philosophie hatte. Was wir als Hegels Philosophie bezeichnen, ist vor allem eine *Methode*, um den Lauf der Geschichte zu begreifen. Deshalb können wir von Hegel fast nicht sprechen, ohne den Gang der Geschichte zu erwähnen. Hegels Philosophie lehrt uns eigentlich nichts über die ›innerste Natur des Daseins‹, aber sie kann uns beibringen, auf fruchtbare Weise zu denken.«

»Und das ist vielleicht auch sehr wichtig.«

»Alle philosophischen Systeme vor Hegel hatten versucht, ewige Kriterien dafür aufzustellen, was der Mensch über die Welt wissen kann. Das galt für Descartes und Spinoza, für Hume und Kant. Jeder von ihnen wollte untersuchen, was die Grundlage aller menschlichen Erkenntnis ist. Aber sie hatten allesamt über *zeitlose* Voraussetzungen für das Wissen der Menschen über die Welt gesprochen.«

»Ist das denn nicht die Pflicht des Philosophen?«

»Hegel hielt es für unmöglich, solche zeitlosen Voraussetzungen zu finden. Er meinte, daß sich die Grundlagen der menschlichen Erkenntnis von Generation zu Generation ändern. Deshalb gibt es ihm zufolge auch keine ›ewigen Wahrheiten‹. Es gibt keine zeitlose Vernunft. Der einzige feste Punkt, bei dem ein Philosoph ansetzen kann, ist die Geschichte selber.«

»Nein, das mußt du erklären. Die Geschichte verändert sich doch dauernd, wie kann sie da ein fester Punkt sein?«

»Auch ein Fluß verändert sich dauernd. Das heißt aber nicht, daß du nicht über diesen Fluß sprechen kannst. Nur kannst du nicht fragen, wo im Tal der Fluß am ›echtesten‹ Fluß ist.«

»Nein, denn der Fluß ist überall gleich Fluß.«

»Für Hegel war die Geschichte ein solcher Flußlauf. Noch die kleinste Bewegung im Wasser an einem bestimmten Punkt im Fluß wird in Wirklichkeit vom Fall des Wassers und den Wasserwirbeln weiter oben im Fluß bestimmt. Aber wichtig ist auch, welche Steine und Biegungen es im Fluß an der Stelle gibt, wo du stehst und ihn betrachtest.«

»Ich glaube, ich verstehe.«

»Auch die Geschichte des Denkens – oder der Vernunft – ist wie ein solcher Flußlauf. Er enthält alle Gedanken, die Generationen von Menschen vor dir gedacht haben und die dein Denken genauso bestimmen wie die Lebensbedingungen deiner eigenen Zeit. Du kannst deshalb nicht behaupten, ein bestimmter Gedanke sei für immer und ewig richtig. Aber dieser Gedanke kann da, wo du stehst, richtig sein.«

»Das heißt aber wohl nicht, daß alles gleich falsch ist – oder alles gleich richtig?«

»Nein, aber etwas kann nur im Verhältnis zu einem historischen Zusammenhang falsch oder richtig sein. Wenn du im Jahre 1990 für die Sklaverei argumentierst, dann machst du dich bestenfalls lächerlich. Vor 2500 Jahren war es nicht so lächerlich. Obwohl schon damals fortschrittliche Stimmen für die Aufhebung der Sklaverei plädierten. Aber wir können ein näherliegendes Beispiel nehmen. Vor nur hundert Jahren war es noch nicht unvernünftig, große Waldgebiete abzufackeln, um Ackerland zu gewinnen. Aber heute ist das entsetzlich unvernünftig.

Wir haben ganz andere – und bessere – Voraussetzungen für eine solche Bewertung.«

»Das habe ich jetzt begriffen.«

»Auch die Vernunft, sagt Hegel, ist etwas Dynamisches – ja, ein Prozeß. Und die ›Wahrheit‹ ist nichts anderes als dieser Prozeß. Es gibt nämlich keine Kriterien außerhalb des historischen Prozesses, die entscheiden könnten, was am wahrsten oder vernünftigsten ist.«

»Beispiele bitte.«

»Du kannst dir nicht verschiedene Gedanken aus der Antike oder dem Mittelalter, der Renaissance oder der Aufklärung vornehmen und sagen, das war richtig und das falsch. Deshalb kannst du auch nicht sagen, daß Platon sich irrte, oder daß Aristoteles recht hatte. Du kannst auch nicht sagen, daß Hume sich irrte, während Kant oder Schelling recht hatten. Das ist eine unhistorische Denkweise.«

»Klingt nicht gut, finde ich.«

»Du kannst eben, meint Hegel, keine Philosophie und keinen Gedanken aus dem historischen Zusammenhang reißen. Aber – und jetzt nähere ich mich einem neuen Punkt: Weil den Menschen immer wieder Neues einfällt, ist die Vernunft ›progressiv‹. Das heißt, die menschliche Erkenntnis schreitet immer weiter fort, und mit der Menschheit insgesamt geht es entsprechend ›vorwärts‹.«

»Wonach Kants Philosophie vielleicht doch ein bißchen richtiger wäre als die Platons?«

»Ja. Der ›Weltgeist‹ hat sich in der Zeit zwischen Platon und Kant weiterentwickelt. Wenn wir zu unserem Bild vom Fluß zurückkehren, kannst du sagen, daß er jetzt mehr Wasser führt. Es sind inzwischen ja auch über zweitausend Jahre vergangen. Kant darf sich nur nicht einbilden, daß seine ›Wahrheiten‹ wie unverrückbare Steine am Ufer liegenbleiben werden. Auch seine Gedanken sind nicht der Weisheit letzter Schluß, und schon die nächste Generation wird sie nach Kräften kritisieren. Genau das ist dann ja auch passiert.«

»Aber dieser Fluß, von dem du redest...«

»Ja?«

»Wohin fließt der denn?«

»Hegel hat erklärt, daß sich der Weltgeist auf ein immer größeres Bewußtsein seiner selbst zubewegt. Flüsse werden ja auch immer breiter, je näher sie dem Meer kommen. Hegel zufolge geht es in der Geschichte darum, daß der Weltgeist langsam zum Bewußtsein seiner selbst erwacht. Die Welt war ja schon immer da, aber durch die Kultur und Entfaltung des Menschen wird sich der Weltgeist seiner Eigenart immer bewußter.«

»Wie konnte er sich da so sicher sein?«

»Er hielt das für eine nachweisbare Tatsache, also keineswegs für eine bloße Prophezeiung. Wer die Geschichte studiere, meinte er, dem werde klar, daß die Menschheit sich auf immer größere Selbsterkenntnis und Selbstentfaltung zubewege. Die Geschichte zeige eine eindeutige Entwicklung hin zu immer mehr *Rationalität* und *Freiheit*. Natürlich mache sie auch allerlei Bocksprünge, aber im großen und ganzen gehe es unaufhaltsam vorwärts. Geschichte ist für Hegel also zielgerichtet.«

»Wir entwickeln uns also immer weiter. Schön, dann besteht ja noch Hoffnung.«

»Die Geschichte ist für Hegel eine einzige lange Gedankenkette, allerdings eine, deren Glieder sich nicht wahllos, sondern nach bestimmten Regeln aneinanderfügen. Wer die Geschichte eingehend studiert, wird bemerken, daß ein neuer Gedanke zumeist auf der Grundlage anderer, früher geäußerter Gedanken vorgetragen wird. Ist der neue Gedanke aber vorgetragen, wird ihm unweigerlich von wieder einem neuen Gedanken widersprochen. Auf diese Weise entstehen zwei entgegengesetzte Denkweisen und zwischen ihnen eine Spannung. Und diese Spannung wird dadurch aufgehoben, daß ein dritter Gedanke vorgetragen wird, der von den beiden vorhergegangenen Standpunkten das jeweils Beste bewahrt. Das bezeichnet Hegel als *dialektische* Entwicklung.«

»Hast du ein Beispiel?«

»Du weißt vielleicht noch, daß die Vorsokratiker die Frage von Urstoff und Veränderung diskutiert hatten.«

»So ungefähr.«

»Und die Eleaten erklärten jegliche Veränderung für unmöglich. Deshalb mußten sie alle Veränderungen leugnen, auch wenn sie sie mit ihren Sinnen wahrnahmen. Die Eleaten hatten eine Behauptung vorgetragen, und eine solche Behauptung nennt Hegel eine *Position*.«

»Ja?«

»Aber jedesmal, wenn eine klare Behauptung aufgestellt wird, wird eine gegensätzliche Behauptung auftauchen. Das nennt Hegel *Negation*. Die Negation der Philosophie der Eleaten war die Philosophie Heraklits, der erklärte, daß ›alles fließt‹. Nun ist eine Spannung zwischen zwei diametral entgegengesetzten Denkweisen entstanden. Aber diese Spannung wurde ›aufgehoben‹, als Empedokles darauf hinwies, daß beide ein wenig recht hatten und sich auch ein wenig irrten.«

»Ja, das geht mir langsam auf...«

»Die Eleaten hatten darin recht, daß sich im Grunde nichts verändert; aber es stimmte nicht, daß wir uns nicht auf unsere Sinne verlassen können. Heraklit hatte recht damit, daß wir uns auf unsere Sinne verlassen können; aber es stimmte nicht, daß *alles* fließt.«

»Denn es gibt mehr als nur einen Urstoff. Die Zusammensetzung verändert sich, nicht aber die Urstoffe selber.«

»Genau. Empedokles' Standpunkt, der zwischen den beiden entgegengesetzten Standpunkten vermittelte, wird von Hegel als *Negation der Negation* bezeichnet.«

»Du meine Güte!«

»Er nannte die drei Stadien der Erkenntnis auch *These, Antithese* und *Synthese*. Du kannst den Rationalismus von Descartes gut als These bezeichnen – der dann durch Humes empiristische Antithese widersprochen wurde. Aber dieser Gegensatz, die Spannung zwischen zwei verschiedenen Denkweisen, wurde in Kants Synthese aufgehoben. Kant gab einerseits den Rationalisten und andererseits den Empirikern recht. Er zeigte auch, daß sich beide in wichtigen Punkten geirrt hatten. Aber die Geschichte endet nicht mit Kant. Kants Synthese wurde zum Ausgangspunkt für eine neue dreigeteilte Gedankenkette oder ›Triade‹. Denn auch die Synthese wird wieder zur These, und es folgt eine neue Antithese.«

»Das ist aber arg theoretisch.«

»Ja, theoretisch ist es schon. Aber auch wenn es sich so anhört: Hegel wollte die Geschichte keineswegs in irgendein Schema zwängen. Er glaubte, dieses dialektische Muster aus der Geschichte selber herauslesen zu können. Er war der festen Überzeugung, Gesetze für die Entwicklung der Vernunft entdeckt zu haben – oder für den Gang des ›Weltgeistes‹ durch die Geschichte.«

»Ich verstehe.«

»Aber Hegels Dialektik läßt sich nicht nur auf die Geschichte anwenden. Auch wenn wir etwas diskutieren – oder erörtern –, denken wir dialektisch. Wir versuchen, die Fehler in einer Denkweise aufzuspüren. Hegel hat das als ›negatives Denken‹ bezeichnet. Aber wenn wir die Fehler einer Denkweise erkannt haben, halten wir dennoch an dem fest, was an ihr gut war.«

»Beispiele bitte!«

»Wenn sich ein Sozialist und ein Konservativer zusammensetzen, um ein gesellschaftliches Problem zu lösen, dann wird sich sehr bald eine Spannung zwischen zwei Denkweisen zeigen. Das heißt aber nicht, daß der eine nur recht hat und der andere sich nur irrt. Es ist durchaus denkbar, daß beide ein wenig recht haben und beide sich ein wenig irren. Im Laufe der Diskussion werden sie dann, wenn sie klug sind, die jeweils besten Argumente beider Seiten bewahren.«

»Hoffentlich.«

»Wenn wir mitten in einer solchen Diskussion stecken, ist es leider nicht immer leicht festzustellen, was das Vernünftigste ist. Was richtig ist und was falsch, muß deshalb im Grunde die Geschichte zeigen. Nur was vernünftig ist, meint Hegel, ist lebensfähig.«

»Das heißt, was weiterlebt, hat recht?«

»Oder umgekehrt: Was richtig ist, lebt weiter.«

»Du hast nicht vielleicht ein kleines Beispiel, das klingt alles so abstrakt?«

»Vor hundertfünfzig Jahren kämpften viele für die Gleichberechtigung der Frauen. Viele kämpften auch verbissen dagegen. Wenn wir uns heute die Argumente beider Seiten vornehmen, ist nicht schwer zu erkennen, welches die vernünftigeren waren. Aber wir dürfen nicht vergessen, daß wir im nachhinein immer schlauer sind. Es hat sich gezeigt, daß diejenigen, die für die Gleichberechtigung kämpften, recht hatten. Viele Menschen würden sich sicher schämen, wenn sie lesen müßten, was ihr Großvater zu diesem Thema von sich gegeben hat.«

»Ja, das kann ich mir vorstellen. Was meinte Hegel selber?«

»Über die Gleichberechtigung?«

»Ja. Oder reden wir besser nicht darüber?«

»Möchtest du ein Zitat hören?«

»Gerne.«

»›Der Unterschied zwischen Mann und Frau ist der des Tieres und der Pflanze‹, schrieb er. ›Das Tier entspricht mehr dem Charakter des Mannes, die Pflanze mehr dem der Frau, denn sie ist mehr ruhiges Entfalten, das die unbestimmtere Einzigkeit der Empfindung zu seinem Prinzipe erhält. Stehen Frauen an der Spitze der Regierung, so ist der Staat in Gefahr, denn sie handeln nicht nach den Anforderungen der Allgemeinheit, sondern nach zufälliger Neigung und Meinung. Die Bildung der Frauen geschieht, man weiß nicht, wie, gleichsam durch die Atmosphäre der Vorstellung, mehr durch das Leben, als durch das Erwerben von Kenntnissen. Während der Mann seine Stellung nur durch die Errungenschaft der Gedanken und durch viele technische Bemühungen erlangt.‹«

»Danke, das reicht. Ich will lieber keine solchen Zitate mehr hören.«

»Aber das Zitat ist ein glänzendes Beispiel dafür, daß unsere Vorstellung davon, was ›vernünftig‹ ist, sich dauernd ändert. Es zeigt, daß auch Hegel ein Kind seiner Zeit war – genau wie wir. Auch vieles, was uns heute ›selbstverständlich‹ erscheint, wird den Test der Geschichte nicht bestehen.«

»Hast du ein Beispiel?«

»Nein, ich habe keins.«

»Warum nicht?«

»Weil ich dann nur von etwas sprechen könnte, das schon in Veränderung begriffen ist. Ich könnte zum Beispiel nicht anführen, daß Autofahren einmal als etwas entsetzlich Dummes gelten wird, weil es die Natur zerstört. Das meinen ja heute schon viele. Also wäre es ein schlechtes Beispiel. Die Geschichte wird aber zeigen, daß auch vieles von dem, was wir jetzt noch alle für selbstverständlich halten, den Test nicht bestehen wird.«

»Ich verstehe.«

»Und wir können uns noch etwas merken: Dadurch daß die Männer zu Hegels Zeiten solche krassen Sprüche über die Minderwertigkeit der Frau von sich gaben, schoben sie die Frauenbewegung nur noch mehr an.«

»Wie denn das?«

»Die Männer trugen, wie Hegel gesagt hätte, eine These vor. Der Grund dafür, daß sie das überhaupt für nötig hielten, war natürlich, daß die Frauen schon angefangen hatten, sich zu erheben. Es ist ja nicht nötig, eine so entschiedene Meinung über etwas zu haben, worüber sich alle einig sind. Je krasser sie aber nun die Frauen diskriminierten, desto stärker wurde auch die Antithese oder Negation.«

»Ich glaube, ich verstehe.«

»Du kannst also sagen, daß energische Widersacher das Beste sind, was einer Idee passieren kann. Je energischer, desto besser, denn um so stärker wird die Negation der Negation sein. Nicht umsonst gibt es die Redensart vom ›Wasser auf die Mühlen gießen‹.«

»Gerade jetzt hatte ich das Gefühl, daß meine Mühle sich sehr heftig in Bewegung setzt.«

»Auch rein logisch oder philosophisch gibt es oft eine dialektische Spannung zwischen zwei Begriffen.«

»Beispiele bitte!«

»Wenn ich über den Begriff ›Sein‹ nachdenke, dann muß ich unweigerlich auch den entgegengesetzten Begriff ›Nichtsein‹ einführen. Es ist unmöglich, darüber zu reflektieren, daß man ist, ohne sich im nächsten Moment auch daran zu erinnern, daß man nicht immer sein wird. Die Spannung zwischen ›Sein‹ und ›Nichtsein‹ wird nun in dem Begriff ›Werden‹ aufgelöst. Denn daß etwas wird, bedeutet gewissermaßen, daß es ist und doch nicht ist.«

»Ich verstehe.«

»Hegels Vernunft ist also eine dynamische Vernunft. Da die Wirklichkeit von Gegensätzen geprägt ist, muß auch eine Beschreibung der Wirklichkeit widersprüchlich sein. Ich gebe dir auch dafür ein Beispiel: Es heißt, daß der dänische Atomphysiker *Niels Bohr* über seiner Haustür ein Hufeisen hängen hatte.«

»Das soll Glück bringen.«

»Aber es ist ja nur ein Aberglaube, und Niels Bohr war wirklich alles andere als abergläubisch. Als er einmal Besuch von einem Freund hatte, meinte das auch dieser Freund. ›Du glaubst doch wohl nicht an so was‹, sagte er. ›Nein‹, antwortete Niels Bohr, ›aber ich habe mir sagen lassen, daß es trotzdem wirkt.‹«

»Mir fehlen die Worte.«

»Aber die Antwort war ziemlich dialektisch; manche würden sie sogar als widersprüchlich bezeichnen. Niels Bohr war, wie übrigens auch der norwegische Dichter *Vinje*, bekannt für seine dialektische Sicht der Welt. Er sagte einmal, es gebe zwei Arten von Wahrheiten, und zwar die oberflächlichen, deren Gegensatz einwandfrei unrichtig sei, aber auch die tiefen, deren Gegensatz genauso richtig sei wie sie selber.«

»Was könnten das für Wahrheiten sein?«

»Wenn ich zum Beispiel sage, daß das Leben kurz ist...«

»Dann bin ich deiner Meinung.«

»Aber bei einer anderen Gelegenheit kann ich die Arme ausbreiten und sagen, das Leben sei lang.«

»Du hast recht. Irgendwie ist auch das wahr.«

»Zum Schluß erzähle ich dir noch ein Beispiel dafür, wie eine dialektische Spannung eine spontane Handlung auslösen kann, die zu einer plötzlichen Veränderung führt.«

»Schieß los!«

»Stell dir ein kleines Mädchen vor, das immer nur sagt: ›Ja, Mama.‹ – ›Sicher, Mama.‹ – ›Wie du willst, Mama.‹ – ›Ja, das mach ich sofort, Mama!‹«

»Mir läuft es kalt den Rücken runter.«

»Eines Tages ärgert sich die Mutter darüber, daß ihre Tochter immer so gehorsam ist, und sie schreit genervt: ›Sei nicht so gehorsam!‹ – Und das Kind antwortet: ›Nein, Mama!‹«

»Dann würde ich ihr eine semmeln!«

»Ja, nicht wahr? Aber was würdest du machen, wenn sie stattdessen geantwortet hätte: ›Doch. Ich will aber gehorsam sein.‹«

»Das wäre eine seltsame Antwort. Vielleicht würde ich ihr auch dann eine semmeln.«

»Mit anderen Worten, die Situation ist festgefahren. Die dialektische Spannung hat sich so zugespitzt, daß einfach eine Veränderung kommen *muß*.«

»Du meinst die Ohrfeige?«

»Noch einen letzten Charakterzug von Hegels Philosophie müssen wir erwähnen.«

»Ich bin ganz Ohr.«

»Du weißt noch, daß wir die Romantiker als Individualisten bezeichnet haben.«

»Nach innen geht der geheimnisvolle Weg.«

»Genau dieser Individualismus begegnete in Hegels Philosophie seiner ›Negation‹. Hegel legte nämlich großes Gewicht auf das, was er ›objektive Mächte‹ nannte. Damit meinte er die Familie und den Staat. Du kannst vielleicht sagen, daß Hegel das Individuum dabei nicht ganz aus den Augen verlor; er sah es nur in erster Linie als einen organischen Teil der Gemeinschaft an.

Die Vernunft oder der Weltgeist werden für Hegel vor allem im Zusammenspiel der Menschen sichtbar.«

»Erklären!«

»Die Vernunft zeigt sich vor allem in der Sprache. Und die Sprache ist etwas, in das wir hineingeboren werden. Die norwegische Sprache kommt sehr gut ohne Herrn Hansen zurecht, aber Herr Hansen kann nicht ohne die norwegische Sprache leben. Nicht das einzelne Individuum schafft die Sprache, sondern die Sprache schafft das einzelne Individuum.«

»Ja, so kannst du das sagen.«

»Wie das Individuum in eine Sprache hineingeboren wird, so wird es auch in sein historisches Umfeld hineingeboren. Und niemand hat ein ›freies‹ Verhältnis zu diesem Umfeld. Wer seinen Platz im Staat nicht findet, ist deshalb ein unhistorischer Mensch. Du weißt vielleicht noch, daß dieser Gedanke auch für die großen Philosophen in Athen wichtig war. Der Staat ist ohne Bürger ebenso unvorstellbar wie die Bürger ohne Staat.«

»Ich verstehe.«

»Für Hegel ist der Staat ›mehr‹ als der einzelne Bürger. Er ist sogar mehr als die Summe aller Bürger. Hegel hält es für unmöglich, sich aus der Gesellschaft sozusagen abzumelden. Wer über die Gesellschaft, in der er lebt, nur die Achseln zuckt und lieber ›sich selber finden‹ will, ist für ihn ein Narr.«

»Ich weiß nicht, ob ich ihm da zustimme, aber von mir aus.«

»Für Hegel findet sich nicht das Individuum selber, sondern eben der Weltgeist.«

»Der Weltgeist findet sich selber?«

»Hegel versuchte zu zeigen, daß der Weltgeist in drei Stufen zu sich zurückkehrt. Er meinte damit, daß der Weltgeist sich in drei Stufen seiner selbst bewußt wird.«

»Erzähl schon!«

»Zuerst wird sich der Weltgeist im Individuum seiner selbst bewußt. Das bezeichnet Hegel als *subjektive Vernunft*. Ein höheres Bewußtsein erreicht der Weltgeist in Familie, Gesellschaft und Staat. Das bezeichnet Hegel als *objektive Vernunft*, denn es ist eine Vernunft, die im Zusammenspiel der Menschen erscheint. Aber es gibt noch eine dritte Stufe ...«

»Jetzt bin ich gespannt.«

»Die höchste Form der Selbsterkenntnis erreicht der Weltgeist in der *absoluten Vernunft*. Und diese absolute Vernunft sind Kunst, Religion und Philosophie. Die Philosophie ist darunter die höchste Form der Vernunft, denn in der Philosophie reflektiert der Weltgeist über seine eigene Rolle in der Geschichte. Erst in der Philosophie begegnet der Weltgeist sich also selber. So gesehen, könnte man die Philosophie als den Spiegel des Weltgeistes bezeichnen.«

»Das klingt so mystisch, daß ich es erst einmal in Ruhe verdauen muß. Aber das letzte, was du gesagt hast, hat mir gefallen.«

»Ich habe die Philosophie als Spiegel des Weltgeistes bezeichnet.«

»Das ist schön. Glaubst du, das hat etwas mit dem Messingspiegel zu tun?«

»Ja, wo du schon fragst.«

»Wie meinst du das?«

»Ich gehe davon aus, daß dieser Messingspiegel eine besondere Bedeutung hat, weil er immer wieder erwähnt wird.«

»Dann hast du wohl auch eine Meinung dazu, *was* er für eine Bedeutung hat?«

»Nein, nein. Ich habe nur gesagt, daß der Spiegel nicht so oft erwähnt würde, wenn er für Hilde und ihren Vater keine besondere Bedeutung *hätte*. Aber welche Bedeutung er *hat*, kann uns nur Hilde verraten.«

»War das jetzt romantische Ironie?«

»Eine hoffnungslose Frage, Sofie.«

»Warum?«

»*Wir* können doch nicht ironisch sein. Wir sind nur wehrlose *Opfer* einer solchen Ironie. Wenn ein Kind etwas auf ein Blatt Papier zeichnet, kannst du nicht das Papier fragen, was diese Zeichnung darstellen soll.«

»Mir wird kalt.«

Kierkegaard

... Europa ist unterwegs in den Bankrott...

Hilde sah auf die Uhr. Es war schon nach vier. Sie legte den Ordner auf den Schreibtisch und stürzte in die Küche hinunter. Sie mußte mit den Broten zum Bootshaus, bevor ihre Mutter das Warten aufgab. Im Losrennen warf sie einen Blick in den Messingspiegel.

In aller Eile setzte sie das Teewasser auf und schmierte ein paar Brote.

Doch, sie würde ihrem Vater einen Streich spielen. Hilde betrachtete sich immer mehr als Verbündete von Sofie und Alberto. Es sollte schon in Kopenhagen losgehen...

Bald stand sie mit dem vollen Tablett im Bootshaus.

»Bitte sehr, das Frühstück!«

Ihre Mutter hielt ein großes Stück Sandpapier in der Hand. Sie wischte sich die vom Schmirgelstaub grauen Haare aus der Stirn.

»Aber dafür überspringen wir das Mittagessen.«

Sie setzten sich auf den Steg und aßen.

»Wann kommt Papa?« fragte Hilde nach einer Weile.

»Am Samstag. Das weißt du doch.«

»Aber wann? Hast du nicht gesagt, daß er in Kopenhagen umsteigen muß?«

»Doch...«

Ihre Mutter kaute an einem Brot mit Leberwurst und Gurke.

»... er kommt so gegen fünf in Kopenhagen an. Das Flugzeug nach Kristiansand geht dann um Viertel nach acht. Ich glaube, er landet um halb zehn.«

»Dann ist er ein paar Stunden in Kopenhagen.«

»Wieso?«

»Ach ... ich wollte bloß seine Reiseroute wissen.«

Sie aßen. Als Hilde fand, daß jetzt genug Zeit verstrichen wäre, fragte sie:

»Hast du in letzter Zeit etwas von Anne und Ole gehört?«

»Ja, sie rufen ab und zu an. Sie kommen im Juli irgendwann hierher in Urlaub.«

»Nicht früher?«

»Nein, das glaube ich nicht.«

»Dann sind sie diese Woche in Kopenhagen...«

»Hilde, was ist eigentlich los?«

»Nichts. Über irgendwas müssen wir doch reden.«

»Aber jetzt hast du schon zweimal von Kopenhagen angefangen.«

»Wirklich?«

»Wir haben darüber gesprochen, daß Papa da zwischenlandet...«

»Und da sind mir plötzlich Anne und Ole eingefallen.«

Als sie gegessen hatten, stellte Hilde Teller und Tassen auf das Tablett.

»Ich muß weiterlesen, Mama...«

»Ja, das mußt du wohl...«

Lag in dieser Antwort ein ganz feiner Vorwurf? Sie hatten doch darüber gesprochen, daß sie bis zu Vaters Rückkehr das Boot fertigmachen wollten.

»Papa hat mir gewissermaßen das Versprechen abgenommen, daß ich das Buch gelesen habe, wenn er kommt.«

»Ich weiß nicht, ob ich das gut finden soll. Daß er so oft weg ist, ist eine Sache – aber daß er aus der Ferne dirigieren will, was hier zu Hause passiert...«

»Wenn du wüßtest, was er noch alles dirigiert«, sagte Hilde geheimnisvoll. »Und du kannst dir ja denken, wie sehr er das genießt.«

Dann ging sie auf ihr Zimmer und las weiter.

Plötzlich hörte Sofie, daß jemand an die Tür klopfte. Alberto warf ihr einen strengen Blick zu.

»Wir lassen uns nicht stören.«

Es klopfte heftiger.

»Ich werde dir von einem dänischen Philosophen erzählen, der sich sehr über Hegels Philosophie geärgert hat«, sagte Alberto.

Aber jetzt klopfte es so heftig, daß die Tür bebte.

»Natürlich hat uns der Major wieder irgendeine phantastische Person geschickt, um zu sehen, ob wir ihm auf den Leim gehen«, erklärte Alberto. »Das kostet ihn ja nichts.«

»Aber wenn wir nicht aufmachen und nachsehen, wer da ist, kostet es ihn auch nichts, das ganze Haus einzureißen.«

»Vielleicht hast du recht. Also machen wir auf.«

Sie gingen zur Tür. Weil es so heftig geklopft hatte, erwartete Sofie einen Riesen. Aber draußen stand nur ein kleines Mädchen in einem geblümten Kleid und mit langen blonden Haaren. Sie hatte zwei kleine Flaschen in den Händen. Eine war rot, die andere blau.

»Hallo«, sagte Sofie. »Wer bist du denn?«

»Ich heiße Alice«, sagte das Mädchen und machte einen verlegenen Knicks.

»Hab ich's mir doch gedacht«, nickte Alberto. »Das ist Alice im Wunderland.«

»Aber wie hat sie hergefunden?«

Alice antwortete selber:

»Das Wunderland ist ein absolut grenzenloses Land. Das bedeutet, es ist überall – ungefähr wie die UNO. Das Wunderland sollte deshalb Ehrenmitglied der UNO werden. Wir müßten in allen Komitees eigene Vertreter haben.«

»Hach – der Major!« sagte schmunzelnd Alberto.

»Und was führt dich her?« fragte Sofie.

»Ich soll dir diese Philosophiefläschchen geben.«

Sie reichte Sofie die kleinen Flaschen. Beide waren aus blankem Glas, aber in der einen befand sich eine rote Flüssigkeit, in der anderen eine blaue. Auf der roten Flasche stand: TRINK MICH!, auf der blauen: TRINK MICH AUCH!

Im nächsten Moment kam ein weißes Kaninchen an der Hütte vorübergerannt. Es ging aufrecht auf zwei Beinen und trug Weste und Jacke. Vor der Hütte zog es eine Taschenuhr aus der Weste und sagte: »Nein, ach, nein, jetzt komme ich zu spät.«

Und dann rannte es wieder los. Alice lief hinter ihm her. Im Loslaufen machte sie noch einen Knicks und sagte:

»Jetzt geht *das* wieder los!«

»Du mußt Dina und die Königin grüßen!« rief Sofie ihr nach.

Und damit war Alice verschwunden. Alberto und Sofie blieben auf der Treppe stehen und betrachteten die Flaschen.

»TRINK MICH! und TRINK MICH AUCH!« las Sofie vor. »Ich weiß nicht, ob ich mich traue. Vielleicht ist es Gift.«

Alberto zuckte mit den Schultern.

»Die Flaschen kommen vom Major, und alles, was vom Major kommt, ist nur Bewußtsein. Wir haben es also mit Gedankensaft zu tun.«

Sofie zog den Korken aus der roten Flasche und setzte sie vorsichtig an den Mund. Der Saft schmeckte süß und seltsam, aber das war nur das eine; gleichzeitig geschah etwas mit der ganzen Welt um sie herum: Erst schienen ihr die Bilder des Sees, des Waldes und der Hütte in eines zusammenzulaufen. Dann schien Sofie auch nur noch eine Person zu sehen, und diese Person war sie selber. Als sie schließlich einen Blick auf Alberto warf, schien auch der ein Teil ihrer selbst geworden zu sein.

»Komisch«, sagte sie. »Auf einmal scheint alles, was ich sehe, zusammenzuhängen. Ich habe das Gefühl, daß alles nur noch *ein* Bewußtsein ist.«

Alberto nickte – aber Sofie hatte das Gefühl, sich selber zuzunicken.

»Das ist der Pantheismus oder die Einheitsphilosophie«, sagte Alberto. »Das ist der Weltgeist der Romantiker. Sie haben alles als ein einziges großes ›Ich‹ erlebt. Es ist auch Hegel – der einerseits das einzelne Individuum nicht ganz aus den Augen verlor und andererseits alles als den Ausdruck der einen Weltvernunft auffaßte.«

»Soll ich auch aus der anderen Flasche trinken?«

»Das steht ja darauf.«

Sofie zog auch aus der blauen Flasche den Korken und trank einen großen Schluck. Dieser Saft schmeckte etwas frischer und säuerlicher als der rote. Aber auch jetzt geschah mit allem um sie herum eine plötzliche Veränderung: Innerhalb einer Sekunde verschwand die Wirkung des roten Getränks; und alles erhielt wieder seinen alten Platz. Alberto wurde wieder Alberto, die Bäume im Wald wurden wieder Bäume im Wald, und der See sah wieder aus wie ein kleiner Weiher. – Doch auch das dauerte nur eine Sekunde, dann glitt alles, was Sofie sah, auseinander. Der Wald war kein Wald mehr; noch der kleinste Baum erschien ihr plötzlich als eine Welt für sich, noch der kleinste Zweig als ein Abenteuer, über das tausend Märchen erzählt werden konnten. Der kleine See erschien ihr als ein unendliches Meer – nicht weil er so tief oder groß gewesen wäre, sondern wegen seiner Milliarden glitzernder Details und ausgeklügelter Wellen. Sofie begriff, daß sie für den Rest ihres Lebens nur noch diesen einen See betrachten könnte – und dennoch würde er ihr immer als ein unergründliches Mysterium erscheinen.

Sofie hob den Blick zu einer Baumkrone. Dort spielten drei kleine Spatzen ein lustiges Spiel. Sie hatten zwar auch schon im Baum gesessen, als Sofie aus der roten Flasche getrunken hatte, aber wirklich gesehen hatte Sofie sie nicht. Die rote Flasche hatte alle Gegensätze und alle individuellen Unterschiede verwischt.

Jetzt stieg Sofie von der Steinplatte, auf der sie stand, und kniete sich ins Gras. Und auch dort entdeckte sie eine neue Welt – ungefähr so, als wäre sie tief getaucht und öffnete auf dem Meeresgrund zum ersten Mal die Augen. Zwischen Grasbüscheln und Halmen wimmelte es von Lebewesen. Sofie sah eine Spinne, die sicher und energisch durchs Moos kroch, eine rote Blattlaus, die an einem Grashalm auf und ab sauste, und ein ganzes kleines Ameisenheer bei der gemeinsamen Arbeit.

Aber auch jede einzelne Ameise hob auf ihre je eigene Art die Beine.

Das Seltsamste jedoch geschah, als Sofie wieder aufstand und Alberto ansah, der immer noch auf der Türschwelle stand. Plötzlich sah sie in ihm ein ganz außergewöhnliches Wesen, etwas wie einen Menschen von einem anderen Planeten vielleicht – oder wie eine Märchengestalt aus einem anderen Märchen als dem, das sie gerade erlebte. Und zugleich erlebte sie auch sich selber auf eine ganz neue Weise als einzigartige und außergewöhnliche Person: Sie war nicht nur ein Mensch, sie war nicht nur eine Fünfzehnjährige – sie war Sofie Amundsen, und nur sie war das!

»Was siehst du?« fragte Alberto.

»Ich sehe, daß du ein komischer Vogel bist.«

»Wirklich?«

»Ich glaube, ich werde nie verstehen, wie es ist, ein anderer Mensch zu sein. Keine zwei Menschen auf der ganzen Welt sind doch ganz gleich.«

»Und der Wald?«

»Der hängt nicht mehr zusammen. Er ist ein ganzes Universum aus lauter erstaunlichen Märchen.«

»Hab ich's mir doch gedacht. Die blaue Flasche ist der Individualismus. Er war *Sören Kierkegaards* Reaktion auf die Einheitsphilosophie der Romantik. Und Kierkegaards Zeitgenosse war nicht zufällig der Märchendichter Hans Christian Andersen. Er hatte denselben scharfen Blick für den unendlichen Detailreichtum der Natur. Leibniz hatte ihn hundert Jahre früher auch schon besessen und auf Spinozas Einheitsphilosophie genauso reagiert wie Kierkegaard auf Hegel.«

»Ich höre, was du sagst, aber du kommst mir gleichzeitig so komisch vor, daß ich losprusten könnte.«

»Ich verstehe. Dann trink einfach noch einen kleinen Schluck aus der roten Flasche. Und dann setzen wir uns hier auf die Treppe. Wir müssen noch etwas über Kierkegaard sagen, ehe wir für heute Schluß machen.«

Sie setzten sich, und Sofie trank einen kleinen Schluck aus der roten Flasche. Nun flossen die Dinge wieder zusammen, allerdings ein bißchen zu sehr, denn wieder hatte Sofie das Gefühl, daß kein Unterschied mehr irgendeine Rolle spielte. Sie berührte schnell den Hals der blauen Flasche mit der Zunge, und die Welt wurde ungefähr so, wie sie gewesen war, bevor Alice die beiden Flaschen gebracht hatte.

»Aber was ist *wahr*?« fragte Sofie nun. »Verschafft uns die rote oder die blaue Flasche das richtige Erlebnis davon, wie die Welt wirklich ist?«

»Beide, Sofie. Wir können nicht sagen, daß sich die Romantiker geirrt haben. Aber vielleicht waren sie ein bißchen einseitig.«

»Was ist mit der blauen Flasche?«

»Ich glaube, aus der hatte Kierkegaard ein paar ganz tiefe Schlucke getrunken. Er hatte jedenfalls ein überaus scharfes Auge für die Bedeutung des Individuums. Wir sind aber auch nicht nur ›Kinder unserer Zeit‹. Jeder und jede von uns ist außerdem ein einzigartiges Individuum, das nur dieses eine und einzige Mal lebt.«

»Das hatte Hegel scheinbar nicht sonderlich interessiert?«

»Nein, dem ging es eher um die großen Linien in der Geschichte. Und genau das hat Kierkegaard geärgert. Er meinte, die Einheitsphilosophie der Romantiker und Hegels *Historismus* hätten dem Individuum die Verantwortung für sein eigenes Leben abgenommen. Für Kierkegaard waren Hegel und die Romantiker aus genau demselben Holz geschnitzt.«

»Ich kann verstehen, daß er wütend wurde.«

»Sören Kierkegaard wurde 1813 in Kopenhagen geboren und von seinem Vater sehr streng erzogen. Von seinem Vater hatte er auch eine religiöse Schwermut geerbt.«

»Das klingt nicht so gut.«

»Nein. Wegen dieser Schwermut fühlte er sich als junger Mann sogar gezwungen, eine Verlobung zu lösen, was vom Kopenhagener Bürgertum gar nicht gut aufgenommen wurde. So wurde er früh zu einer ausgestoßenen und verspotteten Person.

Naja – und mit der Zeit biß er selber auch ganz schön scharf um sich. Mehr und mehr wurde er zu dem, was Ibsen später als ›Volksfeind‹ bezeichnet hat.«

»Alles wegen einer gelösten Verlobung?«

»Nein, nicht nur deshalb. Vor allem gegen Ende seines Lebens wurde er ein immer schärferer Kritiker der ganzen europäischen Kultur. Ganz Europa sei unterwegs in den Bankrott, meinte er. Er glaubte, in einer Zeit ohne Leidenschaft und Engagement zu leben, und wetterte gegen die laue und laxe Haltung der Kirche. Seine Kritik am sogenannten ›Sonntagschristentum‹ war alles andere als rücksichtsvoll.«

»Heute sollten wir wohl eher vom ›Konfirmationschristentum‹ reden. Die meisten lassen sich doch nur noch wegen der Geschenke konfirmieren.«

»Ja, da hast du recht. Für Kierkegaard war das Christentum gleichzeitig so überwältigend und so vernunftwidrig, daß es nur ein Entweder-Oder geben konnte. Es sei unmöglich, meinte er, ›ein wenig‹ oder ›bis zu einem gewissen Grad‹ Christ zu sein. Denn entweder sei Jesus am Ostersonntag auferstanden – oder nicht. Und wenn er wirklich von den Toten auferstanden sei, wenn er wirklich um unseretwillen gestorben sei – dann sei das so überwältigend, daß es unser ganzes Leben prägen *müsse*.«

»Ich verstehe.«

»Kierkegaard merkte nur, daß die Kirche und die meisten Christen seiner Zeit eine geradezu schulmeisterliche Einstellung zu religiösen Fragen hatten. Für ihn selber war das undenkbar. Religion und Vernunft waren für ihn wie Feuer und Wasser. Es reiche nicht, das Christentum für ›wahr‹ zu halten, meinte er. Christlicher Glaube bedeute, in Jesu Fußstapfen zu treten.«

»Und was hatte das mit Hegel zu tun?«

»Oh. Vielleicht haben wir am falschen Ende angefangen.«

»Dann schlage ich vor, du schaltest den Rückwärtsgang ein und fängst noch mal von vorne an.«

»Kierkegaard nahm schon mit siebzehn Jahren sein Theologiestudium auf, interessierte sich dann aber mehr und mehr für philosophische Fragen. Mit 28 machte er mit der Abhandlung ›Der Begriff der Ironie mit ständiger Beziehung auf Sokrates‹ seinen Doktor. Darin rechnet er ab mit der romantischen Ironie und dem unverbindlichen Spiel der Romantiker mit der Illusion. Der romantischen stellte er die ›sokratische Ironie‹ gegenüber. Auch Sokrates hatte sich ja des Stilmittels der Ironie bedient, aber nur, um seine Zuhörer zu noch größerem Lebensernst zu erziehen. Sokrates war für Kierkegaard, im Gegensatz zu den Romantikern, ein existentieller Denker, das heißt, einer, der seine ganze Existenz in seine philosophische Reflexion miteinbezieht. Den verspielten Romantikern unterstellte er, daß sie das nicht täten.«

»Aha.«

»Nachdem er seine Verlobung gelöst hatte, ging Kierkegaard 1841 nach Berlin, wo er unter anderem bei Schelling Vorlesungen hörte.«

»Ist er dort mit Hegel zusammengetroffen?«

»Nein, Hegel war schon zehn Jahre zuvor gestorben, aber noch immer herrschte Hegels Geist in Berlin und in weiten Teilen Europas. Sein ›System‹ wurde nun als eine Art Totalerklärung für alle nur denkbaren Fragen benutzt. Kierkegaard bezog die radikale Gegenposition und erklärte, die ›objektiven Wahrheiten‹, mit denen sich die Hegelianische Philosophie beschäftige, seien für die Existenz des einzelnen Menschen vollkommen unwesentlich.«

»Welche Wahrheiten sind denn dann wesentlich?«

»Wichtiger als Suche nach der einen WAHRHEIT in Großbuchstaben war Kierkegaard die Suche nach den Wahrheiten, die für das Leben des Einzelnen wichtig sind. Wichtig sei, so meinte er, die ›Wahrheit für mich‹ zu finden. Er stellte also das Individuum – oder den Einzelnen – dem ›System‹ gegenüber. Kierkegaard meinte, Hegel habe vergessen, daß er selber auch nur ein Mensch war. Er macht sich lustig über den im Wolkenkuckucksheim residierenden hegelschen Professorentyp, der, während er das gesamte Dasein erklärt, in seiner Zerstreutheit vergißt, wie er heißt, und daß er ein Mensch ist, ganz einfach ein

Mensch, und kein fleischgewordener Teil von irgendeinem ausgeklügelten Paragraphen.«

»Und was ist für Kierkegaard ein Mensch?«

»Das kannst du nicht so allgemein beantworten. Eine allgemeingültige Beschreibung der menschlichen Natur oder des menschlichen ›Wesens‹ ist für Kierkegaard völlig uninteressant. Wesentlich ist die *Existenz* des Einzelnen. Und der Mensch erlebt seine eigene Existenz nicht hinter einem Schreibtisch. Erst wenn wir Menschen handeln – und vor allem wenn wir eine wichtige *Wahl* treffen –, verhalten wir uns zu unserer eigenen Existenz. Eine Geschichte über Buddha kann illustrieren, was Kierkegaard gemeint hat.«

»Über Buddha?«

»Ja, denn auch Buddhas Philosophie nahm die menschliche Existenz zum Ausgangspunkt. Es war einmal ein Mönch, der meinte, Buddha gebe unklare Antworten auf wichtige Fragen, zum Beispiel auf die, was die Welt oder was ein Mensch ist. Buddha antwortete mit dem Hinweis auf jemanden, der von einem giftigen Pfeil verletzt worden ist. Dieser Mensch werde niemals aus rein theoretischem Interesse danach fragen, woraus der Pfeil gemacht ist, in welches Gift er getaucht wurde, oder aus welchem Winkel er selber beschossen worden ist.«

»Er würde wahrscheinlich wollen, daß ihm jemand den Pfeil herauszieht und die Wunde behandelt?«

»Ja, nicht wahr? Das wäre für ihn existentiell wichtig. Buddha und Kierkegaard empfanden beide sehr stark, daß sie nur für kurze Zeit existierten. Und wie gesagt: Dann setzt man sich nicht hinter einen Schreibtisch und spekuliert über den Weltgeist.«

»Ich verstehe.«

»Kierkegaard hat auch gesagt, daß die Wahrheit ›subjektiv‹ sei. Damit wollte er nicht behaupten, daß es egal ist, was wir glauben oder meinen. Er meinte nur, daß die wirklich wichtigen Wahrheiten *persönlich* sind. Nur solche Wahrheiten sind ›Wahrheiten für mich‹.«

»Kannst du mir ein Beispiel für so eine subjektive Wahrheit geben?«

»Eine wichtige Frage ist zum Beispiel, ob das Christentum die Wahrheit ist. Zu dieser Frage kann man Kierkegaard zufolge kein theoretisches oder akademisches Verhältnis haben. Für jemanden, der sich selber als existierend begreift, geht es dabei um Leben oder Tod. Darüber diskutiert man nicht einfach aus Liebe zur Diskussion. Es ist etwas, dem wir uns mit der größten Leidenschaft nähern.«

»Ich verstehe.«

»Wenn du ins Wasser fällst, hast du kein theoretisches Verhältnis zu der Frage, ob du ertrinken wirst oder nicht. Dann ist es weder interessant noch uninteressant, ob es im Wasser Krokodile gibt. Es ist eine Frage von Leben und Tod.«

»Ja, allerdings!«

»Wir müssen also unterscheiden zwischen der philosophischen Frage, ob es einen Gott gibt, und dem Verhältnis des Individuums zu derselben Frage. Diesen Fragen steht jeder einzelne Mensch ganz allein gegenüber. Außerdem können wir uns diesen Fragen nur durch den *Glauben* nähern. Dinge, die wir mit unserer Vernunft erfassen können, sind für Kierkegaard unwesentlich.«

»Nein, das mußt du erklären.«

»Acht plus vier ist zwölf, Sofie. Das können wir ganz sicher wissen. Es ist ein Beispiel für die Vernunftwahrheiten, von denen alle Philosophen seit Descartes gesprochen hatten. Aber wollen wir sie in unser Abendgebet einschließen? Und werden wir uns auf dem Totenbett darüber den Kopf zerbrechen? Nein, solche Wahrheiten können so ›objektiv‹ und ›allgemein‹ sein, wie sie wollen, sie sind gerade darum für die Existenz des Einzelnen gleichgültig.«

»Was ist mit dem Glauben?«

»Du kannst nicht wissen, ob ein Mensch dir verziehen hat, wenn du etwas falsch gemacht hast. Aber gerade darum ist es für dich existentiell wichtig. Es ist eine Frage, zu der du eine lebendige Beziehung hast. Du kannst auch nicht wissen, ob jemand anders dich gern hat. Du kannst es nur glauben oder hoffen. Trotzdem ist es für dich wichtiger als die unbestreitbare Tatsache, daß die Winkelsumme in einem Dreieck 180° beträgt. Man denkt schließlich auch nicht an das Kausalgesetz oder die kantischen Formen der Anschauung, wenn man den ersten Kuß bekommt.«

»Nein, das wäre verrückt.«

»Der Glaube ist vor allem dann wichtig, wenn es um religiöse Fragen geht. Kierkegaard meint, wenn ich Gott objektiv erfassen kann, dann glaube ich nicht, aber gerade, weil ich das nicht kann, muß ich glauben. Und wenn ich mir den Glauben bewahren will, muß ich immer darauf achten, daß ich nicht vergesse, daß ich in der objektiven Ungewißheit ›auf 70000 Faden Wasser‹ bin – und doch glaube.«

»Das war ein bißchen schwierig ausgedrückt.«

»Früher hatten viele versucht, Gottes Existenz zu beweisen – oder sie jedenfalls mit der Vernunft zu erfassen. Aber wenn man sich mit solchen Gottesbeweisen oder Vernunftargumenten abfindet, dann verliert man den Glauben selber – und damit auch die religiöse Innigkeit. Denn wesentlich ist nicht, ob das Christentum wahr ist, sondern ob es *für mich* wahr ist. Im Mittelalter wurde derselbe Gedanke durch die Formel ›Credo quia absurdum‹ ausgedrückt.«

»Ach was?«

»Das bedeutet: Ich glaube, weil es vernunftwidrig ist. Wenn das Christentum an die Vernunft appelliert hätte – und nicht an andere Seiten in uns –, dann wäre es keine Frage des Glaubens.«

»Das habe ich jetzt begriffen.«

»Wir haben also gesehen, was Kierkegaard unter ›Existenz‹, unter ›subjektiver Wahrheit‹ und unter ›Glauben‹ verstanden hat. Auf alle drei Begriffe führte ihn die Kritik an der philosophischen Tradition und vor allem an Hegel. Aber darin lag auch eine ganze *Zivilisationskritik*. In der modernen Stadtgesellschaft sei der Mensch ›Publikum‹ oder ›Öffentlichkeit‹ geworden, meinte Kierkegaard, und das erste Kennzeichen der Menge sei das viele unverbindliche ›Geschwätz‹. Heute würden wir vielleicht das Wort ›Konformität‹ verwenden, das heißt, daß alle dasselbe ›meinen‹ und ›vertreten‹, ohne daß irgendwer ein leidenschaftliches Verhältnis dazu hat.«

»Ich frage mich, ob Kierkegaard nicht mit Jorunns Eltern ein paar Hühnchen zu rupfen hätte.«

»Er war in jedem Fall nicht sehr nachsichtig mit seinen Mitmenschen. Er führte eine spitze Feder und konnte ätzend ironisch sein. Er schrieb zum Beispiel: ›Die Menge ist die Unwahrheit.‹ Oder: ›Die Wahrheit ist immer in der Minderheit.‹ Er erklärte auch, daß die meisten Menschen ein viel zu verspieltes Verhältnis zum Dasein hätten.«

»Barbie-Puppen sammeln ist eins. Selber eine Barbie-Puppe zu sein, ist fast noch schlimmer...«

»Das bringt uns zu Kierkegaards Lehre der drei Stadien auf dem Lebensweg.«

»Was hast du gesagt?«

»Kierkegaard meinte, daß es drei verschiedene Existenzmöglichkeiten gibt. Er selber verwendet das Wort ›Stadien‹. Er nennt diese Möglichkeiten das ›ästhetische Stadium‹, das ›ethische Stadium‹ und das ›religiöse Stadium‹. Wenn er gerade das Wort ›Stadium‹ wählt, dann will er damit auch zeigen, daß man in einem der beiden unteren Stadien leben und dann ganz plötzlich den ›Sprung‹ in ein höheres schaffen kann. Aber viele Menschen verbringen ihr ganzes Leben in einem Stadium.«

»Jetzt tippe ich, daß bald eine Erklärung kommt. Und ich bin außerdem neugierig, in welchem Stadium ich mich selber befinde.«

»Wer im *ästhetischen Stadium* lebt, lebt im Augenblick und strebt immer nach dem Genuß. Was gut ist, ist das, was schön, nett oder angenehm ist. So gesehen, lebt ein solcher Mensch voll und ganz in der Welt der Sinne. Der Ästhet wird zum Spielball seiner eigenen Lüste und Stimmungen. Negativ ist alles, was öde oder nicht geil ist, wie man heute sagt.«

»Ja, danke, ich glaube, diese Haltung kenne ich.«

»Auch der typische Romantiker ist Ästhet, denn es geht nicht nur um sinnlichen Genuß. Auch jemand mit einem spielerischen Verhältnis zur Wirklichkeit – oder zum Beispiel zur Kunst oder zur Philosophie, mit denen er sich beschäftigt – lebt im ästhetischen Stadium. Selbst Kummer und Leid gegenüber kann man sich nämlich ästhetisch oder ›betrachtend‹ verhalten. Was dann regiert, ist die Eitelkeit. Ibsen hat in Peer Gynt das Bild eines typischen Ästheten gezeichnet.«

»Ich glaube, ich verstehe, was Kierkegaard meint.«

»Erkennst du dich darin wieder?«

»Nicht ganz. Aber ich finde, es erinnert ein bißchen an den Major.«

»Ja, vielleicht, Sofie – obwohl das wieder ein Beispiel für diese kitschige romantische Ironie war. Du solltest dir den Mund auswaschen!«

»Was hast du gesagt?«

»Naja – es ist ja nicht deine Schuld.«

»Mach weiter.«

»Wer im ästhetischen Stadium lebt, ist anfällig für Gefühle der Angst und der Leere. Erlebt er diese Gefühle aber, dann gibt es auch noch Hoffnung. Für Kierkegaard ist die *Angst* fast etwas Positives. Sie ist ein Zeichen dafür, daß jemand sich in einer ›existentiellen Situation‹ befindet. Der Ästhet kann sich nun selber entscheiden, ob er den *Sprung* in ein höheres Stadium machen will. Entweder es geschieht, oder es geschieht nicht. Es hilft nichts, beinahe gesprungen zu sein, wenn man nicht wirklich springt. *Entweder-Oder*. Es kann auch niemand anderer den Sprung für dich machen. Du mußt selber entscheiden und selber springen.«

»Das ist vielleicht ähnlich, wie wenn jemand mit dem Trinken oder mit Drogen aufhören will.«

»Ja, vielleicht. Wenn Kierkegaard von dieser Entscheidung spricht, erinnert er ein bißchen an Sokrates, der erklärt hatte, daß jede wirkliche Einsicht von innen kommt. Auch die Wahl, die einen Menschen dazu bringt, von einer ästhetischen zu einer ethischen oder religiösen Lebenssicht zu springen, muß von innen kommen. Genau das schildert Ibsen im ›Peer Gynt‹. Eine andere meisterhafte Schilderung einer existentiellen Wahl, die aus innerer Not und Verzweiflung entspringt, finden wir in einem Roman des russischen Dichters *Dostojewski*. Er heißt ›Schuld und Sühne‹, und wenn wir mit der Philosophie durch sind, mußt du ihn unbedingt lesen.«

»Mal sehn. Und Kierkegaard meint also, wenn es jemand ernst ist, wählt er eine andere Lebenssicht.«

»Und beginnt vielleicht, im *ethischen Stadium* zu leben. Dieses Stadium ist geprägt von Ernst und konsequenten Entscheidungen nach moralischen Maßstäben. Erinnere dich an Kants Pflichtethik, die auch verlangt, wir sollen versuchen, nach dem Gesetz der Moral zu leben. Wie Kant richtet auch Kierkegaard seine Aufmerksamkeit dabei vor allem auf das menschliche Gemüt. Wesentlich ist nicht unbedingt, was man für richtig und für falsch hält. Wesentlich ist, daß man sich überhaupt entschließt, sich zu dem, was richtig oder falsch ist, zu verhalten. Der Ästhet interessiert sich nur dafür, was lustig oder langweilig ist.«

»Kann man nicht ein wenig *zu* ernst werden, wenn man so lebt?«

»Doch, bestimmt. Kierkegaard genügt aber auch das ethische Stadium noch nicht. Auch der Pflichtmensch, meint er, hat es irgendwann einmal satt, immer nur pflichtbewußt und ordentlich zu sein. Viele Menschen erleben eine solche Phase des Überdrusses und der Müdigkeit, wenn sie längst erwachsen sind. Und manche fallen jetzt vielleicht ins verspielte Leben im ästhetischen Stadium zurück. Aber andere machen auch einen neuen Sprung ins nächste, das *religiöse Stadium*. Sie wagen den wirklich großen Sprung in die ›70 000 Faden Wasser‹ des Glaubens. Sie ziehen den Glauben dem ästhetischen Genuß und den Geboten der Vernunft vor. Und obwohl es entsetzlich sein kann, ›in die Hände des lebendigen Gottes zu fallen‹, wie Kierkegaard sich ausdrückt, kann sich der Mensch erst jetzt mit seinem Leben versöhnen.«

»Durch das Christentum also.«

»Ja, für Kierkegaard bedeutete das religiöse Stadium das Christentum. Und trotzdem beeinflußte er mit seiner Philosophie auch viele nichtchristliche Denker. In unserem Jahrhundert entstand eine sogenannte *Existenzphilosophie*, die von Kierkegaard stark inspiriert war.«

Jetzt sah Sofie auf die Uhr.

»Es ist fast sieben. Ich muß machen, daß ich nach Hause komme. Meine Mutter dreht sonst durch.«

Sie winkte ihrem Philosophielehrer zu und rannte zum See und zum Boot hinunter.

Marx

... ein Gespenst geht um in Europa...

Hilde war vom Bett aufgestanden und trat ans Fenster, das auf die Bucht hinausging. Sie hatte den Samstag damit begonnen, daß sie über Sofies fünfzehnten Geburtstag gelesen hatte. Am Vortag war Hildes eigener Geburtstag gewesen. Wenn ihr Vater sich ausgerechnet hatte, daß sie bis dahin schon zu Sofies Geburtstag kommen würde, hatte er sie überschätzt. Dabei hatte sie gestern wirklich *nur* gelesen. Andererseits war gerade mal noch ein Glückwunsch dazugekommen: als Alberto und Sofie »Happy birthday!« gesungen hatten. Hilde war das eher peinlich gewesen.

Dann hatte Sofie an dem Tag, an dem Hildes Vater aus dem Libanon zurückkam, zu einem »philosophischen Gartenfest« eingeladen. Hilde war überzeugt davon, daß an diesem Tag etwas passieren würde, worüber weder sie noch ihr Vater so richtig den Überblick hatten.

Eins stand jedenfalls fest: Ehe ihr Vater nach Bjerkely heimkehrte, sollte er einen kleinen Denkzettel verpaßt bekommen. Das war das mindeste, was sie für Sofie und Alberto tun konnte, fand Hilde. Sie hatten sie schließlich um Hilfe gebeten...

Ihre Mutter war noch immer im Bootshaus. Hilde schlich ins Erdgeschoß hinunter und ging zum Telefontisch. Sie suchte sich die Nummer von Anne und Ole in Kopenhagen heraus und wählte.

»Anne Kvamdal.«

»Hallo, hier ist Hilde.«

»Ach, wie nett! Wie geht's denn in Lillesand?«

»Sehr gut, Sommerferien und so. Und jetzt dauert es nur noch eine Woche, bis Papa aus dem Libanon zurückkommt.«

»Das wird sicher schön, was, Hilde?«

»Klar, ich freu mich. Und weißt du – gerade deshalb rufe ich auch an...«

»Ach?«

»Ich glaube, er landet am 23. gegen fünf Uhr nachmittags in Kopenhagen. Seid ihr dann zu Hause?«

»Ich glaub schon.«

»Ich wollte bloß wissen, ob ihr mir einen kleinen Gefallen tun könnt.«

»Das ist doch klar.«

»Aber es ist ein etwas ausgefallener Gefallen. Ich weiß nicht mal, ob das überhaupt geht.«

»Jetzt machst du es aber spannend.«

Und nun erzählte Hilde. Sie erzählte vom Ordner und von Alberto und Sofie und überhaupt allem anderen. Mehrmals mußte sie neu anfangen, weil sie oder ihre Tante losprusteten. Aber als sie auflegten, war Hildes Plan besiegelt.

Auch zu Hause mußte sie gewisse Vorbereitungen treffen. Naja – das hatte eigentlich keine Eile.

Den restlichen Nachmittag und Abend verbrachte Hilde mit ihrer Mutter. Schließlich fuhren sie nach Kristiansand und gingen ins Kino, als eine Art Geburtstagsfeierersatz, weil sie am Vortag ja nicht richtig gefeiert hatten. Als sie an der Abzweigung zum Flugplatz vorbeikamen, fügten sich noch einige Teile zu dem großen Puzzlespiel zusammen, an das Hilde seit dem Morgen ununterbrochen dachte.

Erst als sie an diesem Abend spät ins Bett ging, las sie weiter in dem großen Ordner.

Als Sofie durch die Höhle kroch, war es schon fast acht. Ihre Mutter arbeitete an den Blumenbeeten vor dem Eingang, als sie auftauchte.

»Wo kommst du denn her?«

»Durch die Hecke.«

»Durch die Hecke?«

»Weißt du nicht, daß es auf der anderen Seite einen Weg gibt?«

»Wo hast du denn bloß gesteckt, Sofie? Du bist schon wieder nicht zum Essen gekommen, ohne Bescheid zu sagen.«

»Tut mir leid. Es war so schönes Wetter. Ich habe einen langen Spaziergang gemacht.«

Erst jetzt stand ihre Mutter auf und sah sie an.

»Du hast dich doch wohl nicht schon wieder mit diesem Philosophen getroffen?«

»Doch, schon. Ich hab dir doch erzählt, daß er gern spazierengeht.«

»Aber er kommt zum Gartenfest?«

»Ja, sicher, er freut sich.«

»Das mache ich auch, Sofie. Ich zähle die Tage.«

Lag nicht eine Spur von Gift in ihrer Stimme? Sicherheitshalber sagte Sofie:

»Ich bin froh, daß ich auch Jorunns Eltern eingeladen habe. Sonst wäre es doch ein bißchen zu peinlich.«

»Tja ... auf jeden Fall werde ich mich mit diesem Alberto einmal unter vier erwachsenen Augen unterhalten.«

»Ihr könnt auf mein Zimmer gehen. Ich bin ganz sicher, daß er dir gefallen wird.«

»Aber das ist noch nicht alles. Es ist ein Brief für dich gekommen.«

»Ach ...«

»Auf dem Stempel steht: ›UN-Regiment‹.«

»Dann kommt er von Albertos Bruder.«

»Also, jetzt reicht es wirklich, Sofie.«

Sofie dachte fieberhaft nach, und nach ein paar Sekunden war ihr eine passende Antwort eingefallen. Ein hilfreicher Geist schien sie inspiriert zu haben.

»Ich habe Alberto erzählt, daß ich seltene Poststempel sammle. Da kannst du sehen, wozu Brüder gut sind.«

Mit dieser Antwort konnte sie ihre Mutter offenbar beruhigen.

»Das Essen steht im Kühlschrank«, sagte sie schon in einem etwas versöhnlicheren Ton.

»Wo ist der Brief?«

»Auf dem Kühlschrank.«

Sofie stürzte in die Küche. Der Brief war am 15.6.1990 abgestempelt. Sie öffnete den Umschlag und hielt gleich darauf einen ziemlich kleinen Zettel in der Hand:

Was soll uns denn das ewge Schaffen!
Geschaffenes zu nichts hinwegzuraffen!

Nein, auf diese Frage wußte Sofie keine Antwort. Vor dem Essen legte sie den Zettel zusammen mit allem anderen Treibgut, das sich in den letzten Wochen bei ihr gesammelt hatte, in den Schrank. Sie würde schon noch früh genug erfahren, warum ihr diese Frage gestellt worden war.

Am nächsten Vormittag kam Jorunn zu Besuch. Zuerst spielten sie Federball, dann machten sie sich wieder an die Planung des philosophischen Gartenfestes. Sie brauchten ein paar Überraschungen für den Fall, daß keine rechte Stimmung aufkam.

Auch als Sofies Mutter von der Arbeit kam, redeten sie über das Gartenfest. Die Mutter wiederholte immer wieder einen Satz: »Nein, es wird an nichts gespart werden.« Das war nicht ironisch gemeint.

Sie schien der festen Überzeugung zu sein, ein philosophisches Gartenfest sei genau das, was Sofie brauchte, um nach den vielen Wochen intensiven Philosophieunterrichts wieder auf den Boden der Tatsachen zurückzufinden.

Am Ende hatten sie sich über alles – vom Baumkuchen und von Lampions in den Bäumen bis zum philosophischen Quiz mit einem Philosophiebuch für Jugendliche als Prämie – geeinigt. Falls es so ein Buch gab. Sofie war sich da nicht sicher.

Am Donnerstag, dem 21. Juni – nur zwei Tage vor dem Johannisabend –, rief Alberto wieder an.

»Sofie.«

»Und Alberto.«

»Wie geht's?«

»Hervorragend. Ich glaube, ich habe den Ausweg gefunden.«

»Ausweg woraus?«

»Das weißt du doch. Aus der geistigen Gefangenschaft, in der wir schon viel zu lange leben.«

»Ach, das...«

»Aber ich darf erst etwas über den Plan verraten, wenn alles in Gang gekommen ist.«

»Ist das nicht reichlich spät? Ich muß doch wohl wissen, worauf ich mich einlasse.«

»Nein, jetzt bist du naiv. Du weißt doch, wir werden immer und überall belauscht. Am vernünftigsten wäre es deshalb, zu schweigen...«

»Ist es wirklich so schlimm?«

»Natürlich. Das Wichtigste muß passieren, während wir *nicht* miteinander reden.«

»Ach...«

»Wir leben unsere Leben in einer erfundenen Wirklichkeit, hinter den Worten einer langen Erzählung. Jeder einzelne Buchstabe davon wird vom Major in eine billige Reiseschreibmaschine getippt. Nichts von dem, was geschrieben ist, kann deshalb seiner Aufmerksamkeit entgehen.«

»Nein, das verstehe ich. Aber wie können wir uns sonst vor ihm verstecken?«

»Pst!«

»Was?«

»Zwischen den Zeilen spielt sich auch etwas ab. Und genau da versuche ich mich mit meinem ganzen Vorrat an doppelbödiger List hindurchzuschlängeln.«

»Ach so.«

»Aber wir müssen uns heute und auch morgen treffen. Am Samstag geht's dann los. Kannst du sofort kommen?«

»Ich komme.«

Sofie fütterte Vögel und Fische, gab Govinda ein Salatblatt und öffnete für Sherekan eine Dose Katzenfutter. Sie stellte im Gehen die Schüssel mit dem Katzenfutter auf die Treppe. Dann schlüpfte sie durch die Hecke und auf den Weg auf der anderen Seite. Als sie ein Stück gegangen war, entdeckte sie plötzlich mitten im Heidekraut einen großen Schreibtisch. Hinter dem Schreibtisch saß ein älterer Mann. Er schien irgend etwas auszurechnen. Sofie ging zu ihm und fragte nach seinem Namen.

»Scrooge«, sagte er und beugte sich wieder über seine Papiere.

»Ich heiße Sofie. Bist du vielleicht ein Geschäftsmann?«

Er nickte.

»Und steinreich. Kein einziges Pfund darf vergeudet werden. Deshalb muß ich mich auch auf meine Buchführung konzentrieren.«

»Daß du den Nerv hast!«

Sofie winkte ihm zu und ging weiter. Aber sie war noch nicht weit gekommen, als sie ein kleines Mädchen entdeckte, das ganz allein unter einem der hohen Bäume saß. Die Kleine trug Lumpen und sah blaß und kränklich aus. Als Sofie vorüberkam, schob sie die Hand in eine kleine Tüte und hielt eine Streichholzschachtel hoch.

»Möchtest du Schwefelhölzer kaufen?« fragte sie.

Sofie suchte in ihrer Tasche nach Geld. Doch – sie hatte immerhin eine Krone.

»Wieviel kosten sie denn?«

»Eine Krone.«

Sofie gab der Kleinen die Krone und hielt gleich darauf eine Schachtel Streichhölzer in der Hand.

»Du bist die erste seit über hundert Jahren, die mir etwas abgekauft hat. Manchmal verhungere ich, manchmal bringt mich auch der Frost um.«

Sofie überlegte sich, daß es vielleicht kein Wunder war, daß die Kleine hier mitten im Wald keine Streichhölzer loswurde. Aber dann fiel ihr der reiche Geschäftsmann von vorhin ein. Das

Mädchen mit den Schwefelhölzern brauchte ja wohl nicht zu verhungern, wo er soviel Geld hatte.

»Komm mit!« sagte Sofie.

Sie nahm die Kleine an der Hand und zog sie mit sich zu dem reichen Mann.

»Du mußt dafür sorgen, daß dieses Kind ein besseres Leben hat«, sagte sie.

Der Mann schaute von seinen Papieren auf und erklärte:

»Das kostet Geld, und ich habe dir schon erzählt, daß kein einziges Pfund vergeudet werden darf.«

»Aber es ist ungerecht, daß du so reich bist und die Kleine so arm«, drängte Sofie.

»Quatsch! Gerechtigkeit gibt es nur unter Gleichen.«

»Wie meinst du das?«

»Ich habe mich hochgearbeitet, und Arbeit soll sich lohnen. Das nennt man Fortschritt.«

»Also echt!«

»Wenn du mir nicht hilfst, sterbe ich«, sagte das arme Mädchen.

Der Geschäftsmann schaute wieder von seinen Papieren hoch. Dann schmiß er die Feder auf den Tisch.

»Du bist eben kein Posten in meiner Buchführung. Also – mach, daß du ins Armenhaus kommst!«

»Wenn du mir nicht hilfst, stecke ich den Wald an«, erklärte das arme Mädchen.

Erst jetzt erhob sich der Mann hinter seinem Schreibtisch, aber das Mädchen hatte bereits ein Streichholz angezündet. Sie hielt es an einige ausgedörrte Grasbüschel, die sofort aufloderten.

Der reiche Mann fuchtelte mit den Armen.

»Zu Hilfe!« rief er. »Der rote Hahn kräht!«

Die Kleine sah mit einem schelmischen Lächeln zu ihm auf.

»Du hast wohl nicht gewußt, daß ich Kommunistin bin.«

Im nächsten Moment waren Mädchen, Geschäftsmann und Schreibtisch verschwunden. Sofie stand allein da, während das trockene Gras immer wütender brannte. Sie versuchte, die Flammen auszutreten, und nach einer Weile war ihr das auch gelungen.

Gott sei Dank! Sofie sah die schwarzen Grasbüschel an. In den Händen hielt sie eine Schachtel Streichhölzer.

Sie hatte den Brand doch wohl nicht selber gelegt?

Als sie Alberto vor der Hütte traf, erzählte sie ihm, was sie erlebt hatte.

»Scrooge ist ein geiziger Kapitalist in *Charles Dickens'* ›Ein Weihnachtslied‹. Das kleine Mädchen mit den Schwefelhölzern kennst du sicher noch aus dem Märchen von Hans Christian Andersen.«

»Aber ist das nicht seltsam, daß ich sie ausgerechnet hier im Wald getroffen habe?«

»Nein, gar nicht. Es ist nämlich kein normaler Wald. Und da wir beide uns jetzt über *Karl Marx* unterhalten werden, trifft es sich gut, daß du gerade ein Beispiel für die riesigen Klassengegensätze um die Mitte des letzten Jahrhunderts gesehen hast. Aber laß uns hineingehen. Trotz allem sind wir da ein bißchen besser vor dem Major geschützt.«

Wieder setzten sie sich an den Tisch vor dem Fenster, das auf den See hinausging. Sofie erinnerte sich noch gut, wie ihr der kleine See erschienen war, nachdem sie aus der blauen Flasche getrunken hatte. Jetzt standen die rote und die blaue Flasche auf dem Kaminsims. Auf dem Tisch stand eine kleine Kopie eines griechischen Tempels.

»Was ist das?« fragte Sofie.

»Alles der Reihe nach, mein Kind.«

Und dann fing Alberto an, über Marx zu erzählen:

»Als Kierkegaard 1841 nach Berlin kam, saß er in Schellings Vorlesungen vielleicht neben Karl Marx. Kierkegaard hatte eine Magisterarbeit über Sokrates geschrieben, Karl Marx zur selben Zeit seine Doktorarbeit über Demokrit und Epikur – also über den antiken Materialismus. Damit hatten beide schon den künftigen Kurs ihrer Philosophie abgesteckt.«

»Weil Kierkegaard Existenzphilosoph wurde und Marx Materialist?«

»Marx bezeichnen wir als *historischen Materialisten*. Aber darauf kommen wir noch zurück.«

»Mach weiter!«

»Kierkegaard und Marx nahmen beide Hegels Philosophie zum Ausgangspunkt. Beide sind von seiner Denkweise geprägt, aber beide distanzieren sich auch von Hegels Vorstellung von einem Weltgeist – oder dem, was wir als Hegels *Idealismus* bezeichnen.«

»Der war ihnen wohl ein bißchen zu vage.«

»Genau. Ganz allgemein sagen wir oft, daß die Zeit der großen philosophischen Systeme mit Hegel aufgehört hat. Nach ihm schlägt die Philosophie eine ganz neue Richtung ein. An die Stelle großer spekulativer Systeme treten nun sogenannte ›Existenz-‹, wir könnten auch sagen ›Handlungsphilosophien‹. Darauf spielte Marx an, als er sagte, bisher hätten die Philosophen die Welt immer nur interpretiert, anstatt sie zu verändern. Genau diese Worte kennzeichnen einen wichtigen Wendepunkt in der Geschichte der Philosophie.«

»Nachdem mir Scrooge und das Mädchen mit den Schwefelhölzern begegnet sind, verstehe ich ohne Probleme, was Marx gemeint hat.«

»Marx' Denken hat also ein praktisches – und politisches – Ziel. Wir können uns außerdem merken, daß er nicht nur Philosoph war. Er war außerdem Historiker, Soziologe und Ökonom.«

»Und war er in all diesen Bereichen bahnbrechend?«

»Jedenfalls hat kein anderer Philosoph für die praktische Politik größere Bedeutung gehabt. Andererseits müssen wir uns davor hüten, alles, was nach ihm als ›marxistisch‹ bezeichnet wurde, mit seinem eigenen Denken zu identifizieren. Von Marx selber heißt es, daß er um 1845 zum ›Marxisten‹ wurde; aber er mochte die Bezeichnung zeitlebens nicht.«

»War Jesus ein Christ?«

»Auch darüber ließe sich diskutieren.«

»Erzähl weiter.«

»Gleich von Anfang an trug sein Freund und Kollege *Friedrich Engels* zu dem bei, was später *Marxismus* genannt wurde. In unserem Jahrhundert haben *Lenin, Stalin, Mao* und viele andere den Anspruch erhoben, den Marxismus weiterentwickelt zu haben. In den östlichen Ländern sprach man nach Lenin vom ›Marxismus-Leninismus‹.«

»Dann schlage ich vor, daß wir uns an Marx selber halten. Du hast ihn einen ›historischen Materialisten‹ genannt?«

»Er war kein philosophischer Materialist wie die Atomisten der Antike und die mechanischen Materialisten des 17. und 18. Jahrhunderts. Aber er war der Ansicht, daß vor allem die materiellen Lebensbedingungen in einer Gesellschaft unser Denken und unser Bewußtsein bestimmen. Diese materiellen Verhältnisse sind ihm zufolge auch ausschlaggebend für die historische Entwicklung.«

»Das klingt tatsächlich anders als bei Hegel mit seinem Weltgeist.«

»Hegel hatte erklärt, die historische Entwicklung entstehe aus der Spannung zwischen Gegensätzen, die durch eine plötzliche Veränderung verschwänden – und mit ihnen natürlich die Spannung. Diesen Gedanken hielt Marx für richtig. Er meinte nur, der gute Hegel stelle alles auf den Kopf.«

»Doch wohl nicht das ganze Leben?«

»Hegel nannte die Kraft, die die Geschichte vorwärtstreibt, ›Weltgeist‹ oder ›Weltvernunft‹. Und Marx war der Meinung, diese Sichtweise stelle die Wahrheit auf den Kopf. Er selber wollte beweisen, daß die Veränderungen der materiellen Lebensbedingungen für die Geschichte ausschlaggebend sind. Nicht die geistigen Voraussetzungen in einer Gesellschaft führten zu materiellen Veränderungen, meinte er, sondern genau umgekehrt: die materiellen Verhältnisse bestimmten in letzter Konsequenz auch die geistigen. Vor allem die wirtschaftlichen Kräfte in einer Gesellschaft seien es, die Veränderungen in allen anderen Bereichen herbeiführen und dadurch die Geschichte vorwärtstreiben.«

»Weißt du kein Beispiel?«

»Die Philosophie und Wissenschaft der Antike wurden fast ausschließlich um ihrer selbst willen betrieben. Es interessierte die alten Philosophen nicht sonderlich, ob ihr theoretisches Wissen zu irgendwelchen praktischen Verbesserungen führte.«

»Ach?«

»Das hing damit zusammen, wie die Gesellschaften organisiert waren, in denen sie lebten. Das Leben und die Produktion der Lebensmittel in den antiken Gesellschaften basierten vor allem auf Sklavenarbeit. Deshalb hatten es die feinen Bürger schlicht nicht nötig, die Produktion durch praktische Erfindungen zu verbessern. – Das ist ein Beispiel dafür, wie materielle Verhältnisse in einer Gesellschaft das Denken in ihr prägen können.«

»Ich verstehe.«

»Die materiellen, ökonomischen und sozialen Verhältnisse in einer Gesellschaft bezeichnete Marx als deren *Basis*. Die Art und Weise, wie in einer Gesellschaft gedacht wird, ihre politischen Institutionen, ihre Gesetze und nicht zuletzt ihre Religion, Moral, Kunst, Philosophie und Wissenschaft nannte Marx ihren *Überbau*.«

»Basis und Überbau also.«

»Und jetzt kannst du mir vielleicht den griechischen Tempel geben.«

»Bitte sehr.«

»Das ist eine verkleinerte Kopie des alten Parthenon-Tempels auf der Akropolis. Du hast ihn ja auch in Wirklichkeit gesehen.«

»Auf Video, meinst du.«

»Du siehst, daß der Tempel ein wirklich elegantes und reichverziertes Dach hat. Vielleicht fallen uns zuerst das Dach und die Front des Daches auf. Und genau das könnten wir als Überbau bezeichnen. Nur kann das Dach eben nicht in der Luft schweben.«

»Es wird von den Säulen getragen.«

»Der ganze Bau braucht ein kräftiges Fundament, eine Basis,

die die ganze Konstruktion trägt. Marx zufolge ›tragen‹ die materiellen Verhältnisse gewissermaßen alles, was es in der Gesellschaft an Gedanken und Ideen gibt. Das heißt, der Überbau einer Gesellschaft ist ein Reflex ihrer materiellen Basis.«

»Willst du damit sagen, daß Platons Ideenlehre nur ein Reflex der damals üblichen Töpferei und des athenischen Weinbaus war?«

»Nein, so einfach auch wieder nicht, und darauf macht Marx auch ausdrücklich aufmerksam. Natürlich beeinflussen sich Basis und Überbau einer Gesellschaft gegenseitig. Hätte Marx das geleugnet, wäre er ein ›mechanischer Materialist‹ gewesen. Weil er aber eingesehen hat, daß zwischen Basis und Überbau auch ein Wechselverhältnis, eine Spannung besteht, bezeichnen wir ihn als *dialektischen Materialisten*. Du erinnerst dich, was Hegel unter einer dialektischen Entwicklung verstand. – Und übrigens kannst du dir merken, daß Platon weder als Töpfer noch als Winzer tätig war.«

»Ich verstehe. Willst du noch mehr über den Tempel sagen?«

»Ja, noch ein bißchen. Wenn du dir seine Basis genau ansiehst, kannst du sie mir vielleicht beschreiben?«

»Die Säulen stehen auf einem Fundament aus drei Ebenen oder Stufen.«

»So können wir auch in der Basis der Gesellschaft drei Ebenen unterscheiden. Ganz unten ist das, was Marx als die natürlichen *Produktionsbedingungen* einer Gesellschaft bezeichnet. Darunter versteht er die naturgegebenen Verhältnisse, die eine Gesellschaft sozusagen vorfindet, also die Art der Vegetation, die Rohstoffe, Bodenschätze und so weiter. Sie bilden die eigentlichen Grundmauern einer Gesellschaft, und diese Grundmauern setzen klare Grenzen dafür, welche Produktion in der Gesellschaft möglich ist. Dadurch setzen sie auch klare Grenzen dafür, welche Gesellschaft und welche Kultur an einem Ort überhaupt existieren können.«

»In der Sahara ist zum Beispiel der Heringsfang unmöglich. Und in Lappland der Dattelanbau.«

»Du hast es verstanden. Aber die Menschen denken in einer Nomadenkultur auch ganz anders als zum Beispiel in einem Fischerdorf in Nordnorwegen. Die nächste Stufe bilden die *Produktivkräfte* einer Gesellschaft. Hierbei denkt Marx an die Arbeitskraft der Menschen selber, aber auch an ihre Geräte, an ihre Werkzeuge und ihre Maschinen, die sogenannten Produktionsmittel.«

»Früher sind sie zum Fischen gerudert, heute wird der Fisch von riesigen Trawlern gefangen.«

»Und damit berührst du auch schon die dritte Stufe der Basis einer Gesellschaft. Hier wird es etwas komplizierter, denn nun geht es darum, wer die Produktionsmittel in einer Gesellschaft besitzt und wie die Arbeit in ihr organisiert ist, um die Besitzverhältnisse also und die Arbeitsteilung. Marx nennt das die *Produktionsverhältnisse* in einer Gesellschaft. Sie bilden die dritte Stufe.«

»Ich verstehe.«

»Bisher können wir also festhalten, daß Marx zufolge die *Produktionsweise* in einer Gesellschaft darüber bestimmt, welche politischen und ideologischen Verhältnisse wir in ihr vorfinden. Es ist kein Zufall, daß wir heute anders denken – und eine etwas andere Moral haben – als die Menschen zum Beispiel in einer alten Feudalgesellschaft.«

»Marx glaubte also nicht an ein zu allen Zeiten gültiges Naturrecht.«

»Nein, die Antwort auf die Frage, was moralisch richtig ist, war für Marx ein Produkt der gesellschaftlichen Basis. In der Tat ist es ja kein Zufall, daß in einer alten Bauerngesellschaft die Eltern bestimmten, wen ihre Kinder heiraten sollten. Es ging schließlich auch darum, wer den Hof erbte. In einer modernen Großstadt sind die sozialen Verhältnisse anders, also sucht man sich auch seine Lebenspartner anders. Wir können unsere Zukünftigen auf einem Fest oder in der Disko kennenlernen, und wenn wir nur verliebt genug sind, vielleicht schon mal eine Wohnung zusammen nehmen.«

»Ich würde es mir nicht gefallen lassen, daß meine Eltern mir einen Mann aussuchen.«

»Nein, denn auch du bist ein Kind deiner Zeit. Marx betont außerdem, daß es zumeist die herrschende Klasse in einer Gesellschaft ist, die bestimmt, was falsch ist und was richtig. Denn alle Geschichte, meinte er, sei die Geschichte von *Klassenkämpfen*, das heißt von Auseinandersetzungen darüber, wem die Produktionsmittel gehören sollen.«

»Tragen denn nicht auch Gedanken und Ideen der Menschen dazu bei, die Geschichte zu verändern?«

»Ja und nein. Marx war sich darüber im klaren, daß die Verhältnisse im Überbau einer Gesellschaft auf deren Basis zurückwirken; aber er gestand dem Überbau keine selbständige Geschichte zu. Was die Geschichte von der Sklavengesellschaft der Antike bis zur Industriegesellschaft vorwärtsgetrieben hat, waren seiner Ansicht nach vor allem Veränderungen in der Basis.«

»Ja, das hast du schon gesagt.«

»In allen Phasen der Geschichte existierte Marx zufolge ein Widerspruch zwischen zwei dominierenden Gesellschaftsklassen. In der *Sklavengesellschaft* der Antike gab es den Widerspruch zwischen den freien Bürgern und den Sklaven, in der *Feudalgesellschaft* des Mittelalters den zwischen Feudalherren und Leibeigenen und später zwischen Adeligen und Bürgern. Aber zu Marx' eigener Zeit, in einer, wie er sagt, *bürgerlichen* oder *kapitalistischen Gesellschaft*, sah er den Widerspruch vor allem zwischen Kapitalisten und Arbeitern oder Proletariern – also denen, die Produktionsmittel besitzen, und denen, die keine besitzen. Und weil die Oberklasse ihre Oberherrschaft niemals freiwillig aufgebe, könne nur durch eine Revolution eine Veränderung herbeigeführt werden.«

»Wie ist es mit der kommunistischen Gesellschaft?«

»Marx beschäftigte vor allem die Frage des Übergangs von der kapitalistischen zu einer *kommunistischen Gesellschaft*. Er führt dazu eine detaillierte Analyse des kapitalistischen Produktionsweise durch. Aber ehe wir uns die ansehen, müssen wir noch etwas zu seinen Ansichten über die menschliche *Arbeit* sagen.«

»Also los.«

»Ehe er Kommunist wurde, hatte der junge Marx sich dafür interessiert, was eigentlich mit den Menschen geschieht, wenn sie arbeiten. Auch Hegel hatte das analysiert und eine Wechsel-, eine ›dialektische‹ Beziehung zwischen Mensch und Natur gesehen. So auch der junge Marx: Wenn der Mensch die Natur bearbeitet, dann wird der Mensch auch selber bearbeitet. Oder, etwas anders ausgedrückt: Wenn der Mensch arbeitet, greift er in die Natur ein und prägt sie; aber in diesem Arbeitsprozeß greift auch die Natur in den Menschen ein und prägt sein Bewußtsein.«

»Sag mir, welche Arbeit du hast, und ich sage dir, wer du bist.«

»Genau. Marx meinte: Wie wir arbeiten, prägt unser Bewußtsein, aber unser Bewußtsein prägt auch die Art und Weise, wie wir arbeiten. Du kannst sagen, daß eine Wechselbeziehung zwischen ›Hand‹ und ›Kopf‹ besteht. Auf diese Weise hängt die Erkenntnis des Menschen eng mit seiner Arbeit zusammen.«

»Dann muß es ganz schön schlimm sein, arbeitslos zu sein.«

»Ja, wer keine Arbeit hat, hängt irgendwie in der Luft. Das hat schon Hegel betont. Für Hegel und Marx ist die Arbeit etwas Positives, etwas, das zum Menschsein dazugehört.«

»Dann muß es doch auch positiv sein, Arbeiter zu sein?«

»Im Grunde ja. Aber gerade da setzt Marx' vernichtende Kritik der kapitalistischen Produktionsweise an.«

»Erzähl!«

»Im kapitalistischen System arbeitet der Arbeiter für einen anderen. Und so wird die Arbeit etwas außerhalb seiner selbst – oder etwas, das nicht ihm gehört. Der Arbeiter wird seiner eigenen Arbeit fremd – und damit auch sich selber. Er verliert seine Menschenwürde. Marx spricht mit einem hegelschen Ausdruck von *Entfremdung*.«

»Ich habe eine Tante, die seit über zwanzig Jahren in einer Fabrik Pralinen verpackt, und deshalb verstehe ich sofort, was du meinst. Sie sagt, daß sie fast jeden Morgen den Gang zur Arbeit haßt.«

»Und wenn sie ihre Arbeit haßt, Sofie, dann muß sie irgendwie auch sich selber hassen.«

»Sie haßt jedenfalls Pralinen.«

»In der kapitalistischen Gesellschaft ist die Arbeit so organisiert, daß ein Arbeiter in Wirklichkeit für eine andere Gesellschaftsklasse Sklavenarbeit verrichtet. Auf diese Weise ›entäußert‹ der Arbeiter nicht nur seine eigene Arbeitskraft, sondern sein gesamtes menschliches Dasein.«

»Ist es wirklich so schlimm?«

»Wir reden jetzt davon, wie Marx die Dinge sah. Deshalb müssen wir den Ausgang auch von den Verhältnissen in den europäischen Gesellschaften um 1850 nehmen. Und da muß die Antwort ein lautes, deutliches Ja sein. Arbeiter hatten oft einen Vierzehnstundentag in eiskalten Fabrikhallen. Die Bezahlung war oft so schlecht, daß auch Kinder und Wöchnerinnen arbeiten mußten. Das führte zu unbeschreiblichen sozialen Verhältnissen. Oft wurde ein Teil des Lohns in Form von billigem Schnaps bezahlt, und viele Frauen mußten sich prostituieren. Ihre Kunden waren dann die besseren Herren der Stadt. Kurz gesagt: Genau das, was Adelszeichen des Menschen sein sollte, die Arbeit also, machte den Arbeiter zum Tier.«

»So was macht mich wütend.«

»Marx ging das auch so. Gleichzeitig konnten die Kinder des Bürgertums nach einem erfrischenden Bad in großen, warmen Zimmern Geige spielen. Oder sie konnten sich vor einem leckeren Mittagessen mit vier Gängen ans Klavier setzen. Allerdings spielten sie oft auch abends nach einem längeren Ausritt Geige und Klavier.«

»Pfui, wie ungerecht!«

»Das meinte Marx auch. Im Jahre 1848 veröffentlichte er zusammen mit Friedrich Engels das berühmte *Kommunistische Manifest*. Der erste Satz in diesem Manifest lautet: ›Ein Gespenst geht um in Europa – das Gespenst des Kommunismus.‹«

»Ich kriege ja richtig Angst.«

»Das ging den Bürgern auch so. Denn jetzt fingen die Proletarier an, sich zu erheben. Willst du hören, wie das Manifest aufhört?«

»Gerne.«

»›Die Kommunisten verschmähen es, ihre Ansichten und Absichten zu verheimlichen. Sie erklären es offen, daß ihre Zwecke nur erreicht werden können durch den gewaltsamen Umsturz aller bisherigen Gesellschaftsordnung. Mögen die herrschenden Klassen vor einer kommunistischen Revolution zittern. Die Proletarier haben nichts in ihr zu verlieren als ihre Ketten. Sie haben eine Welt zu gewinnen. *Proletarier aller Länder, vereinigt euch!*‹«

»Wenn die Verhältnisse wirklich so schlimm waren, wie du gesagt hast, dann hätte ich das wohl auch unterschrieben. Aber heute sind sie doch wohl anders?«

»In Norwegen ja, aber nicht überall. Noch immer leben viele Menschen unter unmenschlichen Bedingungen. Gleichzeitig können sie Waren herstellen, die den Kapitalismus immer reicher machen. Das bezeichnet Marx als *Ausbeutung*.«

»Kannst du dieses Wort ein bißchen genauer erklären?«

»Wenn der Arbeiter eine Ware produziert, hat diese Ware einen gewissen Verkaufswert.«

»Ja.«

»Wenn du jetzt den Lohn des Arbeiters und andere Produktionskosten vom Verkaufswert der Ware abziehst, bleibt immer eine Summe übrig. Diese Summe nennt Marx *Mehrwert* oder Profit. Das bedeutet, daß der Kapitalist einen Wert an sich reißt, den eigentlich der Arbeiter geschaffen hat. Und das nennt Marx Ausbeutung.«

»Ich verstehe.«

»Nun kann der Kapitalist einen Teil des Profits in neues Kapital investieren – zum Beispiel in die Modernisierung der Produktionsanlagen. Das macht er, weil er hofft, die Waren noch billiger produzieren zu können. Und er hofft, daß sich dadurch in der nächsten Runde der Profit erhöht.«

»Ja, das ist logisch.«

»Ja, das hört sich logisch an. Aber weder in dieser Hinsicht noch in einigen anderen werde es auf die Dauer so gehen, wie der Kapitalist sich das vorstelle, sagte Marx voraus.«

»Wie meinte er das?«

»Marx hielt die kapitalistische Produktionsweise für widersprüchlich in sich. Der Kapitalismus war für ihn ein selbstzerstörerisches ökonomisches System, und zwar vor allem deshalb, weil ihm eine vernünftige Steuerung fehlt.«

»Das wäre dann ja fast wieder gut für die Unterdrückten.«

»So könnte man sagen. Für Marx war es jedenfalls ausgemacht, daß das kapitalistische System an seinen eigenen Widersprüchen zugrunde gehen muß. Er hielt den Kapitalismus für ›progressiv‹ – also zukunftweisend –, aber nur weil er in ihm ein notwendiges Stadium auf dem Weg zum Kommunismus sah.«

»Kannst du mir ein Beispiel dafür geben, daß der Kapitalismus selbstzerstörerisch ist?«

»Ja. Wir haben den Kapitalisten erwähnt, der eine Menge Geld übrig hat und für einen Teil dieses Überschusses seinen Betrieb modernisiert. Daneben muß er natürlich auch die Geigenstunden bezahlen, und außerdem hat sich seine Gattin gewisse teure Gewohnheiten zugelegt.«

»Ja?«

»Aber das ist in dem Zusammenhang nicht so wichtig. Er modernisiert also, das heißt, er kauft neue Maschinen und braucht deshalb nicht mehr so viele Angestellte. Das tut er, um seine Konkurrenzfähigkeit zu erhöhen.«

»Ich verstehe.«

»Aber er denkt nicht als einziger so. Das heißt, daß die gesamte Produktion in einer Branche dauernd rationalisiert und effektiviert wird. Die Fabriken werden dabei größer und größer, und sie fallen in immer weniger Hände. Und was passiert dann, Sofie?«

»Hm...«

»Dann wird weniger und weniger Arbeitskraft gebraucht. Und

immer mehr Arbeiter werden arbeitslos. Deshalb gibt es immer größere soziale Probleme, und solche *Krisen*, meint Marx, seien ein Anzeichen dafür, daß sich der Kapitalismus seinem Untergang nähert. Aber der Kapitalismus hat ihm zufolge noch mehr selbstzerstörerische Züge. Wenn immer mehr Profit an die Produktionsmittel gebunden wird, ohne gleichzeitig genug Mehrwert zu schaffen, um die Produktion zu konkurrenzfähigen Preisen aufrechtzuerhalten ... Ja? Was macht der Kapitalist dann? Kannst du mir das sagen?«

»Nein, das kann ich wirklich nicht.«

»Aber stell dir vor, du hättest eine Fabrik. Und du kommst mit den Finanzen nicht klar. Dir droht der Konkurs. Und jetzt frage ich dich: Wie kannst du Geld sparen?«

»Vielleicht könnte ich die Löhne senken?«

»Clever! Ja, das ist wirklich das cleverste, was du tun kannst. Aber wenn alle Kapitalisten genauso clever sind wie du – und das sind sie –, dann werden die Arbeiter so arm, daß sie sich nichts mehr kaufen können. Wir sagen dann, daß die Kaufkraft in einer Gesellschaft sinkt. Und nun geraten wir wirklich in einen Teufelskreis. Für das kapitalistische Privateigentum schlage genau dann die Stunde, meinte Marx, denn damit befänden wir uns in einer revolutionären Situation.«

»Ich verstehe.«

»Um es kurz zu machen: Marx glaubte, am Ende würden sich die Proletarier erheben und die Macht über die Produktionsmittel an sich reißen.«

»Und dann?«

»Marx zufolge gibt es dann für eine Weile eine neue Klassengesellschaft, in der nun die Proletarier das Bürgertum mit Gewalt unterdrücken. Diese Übergangsphase nennt Marx die *Diktatur des Proletariates*. Danach, so glaubte er, werde die Diktatur des Proletariates von einer *klassenlosen Gesellschaft*, eben dem *Kommunismus*, abgelöst. Und das sei eine Gesellschaft, in der die Produktionsmittel ›allen‹ gehörten – also dem Volk selber. In einer solchen Gesellschaft werde ›jeder nach seinen Fähigkeiten‹ arbeiten und ›jeder nach seinen Bedürfnissen‹ erhalten. Die Arbeit gehöre dann dem Volk selber, und deshalb gebe es auch keine Entfremdung mehr.«

»Das klingt ja wunderbar – aber was ist wirklich passiert? Ist eine Revolution gekommen?«

»Ja und nein. Heute können Wirtschaftswissenschaftler beweisen, daß Marx sich in mehreren wichtigen Punkten geirrt hat. Nicht zuletzt in seiner Analyse der Krisen des Kapitalismus. Marx hat auch nicht genügend auf die Ausbeutung der Natur geachtet, die wir heute als immer bedrohlicher erleben. Aber – denn es gibt ein großes Aber...«

»Ja?«

»Der Marxismus hat trotzdem zu großen Umwälzungen geführt. Es besteht kein Zweifel darüber, daß es dem *Sozialismus*, der sich in seinem Kampf um soziale Gerechtigkeit auf Marx beruft, auch wenn er ihm nicht in allem folgt und zum Beispiel die Diktatur des Proletariats ablehnt – daß es diesem Sozialismus gelungen ist, eine menschlichere Gesellschaft zu erkämpfen. Jedenfalls in Europa leben wir heute in einer gerechteren – und solidarischeren – Gesellschaft als die Menschen zu Marx' Zeiten. Und das verdanken wir nicht zuletzt der gesamten *sozialistischen Bewegung*.«

»Geht das noch ein bißchen genauer mit der sozialistischen Bewegung?«

»In der Zeit nach Marx spaltete sie sich in zwei Hauptrichtungen. Einerseits bekamen wir die *Sozialdemokratie*, andererseits den *Leninismus*. Die Sozialdemokratie, die einen schrittweisen und friedlichen Weg zu einer sozialeren und gerechteren Gesellschaftsordnung einschlagen wollte, wurde in Westeuropa führend. Wir können ihren Weg als einen der langsamen Revolution bezeichnen. Der Leninismus, der weiterhin daran glaubte, daß nur die Revolution die alte Klassengesellschaft bekämpfen könne, wurde wichtig für Osteuropa, Asien und Afrika. Jede dieser beiden Bewegungen hat auf ihre Weise gegen Not und Unterdrückung gekämpft.«

»Aber wurde nicht eine neue Form der Unterdrückung geschaffen? Zum Beispiel in der Sowjetunion und in Osteuropa?«

»Zweifellos. Und hier sehen wir wieder, daß alles, was die Menschen anfassen, eine Mischung aus Gut und Böse wird. Es wäre nur falsch, Marx für die Irrwege und Schattenseiten der sogenannten sozialistischen Länder fünfzig und hundert Jahre nach seinem Tod verantwortlich zu machen. Was man sagen kann, ist, daß er zuwenig bedacht hat, daß selbst der Kommunismus, wenn es ihn je gäbe, nicht ohne Menschen auskäme – und Menschen haben Fehler. Ein Paradies auf Erden kann ich mir darum nur schwer vorstellen. Die Menschen werden sich immer neue Probleme machen.«

»Bestimmt.«

»Und damit machen wir hinter Marx einen Punkt, Sofie.«

»Moment noch! Hast du nicht etwas davon gesagt, daß es Gerechtigkeit nur unter Gleichen gibt?«

»Nein, das hat Scrooge gesagt.«

»Woher weißt du, daß er das gesagt hat?«

»Naja – du und ich haben doch denselben Verfasser. Auf diese Weise sind wir viel enger miteinander verbunden, als es rein oberflächlich betrachtet vielleicht den Anschein hat.«

»Du verdammter Ironiker!«

»Doppelter, Sofie, denn das war doppelte Ironie.«

»Trotzdem noch mal zurück zu dieser Sache mit der Ungerechtigkeit. Du hast gesagt, daß Marx den Kapitalismus für eine ungerechte Gesellschaft hielt. Wie würdest du eine gerechte Gesellschaft definieren?«

»Ein marxistisch inspirierter Moralphilosoph, *John Rawls*, hat dazu ein interessantes Gedankenspiel vorgeschlagen: Stell dir vor, du wärst Mitglied eines Hohen Rates, der alle Gesetze einer zukünftigen Gesellschaft machen soll.«

»Ich könnte mir gut vorstellen, in so einem Rat zu sitzen.«

»Sie müssen an absolut alles denken, denn sowie sie sich geeinigt – und also die Gesetze unterschrieben – haben, fallen sie tot um.«

»O Schande!«

»Und Sekunden später werden sie in genau der Gesellschaft wieder wach, deren Gesetze sie gemacht haben. Der Trick ist nur: Sie haben keine Ahnung, *wo* in dieser Gesellschaft sie erwachen, das heißt, was ihre Position darin sein wird.«

»Ich verstehe.«

»Eine solche Gesellschaft wäre eine gerechte Gesellschaft. Denn garantiert wäre jeder, wohin er schaut, nur unter seinesgleichen.«

»Und jede unter ihresgleichen.«

»Selbstverständlich. Denn in Rawls' Spiel würde man – beziehungsweise frau – auch nicht wissen, ob er oder sie als Mann oder Frau wieder erwacht. Und da die Chance fünfzig zu fünfzig ist, wird die Gesellschaft für Frauen und Männer garantiert gleich gut eingerichtet sein.«

»Das klingt verlockend.«

»Nun sag mir – war Europa zu Marx' Lebzeiten so eine Gesellschaft?«

»Nein!«

»Aber vielleicht kannst du mir heute so eine Gesellschaft nennen?«

»Tja ... das ist die Frage.«

»Du kannst dir das ja überlegen. Erst mal kommt nichts mehr über Marx.«

»Was hast du gesagt?«

»Abschnitt!«

Darwin

... ein Boot, das mit Genen beladen durchs Leben segelt ...

Am Sonntagmorgen weckte Hilde ein lauter Knall. Der Ordner war auf den Boden gefallen. Sie hatte noch spät gelesen, wie sich Sofie und Alberto über Marx unterhielten. Dann war sie auf dem Rücken, mit dem Ordner auf der Decke, eingeschlafen. Die Leselampe über dem Bett hatte die ganze Nacht gebrannt.

Der Wecker auf dem Nachttisch zeigte in grünen Ziffern 8.59.

Hilde hatte von riesigen Fabriken und verrußten Großstädten geträumt. An einer Straßenecke hatte ein kleines Mädchen Streichhölzer verkauft. Gutangezogene Menschen in langen Mänteln waren achtlos vorübergegangen.

Als Hilde aufstand, fielen ihr die Gesetzesgeber ein, die in einer von ihnen selber eingerichteten Gesellschaft erwachen sollten. Hilde war froh, daß sie in Bjerkely wach wurde. Ob sie gerne in Norwegen erwachen würde, ohne zu wissen, wo genau oder wann? Im Mittelalter zum Beispiel – oder in einer Steinzeitgesellschaft vor zehntausend Jahren? Hilde versuchte sich vorzustellen, wie sie vor einem Höhleneingang saß. Vielleicht bearbeitete sie gerade ein Fell. Wie mochte eine Fünfzehnjährige überhaupt gelebt haben, bevor es so etwas wie Kultur gab? Wie würde *sie* denken, wenn sie diese Fünfzehnjährige wäre?

Hilde zog einen Pullover an, hob den Ordner auf und setzte sich damit ins Bett, um weiterzulesen, was ihr Vater geschrieben hatte.

Kaum hatte Alberto »Abschnitt« gesagt, als jemand an die Tür der Majorshütte klopfte.

»Wir haben wohl keine Wahl?« fragte Sofie.

»Haben wir wohl nicht«, brummte Alberto.

Draußen stand ein uralter Mann mit sehr langen Haaren und einem Bart. In der rechten Hand hielt er einen Wanderstab, in der linken ein großes Plakat, das ein Schiff zeigte. Auf dem Schiff krabbelten Tiere in allen Größen herum.

»Und wer ist der Herr?« fragte Alberto.

»Mein Name ist Noah.«

»Hab ich's mir doch gedacht.«

»Dein eigener Stammvater, mein Junge. Aber es ist wohl nicht mehr modern, sich an seine Stammväter zu erinnern?«

»Was hast du da in der Hand?« fragte Sofie.

»Ein Bild aller Tiere, die vor der großen Flut gerettet wurden. Bitte sehr, meine Tochter, das ist für dich.«

Sofie nahm das große Plakat, und der alte Mann sagte:

»Und jetzt muß ich nach Hause und die Reben gießen.«

Er machte einen kleinen Sprung, schlug in der Luft die Hacken zusammen und hüpfte in den Wald, wie das nur sehr alten Männern mit sehr guter Laune möglich ist.

Sofie und Alberto gingen wieder ins Haus und setzten sich. Sofie sah sich das große Plakat an, aber sie hatte noch nicht viel gesehen, als Alberto es ihr auch schon aus den Händen riß.

»Wir wollen uns zuerst auf die großen Linien konzentrieren.«

»Also fang an.«

»Wir haben vergessen zu erwähnen, daß Marx die letzten vierunddreißig Jahre seines Lebens in London verbrachte. Er zog 1849 dorthin und starb 1883. Während dieser ganzen Zeit wohnte auch *Charles Darwin* in der Nähe von London. Er starb 1882 und wurde als einer von Englands großen Söhnen feierlich in der Westminster Abbey beigesetzt. Aber nicht nur in Zeit und Raum kreuzen sich die Spuren von Marx und Darwin. Marx wollte die englische Ausgabe seines großen Werkes ›Das Kapital‹ gern Darwin widmen, aber Darwin lehnte das ab. Als Marx ein Jahr nach Darwin starb, meinte sein Freund Friedrich Engels: ›Wie Darwin das Gesetz der Entwicklung der organischen Natur, so entdeckte Marx das Entwicklungsgesetz der menschlichen Geschichte.›«

»Ich verstehe.«

»Ein weiterer wichtiger Denker, den man auch mit Darwin in Verbindung bringen kann, ist der Psychologe *Sigmund Freud*. Auch er verbrachte, mehr als ein halbes Jahrhundert später, seine letzten Lebensjahre in London. Freud wies darauf hin, daß Darwins Entwicklungslehre ebenso wie seine eigene Psychologie den Menschen in seiner ›naiven Eigenliebe‹ gekränkt hätten.«

»Das sind ein bißchen zu viele Namen. Reden wir jetzt von Marx, Darwin oder Freud?«

»Wenn wir es weiter fassen, können wir auch von einer *naturalistischen Strömung* sprechen, die von der Mitte des 19. Jahrhunderts bis weit in unseres hineinreichte. Unter ›Naturalismus‹ verstehen wir dabei eine Wirklichkeitsauffassung, die außer der Natur und der wahrnehmbaren Welt keine weitere Wirklichkeit akzeptiert. Ein Naturalist sieht deshalb auch den Menschen als einen Teil der Natur an. Vor allem geht ein naturalistischer Forscher nur von naturgegebenen Tatsachen aus – also weder von rationalistischen Spekulationen noch von irgendeiner Form von göttlicher Offenbarung.«

»Und das gilt sowohl für Marx als auch für Darwin und Freud?«

»Genau. Stichwörter der Philosophie und Wissenschaft in der Mitte des letzten Jahrhunderts waren ›Natur‹, ›Umwelt‹, ›Geschichte‹, ›Entwicklung‹ und ›Wachstum‹. *Marx* hatte darauf hingewiesen, daß das menschliche Bewußtsein ein Produkt der materiellen Basis einer Gesellschaft sei. *Darwin* bewies, daß der Mensch das Ergebnis einer langen biologischen Entwicklung ist, und *Freuds* Studium des Unterbewußten legte bloß, daß die Handlungen des Menschen oft gewissen ›animalischen‹ Trieben oder Instinkten zu verdanken sind, die in seiner Natur liegen.«

»Ich glaube, ich verstehe so ungefähr, was du unter Naturalismus verstehst. Aber sollten wir nicht trotzdem lieber einen nach dem anderen durchgehen?«

»Marx hatten wir. Reden wir also über Darwin. Du weißt vielleicht noch, daß die Vorsokratiker *natürliche Erklärungen* für die Naturprozesse finden wollten. Ebenso, wie sie sich dazu von alten mythologischen Erklärungen befreien mußten, mußte sich Darwin von der geltenden kirchlichen Lehre über die Erschaffung von Tier und Mensch befreien.«

»Aber war er denn wirklich ein Philosoph?«

»Darwin war Biologe und Naturforscher. Aber er war der Wissenschaftler, der in neuerer Zeit mehr als jeder andere die biblische Sicht vom Platz des Menschen in der Schöpfung ins Wanken gebracht hat.«

»Dann wirst du jetzt wohl etwas über Darwins Entwicklungslehre erzählen.«

»Wir fangen mit Darwin selber an. Er wurde 1809 im Städtchen Shrewsbury geboren. Sein Vater, Dr. Robert Darwin, war im Ort ein bekannter Arzt und erzog seinen Sohn sehr streng. Als Charles in Shrewsbury die höhere Schule besuchte, bezeichnete der Rektor ihn als Jungen, der sich herumtreibe, Unsinn rede, sinnlos protze und nichts Vernünftiges leiste. Unter ›vernünftig‹ verstand dieser Rektor das Büffeln von griechischen und lateinischen Vokabeln. Und wenn er vom Herumtreiben sprach, dachte er unter anderem daran, daß Charles alle Arten von Käfern sammelte.«

»Diese Worte hat er sicher noch bereut.«

»Auch während seines Theologiestudiums interessierte Darwin sich mehr für Vögel und Insekten als für sein Studium. Deshalb legte er in Theologie auch kein gutes Examen ab. Aber neben seinem Theologiestudium konnte er sich doch einen gewissen Ruf als Naturforscher erarbeiten. Nicht zuletzt interessierte er sich für Geologie, was damals vielleicht die expansivste Wissenschaft war. Nachdem er im April 1831 in Cambridge sein Examen in Theologie abgelegt hatte, fuhr er durch Nordwales, um Bergformationen zu studieren und Fossilien zu suchen. Im August desselben Jahres, mit nur zweiundzwanzig Jahren, erhielt er einen Brief, der den ganzen Rest seines Lebens bestimmen sollte...«

»Was stand in diesem Brief?«

»Der Brief stammte von seinem Freund und Lehrer John Steven Henslow. Er schrieb, er sei gebeten worden, einem Kapitän Fitzroy, der im Regierungsauftrag Südamerikas Südspitze kartieren sollte, einen Naturforscher zu empfehlen, und er habe erklärt, daß er Darwin für die bestqualifizierte Person für einen solchen Auftrag halte. Über das Gehalt für den gesuchten Forscher wisse er nichts, aber die Reise werde zwei Jahre dauern...«

»Was du dir alles merken kannst!«

»Eine Bagatelle, Sofie.«

»Und er hat ja gesagt?«

»Er hatte riesige Lust, die Gelegenheit wahrzunehmen, aber damals taten junge Männer nichts ohne Zustimmung ihrer Eltern. Darwin fragte seinen Vater, und der stimmte nach langem Hin und Her zu – worauf er auch noch die Reise seines Sohnes bezahlen mußte. Was das Gehalt betraf, stellte sich nämlich heraus, daß überhaupt keins vorgesehen war...«

»Oh...«

»Das Schiff gehörte der Marine und hieß *H. M. S. Beagle*. Am 27. Dezember 1831 stach die Beagle von Plymouth aus mit Kurs nach Südamerika in See, und sie kehrte erst im Oktober 1836 nach England zurück. Aus den zwei Jahren wurden also fünf. Aber schließlich wurde auch aus der Fahrt nach Südamerika eine ganze Weltreise. Und wir reden hier über die allerwichtigste Forschungsreise neuerer Zeit.«

»Sind sie wirklich um die ganze Welt gesegelt?«

»Im wahrsten Sinne des Wortes, ja. Von Südamerika ging die Reise weiter durch den Pazifik nach Neuseeland, Australien und Südafrika. Von dort aus segelten sie noch einmal nach Südamerika, um endlich nach England zurückzukehren. Darwin selber hat die Fahrt mit der Beagle als das wirklich bedeutungsvollste Ereignis seines ganzen Lebens bezeichnet.«

»Es war wohl nicht so leicht, auf dem Meer Naturforscher zu sein?«

»Aber während der ersten Jahre fuhr die Beagle an der südamerikanischen Küste hin und her. Das gab Darwin viele Möglichkeiten, sich auch an Land mit diesem Erdteil vertraut zu machen. Von entscheidender Bedeutung waren außerdem die vielen Stippvisiten auf den Galapagosinseln im Stillen Ozean westlich von Südamerika. Auf diese Weise konnte er reiches Material sammeln, das nach und nach in die Heimat geschickt wurde. Seine vielen Überlegungen über die Natur und die Geschichte des Lebens behielt er allerdings für sich. Als er mit nur siebenundzwanzig Jahren nach Hause zurückkam, war er bereits ein berühmter Naturforscher. Und insgeheim hatte er auch schon eine klare Vorstellung von dem, was einmal seine Entwicklungstheorie werden sollte. Trotzdem dauerte es noch viele Jahre, bis er sein Hauptwerk veröffentlichte. Denn Darwin war ein vorsichtiger Mann, Sofie. Und das gehört sich ja auch so für einen Naturforscher.«

»Wie hieß dieses Hauptwerk?«

»Naja, es gab mehrere. Aber das Buch, das in England die wütendsten Debatten hervorrief, war ›Die Entstehung der Arten‹, das 1859 erschien. Sein vollständiger Titel lautete: ›On the Origin of Species by Means of Natural Selection or the Preservation of Favoured Races in the Struggle for Life‹. Dieser lange Titel ist im Grunde eine Zusammenfassung von Darwins Theorie.«

»Dann solltest du ihn mir wirklich übersetzen.«

»Das ist gar nicht so einfach, denn die darin vorkommenden Begriffe wurden seither verschieden übersetzt. Eine heutige Übersetzung könnte lauten: ›Über die Entstehung der Arten durch natürliche Auslese oder das Erhaltenbleiben der begünstigten Rassen im Kampf ums Dasein‹. Statt ›natürliche Auslese‹ sagt man aber auch ›natürliche Zuchtwahl‹, statt ›Erhaltenbleiben‹ ›Überleben‹, und manche meinen, statt ›Kampf ums Dasein‹ solle man, weil es so kriegerisch klingt, besser ›Ringen um die Existenz‹ sagen.«

»Jedenfalls ist es wirklich ein inhaltsreicher Titel.«

»Wir nehmen ihn uns Stückchen für Stückchen vor. In der ›Entstehung der Arten‹ trug Darwin zwei Theorien oder Hauptthesen vor: Erstens ging er davon aus, daß alle jetzt lebenden Pflanzen und Tiere von früheren, primitiveren Formen abstammen. Er setzte also eine biologische Entwicklung voraus. Zweitens erklärte er, daß diese Entwicklung der ›natürlichen Auslese‹ zu verdanken sei.«

»Weil die Stärksten überleben, ja?«

»Wir wollen uns zuerst auf den eigentlichen Entwicklungsgedanken konzentrieren. Der allein war nämlich nicht besonders originell. In gewissen Kreisen war die Annahme einer biologischen Entwicklung bereits um das Jahr 1800 recht verbreitet. Tonangebend war darin der französische Zoologe *Jean de Lamarck*. Noch vor ihm hatte Darwins Großvater, *Erasmus Darwin*, die Theorie aufgestellt, daß Pflanzen und Tiere sich aus einigen wenigen primitiven Arten entwickelt hätten. Aber keiner hatte eine akzeptable Erklärung dafür liefern können, *wie* eine solche Entwicklung vor sich gegangen sein sollte. Und deshalb waren sie für die Kirchenmänner auch keine so gefährlichen Widersacher.«

»Im Gegensatz zu Darwin?«

»Ja, und das hatte seinen Grund. Sowohl die Kirchenleute als auch viele Wissenschaftler hielten sich an die biblische Lehre, nach der die verschiedenen Pflanzen- und Tierarten unveränderlich sind. Sie gingen davon aus, daß jede einzelne Tierart ein für allemal durch einen besonderen Schöpfungsakt entstanden war. Diese christliche Anschauung stimmte dazu noch mit denen von Platon und Aristoteles überein.«

»Wie denn?«

»Platons Ideenlehre ging ja davon aus, daß alle Tierarten unveränderlich waren, da sie nach dem Muster der jeweils ewigen Idee oder Form geschaffen waren. Daß die Tierarten unveränderlich waren, war auch in Aristoteles' Philosophie ein Grundelement. Aber gerade zu Darwins Zeit wurden einige Beobachtungen und Funde gemacht, die diese traditionelle Auffassung auf eine neue Probe stellten.«

»Was waren das für Beobachtungen und Funde?«

»Erstens wurden immer neue Fossilienfunde gemacht, und

zweitens fand man große Skelettreste ausgestorbener Tiere. Darwin selber wunderte sich außerdem darüber, daß in Gebirgen Reste von Meerestieren entdeckt wurden. In Südamerika hatte er hoch oben in den Anden selber solche Entdeckungen gemacht. Was aber haben Meerestiere hoch oben in den Anden verloren, Sofie? Kannst du mir das beantworten?«

»Nein.«

»Einige meinten, Menschen oder Tiere hätten sie dort hinterlassen. Andere meinten, Gott habe solche Fossilien und Reste von Meerestieren geschaffen, um die Gottlosen in die Irre zu führen.«

»Was meinte die Wissenschaft?«

»Die meisten Geologen hielten sich an eine ›Katastrophentheorie‹, nach der die Erde mehrmals von großen Überschwemmungen, Erdbeben und anderen Katastrophen heimgesucht worden war, die alles Leben ausgerottet hatten. Eine solche Katastrophe gibt es ja auch in der Bibel: die große Sintflut, wegen der Noah seine Arche baute. Nach jeder Katastrophe, so wurde gelehrt, habe Gott dann das irdische Leben erneuert, indem er neue – und vollkommenere – Pflanzen und Tiere schuf.«

»Dann wären die Fossilien Abdrücke all der früheren Lebensformen, die durch solche gewaltigen Katastrophen ausgerottet worden waren?«

»Genau. Es hieß zum Beispiel, die Fossilien seien die Abdrücke von Tieren, für die in der Arche kein Platz mehr gewesen sei. Aber als Darwin mit der Beagle losfuhr, nahm er den ersten Band des Werkes ›Principles of Geology‹ des englischen Geologen *Charles Lyell* mit. Der hielt die heutige Geographie der Erde – mit hohen Bergen und tiefen Tälern – für das Resultat einer unendlich langen und langsamen Entwicklung und erklärte, auch sehr kleine Veränderungen könnten zu großen geographischen Umwälzungen führen, wenn man nur die langen Zeiträume mit in Betracht ziehe.«

»An was für Veränderungen dachte er da?«

»Er dachte an dieselben Kräfte, die noch heute wirken: an

Wetter und Wind, Eisschmelze, Erdbeben und Erdstöße. Es heißt ja, daß steter Tropfen den Stein höhlt – nicht durch seine Kraft, sondern durch seine Stetigkeit. Lyell glaubte, solche kleinen, schrittweisen Veränderungen über einen langen Zeitraum könnten die Natur vollständig verändern. Und Darwin ahnte, dieser Gedanke könnte nicht nur erklären, warum er hoch oben in den Anden Reste von Seetieren fand. Er vergaß sein ganzes Forscherleben lang nie, daß *kleine, schrittweise Veränderungen* zu dramatischen Umwälzungen führen können, wenn man den Faktor Zeit mitbedenkt.«

»Er dachte, eine ähnliche Erklärung könnte sich auch auf die Entwicklung der Tiere anwenden lassen?«

»Ja, diese Frage stellte er sich. Aber wie gesagt: Darwin war ein vorsichtiger Mann. Er stellte sich die Fragen lange, ehe er sich an die Antworten herantraute. Auf diese Weise verwendete er die Methode aller echten Philosophen, die besagt: Fragen ist wichtig, aber mit der Antwort eilt es nicht immer.«

»Ich verstehe.«

»Ein entscheidender Faktor in Lyells Theorie war das Alter der Erde. In weiten Kreisen wurde zu Darwins Zeiten angenommen, daß Gott vor ungefähr sechstausend Jahren die Erde erschaffen habe. Diese Zahl hatte man errechnet, indem man alle Generationen von Adam und Eva bis zur Gegenwart durchgezählt hatte.«

»Naiv!«

»Nachher ist man immer klüger. Darwin setzte das Alter der Erde auf 300 Millionen Jahre an. Denn eins stand fest: Weder Lyells Theorie der schrittweisen geologischen Entwicklung noch Darwins eigene Entwicklungstheorie ergaben einen Sinn, wenn man nicht mit ungeheuer langen Zeiträumen rechnete.«

»Wie alt ist die Erde?«

»Heute wissen wir, daß die Erde einige Milliarden Jahre alt ist.«

»Das reicht ja wohl auch...«

»Bisher haben wir uns auf eines von Darwins Argumenten für

eine biologische Entwicklung konzentriert. Und zwar auf das schichtweise *Vorkommen von Fossilien* in verschiedenen Gesteinsformationen. Ein anderes Argument war die *geographische Verteilung* der lebenden Arten. Hier erbrachte Darwins eigene Forschungsreise neues und ungeheuer reiches Material. Er hatte mit eigenen Augen gesehen, daß die verschiedenen Tierarten einer Region sich durch winzige Details voneinander unterscheiden konnten. Nicht zuletzt auf den Galapagosinseln im Westen von Ecuador machte er einige interessante Beobachtungen.«

»Erzähl!«

»Wir sprechen von einer dicht beieinanderliegenden Gruppe von vulkanischen Inseln. Große Unterschiede in Flora und Fauna gab es deshalb nicht. Aber gerade die kleinen Unterschiede interessierten Darwin ja schließlich. Auf allen Inseln stieß er auf große Elefantenschildkröten, aber von Insel zu Insel waren sie auch immer ein *bißchen* anders. Ob Gott wirklich für jede einzelne Insel eine eigene Rasse von Elefantenschildkröten geschaffen hatte?«

»Wohl kaum.«

»Noch wichtiger war, was Darwin an der Vogelwelt von Galapagos beobachtete. Von Insel zu Insel variierten die Finkenarten – nicht zuletzt erkennbar an ihrer je eigenen Schnabelform. Darwin konnte beweisen, daß diese Variationen eng damit zusammenhingen, wie sich die Finken auf den verschiedenen Inseln ernährten. Der scharfschnäblige Erdfink lebte von Piniensamen, der kleine Singfink von Insekten, der Hackfink von Insekten, die an Stämmen und auf Zweigen lebten ... Jede einzelne dieser Arten hatte einen Schnabel, der perfekt zu ihrer Nahrungsaufnahme paßte. Konnten alle diese Finken von ein und derselben Finkenart abstammen? Hatte sich diese Finkenart dann im Laufe der Jahre ihrer Umwelt auf den verschiedenen Inseln so angepaßt, daß am Ende mehrere neue Finkenarten entstanden waren?«

»Zu der Überzeugung kam er dann wohl?«

»Ja, wahrscheinlich wurde Darwin erst auf den Galapagosinseln zum ›Darwinisten‹. Ihm fiel auch auf, daß die Fauna auf dieser kleinen Inselgruppe große Ähnlichkeiten mit vielen Arten aufwies, die er in Südamerika gesehen hatte. Hatte Gott wirklich ein für allemal diese Tiere leicht unterschiedlich voneinander geschaffen – oder hatte es eine Entwicklung gegeben? Mehr und mehr kamen ihm Zweifel daran, daß die Arten unveränderlich sein sollten. Aber ihm fehlte noch eine gute Erklärung dafür, *wie* eine eventuelle Entwicklung oder Anpassung an die Umwelt vor sich gehen konnte. Was er besaß, war ein Argument dafür, daß alle Tiere auf der Welt verwandt waren.«

»Ja?«

»Das war die Entwicklung des Embryos bei Säugetieren. Wenn du die Embryonen von Hund, Fledermaus, Kaninchen und Mensch im selben frühen Stadium miteinander vergleichst, dann siehst du fast keinen Unterschied. Erst in einem sehr späten Stadium der Embryo-Entwicklung kannst du Menschen- und Kaninchen-Embryos voneinander unterscheiden. Sollte das kein Zeichen dafür sein, daß wir entfernte Verwandte sind?«

»Aber er fand noch immer keine Erklärung dafür, *wie* die Entwicklung zu den unterschiedlichsten Arten verlaufen sein konnte?«

»Immer wieder machte er sich Gedanken über Lyells Theorie der winzigen Veränderungen, die im Laufe der Zeit große Wirkungen haben konnten. Aber er fand keine Erklärung, die als universelles Prinzip gelten konnte. Er kannte natürlich die Theorie von Lamarck. Lamarck hatte erkannt, daß die verschiedenen Tierarten genau das entwickelt hatten, was sie brauchten. Und er glaubte, die Giraffen hätten zum Beispiel so einen langen Hals, weil sie sich viele Generationen lang nach den Blättern in den Bäumen gereckt hatten. Lamarck meinte also, daß Eigenschaften, die das einzelne Individuum durch eigene Anstrengung erwirbt, an die Nachkommenschaft vererbt werden. Aber diese Lehre, daß die ›erworbenen Eigenschaften‹ erblich sein sollten, wies Darwin zurück – eben weil Lamarck seine kühnen Behauptungen nicht beweisen konnte. Aber jetzt gab es etwas anderes –

und viel Näherliegendes –, an das Darwin immer öfter dachte. Du kannst fast sagen, daß der eigentliche Mechanismus für die Entwicklung der Arten direkt vor seiner Nase lag.«

»Ich bin schon sehr gespannt.«

»Aber du sollst diesen Mechanismus selber entdecken. Deshalb frage ich: Wenn du drei Kühe hast, aber nur für zwei genug Futter, was machst du dann?«

»Dann muß ich vielleicht eine Kuh schlachten?«

»Genau ... und welche Kuh würdest du schlachten?«

»Sicher die, die am wenigsten Milch gibt?«

»Meinst du wirklich?«

»Ja, das ist doch logisch.«

»Und genau das machen die Menschen schon seit Jahrtausenden. Aber wir sind mit den beiden Kühen noch nicht fertig. Angenommen, du willst eine davon decken lassen. Welche suchst du dafür aus?«

»Die, die am meisten Milch gibt. Dann wird nämlich das Kalb sicher auch eine gute Milchkuh.«

»Dir sind gute Milchkühe also lieber als schlechte? Dann brauchen wir nur noch eine Aufgabe. Wenn du gerne jagst und zwei Schweißhunde hast, aber einen davon hergeben mußt, welchen Hund würdest du dann behalten?«

»Ich würde natürlich den behalten, der die beste Witterung für das Wild hat, das ich jagen will.«

»Dir wäre also der bessere Schweißhund lieber, ja. Und so, Sofie, betreiben die Menschen seit über zehntausend Jahren Tierzucht. Die Hühner haben nicht immer fünf Eier die Woche gelegt, die Schafe hatten nicht immer soviel Wolle, und die Pferde waren nicht immer gleich stark und schnell. Aber die Menschen haben eine *künstliche* Auswahl getroffen. Das gilt auch für das Pflanzenreich. Man setzt keine schlechten Kartoffeln, wenn man bessere Setzlinge bekommen kann. Man macht sich nicht die Mühe, kornlose Ähren zu schneiden. Darwin erklärt, daß keine zwei Kühe, keine zwei Ähren, keine zwei Hunde und keine zwei Finken ganz gleich sind. Die Natur weist eine enorme Variationsbreite auf. Sogar innerhalb ein und derselben Art gibt es keine zwei ganz gleichen Individuen. Das hast du vielleicht erfahren, als du aus der blauen Flasche getrunken hast.«

»Ja, das kann ich dir sagen!«

»Darwin mußte sich nun fragen: Könnte es wohl auch in der Natur einen entsprechenden Mechanismus geben? Könnte es möglich sein, daß auch die Natur eine solche, dann ›natürliche‹ Auswahl von Individuen trifft, die groß werden dürfen? Und nicht zuletzt: Könnte so ein Mechanismus über sehr lange Zeit ganz neue Pflanzen- und Tierarten entstehen lassen?«

»Ich tippe, die Antwort ist ja.«

»Noch immer konnte Darwin sich nicht recht vorstellen, wie eine ›natürliche‹ Auswahl vor sich gehen sollte. Aber im Oktober 1838 – genau zwei Jahre nach seiner Heimkehr mit der Beagle – fiel ihm zufällig ein kleines Buch des Bevölkerungsexperten *Thomas Malthus* in die Hände. Das Buch hieß ›An Essay on the Principle of Population‹. Der Amerikaner *Benjamin Franklin*, der unter anderem den Blitzableiter erfunden hatte, hatte Malthus auf die Idee zu diesem Buch gebracht. Franklin hatte darauf hingewiesen, daß es auch in der Natur begrenzende Faktoren geben müsse, denn sonst hätte sich irgendwann eine einzelne Pflanzen- oder Tierart über die ganze Erde verbreitet. Nur dadurch, daß es verschiedene Arten gebe, hielten sie einander in Schach.«

»Ich verstehe.«

»Malthus führte diesen Gedanken weiter und wandte ihn auf die Bevölkerungssituation der Erde an. Er erklärte, die Vermehrungsfähigkeit der Menschen sei so groß, daß immer mehr Kinder geboren würden, als überhaupt erwachsen werden könnten. Und da die Nahrungsmittelproduktion niemals mit dem Bevölkerungszuwachs Schritt halten könne, sei eine große Anzahl von Menschen dazu verdammt, im Kampf ums Dasein unterzugehen. Wer erwachsen werde – und damit den Bestand seiner Familie sichere –, gehöre zu denen, die sich im Überlebenskampf am besten durchgesetzt haben.«

»Das klingt logisch.«

»Und genau das war der universelle Mechanismus, nach dem Darwin gesucht hatte. Plötzlich hatte er eine Erklärung dafür, wie die Entwicklung verläuft. Verantwortlich dafür ist die *natürliche Auslese* im Kampf ums Dasein – wer der Umwelt am besten angepaßt ist, wird überleben und seiner Art den Bestand sichern. Das war die zweite Theorie, die er in seinem Buch ›Die Entstehung der Arten‹ veröffentlicht hat. Er schrieb: ›Der Elefant vermehrt sich langsamer als alle anderen Tiere, und ich habe mir die Mühe gemacht, das wahrscheinliche Minimum seiner natürlichen Vermehrung zu berechnen. Man kann als ziemlich sicher annehmen, daß er nach dreißig Jahren seine Fortpflanzung beginnt und sie bis zum neunzigsten Lebensjahr fortsetzt, daß er während dieser Zeit sechs Junge hervorbringt und bis zum hundertsten Jahre lebt. In diesem Falle würde es nach Verlauf von 740 bis 750 Jahren etwa 19 Millionen Elefanten als Abkömmlinge eines Paares geben.‹«

»Ganz zu schweigen von den Tausenden von Eiern eines einzigen Kabeljaus.«

»Weiterhin erklärte Darwin, daß der Kampf ums Überleben zwischen den Arten, die einander am nächsten stehen, oft am härtesten ist. Sie müssen ja um dieselbe Nahrung kämpfen. Und dann sind es die kleinen Unterschiede – also die kleinen positiven Abweichungen vom Durchschnitt –, die den Ausschlag geben. Je härter der Kampf ums Dasein wird, desto schneller verläuft die Entwicklung neuer Arten. Dann überleben nur die Allerbestangepaßten, während alle anderen aussterben.«

»Je weniger Nahrung und je mehr Nachwuchs es gibt, desto schneller läuft also die Entwicklung?«

»Aber es ist nicht nur von Nahrung die Rede. Es kann ebenso wichtig sein, nicht von anderen Tieren gefressen zu werden. Es kann zum Beispiel von Vorteil sein, eine bestimmte Tarnfarbe zu haben, schnell laufen zu können, feindliche Tiere zu registrieren – oder wenigstens schlecht zu schmecken. Ein Gift, das Raubtiere tötet, ist auch nicht zu verachten. Es ist doch kein Zufall, daß viele Kakteen giftig sind, Sofie. In der Wüste wachsen ja fast nur Kakteen. Und deshalb sind sie pflanzenfressenden Tieren besonders ausgeliefert.«

»Außerdem haben die meisten Kakteen Stacheln.«

»Von grundlegender Bedeutung ist natürlich auch die Fortpflanzungsfähigkeit. Darwin studierte sehr ausgiebig, wie sinnreich die Bestäubung der Pflanzen sein kann. Die Pflanzen strahlen ihre schönen Farben aus und senden ihre süßen Düfte, um Insekten herbeizulocken, die bei der Bestäubung helfen. Aus demselben Grunde lassen Vögel ihre schönen Triller hören. Ein gemächlicher oder melancholischer Stier interessiert sich nicht für Kühe und ist deshalb in der Familiengeschichte völlig uninteressant. Schließlich ist es die einzige Aufgabe des Individuums, die Geschlechtsreife zu erreichen und sich fortzupflanzen, damit die Sippe Bestand hat. Es ist wie ein langer Staffellauf. Wer aus irgendeinem Grunde seine Erbanlagen nicht weitergeben kann, wird immer ausgesondert werden. Auf diese Weise veredelt sich die Sippe ständig. Vor allem ist auch die Widerstandsfähigkeit gegen Krankheiten so eine Eigenschaft, die in den überlebenden Varianten aufbewahrt wird.«

»Also wird alles immer besser?«

»Die ständige Auswahl sorgt dafür, daß die, die einer bestimmten Umwelt – oder einer bestimmten ökologischen Nische – am besten angepaßt sind, auf die Dauer in dieser Umwelt überleben. Aber was in einer Umwelt ein Vorteil ist, kann in einer anderen wirkungslos sein. Für einige der Finken auf den Galapagosinseln war ihre Flugfähigkeit sehr wichtig. Aber ein tüchtiger Flieger zu sein, ist weniger wichtig, wenn die Nahrung aus dem Boden gebuddelt werden muß und es keine Raubtiere gibt. Eben weil es in der Natur so viele verschiedene Nischen gibt, haben sich im Laufe der Zeit so viele verschiedene Tierarten entwickelt.«

»Aber es gibt nur eine Menschenart.«

»Ja, denn die Menschen haben die phantastische Fähigkeit, sich den unterschiedlichsten Lebensbedingungen anzupassen. Darüber wunderte Darwin sich, als er sah, wie die Indianer auf

Feuerland im kalten Klima überleben konnten. Wenn die Menschen am Äquator eine dunklere Haut haben als die Einwohner der nördlichen Länder, dann liegt das daran, daß die dunkle Haut vor dem Sonnenlicht schützt. Weiße Menschen, die sich viel in der Sonne aufhalten, bekommen zum Beispiel viel leichter Hautkrebs.«

»Ist eine weiße Haut auch ein Vorteil, wenn man in einem nördlichen Land wohnt?«

»Sicher, sonst hätten die Menschen überall eine dunkle Haut. Aber ein weißer Hauttyp bildet leichter Sonnenvitamine, und das ist wichtig, wenn die Sonne nicht oft scheint. Heute ist das nicht mehr so wichtig, weil wir durch die Nahrung genug Sonnenvitamine aufnehmen können. Aber in der Natur gibt es keine Zufälle. Alles geht auf winzige Veränderungen zurück, die über zahllose Generationen hinweg wirken.«

»Eigentlich ist das ein ziemlich phantastischer Gedanke.«

»Ja, nicht wahr? Also können wir vorläufig Darwins Entwicklungslehre so zusammenfassen ...«

»Komm schon!«

»... daß wir sagen: Ständige *Variationen* unter den Individuen ein und derselben Art und hohe *Geburtenraten* bilden den Rohstoff oder das Material für die Entwicklung des Lebens auf der Erde. Die *natürliche Auslese* im Kampf ums Dasein ist der Mechanismus oder die Triebkraft hinter dieser Entwicklung. Die natürliche Auslese sorgt dafür, daß immer die Stärksten oder Bestangepaßten überleben.«

»Ich finde, das klingt genauso logisch wie eine Rechenaufgabe. Wie wurde das Buch über die Entstehung der Arten aufgenommen?«

»Es gab ein wütendes Geschrei. Die Kirche protestierte aufs schärfste, und die Wissenschaftsszene in England spaltete sich. Eigentlich war das kein Wunder, denn Darwin hatte immerhin Gott den Schöpfungsakt streitig gemacht. Einige wenige Besonnene wiesen allerdings auch darauf hin, daß es doch wohl eine viel größere Leistung sei, etwas mit einer eingebauten Entwicklungsmöglichkeit zu erschaffen, als etwas, was ein für allemal in allen Einzelheiten festgelegt sei.«

Plötzlich sprang Sofie aus ihrem Sessel auf.

»Schau, da!« rief sie.

Sie zeigte aus dem Fenster. Unten am See gingen ein Mann und eine Frau Hand in Hand spazieren. Sie waren splitternackt.

»Das sind Adam und Eva«, sagte Alberto. »Sie mußten sich gerade damit abfinden, ihr Schicksal mit Rotkäppchen und Alice im Wunderland zu teilen, deshalb tauchen sie hier auf.«

Sofie trat ans Fenster und sah ihnen nach, während sie hinter den Bäumen verschwanden.

»Darwin meinte doch, daß sich auch die Menschen aus den Tieren entwickelt haben?«

»1871 veröffentlichte er das Buch ›The Descent of Man‹ – ›Die Abstammung des Menschen‹. Darin weist er auf die großen Ähnlichkeiten zwischen Menschen und Tieren hin und erklärt, daß sich Menschen und Menschenaffen irgendwann von gemeinsamen Stammeltern wegentwickelt haben müssen. Inzwischen waren auch die ersten fossilen Schädel eines ausgestorbenen Menschentyps gefunden worden, zuerst in einem Steinbruch im Felsen von Gibraltar und einige Jahre darauf im Neandertal im Rheinland. Witzigerweise kam es 1871 zu wesentlich weniger Protesten als 1859 beim Erscheinen der ›Entstehung der Arten‹. Aber schon das erste Buch hatte ja angedeutet, daß der Mensch vom Affen herstammt. Und wie gesagt: Als Darwin 1882 starb, wurde er als Pionier der Wissenschaft feierlich bestattet.«

»Also ist er zum Schluß doch zu Ruhm und Ehren gelangt?«

»Ja, zum Schluß. Aber zuerst wurde er als der gefährlichste Mann in England bezeichnet.«

»Du meine Güte!«

»›Wir wollen hoffen, daß es nicht wahr ist‹, soll eine vornehme Dame gesagt haben, ›wenn aber doch, dann wollen wir hoffen, daß es nicht allgemein bekannt wird.‹ Ein bekannter Wissenschaftler sagte etwas Ähnliches: ›Eine demütigende Entdeckung, und je weniger davon die Rede ist, desto besser.‹«

»Damit hätten sie ja fast den Beweis dafür erbracht, daß der Mensch vom Vogel Strauß abstammt!«

»Ja, das kannst du wohl sagen. Aber hinterher ist man eben immer klüger. Ganz plötzlich fühlten viele sich gezwungen, ihre Vorstellungen über den Schöpfungsbericht der Bibel zu revidieren. Der junge Autor *John Ruskin* drückte das so aus: ›Wenn die Geologen mich nur in Ruhe lassen würden! Am Ende jeden Bibelverses höre ich ihre Hammerschläge.‹«

»Und die Hammerschläge waren die Zweifel an Gottes Wort?«

»So hat er das wohl gemeint. Denn nicht nur das wortwörtliche Verständnis des biblischen Schöpfungsberichtes war damit erledigt. Darwins Theorie besagte auch, daß im Grunde völlig *zufällige* Variationen am Ende den Menschen hervorgebracht hätten. Und mehr noch, Darwin hatte den Menschen zum Ergebnis eines schnöden ›Kampfes ums Dasein‹ gemacht.«

»Hat Darwin etwas darüber gesagt, wie solche zufälligen Variationen entstehen?«

»Jetzt berührst du den schwächsten Punkt in seiner Theorie. Darwin hatte nur sehr vage Vorstellungen über die Vererbung. Einiges verschwindet ja bei der Kreuzung. Ein Elternpaar bekommt nie zwei gleiche Kinder. Bereits dabei kommt es zu einer gewissen Variation. Andererseits kann auf diese Weise kaum etwas wirklich Neues entstehen. Es gibt außerdem Pflanzen und Tiere, die sich durch Knospung oder einfache Zellteilung vermehren. Bei der Frage, wie die Variationen entstehen, hat erst der sogenannte *Neodarwinismus* Darwins Theorie komplettiert.«

»Erzähl!«

»Alles Leben und alle Vermehrung dreht sich im Grunde um Zellteilung. Wenn sich eine Zelle teilt, entstehen zwei genau gleiche Zellen mit genau demselben Erbmaterial. Unter Zellteilung verstehen wir also, daß eine Zelle sich selber kopiert.«

»Ja?«

»Aber manchmal kommt es bei diesem Prozeß zu winzigen Fehlern – und deshalb wird die kopierte Zelle dann doch nicht genauso wie die Mutterzelle. Das bezeichnet die moderne Biologie als *Mutation*. Solche Mutationen können völlig unbedeutend sein; sie können aber auch zu klaren Veränderungen in den Eigenschaften des Individuums führen. Sie können direkt schädlich sein, und diese ›Mutanten‹ werden aus der großen Nachkommenschaft immer wieder ausgemerzt. Auch viele Krankheiten gehen im Grunde auf eine Mutation zurück. Aber manchmal kann eine Mutation einem Individuum auch gerade die positive Eigenschaft liefern, die dieses Individuum braucht, um sich im Kampf ums Dasein besser durchsetzen zu können.«

»Einen längeren Hals, zum Beispiel?«

»Lamarcks Erklärung für den langen Hals der Giraffe war ja, daß sich die Giraffen immer wieder gereckt hätten. Aber dem Darwinismus zufolge lassen erworbene Eigenschaften sich nicht vererben. Darwin hielt den langen Hals der Giraffen für eine natürliche Variation der Hälse ihrer Stammeltern. Der Neodarwinismus komplettiert das durch den Hinweis auf eine klare *Ursache* für das Zustandekommen solcher Variationen.«

»Nämlich die Mutationen.«

»Ja, ganz zufällige Veränderungen der Erbmasse haben einigen Stammeltern der Giraffen einen etwas überdurchschnittlich langen Hals verpaßt. Wenn es nicht genug zu essen gab, konnte das durchaus wichtig sein. Wer am höchsten in die Bäume hinaufreichte, kam am besten zurecht. Wir können uns außerdem vorstellen, daß einige dieser ›Urgiraffen‹ die Fähigkeit entwickelten, Nahrung aus dem Boden zu buddeln. Nach langer Zeit kann sich also eine ausgestorbene Tierart in zwei verschiedene neue Tierarten aufspalten.«

»Ich verstehe.«

»Wir nehmen uns ein paar etwas neuere Beispiele dafür vor, wie die natürliche Auslese vor sich geht. Das Prinzip ist ja sehr einfach.«

»Schieß los!«

»In England lebt eine bestimmte Schmetterlingsart, die *Birkenmesser* genannt wird. Wie der Name schon andeutet, leben sie auf den hellen Birkenstämmen. Wenn wir ins 18. Jahrhundert zurückgehen, dann stellen wir fest, daß damals die allermeisten Birkenmesser hell gefärbt waren. Warum waren sie das, Sofie?«

»Dann konnten hungrige Vögel sie nicht so leicht entdecken.«

»Aber ab und zu kamen auch einige dunkle Exemplare zur Welt. Das lag an rein zufälligen Mutationen. Und was, glaubst du, wurde aus den dunklen Varianten?«

»Sie waren leichter zu entdecken, und deshalb konnten hungrige Vögel sie auch leichter erwischen.«

»Denn in dieser Umwelt – also auf den hellen Birkenstämmen – war die dunkle Farbe eine ungünstige Eigenschaft. Deshalb vermehrten sich immer nur die weißen Birkenmesser. Aber dann veränderte sich die Umwelt. Durch die Industrialisierung färbten sich in vielen Gegenden die weißen Stämme schwarz. Und was glaubst du, was jetzt mit den Birkenmessern passierte?«

»Jetzt kamen wohl die dunklen Exemplare am besten zurecht?«

»Ja, und es dauerte nicht lange, bis sie sich vermehrten. Zwischen 1848 und 1948 stieg in einigen Gegenden der Anteil schwarzer Birkenmesser von einem auf 99 Prozent. Die Umwelt hatte sich geändert, und die helle Farbe war kein Vorteil mehr im Kampf ums Dasein. Eher war das Gegenteil der Fall. Die weißen ›Verlierer‹ wurden mit Hilfe der Vögel sofort getilgt, wenn sie sich an den Stämmen zeigten. Aber wieder kam dann eine wichtige Veränderung. Weniger Kohleverwendung und bessere Filteranlagen haben die Umwelt in den letzten Jahren wieder sauberer werden lassen.«

»Und jetzt sind die Birkenstämme wieder weiß?«

»Und deshalb kehren die Birkenmesser auch wieder zu ihrer weißen Farbe zurück – wir bezeichnen das als *Anpassung*. Dabei ist die Rede von einem Naturgesetz.«

»Ich verstehe.«

»Aber es gibt noch mehr Beispiele für menschliche Eingriffe in die Umwelt.«

»Woran denkst du dabei?«

»Es ist zum Beispiel versucht worden, Schädlinge mit verschiedenen Giftstoffen zu bekämpfen. Anfangs kann das durchaus ein gutes Ergebnis bringen. Aber wenn man ein Feld oder einen Obstgarten mit immer mehr Insektenvertilgungsmitteln besprüht, verursacht man in Wirklichkeit für die Schädlinge, die man bekämpfen will, eine kleine Ökokatastrophe. Und wegen der dauernden Mutationen wird sich schließlich eine Gruppe von Schädlingen herausbilden, die widerstandsfähiger – oder *resistenter* – gegenüber dem verwendeten Gift ist. Diese ›Gewinner‹ haben eine bessere Überlebenschance, und deshalb wird es immer schwieriger, sie zu bekämpfen. Gerade *weil* die Menschen so energisch versucht haben, sie auszurotten, überleben sie. Schließlich bleiben uns die widerstandsfähigsten Varianten.«

»Das ist unheimlich.«

»Es ist auf jeden Fall ein wichtiger Gedanke. Aber auch in unserem eigenen Körper versuchen wir, schädliche Schmarotzer zu bekämpfen. Ich denke dabei an Bakterien.«

»Wir nehmen Penizillin oder andere Antibiotika.«

»Und eine Penizillinkur ist für diese kleinen Teufel ebenfalls eine Ökokatastrophe. Aber je mehr Penizillin wir einwerfen, desto resistenter machen wir auch gewisse Bakterien. Auf diese Weise haben wir schon eine Gruppe von Bakterien herangezüchtet, die sehr viel schwerer zu bekämpfen ist als früher. Wir müssen immer stärkere Antibiotika verwenden, aber am Ende...«

»Am Ende kriechen uns die Bakterien aus dem Mund? Vielleicht müssen wir dann auf sie schießen?«

»Das wäre vielleicht ein bißchen zu drastisch. Aber natürlich hat die moderne Medizin da ein ernsthaftes Dilemma geschaffen. Und gleich noch eins dazu: Nicht nur sind einzelne Bakterien etwas hitziger als früher; früher wurden viele Kinder auch nicht erwachsen, eben weil sie den verschiedenen Krankheiten erlagen. Ja, oft überlebten nur die wenigsten. Diese natürliche Auslese hat die moderne Medizin gewissermaßen ausgeschaltet. Was aber einem Individuum ›über den Berg‹ hilft, kann auf lange Sicht die Widerstandskraft der Menschheit insgesamt schwächen. Das heißt, auf lange Sicht könnten die erblichen Voraussetzungen der Menschen, ernsthaften Krankheiten zu entgehen, schlechter werden.«

»Das klingt ja ziemlich scheußlich.«

»Trotzdem muß ein Philosoph darauf hinweisen. Eine ganz andere Frage ist ja, was wir daraus für Konsequenzen ziehen. – Laß uns eine neue Zusammenfassung probieren.«

»Bitte sehr!«

»Du kannst das Leben auch als große Lotterie bezeichnen, bei der wir nur die Gewinnerlose zu sehen bekommen.«

»Wie meinst du das?«

»Die, die im Kampf ums Dasein unterlegen sind, sind doch verschwunden. Hinter jeder einzelnen Pflanzen- und Tierart auf der Welt liegen viele Jahrmillionen mit immer neuen Ziehungen von Gewinnerlosen. Und die Nieten – ja, die waren oder sind immer nur einmal zu sehen. Es gibt heute also keine Pflanzen- oder Tierarten, die wir nicht als Gewinner in der großen Lotterie des Lebens bezeichnen könnten.«

»Denn nur die Besten bleiben übrig.«

»So kannst du das ausdrücken. Und jetzt gib mir doch das Plakat, das dieser ... naja, dieser Tierwärter gebracht hat.«

Sofie reichte ihm das Plakat. Nur auf der einen Seite war darauf das Bild der Arche Noah. Auf die andere war ein Stammbaum der vielen verschiedenen Tierarten gezeichnet. Diese Seite wollte Alberto ihr jetzt zeigen.

»Die Skizze zeigt die Verteilung der einzelnen Pflanzen- und Tierarten. Du siehst, daß die einzelnen Arten wieder zu verschiedenen Gruppen, Klassen und so weiter gehören.«

»Ja.«

»Zusammen mit den Affen gehört der Mensch zu den sogenannten Primaten. Primaten sind Säugetiere, und alle Säugetiere gehören zu den Wirbeltieren, die wiederum zu den mehrzelligen Tieren gehören.«

»Das erinnert fast an Aristoteles.«

»Stimmt. Aber die Skizze zeigt nicht nur, wie die Verteilung der verschiedenen Arten heute aussieht. Sie sagt auch etwas über die Entwicklungsgeschichte des Lebens aus. Du siehst zum Beispiel, daß die Vögel sich irgendwann von den Kriechtieren, die Kriechtiere sich von den Amphibien und die Amphibien sich von den Fischen getrennt haben.«

»Ja, das ist klar.«

»Jedesmal, wenn sich eine dieser Linien teilt, sind Mutationen entstanden, die zu neuen Arten geführt haben. Auf diese Weise entstanden im Laufe der Jahrmillionen auch die verschiedenen Tiergruppen und -klassen. Aber die Skizze ist stark vereinfacht. In Wirklichkeit leben heute auf der Erde über eine Million Tierarten, und diese Million ist nur ein Bruchteil der Tierarten, die es bisher auf der Erde gegeben hat. Du siehst zum Beispiel, daß eine Gruppe wie die Trilobiten völlig ausgestorben ist.«

»Und ganz unten stehen die einzelligen Tiere.«

»Einige davon haben sich vielleicht in zwei Jahrmilliarden nicht verändert. Du siehst auch, daß eine Linie von diesen einzelligen Organismen ins Pflanzenreich führt. Denn auch die Pflanzen stammen wahrscheinlich von derselben Urzelle ab wie alle Tiere.«

»Das sehe ich. Aber jetzt habe ich eine Frage.«

»Ja?«

»Woher kam diese erste ›Urzelle‹? Kann Darwin uns das erzählen?«

»Ich habe ja gesagt, daß er ein vorsichtiger Mann war. Aber an diesem Punkt gestattete er sich doch einmal eine Spekulation. Er schrieb:

›... falls (und ach! was für ein falls!) wir uns irgendeinen warmen kleinen Teich vorstellen könnten, in dem alle Arten von ammoniak- und phosphorhaltigen Salzen, Licht, Wärme, Elektrizität und so weiter vorhanden wären, und daß sich darin chemisch eine Proteinverbindung bildete, die noch kompliziertere Veränderungen durchmachen könnte ...‹«

»Ja, was dann?«

»Worüber Darwin hier philosophierte, war, wie die erste lebendige Zelle wohl aus anorganischer Materie entstanden sein könnte. Und wieder traf er den Nagel auf den Kopf. Die heutige Wissenschaft geht nämlich davon aus, daß die erste primitive Lebensform in so einem ›warmen kleinen Teich‹ entstanden ist, wie Darwin ihn sich vorgestellt hat.«

»Erzähl!«

»Eine Skizze muß reichen, und vergiß nicht, daß wir Darwin jetzt verlassen. Wir machen einen Sprung zur allerneuesten Forschung über den Ursprung des Lebens auf der Welt.«

»Das macht mich fast ein bißchen nervös. Niemand *weiß* doch wohl, wie das Leben entstanden ist?«

»Vielleicht nicht; aber immer mehr Teile eines Bildes, wie das Leben entstanden sein *könnte*, fügen sich zusammen.«

»Weiter!«

»Laß uns zuerst feststellen, daß alles Leben auf der Erde – sowohl der Pflanzen als auch der Tiere – auf genau denselben Stoffen aufbaut. Die einfachste Definition von Leben besagt, alles Lebendige besitzt einen Stoffwechsel und pflanzt sich selbständig fort. Alles Leben wird dabei von einem Stoff gelenkt, den wir als DNS – Desoxyribonukleinsäure – bezeichnen. Aus ihr bestehen die Chromosomen oder das Erbmaterial, das in allen lebenden Zellen vorkommt. Die DNS ist ein sehr kompliziertes Molekül – oder Makromolekül, wie wir auch sagen. Die Frage ist also, wie das erste DNS-Molekül entstanden ist.«

»Ja?«

»Die Erde entstand, als sich vor einigen Milliarden von Jahren das Sonnensystem bildete. Ursprünglich war sie eine glühende Masse, aber nach und nach kühlte die Erdkruste ab. Und die moderne Wissenschaft meint, das Leben sei vor vielleicht drei bis vier Jahrmilliarden entstanden.«

»Das klingt total unwahrscheinlich.«

»Das darfst du erst sagen, wenn du den Rest gehört hast. Erstens mußt du dir merken, daß die Erde damals ganz anders aussah als heute. Es gab noch kein Leben, und es gab in der Atmosphäre auch keinen Sauerstoff. Freier Sauerstoff entstand erst durch die Photosynthese der Pflanzen. Und es ist wichtig, daß es keinen Sauerstoff gab. Es ist unvorstellbar, daß die Bausteine des Lebens – die nun wiederum DNS bilden können – in einer sauerstoffhaltigen Atmosphäre entstanden sein könnten.«

»Warum nicht?«

»Weil Sauerstoff ein sehr reaktiver Stoff ist. Die Bausteine des DNS-Moleküls wären längst oxidiert, ehe sich komplizierte Moleküle wie die DNS hätten bilden können.«

»Aha.«

»Deshalb wissen wir auch mit Sicherheit, daß heute kein neues Leben entsteht, ja, nicht einmal eine Bakterie oder ein Virus. *Alles* Leben auf der Erde muß also genau gleich alt sein. Ein Elefant hat einen ebenso langen Stammbaum wie die einfachste Bakterie. Du kannst fast sagen, daß ein Elefant – oder ein Mensch – in Wirklichkeit eine zusammenhängende Kolonie aus einzelligen Tieren ist. Denn in jeder einzelnen Zelle unseres Körpers haben wir genau dasselbe Erbmaterial. Das gesamte Rezept dafür, wer wir sind, liegt noch in unserer kleinsten Körperzelle.«

»Ein seltsamer Gedanke.«

»Eines der großen Rätsel des Lebens ist, daß die Zellen in einem mehrzelligen Tier trotzdem fähig sind, sich auf ihre jeweilige Funktion zu spezialisieren. Denn nicht alle verschiedenen Erbeigenschaften kommen in allen Zellen zum Einsatz. Einige dieser Eigenschaften – oder Gene – sind ›ab-‹ und andere ›eingeschaltet‹. Eine Leberzelle produziert andere Proteine als eine Nervenzelle oder eine Hautzelle. Aber in der Leberzelle, der Nervenzelle und der Hautzelle finden wir dasselbe DNS-Molekül, das den gesamten Bauplan für den Organismus enthält, von dem hier die Rede ist.«

»Erzähl weiter!«

»Als es in der Atmosphäre keinen Sauerstoff gab, gab es auch noch keine schützende Ozonschicht um den Erdball. Das heißt, nichts hielt die Strahlung aus dem Weltraum auf. Auch das ist wichtig. Denn gerade diese Strahlung hat wahrscheinlich bei der Bildung der ersten komplizierten Moleküle eine wichtige Rolle gespielt. Eine solche kosmische Strahlung war auch die eigentliche Energie, die die verschiedenen chemischen Substanzen auf der Erde zu Makromolekülen zusammengefügt hat.«

»Alles klar.«

»Ich präzisiere: Damit sich die komplizierten Moleküle bilden konnten, aus denen alles Leben besteht, mußten mindestens zwei Bedingungen erfüllt sein: *Es durfte keinen Sauerstoff in der Atmosphäre geben, und es mußte Strahlung aus dem Weltraum bis zur Erde durchkommen.*«

»Ich verstehe.«

»In dem ›kleinen warmen Teich‹ – oder der ›Ursuppe‹, wie die Wissenschaft heute gern sagt – wurde dann irgendwann ein ungeheuer kompliziertes Makromolekül gebildet, das die seltsame Eigenschaft hatte, sich selber teilen zu können. Und damit setzte die lange Entwicklung ein, Sofie. Wenn wir das etwas vereinfachen, dann können wir schon jetzt vom ersten Erbmaterial sprechen, der ersten DNS oder der ersten lebenden Zelle. Sie teilte und teilte sich – aber von Anfang an kam es auch immer wieder zu Mutationen. Nach ungeheuer langer Zeit schlossen sich dann solche einzelligen Organismen zu komplizierteren mehrzelligen Organismen zusammen. Auf diese Weise setzte auch die Photosynthese der Pflanzen ein, und in der Folge bildete sich eine sauerstoffhaltige Atmosphäre. Die war von doppelter Bedeutung. Erstens sorgte die Atmosphäre dafür, daß sich Tiere entwickeln konnten, die Luft atmeten; und zweitens beschützte sie das Leben vor schädlicher Strahlung aus dem Weltraum. Denn gerade diese Strahlung – die vielleicht ein wichtiger ›Funken‹ für die Entstehung der ersten Zelle war – ist für alles Lebendige schädlich.«

»Aber die Atmosphäre ist doch wohl nicht über Nacht entstanden? Wie sind dann die ersten Lebensformen zurechtgekommen?«

»Das Leben entstand im ursprünglichen Meer – das wir also als ›Ursuppe‹ bezeichnen. Dort konnten sie beschützt vor der gefährlichen Strahlung leben. Erst viel später – *nachdem* das Leben im Meer eine Atmosphäre gebildet hatte – krochen die ersten Amphibien an Land. Und den Rest haben wir schon erzählt. Hier sitzen wir in einer Waldhütte und blicken zurück auf einen Prozeß, der drei oder vier Milliarden Jahre gedauert hat. Und gerade in uns ist dieser lange Prozeß zum Bewußtsein seiner selbst gekommen.«

»Aber du meinst, daß alles nur ein reiner Zufall war?«

»Nein, das habe ich nicht gesagt. Das Plakat zeigt ja auch, daß die Entwicklung einer bestimmten *Richtung* gefolgt ist. Durch Millionen von Jahren hindurch haben sich Tiere mit immer komplizierteren Nevensystemen – und schließlich auch mit immer größeren Gehirnen – gebildet. Ich glaube nicht, daß das Zufall war. Was meinst du?«

»Das menschliche Auge kann einfach nicht durch einen puren Zufall entstanden sein. Meinst du nicht, es hat einen Sinn, daß wir die Welt um uns herum sehen können?«

»Das mit der Entwicklung des Auges hat auch Darwin gewundert. Er konnte sich einfach nicht vorstellen, daß etwas so Feines wie ein Auge durch natürliche Auslese entstehen kann.«

Sofie blickte zu Alberto auf. Sie überlegte sich, wie seltsam es war, daß sie gerade jetzt lebte, daß sie nur einmal lebte, und daß sie nie mehr ins Leben zurückkehren würde. Plötzlich rief sie:

»Was soll uns denn das ewge Schaffen!
Geschaffenes zu nichts hinwegzuraffen!«

Nun blickte Alberto sie streng an:

»So darfst du nicht sprechen, mein Kind. Das sind die Worte des Teufels.«

»Des Teufels?«

»Oder des Mephistopheles – in Goethes ›Faust‹. ›Was soll

uns denn das ewge Schaffen! Geschaffenes zu nichts hinwegzuraffen!‹«

»Und wie sind diese Worte zu verstehen?«

»Als Faust stirbt – und auf sein langes Leben zurückblickt –, sagt er triumphierend:

›Verweile doch, du bist so schön!
Es kann die Spur von meinen Erdetagen
Nicht in Äonen untergehn. –
Im Vorgefühl von solchem hohen Glück
Genieß ich jetzt den höchsten Augenblick.‹«

»Das hat er schön gesagt.«

»Aber nun kommt der Teufel an die Reihe. Kaum ist Faust tot, ruft er:

›Vorbei! ein dummes Wort! Warum vorbei?
Vorbei und reines Nichts, vollkommnes Einerlei!
Was soll uns denn das ewge Schaffen!
Geschaffenes zu nichts hinwegzuraffen!
‚Da ist's vorbei!' Was ist daran zu lesen?
Es ist so gut, als wär es nicht gewesen,
Und treibt sich doch im Kreis, als wenn es wäre.
Ich liebte mir dafür das Ewig-Leere.‹«

»Wie pessimistisch. Da hat mir das erste Zitat besser gefallen. Obwohl sein Leben zu Ende ging, fand Faust doch eine Bedeutung in den Spuren, die er hinterlassen würde.«

»Denn ist es nicht auch eine Konsequenz von Darwins Entwicklungslehre, daß wir an etwas Großem teilhaben, wo noch die kleinste Lebensform im großen Zusammenhang wichtig ist? Wir sind der lebendige Planet, Sofie! Wir sind das große Boot, das eine brennende Sonne im Universum umsegelt. Aber jede und jeder von uns ist auch ein Boot, das mit Genen beladen durchs Leben segelt. Wenn wir diese Ladung in den nächsten

Hafen gebracht haben – dann haben wir nicht umsonst gelebt. *Bjørnstjerne Bjørnson* hat in seinem Gedicht ›Psalm II‹ denselben Gedanken zum Ausdruck gebracht:

Ehre dem wenigen Frühling im Leben,
Der alles durchweht!
Kleinstem wird Auferstehung gegeben,
Die Form nur vergeht.
Geschlecht auf Geschlecht
Müht sich emporzuschreiten;
Art bringt Art hervor
In unendlichen Zeiten;
Welten gehn unter und steigen empor!

Tauch in die Wonnen des Lebens, du Blüte
Im Frühlingsrain;
Genieße, preisend des Ewigen Güte,
Dein kurzes Sein.
Füg auch du
Schaffend dein Scherflein hinzu;
Klein und zag,
Atme, soviel deine Kraft vermag,
Einen Zug in den ewigen Tag!«

»Wie schön!«

»Aber jetzt ist Schluß. Ich sage nur: Abschnitt!«

»Hör jetzt auf mit deiner Ironie!«

»Abschnitt! habe ich gesagt. Hör auf das, was ich dir sage!«

Freud

... ein häßlicher, egoistischer Wunsch war in ihr aufgetaucht...

Hilde Møller Knag sprang mit dem schweren Ordner in den Armen aus dem Bett. Sie legte ihn auf den Schreibtisch, rannte mit ihren Kleidern ins Badezimmer, duschte höchstens zwei Minuten lang und zog sich in aller Hast an. Dann rannte sie hinunter ins Erdgeschoß.

»Frühstück, Hilde?«

»Ich muß nur erst ein bißchen rudern.«

»Aber Hilde!«

Hilde rannte aus dem Haus und durch den Garten. Sie band das Boot vom Steg los und sprang hinein. Dann begann sie zu rudern. Sie ruderte ziellos durch die Bucht, zuerst mit wütenden Schlägen, dann kam sie langsam zur Ruhe.

»*Wir sind der lebendige Planet, Sofie! Wir sind das große Boot, das eine brennende Sonne im Universum umsegelt. Aber jede und jeder von uns ist auch ein Boot, das mit Genen beladen durchs Leben segelt. Wenn wir diese Ladung in den nächsten Hafen gebracht haben – dann haben wir nicht umsonst gelebt ...*«

Hilde konnte es auswendig. Schließlich war es ja auch für sie geschrieben. Nicht für Sofie, sondern für sie. Alles, was im Ordner stand, war ein Brief ihres Vaters an sie.

Sie nahm die Ruder aus den Ruderklampen und zog sie ins Boot. Nun ließ sie das Boot auf dem Wasser treiben und auf und ab wippen. Das Wasser klatschte sanft gegen den Boden.

Wie das kleine Boot auf dem Wasser einer kleinen Bucht in Lillesand trieb, so war auch sie nur eine Nußschale auf der Oberfläche des Lebens.

Wo waren Sofie und Alberto in diesem Bild? Ja, wo waren Sofie und Alberto?

Sie konnte es einfach nicht hinnehmen, daß die beiden nur »elektromagnetische Impulse« im Gehirn ihres Vaters sein sollten. Es machte keinen Sinn, daß die beiden nur Papier und Druckerschwärze von einem Farbband in der Reiseschreibmaschine ihres Vaters waren. Genausogut könnte sie sich selber einfach als Anhäufung von Proteinverbindungen bezeichnen, die irgendwann »in einem warmen kleinen Teich« zusammengerafft worden waren. Aber sie war mehr als nur das. Sie war Hilde Møller Knag!

Der große Ordner war wirklich ein phantastisches Geburtstagsgeschenk. Und sicher hatte ihr Vater in ihr eine neue Saite zum Schwingen gebracht. Aber der kesse Ton, in dem er inzwischen über Sofie und Alberto schrieb, gefiel ihr nicht.

Dafür würde er schon auf dem Heimweg einen Denkzettel verpaßt bekommen. Das war sie den beiden, über die sie las, schuldig. Hilde sah ihren Vater schon wie einen Kobold auf dem Flugplatz von Kopenhagen herumwuseln.

Dann hatte Hilde sich beruhigt. Sie ruderte wieder zum Steg und vertäute das Boot. Danach saß sie lange mit ihrer Mutter am Frühstückstisch. Es tat so gut, sagen zu können, daß das Ei herrlich war, aber vielleicht doch ein *bißchen* zu weich.

Erst spätabends griff sie wieder zu dem großen Ordner. Jetzt waren nicht mehr viele Seiten übrig.

Wieder klopfte es.

»Sollen wir uns nicht einfach die Ohren zuhalten?« fragte Alberto. »Dann hört es vielleicht wieder auf.«

»Nein, ich will sehen, wer da ist.«

Als sie zur Tür ging, kam Alberto hinter ihr her.

Draußen stand ein nackter Mann. Er hatte sich gewaltig in Positur gestellt, trug aber wirklich nichts außer einer Krone auf dem Kopf.

»Na?« fragte er. »Was sagen die Herrschaften zu des Kaisers neuen Kleidern?«

Alberto und Sofie waren stumm vor Verblüffung. Aber das machte dem Nackten überhaupt nichts aus.

»Ihr verbeugt euch ja gar nicht!« rief er.

Alberto faßte Mut:

»Das stimmt, aber der Kaiser ist ja auch ganz nackt.«

Der nackte Mann verharrte weiter in seiner feierlichen Haltung. Alberto bückte sich zu Sofie hinunter und flüsterte ihr ins Ohr:

»Er hält sich für einen anständigen Menschen.«

Jetzt machte der Nackte ein mürrisches Gesicht.

»Betreibt dieses Haus eine Art Zensur?« fragte er.

»Leider«, sagte Alberto. »Hier sind wir wach und in jeder Hinsicht klar bei Verstand. In Eurem schamlosen Zustand könnt Ihr deshalb die Schwelle dieses zugegeben kleinen Hauses nicht übertreten.«

Sofie fand den feierlichen, aber nackten Mann plötzlich so komisch, daß sie losprustete. Und als sei gerade das ein Geheimsignal gewesen, entdeckte der Mann mit der Krone plötzlich selber, daß er keine Kleider anhatte. Er bedeckte sich mit beiden Händen, rannte auf ein Wäldchen zu – und war verschwunden. Im Wäldchen traf er sich vielleicht mit Adam und Eva, Noah, Rotkäppchen und Pu dem Bär.

Alberto und Sofie blieben in der Tür stehen. Schließlich sagte Alberto:

»Vielleicht sollten wir lieber wieder hineingehen. Ich werde dir von Freud und seiner Lehre über das Unbewußte erzählen.«

Sie setzten sich ans Fenster. Sofie sah auf die Uhr und sagte:

»Es ist schon halb drei, und ich muß vor dem Gartenfest noch viel erledigen.«

»Das muß ich auch. Wir reden nur noch kurz über *Sigmund Freud*.«

»War das ein Philosoph?«

»Wir können ihn jedenfalls als Kulturphilosophen bezeichnen. Freud wurde 1856 geboren und studierte an der Universität

Wien Medizin. Hier verbrachte er auch den Großteil seines Lebens, gerade zu einer Zeit, als Wiens kulturelles Leben blühte. Er spezialisierte sich früh auf den Zweig der Medizin, den wir Neurologie nennen. Gegen Ende des vorigen Jahrhunderts – und bis weit in unseres hinein – erarbeitete er seine *Tiefenpsychologie* oder *Psychoanalyse*.«

»Das erklärst du besser genauer.«

»Unter Psychoanalyse verstehen wir eine Beschreibung des menschlichen Gemütes, der menschlichen *Psyche*, ganz allgemein und außerdem eine Behandlungsmethode für nervöse und psychische Leiden. Ich werde dir weder von Freud noch von seinem Werk ein vollständiges Bild geben. Aber seine Lehre vom Unbewußten ist notwendig, wenn du verstehen willst, was ein Mensch ist.«

»Du hast mein Interesse schon geweckt. Schieß los!«

»Freud meinte, daß zwischen einem Menschen und seiner Umgebung immer eine Spannung besteht. Genauer gesagt, eine Spannung – oder ein Konflikt – zwischen den Trieben und Bedürfnissen dieses Menschen selber und den Forderungen, die seine Umgebung an ihn stellt. Es ist kaum eine Übertreibung, wenn wir sagen, daß Freud das Triebleben der Menschen entdeckt hat. Das macht ihn zu einem wichtigen Vertreter der naturalistischen Strömungen, die gegen Ende des letzten Jahrhunderts so wichtig waren.«

»Was verstehst du unter dem ›Triebleben‹ der Menschen?«

»Nicht immer lenkt die Vernunft unsere Handlungen. Darum ist der Mensch auch nicht das rationale Wesen, als das sich ihn die Rationalisten des 18. Jahrhunderts so gern vorgestellt hatten. Oft bestimmen irrationale Impulse unsere Gedanken, unsere Träume und unsere Taten. Diese irrationalen Impulse können tief in uns steckende Triebe oder Bedürfnisse zum Ausdruck bringen. Ebenso grundlegend wie das Saugbedürfnis des Säuglings ist zum Beispiel der Sexualtrieb der Menschen.«

»Ich verstehe.«

»An sich war das vielleicht keine neue Entdeckung. Aber Freud zeigte, daß diese grundlegenden Bedürfnisse auch in Verkleidung und so verwandelt auftreten, daß wir ihre Herkunft nicht mehr ohne weiteres erkennen – dann leiten sie unsere Handlungen, ohne daß wir uns dessen bewußt sind. Er zeigte außerdem, daß auch kleine Kinder eine Art Sexualität haben. Diese Behauptung einer kindlichen Sexualität erweckte bei Wiens feinen Bürgern Abscheu und machte Freud ausgesprochen unbeliebt.«

»Das wundert mich nicht.«

»Wir reden jetzt von einem Zeitalter, in dem alles, was mit Sexualität zu tun hatte, ein Tabu war. Freud war durch seine Praxis als Psychotherapeut der kindlichen Sexualität auf die Spur gekommen. Er hatte also eine empirische Grundlage für seine Behauptungen. Er hatte auch festgestellt, daß viele Formen psychischen Leidens auf Konflikte in der Kindheit zurückgeführt werden können. Nach und nach entwickelte er deshalb eine Behandlungsmethode, die wir als eine Art von ›seelischer Archäologie‹ bezeichnen können.«

»Wie meinst du das?«

»Der Psychoanalytiker kann sich mit Hilfe des Patienten in dessen Bewußtsein ›zurückgraben‹, um die Erlebnisse hervorzuholen, die irgendwann seine psychischen Leiden verursacht haben. Freud zufolge bewahren wir alle Erinnerungen an die Vergangenheit tief in uns auf.«

»Jetzt verstehe ich.«

»Und dann findet er vielleicht ein schlimmes Erlebnis, das der Patient immer zu vergessen versucht hat, das aber trotzdem unten in der Tiefe liegt und an den Kräften des Patienten nagt. Wenn ein solches ›traumatisches Erlebnis‹ wieder ins Bewußtsein gebracht – und damit dem Patienten gewissermaßen vorgehalten – wird, kann er damit ›fertig‹ und also wieder gesund werden.«

»Das klingt logisch.«

»Aber ich gehe zu schnell vor. Wir wollen uns erst ansehen, wie Freud die menschliche Psyche beschreibt. Hast du je einen Säugling gesehen?«

»Ich habe einen Vetter von vier Jahren.«

»Wenn wir auf die Welt kommen, leben wir ziemlich direkt und hemmungslos unsere physischen und psychischen Bedürfnisse aus. Wenn wir keine Milch bekommen, dann schreien wir. Das machen wir vielleicht auch, wenn unsere Windel naß ist. Und wir bringen klar zum Ausdruck, wenn wir physische Wärme und Körpernähe wollen. Dieses *Trieb-* oder *Lustprinzip* in uns hat Freud als das *Es* bezeichnet. Als Säugling sind wir ja fast nur ein Es.«

»Weiter!«

»Das Es bleibt uns auch als Erwachsene und unser ganzes Leben lang. Aber langsam lernen wir, unsere Lüste unter Kontrolle zu halten und uns dadurch unserer Umgebung anzupassen. Wir lernen, das Lustprinzip mit dem *Realitätsprinzip* abzustimmen. Freud sagt, wir bauen ein *Ich* auf, das diese regulierende Funktion übernimmt. Obwohl wir Lust auf etwas haben, können wir uns von einem bestimmten Alter an nicht mehr einfach hinsetzen und schreien, bis unsere Wünsche oder Bedürfnisse befriedigt werden.«

»Natürlich nicht.«

»Es kann allerdings vorkommen, daß wir uns etwas sehr wünschen, und daß die Umwelt das nicht akzeptiert. Dann *verdrängen* wir unsere Wünsche manchmal. Das heißt, wir versuchen, sie wegzuschieben und zu vergessen.«

»Ich verstehe.«

»Freud rechnet aber noch mit einer dritten Instanz in der menschlichen Psyche: Schon als kleine Kinder werden wir mit den moralischen Ansprüchen unserer Eltern und der Umwelt konfrontiert. Wenn wir etwas Falsches tun, dann sagen unsere Eltern: ›Laß das!‹ oder: ›Schäm dich was!‹ Und noch als Erwachsene hören wir den Nachhall solcher moralischer Anforderungen und Verurteilungen. Die moralischen Erwartungen unserer Umwelt scheinen in uns zu stecken und ein Teil von uns geworden zu sein. Das hat Freud als *Über-Ich* bezeichnet.«

»Hat er damit das Gewissen gemeint?«

»An einer Stelle sagt Freud tatsächlich, daß das Über-Ich dem Ich als Gewissen gegenüberstehe. Zunächst einmal geht es aber darum, daß das Über-Ich uns sozusagen Bescheid gibt, wenn wir ›schmutzige‹ oder ›unpassende‹ Wünsche haben. Das gilt besonders für erotische oder sexuelle Wünsche. Und wie gesagt – Freud hat nachgewiesen, daß solche Wünsche schon in der frühen Kindheit einsetzen.«

»Erklären, bitte!«

»Heute wissen und sehen wir, daß kleine Kinder gern an ihren Geschlechtsorganen herumspielen. Das können wir an jedem Badestrand beobachten. Zu Freuds Zeit kriegten die Zwei- oder Dreijährigen dafür einen Klaps auf die Finger. Die Kinder damals hörten ständig: ›Pfui!‹ oder: ›Laß das!‹ oder: ›Die Hände bleiben auf der Decke!‹«

»Das ist doch total daneben.«

»Aber so entwickeln Menschen ein Schuldgefühl. Und weil dieses Schuldgefühl im Über-Ich gespeichert wird, bleibt es für viele Menschen – Freud glaubte, für die allermeisten – ihr Leben lang mit allem Sexuellen untrennbar verbunden. Zugleich wies Freud aber darauf hin, daß sexuelle Wünsche und Bedürfnisse ein natürlicher und wichtiger Teil der menschlichen Natur sind – und somit, meine gute Sofie, hätten wir alles beieinander, was wir für einen lebenslänglichen Konflikt zwischen Lust und Schuldgefühlen benötigen.«

»Meinst du nicht, daß dieser Konflikt seit Freuds Zeiten kleiner geworden ist?«

»Das bestimmt. Aber viele von Freuds Patienten erlebten diesen Konflikt so stark, daß sie das entwickelten, was Freud *Neurosen* genannt hat. Eine seiner Patientinnen war zum Beispiel in ihren Schwager verliebt. Als ihre Schwester an einer Krankheit früh starb, dachte sie, während sie am Sterbebett saß: ›Jetzt ist er frei und kann mich heiraten!‹ Dieser Gedanke geriet natürlich in Widerspruch zu ihrem Über-Ich. Er war so ungeheuerlich, daß sie ihn *verdrängte*, wie Freud sagt. Das heißt, sie stieß ihn ins Unbewußte hinunter. Die junge Frau wurde krank und zeigte ernsthafte hysterische Symptome, und als Freud ihre Behandlung übernahm, stellte sich heraus, daß sie die Szene am Sterbebett ihrer Schwester und den häßlichen, egoistischen Wunsch, der in ihr aufgetaucht war, gründlich vergessen hatte. Aber während der Behandlung erinnerte sie sich daran. Sie durchlebte den krankmachenden Moment noch einmal und wurde wieder gesund.«

»Jetzt verstehe ich besser, was du mit ›seelischer Archäologie‹ meinst.«

»Dann laß uns eine allgemeine Beschreibung der menschlichen Psyche versuchen. Nach langer Erfahrung in der Behandlung von Patienten kam Freud zu der Erkenntnis, daß das *Bewußtsein* des Menschen nur einen kleinen Teil seiner Psyche ausmacht. Was bewußt ist, ist wie die Spitze des Eisbergs, die aus dem Wasser ragt. Unter der Wasseroberfläche – oder unter der Schwelle des Bewußtseins – sitzt das *Unterbewußtsein* oder das *Unbewußte*.«

»Das Unbewußte ist also das, was in uns steckt, was wir aber vergessen haben?«

»Wir haben ja nicht alle unsere Erfahrungen ständig im Bewußtsein. Aber alles, was wir gedacht oder erlebt haben und was uns einfällt, wenn wir nur nachdenken, bezeichnet Freud als das ›Vorbewußte‹. Der Ausdruck ›das Unbewußte‹ bezeichnet bei ihm alles, was wir verdrängt haben. Das heißt, alles, was wir unbedingt vergessen wollten, weil es unbehaglich, unschicklich oder ekelhaft ist. Wenn wir Wünsche und Lüste haben, die für unser Bewußtsein – oder für das Über-Ich – unerträglich sind, dann stopfen wir sie ins Untergeschoß. Weg damit!«

»Ich verstehe.«

»Dieser Mechanismus funktioniert bei allen gesunden Menschen. Aber für manche kann die Verbannung unbehaglicher oder verbotener Gedanken aus ihrem Bewußtsein so anstrengend sein, daß sie davon krank werden. Das auf diese Weise Verdrängte versucht nämlich immer wieder, ins Bewußtsein aufzusteigen, so daß immer mehr Energie darauf verwendet werden muß, diese Impulse vor der Kritik durch das Bewußtsein zu verstecken. Als Freud 1909 in den USA Vorlesungen über die Psychoanalyse hielt, erklärte er an einem einfachen Beispiel, wie dieser Verdrängungsmechanismus funktioniert.«

»Erzähl!«

»Er sagte den Zuhörern, sie sollten sich vorstellen, im Saal befände sich ein Individuum, das stört und ihn, den Redner, ablenkt, indem es frech lacht, redet und mit den Füßen scharrt. Womöglich könnte er gar nicht weiterreden. Dann würden sich wahrscheinlich ein paar kräftige Männer erheben und den Störenfried nach kurzem Handgemenge auf den Flur hinauswerfen. Er wäre dann ›verdrängt‹ worden, und der Redner könnte in seinem Vortrag fortfahren. Der Störenfried könnte allerdings versuchen, wieder in den Saal hineinzugelangen, deshalb würden die Herren womöglich ihre Stühle zur Tür tragen und sich dort, nach vollendeter Verdrängung, als ›Widerstand‹ niederlassen. Freud meinte, man brauche sich nur den Saal als das ›Bewußte‹ und den Flur als das ›Unbewußte‹ vorstellen, dann hätte man ein gutes Bild des Verdrängungsprozesses.«

»Ich finde auch, daß das ein gutes Bild ist.«

»Sicher ist nur: Der Störenfried will wieder herein, Sofie. In jedem Fall wollen das unsere verdrängten Gedanken und Impulse. Wir leben unter einem konstanten Druck verdrängter Gedanken, die versuchen, sich aus dem Unbewußten hochzukämpfen. Deshalb sagen oder tun wir oft Dinge, die wir eigentlich ›nicht so gemeint‹ haben. Auch auf diese Weise kann das Unbewußte unsere Gefühle und Handlungen leiten.«

»Weißt du ein Beispiel?«

»Freud beschreibt mehrere solche Mechanismen. Einer davon ist die sogenannte *Fehlleistung*. Das heißt, daß wir ganz spontan etwas sagen oder tun, was wir früher einmal verdrängt haben. Er erzählt zum Beispiel von einem Angestellten, der einen Trinkspruch auf seinen Chef ausbringen sollte, der offenbar nicht sehr beliebt war.«

»Und?«

»Er stand auf, hob feierlich sein Glas und sagte: ›Ich fordere Sie auf, auf das Wohl unseres Chefs aufzustoßen.‹«

»Spitze.«

»Das sah der Chef bestimmt anders. Dabei hatte der Angestellte nur zum Ausdruck gebracht, wie er seinen Chef wirklich schätzte, nämlich gar nicht. Offen hätte er ihm das nie zu sagen gewagt. Möchtest du noch ein Beispiel hören?«

»Gerne.«

»Bei einer Pastorenfamilie mit vielen süßen, lieben Töchtern wurde eines Tages der Besuch des Bischofs erwartet. Und dieser Bischof hatte eine ungewöhnlich große Nase. Den Töchtern wurde deshalb streng aufgetragen, die lange Nase ja nicht zu erwähnen. Kleine Kinder platzen ja sehr oft mit solchen Bemerkungen heraus, eben weil ihr Verdrängungsmechanismus noch nicht so ausgeprägt ist.«

»Ja?«

»Der Bischof kam ins Pfarrhaus, und die entzückenden Töchter gaben sich alle Mühe, nichts über die lange Nase zu sagen. Und mehr noch: Sie sollten die Nase nicht einmal ansehen; sie mußten versuchen, sie zu vergessen. Und daran dachten sie die ganze Zeit. Doch dann sollte eine von den Kleinen zum Kaffee den Zucker servieren. Sie stellte sich vor den ehrwürdigen Bischof und sagte: ›Möchten Sie ein bißchen Zucker in die Nase?‹«

»Peinlich.«

»Manchmal *rationalisieren* wir auch. Das heißt, wir machen uns und anderen vor, wir hätten andere als die wirklichen Gründe für das, was wir in bestimmten Situationen tun – eben weil uns die wirklichen Gründe zu peinlich sind.«

»Ein Beispiel bitte.«

»Ich kann dich hypnotisieren und dann dazu bringen, daß du ein Fenster aufmachst. Ich befehle dir also, daß du aufstehen und das Fenster aufmachen sollst, wenn ich mit den Fingern trommle. Ich trommle auf den Tisch – und du öffnest das Fenster. Dann frage ich dich, warum du das Fenster aufgemacht hast. Vielleicht antwortest du, daß es dir zu warm war. Aber das ist nicht der eigentliche Grund. Du willst dir nicht eingestehen, daß du meinem hypnotischen Befehl gehorcht hast. Und dann ›rationalisierst‹ du, Sofie.«

»Ich verstehe.«

»Es kommt fast täglich vor, daß wir derart doppelbödig miteinander kommunizieren.«

»Ich habe doch von meinem vierjährigen Vetter erzählt. Ich glaube nicht, daß er viele Spielkameraden hat, jedenfalls freut er sich sehr, wenn ich zu Besuch komme. Einmal sagte ich, ich müßte dringend zu Mama nach Hause. Und weißt du, was er da gesagt hat?«

»Nun sag schon!«

»›Die ist blöd‹, hat er gesagt.«

»Ja, das ist wirklich ein Beispiel für das, was wir unter Rationalisieren verstehen. Der Kleine hat das ja nicht so gemeint. Er hat gemeint, daß er es blöd fand, daß du gehen mußtest; er fand es nur ein bißchen peinlich, das zuzugeben. Aber es kommt auch vor, daß wir *projizieren*.«

»Das mußt du übersetzen.«

»Unter Projektion verstehen wir, daß wir Eigenschaften, die wir bei uns selber zu verdrängen versuchen, anderen zuschreiben. Ein richtiger Geizkragen bezeichnet zum Beispiel gern andere als geizig. Jemand, der sich nicht eingestehen will, daß er viel an Sex denkt, regt sich vielleicht als erster darüber auf, daß andere sexfixiert sind.«

»Ich verstehe.«

»Freud glaubte, daß es in unserem täglichen Leben von solchen unbewußten Handlungen nur so wimmelt. Immer wieder vergessen wir den Namen einer bestimmten Person, vielleicht fummeln wir im Reden an unseren Kleidern herum, oder wir schieben scheinbar zufällig Gegenstände im Zimmer hin und her. Und wir können auch über unsere eigenen Worte stolpern und Versprecher liefern, die auf den ersten Blick vielleicht ganz unschuldig aussehen, es aber keineswegs sind. Freud jedenfalls hält solche Versprecher nicht für so unschuldig und zufällig, wie wir glauben. Er meinte, sie müßten als Symptome betrachtet werden. Solche *Fehlleistungen*, meinte er, könnten uns die intimsten Geheimnisse verraten.«

»Von nun an werde ich mir jedes einzelne Wort genau überlegen.«

»Deinen unbewußten Impulsen wirst du trotzdem nicht entkommen können. Die Kunst ist gerade, sich nicht allzusehr dabei anzustrengen, wenn wir unbehagliche Dinge ins Unterbewußtsein abdrängen. Das ist so, als wenn du das Loch einer Wühlmaus dichtmachen wolltest. Das kann dir gelingen, aber du kannst auch sicher sein, daß die Wühlmaus irgendwo anders im Garten wieder auftaucht. Am gesündesten ist es, die Tür zwischen Bewußtsein und Unterbewußtsein nur angelehnt zu lassen.«

»Wenn wir die Tür zuschließen, können wir uns psychische Leiden zuziehen?«

»Ja. Ein Neurotiker verwendet ja gerade zuviel Energie auf den Versuch, das Unbehagliche aus seinem Bewußtsein zu verbannen. Oft muß so jemand dabei ganz bestimmte Erlebnisse verdrängen. Das sind die ›traumatischen Erlebnisse‹, von denen ich vorhin ein bißchen zu früh angefangen habe. Freud nennt sie auch *Traumata*. Das Wort ›Trauma‹ ist Griechisch und bedeutet ›Wunde‹.«

»Ich verstehe.«

»Bei seiner Behandlung versuchte Freud, die verschlossene Tür vorsichtig zu öffnen – oder vielleicht eine neue Tür aufzumachen. Durch die Zusammenarbeit mit dem Patienten versuchte er, die verdrängten Erlebnisse wieder hervorzuholen. Dem Patienten ist ja nicht bewußt, daß er verdrängt. Dennoch kann er sich wünschen, daß der Arzt – oder *Analytiker*, wie man in der Psychoanalyse sagt – ihm hilft, den Weg zu den versteckten Traumata zu finden.«

»Wie geht der Arzt dabei vor?«

»Freud nannte das die Technik der *freien Assoziation*. Das heißt, daß er den Patienten ganz entspannt daliegen und nur darüber reden ließ, was ihm gerade einfiel – egal wie unwesentlich, zufällig, unbehaglich oder peinlich ihm das vorkommen mochte. Der Analytiker geht davon aus, daß in dem, was ein Patient auf der Couch assoziiert, immer auch Hinweise auf sein Trauma und auf die Widerstände enthalten sind, die dessen Bewußtwerdung verhindern. Denn gerade mit ihren Traumata beschäftigen die Patienten sich ja die ganze Zeit – nur eben nicht bewußt.«

»Je mehr man sich anstrengt, um etwas zu vergessen, desto mehr denkt man unbewußt daran?«

»Genau. Deshalb ist es wichtig, auf die Signale des Unbewußten zu achten. Der ›Königsweg‹ ins Unbewußte führt nach Freud über unsere Träume. Eines seiner wichtigsten Werke ist deshalb auch das Buch ›Die Traumdeutung‹, das im Jahre 1900 erschien. Darin zeigte er, daß unsere Träume keine Zufälle sind. Durch unsere Träume versuchen unsere unbewußten Gedanken, sich unserem Bewußtsein mitzuteilen.«

»Erzähl weiter!«

»Nachdem er viele Jahre lang unter seinen Patienten Erfahrungen gesammelt – und nicht zuletzt, nachdem er seine eigenen Träume analysiert hatte –, erklärte Freud, daß alle Träume im Grunde wunscherfüllende Träume seien. Bei Kindern könne man das deutlich beobachten, meinte er. Sie träumen noch von Eis und Kirschen. Aber bei Erwachsenen ist es oft so, daß Wünsche, die uns der Traum nicht erfüllen will, sich verkleiden. Denn auch wenn wir schlafen, bestimmt eine strenge *Zensur*, was wir uns erlauben dürfen und was nicht. Wenn wir schlafen, ist diese Zensur oder dieser Verdrängungsmechanismus schwächer als im wachen Zustand – aber immer noch stark genug, um im Traum unsere Wünsche zu verzerren, zu denen wir uns nicht bekennen wollen.«

»Und deshalb müssen Träume gedeutet werden?«

»Freud zeigt, daß wir zwischen dem Traum, so, wie wir uns am nächsten Morgen daran erinnern, und seiner eigentlichen Bedeutung unterscheiden müssen. Die Traumbilder selber – also den Film oder das Video, das wir träumen – hat er als *manifesten Trauminhalt* bezeichnet. Aber der Traum hat auch eine tiefere Bedeutung, die dem Bewußtsein verborgen ist. Und die hat Freud den *latenten Traumgedanken* genannt. Die Traumbilder und ihre Requisiten stammen meist aus der unmittelbaren Vergangenheit, nicht selten aus dem, was wir am Vortag erlebt haben. Die verborgenen Gedanken aber, von denen der Traum im Grunde handelt, können aus einer weit zurückliegenden Zeit stammen – zum Beispiel aus unserer frühesten Kindheit.«

»Wir müssen den Traum also analysieren, um zu verstehen, worum es darin wirklich geht.«

»Ja, und Kranke müssen das zusammen mit ihrem Therapeuten tun. Aber nicht der Arzt deutet den Traum. Das kann er nur mit Hilfe des Patienten. Der Arzt tritt in dieser Situation nur auf wie eine sokratische Hebamme, die beim Deuten hilft.«

»Ich verstehe.«

»Die Umformung der ›latenten Traumgedanken‹ in den ›manifesten Trauminhalt‹ hat Freud *Traumarbeit* genannt. Wir können von einer ›Maskierung‹ oder ›Codierung‹ der eigentlichen Traumhandlung sprechen. Bei der Traumdeutung müssen wir einen entgegengesetzten Prozeß durchmachen. Wir müssen das ›Motiv‹ des Traums demaskieren oder decodieren, um das eigentliche ›Thema‹ des Traums herauszufinden.«

»Kannst du mir ein Beispiel nennen?«

»In Freuds Büchern wimmelt es von solchen Beispielen. Aber wir können uns ja selber ein einfaches und sehr freudianisches ausdenken. Wenn ein junger Mann träumt, daß seine Kusine ihm zwei Ballons schenkt...«

»Ja?«

»Nein, jetzt mußt du dich selber an der Traumdeutung versuchen.«

»Hmm ... dann ist der ›manifeste Trauminhalt‹ genau das, was du gesagt hast: Seine Kusine schenkt ihm zwei Ballons.«

»Weiter!«

»Und du hast auch gesagt, daß die Requisiten unserer Träume

oft dem Vortag entnommen sind. Also war er am Tag davor auf dem Rummel – oder hat in der Zeitung ein Foto von Ballons gesehen.«

»Ja, das kann sein, aber es reicht auch, wenn er nur das Wort ›Ballon‹ gehört oder irgend etwas, was ihn an Ballons hätte erinnern können, gesehen hat.«

»Aber was sind die ›latenten Traumgedanken‹ – also das, worum es in diesem Traum wirklich geht?«

»Du bist hier die Traumdeuterin.«

»Vielleicht wünscht er sich ganz einfach zwei Ballons?«

»Nein, das ist unwahrscheinlich. Aber du hast insoweit recht, als der Traum ihm einen Wunsch erfüllen soll. Ein erwachsener Mann wünscht sich allerdings kaum brennend zwei Ballons. Und wenn, dann wäre es nicht nötig, den Traum zu deuten.«

»Also ... dann glaube ich: In Wirklichkeit will er die Kusine – und die zwei Ballons sind ihre Brüste.«

»Ja, das ist eine wahrscheinlichere Erklärung, vor allem wenn ihm dieser Wunsch ein bißchen peinlich ist, so daß er ihn sich im wachen Zustand nicht eingestehen mag.«

»Also machen unsere Träume den Umweg über Ballons oder so?«

»Ja. Freud hielt den Traum für eine verkleidete Erfüllung von verkleideten Wünschen. *Was* wir verkleiden, mag sich, seit Freud Arzt in Wien war, beträchtlich verändert haben. Trotzdem kann der Mechanismus der Verkleidung noch immer intakt sein.«

»Ich verstehe.«

»Freuds Psychoanalyse erlangte in den zwanziger Jahren große Bedeutung – vor allem für die Behandlung von Neurosen. Seine Lehre des Unbewußten war außerdem sehr wichtig für die Kunst und Literatur.«

»Du meinst, daß die Künstler sich mehr mit dem unbewußten Seelenleben der Menschen beschäftigten?«

»Genau. Obwohl davon auch die Literatur der letzten zehn Jahre des vorigen Jahrhunderts schon geprägt war – als man

Freuds Psychoanalyse noch nicht kannte. Das bedeutet einfach nur, daß es kein Zufall war, daß Freuds Psychoanalyse gerade in dieser Zeit entstanden ist.«

»Du meinst, es lag in der Zeit?«

»Freud glaubte nicht, Phänomene wie Verdrängung, Fehlleistungen oder Rationalisierung sozusagen erfunden zu haben. Er war nur der erste, der solche menschlichen Erfahrungen in die Psychiatrie einbezog. Er konnte auch sehr gut literarische Beispiele heranziehen, um seine Theorie zu erklären. Aber wie gesagt – seit den zwanziger Jahren hat Freuds Psychoanalyse die Kunst und Literatur direkt beeinflußt.«

»Und wie?«

»Dichter und Maler versuchten jetzt, die unbewußten Kräfte in ihrer kreativen Arbeit zu verwenden. Das galt vor allem für die sogenannten *Surrealisten*.«

»Was bedeutet das?«

»›Surrealismus‹ ist Französisch und kann mit ›Überwirklichkeit‹ übersetzt werden. 1924 veröffentlichte *André Breton* sein ›Surrealistisches Manifest‹. Darin erklärte er, daß die Kunst vom Unbewußten hervorgebracht werden solle, denn nur so könne der Künstler in freier Inspiration seine Traumbilder hervorholen und nach einer ›Überwirklichkeit‹ streben, in der die Unterschiede zwischen Traum und Wirklichkeit aufgehoben sind. Tatsächlich kann es auch für einen Künstler wichtig sein, die Zensur des Bewußtseins zu zerstören, damit Worte und Bilder frei strömen können.«

»Ich verstehe.«

»Freud hatte gewissermaßen den Beweis dafür erbracht, daß alle Menschen Künstler sind. Ein Traum ist ja ein kleines Kunstwerk, und jede Nacht schaffen wir neue Träume. Um die Träume seiner Patienten zu deuten, hatte Freud sich oft durch einen verdichteten Symbolgebrauch hindurchkämpfen müssen – ungefähr wie wir, wenn wir ein Bild oder einen literarischen Text deuten.«

»Und wir träumen *jede* Nacht?«

»Die neuere Forschung weist darauf hin, daß wir an die zwanzig Prozent der Zeit, in der wir schlafen, auch träumen, das bedeutet, zwei bis drei Stunden jede Nacht. Wenn wir während solcher Phasen gestört werden, reagieren wir nervös und gereizt. Das bedeutet nicht mehr und nicht weniger, als daß alle Menschen ein angeborenes Bedürfnis danach haben, ihrer existentiellen Situation künstlerischen Ausdruck zu geben. Der Traum handelt ja von uns. Wir haben die Regie, wir suchen alle Requisiten zusammen, wir spielen alle Rollen. Menschen, die behaupten, nichts von Kunst zu verstehen, kennen sich schlecht.«

»Ich verstehe.«

»Freud hatte außerdem einen beeindruckenden Beweis dafür erbracht, wie phantastisch das menschliche Bewußtsein ist. Seine Arbeit mit den Patienten überzeugte ihn davon, daß wir alles, was wir je gesehen und erlebt haben, tief in unserem Bewußtsein aufbewahren. Diese ganzen Eindrücke können wir auch wieder hervorholen. Wenn wir einen ›Blackout‹ haben, wenn es uns kurz darauf ›auf der Zunge liegt‹, und wenn es uns dann noch etwas später ›plötzlich einfällt‹ – dann reden wir von etwas, das im Unbewußten gelegen hat und plötzlich durch eine halboffene Tür in unser Bewußtsein zurückschlüpft.«

»Aber manchmal dauert das sehr lange.«

»Darüber sind sich alle Künstler im klaren. Aber dann scheinen plötzlich alle Türen und Archivschubladen offenzustehen. Alles strömt nur so los – und wir können uns genau die Wörter und Bilder heraussuchen, die wir brauchen. Das passiert, wenn wir die Tür zum Unbewußten ein bißchen weiter aufgemacht haben. Wir können das auch als *Inspiration* bezeichnen, Sofie. Dann haben wir das Gefühl, daß das, was wir zeichnen oder schreiben, nicht von uns selber stammt.«

»Das muß ein wunderbares Gefühl sein.«

»Aber du hast es ganz sicher auch selber schon erlebt. Diesen inspirierten Zustand können wir zum Beispiel bei übermüdeten Kindern leicht beobachten. Es kommt vor, daß Kinder so müde sind, daß sie hellwach wirken. Doch plötzlich reden sie los –

und scheinen Wörter aus dem Gedächtnis hervorzuholen, die sie noch gar nicht gelernt haben. Natürlich haben sie sie gelernt. Sie haben ›latent‹ in ihrem Bewußtsein gelegen, aber erst jetzt – wenn vor Müdigkeit die Vorsicht nachläßt und eine Zensur nicht mehr stattfindet – kommen sie zum Vorschein. Für den Künstler ist die Situation anders. Aber auch für ihn kann es wichtig sein, daß ihm Vernunft und Überlegung etwas kontrollieren, was sich besser frei, spontan und unbewußt entfaltet. Soll ich dir eine kleine Fabel erzählen, die das veranschaulicht?«

»Gerne!«

»Es ist eine sehr ernste und sehr traurige Fabel.«

»Fang einfach an.«

»Es war einmal ein Tausendfüßler, der mit seinen tausend Beinen ganz phantastisch tanzen konnte. Wenn er tanzte, versammelten sich die Tiere des Waldes, um ihm zuzusehen, und alle waren von seiner Tanzkunst zutiefst beeindruckt. Nur ein Tier mochte den Tanz des Tausendfüßlers nicht leiden, eine Kröte ...«

»Die war wohl nur neidisch.«

»Wie schaff ich's nur, daß der Tausendfüßler zu tanzen aufhört, überlegte sie. Sie konnte ja nicht einfach sagen, daß ihr der Tanz nicht gefiel. Und sie konnte auch nicht behaupten, sie könne selber besser tanzen, denn das würde ihr niemand abnehmen. Schließlich heckte sie einen teuflischen Plan aus.«

»Laß hören!«

»Sie setzte sich hin und schrieb dem Tausendfüßler einen Brief. ›O unvergleichlicher Tausendfüßler!‹ schrieb sie. ›Ich bin eine ergebene Bewunderin Deiner erlesenen Tanzkunst. Und ich wüßte gern, wie Du beim Tanzen vorgehst. Hebst Du erst das linke Bein Nummer 228 und dann das rechte Bein Nummer 59? Oder beginnst Du den Tanz, indem Du das rechte Bein Nummer 26 und dann erst das rechte Bein Nummer 499 hebst? Ich warte gespannt auf Deine Antwort. Freundliche Grüße, die Kröte.‹«

»Pfui Spinne!«

»Als der Tausendfüßler diesen Brief bekam, überlegte er sich zum ersten Mal in seinem Leben, was er beim Tanzen eigentlich machte. Welches Bein bewegte er als erstes? Und welches Bein kam dann? Und was glaubst du, was dann geschah?«

»Ich glaube, daß der Tausendfüßler nie mehr getanzt hat.«

»Ja, das war das Ende. Genau das kann geschehen, wenn das Denken die Phantasie erstickt.«

»Das war wirklich eine traurige Geschichte.«

»Für einen Künstler kann es also wichtig sein, ›sich gehenzulassen‹. Die Surrealisten versuchten, das auszunutzen und sich in einen Zustand zu versetzen, in dem alles von selber kam. Sie saßen vor einem weißen Bogen und fingen einfach an zu schreiben, ohne sich zu überlegen, *was* sie schrieben. Das nannten sie *automatisches Schreiben*. Der Ausdruck stammt eigentlich aus dem Spiritismus, wo ein ›Medium‹ glaubt, ein Verstorbener führe ihm die Feder. – Aber ich denke, wir reden morgen mehr über diese Fragen.«

»Gerne.«

»Auch der surrealistische Künstler ist in gewisser Hinsicht ein Medium. Er ist ein Medium für sein eigenes Unterbewußtsein. Aber vielleicht liegt auch in jedem kreativen Prozeß ein Element von etwas Unbewußtem. Denn was ist es eigentlich, was wir als ›Kreativität‹ bezeichnen?«

»Bedeutet ›kreativ sein‹ nicht, daß man etwas Neues und Einzigartiges schafft?«

»So ungefähr. Und das geschieht durch ein feines Zusammenspiel von Phantasie und Vernunft. Viel zu oft erstickt die Vernunft die Phantasie. Und das ist schlimm, denn ohne Phantasie kann nichts wirklich Neues entstehen. Ich sehe die Phantasie als darwinistisches System.«

»Tut mir leid, aber *das* hab ich jetzt nicht kapiert.«

»Der Darwinismus zeigt doch, daß in der Natur ein Mutant nach dem anderen entsteht. Aber nur einige wenige dieser Mutanten kann die Natur brauchen. Nur einige wenige haben eine Lebenschance.«

»Ja?«

»So ist es auch, wenn wir denken, wenn wir inspiriert sind und viele neue Ideen haben. Ein ›Gedankenmutant‹ nach dem anderen taucht in unserem Bewußtsein auf. Jedenfalls wenn wir uns keine allzu strenge Zensur auferlegen. Aber nur für einige von diesen Gedanken haben wir wirklich Verwendung. Hier kommt die Vernunft zu ihrem Recht. Denn auch sie hat natürlich eine wichtige Funktion. Wenn der Fang des Tages auf dem Tisch liegt, dürfen wir das Sortieren nicht vergessen.«

»Das ist ein toller Vergleich.«

»Stell dir vor, alles, was uns so ›einfällt‹, also jeder Gedankenblitz, dürfte unsere Lippen passieren! Oder den Notizblock oder die Schreibtischschublade verlassen. Die Welt würde bald in zufälligen Einfällen ertrinken. Und es gäbe keine ›Auslese‹, Sofie.«

»Und die Vernunft liest von den vielen Einfällen die besten aus?«

»Ja, oder glaubst du nicht? Vielleicht schafft die Phantasie etwas Neues, aber nicht die Phantasie trifft die eigentliche Auswahl. Nicht die Phantasie ›komponiert‹. Eine Komposition – und jedes Kunstwerk ist eine Komposition – entsteht in einem erstaunlichen Zusammenspiel zwischen Phantasie und Vernunft, oder zwischen Fühlen und Denken. In einem schöpferischen Prozeß liegt immer ein Element von etwas Zufälligem. In einer Phase kann es wichtig sein, solche zufälligen Einfälle nicht auszusperren. Die Schafe müssen ja auch erst einmal losgelassen werden, ehe man sie weiden kann.«

Nun schwieg Alberto eine Weile und starrte aus dem Fenster. Sofie folgte seinem Blick und sah ein wildes Gewusel unten am Ufer des kleinen Sees. Es war eine ganze Orgie von Disneyfiguren in allen Farben.

»Da ist Goofy«, sagte sie. »Und da sind Donald und die Neffen ... und Daisy ... und Onkel Dagobert. Siehst du A-Hörnchen und B-Hörnchen? Hörst du nicht, was ich sage, Alberto? Da unten sind auch Mickymaus und Daniel Düsentrieb!«

Er wandte sich ihr zu:

»Ja, das ist traurig, mein Kind.«

»Wie meinst du das?«

»Hier sitzen wir und werden zu wehrlosen Opfern, wenn der Major seine Schafe losläßt. Aber das ist natürlich mein Fehler. Schließlich habe *ich* vom freien Spiel der Phantasie angefangen.«

»Du brauchst dir keine Vorwürfe zu machen.«

»Ich wollte eigentlich sagen, daß die Phantasie auch für uns Philosophen wichtig ist. Um etwas Neues zu denken, müssen auch wir den Mut haben, uns gehenzulassen. Aber ich habe mich wohl ein bißchen vage ausgedrückt.«

»Nimm's nicht so schwer.«

»Ich wollte etwas über die Bedeutung des stillen Nachdenkens sagen. Und dann kommt er uns mit diesen bunten Narrenpossen. Er sollte sich schämen!«

»Bist du jetzt ironisch?«

»*Er* ist ironisch, nicht ich. Aber ich habe einen Trost – und der ist der eigentliche Grundstein meines Plans.«

»Jetzt verstehe ich gar nichts mehr.«

»Wir haben über Träume gesprochen. Und das hat doch auch einen Hauch von Ironie! Denn was sind wir anderes als Traumbilder des Majors?«

»Oh...«

»Trotzdem hat er eines vergessen.«

»Was könnte das sein?«

»Vielleicht ist er sich seines eigenen Traumes schmerzlich bewußt. Er ist über alles orientiert, was wir sagen und tun – so, wie sich der Träumende an den manifesten Trauminhalt des Traumes erinnert. Er führt dabei ja die Feder. Aber selbst wenn er sich an alles erinnert, was wir zueinander sagen, ist er noch immer nicht richtig wach.«

»Wie meinst du das?«

»Er kennt die latenten Traumgedanken nicht, Sofie. Er vergißt, daß das hier *auch* ein verkleideter Traum ist.«

»Das hört sich so komisch an!«

»Das findet der Major auch. Und zwar, weil er seine eigene

Traumsprache nicht versteht. Und darüber sollten wir uns freuen. Das bringt uns nämlich ein Quentchen Freiheit. Mit dieser Freiheit werden wir uns bald aus seinem schlammigen Bewußtsein herauskämpfen, wie muntere Wühlmäuse, die an einem warmen Sommertag in den Sonnenschein hinausspringen.«

»Meinst du, wir schaffen das?«

»Wir müssen es schaffen. Innerhalb von zwei Tagen werde ich dir einen neuen Himmel geben. Dann weiß der Major nicht mehr, wo die Wühlmäuse sind oder wann sie wieder zum Vorschein kommen werden.«

»Egal, ob wir nun Traumbilder sind oder nicht, ich bin jedenfalls auch eine Tochter. Es ist fünf Uhr. Jetzt muß ich nach Hause und das Gartenfest vorbereiten.«

»Mmmm ... kannst du mir unterwegs einen kleinen Gefallen tun?«

»Was denn?«

»Versuch, ein wenig extra Aufmerksamkeit zu erregen. Gib dir Mühe, damit der Major dich auf dem ganzen Heimweg nicht aus den Augen läßt. Versuch, an ihn zu denken, wenn du nach Hause kommst – dann denkt er auch an dich.«

»Und wozu soll das gut sein?«

»Dann kann ich in aller Ruhe weiter an meinem Geheimplan arbeiten. Ich tauche ganz tief ins Unterbewußtsein des Majors ab, Sofie. Und da bleibe ich, bis wir uns wiedersehen.«

Unsere eigene Zeit

... der Mensch ist zur Freiheit verurteilt ...

Der Wecker zeigte 23.55. Hilde starrte die Decke an. Sie versuchte, ihren Assoziationen freien Lauf zu lassen. Immer wenn sie mitten in einer Gedankenkette innehielt, versuchte sie sich zu fragen, warum sie nicht weiterdachte.

Sie wollte doch wohl nichts verdrängen?

Wenn sie nun einfach alle Zensur ausschalten könnte, würde sie vielleicht anfangen, in wachem Zustand zu träumen. Dieser Gedanke war ein bißchen unheimlich.

Je mehr sie versuchte, sich zu entspannen und sich ihren Gedanken und Bildern zu öffnen, desto mehr hatte sie das Gefühl, in der Majorshütte zu sein, am See, im Wald.

Was heckte Alberto jetzt wohl aus? Naja – natürlich heckte ihr Vater aus, daß Alberto etwas ausheckte. Ob er wohl selber wußte, was das sein würde? Vielleicht versuchte er, seine eigenen Zügel so sehr zu lockern, daß Alberto ihn am Ende selber überraschte?

Viele Seiten waren nicht mehr übrig. Ob sie auf der letzten nachsehen sollte? Nein, das wäre Pfusch. Aber da war außerdem noch etwas: Hilde war gar nicht überzeugt davon, daß schon feststand, was auf der letzten Seite passieren würde.

War das kein seltsamer Gedanke? Der Ordner war ja hier – ihr Vater konnte unmöglich noch etwas hinzufügen. Höchstens Alberto, wenn er das schaffte. Die Überraschung...

Hilde würde jedenfalls auch selber für ein paar Überraschungen sorgen. Über sie hatte Major Knag keine Kontrolle. Aber hatte sie über sich selber Kontrolle?

Was war Bewußtsein? War das nicht eins der allergrößten Rätsel des Universums? Was war Gedächtnis? Was sorgt dafür, daß wir uns an alles »erinnern«, was wir gesehen und erlebt haben? Was für ein Mechanismus läßt uns fast jede Nacht märchenhafte Träume hervorzaubern? – Während sie über diese Fragen nachdachte, schloß Hilde ab und zu die Augen. Dann machte sie sie wieder auf und starrte weiter die Decke an. Am Ende vergaß sie, sie zu öffnen.

Sie schlief.

Als sie von wütendem Möwengeschrei geweckt wurde, zeigte die Uhr 6.66. Das war ja eine komische Zahl! Hilde sprang aus dem Bett. Wie immer ging sie ans Fenster und sah auf die Bucht hinaus. Das war ihr zur Gewohnheit geworden, sommers wie winters.

Während sie dort stand, hatte sie plötzlich das Gefühl, daß in ihrem Kopf ein Farbkasten explodierte. Ihr fiel ein, was sie geträumt hatte. Aber es war mehr gewesen als nur ein normaler Traum. Er hatte so lebendige Farben und Konturen gehabt...

Sie hatte geträumt, daß ihr Vater aus dem Libanon zurückkam, und der ganze Traum war wie eine Erweiterung von Sofies Traum gewesen, in dem sie auf dem Steg das Goldkreuz gefunden hatte.

Hilde hatte am Rand des Stegs gesessen – genau wie in Sofies Traum. Und dann hatte sie eine ungeheuer schwache Stimme gehört, die ihr zuflüsterte: »Ich heiße Sofie!« Hilde war ganz still sitzengeblieben, um zu hören, woher die Stimme kam, die jetzt weitersprach – es war wie ein ungeheuer schwaches Knistern, so, als ob ein Insekt zu ihr spräche: »Du bist wohl blind und taub, du!« Im nächsten Moment war ihr Vater in UN-Uniform in den Garten gekommen. »Hildchen!« rief er. Hilde lief ihm entgegen und fiel ihm um den Hals. Und damit endete der Traum.

Ihr fielen einige Zeilen aus einem Gedicht von Arnulf Øverland ein:

Ich erwachte eines Nachts aus einem wunderlichen Traum,
Eine Stimme schien zu mir zu sprechen,
Fern wie ein unterirdischer Strom –
Und ich stand auf: Was willst du von mir?

Kurz darauf kam ihre Mutter ins Zimmer.

»Hallo! Du bist ja schon wach!«

»Ich weiß nicht...«

»Ich komme wie immer so gegen vier...«

»Okay.«

»Ich wünsch dir einen schönen Ferientag, Hilde.«

»Mach's gut!«

Als Hilde hörte, daß die Mutter das Haus verließ, warf sie sich wieder aufs Bett und schlug den Ordner auf.

»Ich tauche ganz tief ins Unterbewußtsein des Majors ab, Sofie. Und da bleibe ich, bis wir uns wiedersehen.«

Da, ja! Hilde las weiter. Sie fühlte mit dem rechten Zeigefinger nach, daß wirklich nur noch wenige Seiten übrig waren.

Als Sofie die Majorshütte verließ, sah sie noch immer einige Disney-Figuren unten am See, aber sie schienen sich aufzulösen, als sie näher kam. Als sie das Boot erreichte, waren sie jedenfalls verschwunden.

Beim Rudern und nachdem sie am anderen Ufer das Boot ins Schilf gezogen hatte, versuchte sie, Grimassen zu schneiden und mit den Armen zu fuchteln. Sie mußte ja die Aufmerksamkeit des Majors auf sich ziehen, damit Alberto unbeobachtet in der Majorshütte sitzen konnte.

Während sie durch den Wald lief, legte sie ein paar ausgelassene Hüpfer ein. Dann versuchte sie, zu gehen wie eine Aufziehpuppe. Damit der Major sich nicht langweilte, fing sie gleich darauf auch noch an zu singen.

Einmal blieb sie stehen und überlegte, worum es bei Albertos Plan wohl gehen könnte. Sie ertappte sich selber dabei und hatte ein so schlechtes Gewissen, daß sie auf einen Baum kletterte.

Sofie kletterte so hoch sie konnte. Als sie fast ganz oben war, spürte sie plötzlich, daß sie nicht gleich wieder nach unten würde klettern können. Sie würde etwas später einen neuen Versuch machen müssen – aber sie konnte doch auch nicht seelenruhig hier oben sitzen bleiben. Dann hätte der Major sie sicher bald satt, und er würde sich wieder um Alberto kümmern und sehen wollen, was der so trieb.

Sofie winkte mit beiden Armen, zweimal versuchte sie, zu krähen wie ein Hahn, und schließlich jodelte sie los. Zum ersten Mal in ihrem fünfzehnjährigen Leben jodelte Sofie. Und deshalb war sie recht zufrieden mit dem Ergebnis.

Wieder versuchte sie den Abstieg, aber sie hing fest. Da kam auf einmal eine große Gans und ließ sich auf einem Ast nieder, an dem Sofie sich festhielt. Nachdem sie eben noch einen ganzen Schwarm von Disney-Figuren gesehen hatte, wunderte Sofie sich kein bißchen darüber, daß die Gans losredete.

»Ich heiße Martin«, sagte die Gans. »Eigentlich bin ich ja zahm, aber ausnahmsweise komme ich heute mit den Wildgänsen aus dem Libanon. Du scheinst ohne Hilfe nicht mehr vom Baum herunterzukommen.«

»Aber du bist zu klein, um mir zu helfen«, antwortete Sofie.

»Eine voreilige Schlußfolgerung, junge Dame. *Du* bist zu groß.«

»Aber das ist ja wohl Jacke wie Hose?«

»Im übrigen wird es dich interessieren, daß ich einen Bauernjungen in deinem Alter durch ganz Schweden getragen habe. Er hieß Nils Holgersson.«

»Ich bin fünfzehn.«

»Und Nils war vierzehn. Ein Jahr mehr oder weniger spielt nun wirklich keine Rolle.«

»Und wie hast du ihn hochheben können?«

»Ich habe ihm eine kleine Backpfeife verpaßt, daraufhin ist er ohnmächtig geworden. Als er wieder wach wurde, war er so klein wie ein Däumling.«

»Dann kannst du vielleicht auch versuchen, mir eine kleine Backpfeife zu verpassen. Ich kann nämlich nicht ewig lange hier oben sitzen bleiben. Am Samstag bin ich Gastgeberin eines philosophischen Gartenfests.«

»Das ist ja interessant. Dann ist das hier sicher ein Philosophiebuch. Als ich mit Nils Holgersson über Schweden geflogen bin, sind wir in Mårbacka im Värmland zwischengelandet. Dort traf Nils eine alte Frau, die schon lange ein Buch über Schweden hatte schreiben wollen, das Schulkindern Spaß machen sollte. Es sollte lehrreich sein und die volle Wahrheit enthalten, sagte sie immer. Als sie hörte, was Nils alles erlebt hatte, beschloß sie, ein Buch darüber zu schreiben, was er von meinem Gänserücken aus gesehen hatte.«

»Das ist ja erstaunlich!«

»Offen gestanden, war es auch ein bißchen ironisch. Denn wir waren ja schon drin in diesem Buch.«

Plötzlich spürte Sofie einen Schlag gegen ihre Wange. Und im nächsten Augenblick war sie winzig klein. Der Baum wirkte jetzt wie ein ganzer Wald, und die Gans war so groß wie ein Pferd.

»So, und jetzt komm«, sagte die Gans.

Sofie spazierte über den Ast und kletterte auf den Gänserükken. Die Federn waren weich, aber jetzt, wo sie so klein war, stachen sie mehr, als daß sie kitzelten.

Kaum hatte sie sich richtig hingesetzt, als die Gans auch schon losflog. Sie flogen hoch über den Bäumen. Sofie blickte auf den See und die Majorshütte hinunter. Dort unten saß Alberto und schmiedete komplizierte Pläne.

»Mehr Sightseeing gibt's nicht«, sagte die Gans und schlug dabei mit den Flügeln.

Dann setzte sie zur Landung am Fuße des Baumes an, auf den Sofie erst vor kurzem geklettert war. Als sie auf dem Boden aufsetzte, kullerte Sofie von ihrem Rücken. Nachdem sie sich zweimal im Heidekraut überschlagen hatte, setzte sie sich auf. Verwundert stellte sie fest, daß sie plötzlich wieder normal groß war.

Die Gans watschelte zweimal um sie herum.

»Tausend Dank für deine Hilfe«, sagte Sofie.

»Das war doch bloß eine Bagatelle. Hast du nicht gesagt, daß das hier ein Philosophiebuch ist?«

»Nein, das hast *du* gesagt.«

»Naja, das kommt ja aufs selbe heraus. Wenn es nach mir

ginge, dann hätte ich dich gern durch die gesamte Philosophiegeschichte geflogen, so, wie ich Nils Holgersson durch Schweden geflogen habe. Wir hätten über Milet und Athen, Jerusalem und Alexandria, Rom und Florenz, London und Paris, Jena und Heidelberg, Berlin und Kopenhagen kreisen können ...«

»Danke, das reicht.«

»Aber selbst für eine sehr ironische Gans wäre es eine ganz schöne Leistung, quer durch die Jahrhunderte zu fliegen. Schwedische Regierungsbezirke zu überqueren, ist da schon einfacher ...«

Damit nahm die Gans Anlauf – und flatterte in die Luft.

Sofie war völlig erschöpft, aber als sie danach durch ihre Höhle kroch, überlegte sie sich, daß Alberto mit ihren Ablenkungsmanövern sicher zufrieden gewesen wäre. In der letzten Stunde hatte der Major ja wohl kaum viel an ihn denken können. Es sei denn, er litt an einer sehr ernsthaften Persönlichkeitsspaltung.

Sofie hatte gerade das Haus betreten, als ihre Mutter von der Arbeit kam. Das rettete sie vor dem Geständnis, daß eine zahme Gans ihr von einem hohen Baum heruntergeholfen hatte.

Nach dem Essen machten sie sich an die Vorbereitungen für das Gartenfest. Sie holten eine fast vier Meter lange Tischplatte vom Dachboden und trugen sie in den Garten. Dann liefen sie wieder nach oben und holten Böcke, die die Platte tragen sollten.

Sie wollten den Tisch unter den Obstbäumen decken. Die große Platte war zuletzt am zehnten Hochzeitstag der Eltern benutzt worden. Damals war Sofie erst acht Jahre alt gewesen, aber sie erinnerte sich noch genau an das große Gartenfest, bei dem alles an Freunden und Bekannten erschienen war, was einigermaßen aufrecht stehen konnte.

Der Wetterbericht war wunderbar. Seit dem scheußlichen Gewitter am Tag vor Sofies Geburtstag war nicht ein Regentropfen gefallen. Mit dem Tischdecken wollten sie aber doch bis Samstag vormittag warten. Sofies Mutter war schon zufrieden, daß der Tisch im Garten stand.

Später an diesem Abend buken sie aus zwei verschiedenen Teigen Brötchen und einen Hefezopf. Es sollte Brathähnchen und Salat geben. Und Limonade. Sofie hatte schreckliche Angst, irgendwelche Jungen aus ihrer Klasse könnten Bier mitbringen; wenn sie sich vor etwas fürchtete, dann vor besoffener Randale.

Als Sofie ins Bett wollte, mußte ihre Mutter sich noch einmal versichern lassen, daß Alberto wirklich zum Fest kommen würde.

»Sicher kommt er. Er hat sogar versprochen, ein philosophisches Kunststück vorzuführen.«

»Ein philosophisches Kunststück? Was soll das denn sein?«

»Tja ... wenn er Zauberkünstler wäre, würde er uns wahrscheinlich was vorzaubern, vielleicht ein weißes Kaninchen aus einem weißen Zylinder ziehen ...«

»Schon wieder?«

»... aber als Philosoph macht er eben ein philosophisches Kunststück. Schließlich ist es auch ein philosophisches Gartenfest.«

»Alte Quatschtüte!«

»Hast du dir schon überlegt, daß du vielleicht auch etwas beisteuern könntest?«

»Sicher, Sofie. Irgendwas werde ich schon ...«

»Eine Rede?«

»Nein, ich verrate nichts. Gute Nacht!«

Am nächsten Morgen wurde Sofie früh von ihrer Mutter geweckt, die »Mach's gut!« sagen wollte, ehe sie zur Arbeit ging. Sie gab Sofie eine kleine Liste von Dingen, die sie in der Stadt für das Gartenfest kaufen sollte.

Kaum hatte sie das Haus verlassen, als auch schon das Telefon klingelte. Es war Alberto. Er hatte wohl begriffen, wann Sofie allein zu Hause war.

»Was macht dein Geheimplan?«

»Pst! Kein Wort. Er darf nicht die kleinste Möglichkeit haben, sich darüber Gedanken zu machen.«

»Ich glaube, ich habe ihn gestern sehr gut abgelenkt.«

»Das ist schön.«

»Was ist mit der Philosophie?«

»Deshalb rufe ich an. Wir haben ja schon unser eigenes Jahrhundert erreicht. Von nun an solltest du dich allein zurechtfinden können. Die Grundlage dafür hast du. Aber wir werden uns auch noch zu einem kleinen Gespräch über unsere eigene Zeit treffen.«

»Ich muß in die Stadt...«

»Das trifft sich ausgezeichnet. Ich sagte doch, wir würden über unsere eigene Zeit sprechen.«

»Und?«

»Da ist es gut, mittendrin zu sein sozusagen.«

»Ich soll nicht zu dir nach Hause kommen?«

»Nein, bloß nicht. Hier sieht es schrecklich aus! Ich suche überall nach versteckten Mikrophonen.«

»Ach...«

»Gleich oben am Marktplatz gibt es eine neues Café. ›Café Pierre‹. Weißt du, wo das ist?«

»Klar. Wann soll ich kommen?«

»Um zwölf.«

»Um zwölf im ›Café Pierre‹.«

»Mehr sagen wir jetzt nicht.«

»Mach's gut.«

Zwei Minuten nach zwölf steckte Sofie ihren Kopf ins ›Café Pierre‹. Es war eins von diesen neumodischen Cafés mit runden Tischen und schwarzen Stühlen und verkehrt herum aufgehängten Flaschen mit Zapfmechanismus.

Es war kein großes Lokal, und Sofie bemerkte als erstes, daß Alberto nicht da war. Fast alle Tische waren besetzt, aber jedem einzelnen Gesicht sah Sofie nur an, daß es nicht Alberto war.

Sie war nicht daran gewöhnt, allein in Cafés zu gehen. Ob sie einfach kehrtmachen und etwas später wiederkommen sollte, um nach Alberto Ausschau zu halten?

Sie ging zum Marmortresen und bat um eine Tasse Tee mit Zitrone. Dann nahm sie die Teetasse und setzte sich an einen freien Tisch. Sie starrte die Eingangstür an. Viele Menschen kamen und gingen, aber Sofie registrierte nur, daß Alberto nicht kam.

Wenn sie wenigstens eine Zeitung hätte!

Schließlich sah sie sich einfach ein bißchen um. Ein paarmal wurden ihre Blicke auch erwidert, und für einen Moment kam Sofie sich vor wie eine junge Dame. Sie war zwar erst fünfzehn, konnte aber sicher für siebzehn durchgehen – oder wenigstens für sechzehneinhalb.

Was dachten wohl alle Menschen hier im Café über ihr Leben? Sofie fand, sie sahen aus, als seien sie einfach nur da und hätten sich zur Abwechslung mal ins Café gesetzt. Sie redeten drauflos und gestikulierten eifrig, aber es hatte nicht den Anschein, als redeten sie über etwas Wichtiges.

Sofie mußte an Kierkegaard denken, der gesagt hatte, das unverbindliche ›Geschwätz‹ sei das wichtigste Kennzeichen der Menge. Ob all diese Menschen im ästhetischen Stadium lebten? Oder gab es auch etwas, das für sie existentiell wichtig war?

In einem seiner ersten Briefe hatte Alberto geschrieben, daß Kinder und Philosophen verwandt seien. Wieder überlegte sich Sofie, daß sie sich davor fürchtete, erwachsen zu werden. Und wenn sie nun auch tief in das Fell des weißen Kaninchens kriechen würde, das aus dem schwarzen Zylinder des Universums gezogen wird?

Während sie über all das nachdachte, schaute Sofie immer wieder zur Eingangstür. Und dann kam Alberto plötzlich von der Straße hereingetrottet. Selbst mitten im Sommer trug er die schwarze Baskenmütze. Ansonsten trug er einen halblangen Mantel mit grauem Fischgrätmuster. Er sah sie sofort und kam zu ihr herüber. Sofie dachte, daß ein Rendezvous mit ihm in aller Öffentlichkeit etwas ganz Neues war.

»Es ist schon Viertel nach zwölf, du Sumpfnudel!«

»Das nennt man die akademische Viertelstunde. Kann ich die junge Dame zum Essen einladen?«

Er setzte sich und blickte ihr in die Augen. Sofie zuckte mit den Schultern.

»Mir egal. Ein Brötchen vielleicht.«

Alberto ging zum Tresen. Gleich darauf kam er mit einer Tasse Kaffee und zwei riesigen Baguettes mit Käse und Schinken zurück.

»War das teuer?«

»Eine Bagatelle, Sofie.«

»Hast du nicht wenigstens eine Entschuldigung dafür, daß du so spät kommst?«

»Nein, habe ich nicht, denn ich bin absichtlich zu spät gekommen. Ich werde dir auch gleich erklären, warum.«

Er biß mehrmals herzhaft in sein Baguette, dann sagte er:

»Wir werden jetzt über unser eigenes Jahrhundert sprechen.«

»Ist darin etwas von philosophischer Bedeutung passiert?«

»Und wie! So viel, daß es nach allen Seiten auseinanderstrebt. Zuerst werde ich dir etwas über den *Existentialismus* erzählen. So nennen wir mit einem Sammelbegriff mehrere philosophische Strömungen, die von der existentiellen Situation des Menschen ihren Ausgang nehmen. Wir sprechen auch von der Existenzphilosophie des 20. Jahrhunderts. Einige Existenzphilosophen – oder Existentialisten – knüpften an Kierkegaard an, andere an Hegel und Marx.«

»Aha.«

»Ein weiterer Philosoph, der für das 20. Jahrhundert wichtig wurde, war der Deutsche *Friedrich Nietzsche*, der von 1844 bis 1900 lebte. Auch Nietzsche reagierte auf Hegels Philosophie und dem daraus hervorgegangenen deutschen ›Historismus‹. Hegel und seinen Nachfolgern attestierte Nietzsche ein blutarmes Interesse an der Geschichte und konfrontierte es mit dem Leben selber. Bekannt ist seine Forderung nach der ›Umwertung aller Werte‹ – der christlichen Moral vor allem, die er ›Sklavenmoral‹ nannte –, damit die Lebensentfaltung der Starken nicht länger von den Schwachen gehemmt werden könnte. Für Nietzsche hatten sich das Christentum und die philosophische Tradition von der Welt ab- und dem ›Himmel‹ oder der ›Welt der Ideen‹ zugewandt. Sie gälten nun als die ›eigentliche Welt‹ und seien doch in Wirklichkeit nur Schein. ›Bleibt der Erde treu‹, sagte er, ›und glaubt denen nicht, welche euch von überirdischen Hoffnungen reden!‹«

»Naja…«

»Ein Philosoph, der sowohl von Kierkegaard als auch von Nietzsche geprägt war, war der deutsche Existenzphilosoph *Martin Heidegger*, den wir aber überspringen, weil wir uns auf den französischen Existentialisten *Jean-Paul Sartre* konzentrieren wollen. Er lebte von 1905 bis 1980 und war der tonangebende Existentialist überhaupt – zumindest für das breite Publikum. Er entwickelte seine Philosophie gleich nach dem Krieg in den vierziger Jahren. Später schloß er sich der marxistischen Bewegung in Frankreich an, trat aber nie in eine Partei ein.«

»Treffen wir uns deshalb in einem französischen Café?«

»Es ist jedenfalls kein purer Zufall, nein. Sartre selber war übrigens auch ein eifriger Café-Besucher. In einem Café wie diesem hat er auch seine Lebensgefährtin *Simone de Beauvoir* kennengelernt. Auch sie war Existenzphilosophin.«

»Endlich eine Philosophin?«

»Genau.«

»Ich finde es befreiend, daß die Menschheit endlich anfängt, zivilisiert zu werden.«

»Aber unsere eigene Zeit ist auch eine Zeit mit vielen neuen Sorgen.«

»Du wolltest vom Existentialismus erzählen.«

»Sartre hat gesagt: ›Existentialismus ist Humanismus.‹ Er meinte damit, daß der Existentialismus ausschließlich vom Menschen selber ausgeht. Wir können vielleicht hinzufügen, daß Sartres Humanismus die Situation des Menschen anders und düsterer sieht als der Humanismus, der uns in der Renaissance begegnet ist.«

»Und warum?«

»Kierkegaard und einzelne Existenzphilosophen unseres Jahrhunderts waren Christen. Sartre dagegen vertritt das, was wir als einen atheistischen Existentialismus bezeichnen könnten. Seine Philosophie können wir als gnadenlose Analyse der menschlichen Situation betrachten, wenn ›Gott tot ist‹. Der berühmte Satz ›Gott ist tot‹ stammt von Nietzsche.«

»Erzähl weiter!«

»Der eigentliche Schlüsselbegriff in Sartres Philosophie ist, wie bei Kierkegaard, das Wort *Existenz*. Existenz bedeutet hier nicht einfach Dasein. Auch Pflanzen und Tiere sind ja *da*, auch sie gibt es, aber sie bleiben von der Frage verschont, was das *bedeutet*. Der Mensch ist das einzige Lebewesen, das sich seiner Existenz bewußt ist. Sartre sagt, daß physische Dinge nur ›an sich‹ sind, während der Mensch auch ›für sich‹ ist. Ein Mensch zu sein ist also etwas anderes, als ein Ding zu sein.«

»Dem kann ich zustimmen.«

»Weiter behauptet Sartre, daß die Existenz des Menschen jeglicher Bedeutung dieser Existenz vorausgeht. *Daß* ich bin kommt also früher als *was* ich bin. ›Die Existenz geht dem Wesen voraus‹, sagte er.«

»Das klingt kompliziert.«

»Unter ›Wesen‹ verstehen wir das, was etwas wirklich ist, die ›Natur‹ dieses Etwas. Für Sartre hat der Mensch aber keine solche Natur. Der Mensch muß sich erst selber erschaffen. Er muß seine eigene Natur, sein eigenes Wesen erschaffen, da es ihm nicht von vornherein gegeben ist.«

»Ich glaube, ich verstehe, was du meinst.«

»Während der gesamten Geschichte der Philosophie haben die Philosophen ja versucht, die Frage zu beantworten, was ein Mensch ist – oder was die Natur des Menschen ist. Sartre dagegen meint, daß der Mensch gar keine solche ewige ›Natur‹ hat, auf die er zurückgreifen kann. Deshalb hat für Sartre auch die Frage nach dem Sinn des Lebens so ganz allgemein keinen Sinn. Mit anderen Worten, wir sind zum Improvisieren verdammt. Wir sind wie Schauspieler, die ohne einstudierte Rolle, ohne Rollenheft und ohne Souffleuse, die uns ins Ohr flüstert, was wir zu tun haben, auf eine Bühne gestellt werden. Wir müssen selbst entscheiden, wie wir leben wollen.«

»Irgendwie stimmt das ja auch. Wenn wir in der Bibel – oder in einem philosophischen Lehrbuch – nachschlagen könnten, wie wir leben sollen, hätten wir's ja sehr leicht.«

»Du hast begriffen. Aber wenn der Mensch erlebt, daß er existiert und daß er irgendwann sterben muß – und vor allem: wenn in alldem kein Sinn zu erkennen ist –, dann schafft das *Angst,* sagt Sartre. Du weißt vielleicht noch, daß die Angst auch in Kierkegaards Beschreibung eines Menschen in einer existentiellen Situation sehr wichtig war.«

»Ja.«

»Sartre sagt außerdem, daß der Mensch sich in einer Welt ohne Sinn *fremd* fühlt. Wenn er die ›Entfremdung‹ des Menschen beschreibt, übernimmt er gleichzeitig auch zentrale Gedanken von Hegel und Marx. Das Gefühl des Menschen, auf der Welt ein Fremder zu sein, meint Sartre, führt zu einem Gefühl von Verzweiflung, Langeweile, Ekel und Absurdität.«

»Es ist noch immer ziemlich verbreitet, den ›Depri‹ zu haben oder alles ›ungeil‹ zu finden.«

»Ja, Sartre beschreibt den urbanen Menschen des 20. Jahrhunderts. Nun weißt du vielleicht noch, daß die Humanisten der Renaissance fast schon im Triumph auf die Freiheit und Unabhängigkeit des Menschen hingewiesen hatten. Sartre selber erlebte die Freiheit des Menschen auch als Fluch. ›Der Mensch ist zur Freiheit verurteilt‹, schrieb er. Er ist verurteilt, weil er sich nicht selber erschaffen hat, und ist dennoch frei. Denn wenn er erst einmal in die Welt geworfen ist, dann ist er für alles verantwortlich, was er tut.«

»Wir haben schließlich niemanden gebeten, uns als freie Individuen zu erschaffen.«

»Genau darum geht es auch Sartre. Aber wir *sind* freie Individuen, und unsere Freiheit verdammt uns unser ganzes Leben lang dazu, uns zu entscheiden. Es gibt keine ewigen Werte oder Normen, nach denen wir uns richten könnten. Um so wichtiger ist es, welche *Entscheidung*, welche *Wahl* wir treffen. Sartre weist gerade darauf hin, daß der Mensch niemals seine Verantwortung für das, was er tut, leugnen kann. Deshalb können wir unsere Verantwortung auch nicht vom Tisch fegen und behaupten, wir ›müßten‹ zur Arbeit oder ›müßten‹ uns nach gewissen bürgerlichen Erwartungen darüber, wie wir zu leben haben, richten. Wer auf diese Weise in die anonyme Masse gleitet, wird zum unpersönlichen Massenmenschen. Er ist vor sich selber in die Lebenslüge geflohen. Aber die Freiheit des Menschen befiehlt uns, etwas aus uns zu machen, eine ›authentische‹ oder echte Existenz zu führen.«

»Ich verstehe.«

»Das gilt nicht zuletzt auch für unsere ethischen Entscheidungen. Wir können nie die menschliche Natur, die menschliche Schwäche oder so etwas dafür verantwortlich machen. Etwas angejahrte Männer führen sich manchmal wie die Schweine auf und schieben alles auf den ›alten Adam‹, den sie angeblich in sich haben. Aber so einen ›alten Adam‹ gibt es nicht. Er ist nur eine Figur, die wir heranziehen, um unsere Verantwortung für unser eigenes Handeln zu leugnen.«

»Es muß ja wohl auch Grenzen dafür geben, woran dieser Mann alles schuld sein soll.«

»Obwohl Sartre behauptet, daß das Leben keinen ihm innewohnenden Sinn hat, heißt das nicht, daß ihm das so recht ist. Er ist nämlich kein *Nihilist*.«

»Was ist das?«

»Jemand, der meint, daß nichts etwas bedeutet und daß alles erlaubt ist. Sartre meint, daß das Leben eine Bedeutung haben *muß*. Das ist ein Imperativ. Aber wir selber müssen diese Bedeutung, diesen Sinn für unser eigenes Leben schaffen. Existieren heißt, sich sein eigenes Dasein zu erschaffen.«

»Kannst du das ein bißchen genauer erklären?«

»Sartre versucht zu beweisen, daß das Bewußtsein nichts ist, ehe es nichts empfindet. Denn Bewußtsein ist immer das Bewußtsein *von* etwas. Und was dieses ›Etwas‹ ist, hängt ebensosehr von uns selber ab wie von unserer Umgebung. Wir tragen selber dazu bei, was wir empfinden, denn wir wählen das aus, was für uns von Bedeutung ist.«

»Weißt du kein Beispiel?«

»Zwei Menschen können im selben Raum anwesend sein und das doch völlig unterschiedlich erleben. Und zwar, weil wir unsere Meinung – oder unsere Interessen – mitwirken lassen, wenn wir unsere Umgebung wahrnehmen. Eine Schwangere kann zum Beispiel das Gefühl haben, überall andere Schwangere zu sehen. Das bedeutet nicht, daß vorher keine da waren, aber die Schwangerschaft hat jetzt für sie eine neue Bedeutung. Kranke sehen vielleicht überall Krankenwagen...«

»Ich verstehe.«

»Unser eigenes Dasein prägt vielleicht auch die Art und Weise, in der wir die Dinge in einem Zimmer wahrnehmen. Wenn etwas unwichtig für mich ist, ja, dann sehe ich es nicht. Und jetzt kann ich dir vielleicht erklären, warum ich vorhin zu spät gekommen bin.«

»Du hast gesagt, es wäre Absicht gewesen?«

»Erzähl mir erst, was du gesehen hast, als du ins Café gekommen bist.«

»Als erstes habe ich gesehen, daß du nicht hier warst.«

»Ist es nicht ein bißchen komisch, daß du in diesem Lokal als erstes etwas gesehen hast, was gar nicht da war?«

»Vielleicht, aber ich war ja mit dir verabredet.«

»Sartre benutzt gerade so einen Café-Besuch, um zu erklären, wie wir das ›vernichten‹, was für uns keine Bedeutung hat.«

»Und bist du nur zu spät gekommen, um das vorzuführen?«

»Ich wollte, daß du diesen wichtigen Punkt in Sartres Philosophie begreifst, ja. Du kannst es als Übungsaufgabe betrachten.«

»Pfui Spinne!«

»Wenn du verliebt bist und auf einen Anruf von deinem Angebeteten wartest, dann ›hörst‹ du vielleicht den ganzen Abend, daß er nicht anruft. Gerade daß er nicht anruft, ist etwas, das du die ganze Zeit registrierst. Wenn du ihn vom Zug abholen willst und sich eine Lawine von Menschen über den Bahnsteig ergießt, ohne daß du deinen Liebsten entdecken kannst – dann siehst du diese ganzen Menschen gar nicht. Sie stören nur, sind unwesentlich für dich. Vielleicht findest du sie geradezu ekelhaft und widerlich. Sie machen sich so schrecklich breit. Das einzige, was du registrierst, ist, daß *er* nicht da ist.«

»Ich verstehe.«

»Simone de Beauvoir hat versucht, den Existentialismus auf die Analyse der Geschlechterrollen anzuwenden. Sartre hatte ja erklärt, daß der Mensch sich nicht auf eine ewige Natur berufen kann. Wir selber erschaffen das, was wir sind.«

»Und?«

»Das gilt auch für unsere Vorstellung von den Geschlechtern. Simone de Beauvoir hat gezeigt, daß es keine ewige ›Frauen-‹ oder ›Männernatur‹ gibt. Aber gerade das ist die herkömmliche Auffassung. Zum Beispiel ist immer wieder behauptet worden, der Mann habe eine ›transzendente‹, das heißt grenzenüberschreitende Natur. Deshalb müsse und werde er sich außerhalb seines Zuhauses einen Sinn und ein Ziel suchen. Von der Frau hieß es, sie habe die genau entgegengesetzte Lebensorientierung. Sie sei ›immanent‹, das heißt, sie wolle immer da sein, wo sie schon ist. Sie wolle und müsse sich um die Familie, die Natur und die Dinge in ihrer Nähe kümmern. Heute hört man oft, die Frau sei eher für die ›sanften Werte‹ zuständig als der Mann.«

»Hat Simone de Beauvoir das wirklich gemeint?«

»Nein, jetzt hast du ausnahmsweise schlecht zugehört. Simone de Beauvoir meinte gerade, daß es *keine* solche Frauen- oder Männernatur gibt. Ganz im Gegenteil: Sie glaubte, daß Frauen *und* Männer sich von solchen festverwurzelten Vorurteilen oder Idealen unbedingt befreien müßten.«

»Da stimme ich ihr von Herzen zu.«

»Ihr wichtigstes Buch erschien 1949 und hatte den Titel ›Das andere Geschlecht‹.«

»Wie meinte sie das?«

»Sie dachte an die Frau. Sie sei in unserer Kultur erst zum ›anderen Geschlecht‹ gemacht worden. Nur der Mann erscheine in dieser Kultur als Subjekt. Die Frau dagegen werde zum Objekt des Mannes gemacht. Und auf diese Weise werde ihr die Verantwortung für ihr eigenes Leben genommen.«

»Ja?«

»Diese Verantwortung, sagt Simone de Beauvoir, muß die Frau sich zurückerobern. Sie muß sich selber zurückgewinnen und darf ihre Identität nicht einfach an die ihres Mannes binden. Denn nicht nur der Mann unterdrückt die Frau. Die Frau unterdrückt sich auch selber, wenn sie die Verantwortung für ihr Leben nicht übernimmt.«

»Wir sind genauso frei und selbständig, wie wir selber beschließen?«

»Genau. Der Existentialismus insgesamt hat dann von den vierziger Jahren an die europäische Literatur geprägt, vor allem auch das Theater. Sartre selber hat Romane und Theaterstücke geschrieben. Andere wichtige Autoren sind der Franzose *Albert Camus*, der Ire *Samuel Beckett*, der Rumäne *Eugène Ionesco* und der Pole *Witold Gombrowicz*. Charakteristisch für sie – und viele andere moderne Autoren – ist die Darstellung des *Absurden*. Du hast bestimmt schon vom *absurden Theater* gehört.«

»Ja.«

»Und du verstehst, was das Wort ›absurd‹ bedeutet?«

»Daß etwas sinnlos oder vernunftwidrig ist?«

»Genau. Dem ›absurden Theater‹ – oder ›Theater des Absurden‹ – ging es darum, die Sinnlosigkeit des Daseins zu zeigen. Man hoffte, das Publikum werde dann nicht nur zuschauen, sondern auch reagieren. Es war also nicht das Ziel, die Sinnlosigkeit etwa zu verherrlichen. Im Gegenteil: Durch die Darstellung und Entlarvung des Absurden – zum Beispiel in ganz alltäglichen Ereignissen – sollte das Publikum gezwungen werden, über die Möglichkeit eines echteren und eigentlicheren Daseins nachzudenken.«

»Erzähl weiter.«

»Oft geht es im ›absurden Theater‹ um ganz triviale Situationen. Der Mensch wird genauso dargestellt, wie er ist. Aber wenn du im Theater ganz genau das auf die Bühne bringst, was an einem ganz normalen Morgen in einer ganz normalen Wohnung im Badezimmer passiert – ja, dann lacht das Publikum. Dieses Lachen können wir als Gegenwehr dagegen deuten, daß es sich selber auf der Bühne bloßgestellt sieht.«

»Ich verstehe.«

»Das ›absurde Theater‹ kann aber auch surrealistische Züge haben. Oft werden darin die Menschen in die unwahrscheinlichsten, traumähnlichen Situationen verwickelt. Wenn sie das ohne irgendein Anzeichen von Überraschung hinnehmen, wenn sie darauf gar nicht reagieren, muß das Publikum seinerseits auf diesen Mangel an Erstaunen reagieren. Das gilt übrigens auch für *Charlie Chaplins* Stummfilme. Das Komische an diesen Filmen ist oft Chaplins fehlende Verwunderung über seine vielen absurden Erlebnisse. Man lacht darüber und kommt doch auch unweigerlich ins Grübeln, wie es um die eigene Verwunderung und die eigenen Reaktionen bestellt ist.«

»Manchmal ist es seltsam zu sehen, was Leute sich alles gefallen lassen, ohne zu reagieren.«

»Manchmal ist es vielleicht sogar richtig zu denken, ich muß *weg* hier – auch, wenn ich noch nicht weiß, wohin.«

»Wenn das Haus brennt, muß man ja auch machen, daß man rauskommt, selbst wenn man noch keine andere Bleibe hat.«

»Ja, nicht wahr? Möchtest du noch eine Tasse Tee? Oder vielleicht eine Cola?«

»Na gut. Aber ich finde immer noch, du bist eine Sumpfnudel, weil du zu spät gekommen bist.«

»Damit kann ich leben.«

Alberto war bald mit einer Tasse Espresso und einer Cola wieder da. Inzwischen war Sofie aufgegangen, daß es ihr im Café gefiel. Sie war auch nicht mehr so sehr davon überzeugt, daß die Gespräche an den anderen Tischen alle öde waren.

Alberto stellte die Colaflasche mit einem Knall auf den Tisch. Ein paar andere Gäste blickten auf.

»Und damit sind wir am Ende unseres Weges angekommen«, sagte er.

»Die Philosophie hört mit Sartre und dem Existentialismus auf?«

»Nein, das zu sagen wäre übertrieben. Die Existenzphilosophie hatte für viele Menschen auf der ganzen Welt große Bedeutung. Wie wir gesehen haben, reichen ihre Wurzeln zurück zu Kierkegaard und sogar zu Sokrates. Ähnlich haben auch andere philosophische Strömungen der Vergangenheit in unserem Jahrhundert noch einmal eine Blütezeit und eine Erneuerung erlebt.«

»Kannst du Beispiele nennen?«

»Der *Neothomismus* greift Gedanken wieder auf, die in die Tradition des Thomas von Aquin gehören. Die sogenannte *Analytische Philosophie* oder der *Logische Empirismus* greift auf Hume und den britischen Empirismus zurück und auf die Logik des Aristoteles. Und dann ist das 20. Jahrhundert natürlich vom sogenannten *Neomarxismus* und seinen vielen Strömungen geprägt. Vom *Neodarwinismus* war ja schon die Rede. Und auch auf die Bedeutung der *Psychoanalyse* haben wir hingewiesen.«

»Ich verstehe.«

»Eine letzte Strömung, die wir noch erwähnen sollten, ist der *Materialismus*, dessen Wurzeln ebenfalls weit in die Geschichte zurückreichen. In der modernen Wissenschaft erinnert vieles an die Bemühungen der Vorsokratiker. Noch immer wird zum Beispiel nach dem unteilbaren ›Elementarteilchen‹ gefahndet, aus dem alle Materie aufgebaut ist. Und immer noch kann uns niemand genau erklären, was ›Materie‹ eigentlich ist. Die modernen Naturwissenschaften – zum Beispiel die Atomphysik oder die Biochemie – sind so faszinierend, daß sie für viele Menschen ein wichtiger Teil ihrer Lebensanschauung geworden sind.«

»Neues und Altes nebeneinander, also?«

»So kannst du das sagen. Denn die Fragen, mit denen wir diesen Kurs angefangen haben, sind noch immer nicht beantwortet. Sartre war auf einer wichtigen Spur, wenn er erklärte, daß die existentiellen Fragen nicht ein für allemal beantwortet werden können. Eine philosophische Frage ist per definitionem eine Frage, die sich jede einzelne Generation – ja, jeder einzelne Mensch – immer wieder neu stellen muß.«

»Das ist fast ein trostloser Gedanke.«

»Ich weiß nicht, ob ich da ganz deiner Meinung bin. Erleben wir nicht gerade dann, wenn wir solche Fragen stellen, daß wir leben? Und war es nicht immer schon so, daß die Menschen gerade dann klare und endgültige Antworten auf ›kleine‹ Fragen gefunden haben, wenn sie nach Antworten auf die ›großen‹ Fragen suchten? Wissenschaft, Forschung und Technik sind irgendwann alle aus der philosophischen Reflexion entsprungen. War es nicht im Grunde die Verwunderung des Menschen über das Dasein, die ihn schließlich auf den Mond gebracht hat?«

»Doch, das stimmt.«

»Als der Astronaut *Armstrong* seinen Fuß auf den Mond setzte, sagte er: ›Ein kleiner Schritt für einen Menschen, aber ein großer Sprung für die Menschheit.‹ Damit schloß er alle Menschen, die vor ihm gelebt hatten, in seine Empfindungen beim ersten Schritt auf dem Mond mit ein. Daß er ihn tun konnte, war ja nicht nur sein Verdienst und das seiner Zeitgenossen.«

»Natürlich nicht.«

»Unsere Zeit hat sich allerdings auch vielen neuen Problemen stellen müssen. Das gilt vor allem für die großen Umweltprobleme. Eine wichtige philosophische Strömung des 20. Jahrhunderts ist deshalb die *Ökophilosophie*. Viele westliche Ökophilosophen vertreten die Auffassung, daß unsere gesamte Zivilisation einen falschen Kurs eingeschlagen hat – ja, daß sie auf Kollisionskurs zu dem gegangen ist, was dieser Planet ertragen kann. Sie haben versucht, tiefer zu loten und nicht nur die konkreten Folgen der Umweltverschmutzung und -zerstörung zu ergründen. Am ganzen westlichen Denken stimme etwas nicht, sagen sie.«

»Ich glaube, sie haben recht.«

»Die Ökophilosophen haben zum Beispiel den Entwicklungsgedanken problematisiert. Er basiert ja auf der Vorstellung, daß der Mensch in der Natur ganz ›oben‹ steht – ja, daß wir Herren über die Natur sind. Und genau diese Vorstellung kann für den ganzen lebenden Planeten lebensgefährlich sein.«

»Ich bin schon wütend, wenn ich nur daran denke.«

»In ihrer Kritik dieses Denkens haben viele Ökophilosophen Gedanken und Ideen aus anderen Kulturen herangezogen – zum Beispiel aus der indischen. Sie haben auch das Denken und die Lebensweise der sogenannten ›Naturvölker‹ – oder der ›Urbevölkerungen‹ wie der Indianer – studiert, um vielleicht etwas zu finden, was wir längst verloren haben.«

»Ich verstehe.«

»Auch innerhalb der Wissenschaften haben sich in den letzten Jahren Menschen zu Wort gemeldet und erklärt, daß unser gesamtes wissenschaftliches Denken vor einem *Paradigmenwechsel* steht. Das heißt, vor einer grundlegenden Veränderung des wissenschaftlichen Denkens überhaupt. In mehreren Einzelbereichen hat das schon Früchte getragen. Wir haben viele Beispiele für sogenannte ›Alternativbewegungen‹ gesehen, die auf ganzheitliches Denken Gewicht legen und sich für einen neuen Lebensstil einsetzen.«

»Das ist gut.«

»Gleichzeitig ist es aber immer so, daß wir bei allem, was Menschen tun, zwischen Müll und Edelsteinen unterscheiden müssen. Manche haben erklärt, wir näherten uns einer neuen Zeit – einem ›New Age‹. Aber nicht alles, was neu ist, ist deshalb auch gut, und nicht alles Alte sollte verworfen werden. Genau darum haben wir auch diesen Philosophiekurs gemacht. Du kennst jetzt den historischen Hintergrund unseres Denkens und wirst zwischen Müll und Edelsteinen leichter unterscheiden können. Wer das aber kann, der hat es auch leichter, wenn er selber nach einer Orientierung im Leben sucht.«

»Ich danke dir für so viel Aufmerksamkeit.«

»Ich glaube, du wirst feststellen, daß vieles, was unter der ›New Age‹-Flagge segelt, der reine Humbug ist. Denn auch das, was wir ›Neoreligiosität‹, ›Neookkultismus‹ oder ›modernen Aberglauben‹ nennen, hat die westliche Welt in den letzten Jahrzehnten geprägt. Eine ganze Industrie ist daraus entstanden. Während das Christentum an Bedeutung verloren hat, sind auf dem Weltanschauungsmarkt neue Angebote wie Pilze aus dem Boden geschossen.«

»Kannst du mir Beispiele nennen?«

»Die Liste ist so lang, daß ich mich kaum anzufangen traue. Außerdem ist es nicht so leicht, die eigene Zeit zu beschreiben. Ich schlage vor, wir machen dazu einen Spaziergang durch die Stadt. Ich möchte dir etwas zeigen.«

Sofie zuckte mit den Schultern.

»Ich habe nicht allzuviel Zeit. Du hast doch wohl das Gartenfest morgen nicht vergessen?«

»Aber gewiß nicht. Denn da wird das Wunderbare geschehen. Wir müssen nur erst Hildes Philosophiekurs beenden. Weiter hat der Major nämlich nicht gedacht. Und damit verliert er auch einen Teil seiner Macht.«

Wieder hob er die Colaflasche, die jetzt leer war, und knallte sie auf den Tisch.

Sie gingen hinaus auf die Straße. Eilige Menschen rannten geschäftig wie Ameisen in einem Ameisenhaufen hin und her. Sofie fragte sich, was Alberto ihr wohl zeigen wollte.

Bald kamen sie an einem großen Elektroladen vorbei. Dort wurde alles verkauft, von Fernsehern, Videogeräten und Satellitenantennen bis zu Mobiltelefonen, Computern und Telefaxgeräten.

Alberto zeigte auf das große Schaufenster und sagte:

»Da siehst du das 20. Jahrhundert, Sofie. Seit der Renaissance war die Welt gewissermaßen explodiert. Die Europäer begannen, um die ganze Welt zu reisen. Und heute geschieht etwas, was wir als umgekehrte Explosion bezeichnen können.«

»Wie meinst du das?«

»Ich meine, daß die ganze Welt zu einem einzigen Kommunikationsnetz zusammengezogen wird. Vor nicht allzu langer Zeit waren die Philosophen noch viele Tage lang mit Pferd und Wagen unterwegs, um sich in der Welt zu orientieren – oder um andere Denker zu treffen. Heute können wir überall auf diesem Planeten sitzen und uns alle menschliche Erfahrung auf einen Computerbildschirm holen.«

»Das ist ein phantastischer Gedanke, fast schon ein bißchen unheimlich.«

»Die Frage ist, ob die Geschichte sich einem Ende nähert – oder ob wir im Gegenteil auf der Schwelle zu einer ganz neuen Zeit stehen. Wir sind nicht länger nur Bürger einer Stadt oder eines einzelnen Staates. Wir leben in einer planetarischen Zivilisation.«

»Das stimmt.«

»Die technische Entwicklung war – nicht zuletzt was die Kommunikation betrifft – in den letzten dreißig, vierzig Jahren dramatischer als in der gesamten vorherigen Geschichte zusammen. Und noch immer ist, was wir erleben, vielleicht nur der Anfang...«

»Wolltest du mir das zeigen?«

»Nein, was ich dir zeigen wollte, ist dort hinten auf der anderen Seite der Kirche.«

Als sie gerade gehen wollten, erschien auf einem Fernsehschirm ein Bild von einigen UN-Soldaten.

»Sieh mal!« sagte Sofie.

Ein Soldat war jetzt in Großaufnahme zu sehen. Er hatte fast den gleichen schwarzen Bart wie Alberto. Plötzlich hielt er ein Pappschild hoch. Darauf stand: »Ich komme bald, Hilde!« Er winkte, und dann war er verschwunden.

»Was für ein Heini!« rief Alberto.

»War das der Major?«

»Darauf gebe ich erst gar keine Antwort.«

Sie gingen durch den Park vor der Kirche und erreichten die

neue Hauptstraße. Alberto war leicht gereizt, aber nun zeigte er auf einen großen Buchladen. Er hieß LIBRIS und war der größte in der Stadt.

»Willst du mir hier etwas zeigen?«

»Wir gehen hinein.«

Im Buchladen zeigte Alberto auf die größte Bücherwand. Sie hatte drei Abteilungen: NEW AGE, ALTERNATIVE LEBENSSTILE und MYSTIK.

In den Regalen standen Bücher mit vielen spannenden Titeln: »Leben nach dem Tode?« »Die Geheimnisse des Spiritismus«, »Tarot«, »Das UFO-Phänomen«, »Healing«, »Die Götter kehren zurück«, »Du warst schon einmal hier«, »Was ist Astrologie?« und so weiter. Es gab viele hundert verschiedene Titel. Auf einer Bank unter dem Regal lagen ähnliche Bücher in großen Stapeln.

»Auch das ist das 20. Jahrhundert, Sofie. Das ist der Tempel unserer Zeit.«

»Du glaubst doch nicht an so was?«

»Vieles davon ist jedenfalls Humbug. Aber es verkauft sich genauso gut wie Pornographie. Vieles davon können wir auch als eine Art von Pornographie bezeichnen. Hier kann sich die heranwachsende Generation genau die Bücher kaufen, auf die sie am schärfsten ist. Aber das Verhältnis zwischen wirklicher Philosophie und solchen Büchern ist ungefähr dasselbe wie zwischen wirklicher Liebe und Pornographie.«

»Jetzt bist du fies.«

»Wir setzen uns in den Park.«

Damit verließen sie den Buchladen wieder. Vor der Kirche fanden sie eine leere Bank. Unter den Bäumen stolzierten die Tauben einher, und dazwischen gab es auch den einen oder anderen übereifrigen Spatz.

»Es nennt sich ›ESP‹ oder ›Parapsychologie‹«, fing Alberto an. »Es nennt sich ›Telepathie‹, ›Clairvoyance‹, ›Hellseherei‹ und ›Psychokinese‹. Es nennt sich ›Spiritismus‹, ›Astrologie‹ und ›Ufologie‹. Das Kind hat viele Namen.«

»Aber nun sag schon – hältst du das alles für Humbug?«

»Es wäre natürlich für einen echten Philosophen nicht sehr angebracht, alles über einen Kamm zu scheren. Aber ich will nicht ausschließen, daß die Wörter, die ich gerade erwähnt habe, eine zum Teil sogar detaillierte Karte einer Landschaft zeichnen, die es nicht gibt. Es gibt hier jedenfalls viel von dem, was Hume ›Blendwerk und Täuschung‹ nannte und den Flammen übergeben wollte. In vielen dieser Bücher finden wir nicht eine einzige echte Erfahrung.«

»Aber wieso können dann darüber so unglaublich viele Bücher geschrieben werden?«

»Es ist einfach das beste Geschäft der Welt. Viele Menschen wollen so etwas haben.«

»Und warum, glaubst du, wollen sie das?«

»Weil sie eine Sehnsucht nach etwas ›Mystischem‹, nach etwas ›anderem‹ verspüren, das über ihren zähen Alltag hinausweist. Sie schütten nur leider das Kind mit dem Bade aus.«

»Wie meinst du das?«

»Wir hüpfen in einem seltsamen Märchen herum, Sofie. Und vor unseren Augen liegt eine wunderbare Schöpfung. Bei hellichtem Tage, Sofie! Ist das nicht unglaublich?«

»Doch.«

»Warum sollten wir dann Zigeunerzelte oder akademische Hinterhöfe aufsuchen, um etwas ›Spannendes‹ oder ›Grenzüberschreitendes‹ zu erleben?«

»Meinst du, daß die Autoren dieser Bücher nur pfuschen und lügen?«

»Nein, das habe ich nicht gesagt. Ich erkläre es dir sozusagen darwinistisch.«

»Ich höre!«

»Denk an alles, was im Laufe eines einzigen Tages passiert. Du kannst dich sogar auf einen Tag in deinem eigenen Leben beschränken. Denk an alles, was du siehst und erlebst.«

»Ja?«

»Manchmal gibt es seltsame Zufälle. Zum Beispiel gehst du in den Laden und kaufst etwas, das 28 Kronen kostet. Bald darauf kommt Jorunn und bringt dir 28 Kronen, die sie irgendwann von dir geliehen hatte. Dann geht ihr ins Kino – und du bekommst Platz Nr. 28.«

»Ja, das wären wirklich geheimnisvolle Zufälle.«

»Aber immer noch Zufälle. Es geht darum, daß manche Menschen solche Zufälle *sammeln*. Sie sammeln geheimnisvolle – oder unerklärliche – Erlebnisse. Wenn dann solche Erlebnisse aus dem Leben einiger Milliarden von Menschen in Büchern gesammelt werden, können sie einem wie ein überwältigendes Beweismaterial vorkommen. Und dieses Material nimmt immer noch zu. Aber auch hier haben wir es mit einer Lotterie zu tun, bei der wir nur die Gewinnerlose sehen.«

»Gibt es denn keine hellseherischen Leute oder ›Medien‹, die so was dauernd erleben?«

»Doch, und wenn wir von den reinen Schwindlern absehen, dann finden wir auch noch eine andere wichtige Erklärung für solche angeblich mystischen Erlebnisse.«

»Erzähl!«

»Du weißt doch sicher noch, daß wir über Freuds Lehre vom Unbewußten sprachen.«

»Wie oft soll ich dir noch sagen, daß ich nicht vergeßlich bin?«

»Schon Freud hat darauf hingewiesen, daß wir oft eine Art ›Medium‹ für unser eigenes Unterbewußtsein sind. Wir können uns plötzlich dabei ertappen, daß wir etwas tun oder denken, ohne so recht zu begreifen, warum. Das liegt daran, daß wir so unendlich viel mehr Erfahrungen, Gedanken und Erlebnisse haben, als uns bewußt ist.«

»Ja?«

»Manchmal reden Leute ja auch im Schlaf oder sie schlafwandeln. Das können wir als eine Art ›seelischen Automatismus‹ bezeichnen. Auch unter Hypnose können Menschen ›von selber‹ Dinge sagen und tun. Und du erinnerst dich an die Surrealisten, die versuchten, ›automatisch‹ zu schreiben. Dadurch versuchten sie sich zu ›Medien‹ ihres eigenen Unterbewußtseins zu machen.«

»Auch das weiß ich noch.«

»In regelmäßigen Abständen tauchen in unserem Jahrhundert Nachrichten auf, ein Mensch, ein ›Medium‹, könne mit einem Verstorbenen Kontakt aufnehmen. Das ›Medium‹ empfängt angeblich eine Botschaft von einem Menschen, der vor vielen Jahrhunderten gelebt hat. Entweder spricht dann das Medium mit der Stimme des Verstorbenen, oder es schreibt ›automatisch‹ auf, was er sagt. Das betrachtet man dann wahlweise als Beweis dafür, daß es ein Leben nach dem Tode gibt, oder dafür, daß ein Mensch viele Leben lebt.«

»Ich verstehe.«

»Ich will nicht alle diese Medien als Schwindler bezeichnen. Einige von ihnen handeln wahrscheinlich in gutem Glauben. Sie können sogar ›Medien‹ sein – aber nur ihres eigenen Unterbewußtseins. Es gibt mehrere Beispiele, wo man Medien untersucht hat, die in einem Zustand der Trance Kenntnisse und Fähigkeiten an den Tag legten, von denen weder sie noch andere erklären konnten, woher sie sie hatten. Eine Frau, die kein Hebräisch konnte, sprach zum Beispiel plötzlich in dieser Sprache. Da mußte sie doch schon einmal gelebt haben! Oder sie hatte wirklich Kontakt zum hebräischsprechenden Geist eines Verstorbenen! – Oder nicht, Sofie?«

»Was glaubst du?«

»Es stellte sich heraus, daß sie als kleines Kind ein jüdisches Kindermädchen gehabt hatte.«

»Ach ...«

»Bist du jetzt enttäuscht? Dabei ist es doch phantastisch genug, wie gut es einzelnen Menschen gelingt, frühere Erfahrungen in ihrem Unterbewußtsein abzuspeichern.«

»Ich verstehe, was du meinst.«

»Auch viele ganz alltägliche Merkwürdigkeiten lassen sich durch Freuds Lehre vom Unbewußten erklären. Wenn ich plötzlich von einem Freund angerufen werde, den ich viele Jahre lang nicht gesehen habe, während ich selber auch gerade nach seiner Telefonnummer suche ...«

»Mir läuft es kalt den Rücken runter!«

»Der Grund für diesen scheinbaren Zufall kann zum Beispiel sein, daß wir beide ein altes Lied im Radio gehört haben, ein Lied, das wir hörten, als wir uns das letzte Mal trafen. Nur ist uns dieser verborgene Zusammenhang eben nicht bewußt.«

»Entweder Humbug ... oder der Gewinnerlos-Effekt ... oder auch das Unbewußte?«

»Es ist jedenfalls gesünder, sich solchen Bücherregalen mit einer gewissen Skepsis zu nähern. Das ist nicht zuletzt für einen Philosophen wichtig. In England haben die Skeptiker einen eigenen Verein. Vor vielen Jahren haben sie eine hohe Geldsumme für den ersten ausgesetzt, der ihnen auch nur das allerwinzigste Beispiel für ein übernatürliches Ereignis liefern könnte. Es brauchte kein großes Wunder zu sein; ein ganz kleiner Fall von Gedankenübertragung hätte schon ausgereicht. Aber bisher hat sich keiner gemeldet.«

»Ich verstehe.«

»Eine ganz andere Sache ist, daß es vieles gibt, was wir Menschen nicht verstehen. Vielleicht kennen wir auch noch nicht alle Naturgesetze. Im letzten Jahrhundert hielten viele Phänomene wie den Magnetismus oder die Elektrizität für eine Art Zauberei. Ich glaube, meine Urgroßmutter würde große Augen machen, wenn ich ihr vom Fernsehen oder von Computern erzählen könnte.«

»Aber an irgend etwas Übernatürliches glaubst du nicht?«

»Darüber haben wir schon gesprochen. Allein der Ausdruck ›übernatürlich‹ kommt mir immer ein bißchen komisch vor. Nein, ich glaube wohl, daß es nur eine Natur gibt. Aber die ist zum Ausgleich höchst erstaunlich.«

»Das Übernatürliche gibt es also nur in den Büchern, die du mir gezeigt hast?«

»Alle echten Philosophen müssen die Augen offenhalten. Auch wenn wir niemals eine weiße Krähe gesehen haben, dürfen wir nicht aufhören, danach zu suchen. Und eines Tages könnte sogar ein Skeptiker wie ich ein Phänomen akzeptieren müssen, an das ich vorher nicht glauben wollte. Wenn ich diese Möglichkeit nicht einräumte, wäre ich ein Dogmatiker. Dann wäre ich kein echter Philosoph.«

Eine Weile saßen Alberto und Sofie nun schweigend auf der Bank. Die Tauben reckten die Hälse und gurrten; ab und zu jagte ein Fahrrad oder eine plötzliche Bewegung sie hoch.

»Ich muß jetzt nach Hause und das Fest vorbereiten«, sagte Sofie schließlich.

»Aber ehe wir uns trennen, werde ich dir eine weiße Krähe zeigen. Die ist nämlich näher, als wir glauben.«

Alberto stand von der Bank auf und gab ihr ein Zeichen, noch einmal mit ihm in den Buchladen zu gehen.

Diesmal ließen sie alle Bücher über übernatürliche Phänomene links liegen. Alberto blieb vor einem sehr kleinen Regal ganz hinten stehen. Über dem Regal hing ein winziges Schild. »PHILOSOPHIE« stand darauf.

Alberto zeigte auf ein bestimmtes Buch, und Sofie fuhr zusammen, als sie den Titel las: »SOFIES WELT«.

»Soll ich dir das kaufen?«

»Ich weiß nicht, ob ich mich traue.«

Aber bald darauf ging sie nach Hause und hielt in der einen Hand das Buch und in der anderen die Tüte mit den Sachen, die sie für das Gartenfest gekauft hatte.

Das Gartenfest

... eine weiße Krähe ...

Hilde saß wie angewachsen auf dem Bett. Sie spürte, daß ihre Arme steif waren, und daß die Hände, die den großen Ordner hielten, zitterten.

Es war fast elf. Sie las nun schon seit über zwei Stunden. Ab und zu hatte sie vom Ordner hochgeschaut und laut gelacht; sie hatte sich aber auch abgewandt und gestöhnt. Gut, daß sie allein zu Hause war.

Sie hatte in den letzten beiden Stunden vielleicht Sachen gelesen! Es fing damit an, daß Sofie auf dem Heimweg von der Majorshütte versuchen mußte, die Aufmerksamkeit des Majors zu erregen. Am Ende war sie auf einen Baum geklettert, und die Gans Martin war als rettender Engel aus dem Libanon erschienen.

Obwohl es lange, lange her war, hatte Hilde nie vergessen, daß ihr Vater ihr ›Nils Holgerssons wunderbare Reise durch Schweden‹ vorgelesen hatte. Danach hatten sie noch viele Jahre eine Geheimsprache gehabt, die mit dem Buch zu tun hatte. Und nun brachte er auch die alte Gans wieder mit ins Spiel.

Und Sofie hatte als einsame Café-Besucherin debütiert. Hilde hatte sich besonders dafür interessiert, was Alberto über Sartre und den Existentialismus erzählt hatte. Er hatte sie fast überzeugen können – aber das war ihm in diesem Ordner schon oft gelungen.

Vor ungefähr einem Jahr hatte Hilde sich ein Buch über Astrologie gekauft. Ein andermal war sie mit TAROT-Karten nach Hause gekommen. Und beim dritten Mal mit einem Buch über Spiritismus. Jedesmal hatte ihr Vater ein paar mahnende Bemerkungen über »Vernunft« und »Aberglauben« gemacht, aber erst jetzt war die Stunde der Rache gekommen. Er hatte zurückgeschlagen. Es war klar, daß seine Tochter nicht heranwachsen sollte, ohne gründlich vor diesem Humbug gewarnt worden zu sein. Sicherheitshalber hatte er ihr auch noch aus einem Fernseher in einem Elektroladen heraus gewunken. Das hätte er sich wirklich schenken können...

Worüber sie sich aber am allermeisten wunderte, war das dunkelhaarige Mädchen.

Sofie, Sofie – wer bist du? Woher kommst du? Warum hast du in mein Leben eingegriffen?

Am Ende hatte Sofie ein Buch über sich selber bekommen. War das dasselbe Buch, das Hilde jetzt in Händen hielt? Aber das war doch nur ein Ordner. Egal: Wie war es möglich, in einem Buch über einen selber ein Buch über einen selber zu finden? Was würde passieren, wenn Sofie nun in diesem Buch las? Was würde jetzt passieren? Was *könnte* jetzt alles passieren?

Hilde fühlte mit den Fingern nach, es waren nur noch wenige Seiten übrig.

Als Sofie aus der Stadt nach Hause fahren wollte, traf sie im Bus ihre Mutter. Verflixt! Was würde sie sagen, wenn sie das Buch in Sofies Händen entdeckte?

Sofie versuchte, es zu den Luftschlangen und den Ballons, die sie für das Fest gekauft hatte, in die Tüte zu stecken, aber das schaffte sie nicht.

»Hallo, Sofie! Wir zwei im selben Bus? Das ist aber nett.«

»Hallo...«

»Hast du dir ein Buch gekauft?«

»Nein, nicht direkt.«

»›Sofies Welt‹ – das ist ja witzig.«

Sofie begriff, daß sie mit einer Lüge kaum durchkommen würde.

»Das hat mir Alberto geschenkt.«

»Ja, das kann ich mir denken. Wie gesagt – ich freue mich darauf, ihn kennenzulernen. Darf ich mal sehen?«

»Kannst du nicht wenigstens bis zu Hause warten? Das ist *mein* Buch, Mama.«

»Ja, sicher ist das dein Buch. Ich wollte doch bloß mal einen Blick auf die erste Seite werfen ... Du meine Güte! ›*Sofie Amundsen war auf dem Heimweg von der Schule. Das erste Stück war sie mit Jorunn zusammen gegangen. Sie hatten sich über Roboter unterhalten ...*‹«

»Steht das wirklich da?«

»Ja, das steht da, Sofie. Das Buch hat ein gewisser Albert Knag geschrieben. Nie von dem Mann gehört. Wie hieß dein Alberto noch gleich?«

»Knox.«

»Du wirst schon sehen, dieser seltsame Mensch hat ein ganzes Buch über dich geschrieben, Sofie. Unter falschem Namen. So was nennt man ein Pseudonym.«

»Er hat das Buch nicht geschrieben, Mama. Gib dir erst gar keine Mühe. Du begreifst ja doch nichts.«

»Na gut, dann nicht. Morgen ist das Gartenfest. Dann kommt sicher alles in Ordnung, weißt du.«

»Albert Knag lebt in einer ganz anderen Wirklichkeit. Und deshalb ist dieses Buch eine weiße Krähe.«

»Nein, jetzt hör aber auf. Was ist eine weiße Krähe? War nicht vielmehr die Rede von einem weißen Kaninchen?«

»Laß doch!«

Viel weiter kam das Gespräch zwischen Mutter und Tochter nicht, bis sie am Anfang des Kløverveiens aussteigen mußten. Dort fand gerade eine Demonstration statt.

»Himmel!« rief Sofies Mutter aus. »Und ich dachte wirklich, in dieser Gegend bliebe uns das Parlament der Straße erspart.«

An der Demonstration nahmen nicht mehr als zehn bis zwölf Menschen teil. Auf den Plakaten stand: »BALD KOMMT DER MAJOR!«, »GUTES ESSEN ZUR JOHANNISNACHT? – JA BITTE!« und: »MEHR MACHT FÜR DIE UNO!«

Sofie tat ihre Mutter fast leid.

»Kümmer dich einfach nicht um sie«, sagte sie.

»Aber ist das nicht eine komische Demo, Sofie? Fast schon ein bißchen absurd.«

»Es ist bloß eine Bagatelle.«

»Die Welt verändert sich immer schneller. Aber eigentlich wundert mich das kein bißchen.«

»Sollte es dich nicht wundern, daß du dich nicht wunderst?«

»Aber überhaupt nicht. Sie waren ja auch nicht gewalttätig. Wenn sie uns nur die Rosensträucher nicht zertrampelt haben. Obwohl ich mir nicht vorstellen kann, wozu Demos in einem Garten gut sein sollen. Machen wir, daß wir nach Hause kommen, dann werden wir sehen.«

»Das war eine philosophische Demonstration, Mama. Echte Philosophen zertrampeln keine Rosensträucher.«

»Soll ich dir was sagen, Sofie? Ich weiß wirklich nicht, ob ich noch an echte Philosophen glaube. Heutzutage ist doch fast alles synthetisch.«

Der Nachmittag und Abend war den Vorbereitungen in Haus und Küche gewidmet. Am nächsten Vormittag deckten sie den Tisch und dekorierten den Garten. Jorunn kam und half ihnen dabei.

»Donnerknispel!« sagte sie. »Meine Eltern kommen auch. Daran bist du schuld, Sofie!«

Eine halbe Stunde, bevor die Gäste eintreffen sollten, war alles fertig. Die Tische im Garten waren mit Luftschlangen und Lampions geschmückt. Lange Kabel waren durch ein Kellerfenster gelegt. Das Gartentor, die Bäume am Gartenweg und die Hausfassade waren mit Ballons verziert. Sofie und Jorunn hatten sie zwei Stunden lang aufgeblasen.

Auf dem Tisch war schon aufgebaut, was es zu essen gab: Hähnchen und Salat, Brötchen und Hefezopf. In der Küche standen Negerküsse und Sahnetorte, Kringel und Schokoladenkuchen bereit. Einen großen Baumkuchen mit vierundzwanzig Etagen hatten sie auch schon auf den Tisch gestellt. Den Baumkuchen krönte eine kleine Konfirmandin. Sofies Mutter versicherte, daß es genausogut eine unkonfirmierte Fünfzehnjährige sein könne, doch Sofie war davon überzeugt, daß die Figur deshalb auf dem Kuchen stand, weil Sofie vor kurzem gesagt hatte, daß sie noch nicht wüßte, ob sie überhaupt konfirmiert werden wollte.

»Nein, wir haben wirklich an nichts gespart«, wiederholte ihre Mutter immer wieder.

Und dann kamen die Gäste. Zuerst drei Klassenkameradinnen – in Sommerblusen und leichten Strickjacken, mit langen Röcken und einem Tupfer Augen-Make-up. Kurz darauf schlenderten Jørgen und Lasse in einer Mischung aus leichter Verlegenheit und jungenhafter Arroganz durch das Tor.

»Herzlichen Glückwunsch!«

»Wirst du also auch noch erwachsen!«

Sofie registrierte, daß Jorunn und Jørgen sich schon heimlich Blicke zuwarfen. Etwas lag in der Luft. Es war nicht umsonst Mittsommernacht.

Alle hatten Geschenke mitgebracht, und da es sich um ein philosophisches Gartenfest handelte, hatten mehrere Gäste vor ihrem Kommen noch schnell herauszufinden versucht, was Philosophie überhaupt war. Nicht allen waren philosophische Geschenke eingefallen, aber die meisten hatten sich immerhin den Kopf zerbrochen, um wenigstens etwas Philosophisches auf ihre Glückwunschkarten zu schreiben. Sofie bekam unter anderem ein Wörterbuch der Philosophie und ein Tagebuch mit Schloß, auf dem stand: »MEINE PERSÖNLICHEN PHILOSOPHISCHEN AUFZEICHNUNGEN«.

Während nach und nach die Gäste eintrafen, servierte Sofies Mutter in hohen Weißweingläsern Apfelsaft.

»Willkommen! Und wie heißt der junge Mann? ... Wir kennen uns wohl noch nicht ... Wie schön, daß du kommen konntest, Cecilie!«

Erst als alle jungen Leute sich eingefunden hatten – und mit ihren Weißweingläsern unter den Obstbäumen spazierten –, hielt der weiße Mercedes von Jorunns Eltern vor dem Gartentor.

Der Stadtkämmerer trug einen korrekten, elegant geschnittenen grauen Anzug. Die gnädige Frau Ingebrigtsen steckte in einem roten Hosenanzug mit dunkelroten Pailletten. Sofie hätte schwören können, daß sie sich in einem Spielzeugladen eine Barbie-Puppe mit dieser Kleidung gekauft hatte. Und damit war sie dann zu einem Schneider gegangen und hatte sich genau so einen Anzug bestellt. Sofie war klar, daß es noch eine andere Möglichkeit gab. Vielleicht hatte der Stadtkämmerer die Puppe gekauft und sie dann zu einem Zauberer gebracht, der sie in eine Frau aus Fleisch und Blut verwandelt hatte. Aber diese Möglichkeit war so unwahrscheinlich, daß Sofie sie verwarf.

Die beiden stiegen aus ihrem Mercedes und kamen in den Garten, wo die jungen Gäste vor Verwunderung die Augen aufrissen. Der Stadtkämmerer höchstpersönlich überreichte ein langes und schmales Paket. Sofie versuchte, es mit Fassung hinzunehmen, als sich das Geschenk als – Barbie-Puppe herausstellte. Jorunn war außer sich:

»Seid ihr denn total bescheuert oder was? Sofie spielt doch nicht mehr mit Puppen!«

Frau Ingebrigtsen kam mit klirrenden Pailletten herangestürzt.

»Sie kann sie doch zur Zier aufstellen, Jorunn.«

»Ich sage jedenfalls tausend Dank.« Sofie versuchte, die Lage zu beruhigen. »Ich kann mir ja auch eine Sammlung zulegen.«

Die Gäste umkreisten inzwischen schon den Tisch.

»Jetzt fehlt nur noch Alberto«, sagte Sofies Mutter, und es hörte sich ein bißchen aufgedreht an, so, als versuchte sie, eine leichte Besorgnis zu überspielen. Erste Gerüchte über den besonderen Gast waren unter den Gästen schon im Umlauf.

»Er hat versprochen zu kommen, und dann kommt er auch.«

»Aber wir können uns doch sicher auch ohne ihn schon setzen?«

»Ja, setzen wir uns.«

Sofies Mutter fing an, die Gäste um den langen Tisch zu verteilen. Zwischen sich und Sofie hielt sie einen Platz frei. Dann sagte sie ein paar Worte über das Essen, über das schöne Wetter und darüber, daß Sofie jetzt fast eine erwachsene Frau war.

Sie saßen seit etwa einer halben Stunde am Tisch, als ein Mann mittleren Alters mit schwarzem Spitzbart und Baskenmütze den Kløverveien entlangkam und durch das Tor den Garten betrat. Er hielt einen großen Strauß mit fünfzehn Rosen in den Händen.

»Alberto!«

Sofie sprang auf und lief ihm entgegen. Sie fiel ihm um den Hals und nahm den Strauß. Er reagierte auf diesen Empfang, indem er anfing, in seinen Taschen herumzuwühlen. Er zog einige dicke Chinaböller hervor, die er anzündete und durch die Gegend warf. Auf dem Weg zum Tisch zündete er außerdem eine Wunderkerze an und steckte sie in die Spitze des Baumkuchens, ehe er an den freien Platz zwischen Sofie und ihrer Mutter trat.

»Es ist mir eine große Freude«, sagte er.

Die Versammlung war völlig verdutzt. Frau Ingebrigtsen warf ihrem Mann einen vielsagenden Blick zu. Sofies Mutter dagegen war so erleichtert darüber, daß der Mann sich endlich eingefunden hatte, daß sie ihm alles verziehen hätte. Das Geburtstagskind selber konnte nur mit aller Mühe ein glucksendes Lachen unterdrücken, das tief unten in ihrem Bauch rumorte.

Sofies Mutter tippte an ihr Glas und sagte:

»Heißen wir also auch Alberto Knox bei diesem philosophischen Gartenfest willkommen! Er ist nicht mein neuer Freund, denn obwohl mein Mann sehr viel auf See ist, habe ich zur Zeit keinen. Dagegen ist dieser seltsame Mensch Sofies neuer Philosophielehrer. Das heißt, er kann noch mehr als nur Chinaböller anzünden. Dieser Mann kann zum Beispiel ein lebendiges Kaninchen aus einem schwarzen Zylinderhut ziehen. Oder war es eine Krähe, Sofie?«

»Danke, danke«, sagte Alberto und setzte sich.

»Prost!« sagte Sofie, und jetzt hob die ganze Versammlung ihre Gläser.

Danach saßen sie lange nur da und aßen Hähnchen und Salat. Bis Jorunn plötzlich aufsprang, mit zielstrebigen Schritten zu

Jørgen ging und ihm einen herzhaften Kuß auf den Mund gab. Jørgen beantwortete diesen Annäherungsversuch damit, daß er sie zu sich herunterzog, um ihren Kuß besser erwidern zu können.

»Ich glaube, ich werde ohnmächtig!« rief Frau Ingebrigtsen.

»Aber doch nicht bei Tisch, Kinder«, war Frau Amundsens einziger Kommentar.

»Warum denn nicht?« Alberto wandte sich zu ihr um.

»Was für eine merkwürdige Frage.«

»Für einen echten Philosophen gibt es keine merkwürdigen Fragen.«

Jetzt begannen zwei Jungen, die keinen Kuß bekommen hatten, Hähnchenknochen aufs Dach zu werfen. Auch das veranlaßte Sofies Mutter zu einem Kommentar:

»Laßt das doch, bitte! Wir finden Hähnchenknochen in der Regenrinne lästig.«

»Tut uns leid«, sagte einer der Jungen. Nun warfen sie die Knochen über den Gartenzaun.

»Ich glaube, es ist an der Zeit, die Teller einzusammeln und ein bißchen Kuchen aufzutragen«, sagte Sofies Mutter schließlich. »Wer möchte alles Kaffee?«

Das Ehepaar Ingebrigtsen, Alberto und noch zwei andere hoben die Hand.

»Sofie und Jorunn helfen mir vielleicht...«

Auf dem Weg in die Küche kam es zu einem kleinen Gespräch unter Freundinnen.

»Warum hast du ihn geküßt?«

»Ich habe seinen Mund gesehen, und da kriegte ich so furchtbare Lust. Er ist total unwiderstehlich.«

»Wie hat es geschmeckt?«

»Etwas anders, als ich's mir vorgestellt hatte, aber...«

»Dann war es das erste Mal?«

»Aber es wird nicht das letzte Mal sein.«

Bald standen Kaffee und Kuchen auf dem Tisch. Alberto verteilte Chinaböller an die Jungen, aber jetzt klopfte Sofies Mutter an ihre Kaffeetasse.

»Ich will keine große Rede halten«, sagte sie. »Aber ich habe nur eine Tochter, und nur dieses eine Mal ist es genau eine Woche und einen Tag her, seit sie fünfzehn geworden ist. Wie ihr seht, haben wir an nichts gespart. Der Baumkuchen hat vierundzwanzig Etagen, also mindestens eine für jeden. Wer sich zuerst nimmt, kann aber zwei Etagen nehmen. Denn wir fangen oben an, und die Ringe werden im Laufe der Zeit immer größer. So ist es auch in unserem Leben. Als Sofie noch eine kleine Maus war, trippelte sie in recht kleinen und bescheidenen Ringen durch die Gegend. Aber im Laufe der Jahre wurden die Ringe immer größer und größer. Jetzt ziehen sie sich schon bis zur Altstadt und wieder zurück nach Hause. Und da ihr Vater viel unterwegs ist, telefoniert sie außerdem in der ganzen Welt herum. Wir gratulieren zum fünfzehnten Geburtstag, Sofie!«

»Bezaubernd!« rief Frau Ingebrigtsen.

Sofie war nicht sicher, ob damit ihre Mutter, die Rede, der Baumkuchen oder Sofie selber gemeint war.

Die Festgäste applaudierten, und ein Junge warf einen Chinaböller in den Birnbaum. Nun stand auch Jorunn auf und versuchte, Jørgen vom Stuhl zu ziehen. Er ließ sich ziehen, und sie legten sich ins Gras und küßten sich dort weiter. Nach einer Weile rollten sie sich unter die Johannisbeersträucher.

»Heutzutage ergreifen die Mädchen die Initiative«, sprach der Stadtkämmerer.

Mit diesen Worten stand er auf und ging zu den Johannisbeersträuchern, um sich, was dort vorging, aus nächster Nähe anzusehen. Worauf fast die gesamte Gesellschaft seinem Beispiel folgte. Nur Sofie und Alberto blieben auf ihren Plätzen sitzen. Bald standen die Gäste im Halbkreis um Jorunn und Jørgen, die die unschuldige Küsserei inzwischen abgehakt hatten und zu einer mittleren Knutscherei übergegangen waren.

»Die lassen sich wohl gar nicht aufhalten!« sagte Frau Ingebrigtsen – nicht ohne einen gewissen Stolz.

»Nein, das Menschliche will eben immer wieder sein Recht«, meinte ihr Mann.

Er sah sich um, um wenn irgend möglich eine Art Anerkennung für diese wohlgesetzten Worte einzuheimsen. Als ihm nur stummes Nicken zuteil wurde, fügte er hinzu:

»Dagegen kann man nichts machen.«

Aus weiter Entfernung sah Sofie, daß Jørgen versuchte, Jorunns weiße Bluse aufzuknöpfen, die schon voller grüner Flecken war. Sie fingerte an seinem Gürtel herum.

»Daß ihr euch nur nicht erkältet«, sagte Frau Ingebrigtsen.

Sofie sah Alberto verzweifelt an.

»Das geht schneller, als ich gedacht hätte«, sagte er. »Wir müssen so schnell wie möglich weg von hier. Ich werde nur eine kurze Rede halten.«

Damit klatschte Sofie in die Hände.

»Könnt ihr euch bitte wieder setzen? Alberto will eine Rede halten.«

Alle außer Jorunn und Jørgen kamen angetrottet und setzten sich an den Tisch.

»Nein, wollen Sie wirklich eine Rede halten?« fragte Sofies Mutter. »Das ist aber liebenswürdig!«

»Ich danke für die Aufmerksamkeit.«

»Wie ich höre, gehen Sie auch gern spazieren.« Sofies Mutter wollte offensichtlich ein Gespräch mit Alberto beginnen. »Es ist ja so wichtig, sich fit zu halten. Aber besonders sympathisch finde ich es, daß Sie zum Spaziergang einen Hund mitnehmen. Heißt er nicht Hermes?«

Alberto erhob sich und tippte an seine Kaffeetasse.

»Liebe Sofie!« begann er. »Ich erinnere daran, daß wir hier ein philosophisches Gartenfest feiern. Deshalb werde ich eine philosophische Rede halten.«

Schon jetzt wurde er von Applaus unterbrochen.

»Auch in dieser ausgelassenen Gesellschaft kann eine Prise Vernunft nicht schaden. Aber wir wollen natürlich auch nicht vergessen, dem Geburtstagskind zum fünfzehnten Geburtstag zu gratulieren.«

Er hatte den Satz noch nicht beendet, als sie das Dröhnen

eines Flugzeugs hörten. Bald zog es im Tiefflug über den Garten. Am Heck war ein langes Banner befestigt, darauf stand: »Herzlichen Glückwunsch zum fünfzehnten Geburtstag!«

Das führte zu neuem, noch kräftigerem Applaus.

»Da seht ihr!« rief Sofies Mutter. »Der Mann kann mehr als nur Chinaböller anzünden!«

»Danke, eine reine Bagatelle. Sofie und ich haben im Laufe der letzten Wochen eine größere philosophische Untersuchung durchgeführt. Hier und jetzt wollen wir verkünden, was dabei herausgekommen ist. Wir werden das tiefste Geheimnis unseres Daseins verraten.«

Jetzt wurde es so still um den Tisch, daß man die Vögel singen hören konnte. Dazu kamen die Geräusche aus den Johannisbeersträuchern.

»Weiter!« sagte Sofie.

»Nach sorgfältigen philosophischen Untersuchungen – die sich von den ersten griechischen Philosophen bis zum heutigen Tage hingezogen haben – fanden wir heraus, daß wir unsere Leben im Bewußtsein eines Majors leben. Er befindet sich zur Zeit als UN-Beobachter im Libanon und hat für seine Tochter zu Hause in Lillesand ein Buch über uns geschrieben. Sie heißt Hilde Møller Knag und ist am selben Tag wie Sofie fünfzehn geworden. Das Buch über uns alle hier lag auf ihrem Nachttisch, als sie am Morgen des 15. Juni erwachte. Genauer gesagt, handelt es sich um einen großen Ordner. In diesem Augenblick kitzeln die allerletzten Seiten in dem Ordner ihren Zeigefinger.«

Die Tischgesellschaft wurde spürbar nervös.

»Unser Dasein ist also nicht mehr und nicht weniger als eine Art Geburtstagsunterhaltung für Hilde Møller Knag. Denn wir sind allesamt nur als Umrahmung des philosophischen Unterrichts ersonnen worden, den der Major seiner Tochter erteilt. Das bedeutet zum Beispiel, daß der weiße Mercedes vor der Tür keine fünf Öre wert ist. Er ist nicht mehr wert als alle weißen Mercedesse im Kopf des armen UN-Majors, der sich soeben in den Schatten gesetzt hat, um keinen Sonnenstich zu bekommen. Im Libanon ist es nämlich heiß, ihr Lieben.«

»Verrückt!« rief der Stadtkämmerer jetzt. »Das ist doch das pure Gewäsch!«

»Das Wort ist natürlich frei«, fuhr Alberto ungerührt fort. »Aber die Wahrheit ist, daß dieses ganze Gartenfest das pure Gewäsch ist. Die einzige kleine Prise Vernunft in dieser Gesellschaft ist diese Rede.«

Nun erhob sich der Stadtkämmerer und sagte:

»Da gibt man sich redliche Mühe, seine Pflicht zu tun. Man achtet außerdem darauf, daß man gegen alles und jedes versichert ist. Und plötzlich kommt so ein arbeitsscheuer Trottel mit angeblich ›philosophischen‹ Behauptungen daher, die alles zunichte machen!«

Alberto nickte.

»Gegen diese Art von philosophischer Erkenntnis hilft allerdings keine Versicherung. Wir reden hier von etwas, das schlimmer ist als alle Naturkatastrophen, Herr Stadtkämmerer. Wie Ihnen sicher bekannt ist, decken Versicherungen auch solche Schäden nicht.«

»Das hier ist keine Naturkatastrophe.«

»Nein, es ist eine existentielle Katastrophe. Sie können zum Beispiel einen Blick in die Johannisbeersträucher werfen, dann werden Sie verstehen, was ich meine. Wir können uns nicht dagegen versichern, daß unser ganzes Dasein kollabiert. Man kann sich auch nicht dagegen versichern, daß die Sonne erlischt.«

»Müssen wir uns das wirklich bieten lassen?« fragte Jorunns Vater seine Frau.

Sie schüttelte den Kopf, und das tat auch Sofies Mutter.

»Wie traurig!« sagte sie. »Und dabei hatten wir an nichts gespart!«

Die jungen Leute aber starrten Alberto nur mit großen Augen an. Es ist ja oft so, daß junge Menschen für neue Ideen und Gedanken aufgeschlossener sind als die, die schon eine Weile gelebt haben.

»Wir möchten gern mehr hören«, sagte ein Junge mit blonden Locken und einer Brille.

»Danke schön, aber viel mehr gibt es nicht zu sagen. Wenn uns erst einmal aufgegangen ist, daß wir nur Traumbilder im dösigen Bewußtsein eines anderen Menschen sind, ist es nach meiner Meinung am vernünftigsten zu schweigen. Aber abschließend kann ich euch jungen Leuten einen kleinen Kurs über die Geschichte der Philosophie empfehlen. Dadurch entwickelt ihr eine kritische Einstellung gegenüber der Welt, in der ihr lebt. Es ist auch wichtig, den Werten der Elterngeneration gegenüber kritisch zu sein. Wenn ich Sofie etwas beizubringen versucht habe, dann kritisches Denken. Hegel hat das als negatives Denken bezeichnet.«

Der Stadtkämmerer stand immer noch. Er stand da und trommelte mit den Fingern auf die Tischplatte.

»Dieser Agitator will die gesunden Einstellungen zerstören, die wir zusammen mit Schule und Kirche der heranwachsenden Generation einzupflanzen versuchen – der Generation, die unsere Zukunft ist und die eines Tages unsere Besitztümer erben wird. Wenn er nicht sofort aus dieser Gesellschaft entfernt wird, rufe ich meinen Anwalt an. Er wird wissen, was zu tun ist.«

»Es spielt überhaupt keine Rolle, was Sie glauben tun zu sollen, denn Sie sind nur ein Schattenbild. Außerdem werden Sofie und ich dieses Fest bald verlassen. Der Philosophiekurs war nämlich kein rein theoretisches Projekt. Er hatte auch eine praktische Seite. Wenn die Zeit dafür reif ist, werden wir das Kunststück des Verduftens vorführen. Und auf dieselbe Weise werden wir uns auch aus dem Bewußtsein des Majors schleichen.«

Helene Amundsen packte ihre Tochter am Arm.

»Du willst mich doch wohl nicht verlassen, Sofie?«

Sofie legte einen Arm um sie und blickte zu Alberto auf.

»Mama wird so traurig sein ...«

»Nein, das ist Unsinn. Du darfst nicht vergessen, was du gelernt hast. Von diesem Quatsch wollen wir uns doch gerade befreien. Deine Mutter ist ebenso wirklich eine nette und liebe

Frau, wie Rotkäppchens Korb neulich mit Kuchen und Wein für die Großmutter gefüllt war. Und sie ist genauso wirklich traurig, wie das Flugzeug vorhin für sein Glückwunschmanöver Benzin benötigt hat.«

»Ich glaube, ich verstehe, was du meinst«, sagte Sofie. Dann drehte sie sich wieder zu ihrer Mutter um. »Und deshalb muß ich tun, was er sagt, Mama. Eines Tages hätte ich dich sowieso verlassen müssen.«

»Du wirst mir fehlen«, sagte ihre Mutter. »Aber wenn es einen Himmel über diesem gibt, dann mußt du eben fliegen. Ich versuche, mich gut um Govinda zu kümmern. Bekommt sie ein oder zwei Salatblätter pro Tag?«

Alberto legte ihr eine Hand auf die Schulter.

»Weder dir noch sonst irgendwem werden wir fehlen, und das liegt einfach daran, daß es euch alle hier nicht gibt. Es gibt euch nicht, also habt ihr auch nichts, womit ihr uns vermissen könntet.«

»Das ist wirklich die allergröbste Beleidigung, die mir je untergekommen ist!« rief Frau Ingebrigtsen.

Der Stadtkämmerer nickte.

»Wir können ihn ohne weiteres wegen Beleidigung verklagen. Und du wirst sehen, er ist Kommunist. Er will uns nicht umsonst alles wegnehmen, was wir lieben. Der Mann ist ein Schuft, ein verkommener Schurke...«

Nun setzte sich Alberto, und der Stadtkämmerer tat es ihm nach. Er war vor Zorn ganz rot im Gesicht. Jetzt kamen auch Jorunn und Jørgen wieder an den Tisch und setzten sich. Ihre Kleider waren verdreckt und zerknittert. Jorunns blonde Haare waren mit Erde und Lehm verklebt.

»Mama, ich kriege ein Kind«, verkündete sie.

»Na gut, aber warte gefälligst damit, bis wir zu Hause sind.«

Ihr Mann sprang ihr sofort bei:

»Ja, sie soll sich gefälligst zusammennehmen. Und wenn das Kind heute abend noch getauft werden soll, muß sie alles selber arrangieren.«

Alberto blickte ernst zu Sofie.

»Es ist soweit.«

»Kannst du uns nicht wenigstens noch etwas Kaffee holen, bevor du gehst?« fragte ihre Mutter.

»Doch, Mama, das mach ich sofort.«

Sofie nahm die Thermoskanne vom Tisch. In der Küche mußte sie die Kaffeemaschine einschalten. Während sie auf den Kaffee wartete, fütterte sie die Vögel und die Goldfische. Sie konnte die Katze nicht sehen, öffnete aber eine große Dose Katzenfutter, kippte den Inhalt in einen tiefen Teller und stellte ihn vor die Tür. Sie merkte, daß ihre Augen feucht waren.

Als sie mit dem Kaffee zurückkam, hatte das Gartenfest mehr Ähnlichkeit mit einem Kindergeburtstag als mit einem Fest für eine Fünfzehnjährige. Die Cola- und Limonadenflaschen waren umgestoßen, ein Stück Schokoladenkuchen war auf dem Tisch verschmiert, und die Schüssel mit den Negerküssen lag umgestülpt auf dem Boden. Als Sofie die Kanne abstellte, steckte gerade ein Junge einen Chinaböller in die Sahnetorte. Sie explodierte, und Creme und Schlagsahne spritzten über den Tisch und die Festgäste. Am schlimmsten traf es Frau Ingebrigtsens roten Hosenanzug.

Seltsamerweise nahmen Sofie und alle anderen das mit großer Gemütsruhe hin. Dann langte auch Jorunn nach einem Stück Schokoladenkuchen und schmierte es Jørgen ins Gesicht. Gleich darauf fing sie an, ihn wieder sauber zu lecken.

Sofies Mutter und Alberto hatten sich in einiger Entfernung auf die Hollywoodschaukel gesetzt. Sie winkten Sofie zu.

»Endlich könnt ihr euch unter vier Augen unterhalten«, sagte Sofie.

»Und du hattest wirklich recht«, sagte ihre Mutter fröhlich. »Alberto ist ein großartiger Mensch. Ich überlasse dich seinen starken Armen.«

Sofie setzte sich zwischen sie.

Zwei Jungen waren aufs Dach geklettert, ein Mädchen pikste mit einer Haarnadel Löcher in die Ballons, und nun kam auch noch ein ungebetener Gast auf einem Moped angefahren. Auf dem Gepäckträger transportierte er eine Kiste mit Bier und Schnaps. Er wurde von einigen hilfsbereiten Jungen in Empfang genommen.

Der Stadtkämmerer erhob sich. Er klatschte in die Hände und sagte:

»Wollen wir spielen, Kinder?«

Er schnappte sich eine Bierflasche, leerte sie aus und stellte sie ins Gras. Danach ging er zum Tisch und holte die vier untersten Baumkuchenringe. Er zeigte den Gästen, wie sie mit den Ringen nach der Flasche werfen sollten.

»Die letzten Zuckungen«, sagte Alberto. »Wir müssen endlich los, bevor der Major noch den Schlußstrich zieht und Hilde den großen Ordner zuklappt.«

»Dann mußt du ganz allein aufräumen, Mama.«

»Macht nichts, mein Kind. Und ich denke, das hier wäre doch kein Leben für dich. Wenn Alberto dir etwas Besseres bieten kann, ist niemand glücklicher darüber als ich. Hast du nicht gesagt, er hätte ein weißes Pferd?«

Sofie schaute um sich. Der Garten war nicht mehr wiederzuerkennen. Überall waren Flaschen und Hähnchenknochen, Negerküsse und Ballons ins Gras getrampelt.

»Das war einmal mein kleines Paradies«, sagte sie.

»Und jetzt wirst du daraus vertrieben«, antwortete Alberto.

Ein Junge hatte sich in den weißen Mercedes gesetzt. Jetzt fuhr er los, bretterte durch das geschlossene Gartentor, bog ab auf den Kiesweg und fuhr durch den Garten.

Sofie wurde am Arm gepackt. Jemand zog sie in die Höhle. Dann hörte sie Albertos Stimme:

»Jetzt!«

Im selben Augenblick rammte der weiße Mercedes einen Apfelbaum. Unreife Äpfel hagelten auf die Motorhaube.

»Das geht zu weit!« rief der Stadtkämmerer. »Ich verlange Schadensersatz!«

Seine bezaubernde Frau unterstützte ihn voll und ganz:

»Daran ist nur dieser Trottel schuld. Wo steckt er?«

»Sie sind wie vom Erdboden verschlungen«, sagte Sofies Mutter, und sie sagte das nicht ohne einen gewissen Stolz.

Sie stand auf und begann, die Spuren des philosophischen Gartenfestes zu beseitigen.

»Möchte niemand mehr Kaffee?«

Kontrapunkt

... zwei oder mehr Melodien erklingen gleichzeitig ...

Hilde setzte sich im Bett auf. Hier endete die Geschichte von Sofie und Alberto. Aber was passierte da eigentlich? Warum hatte ihr Vater dieses letzte Kapitel geschrieben? Wollte er damit seine Macht über Sofies Welt demonstrieren?

Sehr nachdenklich ging sie ins Badezimmer und zog sich an. Nach einem kurzen Frühstück schlenderte sie hinaus in den Garten und setzte sich auf die Hollywoodschaukel.

Sie stimmte Alberto darin zu, daß seine Rede das einzig Vernünftige war, was auf diesem Gartenfest geschehen war. Ihr Vater konnte doch wohl nicht meinen, daß Hildes Welt genauso chaotisch war wie Sofies Gartenfest? Oder daß auch ihre Welt irgendwann kollabieren würde?

Und dann waren da ja noch Sofie und Alberto. Was war aus ihrem Geheimplan geworden?

Sollte Hilde jetzt etwa selber weiterdichten? Oder hatten sie sich wirklich aus der Erzählung schleichen können? Aber wo waren sie dann?

Plötzlich ging ihr etwas auf: Wenn Alberto und Sofie sich wirklich aus der Geschichte geschlichen hatten, dann würde darüber nichts auf den Blättern im Ordner stehen können. Über alles, was dort stand, war ihr Vater nur zu gut im Bilde.

Ob es zwischen den Zeilen gestanden haben konnte? Etwas in der Richtung war zumindest angedeutet worden. Auf der Hollywoodschaukel sitzend, erkannte Hilde, daß sie die ganze Geschichte noch einige Male würde lesen müssen.

Während der weiße Mercedes durch den Garten raste, hatte Alberto Sofie in die Höhle gezerrt. Dann waren sie in Richtung Majorshütte durch den Wald gelaufen.

»Schnell!« rief Alberto. »Wir müssen es schaffen, bevor er nach uns zu suchen beginnt.«

»Sind wir jetzt seiner Aufmerksamkeit entkommen?«

»Wir befinden uns im Grenzland!«

Sie ruderten über den See und stürzten in die Hütte. Hier öffnete Alberto eine Kellerluke. Er schob Sofie hinunter in den Keller. Dann wurde alles schwarz.

In den folgenden Tagen arbeitete Hilde weiter an ihrem Plan. Sie schickte Anne Kvamsdal in Kopenhagen mehrere Briefe und rief sie zweimal an. Auch in Lillesand rekrutierte sie Freunde und Bekannte als Hilfstruppen; fast die halbe Klasse wurde engagiert.

Zwischendurch las sie »Sofies Welt«. Es war keine Geschichte, mit der man nach dem ersten Durchlesen fertig war. Immer wieder kamen Hilde neue Gedanken darüber, was nach ihrem Verschwinden auf dem Gartenfest aus Sofie und Alberto geworden sein könnte.

Am Samstag, dem 23. Juni, fuhr sie gegen neun Uhr aus dem Schlaf. Sie wußte, daß ihr Vater jetzt schon aus dem Lager im Libanon abgereist war. Jetzt hieß es nur noch warten. Der letzte Teil seines Tages war bis ins kleinste Detail durchgeplant.

Später am Vormittag fing sie zusammen mit ihrer Mutter an, die Mittsommernacht vorzubereiten. Hilde mußte dabei einfach daran denken, wie Sofie und ihre Mutter alles für *ihr* Fest vorbereitet hatten.

Aber das war doch wohl alles schon vorbei? Sie deckten doch nicht gerade jetzt den Tisch?

Sofie und Alberto setzten sich auf eine Rasenfläche vor zwei großen Gebäuden mit außenliegenden scheußlichen Ventilen und Lüftungsrohren. Eine junge Frau und ein junger Mann kamen aus einem Haus, er mit einer braunen Aktentasche, sie mit einer roten Schultertasche. Auf einer kleinen Straße im Hintergrund fuhr ein Auto vorbei.

»Was ist passiert?« fragte Sofie.

»Wir haben's geschafft.«

»Aber wo sind wir hier?«

»Die Gegend hier heißt Majorstua.«

»Aber...«

»Das liegt in Oslo.«

»Bist du sicher?«

»Ganz sicher. Das eine Haus hier heißt ›Château Neuf‹, das bedeutet ›neues Schloß‹. Darin kannst du Musik studieren. Das andere Haus ist die theologische Fakultät. Weiter oben auf dem Hügel kannst du Naturwissenschaften studieren und ganz oben Literaturwissenschaften und Philosophie.«

»Sind wir jetzt aus Hildes Buch und der Kontrolle des Majors entwischt?«

»Die Antwort ist zweimal ja. Hier findet er uns nie im Leben.«

»Aber wo waren wir, als wir durch den Wald gelaufen sind?«

»Während der Major damit beschäftigt war, das Auto des Stadtkämmerers gegen den Apfelbaum fahren zu lassen, konnten wir uns in der Höhle verstecken. Dabei waren wir im Embryostadium, Sofie. Wir gehörten zur alten und zur neuen Welt zugleich. Aber der Major kann unmöglich auf die Idee gekommen sein, daß wir uns dort versteckten.«

»Wieso nicht?«

»Dann hätte er uns nicht so leicht auskommen lassen. Das hat doch alles traumhaft geklappt. Naja – vielleicht hat er das Spiel ja doch mitgespielt...«

»Wie meinst du das?«

»*Er* hat doch den weißen Mercedes losfahren lassen. Vielleicht *wollte* er uns aus den Augen verlieren. Er muß total erschöpft gewesen sein nach allem, was passiert war...«

Jetzt war das junge Paar nur noch wenige Meter von ihnen entfernt. Sofie fand es ein bißchen peinlich, daß sie mit einem

Mann, der soviel älter war als sie selber, im Gras saß. Und sie wollte von irgendwem eine Bestätigung für das, was Alberto gesagt hatte.

Sie sprang auf und lief den beiden entgegen.

»Könnt ihr mir bitte sagen, wie die Gegend hier heißt?«

Aber sie gaben keine Antwort und beachteten sie gar nicht.

Sofie ärgerte das so sehr, daß sie die beiden noch einmal ansprach.

»Es ist doch wohl nicht zuviel verlangt, wenn man auf eine Frage auch eine Antwort haben möchte?«

Der junge Mann war offenbar damit beschäftigt, der Frau etwas zu erklären.

»Die kontrapunktische Komposition entwickelt sich in zwei Dimensionen, horizontal – oder melodisch – und vertikal – oder harmonisch. Es handelt sich also um zwei oder mehr Melodien, die zusammenklingen ...«

»Entschuldigt die Unterbrechung, aber ...«

»Die Melodien werden so kombiniert, daß sie sich soweit wie möglich unabhängig davon, wie sie zusammenklingen, entfalten. Aber es muß ja auch Harmonie geben. Das bezeichnen wir als Kontrapunkt. Eigentlich bedeutet das, Note gegen Note.«

Was für eine Frechheit! Die beiden waren doch schließlich weder taub noch blind. Sofie versuchte es noch ein drittes Mal, indem sie sich vor ihnen aufbaute und ihnen den Weg versperrte.

Sie wurde einfach beiseite geschoben.

»Es wird ganz schön windig«, sagte die Frau.

Sofie rannte zu Alberto zurück.

»Die hören nicht!« sagte sie – und während sie das sagte, fiel ihr der Traum von Hilde und dem Goldkreuz ein.

»Den Preis müssen wir wohl bezahlen, Sofie. Wenn wir uns aus einem Buch herausschleichen, können wir nicht erwarten, daß wir denselben Status erlangen wie sein Verfasser. Aber wir sind ja hier. Und von nun an werden wir keinen Tag älter werden, als wir beim Verlassen des philosophischen Gartenfestes waren.«

»Aber werden wir nie richtig Kontakt zu den Menschen in unserer Nähe aufnehmen können?«

»Ein echter Philosoph sagt nie ›nie‹. Hast du eine Uhr?«

»Es ist acht.«

»Wie vorhin, als wir das Fest verlassen haben, ja.«

»Heute kommt Hildes Vater aus dem Libanon zurück.«

»Dann müssen wir uns beeilen.«

»Ach – wie meinst du das?«

»Bist du nicht gespannt, was passiert, wenn der Major nach Bjerkely zurückkommt?«

»Natürlich, aber...«

»Also los!«

Sie gingen hinunter in Richtung Stadt. Mehrmals begegneten ihnen Menschen, aber Sofie und Alberto schienen für alle nur Luft zu sein.

Am Straßenrand parkte ein Auto hinter dem anderen. Plötzlich blieb Alberto vor einem roten Sportwagen mit offenem Dach stehen.

»Ich glaube, das können wir nehmen. Wir müssen nur ganz sicher sein, daß es *unser* Auto ist.«

»Ich verstehe überhaupt nichts mehr.«

»Dann erkläre ich es dir. Wir können uns nicht einfach ein normales Auto nehmen, das einem Menschen hier in der Stadt gehört. Was, glaubst du, würde passieren, wenn die Leute ein Auto entdecken, das ohne Fahrer fährt? Außerdem würde es uns kaum gelingen, es zum Fahren zu bringen.«

»Und was ist mit dem hier?«

»Ich glaube, den kenne ich aus einem alten Film.«

»Entschuldige, aber ich ärgere mich langsam über alle diese geheimnisvollen Andeutungen.«

»Das ist ein Phantasieauto, Sofie. Es ist genau wie wir. Die Menschen in dieser Stadt sehen nur einen leeren Parkplatz. Und genau das müssen wir überprüfen, ehe wir losfahren.«

Sie blieben stehen und warteten. Nach einer Weile kam ein Junge angeradelt und fuhr mitten durch das rote Auto.

»Da siehst du's! Es ist unseres!«

Alberto öffnete die Tür auf der Beifahrerseite.

»Bitte sehr!« sagte er, und Sofie stieg ein.

Er selber setzte sich hinters Lenkrad. Der Zündschlüssel steckte, Alberto drehte ihn herum – und der Wagen sprang an.

Nachdem er den Kirkeveien hinter sich gelassen hatte, hatten sie auch bald den Drammensveien erreicht. Sie passierten Lysaker und Sandvika. Nach und nach sahen sie die ersten Johannisfeuer, vor allem, als Drammen hinter ihnen lag.

»Es ist Mittsommer, Sofie! Ist das nicht wunderbar?«

»Und in einem offenen Wagen weht der Wind so frisch. Kann uns wirklich niemand sehen?«

»Nur die, die zu uns gehören. Vielleicht begegnen uns sogar ein paar von ihnen. Wie spät ist es?«

»Halb zehn.«

»Dann müssen wir Abkürzungen nehmen. Wir können jedenfalls nicht mehr länger hinter diesem LKW herzockeln.«

Er bog in ein großes Kornfeld. Sofie drehte sich um und sah, daß sie einen breiten Streifen plattgedrückter Halme hinter sich ließen.

»Morgen sagen sie, der Wind hätte das Feld so zugerichtet«, meinte Alberto.

Major Albert Knag war in Kopenhagen gelandet. Es war Samstag, der 23. Juni, 16.30 Uhr. Er hatte schon einen langen Tag hinter sich. Der Flug von Rom nach Kopenhagen war die vorletzte Etappe seiner Reise gewesen.

In der UN-Uniform, auf die er immer so stolz war, passierte er die Paßkontrolle. Er repräsentierte nicht nur sich selber, er repräsentierte eine internationale Rechtsordnung – und deshalb eine jahrhundertealte Tradition, die den gesamten Planeten umfaßte.

Er trug eine kleine Schultertasche; sein übriges Gepäck hatte er in Rom aufgegeben. Er brauchte nur mit seinem roten Paß zu winken.

»Nothing to declare.«

Major Albert Knag hatte fast drei Stunden Aufenthalt in Kopenhagen, dann erst ging sein Flugzeug nach Kristiansand. Er mußte für seine Familie noch ein paar kleine Geschenke kaufen. Das große Geburtstagsgeschenk hatte er Hilde schon vor fast zwei Wochen geschickt. Marit hatte es auf ihren Nachttisch gelegt, damit Hilde es fand, wenn sie an ihrem Geburtstag erwachte. Seit dem Anruf am selben Abend hatte er nicht mit Hilde gesprochen.

Er kaufte einige norwegische Zeitungen, setzte sich in die Flughafenbar und bestellte eine Tasse Kaffee. Er hatte gerade erst einen Blick auf die Schlagzeilen geworfen, als er eine Lautsprecheransage hörte:

»Eine wichtige Nachricht für Herrn Albert Knag. Herr Knag wird gebeten, sich an den SAS-Schalter zu wenden.«

Was war das? Albert Knag spürte, wie es ihm eiskalt den Rükken hinunterlief. Er wurde doch wohl nicht in den Libanon zurückbeordert? Oder ob zu Hause etwas nicht stimmte?

Kurz darauf stand er vor dem Informationsschalter:

»Ich bin Albert Knag.«

»Bitte sehr. Es ist angeblich eilig.«

Ein Briefumschlag. Er riß ihn auf. Darin steckte ein noch kleinerer Umschlag. Auf diesem stand: »Major Albert Knag, c/o SAS-Information, Flughafen Kastrup, Kopenhagen.«

Major Albert Knag war nervös. Er öffnete den kleinen Umschlag. Darin steckte ein Zettelchen.

Lieber Papa! Ich heiße Dich herzlich willkommen zu Hause. Schön, daß Du zurück bist aus dem Libanon. Du verstehst sicher, daß ich nicht warten kann, bis Du nach Hause kommst. Verzeih mir, daß ich Dich über Lautsprecher rufen lassen mußte. So war es am leichtesten.

PS. Stadtkämmerer Ingebrigtsen fordert leider Schadenersatz für einen Unfall mit einem gestohlenen Mercedes.

PPS. Vielleicht sitze ich im Garten, wenn Du nach Hause kommst. Aber vielleicht hörst Du auch vorher noch von mir.

PPPS. Ich habe ein bißchen Angst davor, zu lange auf einmal im Garten zu bleiben. An solchen Orten ist es ja so leicht, vom Erdboden verschluckt zu werden.

Liebe Grüße, Hilde, die viel Zeit hatte, um Deine Heimkehr vorzubereiten

Major Albert Knag mußte zuerst lächeln. Aber es gefiel ihm durchaus nicht, so manipuliert zu werden. Er hatte immer gern die Fäden in der Hand. Und jetzt saß dieses freche Gör zu Hause in Lillesand und scheuchte ihn durchs Flughafengelände! Wie sie das wohl geschafft hatte? Er steckte den Umschlag in seine Brusttasche und spazierte an den vielen Geschäften vorbei. Als er gerade den Lebensmittelladen betreten wollte, entdeckte er einen kleinen Briefumschlag, der am Schaufenster angeklebt war. »MAJOR KNAG« stand mit fettem Filzstift darauf geschrieben. Er riß den Umschlag ab und las:

Wichtige Nachricht für Major Albert Knag, c/o Dansk Mat, Flughafen Kastrup, Kopenhagen. Lieber Papa! Bitte kaufe eine große dänische Salami, von mir aus zwei Kilo. Mama freut sich bestimmt über eine Cognacwurst.

PS. Limfjord-Kaviar ist auch nicht zu verachten.

Liebe Grüße, Hilde

Albert Knag sah sich um. Sie konnte doch wohl nicht in der Nähe sein? Marit hatte ihr doch wohl keinen Flug nach Kopenhagen geschenkt, nur damit sie ihn hier abholte? Es war Hildes Schrift... Plötzlich fühlte sich der UN-Beobachter selber beobachtet. Jemand schien alles, was er tat, fernzusteuern.

Er ging in den Laden und kaufte eine Zweikilowurst Salami, eine Cognacwurst und drei Dosen Limfjord-Kaviar. Dann schlenderte er weiter an den Geschäften vorbei. Er wollte für Hilde noch ein zusätzliches Geburtstagsgeschenk kaufen. Ob sie vielleicht einen Taschenrechner brauchen konnte? Oder ein kleines Reiseradio – ja, das wäre das Richtige.

Als er den Elektroladen erreicht hatte, sah er, daß auch hier ein Briefumschlag am Fenster hing. »Major Albert Knag, c/o das interessanteste Geschäft auf dem ganzen Flughafen« stand darauf. Auf dem Zettel, der darin steckte, las er folgende Nachricht:

Lieber Papa! Ich soll von Sofie grüßen und für einen Mini-Fernseher samt UKW-Radio danken, das sie von ihrem sehr großzügigen Papa zum Geburtstag bekommen hat. Das war wirklich toll, aber andererseits war es ja nur eine Bagatelle. Ich muß allerdings zugeben, daß ich Sofies Interesse für solche Bagatellen teile.

PS. Wenn Du nicht schon dort gewesen bist, dann hängen weitere Mitteilungen an Dich auch am Lebensmittelladen und an dem großen Duty Free Shop, wo Wein und Zigaretten verkauft werden.

PPS. Ich habe zum Geburtstag Geld bekommen und kann meinen eigenen Mini-Fernseher mit 350 Kronen sponsern.

Liebe Grüße von Hilde, die schon den Truthahn gefüllt und den Waldorfsalat angerührt hat

Der Mini-Fernseher kostete 985 dänische Kronen. Das konnte vielleicht noch als Bagatelle bezeichnet werden, keineswegs aber, wie Major Albert Knag von den seltsamen Einfällen seiner Tochter hierhin und dorthin dirigiert wurde. War sie nun hier – oder war sie das nicht?

Von nun an sah er sich bei jedem Schritt nach allen Seiten um. Er kam sich vor wie ein Spion und eine Aufziehpuppe in einer Person. Wurde er hier nicht Schritt für Schritt seiner menschlichen Freiheit beraubt?

Dennoch mußte er zu dem großen Duty Free Shop. Hier fand er einen weißen Briefumschlag, auf dem sein Name stand. Der ganze Flughafen schien in eine Art Computerspiel verwandelt, bei dem er als Cursor diente. Auf dem Zettel stand:

Major Knag, c/o Duty Free Shop auf dem Flughafen. Alles, was ich von hier will, ist eine Tüte Weingummi und ein paar Schachteln mit Marzipan von Anthon Berg. Vergiß nicht, daß das alles in Norwegen viel teurer ist! Soviel ich weiß, trinkt Mama gern Campari.

PS. Du mußt auf der ganzen Heimreise offene Sinne haben. Denn Du willst doch wohl keine wichtige Nachricht übersehen?

Grüße von Deiner sehr gelehrigen Tochter Hilde

Albert Knag seufzte resigniert, doch dann ging er in den Laden und kaufte, was Hilde bestellt hatte. Mit drei Plastiktüten und seiner Schultertasche ging er nun zum Ausgang 28, um dort den Abflug abzuwarten. Wenn es noch mehr Zettel gab, dann sollten sie eben hängenbleiben.

Aber auch an einer Säule beim Ausgang 28 hing ein weißer Umschlag: »Für Major Knag, c/o Ausgang 28, Flughafen Kastrup, Kopenhagen.« Auch das war Hildes Schrift, aber war die Nummer des Ausgangs nicht in einer anderen Schrift hinzugefügt worden? Das war leider nicht so leicht zu entscheiden, da er keine Buchstaben vergleichen konnte, sondern nur Zahlen.

Er setzte sich in einen Sessel, der dicht vor einer Wand stand. Die Tüten stellte er auf seine Knie. Der stolze Major saß da und starrte vor sich hin wie ein kleines Kind, das zum ersten Mal allein verreist. Wenn sie hier war, dann sollte sie jedenfalls nicht die Freude haben, ihn als erste zu entdecken. Ängstlich blickte er zu allen Passagieren hoch, die sich nach und nach einfanden. Für eine Weile kam er sich vor wie ein streng überwachter Staatsfeind. Als zum Einsteigen aufgerufen wurde, atmete er erleichtert auf. Er ging als letzter an Bord.

Als er seine Bordkarte abgab, riß er noch schnell einen Briefumschlag ab, der an der Sperre klebte.

Sofie und Alberto waren über die Breviksbrücke gefahren – bald darauf kamen sie an der Abfahrt nach Kragerø vorbei.

»Du fährst ja hundertachtzig«, sagte Sofie.

»Es ist kurz vor neun. Bald landet er auf dem Flugplatz Kjevik. Zum Glück kann uns keine Verkehrskontrolle aufhalten.«

»Aber wenn wir mit irgendwem zusammenstoßen?«

»Das macht auch nichts, solange es ein normales Auto ist. Nur wenn es jemand von uns sein sollte...«

»Ja?«

»Dann müssen wir aufpassen. Hast du nicht gesehen, daß wir an Herbie, dem tollen Käfer vorbeigefahren sind?«

»Nein!«

»Doch. Der hatte irgendwo in Vestfold geparkt.«

»An dem Reisebus da vorne kommen wir aber nicht so leicht vorbei. Hier ist doch auf allen Seiten dichter Wald.«

»Das spielt keine Rolle, Sofie. Das wirst du gleich sehen.«

Und er bog in den Wald ab und fuhr mitten durch die dichtstehenden Bäume hindurch.

Sofie atmete erleichtert auf.

»Du hast mir einen Schrecken eingejagt.«

»Du würdest auch nichts merken, wenn wir durch eine Wand aus Stahl fahren müßten.«

»Das bedeutet, daß wir im Verhältnis zu unserer Umgebung nur luftige Geister sind.«

»Nein, jetzt stellst du alles auf den Kopf. Die Wirklichkeit um uns herum ist für uns wie ein luftiges Märchen.«

»Das mußt du genauer erklären.«

»Dann hör gut zu. Es ist ein weitverbreitetes Mißverständnis, daß Geist ›luftiger‹ sei als Wasserdampf. Aber das Gegenteil ist der Fall. Geist ist fester als Eis.«

»Darüber habe ich nie nachgedacht.«

»Dann will ich dir eine Geschichte erzählen. Es war einmal ein Mann, der nicht an Engel glaubte. Eines Tages kam trotzdem ein Engel zu ihm, während er draußen im Wald arbeitete.«

»Ja?«

»Sie gingen ein kleines Stück zusammen. Am Ende wandte der Mann sich an den Engel und sagte: ›Ja, jetzt muß ich zugeben, daß es Engel gibt. Aber ihr seid keine ordentlichen Wesen, so wie wir.‹ – ›Wie meinst du das?‹ fragte der Engel. Und der Mann antwortete: ›Als wir an dem Felsblock vorbeikamen, mußte ich um ihn herumgehen, aber du bist einfach durch ihn durchgeglitten. Und als wir zu dem umgefallenen Baum kamen, der quer über dem Weg lag, mußte ich drüberklettern, und du bist durchgegangen.‹ Diese Antwort überraschte den Engel. Er sagte: ›Ist dir nicht auch aufgefallen, daß wir durch ein Moor gegangen sind? Da konnten wir beide durch den Nebel gleiten. Und zwar, weil wir eine viel festere Konsistenz haben als der Nebel.‹«

»Ach ...«

»So ist das auch mit uns, Sofie. Geist kann Stahltüren durchdringen. Weder Panzer noch Bomber können etwas, das aus Geist ist, zerstören.«

»Ein seltsamer Gedanke!«

»Bald kommen wir an Risør vorbei, dabei sind wir erst vor einer Stunde losgefahren. Langsam sehne ich mich allerdings nach einer Tasse Kaffee.«

Als sie Fiane erreichten, gleich vor Søndeled, sahen sie auf der linken Seite eine Raststätte. Sie hieß »Cinderella«. Alberto bog ab und parkte auf einem Rasenstreifen.

Im Café versuchte Sofie, eine Colaflasche aus dem Kühltresen zu nehmen, aber die ließ sich nicht bewegen. Sie schien festgeklebt zu sein. Etwas weiter vorne versuchte Alberto, Kaffee in einen Pappbecher zu zapfen, den er im Auto gefunden hatte. Er brauchte bloß auf einen Knopf zu drücken, aber obwohl er sich alle Mühe gab, gelang ihm das nicht.

Das machte ihn so wütend, daß er sich an die Café-Besucher wandte und um Hilfe bat. Als niemand reagierte, rief er so laut, daß Sofie sich die Ohren zuhielt: »Ich will Kaffee!«

Aber so schrecklich wütend war er wohl doch nicht, denn gleich darauf prustete er los.

»Sie können uns ja nicht hören. Und wir können uns natürlich auch nicht an ihrem Kaffee vergreifen.«

Sie wollten schon kehrtmachen und die Raststätte wieder verlassen, als sich doch noch eine alte Frau von ihrem Stuhl erhob und auf sie zukam. Sie trug einen knallroten Rock, eine eisblaue Strickjacke und ein weißes Kopftuch. Diese Farben und überhaupt ihre ganze Gestalt waren irgendwie klarer als alles andere in dem kleinen Café.

Sie kam zu Alberto und sagte:

»Du machst ja vielleicht ein Geschrei, mein Junge.«

»Entschuldigung.«

»Du möchtest Kaffee, hast du gesagt?«

»Ja, aber...«

»Wir haben gleich nebenan ein kleines Etablissement.«

Sie gingen mit der Frau aus dem Café und betraten einen Pfad hinter der Raststätte. Unterwegs fragte sie:

»Ihr seid vielleicht neu hier?«

»Das müssen wir wohl zugeben«, antwortete Alberto.

»Ja, ja. Willkommen in der Ewigkeit, Kinder!«

»Und du selber?«

»Ich stamme aus einem Märchen der Brüder Grimm. Es ist vor über hundertfünfzig Jahren geschrieben worden. Und woher stammt ihr Neuankömmlinge?«

»Wir kommen aus einem Philosophiebuch. Ich bin Philosophielehrer, und Sofie ist meine Schülerin.«

»Hi ... hihi ... ja, das ist mal was Neues.«

Bald erreichten sie eine Lichtung. Hier standen mehrere gemütliche braune Häuschen. Auf einem Platz zwischen den Häuschen brannte ein großes Johannisfeuer, und um das Feuer tanzten farbenfrohe Gestalten. Viele von ihnen erkannte Sofie. Sie sah Schneewittchen und einige Zwerge, Hans im Glück und Sherlock Holmes. Sie sah auch Rotkäppchen und Aschenputtel. Um das große Feuer hatten sich außerdem viele vertraute Gestalten versammelt, die keine Namen hatten: Kobolde und Elfen, Faune und Hexen, Engel und Teufelchen. Sofie entdeckte sogar einen waschechten Troll.

»Hier ist ja der Bär los!« rief Alberto.

»Schließlich ist auch Mittsommernacht«, antwortete die Alte. »So ein Treffen hatten wir zuletzt in der Walpurgisnacht. Da haben wir in Deutschland gefeiert. Ich mache hier nur einen kleinen Besuch. Und du wolltest also Kaffee?«

»Ja, bitte.«

Erst jetzt registrierte Sofie, daß alle Häuschen aus Pfefferkuchen, Karamell und Zuckerguß bestanden. Einige der Figuren knabberten die Häuschen an. Aber eine Bäckerin drehte gleich hinter ihnen ihre Runden und reparierte die entstandenen Schäden. Sofie nahm einen kleinen Bissen von einem Giebel. Es schmeckte süßer und besser als alles, was sie je probiert hatte.

Bald kam die Alte mit einer Tasse Kaffee zurück.

»Tausend Dank«, sagte Alberto.

»Und was gedenken die Gäste für den Kaffee zu bezahlen?«

»Bezahlen?«

»Hier wird zumeist mit einer Geschichte bezahlt. Für den Kaffee reicht ein kleiner Auszug.«

»Wir könnten die unglaubliche Geschichte der Menschheit erzählen«, sagte Alberto. »Aber das Verzwickte ist, daß wir so wenig Zeit haben. Können wir nicht ein andermal zurückkommen?«

»Natürlich. Und warum hat man so wenig Zeit?«

Alberto erzählte, was sie vorhatten, und nun sagte die Alte:

»Doch, ihr seid tatsächlich mal was Neues. Aber ihr müßt bald die Nabelschnur zu eurem fleischlichen Ursprung kappen. Wir sind nicht mehr von Fleisch und Christenblut abhängig. Wir gehören zum ›unsichtbaren Volk‹.«

Bald darauf standen Alberto und Sofie wieder neben der Cafeteria »Cinderella« und dem roten Sportwagen. Gleich neben dem Auto half eine hektische Mutter ihrem kleinen Sohn beim Pipimachen.

Nach einigen Abkürzungen über Stock und Stein hatten sie bald darauf Lillesand erreicht.

Die SX 876 aus Kopenhagen landete pünktlich um 21.35 Uhr. Während das Flugzeug auf die Startbahn in Kopenhagen gerollt war, hatte der Major den Briefumschlag geöffnet, den er am Abfertigungsschalter gefunden hatte. Auf dem Zettel darin stand:

Herrn Major Knag, der gerade seine Bordkarte abgibt, Johannisabend, 1990.

Lieber Papa! Du hast vielleicht geglaubt, ich würde in Kopenhagen auftauchen. Aber meine Kontrolle über das, was Du tust, ist viel raffinierter. Ich sehe Dich überall, Papa. Ich habe nämlich eine alte Zigeunerfamilie aufgesucht, die irgendwann vor vielen, vielen Jahren Urgroßmutter einen magischen Zauberspiegel verkauft hat. Und außerdem habe ich mir jetzt eine Kristallkugel zugelegt. Im Moment sehe ich, daß Du Dich gerade ins Flugzeug gesetzt hast. Bitte denke daran, Dich anzuschnallen und die Rückenlehne senkrecht zu lassen, bis das Fasten Seatbelt-Zeichen erlischt. Sowie das Flugzeug in der Luft ist, kannst Du die Lehne nach hinten kippen und Dir eine kleine Ruhepause gönnen. Du solltest nämlich ausgeruht sein, wenn Du nach Hause kommst. Das Wetter in Lillesand ist wunderbar, wenn es auch um einige Grad kühler ist als im Libanon. Ich wünsche Dir einen angenehmen Flug.

Liebe Grüße von Deiner Hexe von Tochter, der Königin des Spiegels und der höchsten Beschützerin der Ironie

Albert Knag wußte immer noch nicht so recht, ob er böse oder nur müde und erschöpft war. Aber plötzlich lachte er los. Er lachte so laut, daß sich die anderen Fluggäste nach ihm umsahen. Dann hob das Flugzeug ab.

Er hatte ja nur seine eigene Medizin zu kosten bekommen. Aber gab es nicht doch einen wichtigen Unterschied? Seiner Medizin waren nur Sofie und Alberto zum Opfer gefallen. Und die waren – eben nur Phantasie.

Jetzt befolgte er Hildes Rat. Er kippte die Rückenlehne zurück und nickte ein. Er wachte erst wieder richtig auf, als er die Paßkontrolle schon hinter sich hatte und in der Ankunfthalle des Flughafens stand. Dort wurde er mit einer Demonstration empfangen.

Es waren acht bis zehn Demonstrantinnen, die meisten in Hildes Alter. Auf ihren Plakaten stand: »WILLKOMMEN ZU HAUSE, PAPA!«, »HILDE WARTET IM GARTEN« und: »WEITER MIT IRONIE!«

Das schlimmste war, daß Major Knag sich nicht einfach in ein Taxi setzen konnte. Er mußte auf sein Gepäck warten. Und inzwischen wuselten Hildes Schulfreundinnen um ihn herum, und er mußte alle Plakate viele, viele Male lesen. Erst als ein Mädchen ihm einen Rosenstrauß brachte, gelang ihm ein Schmunzeln. Er wühlte in einer Tüte und gab jeder Demonstrantin ein Marzipanbrot. Für Hilde waren danach nur noch zwei übrig. Nachdem das Gepäck gekommen war, sprach ihn ein junger Mann an und erklärte, er stehe unter dem Kommando der Königin des Spiegels und habe den Auftrag, den Herrn Major nach Bjerkely zu bringen. Die Demonstrantinnen verschwanden in der Menge.

Sie fuhren über die E18. An allen Brücken und Tunneleinfahrten hingen Plakate und Transparente: »Willkommen zu Hause!«, »Der Truthahn wartet«, »Ich sehe dich, Papa«.

Albert Knag atmete erleichtert auf, als er endlich vor dem Gartentor von Bjerkely abgesetzt wurde. Er bedankte sich bei dem Fahrer mit einem Hunderter und drei Dosen Carlsberg-Elephant-Bier.

Seine Frau Marit erwartete ihn vor dem Haus. Nach einer langen Umarmung fragte er:

»Wo ist sie?«

»Sie sitzt auf dem Steg, Albert.«

Alberto und Sofie stellten ihren roten Sportwagen vor dem Hotel Norge am Marktplatz von Lillesand ab. Es war Viertel vor zehn. Draußen bei den Schären sahen sie ein großes Johannisfeuer.

»Wie sollen wir Bjerkely finden?« fragte Sofie.

»Wir müssen eben suchen. Du erinnerst dich doch an das Bild in der Hütte?«

»Wir müssen uns beeilen. Ich will vor ihm dasein.«

Sie fuhren über kleine Wege, aber auch über Bergkuppen und Felsen. Ein wichtiger Anhaltspunkt war, daß Bjerkely am Meer lag.

Plötzlich rief Sofie:

»Da! Wir haben es gefunden!«

»Ich glaube, du hast recht, aber du darfst nicht solchen Lärm machen.«

»Ach was, hier kann uns doch niemand hören.«

»Liebe Sofie – nach dem langen Philosophiekurs finde ich es enttäuschend, daß du immer noch voreilige Schlußfolgerungen ziehst.«

»Aber...«

»Du glaubst doch wohl nicht, daß es in dieser Gegend keine Kobolde und Trolle, Waldgeister und gute Feen gibt?«

»Ach, entschuldige!«

Jetzt fuhren sie durch das Tor und über den Kiesweg vor dem Haus. Alberto hielt auf dem Rasen neben der Hollywoodschaukel an. In einiger Entfernung war ein Tisch für drei Personen gedeckt.

»Ich sehe sie!« flüsterte Sofie. »Sie sitzt genau wie in meinem Traum auf dem Steg.«

»Siehst du, daß der Garten Ähnlichkeit mit deinem eigenen Garten im Kløverveien hat?«

»Ja, das stimmt. Mit der Hollywoodschaukel und überhaupt. Kann ich zu ihr nach unten gehen?«

»Natürlich. Ich bleibe im Auto sitzen ...«

Sofie rannte zum Steg hinunter. Fast wäre sie über Hilde gestolpert. Aber sie setzte sich brav neben sie.

Hilde fingerte am Tauwerk des am Steg vertäuten Ruderbootes herum. In der linken Hand hielt sie einen kleinen Zettel. Es war ganz klar, daß sie wartete. Immer wieder schaute sie auf die Uhr.

Sofie fand sie sehr schön. Sie hatte hellblonde Locken – und knallgrüne Augen. Außerdem trug sie ein gelbes Sommerkleid. Sie hatte ein wenig Ähnlichkeit mit Jorunn.

Sofie versuchte, mit ihr zu reden, obwohl sie ja wußte, daß das keinen Zweck hatte.

»Hilde! Hier ist Sofie!«

Hilde reagierte nicht.

Sofie kniete neben ihr und versuchte, ihr ins Ohr zu rufen: »Hörst du mich, Hilde? Oder bist du blind und taub?«

Riß Hilde jetzt nicht die Augen auf? War das kein kleines Zeichen dafür, daß sie etwas hörte, und sei es auch nur ganz schwach?

Dann drehte Hilde sich um. Ganz plötzlich drehte sie ihren Kopf nach rechts und starrte Sofie voll in die Augen. Ihr Blick war aber nicht richtig fixiert; sie schien mitten durch Sofie hindurchzusehen.

»Nicht so laut, Sofie!«

Das rief Alberto oben, vom roten Sportwagen her.

»Ich will nicht den ganzen Garten voller Nixen haben!«

Sofie blieb nun still sitzen. Aber es tat gut, so nah bei Hilde zu sein.

Dann hörte sie eine tiefe Männerstimme: »Hildchen!«

Das war der Major – mit Uniform und blauer Baskenmütze. Er stand oben im Garten.

Hilde sprang auf und rannte ihm entgegen. Zwischen der Hollywoodschaukel und dem roten Sportwagen trafen sie sich. Er hob sie hoch und wirbelte sie durch die Luft.

Hilde hatte sich auf den Steg gesetzt, um auf ihren Vater zu warten. In jeder Viertelstunde, die seit seiner Ankunft in Kopenhagen vergangen war, hatte sie versucht, sich vorzustellen, wo er gerade war, was er erlebte und wie er das, was er erlebte, aufnahm. Sie hatte sich alle Zeiten auf einem Zettel notiert, den sie den ganzen Tag nicht aus der Hand gegeben hatte.

Ob er vielleicht böse war? Aber er bildete sich doch wohl nicht ein, er könnte einfach ein geheimnisvolles Buch für sie schreiben – und dann wäre alles wie vorher?

Wieder sah sie auf die Uhr. Jetzt war es Viertel nach zehn. Und er konnte jeden Moment kommen.

Aber was war das? Hörte sie nicht einen schwachen Hauch, genau wie in ihrem Traum von Sofie?

Sie fuhr herum. Da *war* etwas, sie war sich ganz sicher. Aber was?

Ob es einfach nur am Sommerabend liegen konnte?

Einige Sekunden hatte sie Angst davor, sie könnte das Zweite Gesicht bekommen.

»Hildchen!«

Jetzt mußte sie in die andere Richtung sehen. Da war ihr Vater! Er stand oben im Garten!

Hilde sprang auf und rannte ihm entgegen. Sie trafen sich bei der Hollywoodschaukel, er hob sie hoch und wirbelte sie durch die Luft.

Hilde brach in Tränen aus, und auch der Major mußte einige herunterschlucken.

»Du bist ja fast eine erwachsene Frau geworden, Hilde.«

»Und du ein richtiger Dichter!«

Hilde wischte sich mit dem Ärmel ihres gelben Kleides die Tränen ab.

»Sagen wir, wir sind quitt?« fragte sie.

»Wir sind quitt.«

Sie setzten sich an den Tisch. Zuallererst mußte Hilde ganz genau hören, was in Kopenhagen und auf dem Weg von dort nach Lillesand passiert war. Ein Lachanfall löste den anderen ab.

»Hast du den Briefumschlag in der Cafeteria nicht gesehen?«

»Ich hatte ja nicht einmal genug Zeit, um mich hinzusetzen und etwas zu essen, du kleines Miststück. Jetzt habe ich einen Bärenhunger.«

»Armer Papa.«

»Das mit dem Truthahn war wohl nur ein Jux?«

»Aber nein! Ich habe alles vorbereitet, verstehst du? Mama serviert.«

Dann mußten sie ausführlich über den Ordner und die Geschichte von Sofie und Alberto reden. Bald standen auch Truthahn und Waldorfsalat, Roséwein und Hildes Hefezopf auf dem Tisch.

Als der Vater etwas über Platon sagen wollte, fiel ihm Hilde plötzlich ins Wort:

»Pst!«

»Was ist los?«

»Hast du das nicht gehört? Hat da nicht etwas gepiepst?«

»Nein.«

»Aber ich bin ganz sicher, daß da etwas war. Ach, es war wohl nur eine Maus.«

Das letzte, was der Vater sagte, während die Mutter den Wein holte, war:

»Aber der Philosophiekurs ist noch nicht ganz vorbei.«

»Wie meinst du das?«

»Heute nacht erzähle ich dir vom Weltraum.«

Ehe sie ihr Festmahl begannen, sagte er:

»Hilde ist jetzt zu groß, um auf dem Schoß zu sitzen. Aber bei dir ist das was anderes.«

Und damit zog er Marit auf seinen Schoß. Dort mußte sie lange sitzen, ehe sie etwas essen durfte.

»Dabei bist du bald vierzig...«

Während Hilde und ihr Vater einander in den Armen lagen, spürte Sofie, daß ihr die Tränen kamen.

Sie konnte Hilde nicht erreichen!

Sofie spürte, wie sie Hilde darum beneidete, ein echter Mensch aus Fleisch und Blut sein zu dürfen.

Als Hilde und der Major sich an den gedeckten Tisch gesetzt hatten, hupte Alberto.

Sofie blickte auf. Und tat Hilde das nicht auch?

Sofie lief zu Alberto und setzte sich neben ihn in den Wagen.

»Wir sehen ein bißchen zu, ja?« sagte er.

Sofie nickte.

»Hast du geweint?«

Wieder nickte sie.

»Was ist denn los?«

»Sie hat Glück, sie kann ein richtiger Mensch sein ... Bald ist sie erwachsen und eine richtige Frau. Sicher bekommt sie auch richtige Kinder...«

»Und Enkelkinder, Sofie. Aber alles hat zwei Seiten. Das wollte ich dir schon ganz zu Anfang unseres Philosophiekurses beibringen.«

»Wie meinst du das?«

»Ich meine wie du, daß sie Glück hat. Aber wer das Los des Lebens zieht, muß auch das Los des Todes ziehen. Denn das Los des Lebens ist der Tod.«

»Ist es denn nicht trotzdem besser, gelebt zu haben, als nie richtig zu leben?«

»Wir können kein Leben wie Hilde leben ... naja – oder wie der Major. Zum Ausgleich werden wir auch nie sterben. Weißt du nicht mehr, was die alte Frau im Wald gesagt hat? Wir gehören zum ›unsichtbaren Volk‹. Sie hat auch gesagt, daß sie über hundertfünfzig Jahre alt ist. Auf dem Johannisfest habe ich sogar Figuren gesehen, die über dreitausend Jahre alt waren.«

»Vielleicht beneide ich Hilde am meisten um dieses ... Familienleben.«

»Du hast doch selber eine Familie. Schließlich hast du eine Katze, zwei Vögel und eine Schildkröte...«

»Diese Wirklichkeit haben wir doch verlassen.«

»Kein bißchen. Die hat nur der Major verlassen. Er hat den

Schlußpunkt gesetzt, mein Kind. Und er wird uns nie wieder finden.«

»Meinst du, wir können zurückgehen?«

»Sooft wir wollen. Aber wir werden auch im Wald hinter dem ›Cinderella‹ in Fiane neue Freunde kennenlernen.«

Jetzt setzte sich die Familie Møller Knag zum Essen hin. Einen Moment lang fürchtete Sofie, diese Mahlzeit könnte dieselbe Wendung nehmen wie das philosophische Gartenfest im Kløverveien. Der Major schien Marit jedenfalls an die Wäsche zu wollen. Aber dann zog er sie nur auf den Schoß.

Das Auto stand ein gutes Stück von der Tafel entfernt. Nur ab und zu konnten Sofie und Alberto hören, was dort gesprochen wurde. Sie starrten in den Garten und hatten Zeit genug, das unselige Gartenfest noch einmal in allen Einzelheiten durchzugehen.

Erst gegen Mitternacht stand die Familie Knag vom Tisch auf. Hilde und der Major setzten sich auf die Hollywoodschaukel und winkten der Mutter zu, die auf dem Weg ins Haus war.

»Geh nur schon schlafen, Mama. Wir haben viel zu bereden.«

Der große Knall

... auch wir sind Sternenstaub ...

Hilde machte es sich in der Hollywoodschaukel neben ihrem Vater gemütlich. Es war fast zwölf Uhr. Sie schauten über die Bucht; am Himmel zeichneten sich die ersten blassen Sterne ab. Schwache Wellen plätscherten gegen den Felsen unter dem Steg.

Der Vater brach schließlich das Schweigen:

»Ein seltsamer Gedanke, daß wir auf einem kleinen Planeten irgendwo im Universum leben.«

»Ja ...«

»Die Erde ist einer von vielen Planeten, die um die Sonne kreisen. Aber unser Planet ist der einzige lebende.«

»Und vielleicht der einzige lebende im ganzen Weltraum?«

»Ja, das ist möglich. Aber es ist auch denkbar, daß das Leben im Universum nur so tost. Denn das Universum ist unfaßbar groß. Die Entfernungen sind so weit, daß wir sie in Lichtminuten und Lichtjahren messen.«

»Was ist das eigentlich?«

»Eine Lichtminute ist die Entfernung, die das Licht in einer Minute zurücklegt. Und das ist weit, denn das Licht schafft in einer einzigen Sekunde im Weltraum 300000 Kilometer. Eine Lichtminute sind mit anderen Worten 300000 mal 60 – oder 18 Millionen Kilometer. Ein Lichtjahr sind rund 9,5 Billionen Kilometer.«

»Wie weit ist es bis zur Sonne?«

»Etwas mehr als acht Lichtminuten. Die Sonnenstrahlen, die uns an einem warmen Junitag die Wangen wärmen, waren also acht Minuten im Universum unterwegs, ehe sie uns erreichen.«

»Erzähl weiter!«

»Pluto – der entfernteste Planet in unserem Sonnensystem – ist etwas über fünf Lichtstunden von uns entfernt. Wenn ein Astronom den Pluto durch sein Teleskop betrachtet, dann sieht er in Wirklichkeit fünf Stunden weit in die Vergangenheit. Wir können auch sagen, daß das Bild des Pluto bis zu uns fünf Stunden braucht.«

»Es ist nicht leicht, sich das vorzustellen, aber ich glaube doch, ich verstehe, was du meinst.«

»Schön, Hilde. Aber wir haben gerade erst angefangen, uns zu orientieren, verstehst du. Unsere eigene Sonne ist einer von vierhundert Milliarden von anderen Sternen in einer Galaxis, die wir als ›Milchstraße‹ bezeichnen. Diese Galaxis sieht aus wie ein großer Diskus mit vielen Spiralarmen, und unsere Sonne gehört in einen dieser Arme. Wenn wir in einer klaren Winternacht den Sternenhimmel ansehen, dann sehen wir einen breiten Sternengürtel, und zwar, weil wir ins Zentrum der Milchstraße hineinblicken.«

»Deshalb heißt die Milchstraße auf schwedisch wohl auch ›Wintergarten‹.«

»Die Entfernung zu unserem ersten Nachbarstern in der Milchstraße beträgt vier Lichtjahre. – Vielleicht ist es der Stern dort über dem Inselchen. Wenn du dir vorstellst, daß in diesem Moment da oben ein Sterngucker sitzt und ein scharfes Fernrohr auf Bjerkely richtet – dann sieht er Bjerkely vor vier Jahren. Vielleicht sieht er eine Elfjährige hier auf der Hollywoodschaukel sitzen und mit den Füßen wippen.«

»Mir fehlen die Worte.«

»Aber das ist nur unser allernächster Nachbarstern. Die ganze Galaxis – oder der ganze ›Sternennebel‹, wie wir auch sagen – ist 90000 Lichtjahre breit. Das heißt, daß das Licht von einem Ende der Galaxis bis zum anderen so viele Jahre braucht. Wenn wir einen Stern in der Milchstraße ansehen, der 50000 Lichtjahre von unserer eigenen Sonne entfernt liegt, dann sehen wir 50000 Jahre in die Vergangenheit.«

»Dieser Gedanke ist zu groß für einen kleinen Kopf wie meinen.«

»Wenn wir also in den Weltraum sehen, blicken wir zurück in die Vergangenheit. Eine andere Möglichkeit haben wir nicht. Wir wissen nie, wie es draußen im Universum *ist*. Wenn wir zu einem Stern hochblicken, der Tausende von Lichtjahren entfernt liegt, dann reisen wir in Wirklichkeit Tausende von Jahren in der Geschichte des Weltraums zurück.«

»Das ist einfach unfaßbar.«

»Aber alles, was wir sehen, trifft als Lichtwellen unser Auge. Und diese Wellen brauchen Zeit für ihre Reise durch den Raum. Wir können das mit dem Donner vergleichen. Wir hören den Donner ja immer einige Zeit, nachdem wir den Blitz gesehen haben. Das liegt daran, daß sich Schallwellen langsamer bewegen als Lichtwellen. Wenn ich einen Donner höre, dann höre ich den Knall von etwas, was vor einer Weile passiert ist. So ist es auch mit den Sternen. Wenn ich zu einem Stern hochsehe, der Tausende von Lichtjahren von uns entfernt ist, dann sehe ich den ›Donner‹ eines Ereignisses, das Tausende von Jahren in der Vergangenheit liegt.«

»Ich verstehe.«

»Aber bisher haben wir nur von unserer eigenen Galaxis geredet. Die Astronomen rechnen mit an die hundert Milliarden von Galaxien im Universum, und jede von diesen Galaxien besteht wieder aus an die hundert Milliarden von Sternen. Die nächste Nachbargalaxis der Milchstraße nennen wir ›Andromedanebel‹. Der Andromedanebel ist zwei Millionen Lichtjahre von unserer Galaxis entfernt. Wie wir gesehen haben, bedeutet das, daß das Licht dieser Galaxis zwei Millionen Jahre braucht, um uns zu erreichen. Das wiederum heißt, daß wir zwei Millionen Jahre in die Vergangenheit blicken, wenn wir den Andromedanebel hoch oben am Himmel sehen. Wenn in diesem Sternennebel ein schlauer Sterngucker sitzt – ich stelle mir einen kleinen Schelm vor, der gerade jetzt sein Teleskop auf die Erde richtet –, dann kann er uns nicht sehen.

Bestenfalls entdeckt er einige erste Menschen mit Winzgehirn.«

»Ich bin geschockt.«

»Die allerfernsten Galaxien, von denen wir heute wissen, befinden sich circa *zehn Milliarden* Lichtjahre von uns entfernt. Wenn wir Signale aus diesen Galaxien empfangen, dann blikken wir also in der Geschichte des Universums zehn Milliarden Jahre zurück. Das ist ungefähr doppelt so lang, wie unser Sonnensystem bereits existiert.«

»Mir wird schwindlig.«

»Es kann ja schon schwierig genug sein, zu fassen, was es heißt, so weit zurück in die Vergangenheit zu blicken. Aber die Astronomen haben etwas gefunden, das von noch größerer Bedeutung für unser Weltbild ist.«

»Erzähl!«

»Keine Galaxis im Weltraum steht still. Alle Galaxien im Universum bewegen sich mit ungeheurer Schnelligkeit voneinander fort. Je weiter sie von uns entfernt sind, um so schneller scheinen sie sich zu bewegen. Das heißt, daß die Entfernung zwischen den Galaxien immer größer wird.«

»Ich versuche, mir das vorzustellen.«

»Wenn du einen Ballon nimmst und schwarze Punkte darauf malst, dann entfernen die Punkte sich langsam voneinander, wenn du ihn aufbläst. So ist es auch mit den Galaxien im Universum. Wir sagen, das Universum weitet sich.«

»Woran kann das liegen?«

»Die meisten Astronomen nehmen an, daß die Ausweitung des Universums nur eine Erklärung haben kann: Irgendwann vor an die fünfzehn Milliarden Jahren war aller Stoff im Universum auf allerkleinstem Raum versammelt. Die Materie war dort ungeheuer dicht und die Schwerkraft, aber auch die Hitze, ungeheuer groß. Und mit einem Schlag explodierte alles. Diese Explosion nennen wir den *Urknall* – oder auf englisch *Big Bang*.«

»Allein der Gedanke macht mir schon eine Gänsehaut.«

»Der Urknall schleuderte alle Materie im Universum in alle Richtungen, und als sie sich abkühlte, bildeten sich Sterne und Galaxien, Monde und Planeten...«

»Aber du hast gesagt, das Universum dehnt sich aus?«

»Eben wegen der Explosion von vor Jahrmilliarden. Denn das Universum hat keine zeitlose Topographie. Das Universum ist ein Ereignis, eine Explosion. Immer noch entfernen sich die Galaxien im Weltraum mit ungeheurer Geschwindigkeit voneinander.«

»Und so wird das in alle Ewigkeit weitergehen?«

»Die Möglichkeit besteht. Aber es gibt auch eine andere. Du weißt vielleicht noch, daß Alberto Sofie von den beiden Kräften erzählt hat, durch die die Planeten ihre Bahnen um die Sonne beibehalten?«

»Waren das nicht Schwerkraft und Trägheit?«

»Genauso ist es bei den Galaxien. Denn obwohl sich das Universum weiterhin ausdehnt, wirkt die Schwerkraft auch in umgekehrter Richtung. Und eines Tages – in einigen Jahrmilliarden – sorgt die Schwerkraft vielleicht dafür, daß die Himmelskörper wieder zusammengepackt werden, dann, wenn die Kräfte der großen Explosion nachlassen. Es käme dann zu einer umgekehrten Explosion, einer sogenannten ›Implosion‹. Du kannst das damit vergleichen, was geschieht, wenn wir die Luft aus einem Ballon lassen. Nur wird wieder alles genauso lange dauern wie vorher bei der Explosion.«

»Und werden am Ende wieder alle Galaxien auf dem allerkleinsten Raum zusammengequetscht?«

»Ja, du hast verstanden. Aber was passiert in der nächsten Runde?«

»Dann kommt ein neuer Knall, worauf sich das Universum wieder ausdehnt. Denn es gelten ja noch immer dieselben Naturgesetze. Ja, und dann werden wieder neue Sterne und Galaxien gebildet.«

»Richtig gedacht. Für die Zukunft des Universums sehen die Astronomen also zwei Möglichkeiten: Entweder wird sich das

Universum in alle Ewigkeit ausdehnen und die Galaxien werden sich immer weiter voneinander entfernen – oder das Universum wird sich wieder zusammenziehen. Entscheidend dafür ist, wieviel Masse das Universum hat. Und das wissen die Astronomen noch nicht genau.«

»Aber *wenn* das Universum so viel Masse hat, daß es sich eines Tages wieder zusammenzieht – dann hat es sich vielleicht schon sehr oft ausgedehnt und wieder zusammengezogen?«

»Das ist eine naheliegende Schlußfolgerung. Aber es gibt eben auch die andere Möglichkeit, daß sich das Universum nur dieses eine Mal ausdehnt. Wenn es sich aber in alle Ewigkeit weiter ausdehnt, dann ist noch viel mehr die Frage, wie alles angefangen hat.«

»Denn wie ist das entstanden, was plötzlich explodiert ist?«

»Hier kann es für einen Christen naheliegen, den Urknall als eigentlichen Schöpfungsmoment zu betrachten. In der Bibel steht ja, daß Gott gesagt hat: ›Es werde Licht!‹ Du weißt vielleicht auch noch, daß Alberto das lineare Geschichtsbild des Christentums erwähnt hat. Für den christlichen Schöpfungsglauben wäre also die Vorstellung am passendsten, daß das Universum sich weiter ausdehnen wird.«

»Ja?«

»Im Osten hatten sie, wie du weißt, ein eher zyklisches Geschichtsbild. Das heißt, daß sich die Geschichte in alle Ewigkeit wiederholt. In Indien gibt es zum Beispiel einen alten Glauben, daß die Welt sich immer weiter ausdehnt – um dann wieder zusammengestaucht zu werden. So wechseln sich das, was die Inder ›Brahmans Tag‹ und ›Brahmans Nacht‹ nennen, miteinander ab. Dieser Gedanke entspricht natürlich eher der Vorstellung, daß sich das Universum ausdehnt und zusammenzieht, um sich dann wieder auszudehnen – und so weiter in einem ewigen zyklischen Prozeß. Ich kann mir ein großes kosmisches Herz vorstellen, das schlägt und schlägt ...«

»Ich finde beide Theorien gleich spannend und gleich unfaßbar.«

»Und sie lassen sich mit dem großen Ewigkeitsparadoxon vergleichen, das Sofie sich einmal in ihrem Garten überlegt hat: Entweder gibt es das Universum schon immer – oder es ist irgendwann aus null und nichts entstanden ...«

»Au!«

Hilde griff sich an die Stirn.

»Was ist los?«

»Ich glaube, mich hat eine Bremse gestochen.«

»Das war bestimmt Sokrates, der dich aus deinem Tran herausreißen will ...«

Sofie und Alberto saßen im roten Sportwagen und hörten zu, was der Major Hilde vom Weltraum erzählte.

»Hast du dir schon überlegt, daß sich die Rollen total vertauscht haben?« fragte Alberto nach einer Weile.

»Wie meinst du das?«

»Früher haben sie uns zugehört, und wir konnten sie nicht sehen. Jetzt hören wir ihnen zu, aber sie können uns nicht sehen.«

»Und das ist noch nicht alles.«

»Was meinst du jetzt?«

»Anfangs wußten wir ja nicht, daß es eine andere Wirklichkeit gibt, in der Hilde und der Major lebten. Und jetzt wissen sie nichts über unsere Wirklichkeit.«

»Rache ist süß.«

»Aber der Major konnte in unsere Welt eingreifen ...«

»Unsere Welt *war* ja nichts anderes als ein einziger großer Eingriff seinerseits.«

»Ich will die Hoffnung nicht aufgeben, daß wir auch in ihre Welt eingreifen können.«

»Aber das ist unmöglich, das weißt du. Weißt du nicht mehr, was uns vorhin im Café passiert ist? Ich sehe noch vor mir, wie du an der Colaflasche gezerrt hast.«

Sofie betrachtete den Garten, während der Major vom Urknall erzählte. Irgend etwas an diesem Ausdruck schien sie auf eine Idee zu bringen.

Sie fing an, im Auto herumzuwühlen.

»Was ist los?« fragte Alberto.

»Nichts.«

Sie öffnete das Handschuhfach, in dem ein Schraubenschlüssel lag. Dann sprang sie aus dem Auto. Sie ging zur Hollywoodschaukel und stellte sich vor Hilde und ihren Vater. Zuerst versuchte sie, Hildes Blick zu erhaschen, aber das war ganz unmöglich. Am Ende hob sie den Schraubenschlüssel hoch in die Luft und schlug Hilde damit gegen die Stirn.

»Au!« sagte Hilde.

Jetzt haute Sofie den Schraubenschlüssel dem Major auf den Kopf, aber der reagierte überhaupt nicht.

»Was war das?« fragte er.

Hilde sah zu ihm auf:

»Ich glaube, mich hat eine Bremse gestochen.«

»Das war bestimmt Sokrates, der dich aus deinem Tran herausreißen will...«

Sofie legte sich ins Gras und versuchte, der Hollywoodschaukel einen Stoß zu versetzen. Aber die saß fest. Ob sie sie wenigstens ein winziges bißchen bewegen konnte?

»Ich spüre plötzlich einen kühlen Luftzug an den Beinen«, sagte Hilde.

»Nein, es ist doch wunderbar mild.«

»Aber das ist nicht alles. Hier *ist* etwas.«

»Hier sind nur wir beide und die laue Sommernacht.«

»Nein, in der Luft ist etwas.«

»Was sollte das denn sein?«

»Erinnerst du dich an Albertos geheimen Plan?«

»Ja, warum denn nicht?«

»Sie sind einfach vom Gartenfest verschwunden. Sie waren plötzlich wie vom Erdboden verschluckt...«

»Aber...«

»... wie vom Erdboden verschluckt...«

»Irgendwann mußte die Geschichte doch aufhören. Und ich habe es ja auch einfach nur geschrieben.«

»Das schon, aber nicht das, was danach passiert ist. Stell dir vor, wenn sie nun hier sind...«

»Glaubst du das?«

»Ich fühle es, Papa.«

Sofie rannte zu Alberto zurück.

»Beeindruckend«, mußte Alberto zugeben, als sie mit dem Schraubenschlüssel wieder ins Auto kletterte. »Du wirst schon sehen, dieses Mädchen hat ganz besondere Fähigkeiten!«

Der Major hatte den Arm um Hilde gelegt.

»Hörst du, wie wunderbar die Wellen singen?«

»Ja.«

»Morgen lassen wir das Boot zu Wasser.«

»Aber hörst du, wie seltsam es im Wind flüstert? Siehst du, wie die Espenblätter zittern?«

»Das ist der lebende Planet.«

»Du hast etwas darüber geschrieben, was manchmal ›zwischen den Zeilen‹ steht.«

»Ja?«

»Vielleicht steht auch hier im Garten etwas ›zwischen den Zeilen‹?«

»Die Natur steckt jedenfalls voller Rätsel. Und jetzt reden wir über die Sterne am Himmel.«

»Bald gibt es auch Sterne im Wasser.«

»Ja, so hast du als Kind das Meeresleuchten genannt. Und irgendwie hattest du recht. Denn das Meeresleuchten und alle anderen Organismen bestehen aus Grundstoffen, die irgendwann einmal zu einem Stern zusammengebacken worden sind.«

»Wir auch?«

»Ja, auch wir sind Sternenstaub.«

»Das hast du schön gesagt.«

»Wenn die Radioteleskope Strahlen aus Milliarden von Lichtjahren entfernten Galaxien auffangen, zeigen sie uns einen Ausschnitt des Universums, wie es in Urzeiten ausgesehen hat. Die am weitesten entfernten Galaxien sehen wir sozusagen kurz nach dem Urknall. Alles, was ein Mensch am Himmel sehen kann, sind also eigentlich kosmische Fossilien, die Tausende und Millionen von Jahren alt sind. Das einzige, was ein Sterndeuter darum tun kann, ist, die Vergangenheit weiszusagen.«

»Denn die Sterne in einem Sternbild haben sich voneinander entfernt, ehe ihr Licht uns erreicht?«

»Noch vor tausend Jahren haben die Sternbilder ganz anders ausgesehen als heute.«

»Das wußte ich nicht.«

»Wenn die Nacht klar ist, sehen wir Millionen – ja, Milliarden von Jahren zurück in die Geschichte des Universums. Dabei sehen wir gewissermaßen heimwärts.«

»Das mußt du genauer erklären.«

»Auch du und ich haben mit dem Urknall angefangen. Denn alle Materie im Universum ist eine organische Einheit. Irgendwann in Urzeiten war alle Materie zu einem Klumpen geballt, der so ungeheuer massiv war, daß ein Stecknadelkopf viele Milliarden von Tonnen wog. Diese Urmaterie explodierte wegen ihrer gewaltigen Schwerkraft. Was war, ging in Stücke. Aber immer wenn wir den Blick zum Himmel heben, versuchen wir, einen Weg dorthin zurück zu finden.«

»Das ist eine seltsame Ausdrucksweise.«

»Alle Sterne und Galaxien im Weltraum bestehen aus demselben Stoff. Etwas davon hat sich hier und jetzt zusammengeballt. Eine Galaxis kann von der anderen Jahrmilliarden entfernt sein. Aber alle haben denselben Ursprung. Alle Sterne sind Planeten aus einem Geschlecht...«

»Ich verstehe.«

»Was ist dieser Weltstoff? Was ist vor Milliarden von Jahren explodiert? Woher kam es?«

»Das ist das große Rätsel.«

»Aber es betrifft uns zutiefst. Denn wir sind selber aus diesem Stoff. Wir sind ein Funken des großen Feuers, das vor Jahrmillionen angezündet worden ist.«

»Auch das hast du schön gesagt.«

»Aber wir wollen die Bedeutung der großen Zahlen nicht übertreiben. Es reicht, einen Stein in die Hand zu nehmen. Das Universum wäre genauso unfaßbar, wenn es nur aus einem apfelsinengroßen Stein bestünde. Die Frage wäre genauso verzwickt: Woher kommt dieser Stein?«

Sofie sprang von ihrem Sitz in dem roten Sportwagen und zeigte auf die Bucht.

»Ich habe Lust, das Ruderboot auszuprobieren«, rief sie.

»Das ist festgebunden. Und außerdem könnten wir doch nicht die Ruder bewegen.«

»Sollen wir es versuchen? Immerhin ist Mittsommernacht.«

»Wir können jedenfalls zum Wasser gehen.«

Sie stiegen aus dem Auto und gingen durch den Garten.

Auf dem Steg versuchten sie, das Tau aufzuknoten, das an einem Stahlring befestigt war. Aber sie konnten es nicht einmal hochheben.

»Wie angenagelt«, sagte Alberto.

»Aber wir haben Zeit genug!«

»Ein echter Philosoph darf niemals aufgeben. Wenn wir nur ... das hier losbekämen ...«

»Jetzt sind noch mehr Sterne am Himmel«, sagte Hilde.

»Ja, jetzt ist die Sommernacht am dunkelsten.«

»Aber im Winter funkeln sie. Weißt du noch, die Nacht, bevor du in den Libanon gefahren bist? Das war zu Neujahr!«

»Damals habe ich beschlossen, dir ein Philosophiebuch zu schreiben. Ich war in einem großen Buchladen in Kristiansand gewesen, und auch in der Bibliothek. Aber es gab nichts Passendes für Jugendliche.«

»Es ist so, als ob wir ganz oben auf einem der dünnen Haare im weißen Kaninchenfell säßen.«

»Ob es da draußen in der Lichtjahrnacht wohl jemanden gibt?«

»Das Ruderboot hat sich losgerissen!« rief Hilde.

»Ja, tatsächlich ...«

»Das ist unbegreiflich. Ich habe doch vorhin noch kontrolliert, ob es ordentlich vertäut war.«

»Wirklich?«

»Das erinnert mich daran, wie Sofie Albertos Boot geliehen hat. Weißt du noch, wie es auf dem See getrieben ist?«

»Du wirst schon sehen, daß sie auch hier wieder zugeschlagen hat«, sagte der Major.

»Du machst doch bloß Witze. Ich habe den ganzen Abend gespürt, daß etwas hier ist.«

»Irgendwer muß zum Boot schwimmen.«

»Wir schwimmen beide, Papa.«

Sofies Lexikon

für Christel und Mareike

Zur Einführung

Das vorliegende Lexikon ist aus der intensiven Beschäftigung mit *Sofies Welt* hervorgegangen, hat sich aber alsbald verselbständigt und ist nun ein eigenständiges kleines Nachschlagewerk geworden, in dem einige wesentliche Begriffe der Philosophie und Philosophiegeschichte erläutert werden. Der ursprüngliche Bezug zu Jostein Gaarders großem *Roman über die Geschichte der Philosophie* läßt sich jedoch, wenn gewünscht, noch immer herstellen: Der Benutzer von *Sofies Lexikon* findet jeweils im Anschluß an die einzelnen Artikel [deren interne Querverweise kursiv gesetzt sind] einen Hinweis auf die dazugehörige(n) Textstelle(n) in *Sofies Welt* (abgekürzt als SW).
Es ging dem Verfasser von *Sofies Lexikon*, der eine Vorliebe für die Lebensgeschichten der Philosophen hat, nicht um gelehrte Kabinettstückchen, aus denen ersichtlich wird, wie kompliziert doch das Denken als soches sein kann, sondern um eine lockere, im Zweifelsfall auch heitere Annäherung an das Tun und Treiben der Philosophen, die, wie man weiß, ja ein vergleichsweise seltsamer Berufsstand sind, über den sich schon immer trefflich spotten ließ. Philosophische Fragen sind altehrwürdig und ernst zugleich; sie haben aber auch etwas von jener kuriosen Vergeblichkeit an sich, die unserem Bemühen auf Erden insgesamt innewohnt. Große Problemlösungen hat es denn auch in der Philosophie kaum gegeben, dafür sind andere Wissenschaften zuständig geworden. Was es gab und noch immer gibt, sind Einsichten, die an die Person des Philosophen gebunden bleiben, der sie ausgeheckt oder für wahr befunden hat. Darüber hinaus kann man aus der Philosophie wenig Handfestes beziehen; wer von den Philosophen bahnbrechende Gewißheiten

erwartet, wird oft genug enttäuscht – ihm geht es dann »wie einem, dem, als er eben das Gesuchte zu finden im Begriffe ist, die Laterne ausgeblasen wird ...« (Schopenhauer). Trotzdem ist die Beschäftigung mit der Philosophie nicht depressionsfördernd, eher im Gegenteil: Man kann aus ihr sogar einige Lebens-Weisheiten beziehen, die, wenn man denn Glück hat, zum eigenen Glück beitragen, zur Nachdenklichkeit – und zu einem Selbstbewußtsein, das stark genug sein sollte, sich in Bescheidenheit zu üben – und den eigenen Glanztaten, zumindest gelegentlich, mit dezenter Ironie zu begegnen.

Albertus Magnus

Albertus Magnus (eigentlich: Albert von Bollstädt) lebte von 1193 bis 1280 und war Dominikaner, Theologe und Philosoph. Er lehrte in Padua, Paris, Köln und Würzburg; zwei Jahre (1260/61) amtierte er als Bischof von Regensburg. Die Gelehrsamkeit dieses Mannes wurde mit Bewunderung, aber auch mit jener verhaltenen Ängstlichkeit bedacht, die ein Wissen hervorruft, das es etwas zu gut mit den Menschen meint. Albertus Magnus vertrat die Meinung, daß die Philosophie des *Aristoteles* mit dem christlichen Glauben vereinbar sei. Letzterem mußte er, seinem Stande gemäß, jedoch immer die höheren Wahrheitsrechte zusprechen.

[»Thomas von Aquin hatte einen berühmten Philosophielehrer. Er hieß Albertus Magnus ...«, SW 223]

Alexander der Große

Der König von Makedonien (356 bis 323 v. Chr.) wurde weniger als Philosoph denn als Feldherr berühmt. Als solcher unterwarf er (u. a.) das Perserreich und verhalf griechischer Denk- und Lebensart zwangsweise zu noch größerer Verbreitung. Mit der Philosophie kam Alexander erstmalig durch *Aristoteles* in Berührung, der sich vom Jahre 343 an als Erzieher am makedonischen Königshof versuchte und dabei, wie er selber meinte, nur wenig erfolgreich war. Später soll Alexander noch ein denkwürdiges Gespräch mit dem Philosophen *Diogenes* gehabt haben, der dem Feldherrn deutlich machte, daß man auch als Großer dieser Welt einen falschen Standpunkt einnehmen kann.

[»Einst sonnte er sich gerade vor seiner Tonne, als er Besuch von Alexander dem Großen bekam ...«, SW 158]

Analytische Philosophie

In der Analytischen Philosophie, die verschiedene philosophische Strömungen des 20. Jahrhunderts zusammenfaßt, herrscht Nüchternheit vor: Man hat Abschied genommen von den metaphysischen Systemkonstruktionen des 19. Jahrhunderts und beschränkt sich auf das Mach- und Sagbare. Der tatsächliche Gebrauch von Aussagen und Begriffen wird untersucht, dazu der (nicht immer gleich durchschaubare) Kontext ihrer Anwendungsmöglichkeiten. Die Philosophie darf dabei nur noch vergleichsweise kleine Brötchen backen: Keine großen Visionen werden ihr mehr zugestanden, sondern nur noch solide Definitionen, für deren Brauchbarkeit z. B. die genaue Untersuchung (Analyse) der Sprache, im besonderen der »normalen Sprache« (ordinary language), entscheidend ist. Dieser Ansatz, der auf den österreichischen Philosophen Ludwig Wittgenstein (1889–1951) zurückgeht, hat innerhalb der Analytischen Philosophie die größte Verbreitung gefunden und ist vielfach weiterentwickelt worden; daneben gibt es andere Versuche, die sich eher auf formallogische oder kategoriale Erörterungen stützen und, gemessen an der einstigen Behauptungswut der traditionellen Philosophie, merkwürdig detailversessen anmuten.

[»Die sogenannte Analytische Philosophie ... greift auf Hume und den britischen Empirismus zurück ...«, SW 545]

Anaxagoras

Anaxagoras (500 bis 428 v. Chr.) stammte aus der griechischen Kolonie Klazomenai in Kleinasien. Er ging nach Athen, wo er lange Jahre nahezu konkurrenzlos als Philosoph wirkte und im hohen Alter noch mit einer Anklage wegen Gotteslästerung bedacht wurde, die jedoch zu keinem abschließenden Urteilsspruch führte. Danach zog er sich nach Lampsakos zurück und soll dort, kurz vor seinem Tode, noch eine der ersten philosophischen Schulen begründet haben. Von den Schriften des Anaxagoras sind nur einige wenige Fragmente seines Hauptwerks »Peri physeos« (Über die Natur) erhalten geblieben, aus denen hervorgeht, daß der Philosoph viele unterschiedliche »spermata« (Samen) als Grundbausteine des Lebens annimmt, die in sich teilbar sind und je nach Dominanz einzelner Eigenschaften das Besondere und Unterscheidbare der Dinge prägen. Anaxagoras war einer der ersten Denker, der sich eine immaterielle Kraft vorzustellen wagte, die als Urheber und Bewegungsinstanz für den kosmisch-irdischen Daseinsbetrieb verantwortlich ist: Diese Kraft nannte er »nous« (Geist).

[»Ein anderer Philosoph, der sich nicht damit zufriedengeben wollte, daß ein bestimmter Urstoff – Wasser zum Beispiel – zu allem, was wir in der Natur sehen – umgeformt werden kann, war Anaxagoras ...«, SW 50f., 60]

Anaximander

Anaximander (um 610 bis 545 v. Chr.) stammte wie seine Kollegen *Thales* und *Anaximenes* aus der ionischen Stadt Milet an der kleinasiatischen Küste. Er soll vielseitig interessiert gewesen sein und die erste Erdkarte gezeichnet haben. Anaximander lieferte Ansätze zu einer recht modern anmutenden Weltsicht, in deren Mittelpunkt das »Grenzenlose« steht, das unvergänglich und unsterblich ist, weswegen es im Grunde auch als das »Göttliche« bezeichnet werden kann. Diese ebenso eindrucksvolle wie letztlich unfaßbare Substanz durchwirkt den Kosmos, der neben unendlich vielen anderen Welten besteht. Anaxagoras brachte zudem einen Entwicklungsgedanken ins Gespräch, der später über die Philosophie hinaus in die biologischen Wissenschaften hineinwirkte: Die ersten Lebenskeime entstanden unter Einfluß der Sonnenbestrahlung im Schlamm, dort also, wo Wasser und Land zusammentreffen und auch der Mensch vielleicht seine allerfrühesten Orientierungsversuche unternahm.

[»Der nächste Philosoph, von dem wir hören, ist Anaximander, der ebenfalls in Milet lebte ...«, SW 43]

Anaximenes

Anaximenes (um 546 bis etwa 525 v. Chr.) hinterließ keine Schriften, so daß man auf die Berichte der Chronisten angewiesen ist, die übereinstimmend seine Vorliebe für die Luft erwähnen. Von ihr, der Luft, glaubt er, daß sie den Kosmos wie ein ewig währender Atemzug durchzieht, der, in Tateinheit mit den nachrangigen Elementen Feuer, Wasser und Erde, zugleich die individuelle Zusammensetzung der gegebenen Wirklichkeit besorgt. Die Luft schließlich ist es auch, von der die Erde (ein »tischartiges Gebilde«) getragen und im Raum gehalten wird.

[»Ein dritter Philosoph aus Milet war Anaximenes ...«, SW 43f., 49]

Andersen, Hans Christian

Der dänische Dichter (1805 bis 1875), Sohn eines Schuhmachers, kam aus bescheidenen Verhältnissen und hatte Glück, als er Glück haben wollte: Er gewann die Gunst hochrangiger Herrschaften, die ihn förderten, so daß er seine zuvor doch recht dürftige Schulausbildung komplettieren und ein Universitätsstudium absolvieren konnte. Berühmt wurde Andersen durch seine Märchen und Erzählungen für Kinder, in denen ein ganz eigener

Tonfall vorherrscht, der den Erzählstil der *Romantik* mit den Mitteln der *Ironie* verbindet, von der auch Andersens Landsmann und Zeitgenosse, der Philosoph *Sören Kierkegaard*, gerne Gebrauch machte.

[»Ein Märchen, das ein Schriftsteller sich ausgedacht hat, z. B. Hans Christian Andersen ...«, SW 416, 443, 461]

Antisthenes

Antisthenes (um 445 bis etwa 360 v. Chr.), Schüler des *Sokrates*, war davon überzeugt, daß ein tugendhaftes Leben nur derjenige führen kann, der sich von äußeren Verlockungen freizuhalten vermag. Das menschenmögliche Glück kann daher kaum mehr sein als eine Art hausgemachte Zufriedenheit, die aus der Selbstgenügsamkeit erwächst und erlernbar ist. Die Anhänger dieser Lehre nannte man Kyniker (von »kynos«, Hund, dem Spitznamen des Philosophen *Diogenes*, der sich von Antisthenes zu einer sehr eigenwilligen Lebensführung anregen ließ und zum Gegenstand zahlreicher Anekdoten wurde).

[»Von dieser Haltung des Sokrates nimmt die kynische Philosophie ihren Ausgang, die um das Jahr 400 v.Chr. in Athen von Antisthenes begründet wurde ...«, SW 157f.]

Archimedes

Archimedes (um 287 bis 212 v. Chr.) gilt als der bedeutendste Mathematiker der Antike – eine Einschätzung, die er wohl zu Lebzeiten bereits selber teilte, denn er soll, wie es heißt, keineswegs unter Minderwertigkeitskomplexen gelitten haben. »Gib mir einen festen Punkt, und ich werde die Erde bewegen!« äußerte er, was nicht nur für sein bemerkenswertes Selbstwertgefühl spricht, sondern auch auf jenen (später sprichwörtlich gewordenen) »archimedischen Punkt« verweist, von dem aus man, wie durch eine Erleuchtung, zur Lösung eines Problems vordringt. Archimedes, der am Hof des Tyrannen Hieron II. von Syrakus wirkte, machte sich zudem als genialer Erfinder einen Namen, dem wir u. a. so nützliche Gerätschaften wie den Flaschenzug, den Hydranten und das Brennglas verdanken.

[»Archimedes war ein hellenistischer Wissenschaftler ...«, SW 366]

Aristippos

Ein geheimnisvoller Philosoph, von dem keine verläßlichen Lebensdaten überliefert sind ... Aristippos wird gleichwohl eine Erkenntnis zugeschrieben, die zu allen Zeiten ihre Anhänger findet: Nur die Gegenwart zählt, im besonderen der einzelne Augenblick, den wir zu schätzen wissen, wenn er uns angenehme Gefühle bereitet.

[»Aber Sokrates hatte auch einen Schüler namens Aristippos ...«, SW 160]

Aristoteles

Aristoteles (384 bis 322 v. Chr.) wurde als Sohn eines Arztes in Stageira auf der Halbinsel Chalkidike geboren. Sein Vater Nikomachos wirkte zeitweilig als Erster Leibarzt am Hofe des Makedonenkönigs Amyntas III. Mit 17 ging Aristoteles nach Athen und wurde dort Schüler an der Akademie *Platons.* Das Verhältnis zu seinem Lehrer, der ein nicht ganz unkomplizierter Charakter war, soll gut gewesen sein, wofür auch die Tatsache spricht, daß Aristoteles immerhin zwanzig Jahre in Athen blieb. Seine Hoffnung, dem Meister nach dessen Tod in der Leitung der Akademie nachfolgen zu können, erfüllte sich nicht; statt dessen wurde der blasse Speusippos berufen. Aristoteles verließ Athen, ging nach Assos (Kleinasien), wo er seine philosophischen Studien unter Gleichgesinnten fortsetzen konnte, und heiratete Pythias, eine Nichte des Tyrannen Hermeias von Atarneos. Nach einem Zwischenspiel als Erzieher des jungen *Alexander (des Großen)* kehrte Aristoteles nach Athen zurück, gründete seine eigene Akademie (das sog. Lykeion), an der er, wie es hieß, mit gleichbleibender Freundlichkeit lehrte, und verfaßte eine Vielzahl philosophischer Werke. Als *Alexander* starb, drehte sich der politische Wind: Die antimakedonischen Kräfte bekamen Auftrieb, und Aristoteles wurde der Gottlosigkeit angeklagt. Er floh, bekannte noch, in Anspielung auf das Ende des *Sokrates*, daß er den Athenern »keine Gelegenheit geben« wolle, »sich ein zweites Mal gegen die Philosophie zu versündigen«, und ließ sich zum Abschluß seines Lebens in Chalkis auf Euboia nieder.

Aristoteles ist nicht nur als der neben *Platon* einflußreichste griechische Philosoph in die europäische Geistesgeschichte eingegangen, sondern auch als einer ihrer ersten Systematiker. Gerühmt, und dies zweifellos zu Recht, wurde sein immenser Fleiß: Obgleich von den mehr als 400 Schriften, die ihm zugeschrieben werden, nur etwa 80 erhalten geblieben sind, bilden diese eine stattliche Werkausgabe. Aristoteles verbreitete sich über alle möglichen Gegenstände, wobei er seine philosophische Neugier dennoch zielgerichtet einsetzte, so daß eigentlich durchgehend ein Wissensansatz zu erkennen ist, der die Vielfalt in der Einheitlichkeit und das jeweils Besondere im Allgemeinen festhält. Dem Ordnungsdenken, von dem Aristoteles zeit seines Lebens nicht lassen mochte, verdanken sich auch die eigentlichen Erkenntnisleistungen, die mit seinem Namen verbunden bleiben. So gilt er als Begründer der formalen Logik, die ihre Wirksamkeit daraus bezieht, daß man von den realen Gegenständen absieht und statt dessen die Eindeutigkeit von Schlußfolgerungen anstrebt, die sich aus bestimmten Aussagen und Begriffen ergeben. Als Kernstück der formalen Logik gilt neben dem »Satz vom Widerspruch« der »Syllogismus«, der von zwei aufeinander bezogenen Aussagen auf eine dritte schließt, die sich aus den beiden ersten zwingend ergibt (bekanntes Beispiel: »Alle Menschen sind fehlbar« / »Alle Philosophen sind Menschen« = »Alle Philosophen sind fehlbar«).

In Aristoteles' sogenannter Erster Philosophie, die von seinem Nachlaßverwalter Andronikos aufgrund ihrer Anordnung im Gesamtwerk als »Metaphysik«, als Philosophie also, die »nach der Physik« kommt, bezeichnet wurde (ein Begriff übrigens, der sich später verselbständigte und heute die philosophische Lehre vom Seienden und seinen Gründen meint), geht es um allererste Prinzipien und Ursachen. Im Gegensatz zu seinem früheren Lehrer *Platon*, der eine höhergestellte Welt der »Ideen« annahm, von der alle irdischen Dinge nur Abbilder darstellen, setzt Aristoteles auf eine immanente Form, die dem einzelnen Gegenstand innewohnt und nicht getrennt von ihm existiert. Die Form ist auf einen Stoff angewiesen, den sie prägen kann; beide, Form und Stoff, gehören zusammen und sind aufeinander verwiesen. Ähnliches gilt für »Möglichkeit« und »Wirklichkeit«, die einen Kausalzusammenhang erst dann einleiten, wenn bestimmte Ursachen (Wirk-, Zweck-, Form- oder Stoffursachen) hinzukommen. Nur eine einzige, allerdings sehr gewichtige Ausnahme von dieser grundsätzlichen Verbundenheit versuchte sich Aristoteles vorzustellen: Sie gilt für die ursprünglichste aller Ursachen, »den Ersten«, den »unbewegten Beweger«, den man auch als »Gott« bezeichnen kann – eine reine Form ohne Stoff, die sich, jenseits aller Verantwortlichkeiten, nur noch in ruhiger Betrachtung, in der Anschauung dessen, was ist, gefällt und genügt. Obwohl sich die göttliche Urkraft aus ihren Alltagsgeschäften zurückgezogen hat, bleibt der Kosmos und mit ihm das Leben von ihr abhängig, da alle Gesetzmäßigkeiten letztlich nur Nachahmungen der ersten Schöpfertätigkeit sind. Den Menschen ist es indes gegeben, ihrem Beweger nahezukommen, ja selbst eine Art Nachahmung mit Blick auf ihn vorzunehmen: Sie selbst nämlich können sich ebenfalls der ruhigen Betrachtung des Seienden (»theoria«) widmen, die für Aristoteles die edelste aller Aktivitäten und somit auch die höchste Form der Praxis darstellt.

Aristoteles ist ein Philosoph, dem Extreme zuwider sind. Dies gilt auch für die Bereiche von Politik und Ethik. Unter den Staatsformen, die er bewertet (sie alle orientieren sich an den Gegebenheiten des griechischen Stadtstaates), erscheint ihm eine gemäßigte Demokratie als das funktionstüchtigste Modell, wobei die Mäßigung im besonderen für die Sklaven gilt, deren Existenz Aristoteles für eine natürliche Gegebenheit hält, über die nicht zu räsonieren ist. Sofern man sie nicht durch ungerechtfertigte Eroberungskriege dazu gemacht hat, sind Sklaven vor allem deswegen Sklaven, weil es zu mehr nicht gelangt hat; diese Meinung zumindest legt der Philosoph nahe, plädiert jedoch großzügigerweise dafür, daß jedem Sklaven ein Stück Hoffnung bleiben sollte – die Hoffnung auf Freilassung.

Aristoteles sieht den Menschen als *Vernunft*wesen, dem angeraten wird, sich vernunftgemäß zu verhalten. Dazu sind bestimmte Tugenden erforderlich, die sich nicht nur als Werte an sich bewähren sollen, sondern auch eine gewisse Funktionalität im gesellschaftlichen Umgang unter Beweis stellen müssen. Das Handeln des Menschen ist an seinem Wunsch ausgerichtet, glücklich zu sein und Glück zu haben, was bei Aristoteles allerdings, seinem Denkansatz entsprechend, wiederum mit einem dezenten Aufruf zur Mäßigung verbunden wird. Glück bedeutet daher keinen Gefühlsüberschwang, sondern die Gewißheit, im Einklang mit der Vernunft zu stehen, die letztlich auch nicht viel mehr anraten kann, als »ein gutes Leben« zu führen.

[»Aristoteles ... ein peinlich genauer Mann der Ordnung, der in den Begriffen der Menschen aufräumen wollte ...«, SW 42, 77, 114, 120, 127ff., 154, 156f., 197, 207f., 215ff., 220, 241, 247, 264, 276f., 280, 294, 307ff., 350, 389, 413f., 428, 482, 497, 545]

Aufklärung

Das Zeitalter der Aufklärung, in dem sich eine besondere, der *Vernunft* gewidmete Aufbruchsstimmung breitmachte, umfaßt das 17. und 18. Jahrhundert. Eine im nachhinein klassisch gewordene Definition dessen, was Aufklärung heißen kann, lieferte der Philosoph *Immanuel Kant*: »Aufklärung ist der Ausgang des Menschen aus seiner selbst verschuldeten Unmündigkeit. Unmündigkeit ist das Unvermögen, sich seines Verstandes ohne Leitung eines anderen zu bedienen.« Nachdem Unmündigkeit in Mündigkeit umzuwandeln war, erkannte der Verstand jedoch erst, wie schwierig es ist, sich »ohne Leitung eines anderen« zurechtzufinden. Das Erkenntnisvermögen des Menschen, dem keine (selbsternannten) Autoritäten mehr im Weg herumstehen, wird auf sich selbst zurückgeworfen, was Herausforderung und Zumutung zugleich bedeutet.

[»Die Aufklärung... von der Nadelherstellung bis zum Kanonenguß...«, SW 357ff.]

Augustinus

Augustinus (eigentl. Aurelius Augustinus, 354 bis 430) wurde im nordafrikanischen Thagaste (heute Souk-Ahras, Algerien) geboren. Seine christliche Mutter Monnica, eine energische Person, beeinflußte ihn mehr als sein heidnischer Vater, zunächst jedoch ohne zählbare Erfolge. Der junge Augustinus las die lateinischen Dichter, im besonderen Cicero, tat sich jedoch schwer mit dem Griechischen, das ihm ein Leben lang fremd blieb. Aus Ciceros Empfehlung, Philosophie zu betreiben, leitete er den Auftrag ab, mit einer persönlichen Wahrheitssuche zu beginnen, für die es zunächst keine Verbote geben durfte. So schloß er sich der umstrittenen Bewegung der Manichäer (*Manichäismus*) an, deren radikal dualistisches Weltbild ihm eine grundsätzliche Option auf Gut oder Böse versprach. Er studierte Rhetorik in Karthago, erhielt dort einen Lehrauftrag und ging dann, gegen den Willen seiner Mutter, nach Rom. Sein beruflicher Aufstieg führte ihn bis in den Rang eines Kaiserlichen Redners am Hofe in Mailand. Danach leitete er seinen Rückzug aus den weltlichen Ämtern ein: Er trennte sich von seiner Lebensgefährtin, mit der er immerhin mehr als 12 Jahre zusammengewesen war und einen Sohn hatte. Im Jahre 386 vollzog sich seine Bekehrung, eines der berühmtesten Schlüsselerlebnisse der Philosophiegeschichte, über das Augustinus später in seinem bekanntesten Buch, den »Bekenntnissen«, berichtete. An Ostern 387 ließ er sich, zusammen mit seinem Sohn, vom Mailänder Bischof Ambrosius taufen. Augustinus kehrte nach Afrika zurück, begründete mit Gleichgesinnten eine Lebens- und Studiergemeinschaft in seiner Heimatstadt Thagaste und wurde schließlich zum Bischof von Hippo Regius ernannt. Er starb, 76jährig, während der Belagerung Hippos durch die Vandalen.

Augustinus schrieb mehr als 90 Bücher, dazu ungezählte Briefe und Predigten, was schon seinen ersten Biographen zu der unziemlichen Vermutung anregte, diese Werke könnten unmöglich alle von einem einzigen Sterblichen gelesen werden. Für die Philosophie wurden Augustinus' scharfsinnige Zeitanalysen wesentlich, in denen er, obwohl längst unter einem höheren Glauben stehend, die Zeit dorthin zurückführte, wo sie am konsequentesten wahrgenommen wird: im Empfindungsvermögen des einzelnen. Das Ich steht im Zeitstrom, es muß begreifen lernen, daß seine Vergangenheit »nicht mehr« ist und seine Zukunft »noch nicht« begonnen hat; der scheinbar realste Abschnitt der Zeit aber, die Gegenwart, verliert sich in einer Vielzahl unendlich flüchtiger Augenblicke, die ihm, kaum sind sie erlebt, wieder entrissen werden. Halt im Zeitstrom gibt nur die besondere Struktur unseres Bewußtseins, die auf Gott zurückverweist: Dem Menschen nämlich ist die Erinnerung gegeben, ihm bleiben Bilder von seiner Vergangenheit, und er vermag, aus der Gegenwart heraus, sich seine Zukunft auszumalen. Aus dem Zusammenspiel der Zeitebenen im Bewußtsein entsteht Erfahrung, die eine Orientierung erlaubt, für deren eigentliche Hintergründigkeit wiederum der gewährende und gütige Gott zu nennen wäre.

Das Denken des Augustinus, der auch als der eigentliche Erfinder der Erbsünde gelten darf, war für den offiziellen Glaubenskanon der Kirche von großem Einfluß. Insbesondere seine strenge Gnadenlehre, die dem einzelnen kaum Möglichkeiten beläßt, sich durch gottgefälliges Tun für die Ewigkeit zu qualifizieren, machte den Menschen jedoch, letztendlich, mehr Angst als Freude: Wenn alles nämlich, wie Augustinus behauptet, nur das Werk Gottes ist, dann verlieren auch gute Taten, die man möglicherweise mit Stolz und mit bestem Gewissen vollbracht hat, viel von ihrer inneren Berechtigung und werden, unnützerweise eigentlich, entwertet.

[»... und wir können mit Augustinus anfangen, der von 354 bis 430 lebte ...«, SW 209ff., 275, 284]

Bacon, Francis

Bacon (1561 bis 1626) hatte hohe Ämter im Staatsdienst inne, der ihm Zeit genug ließ, philosophische Werke zu schreiben, die allesamt einer neugewonnenen Überzeugung Ausdruck gaben: Der Mensch hat den Weg des Wissens gerade erst begonnen, und er kann noch viel, er kann sehr viel erreichen ... Höhepunkt von Bacons politischer Laufbahn war seine von Jakob I. veranlaßte Ernennung zum Lordkanzler, die drei Jahre später (1621) hinfällig wurde, als man ihn der Bestechlichkeit überführte und all seiner Ämter für verlustig erklärte. Als Philosoph geht es Bacon um einen vorurteilsfreien und ungetrübten Blick auf die Realität, der die Voraussetzung schafft für ein Wissen, das die Menschen weiterbringt. Im Gegensatz zu Gott, der diese Probleme (Gott sei Dank?) nicht hat, ist der Mensch jedoch immer wieder Irrtümern und Fehleinschätzungen ausgesetzt. Bacons Lehre von den »Idolen« (den Trugbildern), dargetan in seinem Buch »Novum Organum«, kann als Handlungsanweisung für die Vermeidung von Vorurteilen und Verfälschungen gelesen werden.

[»Wissen ist Macht, sagte der englische Philosoph Francis Bacon ...«, SW 241, 261]

Barock

Als geistesgeschichtliche Epoche umfaßt das Barock vor allem das 17. Jahrhundert, in dem die Erfahrungen des 30jährigen Krieges das Lebensgefühl prägten. Tod und

Verderben kontrastierten mit Visionen praller Lebendigkeit, und von Gott glaubte man, daß er nun doch wieder seinen Platz einnahm unter (oder über) den Menschen. Zwei lateinische Sinnsprüche markieren die Pole der zwischen Furcht und Freude nur notdürftig ruhiggestellten barocken Weltsicht: »Memento mori« (Gedenke des Todes) und »Carpe diem« (Nutze den Tag, genieße den Augenblick).

[»Das Barock ... vom gleichen Stoff, aus dem die Träume sind ...«, SW 256ff.]

Beauvoir, Simone de

Die Lebensgefährtin des Philosophen *Jean-Paul Sartre* wurde, vorwiegend von männlichen Kollegen, gern als dessen Anhängsel gesehen, was ihr beispielsweise die boshafte Anrede »Notre-Dame de Sartre« einbrachte. Später sah man sich gezwungen, die vorschnell gefällten Urteile zumindest teilweise zu revidieren. Simone de Beauvoir (1908 bis 1986) erwies sich als eigenständige Persönlichkeit, die den gelegentlich etwas zu hoch angesetzten philosophischen Unternehmungen ihres Freundes durch präzise Kritik und das wiederholte Erinnern an die Vorzüge realistischer Weltsicht zu ein wenig mehr Erdhaftung verhalf. In ihrer eigenen Philosophie ist die Autorin de Beauvoir der Sache der Frau treu geblieben, die sie nicht vorschnell an die Kampf- und Wahrnehmungskomitees übereifriger Feministinnen übergeben wollte: »Man darf nicht glauben, der weibliche Körper verleihe einem eine neue Vision der Welt. Das ist lächerlich. Frauen, die das glauben, fallen ins Irrationale, ins Mystische, ins Komische zurück. Sie spielen das Spiel der Männer ...«

[»In einem Café wie diesem hat er auch seine Lebensgefährtin Simone de Beauvoir kennengelernt ...«, SW 537, 542f.]

Berkeley, George

Bereits als 15jähriger besuchte George Berkeley (1685 bis 1753) das renommierte Trinity College in Dublin, wo ihn seine Kommilitonen als begabten Knaben mit einem Hang zur Altklugheit kennenlernten. Er studierte die alten Sprachen, aber auch Philosophie, Mathematik und, nicht zuletzt, Theologie. 1707 wurde er zum Priester geweiht. Seine erste philosophische Schrift, die 1709 erschien und »eine neue Theorie der Wahrnehmung« versprach, fiel beim Lesepublikum durch – nicht zuletzt, weil dem Autor sein schwerfälliger Stil und eine Vorliebe für dunkle sprachliche Wendungen vorgehalten wurden. Berkeley gelobte Besserung, überarbeitete seinen Erstling und brachte bereits ein Jahr später eine stark verbesserte und erweiterte Fassung heraus, die erfolgreicher war, ohne jedoch zum Renner zu werden. Erst mit einer erneut revidierten Version seiner »Abhandlung über die Prinzipien der menschlichen Erkenntnis«, die er diesmal in Dialogform kleidete, erreichte Berkeley die Aufmerksamkeit, die er sich erhoffte. Er konnte nun, wie er fand, beruhigt auf Reisen gehen, tat dies auch ausgiebig, bis er zum Dekan von Derry ernannt wurde und, bedingt durch seine Heirat, seßhafter werden mußte. Eine letzte große Reise gönnte sich Berkeley, als er 1729 die Bermudas ansteuerte, wo er sich einen langgehegten Herzenswunsch erfüllen wollte: die Errichtung einer Schule, an der englische Siedlersöhne zusammen mit jungen Eingeborenen zu Missionaren ausgebildet werden sollten. Der Plan schlug fehl, und Berkeley kehrte enttäuscht nach Irland zurück. Als einen Akt ausgleichender Gerechtigkeit durfte er die Ernennung zum Bischof von Cloyne verstehen, die ihm 1734 widerfuhr; in diesem Amt verblieb er bis zu seinem Tode.

Berkeley war einer der ersten Philosophen, die dem Bewußtsein des Menschen weit mehr zumuteten, als bloße Sinnesdaten zu verarbeiten. Das Bewußtsein wird zur allein maßgeblichen Bühne erklärt, auf der das Geschehen der Welt stattfindet; was außerhalb dieser Bühne passiert, ist uninteressant, weil: im Bewußtsein nicht vorhanden. Die Materialität der Welt wird von Berkeley nicht bestritten, wohl aber ihre Bewußtseinsunabhängigkeit. Alle Eigenschaften der Dinge sind Zutaten, die aus dem Bewußtsein stammen und unentbehrlich werden für den lebenslangen Prozeß der Erfahrung. Ein solcher radikaler *Idealismus*, der sich durch materialistische Zugeständnisse den Rücken freihielt, wirkte anregend auf die philosophischen Debatten jener Zeit, in der das erkenntnistheoretische Terrain gerade erst abgesteckt wurde. Dabei übersah man, ohne es zu wollen, gern die theologische Absicherung, die Berkeley seiner Philosophie verpaßt hatte: Das Bewußtsein nämlich, das ohnehin göttlichen Ursprungs ist, wird von seinem Schöpfergeist höchstpersönlich funktionsfähig gehalten; es funktioniert, weil es funktionieren soll, so daß es letztlich als ein Geschenk betrachtet werden kann, welches von Gott einst allen Menschen in dieser ihrer einen Welt übergeben wurde.

[»Berkeley... wie ein schwindliger Planet um eine brennende Sonne ...«, SW 118, 176, 199, 276, 304, 306f., 314, 332ff., 349, 358, 362, 376, 381f., 417, 421f.]

Bewußtsein

Die Frage nach dem Bewußtsein ist nicht unbedingt die älteste Frage der Philosophie, aber eine, an der sich immer wieder die Geister scheiden. Ihre Beantwortung fordert eine grundsätzliche Stellungnahme heraus: Wie sehe ich die Welt, wie sehe ich mich selbst – wenn das

Medium, durch das ein Wissen-von-sich und ein Wissen-von-der-Welt zustande kommt, eben nur das Bewußtsein sein kann, das uns gegeben wird wie unsere Körperlichkeit und das doch, anders als unser Leibesempfinden, Entwicklungsmöglichkeiten in sich birgt, die an das heranführen, was heutzutage Selbstfindung heißt. Bewußtsein ist immer Gegenstands-Bewußtsein; das gilt auch für das Selbstbewußtsein, von dem wir annehmen müssen, daß es die rätselhafteste Variante des Bewußtseins darstellt, was auch damit zusammenhängt, daß das Selbst – eine flüchtig-konstante Größe, die unser Denken und Handeln steuert, ohne sich wirklich in die Karten schauen zu lassen – vermutlich doch kein Gegenstand wie jeder andere ist. In der Philosophiegeschichte hat der deutscheste aller deutschen Philosophen, *Hegel*, dem Bewußtsein am meisten zugemutet: Er machte es zum absoluten Geist, der zu guter Letzt alles weiß und alles durchschaut (vor allem die Hegelsche Philosophie). Von einer solchen Zumutung will man heute nicht mehr viel wissen; die Philosophie sollte sich jedoch, auch wenn es ihr schwerfällt, mit den Ergebnissen der modernen Bewußtseinsforschung auseinandersetzen, die vielversprechend und desillusionierend zugleich sind. Eine These, die in diesem Zusammenhang formuliert wurde (sie stammt von dem amerikanischen Psychologen Julian Jaynes), besagt: Das Bewußtsein ist möglicherweise nur ein zufällig auftretendes Geistesphänomen (entstanden erst vor ca. 3000 Jahren), und es könnte demzufolge auch eines fernen Tages (ebenso zufällig) wieder verschwinden …

[»Also muß irgendeine geheimnisvolle Verbindung zwischen Körper und Bewußtsein bestehen …«, SW 278, 309, 321, 335, 384f., 422f., 478, 512ff., 527f., 540f., 566]

Böhme, Jakob

Der gelernte Schuhmacher war ein deutscher Mystiker, der seine Tiefsinnigkeit entweder durch Schweigen oder in dunkler, bilderstarker Sprache zum Ausdruck brachte. Böhme (1575 bis 1624) ging es um die absolute göttliche Einheit, die ausschließlich dort zu erahnen ist, wo Gegensätze bestehen und aufeinander bezogen werden. So sind wesentliche Daseinsfaktoren tatsächlich nur anhand ihrer Gegensätze auszumachen: Das Licht zeigt sich am Dunkel, das Gute braucht das Böse, um wirklich gut sein zu können. Auf die unendliche Abfolge der Gegensätze ist schließlich sogar Gott angewiesen, der sich aus der erhaben lastenden Schwere seiner Urgründigkeit erst dann erheben und fortbewegen kann, wenn ihm die Gelegenheit gegeben wird, sich im ganz Anderen zu zeigen und zu offenbaren.

[»Die Romantiker griffen dabei auf Spinoza zurück, aber auch auf... Renaissancephilosophen wie Jakob Böhme . . .«, SW 412]

Bohr, Niels

Bohr (1885 bis 1962), der 1922 den Nobelpreis für Physik erhielt, zeigte sich wie kaum ein anderer seiner Kollegen an erkenntnistheoretischen Problemen interessiert. Die »Lektion der Atome«, die ihm selbst zuteil geworden war, versuchte er ins Grundsätzliche zu wenden, indem er nach den Strukturen und, nicht zuletzt, auch nach der Glaubwürdigkeit eines Wissens fragte, das sich, etwa wie im Fall des Atommodells, der reinen Unanschaulichkeit bedienen muß, um so etwas wie immanente Anschaulichkeit zu erzielen. Der von Bohr entwickelte Begriff der »Komplementarität« verweist auf die innere Zusammengehörigkeit entgegengesetzter oder widersprüchlicher Beobachterpositionen.

[»Es heißt, daß der dänische Atomphysiker Niels Bohr über seiner Haustür ein Hufeisen hängen hatte . . .«, SW 434]

Bruno, Giordano

Als »verbrecherischen Dominikaner« und »überaus hartnäckigen Ketzer« bezeichnete ein zeitgenössisches Informationsblatt den Mann, der am 17. Februar 1600 in Rom verbrannt wurde: Giordano Bruno (geb. 1548), ein zu Lebzeiten stets unerschrocken und rechthaberisch auftretender Exmönch, von dem seine Gegner meinten, er sei nur ein Querulant gewesen, während ihn seine Verehrer für einen Heiligen des Wissens hielten. Bruno propagierte eine alldurchwaltende Vernunft als höchstes Gestaltungsprinzip des Kosmos. In dieser Vernunft wird auch die Weltseele mitgedacht, die hinabreicht bis in die kleinsten Bereiche des Lebendigen. Ein solches Weltbild hat für Gott, den sich Bruno als ein übersubstantielles, dem Begreifen der Menschen entzogenes Wesen vorstellt, keinen rechten Platz mehr; der Konflikt mit der Amtskirche war damit vorgezeichnet. Berühmt geworden sind auch die bereits für die Ewigkeit gesprochenen Schlußworte, mit denen Bruno seine Verurteilung quittierte: »Ihr fällt euer Urteil mit größerer Furcht, als ich es empfange.«

[»Das Schicksal des Giordano Bruno brachte das in dramatischer Weise zum Ausdruck...«, SW 239f., 259, 412]

Buddha, Siddhartha Gautama

Der Begründer des Buddhismus (um 560 bis etwa 480 v. Chr.) war ein Fürstensohn, der aus dem heutigen Nepal stammte. Mit 29 Jahren, so sagt seine Legende, ließ er Reichtümer, eine schöne junge Frau und ein anmutiges

Söhnchen zurück, um sich auf die Suche nach der Erlösung zu begeben. Er wanderte als Bettler umher, sprach bei dem einen oder anderen Eremiten vor, der als weise galt, und unterwarf sich den unterschiedlichsten Askeseprogrammen. Die Wahrheit, nach der er so lange gesucht hatte, fand er allerdings erst, als ihm eine eigene Erleuchtung zuteil wurde; ihre Botschaft gab er weiter im Stile eines sanftmütigen und wundertätigen Wanderpredigers. Buddha (»der Erleuchtete«) lebte die Lehre, die er vermittelte, und er tat es auf eine Weise, die Fragen nach einem persönlichen Gott oder Göttern gar nicht erst aufkommen ließ. Der Buddhismus (SW 182) ist denn auch eine Religion, die ohne einen obersten Weltenlenker auskommt, ja die mit altehrwürdigen Vorstellungen wie dem Selbst (Ich) oder gar der Seele nicht viel anfangen kann. Das Sein wird vielmehr als ein fortwährendes Werden verstanden; es gibt keine festen Substanzen, sondern nur ein vom Leiden geprägtes Entstehen und Vergehen, das über die existentiellen Eckdaten (z. B. Geburt und Tod) allemal hinausreicht. Der Buddhismus glaubt an die Wiedergeburt und den Kreislauf des Lebens, aus dem nur herauszufinden vermag, wer das »Nirvana« (das Verwehen) erreicht, einen Zustand des ganz zur Ruhe gebrachten Lebensdrangs und einer monumentalen Stille.

[»Buddha betrachtete das Menschenleben als ununterbrochene Reihe von mentalen und physischen Prozessen, die den Menschen jeden Augenblick aufs neue verändern ...«, SW 321f., 447]

Christina von Schweden, Königin

Die Tochter des legendären Schwedenkönigs Gustav Adolf nahm es gern mit den Männern auf, auch auf dem Gebiet der Wissenschaften und schönen Künste. Einen Platz in der Philosophiegeschichte, wenngleich etwas abseits vom Hauptgeschehen, sicherte sich Christina (1632 bis 1654), als sie den berühmten Philosophen *René Descartes* als Berater und Vordenker an ihren Königshof holte. Dort zwang sie ihn, der gern bis mittags zu schlafen oder zu tagträumen pflegte, zum frühen Aufstehen, was (dem damals 54jährigen) Descartes im rauhen nordischen Klima nicht nur anhaltend schlechte Laune, sondern auch eine Erkältung, eine Lungenentzündung und schließlich den Tod einbrachte. Die Nachricht von seinem Ableben soll Christina, die einen Hang zum Sarkasmus hegte, mit der Bemerkung bedacht haben: »Mein berühmter Lehrmeister versprach mir, mit Hilfe der Wissenschaften hundert Jahre alt zu werden. Er hat sein Wort nicht gehalten.«

[»1649 lud ihn die Königin Christina nach Schweden ein…«, SW 276]

Cicero, Marius Tullius

Der Philosoph und Staatsmann Cicero (106 bis 43 v. Chr.) führte ein bewegtes Leben, in dem die Politik für Aufregung und die Philosophie für Besinnung sorgte. Er amtierte als Konsul, er sorgte dafür, daß der Aufstand des Catilina niedergeschlagen wurde; nur im Bürgerkrieg stand er, wie ihn die Geschichte belehrte, vorübergehend auf der falschen Seite, denn es bedurfte erst eines Gnadenakts des Siegers Caesar, um ihm wenigstens die leibliche Unversehrtheit zu belassen. Als Philosoph war Cicero ein Freund der Griechen, der sich, vergleichsweise unbekümmert, an denjenigen Lehrmeinungen orientierte, die ihm am ehesten zu seiner eigenen Gedankenwelt zu passen schienen. Diese bemühte sich um Größe: Die letzten Dinge interessierten ihn, der Tod, das Leben, Freundschaft, Liebe, Ewigkeit. Cicero führte Philosophie als ein nicht nachlassendes Bemühen um Lebensklugheit vor; seine (verlorengegangene) Schrift »Hortensius« soll *Augustinus* beeinflußt und auf den Weg des Nachdenkens gebracht haben.

[»Ein römischer Philosoph – Cicero – sagte einige Jahrhunderte später, Sokrates habe die Philosophie vom Himmel auf die Erde geholt ...«, SW 85, 159]

Condorcet, Marie Jean Antoine Nicolas

Condorcet (1743 bis 1794), Mathematiker und Philosoph, glaubte an die Vernünftigkeit des Machbaren, wenn es denn nur »gelänge, eine freie Verfassung« mit »der allgemeinen Bildung der Bürger« in Einklang zu bringen. Da aber haperte es schon; im vorrevolutionären Frankreich war der Starrsinn der Privilegierten zu bewundern, und als die Revolution obsiegte, traten Fanatiker auf den Plan, die das Bildungsideal des Marquis de Condorcet in sein Gegenteil verkehrten. Die Herkunft dieses unerschrockenen Aufklärers von der Mathematik, die seine liebste Wissenschaft blieb, zeigte sich in all seinen politischen Entwürfen: Seine politischen Visionen untermauerte er mit den Mitteln der Statistik und Wahrscheinlichkeitsrechnung; die dazugehörigen Absichten (Gleichstellung der Frauen, Wissenschaft als rational-wohltätiger Dienst an den Menschen, Befreiung der Unterdrückten und Gerechtigkeit für alle) blieben dennoch über (fast) jeden Zweifel erhaben.

[»Schon 1787 veröffentlichte der Aufklärungsphilosoph Condorcet eine Schrift über die Rechte der Frau ...«, SW 375]

Darwin, Charles

Eine einzige, allerdings fünf Jahre währende Reise war es, die den ansonsten bodenständigen Charles Darwin (1809 bis 1882) dazu brachte, ein neues Weltbild zu entwickeln, dessen Konsequenzen noch immer nicht abzusehen sind. Darwin, Sohn eines gewichtigen Landarztes, war ein unauffälliger Schüler, der weder durch besondere Begabungen noch durch überzogene Streiche von sich reden machte. Er sammelte Käfer, betätigte sich als Nachwuchs-Ornithologe, widmete sich aber auch genauso gern seinen Tagträumen, in denen er »oft nicht mehr wußte, wer« er »war«. Diese Unauffälligkeit behielt er auch als Student bei: Er studierte Theologie, Medizin, Zoologie und Geologie in Edinburgh und Cambridge, ohne dabei die ganz große Begeisterung zu verspüren, die er allenfalls bei der Jagd zeigte. Im Jahre 1831 schließlich wurde er zu jener Reise überredet, die sein Leben veränderte: Auf dem Forschungsschiff seiner Majestät, der HMS »Beagle«, die auf Expeditionsfahrt nach Südamerika und Ostindien gehen sollte, suchte man noch einen jungen Wissenschaftler, den man für naturkundliche Forschungen einsetzen konnte. Darwin nahm das Angebot an. Er fand sich mit den Bedingungen an Bord, der Beengtheit, dem andauernden Schaukeln des Schiffes (»das mich zunächst ständig seekrank hielt«) und vor allem den Launen des cholerischen Kapitäns FitzRoy besser ab als befürchtet. In seiner Arbeit, die ihm von Tag zu Tag interessanter vorkam, entwickelte er enormen Eifer und eine bemerkenswerte Gewissenhaftigkeit. Als die »Beagle« im Oktober 1836 nach England zurückkehrte, glaubte er endgültig zu wissen, was »den Wert des Lebens« ausmachte. Er ordnete die naturkundlichen Sammlungen, die er unterwegs angelegt hatte; er heiratete, setzte (zehn)

Kinder in die Welt, arbeitete als Sekretär, Privatgelehrter und Schriftsteller, dem mit der Veröffentlichung seiner Reiseberichte sogar ein (erster) Bestseller gelang. Von Geldsorgen wurde Darwin ohnehin nicht geplagt; dafür sorgte auch das väterliche Erbteil, das ihn beizeiten finanziell unabhängig machte. Sein Hauptwerk (»Die Entstehung der Arten durch natürliche Zuchtwahl«) erschien allerdings erst 23 Jahre nach Beendigung der großen Reise; so lange hatte der gewissenhafte Forscher Darwin gebraucht, um seine Theorie in einem Buch auszubreiten, das nun für Aufsehen sorgte. Schon am ersten Tag war die erste Auflage ausverkauft; das Werk wurde zum meistgelesenen wissenschaftlichen Werk des 19. Jahrhunderts. An der Diskussion, ja an den erhitzten Debatten, die seine Theorie auslöste, beteiligte er sich nur am Rande: Er schrieb noch das eine oder andere Buch, las dickleibige Romane (»die immer gut ausgehen« mußten) und führte sein unauffälliges Leben zu Ende. Am Tag vor seinem Tode soll er gesagt haben: »Ich habe nicht die geringste Furcht zu sterben.«

Darwin gilt als der Begründer der biologischen Evolutionstheorie. Sie besagt, daß Lebewesen einem Selektionsprozeß unterliegen, in dem vor allem diejenigen Organismen überleben, die am zweckmäßigsten ausgestattet sind und sich am besten an die Bedingungen ihrer Umwelt anzupassen vermögen. Die Belege für diese Theorie fand Darwin während seiner Reise mit der »Beagle«; besonders die Galapagos-Inseln (»eine Welt für sich«) boten ihm reichhaltiges Anschauungsmaterial. Der »Kampf ums Überleben«, den alle Lebensformen führen müssen, wird bereits innerhalb einer Art eingeleitet, in der sich, bedingt durch Fortpflanzung und Mutationen, nur die jeweils widerstandsfähigsten Exemplare durchsetzen können, die dann dem Überlebensdruck auf höherer

Ebene, d. h. im Konflikt mit anderen Tier- und Pflanzenarten, ausgesetzt werden. Die Evolutionsgeschichte, einfältig betrachtet, könnte demnach auch als umfangreiche Familienchronik gelesen werden, die vorwiegend von Siegertypen berichtet; in diesem Sinne hat sich der »Sozialdarwinismus« ihrer angenommen und angebliche Überlegenheiten von angeblich besser ausgestatteten Rassen aus ihr abgeleitet. Darwin selbst, der seine Gemütsruhe nur dann aufgab, wenn er auf die von ihm heftigst verabscheute Sklaverei zu sprechen kam, hätte mit solchen Interpretationsversuchen große Schwierigkeiten gehabt; für ihn bedeutete die Evolutionsgeschichte kaum mehr als eine Überlebensstatistik, die allerdings der behutsamsten Auswertung bedarf – was sicher auch für seine Abstammungslehre gilt, aus der Darwins Gegner zu seinen Lebzeiten schon die niederschmetternde bis empörende Erkenntnis bezogen, daß der Mensch vom Affen herkommt – ein Tatbestand, der allerdings bis auf den heutigen Tag nicht recht strafbar gemacht werden kann.

[»Das läßt sich vielleicht mit der Situation damals vergleichen, als Darwin nachwies, daß der Mensch von den Tieren abstammt ...«, SW 251, 366, 476ff., 498f., 502f., 523]

Demokrit

Demokrit (um 460 bis etwa 370 v. Chr.) war nach eigener Aussage ein »welterfahrener« Mann; er reiste viel und hat auf seinen Reisen, wie er behauptete, auch viel gelernt. Eine Heiterkeit des Gemüts wird ihm zugesprochen, die im Gegensatz steht zu der stets düsteren Laune seines Kollegen *Heraklit.* In die Philosophiegeschichte ist Demokrit als der zweite Atomtheoretiker eingegangen (der erste war sein Lehrer Leukippos): Die Atome bilden die

Bausteine des Kosmos, und als solche sind sie zwar nach Gewicht, Größe und Form zu unterscheiden, aber in sich unteilbar. Sie bewegen sich im leeren Raum, und aus ihren Kollisionen entsteht, auf dem Weg über bestimmte Atomgruppierungen, die eigentliche Gegenstandswelt. Auch der Mensch besteht aus Atomen, und wenn er sich wohl fühlen will, sollten seine Seelenatome stabil sein und von Erschütterungen freigehalten werden. Dafür kann er selbst sorgen, denn im Bezirk der Seele gilt seine Eigenverantwortlichkeit, ja sogar eine gewisse Freiheit, die ansonsten im durchreglementierten Naturreich einen arg schweren Stand hat.

[»Heute erzähle ich Dir über den letzten großen Naturphilosophen. Er hieß Demokrit...«, SW 51, 54, 56ff., 78, 103f., 137, 160ff., 197, 264, 272, 322, 345, 389, 423, 461]

Derrick, Stephan

Derrick (1924? bis ?) ist weltweit einer der bekanntesten Deutschen; sein Ruhm unterliegt allerdings einem Mißverständnis, denn er bezieht sich ausschließlich auf seinen Zweitberuf (als Leiter einer Münchener Mordkommission). Dabei ist Derrick, Kenner wissen es längst, von Haus aus Philosoph, dem wir profunde Beiträge zur Phänomenologie des Bösen und zur Psychologie und Physiognomik des Verbrechens verdanken. Derrick, der leider nur wenig veröffentlicht hat, verfügt über ein breites Repertoire von sachorientierten Einsichten, die eine Nähe zum Aphorismus erkennen lassen; aus diesem Reservoir, das deutlich reichhaltiger ist als das der russischen Popularphilosophen M. Gorbatschow und B. Jelzin (die bekannt geworden sind durch Erkenntnisse wie »Wer zu spät kommt, den bestraft das Leben« oder »Übern Berg ist es weiter als zu Fuß«), weiß er sich immer wieder zu bedienen. Als Philosoph ist Derrick ein Einzelkämpfer geblieben; darüber kann auch das innige Verhältnis zu seinem Assistenten Klein (»Harry, fahr schon mal den Wagen vor«) nicht hinwegtäuschen. Derrick wußte und weiß (mit B. Brecht), daß der letzte nicht nur von den Hunden gebissen wird, sondern daß er auch das Licht ausmachen muß – und was wird dann aus dem Denken, aus der Philosophie, denn »die im Dunkel sieht man nicht«.

[»Hildes Mutter rief, weil ›Derrick‹ in zehn Minuten anfing und sie die Pizza in den Ofen geschoben hatte ...«, SW 377]

Descartes, René

Bevor er zum Philosophen wurde, war Descartes (1596 bis 1650) als Berufsoffizier tätig. Er diente im Heer des Prinzen Moritz von Oranien und machte sich dort, folgt man seinen Biographen, als verwegener Fechter einen Namen. Zugleich rühmte man damals schon eine gewisse Genialität an dem kleingewachsenen Mann, der knifflige mathematische Aufgaben in Minutenschnelle löste, über physikalische Theorien stets druckreif sprach und auch an eigenen Aufzeichnungen arbeitete, über deren Inhalt er wenig verlauten ließ. Seine Schulausbildung erhielt Descartes am renommierten Jesuitenkolleg in La Flèche. Auf Wunsch seines Vaters, eines drögen Advokaten und Staatsbeamten, studierte er in Paris die Rechtswissenschaften, was ihn jedoch nicht daran hinderte, seinen Vergnügungen nachzugehen. 1618 begann der Chevalier du Perron, wie sich Descartes inzwischen aufgrund eines plötzlich ererbten Adelstitels nannte, mit einer Offiziers-Ausbildung in Holland, das damals militärtechnisch besonders innovativ war und zudem als freiestes Land Europas galt. In einer Novembernacht des Jahres 1619, als das Heer des Prinzen von Oranien sich im Winterquartier in der Nähe von Neuburg an der Donau befand, hatte Descartes sein philosophisches Schlüsselerlebnis, das aus drei aufeinanderfolgenden Träumen bestand, die ihm, in einer Bilderbotschaft, zeigten, welche Richtung er auf seinem künftigen Lebensweg einschlagen sollte. Er quittierte seinen Militärdienst, kehrte nach Frankreich zurück und wurde zum Mann der Wissenschaften, dem man alsbald wahre Wunderdinge nachsagte. Obwohl die Zensurbeamten von Staat und Kirche keine unmittelbare Handhabe hatten, ihn wegen unbotmäßiger Schriften inhaftieren zu lassen, hielt Descartes es für besser, sich noch einmal nach Holland abzusetzen (1628). Dort blieb er mehr als sechzehn Jahre, die insgesamt seine glücklichsten waren, auch wohl, weil er die Liebe kennenlernte, der er zuvor nur in Liebeleien begegnet war. In den letzten Jahren seines Lebens avancierte Descartes zur europäischen Berühmtheit. Er starb am Hofe der Königin *Christina von Schweden,* einer hartnäckigen Verehrerin des Philosophen, die seine Kräfte jedoch bei weitem überschätzte.

Descartes brachte der Philosophie bei, sich (wieder) auf sich selbst zu besinnen. Er tat dies, indem er kühn genug war, seine eigene Person zum Ausgangspunkt für alle weiterführenden Überlegungen zu machen, bei denen es zunächst nur um eines ging: um die Verläßlichkeit und Sicherheit des Wissens. Die Methode, die er dabei anwandte, war ein radikalisierter Zweifel, der sich auf alles bezieht, was bezweifelt werden kann. Als Kind seiner Zeit, in der man es für angebracht hielt, die offiziell legitimierten Wahrheiten überwachen zu lassen, wußte Descartes jedoch, daß man den Zweifel auch nicht zu weit treiben darf. So blieben ihm am Schluß seiner kritischen Sichtung zwei Wahrheitsinstanzen übrig, die (mehr oder weniger) unantastbar waren: Gott (was nicht weiter überraschen konnte) und das Ich (das man als Gewißheitszentrum nicht unbedingt auf der Rechnung haben mußte). Descartes' berühmte Formel »Cogito ergo sum« (Ich denke, also bin ich) bedient sich eines Kunstgriffs, um das Ich als denkendes Wesen (»res cogitans«) auszuweisen, vor dem, so die Behauptung, der Zweifel letztendlich kapitulieren muß – da ja gar nicht gezweifelt werden könnte, wenn der Zweifelnde nicht existieren würde. Aus dieser Gewißheit werden nun alle weiteren Bestimmungen der Wirklichkeit herleitbar; dem Ich als denkendem Wesen steht die Materie gegenüber (»res extensa«), die alle Gegenstandsbereiche umfaßt: *Natur*, Gesellschaft, auch der Leib, den Descartes ausdrücklich als Objekt bezeichnet, das sich vom Denken unterscheidet. Leib und Seele mögen in ihrer irdischen Existenz zusammengespannt sein; dennoch sind sie grundverschieden, auch in ihrer jeweiligen Funktion, was sich nach dem Tod des Menschen zu erkennen gibt: Die Seele des Menschen verläßt den Körper und macht sich auf zu Gott, während die irdischen Überreste ihre Vergänglichkeit beweisen, in dem sie konsequent vor sich hin modern. Für das tagtägliche Zusammenwirken von Leib und Seele sah Descartes sogar ein bestimmtes Organ vor: die Zirbeldrüse (Epiphyse), die vom Zwischenhirn aus ihre Steuerungsfunktion wahrnimmt.

Das dualistische Weltbild, das Descartes' Philosophie entwickelte, hatte und hat etwas Verführerisches an sich, dem die modernen Wissenschaften, als deren einer Ziehvater der Philosoph wohl zu gelten hat, zunächst allesamt erlegen sind. Wenn das Ich nämlich und sein Gegenüber, die Materie, sauber voneinander getrennt sind, wird auch realistische Erkenntnisarbeit möglich. Das Ich, das denkende, forschende, unentwegt neugierige Wesen, kann sich ein Wissen aufbauen, das von den konkreten Gegenstandsbereichen herkommt und somit zu Wahrheiten führt, die verwertbar sind und mit denen man rechnen darf. Descartes' Philosophie hat, ohne es ausdrücklich zu wollen, den Schleier des Geheimnisvollen von der Welt genommen, die seither endgültig zum Verfügungsobjekt (nicht nur des Wissens) geworden ist. Die Geheimnisse, die noch geblieben sind, weisen eine andere Untergründigkeit auf; sie beziehen sich allerdings auch, kurioserweise, (noch immer) auf jene beiden Wahrheitsinstanzen, die Descartes vom Zweifel auszunehmen gedachte: auf Gott und das *Bewußtsein* des Menschen, denen das Denken (noch immer) nicht recht beizukommen vermag.

[»Descartes ... er wollte alle alten Materialien vom Bauplatz entfernen ...«, SW 267, 274ff., 291, 294f., 298, 306f., 308, 310, 312, 317ff., 333, 364, 370, 373, 382, 389f., 396, 426, 430, 448]

Dialektik

Als herkömmliche Form der Dialektik gilt die klassische Triade: Sie besteht aus These, Antithese, Synthese und dient dazu, einen argumentativen Fortschritt zu erzielen, der sich über die offensichtliche Widersprüchlichkeit vorhandener Aussagen hinweghilft. Dialektik als Methode hängt somit vom Behauptungswillen ihres Anwenders ab, was ihr eine gewisse Willkürlichkeit verleiht. Mit dialektischen Argumentationsfiguren sind denn auch schon kühne Annahmen in die Welt gesetzt worden; das gilt im besonderen für die ehemalige Philosophie des ehemaligen Kommunismus, die mit Hilfe der Dialektik die Geschichte und den Zustand der Welt sowie das allgemeine Treiben der Menschen bis in alle Zukunft erklären wollte – ohne Rücksicht auf Verluste. Die zweifelhafte Aussagekraft solcher Prognostik hat bereits *Hegel,* einer der Altmeister der Dialektik, kritisiert, der die bloße dialektische Methode »ein äußerlich lebloses Schema« nannte. Er verweist damit, indirekt, auf die Ursprünge der Dialektik bei den Philosophen *Sokrates* und *Platon*, die sie als Mittel einsetzten, um im Dialog einen Denkprozeß auszulösen, der Erkenntniszugewinn dadurch erzielt, daß er bestimmte Positionen annimmt und zugleich, weiterdrängend, in Frage stellt.

[»... Dialektik läßt sich nicht nur auf die Geschichte anwenden ...«, SW 429ff.]

Diogenes

Diogenes von Sinope (um 400 bis 325 v. Chr.) ist einer der ersten Philosophen gewesen, über die man sich lustig machte. Mit ihm wird eine Art Gegengeschichtsschreibung der Philosophie eingeleitet, die es auf den Philosophen als weltfremden Sonderling und komischen Vogel abgesehen hat, von dem, so die unausgesprochene Unterstellung, letztlich nicht allzuviel Erhellendes erwartet werden kann. Dabei ist Diogenes vermutlich ein kluger Kopf gewesen, und ob er wirklich in einer Tonne gelebt hat und zugleich äußerst bedürfnislos und saugrob war, vermögen wir nicht mehr mit Sicherheit zu sagen. Was wir wissen, ist, daß nach ihm, dem man den Spitznamen »kynos« (Hund) verpaßte, eine ganze philosophische Schule (die »Kyniker«) benannt wurde, der auch Diogenes' Lehrmeister *Antisthenes* zugerechnet wird. Eine der schönsten Anekdoten, die von Diogenes handeln, bringt ihn mit *Alexander dem Großen* zusammen, der den Philosophen herablassend, aber freundlich nach seinen Wünschen fragte, worauf ihn dieser barsch beschied: »Geh mir aus der Sonne!«

[»Der bekannteste Kyniker war Diogenes ...«, SW 158]

Empedokles

Empedokles (um 495 bis etwa 435 v. Chr.) war ein Multitalent. Er betätigte sich als Staatsmann, Arzt und Wunderheiler und soll, wie *Aristoteles* meint, der eigentliche Erfinder der Rhetorik gewesen sein. Als Aristokrat trat er für die Demokratie ein, was man ihm in seiner Heimatstadt Akragas (Agrigent) auf Sizilien so übelnahm, daß er zur unerwünschten Person erklärt wurde. Empedokles führte die vier Elemente, nämlich Feuer, Erde, Luft und Wasser, zu philosophischen Ehren. Sie sind ewig und in allen anderen Dingen enthalten; zusammen mit den Gestaltungsprinzipien Liebe und Haß, die ebenfalls keine zeitliche Begrenzung kennen, bestimmen sie das Weltgeschehen, das sehr wohl eine Bewegung kennt – eine Annahme, mit der sich Empedokles gegen seinen Kollegen *Parmenides* und dessen (eleatische) Schule absetzt. In den Fragmenten, die man Empedokles zuschreibt, finden sich viele verblüffende, z. T. merkwürdig modern anmutende Andeutungen: So spricht er beispielsweise von einer Art kollektivem Sündenfall der Menschheit, der mit dem Sturz in die »Leiblichkeit« bestraft wurde, und von den Wanderungen der Seele, die ein ruheloser, »gefallener Gott« sei.

[»Schließlich sollte Empedokles ... den Weg aus dem Netz finden, in dem die Philosophie sich verheddert hatte ...«, SW 47ff., 51f., 60, 103, 423, 430]

Empirismus

Im Gegensatz zum *Rationalismus*, der sich gern mit *Vernunft* begriffen schmückt, setzt der Empirismus auf die ursprüngliche Kraft der Sinneswahrnehmung. Jede Wirklichkeitsauffassung, die mitteilbar werden soll, geht von den Sinnen aus. Sie liefern das Datenmaterial, das den

Erkenntnisleistungen zugrunde liegt. Begründet wurde der Empirismus, wenn man so will, durch *Epikur,* weltanschaulich ausgebaut dann von den britischen Philosophen *John Locke, David Hume* und *John Stuart Mill,* denen auch ihr Landsmann *George Berkeley,* allerdings wohl gegen seine eigentlichen Absichten, zuarbeitete. Ein möglichst umfassend abgesichertes empirisches Wissen ist zum Ideal der exakten Wissenschaften geworden, die sich, den eigenen Nöten gehorchend, über den klassischen Empirismus allerdings schon länger hinausbemüht haben.

[»... das sind ganz schön viel Worte. Kannst du wiederholen, was wir unter ›Empirismus‹ verstehen? ...«, SW 307ff., 333, 545]

Epikur

Die antiken Philosophie-Geschichtsschreiber, die der Wahrheit gern ein wenig Wahrheit hinzudichteten, behaupten, daß Epikur (341 bis 271 v. Chr.) schon als altkluger Knabe zur Philosophie gekommen sei, als er in der Schule nach der »Entstehung des Chaos« gefragt habe und ein genervter Lehrer ihm antwortete: »Das können wir nicht wissen. Das ist eine Frage, mit der sich die Philosophen beschäftigen!« Epikur soll sich daraufhin von der Schule verabschiedet haben, um Philosoph zu werden und, dürfen wir hinzufügen, um seine eigene Schule zu gründen. Die Philosophie, die er vertrat, fand eine Zeitlang viele Anhänger, was auch wohl am Lehrmeister lag: Man rühmte Epikurs freundliche Umgangsformen, im besonderen den einfachen Ständen gegenüber; diese ungewollt demokratischen Manieren wurden ihm dann von etlichen seiner Philosophenkollegen vorgehalten, mit denen er allerdings auch nicht so freundlich umsprang wie mit dem Mann auf der Straße. Im Mittelpunkt von

Epikurs Philosophie steht die Lust, die er differenzierter sieht als der Philosoph *Aristippos*, der den Lustgewinn nur im erfüllten Augenblick fand. Epikur destilliert aus der Lust eine Lebenseinstellung, die von kluger Mäßigung geprägt ist: Sie vermeidet die Extreme, sie weigert sich, den Genüssen nachzujagen und plädiert statt dessen für eine wohlbedachte Zurückgezogenheit (»Lebe im Verborgenen!«), so daß Lust im Grunde eher Zufriedenheit bedeutet, die sich allein dadurch schon motivieren kann, daß sie die Abwesenheit von Schmerz und Unlust schätzen lernt. Viel mehr an Glück wird dem Menschen nämlich gar nicht geboten; er kann froh sein, wenn er einigermaßen gesund durchs Leben kommt und von den ganz großen, den aufreibenden Gefühlen verschont bleibt. Hat er das einmal durchschaut, kann er ganz zufrieden werden, darf er zur Ruhe kommen, die Epikur mit dem schönen griechischen Wort »ataraxia« (Unerschütterlichkeit, Windstille des Gemüts) bezeichnet. Epikurs Philosophie ist zugleich empirisch und praktisch ausgerichtet, was auch für seine Erkenntnistheorie gilt, die den Sinneswahrnehmungen vertraut: Diese liefern in der Regel verläßliche Botschaften, aus denen ein ordentliches Weltbild errichtet werden kann. Nur die Atome entgehen dem Wahrnehmungsvermögen: Sie sind zu klein, und zudem sind sie, anders als die Atome des *Demokrit*, frei in ihrer Beweglichkeit und außerordentlich schnell. Epikur sind, folgt man der Überlieferung, einige bleibende Sentenzen der Weisheit zu verdanken; eine davon besagt, daß es unsinnig ist, den Tod zu fürchten, denn »wenn wir sind, ist der Tod nicht, und wenn der Tod ist, sind wir nicht«.

[»Um das Jahr 300 v. Chr. begründete Epikur... in Athen eine philosophische Schule...«, SW 160ff., 461]

Erasmus von Rotterdam

Im Gegensatz zu *Martin Luther*, der sich als Reformator aus der katholischen Kirche herausmanövrierte, blieb Erasmus von Rotterdam (um 1466 bis 1536) seiner Glaubensgemeinschaft erhalten. Der Humanist Erasmus, ein Philosoph vom Herzen her und dazu ein großer Philologe vor dem Herrn, sah die Dinge nicht ganz so eng wie Luther: Der Mensch ist zwar von Gottes Gnade abhängig, aber er hat auch einen Freiheitsspielraum, der sich besonders dann bewährt, wenn es gilt, Gutes zu tun; nur dann nämlich, wenn ihm der besagte Freiheitsspielraum verbleibt, erweist sich das Gute, besonders das in Selbstlosigkeit erreichte Gute, als wertvoll im Sinne der Moral und der Gebote, die jeden einzelnen meinen und doch überindividuelle Gültigkeit besitzen.

[»Es gab auch kirchliche Reformatoren, die trotzdem innerhalb der römisch-katholischen Kirche wirken wollten. Einer von ihnen war Erasmus von Rotterdam ...«, SW 252f.]

Eros

Eros, als Sohn der Aphrodite ursprünglich ein frühgriechischer Gott der Liebe (der bei den Römern zu Amor wird), hat in den Erzählungen der Dichter zuweilen etwas Lauerndes, ja Heimtückisches an sich. Er ist jung und schön und schleicht mit Pfeil und Bogen oder einer Fackel umher; vor ihm kann niemand sicher sein, was insgesamt auch wohl einen Gutteil des Liebes-Reizes ausmacht. Später wurde Eros entpersonifiziert und damit seiner Unberechenbarkeit entkleidet: *Platon* macht ihn zu einer sittlich-ästhetischen Antriebskraft – als Streben nach dem Guten und Schönen befördert der Eros die Glückseligkeit des Menschen, die sich, so will es der Philosoph, allerdings selbst erst einmal hocharbeiten muß: von den Niederungen der Sinnlichkeit bis in die Gipfelregionen des Geistes, von denen man erhabene Ausblicke genießt auf die Welt der Ideen.

[»Platon nannte diese Sehnsucht Eros – und das bedeutet Liebe ...«, SW 109f.]

Ethik

Ethik ist in ihren Anfängen (z. B. bei *Aristoteles*) gleichbedeutend mit der praktischen Philosophie, die (u. a.) nach dem »guten Leben« fragt: Was gehört zu einem guten Leben, was muß der Mensch tun, um nach dem Maß der Vernünftigkeit zu existieren, die ja immer mehr meint als das Wohlergehen eines einzelnen ... Ein solches Verständnis läßt die Glücksbestrebungen und Moralvorgaben des Individuums hinter sich; es muß Gesellschaft und Staat, es muß die sittlichen Werte mit einbeziehen, die in einem Gemeinwesen, aus welchen Gründen auch immer, anerkannt werden. – Später ist die Ethik als philosophische Disziplin spezieller geworden: Sie wendet sich mehr den persönlichen Maßstäben des Handelns zu und untersucht, inwieweit ihre subjektiven Motive mit objektiven Gegebenheiten übereinstimmen (können). Heute steht die Ethik vor schwierigen Fragen, die sich aus der Perspektive des Machbaren ergeben, in der der Mensch, als Urheber eines ungeahnten Erkenntnisfortschritts, gleichwohl klein und ratlos wirkt – gerade weil ihm die Entscheidung darüber, ob er auch alles tun darf, was er tun könnte, nicht erspart werden kann. Zukünftige ethische Diskussionen werden sich vielleicht wieder an den Mitleids-Gedanken erinnern, den (u. a.) der Philosoph Arthur Schopenhauer (1788 bis 1860) ins Spiel brachte; er bezieht die Aufforderung zu einer ernüchterten Nächstenliebe aus dem Leid, das der Kreatur, allüberall, widerfährt...

[»Die Ethik von Platon und Aristoteles erinnert an die griechische medizinische Wissenschaf t...«, SW 140f., 392ff.]

Existenzphilosophie

Der Begriff läßt schon anklingen, worum es geht: um die Existenz des Menschen, jenes zeitlos-rätselhafte Faktum, von dem das Philosophieren oftmals erst anhebt – ist der Mensch doch (und bleibt es wohl leider auch) sich selbst der Nächste, was ihm zugleich seine eigene, wiederkehrende Fremdheit beschert. Obwohl sie vom Naheliegenden ausgeht (der individuellen Daseinsweise des jeweiligen Ich), ist die Existenzphilosophie nicht gerade breitenwirksam gewesen; es scheint so, als ob ein geheimes Unbehagen mitschwingt, wenn sich der Mensch zu sehr mit dem engen Bezirk seines Wirkens befaßt. – Der eigentliche Gründervater der Existenzphilosophie war wohl *Kierkegaard,* aber auch die Zeitanalysen des Kirchenvaters *Augustinus* gehören zum eisernen Proviant, den ein guter Existenzphilosoph mit sich herumführen sollte. Im 20. Jahrhundert hat vor allem der Philosoph und Dichter *Jean-Paul Sartre* der Existenzphilosophie noch einmal zu einer gewissen Blüte verholfen; der von ihm geprägte Existentialismus erwies sich allerdings eher als Modeerscheinung denn als hoffnungsvoller Neubeginn für die Sache des Denkens.

[»In unserem Jahrhundert entstand eine sogenannte Existenzphilosophie, die von Kierkegaard stark inspiriert war...«, SW 453, 536ff.]

Fichte, Johann Gottlieb

Fichte (1762 bis 1814) kam durch Zufall zur Philosophie. Der Sohn eines armen Handwerkers hatte nur durch ein privates Stipendium die Schule besuchen und danach mit dem Theologiestudium beginnen können. Geldsorgen begleiteten ihn ein Leben lang. Er mußte sich, wie viele seiner damaligen Kollegen auch, als Hauslehrer verdingen, um wenigstens ein paar spärliche Einkünfte zu erzielen. Als einer seiner Schüler die Unterrichtung in der Philosophie *Kant*s verlangte, mußte Fichte, der von Philosophie bis dahin wenig Ahnung hatte, sich selbst einen philosophischen Schnellkurs verordnen. In Tag- und Nachtarbeit studierte er die Kantschen Schriften, die er von Anfang an durchaus eigenwillig auslegte. Später wurde dieser zufällige Einstieg in die Philosophie mit dem passenden Abschluß gekrönt: Fichte, der zwischenzeitlich mit dem gutmütigen Kant selbst in Kontakt getreten war und um Vermittlung eines Verlegers für sein Erstlingswerk »Versuch einer Kritik aller Offenbarung« gebeten hatte, durfte miterleben, wie diese erste (durch Kants Hilfe tatsächlich zustande gekommene) Veröffentlichung, die anonym erschien, für das längst erwartete neue Werk des berühmten Königsberger Philosophen Kant gehalten wurde und entsprechendes Interesse fand. Als Kant, der nicht nur gutmütig, sondern auch nobel war, das Geheimnis um Fichtes Buch lüftete, war es nun an Fichte, berühmt zu werden. Der philosophische Seiteneinsteiger machte alsbald eine Blitzkarriere: Er wurde Professor, erst in Jena, dann in Berlin. Die Bedeutung seiner eigenen Person, von der er stets überzeugt war, brachte er auch durch öffentliche Stellungnahmen zum Ausdruck; seine »Reden an die deutsche Nation«, die er mit bestem Wissen und Gewissen hielt, wurden allerdings zu seiner

Enttäuschung eher gelangweilt zur Kenntnis genommen. Fichtes Philosophie ist konsequente *Bewußtsein*philosophie und als solche ein wesentlicher Bestandteil des deutschen *Idealismus*. Sie befördert das Ich in den Rang einer Schöpfernatur, die nicht nur für das alltägliche Gedankengeschehen im Menschenkopf zuständig ist, sondern auch einen Weltentwurf schafft, der sich vom Geist her in die Wirklichkeit umsetzt. Als ein solcher Geist ist das Ich zunächst »absolutes Ich«, das sich jedoch mit seiner Absolutheit nicht begnügen mag und zur Welt, zur Realität auch einer gegebenen Individualität drängen muß. In dieser Funktion »setzt« das Ich ein »Nicht-Ich«, was heißen soll: Das absolute Bewußtsein wird weltläufig und schafft Objekte für sich (die Natur etwa, aber auch das empirische Ich, das sich auf viele, viele Köpfe verteilt). Der Prozeß des Wirklichen, der sich daraus ergibt, läuft auf eine bewußte Rückkehr zu den Anfängen hinaus: Das absolute Ich, entäußert in die Welt der Dinge, der Natur, der endlichen Bewußtheiten, kommt zur endgültigen (»intellektuellen«) Anschauung seiner selbst, die nun nicht mehr reine Absolutheit, sondern bestimmte, durch die Wirklichkeit erfahrungshaltig gemachte Absolutheit ist. Fichte hat den Grundgedanken seiner Philosophie, die er selbst »Wissenschaftslehre« nannte (weil sie die »Grundlage jeder Wissenschaft« liefern sollte), vielfach variiert. Mit jedem neuen Entwurf wird die Wissenschaftslehre abstrakter und reicht ein Stückchen weiter hinauf in den Himmel, was jedoch auch ihre Vieldeutigkeit erhöht. Als »praktischer« Philosoph wollte Fichte in der von ihm eingeläuteten »Epoche der Vernunftwissenschaft« u. a. den »geschlossenen Handelsstaat« verwirklichen, in dem es vermutlich sehr gerecht (gleiche Bildung für alle) und sehr freudlos zugegangen wäre, so daß ein solches Gemeinwesen womöglich eher an einen geschlossenen Saal erinnert hätte, vor dem Wachpersonal steht und ein Schild mit der Aufschrift »Geschlossene Gesellschaft«.

[»Der Philosoph Johann Gottlieb Fichte erklärte, die Natur stamme aus einer höheren unbewußten Vorstellungstätigkeit ...«, SW 416]

Ficino, Marsilio

Der Sohn eines Arztes wurde zunächst selber Arzt, womit er sich eine Zeitlang den Lebensunterhalt verdiente. Währenddessen aber war er schon begeisterter Philosoph, der sich vor allem vom »göttlichen *Platon*« und seinen Nachfolgern (*Plotin*) jene versöhnende und einheitstiftende Kraft versprach, die ein geistiges Band zwischen Mensch und Gott, aber auch zwischen den verschiedenartigen Religionen und Kulturen zu schlagen vermag. Ficino (1433 bis 1499) lehrte an der Akademie in Bologna und wurde 1473, wieder aufgrund seiner Begeisterungsfähigkeit, zum Priester geweiht. Er legte die erste vollständige Platon-Übersetzung ins Lateinische vor und machte sich als einfühlsamer Kommentator seines Meisters einen Namen. Ähnlich wie in Platons *Eros*-Konzeption wird der Liebe auch bei Ficino eine besondere Rolle zugedacht: Sie, die sich gefälligst nicht im sinnlichen Tagesgeschäft zerreiben soll, vollzieht mit der Seele den Aufstieg zu höchsten Gefilden – dorthin, wo keine Leiblichkeit mehr stört und der stille Anblick des Göttlichen für unendliches (?) Wohlbefinden sorgt.

[»Eine Zentralfigur der Renaissance hieß Marsilio Ficino ...«, SW 237, 253]

Freiheit

Der Mensch, sofern er Zeit hat und Muße und keine größeren Existenzsorgen, glaubt zumeist, frei zu sein, was auch bedeutet, daß er an seine Willensfreiheit glaubt (ein *Glaube*, der übrigens nicht von allen geteilt wird). Freiheit, so verstanden, ist die grundlegende Möglichkeit eines Menschen, über sich selbst zu verfügen. Eine solche Verfügungsfähigkeit, die Körper und Geist gleichermaßen meint, ist im Gang der (neueren) Geschichte zu einer notwendigen Idee geworden, die man zu Recht für unverzichtbar hält. Problematisch wird die Freiheit erst dann, wenn sie sich vom einzelnen, der sie beanspruchen darf, hinwegbewegt und für ganze Gesellschaften, ja für Staatswesen und Völkergemeinschaften gelten soll. Freiheit wird dann zu einem umstrittenen Gut, zu einer unterschiedlich interpretierbaren Losung, die im Jargon der Mächtigen ganz anders klingt als in der Sprache der Unterdrückten. In der Philosophiegeschichte hat der deutsche *Idealismus* den wohl umfassendsten Freiheitsbegriff entwickelt, dessen Raffinesse darin besteht, daß er äußere Unfreiheit mit einer mächtig aufgepumpten Gedankenfreiheit kombiniert, die mit ihrem subtilen Ausdeutungsreservoir kaum noch Steigerungsmöglichkeiten zuläßt. Danach ist man mit der Freiheitsidee pragmatischer umgegangen. Heute müßte man wissen, daß Freiheit nicht nur ein Wort ist, nicht nur ein strapazierter, oft lädierter Wert, sondern daß sie auch fragwürdig wird, wenn man sie (wie in der sogenannten Dritten und Vierten Welt) als abstraktes Postulat auf Menschen herniederbringt, denen ein solcher Begriff wenig, das pure Überleben dafür um so mehr bedeutet.

[»... wenn wir selber wissen, daß wir aus Achtung vor dem Moralgesetz handeln, handeln wir in Freiheit ...«, SW 396ff.]

Freud, Sigmund

Der Begründer der Psychoanalyse war Arzt, Psychologe, Philosoph und vor allem Praktiker, der seine Erkenntnisse zu einer Methode bündelte, mit der Patienten, aber, wie sich boshafterweise zeigen sollte, auch Gesunde behandelt werden konnten. Freud (1856 bis 1939) lebte fast 79 Jahre in Wien, seiner Wahlheimat, die er erst dann verließ, als er vor den Nazis in die Emigration nach London flüchten mußte. Der Erfolg der Psychoanalyse (er hat mittlerweile etwas nachgelassen) beruht vor allem darauf, daß dem oft recht ungeordnet wirkenden menschlichen *Bewußtsein* eine Erklärungsinstanz beigegeben wird, die man für jede Problematik zuständig machen kann: das Unbewußte. Letzteres gleicht einem großen Seelenschacht, in dem alles versenkt und aufgehoben wird: das abgelegte Wissen, die dunklen Triebe, Ängste, Begehrlichkeiten, die Traumreste, dazu alle Verhaltensmuster, die zur Zwanghaftigkeit führen, und, nicht zuletzt, die vielen putzigen Fehlleistungen, zu denen sich ein Mensch im Verlauf seines Lebens immer wieder hinreißen läßt. Die Entdeckung des Unbewußten, für die Freud allerdings keine Originalitätsrechte beanspruchen konnte (andere, z.B. der Philosoph Schopenhauer, waren ihm da zuvorgekommen), machte die Psyche des Menschen überschaubarer, machte sie vor allem zu einem Objekt, das nunmehr methodisch traktiert werden konnte. Als Erklärungsmodell dient dabei zum einen die Aufteilung der Psyche in »Unbewußtes, Vorbewußtes und Bewußtes«, die den Funktionshintergrund für die Ich-Identität bilden, und zum anderen ihre Verlagerung in den Instanzenweg, auf dem Freud das »Es« (bestehend aus dem Trieb- und Bedürfnishaushalt des Menschen) und das mächtige »Über-Ich« abstellt (das den Erwartungs- und Anforderungsdruck meint, den der einzelne in sich aufnimmt). Zwischen diesen Arealen der Psyche findet eine Art Verdrängungswettbewerb statt, der nach einem Regelwerk funktioniert, das der einzelne nicht immer, ja eigentlich nur selten durchschaut, weswegen er, sobald er Störungen an sich zu entdecken glaubt, die Hilfe eines Therapeuten in Anspruch nimmt, der seine Vermutungen im Verlauf der Analyse zu einem festen Wissen macht. Ungeachtet des Umstands, daß einige Psychoanalytiker vor allem die schöne Kunst beherrschen, Seelenphänomene auszumachen, die sie während der Analyse ihrem Patienten erst eingegeben haben, ist das tiefenpsychologische Erkenntnismodell auf eine Weise erfolgreich gewesen, die für sich selber spricht: Die von Freud verwendeten Begriffe nämlich sind längst Bestandteile der Allgemeinsprache geworden, in der sie nun herhalten müssen, wenn psychische Vorgänge mehr oder weniger kompetent erklärt werden sollen. Dies gilt auch für andere Forschungsergebnisse Freuds: So ist die von ihm entdeckte »Beziehung des Witzes zum Unbewußten« (an die längst auch mittelmäßige Witzeerzähler appellieren) ebenso einleuchtend wie die berühmte »Freudsche Fehlleistung« oder das »Realitätsprinzip«, das allen denjenigen vorgehalten wird, die von nutzlosen Tagträumen, Sehnsüchten, von albernen Idealen und sogar von ihren Obsessionen nicht lassen mögen. Schließlich hat die Traumanalyse Freuds, die über die Dechiffrierung bestimmter Symbole an verschüttete Inhalte herankommen will, eine Verwendbarkeit unter Beweis gestellt, von der sich andere Wissenschaftsbereiche beeinflussen ließen.

[»... Freuds Studium des Unbewußten legte bloß, daß die Handlungen des Menschen oft gewissen ›animalischen‹ Trieben und Instinkten zu verdanken sind, die in seiner Natur liegen ...«, SW 366, 478, 505, 507ff., 515ff., 522f.]

Galilei, Galileo

Der Physiker, Mathematiker und Astronom Galilei (1564 bis 1642) brachte den *Empirismus* in einen Wissenschaftsbetrieb ein, der bis dahin, gerade auch in seinen naturkundlichen Abteilungen, von ehernem Dogmatismus geprägt wurde, als dessen Sachwalter sich vor allem die Kirche hervortat. Galilei, Professor in Pisa, Padua und Florenz (was ihn nicht von seinen chronischen Geldsorgen befreite), wagte es, für das neue heliozentrische Weltbild des *Kopernikus* einzutreten, das im Widerspruch stand zur herkömmlichen Lehre mit der Erde als Mittelpunkt eines von Gott solide geordneten Kosmos. Das Heilige Offizium, Wächter über den rechten Glauben, veranlaßte, daß Galilei der Prozeß gemacht wurde; er mußte öffentlich abschwören und wurde unter Hausarrest gestellt, was als vergleichsweise milde Strafe gelten konnte, tatsächlich aber eine Niederlage mit weitreichenden Folgen war. Galilei, der nach seiner Verurteilung mit quälenden Selbstzweifeln fertig werden mußte, die sich auch auf die Frage nach seiner Standfestigkeit vor Gericht bezogen, war dennoch stark genug, an der Methode festzuhalten, die er für sich entwickelt hatte: Sie beharrt auf der Notwendigkeit empirischer Erkenntnisse, die, in Kombination mit einer übergreifenden Theorie und (wiederholbaren) Gedankenexperimenten, fortgeschrieben werden können, wodurch so etwas wie objektiver Wissensfortschritt zu erzielen ist. Galilei möchte die Welt so beschreiben, wie sie ist – ein Unterfangen, das ihn dazu nötigt, sich bei der Beschreibung naturwissenschaftlicher Gegebenheiten auf die »primären« (d. h. meßbaren) »Qualitäten« zu konzentrieren und alle »sekundären« Zutaten (die auf der persönlichen Sinneswahrnehmung beruhen) außer acht zu lassen. – Als Astronom entdeckte

Galilei die Jupitermonde (weshalb sie später auch freundlicherweise nach ihm benannt wurden); als Physiker begründete er die Kinematik (Lehre von der Bewegung).

[»Ungefähr gleichzeitig mit Kepler lebte der bekannte italienische Wissenschaftler Galileo Galilei ...«, SW 241, 244ff., 279]

Glaube

Der Glaube hat eine Wahrheit für sich, die nicht an die üblichen Beweisermittlungsverfahren gebunden ist; insofern hat die alte Spruchweisheit, welche da lautet »Wer glaubt, ist besser dran«, einiges für sich. Sie läßt anklingen, daß der Glaube mit Gläubigkeit zu tun hat – mit einer Gewißheit, die sich tiefer innerer Überzeugung oder eines von oben entgegengenommenen, göttlichen Ratschlusses verdankt. Der Glaube in seiner gewöhnlichen Form steht daher in engem Zusammenhang mit der Religion(sausübung); darüber hinaus kann ein Glaube für nahezu jede Eigenschaft und jedes Phänomen mobilisiert werden, was dann zu jener geheimnisvollen »mentalen Stärke« führt, die verdiente Denker des Sports, wie etwa B. Becker, gern für sich in Anspruch nehmen. – Daß der Glaube in der Philosophiegeschichte keine große Rolle (mehr) spielt, muß nicht verwundern: Die Philosophie selbst läßt sich als ein zäher Emanzipationsversuch deuten, der vom Glauben zum Wissen führt; letzteres jedoch erweist sich als spröde, denn je mehr man zu wissen glaubt, desto weniger gibt das Wissen von seinen echten Geheimnissen preis.

[»Außerdem können wir uns diesen Fragen nur durch den Glauben nähern ...«, SW 448f.]

Goethe, Johann Wolfgang von

Der Dichterfürst Goethe (1749 bis 1832), mit dem es das Schicksal so gut meinte, daß er zu Lebzeiten fast immer als Glückskind auftreten durfte, überraschte seine Zeitgenossen gelegentlich durch bemerkenswerte philosophische Einsichten, die leicht hingeworfen wirkten (wie vieles, was der Meister sagte), die aber zumeist auch Wahrheiten enthielten, an denen (noch immer) abzusehen ist, daß Philosophie mit einer Lebensweisheit zu tun hat, die sich in gelehrten Wälzern nur selten einfangen läßt. Dazu gehört die schöne Wendung von der »geprägten Form, die lebend sich entwickelt«, aber auch der Hinweis auf die Vieldeutigkeit des Lichts (»Wär nicht das Auge sonnenhaft, wie könnten wir das Licht erblicken?«). Goethe brachte das Denken in unnachahmlicher Weise mit der Anschauung zusammen, so daß beide, unter seiner Obhut, nur noch selten voneinander lassen mochten; Faust macht dies deutlich, wenn er, im Angesicht eines Wasserfalls, die Worte empfängt: »Der spiegelt ab das menschliche Bestreben. / Ihm sinne nach, und du begreifst genauer: / Am farbigen Abglanz haben wir das Leben.«

[»Das Zitat von Goethe gefiel ihr: ›Wer nicht von dreitausend Jahren sich weiß Rechenschaft zu geben, bleib im Dunkeln unerfahren, mag von Tag zu Tage leben‹ ...«, SW 196, 353, 411, 502]

Grimm, Jacob und Wilhelm

Die Brüder Grimm, die ungewöhnlich innig miteinander verbunden blieben, traten tatsächlich fast immer als Brüder auf: Jacob (1785 bis 1863) und Wilhelm Grimm (1786 bis 1859), von Haus aus Sprachwissenschaftler, *rechnet man der Romantik* zu, von der sie die Liebe zum sog. Volkstümlichen übernahmen, das sie, fernab jeder Possierlichkeit, mit großem Ernst bedachten. Ihre Sammlung deutscher Kinder- und Hausmärchen wurde zum zeitlosen Klassiker, von dem sich sogar computererfahrene Kids (ab und zu noch) beeindrucken lassen. Ansonsten bemühten sich die Brüder Grimm um die Wiederaufbereitung einer deutschen Nation, der sie, durch Beschwörung würdigster Vergangenheitsmuster, zur besseren Gegenwart und Zukunft verhelfen wollten. (»Wir erkennen eine über alles leuchtende Gewalt der Gegenwart an, welcher die Vorzeit dienen soll.«)

[»Du hast vielleicht von den Märchen der Brüder Grimm gehört? ...«, SW 415, 585]

Hegel, Georg Wilhelm Friedrich

Hegel (1770 bis 1831) war ein Spätentwickler. Als ältestes von drei Kindern einer schwäbischen Beamtenfamilie behielt er den Status, der älteste zu sein, lange bei: Während des Studiums der Theologie am Tübinger Stift, wo er sich mit *Schelling* und Hölderlin anfreundete, verpaßte man ihm den Spitznamen »der Alte«, und auch später als Professor der Philosophie waren die meisten seiner Kollegen deutlich jünger als er. Hegel glich dieses Manko durch zähe Beharrlichkeit aus; seine Stärke war, daß man ihn gerne unterschätzte. Nach dem Studium verdingte er sich als Hauslehrer in Bern und Frankfurt a. M., avancierte dann, auf Empfehlung des (fünf Jahre jüngeren) Schelling, zum Professor in Jena und sah sich anschließend, aufgrund der politischen Umstände, zu einem Orts- und Berufswechsel gezwungen: Er wurde erst Chefredakteur der »Bamberger Zeitung«, danach Rektor am Aegydiengymnasium in Nürnberg. In der Folge begann Hegels eigenartiger Weg in den Ruhm: Man berief ihn (1816) zum Professor der Philosophie in Heidelberg, wo er zwei Jahre lang lehrte; den Rest der ihm vergönnten Zeit verbrachte er in Berlin – als Deutschlands bekanntester Philosoph, dessen Veranstaltungen alsbald Kultcharakter bekamen, obwohl er wahrlich kein großer Redner war (»H. sprach nicht glatt, nicht fließend, fast bei jedem Ausdruck krächzte er, räusperte sich, hustete, verbesserte sich ständig . . .«). – Hegel starb an den Nachwirkungen einer Choleraepidemie, die Berlin heimgesucht hatte; im Tod war er nun nicht mehr der älteste, wohl aber einer der berühmtesten Männer Preußens, die dahingerafft wurden. Hegel brachte der Philosophie einen Ordnungssinn bei, der ihr zuvor bei *Kant* schon nahegelegt worden war; dieser Ordnungssinn wurde nun systematisiert und zum großen Ganzen aufgerundet. Eine solche Unternehmung konnte wohl nur von einem sehr deutschen Philosophen, einem wagemutigen Beamten der Philosophie in Angriff genommen werden, wobei Hegels Denkansatz, nämlich »die Gedanken Gottes vor der Schöpfung« zu denken, bereits eine vom Tiefsinn ummantelte Ungeheuerlichkeit darstellt: In seinem System sollten diese Gedanken zu höchster Vernünftigkeit und zum Abschluß eines Selbsterkennungsprozesses gelangen, dessen eigentliche Antriebskraft der »Geist« ist. Geist findet vorwiegend im *Bewußtsein* statt; er bildet die unendliche Vielfalt der Welt der Gedanken im Kopf, deren andere Seite, die Realität, das Objekthafte, von Hegel keineswegs geleugnet wird. Die Wirklichkeit jedoch bedarf immer eines Wissens, um zu sich selbst zu kommen; erst als gewußte Wirklichkeit ist sie »vernünftige« Wirklichkeit. Hegel, ein versierter *Dialektik*er, hantiert meisterhaft mit Gegensätzen, die er methodisch in den Prozeß eines Denkens integriert, das alles formt und bestimmt. Subjektiver und objektiver Geist, individuelles und überindividuelles Bewußtsein gehen ineinander über, so daß der einzelne doch immer nur ein

Rädchen bleibt im Gang der abschnurrenden Weltgeschichte, die als geistiges Monumentalgeschehen vom Anbeginn aller Tage bis zum Schöpfungsende reicht. Das Individuum ist kaum mehr als ein Bewußtseinsträger, dessen Wert sich an seinesgleichen, d. h. an unendlich vielen anderen kleinen Bewußtseinsträgern bemißt; seine persönliche Befindlichkeit, sein Glück und Behagen interessieren nicht, weshalb Hegel auch schreiben kann: »Die Weltgeschichte ist nicht der Boden des Glücks. Die Perioden des Glücks sind leere Blätter in ihr...« Hegel ist in seiner ganzen überschäumenden Biederkeit, in der gleichwohl auch immer das Unerhörte mitschwingt, eine der seltsamsten und zugleich interessantesten Figuren der Philosophiegeschichte. Kein anderer Philosoph hat es gewagt, die Welt derart rigoros in Gedanken zu pressen, und bei keinem anderen Philosophen liegt das Großartige, das Gewaltige so nah am Gemütlichen wie bei Hegel. Zwei Seelen, könnte man sagen, wohnten in seiner Brust, woraus sich, bedenkt man in diesem Zusammenhang noch Hegels regelmäßigen Weinkonsum, eine gewagte These ableiten ließe: Es gab womöglich zwei Hegel in einem, den Abenteurer des Geistes und den Bürger, der sich zufrieden im Ruhm einhauste; ein Hegel & Hegel also, der seine Dialektik verinnerlichte und leibhaftig werden ließ... Im übrigen konnte Hegel, dessen Schriften leider nicht gerade spannend sind, bei guter Tagesform auch die knappe, pointierte Form bedienen; dann gelangen ihm Einsichten wie »Erkennen wollen, ehe man erkenne, ist ebenso ungereimt wie schwimmen zu lernen, ehe man sich ins Wasser wage« oder die feine Rede vom »Zerfließen der wirklichkeitslosen schönen Seele... in sehnsüchtiger Schwindsucht«.

[»Hegel... vernünftig ist, was lebensfähig ist...«, SW 366, 398, 423ff., 431ff., 440f., 443ff., 449, 462f., 465, 468, 536, 539, 568]

Heidegger, Martin

Heidegger (1889 bis 1976) ist noch immer einer der umstrittensten Denker der Gegenwart, was vor allem daran liegt, daß er sich mit dem Nationalsozialismus einließ und danach, sehr zum Mißvergnügen seiner Verehrer, kaum ein Wort des Bedauerns fand für diesen politischen Fehltritt. Heideggers Ruhm hat das nicht geschadet: Er gilt als der – neben *Kant* und *Nietzsche* – weltweit bekannteste deutsche Philosoph, dessen Renommee im Ausland erstaunlicherweise größer ist als im Landesinneren. Während der frühe Heidegger noch eine Analyse menschlicher Befindlichkeiten zwischen Tod und Lebensängsten, zwischen Sorge und Langeweile vornahm, erinnert seine Spätphilosophie an die »Seinsvergessenheit« des Menschen und bekommt damit eine Wendung ins Grundsätzliche, die bedenkenswert bleibt. Heidegger geht in der Frage, wie und wo die Wahrheit sich »ereignet«, über den Bannkreis des Subjekts hinaus und nähert sich dabei, mit großem Gestus, wieder den Ursprüngen an. Er, der selbst fast immer in der Provinz, d. h. unter einem festgefügten Schwarzwälder Himmel agierte und in seiner äußeren Erscheinung etwas Listenreich-Bäurisches pflegte, trat zudem als Mahner auf, der das Ausbeutungsverhältnis des Menschen zur *Natur* kritisierte: »Jetzt erscheint die Welt wie ein Gegenstand, auf den das rechnende Denken seine Angriffe ansetzt. Die Natur wird zu einer riesenhaften Tankstelle, zur Energiequelle für die moderne Technik und Industrie. Diese Mächte sind längst über den Willen und die Entscheidungsfähigkeit des Menschen hinausgewachsen.«

[»Ein Philosoph, der sowohl von Kierkegaard als auch von Nietzsche geprägt war, war der deutsche Existenzphilosoph Martin Heidegger...«, SW 537]

Hellenismus

Historisch läßt sich der Zeitraum, den man als Hellenismus bezeichnet, einigermaßen genau umreißen: Er reicht von 323 v. Chr. (Tod *Alexanders des Großen*) bis in die zweite Hälfte des 1. Jhs. v. Chr., als Griechenland immer mehr zerfiel und im Römischen Reich aufging. Dieser äußere Niedergang wurde durch die Ausbreitung griechischer Kultur kompensiert, die den Beweis dafür antrat, daß sich Worte und Taten auch dann durchsetzen können, wenn sie nicht als Machtworte ausgesprochen werden oder als Großtaten daherkommen.

[»Der Hellenismus ... ein Funken vom Feuer ...«, SW 147ff.]

Heraklit

Heraklit (um 540 bis etwa 480 v. Chr.) gehört zu jenen griechischen Philosophen, über die mehr Anekdoten als wahrheitsähnliche Informationen in Umlauf sind. Das lag zum einen wohl an seiner Person, die hermetisch wirkt, so daß die Chronisten ihre Phantasie bemühen mußten, zum anderen aber hat es auch mit dem Umstand zu tun, daß von Heraklit nur etwa 80 Fragmente erhalten geblieben sind, die von einer dunklen Weisheit künden, der nicht jedermann zu folgen vermochte. Der Philosoph stammte, wie es heißt, aus einer Königsfamilie in Ephesos, deren Privilegien er aber verschmähte. Er suchte statt dessen nach der Wahrheit, was sich aber für ihn als absolut freudloser Job herausstellte, so daß er, folgt man den zeitgenössischen Zeugenaussagen, im Grunde als der eigentliche Erfinder der Übellaunigkeit durchgehen könnte. Den Menschen traute er nicht viel zu, außer den üblichen Schlechtigkeiten. Seine aristokratische Herkunft konnte er, trotz des Priviliegienverzichts, nie recht leugnen; seine Philosophie behielt immer etwas Hochfahrendes, Herrisches, das im Zweifelsfall lieber eine feste Behauptung riskierte als sich in moderaten Abwägungen zu ergehen. Im Gegensatz zu seinem Kollegen *Parmenides,* der die Bewegung leugnete, behauptete Heraklit, daß »alle Dinge im ewigen Fluß« seien. Als Ursubstanz, die den Kosmos bestimmt, wählte er sich das Feuer: Es ist ewig und schafft Maß-Einheiten, wird also schöpferisch tätig, was vom Großen (Land, Meer, Himmel) bis ins Kleine (die Feinstrukturen der Seele) reicht. Heraklit hantiert zudem gern mit Gegensätzen, denen er realitätsbefördernde Kräfte zuspricht; andere Philosophen sind davon beeinflußt worden (*Hegel, Nietzsche* u.a.). Das Herrische seiner Philosophie kommt auch in seiner Vorliebe für den Krieg zum Ausdruck, den er als »Vater aller Dinge«, als »das Allgemeine« anspricht, um dann über die Wirkung von Kriegen lapidar festzustellen: »Die einen erweist er als Götter, die anderen als Menschen, die einen macht er zu Sklaven, die anderen zu Freien.« Trotz aller Dummheiten gibt es jedoch eine Art »Weltgesetz«, das Heraklit als *logos* bezeichnet, was ursprünglich die »sinnvolle Rede« oder auch *Vernunft* bedeutet, bei ihm jedoch eine einsam-urwüchsige Gestaltungskraft meint, die von »den vielen nicht«, wohl aber von ihm selbst verstanden wird. Heraklits Vieldeutigkeit hat auch den einen oder anderen Dichter inspiriert; über Sentenzen wie »Der Mensch zündet sich selber in der Nacht ein Licht an, wenn er gestorben ist und doch lebt« oder »Der Weg auf und ab ist ein und derselbe« läßt sich schließlich trefflich raunen und grübeln.

[»Zur gleichen Zeit wie Parmenides lebte Heraklit ...«, SW 45ff., 59f., 159, 162, 430]

Herder, Johann Gottfried

Herder (1744 bis 1803) sei »kein Stern erster Größe« gewesen, befand der Dichter Jean Paul, sondern »ein Bund von Sternen, aus dem sich … jeder ein beliebiges Sternbild buchstabiert«, und in der Tat hatte die Philosophie des hauptberuflichen Theologen (er amtierte lange Zeit als Generalsuperintendent in Weimar) etwas Bemühtes und Beliebiges an sich, mit dem die Zeitgenossen, auch *Goethe*, nicht recht klarkamen. Herder war zudem kein großer Systematiker; er vertraute der besonderen Eingebung im jeweils besonderen Augenblick, so daß es nicht verwundern kann, wenn seine Geschichtsphilosophie, für die er bekannt wurde, die Rechte unterschiedlicher Kulturen und Völker betont, die alle gleich weit oder nah »zu Gott« seien. Gegen die *Aufklärung*, die sich der freundlichen Fiktion hingab, endlich Bescheid zu wissen über den Gang der Dinge, beharrte Herder auf der Notwendigkeit von Sonderwegen in der Geschichte und auch auf einem Rest an Geheimnisträchtigkeit, den der Mensch nicht durchdringen könne. Herder ist wichtig geworden als Sprachphilosoph: Der Sprache traute er mehr zu als die meisten seiner Zeitgenossen, denn »erst mit dem Sprechen entsteht Vernunft«.

[»Große Bedeutung für die Romantiker hatte der Geschichtsphilosoph Johann Gottfried Herder …«, SW 414f.]

Herodot

Cicero bezeichnete ihn als »Vater der Geschichte«. Herodot (um 484 bis etwa 424 v. Chr.) war im Gegensatz zu seinem Kollegen *Thukydides* ein Geschichts-Erzähler, der sich nur selten allzu üppige Abschweifungen erlaubte und seinen Lesern statt dessen mit der Moral kam: Diese funktioniert nur, wenn ihr ein Maß innewohnt, und dieses Maß muß man kennen, wenn man im Gang der Geschichte keinen Schiffbruch erleiden will. Herodot berichtet in seinen »Historien« davon, wie ein solches Maß verfehlt wird und aus Mächtigen, die sich an die Stelle der Götter drängen, letztendlich Ohnmächtige werden. Für exemplarische Vorgänge des Scheiterns und Siegens besteht eine Chronistenpflicht, »damit bei der Nachwelt nicht in Vergessenheit gerate, was unter Menschen einst geschehen ist«.

[»Die bekanntesten griechischen Historiker waren Herodot und Thukydides ...«, SW 69]

Hildegard von Bingen

Als Äbtissin eines eigenen Klosters auf dem Rupertsberg bei Bingen gehörte Hildegard (1098 bis 1179) zu den ganz wenigen weiblichen Führungskräften ihrer Zeit. Sie trat stets bescheiden auf, kokettierte mit ihrer Unwissenheit und gottgegebenen Unterlegenheit als Frau, was sie aber nicht daran hinderte, ihre Meinung zu vertreten und gelegentlich sogar störrisch zu sein. Hildegard war eine begabte Naturforscherin; sie betätigte sich zudem als Ärztin und Predigerin. Ihr Denken lebt von der *Inspiration*, wobei sie Wert auf die Feststellung legte, daß sie ihre »Gesichte« nicht »in traumhaften Zuständen, nicht im Schlafe«, sondern »wachend, besonnen und mit klarem Geiste empfange«. Hildegards Philosophie meint es gut mit dem Menschen, der, weil Gott es so will, die Welt und das Weltenmeer des Himmels abzuspiegeln vermag.

[»Aber das heißt nicht, daß es keine Denkerinnen gegeben hätte. Eine davon war Hildegard von Bingen ...«, SW 222f., 354]

Hinduismus

Der Hinduismus, als Religion vorwiegend in Indien, Pakistan und Bangladesh verbreitet, kommt ohne Religionsstifter aus; er versteht sich als »ewig« und gestattet eine Vielzahl von Göttern, Dämonen und Heiligen. Die Vielfalt der Welt und mit ihr die der Lebewesen ist hierarchisch geordnet, wobei eine Art höhere Gerechtigkeit (»Karma«) waltet: Jeder kommt, nach seinen geheimen Verdiensten, an den Platz, der ihm gebührt, so daß Klagen zwecklos sind und Beschwerden nicht entgegengenommen werden. Ähnlichkeiten mit dem *Buddhismus* hat der Hinduismus in seiner Lehre von der Seelenwanderung, die er allerdings auch zur Rechtfertigung des Kastenwesens einsetzt.

[»... wir sehen viele klare Parallelen zwischen Hinduismus und Buddhismus einerseits und griechischer Philosophie andererseits ...«, SW 182]

Hippokrates

Ein geheimnisvoller Mann, dieser Hippokrates (um 460 bis etwa 370 v. Chr.), der als griechischer Arzt für eine ganze Zunft das ethische Glaubensbekenntnis gesprochen haben soll. Von seinem Leben ist wenig bekannt, auch wenig Anekdotisches; dafür sind Abhandlungen erhalten geblieben, die ihm zugeschrieben werden und einen vielseitig gebildeten Geist verraten, der sich über Chirurgie, Pharmakologie, Anatomie, aber auch über allgemeine Gesundheitsfürsorge zu verbreiten wußte. Als Mediziner vertraute Hippokrates auf eine Erkenntnisfähigkeit, die sich den natürlichen Ursachen der Krankheiten annähert und daraus allgemeinverbindliche

Schlüsse zieht; als Philosoph soll ihm manch feiner Aphorismus gelungen sein – so etwa dieser, der die Kompliziertheit des Lebens zusammenfaßt: »Das Leben ist kurz, die Kunst lang; der rechte Augenblick geht schnell vorüber; die Erfahrung ist trügerisch, die Entscheidung schwierig.«

[»Diese griechische ärztliche Wissenschaft wurde angeblich von Hippokrates begründet ...«, SW 70]

Hobbes, Thomas

Hobbes (1588 bis 1679), aus einfachen Verhältnissen stammend, war ein unbeliebter Denker. Das lag daran, daß er den Menschen alle Schandtaten zutraute – »homo homini lupus« (der Mensch ist dem Menschen ein Wolf) wurde denn auch zu seinem bekanntesten Ausspruch. Dabei ging es Hobbes nicht nur um eine Gesellschaftstheorie, er wollte mehr: die systematische Erfassung aller Gegenstandsbereiche, deren Inventarien er mit Hilfe mathematischer Methoden aufzulisten gedachte. Der Mensch schrumpfte ihm in diesem Kalkül zu einer numerischen Größe, was aber nicht weiter schade war (s. o.). Trotz der schlechten Meinung, die er von ihnen hatte, begriff Hobbes die Menschen auch als Individuen, als einzelne Subjekte, deren Selbständigkeit wichtig wird für einen geordneten Rechts- und Handelsverkehr. Der Staat bekommt die undankbare Aufgabe zugewiesen, Boshaftigkeit und Selbständigkeit seiner Mitglieder so aufeinander abzustimmen, daß die Funktionsfähigkeit des Gemeinwesens gewährleistet wird – eine Aufgabe, die nur der »Leviathan«, der ganz starke Staat (»die größte menschliche Macht, welche aus der Macht sehr vieler Menschen zusammengesetzt ist«) erfüllen kann.

[»Auch der Materialismus hatte im 17. Jahrhundert viele Fürsprecher. Der einflußreichste war vielleicht der englische Philosoph Thomas Hobbes ...«, SW 272f.]

Homer

Der Dichter bedurfte selbst der Dichter, um Licht in seine Existenz zu bringen, die auch die Philologen vor anhaltende Rätselfragen stellt. Gelebt haben soll er im 8. Jahrhundert v. Chr., und in der Antike galt er als Verfasser der beiden großen Epen, der »Ilias« und der »Odyssee«, woran heute aber Zweifel bestehen. Man äußerte die Theorie, daß es nicht nur einen Homer gegeben habe, sondern eine ganze Reihe von »Homeriden«. Bei den Philosophen wurde Homer nicht nur kritisiert, weil er den Göttern allerlei Menschliches, Allzumenschliches durchgehen ließ (s.o.), sondern man hat ihn auch verehrt: *Aristoteles* etwa nannte ihn den »im ernsten Stil vorzüglichsten Dichter«. Eine interessante Überlegung hat der amerikanische Psychologe und *Bewußtseins*forscher Julian Jaynes mit dem Namen Homer verbunden, dessen Epen, so die These, exemplarische Dokumente einer Zeit seien, in der das Tun und Treiben der Menschen noch ohne (Selbst)Bewußtsein vonstatten ging ...

[»Die ersten griechischen Philosophen kritisierten Homers Götterlehre, weil die Götter ihnen darin zuviel Ähnlichkeit mit den Menschen hatten ...«, SW 35f.]

Hume, David

Als kleiner Junge war Hume (1711 bis 1776) zuerst schwächlich, dann hochaufgeschossen, ohne sein schwächliches Aussehen einzubüßen. Er stammte aus einem streng calvinistischen Elternhaus, in dem eine Religiosität vorherrschte, die nicht nach Hintergründen und schon gar nicht nach Gründen fragte. Als er das College in Edinburgh besuchte, lernte er, nach Maßgabe des damals Zulässigen, die Welt der Bücher und Ideen kennen, was ihn in tiefe Zweifel stürzte. Eltern und Verwandtschaft drängten ihn, Jurisprudenz zu studieren, was er auch brav begann, dann jedoch, in einem Anfall von Kühnheit, wieder sein ließ; er entschied sich für die Philosophie. Diese mutige Tat bezahlte er mit einer merkwürdigen, vermutlich psychosomatisch bedingten Krankheit, die ihm Hautausschlag, verstärkten Speichelfluß und immense Appetitlosigkeit einbrachte. Letztere schlug allerdings alsbald ins Gegenteil um: Eine ungeheure Freßlust erfaßte ihn, der er nicht zu widerstehen vermochte, so daß aus einem schwächlichen, hochaufgeschossenen Jüngling ein dicklicher junger Mann wurde. Hume begab sich auf Reisen, ging nach Frankreich, wo er u. a. als Hauslehrer und freischaffender Denker wirkte. Bei seiner Rückkehr nach England hatte er das Manuskript seines ersten Buches bei sich, das zu einem eindrucksvollen Mißerfolg wurde. Die Untersuchung der »menschlichen Natur«, die Hume vorlegte, wollte man nicht zur Kenntnis nehmen; in einer zeitgenössischen Rezension hieß es, man möge diesen »grobschlächtigen Schotten« umgehend wieder »der Vergessenheit zuführen«, in welche er nun mal gehöre. Erst mit späteren Arbeiten kam der Durchbruch, wobei man Hume zunächst eher als Nationalökonom und Historiker denn als Philosophen würdigte. Er war dann noch politisch tätig, wirkte als Botschaftssekretär in Paris und als Berater im Londoner Außenministerium, bis ihn die Müdigkeit packte und er sich aufs Altenteil nach Edinburgh zurückzog, wo ihn, gegen Ende der ihm vergönnten Lebensspanne, eine Anklage wegen Gottlosigkeit erreichte, die aber, aufgrund seines »untadeligen Wandels und gewisser Charakterstärken«, wieder fallengelassen wurde.

Hume gilt als der beste Kopf des britischen *Empirismus*. Er ist konsequent in seinem Zutrauen zur Fähigkeit der menschlichen Wahrnehmung, sich über Sinneseindrücke und Vorstellungen so ausreichend zu versorgen, daß daraus ein Wissen werden kann. Die sinnliche Wahrnehmung schafft das Fundament jeder Erkenntnis; von ihr, der Wahrnehmung, hängen auch die etwas komplizierteren Gedankenkonstruktionen ab, zu denen der Mensch fähig ist. Solche Konstruktionen sind nur gehaltvoll, wenn sie sich an empirisch nachweisbarem Ausgangsmaterial orientieren; ansonsten werden sie zu bloßen Phantastereien und damit uninteressant. Auch das Ich bedarf einer ständigen Zufuhr von Wirklichkeitsdaten; ohne diese ist es leer, eine abstrakte Bewußtseinsinstanz, deren Wirksamkeit vorwiegend auf lebenslanger Gewöhnung beruht. Das Ich muß immer etwas wissen, etwas von sich, etwas von der Welt; es ist, in der Abfolge seiner Bewußtseinszustände, ein Unruhegeist, kaum mehr wohl »als ein Bündel verschiedener Perzeptionen, die einander mit unbegreiflicher Schnelligkeit folgen und beständig in Fluß und Bewegung sind«. Hat das Ich schon mit einem Gewöhnungsvorgang zu tun, so gilt dies auch für das Verhältnis von Ursache und Wirkung, das sich immer wieder neu bestätigen muß: Ein Kausalvorgang, der tausendmal in einer bestimmten Form abläuft, kann beim 1001ten Mal ganz anders ablaufen, was bedeutet, daß alle von den Menschen aufgestellten Gesetzmäßigkeiten immer auch Vermutungen bleiben, die der fortwährenden Überprüfung bedürfen.

Als Moralist vertraute Hume mehr den Gefühlen als der bloßen Wahrnehmung: Er glaubt, welch anrührender Gedanke, an eine die Menschen verbindende Sympathie, »einem warmen Gefühl für das Glück der Menschheit und einem Widerwillen gegen ihr Unglück«. Aus diesem Gefühl erwächst auch das Mitgefühl, das selbst dann zu Hilfeleistungen auffordert, wenn Nützlichkeitserwägungen von eben diesen Hilfeleistungen abraten. Hume war, wie berichtet wird, ein freundlicher, ja ein gutmütiger Mensch, der jedoch immer zu wissen glaubte, wo der wahre Feind einer seriösen Philosophie lauert: »Nichts ist gefährlicher für die Vernunft als der Flug der Einbildungskraft, nichts hat die Philosophen in mehr Irrtümer gestürzt ...«

[»Als Empiriker betrachtete Hume es als seine Aufgabe, alle unklaren Begriffe und Gedankenkonstruktionen abzuschaffen ...«, SW 276, 307, 314ff., 328f., 369ff., 382, 384ff., 392, 394, 426, 428, 430, 545, 551]

Idealismus

In der Philosophiegeschichte gilt der Idealismus als die vornehmere Variante des Denkens. Er begnügt sich nicht mit dem, was ist, sondern nimmt eine höhere Form der Wahrheit an, die, wie auch immer, mit dem *Bewußtsein* zu tun hat. Man kann also nicht sagen, daß der Idealismus es sich leichtmacht, im Gegenteil; leichter hat es der *Materialismus,* auch der *Empirismus,* die vom jeweils Gegebenen ausgehen und somit realistisch sind. Den idealistischen Philosophien (u. a. *Platon, Berkeley, Fichte, Schelling, Hegel*) haftet etwas Elitäres an, wie denn auch ihre Philosophen gelegentlich herablassend sind, weil sie sich erhaben und erhoben glauben über die beschränkte

Auffassungsgabe des »gewöhnlichen« Verstandes. Der Idealismus allerdings hat in der Philosophiegeschichte für die großen Gedanken gesorgt, die weitreichenden, kühnen Entwürfe; er war, eher wohl als andere Theorien, in der Lage, auf jene Sehnsucht-im-Geiste zu antworten, die der Mensch, umhertappend in einer (zumeist) dürftigen Existenz, mit sich herumschleppt: Gibt es nicht doch etwas, was bleibt, fragt diese Sehnsucht, etwas, das uns überdauert; eine Gewißheit, die zu Lebzeiten schon Trost verspricht – das Licht also am Ende des Tunnels.

[»Wie wir schon hörten, hielten manche Philosophen das Dasein für im Grunde seelischer oder geistiger Natur. Einen solchen Standpunkt nennen wir Idealismus ...«, SW 272ff.]

Inspiration

Wenn unser *Bewußtsein* möglicherweise nur die Spitze eines Eisbergs ist, unter dem noch viel mehr liegt (das *Freud*sche Unbewußte etwa), dann sollte es nicht überraschend anmuten, wenn uns Eingebungen widerfahren, die scheinbar aus dem Nichts kommen: Solche Inspirationen treten herrisch auf, sie dulden keinen Widerspruch, und sie verweigern gern tieferreichende Auskünfte nach dem Grund und dem Anlaß ihres Entstehens. Philosophische Schlüsselerlebnisse (s. *Augustinus, Descartes, Rousseau*) haben mit solchen Inspirationen zu tun, deren Wirkung am eindringlichsten wohl der Philosoph *Nietzsche* beschrieben hat: »Man hört, man sucht nicht; man nimmt, – man fragt nicht, wer da gibt; wie ein Blitz leuchtet ein Gedanke auf, mit Notwendigkeit in der Form, ohne Zögern, – ich habe nie eine Wahl gehabt ...«

[»Das passiert, wenn wir die Tür zum Unbewußten ein bißchen weiter aufgemacht haben. Wir können das auch als Inspiration bezeichnen, Sofie ...«, SW 521]

Ironie

Während *Sokrates* sozusagen der Altmeister der Ironie war, die er, ihrer ursprünglichen Wortbedeutung entsprechend (gr. »eironeia«, Vorwand), als Verstellungskunst praktizierte, haben sich andere mehr an den feinen Unterschieden orientiert, die zwischen Schein und Sein, zwischen Anspruch und Wirklichkeit bestehen. Wer diese Unterschiede in Sprache umsetzen will, kann das mit Hilfe massiver Gegenstandsklage tun; mit der Ironie jedoch ist er besser dran, sie erlaubt ihm, das kaum Merkliche zu betonen, indem sie sich aufbläst am Gegenteiligen, dem damit eine Bedeutung zukommt, die es in Wahrheit nicht hat. Einen besonderen Stellenwert hatte die Ironie in der *Romantik*: Sie wurde zur Weltanschauung befördert, die mit dem Wesentlichen spielt, ernsthaft und spöttisch zugleich – eine betont leichtfertig auftretende Erkenntnisart, »welche«, so der romantische Dichter Friedrich Schlegel, »alles übersieht, sich über alles Bedingte unendlich erhebt, auch über eigene Kunst, Tugend oder Genialität«. Daß sich Ironie, à la bonne heure, gelegentlich auch mit dem Witz einlassen darf, führte der Philosoph *Sören Kierkegaard* vor; er hat allerdings nur wenige Nachahmer gefunden, so daß es in der Philosophie, bis auf den heutigen Tag, nicht allzu witzig zugeht.

[»Sokrates konnte Unwissenheit heucheln – oder sich dümmer stellen, als er war. Das nennen wir sokratische Ironie ...«, SW 82ff., 451, 474]

Jesus Christus

Er stand für das, was schon im Namen Jesus (griech. Umschrift des hebr. Jeschua) gesagt wird: Jahwe (Gott) hilft, und diese Botschaft gab er leibhaftig weiter, in Worten und in Taten. Dabei ist Jesus geheimnisvoll geblieben: Die

Mitteilungen, die das Neue Testament macht, reichen nicht aus, um ein Bild vom historischen Jesus zu bekommen, das auch Zweifler überzeugen könnte, von denen es, wie man weiß, nicht gerade wenige gibt. Die Botschaft der Bibel ist zudem einseitig, im guten Sinne des Wortes: Sie appelliert an den *Glauben*, an all das, was in seinem Namen aufgeführt wird, die guten Taten, Heilungen, Wunder. Das Unglaubliche an sich dient zur Bekräftigung einer längst erzielten Gewißheit; die Nörgler jedoch sind damit nicht zu überzeugen. Jesus trat als Prediger auf, der seine Mittel zu wägen verstand und über viele Möglichkeiten verfügte: Er konnte barsch sein und streng, sanftmütig und liebend, er wußte, wann er zur Tat schreiten mußte und wann die Rede gefordert war. In Konflikt mit den Herrschenden geriet er, als sich abzeichnete, daß dieser Mann die überkommene Ordnung mit ihren Standes- und Geistesdünkeln nicht akzeptieren mochte. Die Lehre, die er verkündigte, tat dann ein übriges: Wer das Reich Gottes, das man als einmaliges Ereignis mit Pomp und Gloria erwartete, auf Erden herabholt, wer den einstmals strengen und polterigen alttestamentarischen Gott zu einem Gott der Liebe macht, dem auf einmal die Menschen am Herzen liegen, der braucht sich nicht zu wundern, wenn die Hüter des alten Glaubens ungnädig reagieren. So wäre es möglich, daß Jesus eine (von Demut und Güte nicht immer überdeckte) Anmaßung zum Verhängnis wurde, die er auch schon in seiner Redeweise zum Ausdruck brachte: »Ich aber sage euch«, beginnen viele seiner Ausführungen, von denen er nicht erwartete, daß sie noch diskutiert oder kritisiert werden mußten.

[»Jesus und Sokrates galten beide schon ihren Zeitgenossen als rätselhafte Personen ...«, SW 39, 81, 84, 91f., 142, 150, 166, 179, 185, 188ff., 194f., 203, 206, 213, 216f., 292, 353, 373, 445, 462]

Kant, Immanuel

Kant (1724 bis 1804) war der richtige Philosoph am richtigen Ort. Er, der die Philosophie nicht nebenbei betrieb, sondern hauptberuflich (als Professor in Königsberg), schien nur darauf gewartet zu haben, daß die Reihe an ihn kam: Er stand bereit (»Ich werde meinen Lauf antreten, und nichts soll mich hindern«), er nahm die besten Ideen auf, die das zeitgenössische Denken bis dahin zu bieten hatte, und brachte sie in eine eigene Philosophie ein, die tatsächlich ein neues und, vor allem, ein überzeugendes Wissen auf erhöhtem Niveau bot. Das alles bewerkstelligte Kant als immens fleißiger Geistesarbeiter, der zwar das »Interesse der Menschheit« im Auge hatte, ansonsten aber bescheiden blieb, denn er wollte sich nicht »unnützer finden als den gemeinen Arbeiter«.

Aus ärmlichen Verhältnissen stammend (er war das vierte von elf Kindern einer Handwerkerfamilie), kam Kant schon frühzeitig mit den Nöten des Daseins in Berührung. Dank seiner Begabung und gelegentlicher Förderung von außen konnte er mit sechzehn bereits die Universität Königsberg besuchen, an der er u. a. Mathematik, Naturwissenschaften, Theologie und Philosophie studierte; das Studiengeld soll er sich durch Nachhilfestunden und als geschickter Billardspieler verdient haben. Nach dem Tod des Vaters sah er sich gezwungen, als Hauslehrer tätig zu werden. 1755 kehrte er an die Universität zurück, promovierte mit einer ersten Dissertation »über das Feuer« und schloß wenig später schon seine Habilitation ab. Der kleinwüchsige Mann galt als Geistesgröße; er war jedoch zu moderat in seinem Auftreten, um über Gebühr auf sich aufmerksam zu machen. Es folgten lange Jahre gewissenhaften Arbeitens; Kant wirkte als Privatdozent, zwischenzeitlich auch als Bibliothekar, ehe er, der eigentlich schon immer sehr ordentlich war, 1770 zum ordentlichen Professor für Metaphysik und Logik an der Universität Königsberg ernannt wurde. Die Existenzsorgen waren damit von ihm genommen, und er widmete sich seiner Lebensaufgabe, der Philosophie, solange »die Lebensuhr schlagen« wollte.

Kant stellte sich die (zeitlos gültigen) Fragen der Philosophie, die schlicht anmuten, aber unendlich vertrackt sind, weswegen auch noch immer, so als sei das eine Art geistige Sucht, philosophiert wird: »Was kann ich wissen?« – »Was soll ich tun?« – »Was darf ich hoffen?« – »Was ist der Mensch?« Dem Wissen verhilft er zunächst auf ein vergleichsweise sicheres Fundament, indem er den von *Empirismus* und *Rationalismus* geführten Streit, ob dem Bewußtsein oder der Realität ein größeres Gewicht bei der Erkenntnisgewinnung zukommt, geradezu salomonisch schlichtet: Der Mensch, der erkennen will, trägt bestimmte Verstandes- und Anschauungsformen an die Wirklichkeit heran, die ihn mit Sinnesdaten versorgt; diese »transzendentalen« Formen (u. a. Raum und Zeit, Ursache und Wirkung), die »a priori« bestehen (d. h. unabhängig von aller Sinnlichkeit, somit »allgemein und notwendig« sind), werden dem Wahrnehmungsmaterial aufgenötigt und prägen die Erfahrung. Der Mensch legt also mit Hilfe seiner Erkenntnisleistungen ein bestimmtes Ordnungsgerüst über die Dinge, die ihm daher auch nur so erscheinen können, wie er sie auffaßt; er sieht gleichsam durch eine Brille, die allen zueigen ist und die, unabhängig von ihrer transzendentalen Struktur, auf eine stammesgeschichtliche Vorprägung verweist. Objektive Wirklichkeitserkenntnis kann danach nur noch eingeschränkt stattfinden: Sie wird unmöglich in bezug auf die »Dinge an sich«, sie bleibt möglich, wenn man Wissenschaft am gemeinschaftlichen, nur von Menschen und ihren Auffassungsmöglichkeiten orientierten Erfahrungsprozeß ausrichtet. Dieses Wissensmodell muß auch deswegen so überzeugend erscheinen, weil es den Vermutungen Rechnung trägt, die nachdenklichen Menschen (früher oder später) von selber kommen: Es gibt eine Realität, die unabhängig von uns besteht, aber wir machen uns, so wie wir es können, ein Bild von ihr, mit dem man leben und arbeiten und gelegentlich sogar Fortschritte erzielen kann. Alles, was über den eigentlichen Erkenntnishorizont des Menschen hinausgeht, wird zur Spekulation, ist aber deswegen nicht nutz- oder sinnlos. Gott, Seele, Welt sind »regulative Ideen«, die unserem Wissen als zeitlos-wertvolle Orientierungspunkte dienen.

Die Frage »Was soll ich tun?« wird von Kant ebenfalls auf einleuchtende Weise beantwortet. Der Mensch soll sich an die *Vernunft* halten, die ihn über den Eigennutz hinausweist und auf ein Handeln festlegt, das dem Gemeinwohl dient. Oberste Richtschnur für ein vernunftgemäßes, somit auch sittliches Handeln ist der sog. kategorische Imperativ, der besondere Berühmtheit erlangte. In seiner etwas ausführlicheren Form lautet er: »Handle so, daß die Maxime deines Willens jederzeit zugleich als Prinzip einer allgemeinen Gesetzgebung gelten könne. Handle so, als ob die Maxime deiner Handlung durch deinen Willen zum allgemeinen Naturgesetze werden sollte. Handle so, daß du die Menschheit, sowohl in deiner Person, als in der Person eines jeden andern, jederzeit zugleich als Zweck, niemals bloß als Mittel brauchest.« Die konkrete gute oder böse Tat bleibt dem einzelnen überlassen, er steht in der »Pflicht«, muß sich entscheiden; der kategorische Imperativ liefert dazu nur die allgemeine Richtlinie, an der sich ein spezifisches Tun und Lassen ausrichten sollte. Ausreden, daß man nur so handeln könne, wie man handeln muß (der Mensch unterliegt ja den Gesetzmäßigkeiten seiner jeweiligen Realität) läßt Kant nicht gelten: Als Vernunftwesen ist der Mensch frei, kann sich über die Dinge erheben und Zwänge überwinden, was ihm auch sein Gewissen sagt: »Du kannst, denn du sollst!«

Die Frage nach dem, was der Mensch hoffen darf, gibt Kant an die Religion weiter, der eine gewisse Toleranz anempfohlen wird: »Es gibt nur eine (wahre) Religion, aber es kann vielerlei Arten des Glaubens geben.« Die Religion wiederum sollte »nicht unbedenklich den Krieg« gegen die Vernunft wagen, denn den kann »sie nicht aushalten«. So ist es letztlich wohl eine persönlich gestimmte Vernunftreligion gewesen, die Kant befürwortet hat; sie bleibt, eher wohl als die herkömmliche Kirchenfrömmigkeit, für das Schöne empfänglich, für das Erhabene und Große. Um darin Trost zu finden und eine Hoffnung, die trägt, muß man keine überwältigenden Gedanken hegen, sondern es genügt der kleine Anlaß: »Die ruhige Stille eines Sommerabends, wenn das zitternde Licht der Sterne durch den braunen Schatten der Nacht bricht und der einsame Mond im Gesichtskreise steht«, und »allmählich (werden) hohe ... Empfindungen gezogen, von Freundschaft, von Verachtung der Welt, von Ewigkeit ...«

Die Antwort auf die Frage, was der Mensch ist, schiebt Kant der »Anthropologie« zu. Er selbst mochte nicht über die Ansprüche der Vernunft hinausgreifen, für die er auch im Bezirk des Allzumenschlichen Gültigkeit einforderte. Manchmal jedoch gestattete sich der gutmütige Kant sogar kleinere Boshaftigkeiten: »Man könnte vermuten, daß der menschliche Kopf eigentlich eine Trommel sei, die nur darum klingt, weil sie leer ist«, notierte er beispielsweise, um gleich darauf großherzig hinzuzufügen:

»Wir dürfen uns nicht einander lästig werden; die Welt ist groß genug für uns alle.«

[»Nach Hume war der Deutsche Kant der nächste große Systembauer...«, SW 276, 314, 366, 369, 379, 381ff., 401, 407f., 426, 428, 430f., 449, 452]

Kepler, Johannes

Kepler (1571 bis 1630), der u. a. als Professor in Graz wirkte und dort für die nicht alltägliche Fächerkombination Mathematik und Moral zuständig war, blieb sein Leben lang ein gottesfürchtiger Mann, weshalb er auch, anders als sein Kollege *Galilei,* mit der Kirche sein Auskommen hatte. Er war der erste, der die (später nach ihm benannten) Gesetze der Planetenbewegung entdeckte, und er leistete wesentliche Arbeit bei der Entwicklung des astronomischen Fernrohrs. In einem Werk mit dem schönen Titel »Geheimnis des Weltbaus« hat er seine Philosophie dargelegt: Sie geht von einer kosmischen Harmonie aus, in der Gott, der verborgene Baumeister, über die Annäherung an seine wundersame Schöpfungsvielfalt erfahrbar und erspürbar gemacht werden kann.

[»Aber zu Beginn des 17. Jahrhunderts konnte der deutsche Astronom Johannes Kepler die Ergebnisse von umfassenden Beobachtungen vorlegen...«, SW 244, 248]

Kierkegaard, Sören

Mit Kierkegaard (1813 bis 1855) kommt ein frischer Wind in die Philosophie, die bis dahin immer mehr von Systemen erdrückt worden war. Von Haus aus eigentlich Theologe, setzte er gegen die weitausholenden Welterklärungen die Nöte des einzelnen, den die Philosophie gern übersah. Als Student hatte Kierkegaard sein philosophisches Schlüsselerlebnis, das »große Erdbeben«. Worin diese mächtige Erschütterung nun genau bestand, darüber streiten sich noch die Experten: Vermutlich war es die Entdeckung einer Schuld, die auf seinem Elternhaus lag – ob es sich dabei um eine sexuelle Verfehlung, einen Gottesfluch oder ein eher simples Betrugsmanöver handelte, muß dahingestellt bleiben; auf jeden Fall war es der Vater, der sich schuldig gemacht hatte, und der Sohn fühlte sich mitschuldig. Vater und Sohn waren zudem schwermütig, eine Eigenschaft, die manchmal unerhörte Hellsichtigkeit verleiht und von Kierkegaard als »die stille Verzweiflung« bezeichnet wird. Schuldgefühle begleiteten ihn ein Leben lang; es kam ihm so vor, als sei sein Dasein ein einziger Fehltritt. Von der Theologie, die er nach dem Tod des Vaters brav zu Ende studierte, wurde ihm keine Hilfe zuteil, so daß er sich in eine freie Existenz als Schriftsteller und Philosoph geworfen sah. Kierkegaard lebte und flanierte in den Straßen Kopenhagens; er wurde schon bald zur bekannten und belächelten Figur. Ihn direkt anzugehen, wagte man nicht, denn es war bekannt: Dieser Mann konnte sehr witzig und sehr boshaft sein. Er kämpfte zwei Monate lang mit einer Verlobung, die er eingegangen war, als er glaubte, vielleicht doch noch ein bürgerliches Leben führen zu können; daß diese Verlobung gelöst wurde, wunderte nur die Verlobte. Danach glaubte Kierkegaard nun ganz frei und ganz verzweifelt sein zu dürfen; er begann zu schreiben. In seinen Werken, die so plakative Titel tragen wie »Entweder/Oder«, »Furcht und Zittern« oder »Der Begriff Angst«, macht er seine inneren Zweifel zum philosophischen Ereignis. Der Mensch, so behauptet er, wird immer wieder vor grundlegende Entscheidungen gestellt, die ein Bekenntnis erfordern: zu sich selbst, zur Welt, zu

Gott. Ein solches Bekenntnis jedoch wird von den meisten gar nicht abgelegt; sie sind zu dumm, zu bequem, um schwerwiegende Entscheidungen zu treffen. Für Kierkegaard besteht die Existenz jedes einzelnen jedoch aus einem schier unerträglichen Spannungsverhältnis: Er muß sich begreifen lernen als ein in die Vergänglichkeit geworfenes, endliches Wesen, das zugleich, inmitten der ihm persönlich überantworteten Zeit, zur Freiheit aufgerufen ist – unter einem Himmel, der Gleichgültigkeit signalisiert und in dem doch Gott wohnt. Von ihm, von Gott, wollte Kierkegaard nicht lassen, obwohl seine Schriften auch als Einführung in eine *Existenzphilosophie* gelesen werden können, die letztendlich ohne einen Allmächtigen auskommt. Dies gilt sogar für das Kernstück seiner Philosophie, die sog. Stadienlehre, in der das letzte Stadium, das »religiöse«, am entbehrlichsten anmutet. In den anderen beiden »Stadien auf dem Lebenswege« (dem »ästhetischen« und »ethischen«) ist der Philosoph mindestens genauso zu Hause, im besonderen wohl in der Mitte zwischen beiden, die dem »Ironiker« vorbehalten wird. Kierkegaard selbst war in hohem Maße ironiebegabt, und im Gegensatz zu dem Typus, den er beschreibt (ihm wird Ironie, aber kein »Humor« zugeschrieben), verfügte er über bemerkenswerte komische Talente. Es war, als ob die stille Verzweiflung (ihre Kehrseite ist übrigens »die namenlose Freude«) auch das Talent mit sich gebracht hätte, all die Lächerlichkeiten aufzuspießen, die Gespreiztheiten und Absurditäten, die in Menschenkreisen gang und gäbe sind. Sich selbst, und das war das zusätzlich Sympathische am Philosophen Kierkegaard, konnte er durchaus in seine Spottlust mit einbeziehen. Im Jahre 1843, als er in Berlin Philosophie studierte und darob »vor Schreck ganz krank« wurde, notierte er: »Jetzt bin ich gewissermaßen gesund ... Ich gehe am Stock ... Im übrigen bin ich aber, wie gesagt, eigentlich schwach, meine Beine zittern, es zwackt in den Knien usw., es ist zu wenig, ich wähle einen Ausdruck von meinem Lieblingsschauspieler, Herrn Grobecker, eine Redensart, die er bei jedem vierten Satz vortrefflich einflicht: ›Ich falle um und bin hin‹ – oder in einer wirklich guten Abwandlung: ›Ich falle hin und bin um‹.« Den Baumeistern der großen philosophischen Systeme, allen voran dem von ihm nicht sehr geschätzten *Hegel*, schrieb Kierkegaard ins Stammbuch: »Es geht den meisten Systematikern in ihrem Verhältnis zu den Systemen wie einem Mann, der ein ungeheures Schloß baut und selbst daneben in einer Scheune wohnt ...«

[»Als Kierkegaard 1841 nach Berlin kam, saß er in Schellings Vorlesungen vielleicht neben Karl Marx...«, SW 366, 398, 438ff., 461f., 535ff., 545]

Kopernikus, Nikolaus

Der Mann, der die sog. Kopernikanische Wende bewerkstelligte, führte ein ruhiges Leben, in dem man es gut mit ihm meinte. Ein reiches Elternhaus nahm ihm beizeiten alle materiellen Sorgen, so daß er sich seinen Studien widmen konnte, die wahrhaft vielseitig waren: Kopernikus (1473 bis 1543) studierte Mathematik, Physik, Astronomie, Medizin und die alten Sprachen; schließlich wurde er sogar zum Doktor des kanonischen Rechts ernannt. Seine eigenen Einsichten erschienen ihm zunächst so abwegig, daß er zögerte, sie zu veröffentlichen; er wollte sich nicht »lächerlich machen«, war aber wohl, als vorsichtiger Mensch, auch nicht unbedingt gewillt, sich mit der Kirche anzulegen. Dabei hatte er seine entscheidende Erkenntnis bereits frühzeitig formuliert: »Alle

Bahnkreise umgeben die Sonne, als stünde sie in aller Mitte, und daher liegt der Mittelpunkt der Welt in Sonnennähe.« Seine ereignisarme Existenz brachte er in einer Umgebung zu Ende, die zur Legendenbildung taugte: Er residierte in einem Turm der Feste Frauenburg im Ermland, forschte dort, schrieb, dachte nach, und nur einer einzigen Frau war es gestattet, ihn zu besuchen: seiner Haushälterin Anna Schillings, mit der ihn, so wurde seinerzeit getuschelt, möglicherweise mehr verband als ein reines Versorgungsverhältnis.

[»Kopernikus behauptete, daß sich nicht die Sonne um die Erde drehe, sondern die Erde um die Sonne ...«, SW 243, 384]

Lamarck, Jean de

Lamarck (1744 bis 1829) soll als erster den Begriff Biologie geprägt haben. Er war ursprünglich Offizier, danach Professor für Zoologie in Paris. Seine Abstammungslehre (»Lamarckismus«) geht davon aus, daß veränderte Umwelteinflüsse bei einem *Organismus* Veränderungen hervorrufen, die vererbbar sind. Das gilt auch für den Menschen. Lamarcks Theorie war zu seiner Zeit recht einflußreich und beeinflußte u.a. die Forschungen *Darwin*s.

[»In gewissen Kreisen war die Annahme einer biologischen Entwicklung bereits um das Jahr 1800 recht verbreitet. Tonangebend war darin der französische Zoologe Jean de Lamarck...«, SW 482, 486, 494]

Lamettrie, Julien Offray de

Was zu seiner Zeit auf heftigste Ablehnung stieß, erscheint heute plausibler und keineswegs an der Wahrheit vorbeigezielt: Der Mensch eine Maschine – zwar nicht perfekt, aber funktionierend, und das milliardenfach. Es scheint also, als habe man ihm etwas abzubitten, dem Herrn Lamettrie (1709 bis 1751), der selbst von seinen Brüdern im Geiste, den Materialisten und Sozialisten, die nach ihm kamen, verschmäht und verspottet wurde. Was er lehrte, reicht, um ein für allemal desillusioniert zu sein: Der Geist, ein aufgeblasener Wichtigtuer, funktioniert nur, wenn ein intakter Körper ihn funktionieren läßt, und das gilt auch für die Seele. Was der Mensch will, will nicht er selbst, sondern die Maschine, die ihn am Leben hält – solange es denn geht ...

[»Der französische Arzt und Philosoph Lamettrie schrieb um die Mitte des 18. Jahrhunderts ein Buch mit dem Titel ... ›Der Mensch – eine perfekte Maschine‹ ...«, SW 273]

Laplace, Pierre Simon de

Laplace (1749 bis 1827) war Mathematiker, Astronom und Philosoph. Er beschäftigte sich am liebsten mit den Planeten, die seiner Meinung nach in einem heftig rotierenden Gasnebel entstanden sind. Bekannt wurde er durch den »Laplaceschen Dämon«, eine theoretische Kunstfigur, die Kenntnis hat von sämtlichen natürlichen Gesetzmäßigkeiten und Kräften sowie von den Bewegungen der kleinsten Teilchen, so daß sie über alles Bescheid weiß, d. h. jede gewünschte Aussage über Vorgänge an einem bestimmten Ort und zu einer bestimmten Zeit machen könnte.

[»Später brachte der französische Mathematiker Laplace ... eine extrem mechanistische Auffassung zum Ausdruck ...«, SW 273]

Leibniz, Gottfried Wilhelm

In der Tat: In Stücke schneiden läßt sich die Seele nicht, und gesehen hat sie, soweit wir wissen, auch noch niemand. Trotzdem möchten wir auf sie nicht verzichten. Das galt auch für Leibniz, einen Universalgelehrten, der so gelehrt war, daß seine Zeitgenossen, die an seine Gelehrsamkeit nicht ganz heranreichten, irgendwann den Respekt vor ihm verloren und ihm allerlei Unfreundliches nachsagten – so z. B. daß er auf einige seiner Erkenntnisse gar nicht selbst gekommen sei, sondern sie bei anderen abgeschrieben habe. Leibniz (1646 bis 1716) reagierte darauf mit maßvoller Verbitterung; an seinem Weltbild, das von einem absolut positiven Grundzustand des Kosmos ausgeht (»prästabilierte Harmonie«), hat diese Verleumdung nichts geändert. – Er stammte aus einer Professorenfamilie, in der die Frühreife des Kindes fast gleichmütig zur Kenntnis genommen wurde; schließlich wußte man, wer man war. Nach dem Studium trat er in fürstliche Dienste, erst am Hof in Mainz, dann in Hannover. Er wirkte im diplomatischen Dienst, der ihm Zeit genug ließ, intensive wissenschaftliche Forschungen zu betreiben und mit den führenden Köpfen Europas zu korrespondieren; später war er dann noch als Minister ohne Geschäftsbereich tätig, was ebenfalls nicht allzu zeitaufwendig war. Leibniz, das Vielzwecktalent, erledigte fast alle Aufträge, die ihm übertragen wurden, zur Zufriedenheit seiner Vorgesetzten; er beschäftigte sich mit Bergbau und Münzwesen, er kannte sich in den Rechten aus, und er leitete eine der größten Bibliotheken seiner Zeit so, als hätte er die dort versammelten Bücher alle höchstpersönlich geschrieben. Schließlich erfand er, sehr zum Mißvergnügen nachfolgender Schülergenerationen, noch die Differential- und Integralrechnung (s. *Newton*).

Im Mittelpunkt von Leibniz' Philosophie steht die sog. Monadenlehre. Monaden (von gr. »monas«, Einheit) sind die Ursubstanzen alles Geschaffenen, kleinste Einheiten, die man nicht weiter teilen kann. Gott, der die »beste aller Welten« kreierte, hat sie einst erschaffen und mit Selbständigkeit ausgestattet, so daß er sich nicht weiter um sie kümmern muß; auch die Zeitebenen fallen in den Monaden zusammen, die somit an sich unvergänglich sind und, aufgrund ihrer Unteilbarkeit, auch keine eigentliche Räumlichkeit aufweisen. Monaden können sich zu »Aggregaten« zusammenballen; sie sind eigenständig und ganz auf sich bezogen, denn, so lautet ein berühmter Satz des Philosophen: »Monaden haben keine Fenster.« Dennoch bekommen sie eine Wiedergabefunktion zugewiesen: Sie spiegeln die Welt ab, wobei ihre unendliche Vielfalt dafür sorgt, daß eben auch unend-lich viele Entwürfe der Welt in den jeweiligen Monaden-Spiegeln erscheinen. Der Kompliziertheit höherer Wissensleistungen trägt Leibniz dadurch Rechnung, daß er grundsätzlich zwischen den einfachen, der Materie angehörenden Monaden und denen der Seele unterscheidet; letztere sind mit der »Apperzeption«, der selbstbewußten Erkenntnisfähigkeit, ausgestattet, die Denken, Gefühl und Erinnerung mit einschließt. Leibniz ging es um eine Philosophie, die das gute Gewissen einer Universalwissenschaft bilden sollte. Von einer solchen *Vernunft*-Wissenschaft wurden wahre Wunderdinge erwartet; man traute ihr viel, traute ihr eigentlich alles zu und mochte an Enttäuschungen noch nicht so recht denken.

[»Ein wichtiger Philosoph des 17. Jahrhunderts namens Leibniz wies darauf hin, daß der große Unterschied zwischen allem, was aus Stoff, und allem, was aus Geist gemacht ist, eben darin besteht, daß das Stoffliche in immer kleinere Teile zerlegt werden kann. Aber die Seele läßt sich nicht in Stücke schneiden ...«, SW 274, 276, 307, 443]

Leonardo da Vinci

Der italienische Maler, Bildhauer und Baumeister war auch ein begabter Naturforscher und Tüftler. Leonardo (1452 bis 1519) brachte den theoretischen Entwurf in den Naturwissenschaften zu Ehren. Im Kopf baute er die ersten Flugzeuge und U-Boote; die dazugehörigen, von ihm selbst angefertigten Zeichnungen ließen die Apparate nicht mehr nur phantastisch, sondern auch merkwürdig realistisch erscheinen. Leonardo glaubte an die Möglichkeiten eines enzyklopädischen Wissens, das vom Experiment und von der sinnlichen Erkenntnis ausgeht und schließlich abstrakte Höhen erreichen kann.

[»Aber Luther war kein Humanist wie Ficino oder Leonardo da Vinci ...«, SW 253]

Lenin

Der Marxismus wurde von den genannten Herren so weit entwickelt, daß er inzwischen gar nicht mehr so recht vorhanden ist... Dieser Umstand spricht gegen die Entwicklungshelfer, nicht unbedingt gegen die Philosophie, die sie für ihre Zwecke verbogen. – In den nunmehr abgesunkenen Zeiten, da ein autoritärer Staatssozialismus zugleich als Kommunismus auftrat, bildeten sich maßgebliche Politiker oft ein, auch maßgebliche Denker sein zu müssen: Einer von ihnen war Wladimir Iljitsch Uljanow (1870 bis 1924), der sich später als Führer und Triumphator der Russischen Revolution Lenin nannte. Er betrieb seit seinen Gymnasialzeiten vor allem Erkenntnistheorie, weil, so seine Meinung, eine richtige Erkenntnis auch mit der richtigen Praxis zu tun hat. Übertriebene Zweifel waren Lenins Sache nicht: »Das gesellschaftliche Bewußtsein spiegelt das gesellschaftliche Sein wider.« Damit konnte man Politik machen. Von Lenin als Philosoph wird möglicherweise nicht sehr viel in Erinnerung bleiben; dafür hat er jedoch etwas Passendes zu den Deutschen gesagt: Die nämlich würden, wenn sie Revolution machten und dabei einen Bahnhof zu besetzen hätten, zunächst eine Bahnsteigkarte lösen. Mal abgesehen davon, daß man heute keine Bahnsteigkarte mehr lösen muß, um in einen Bahnhof zu kommen: Die Autoritätsgläubigkeit der Deutschen ist mit diesem Diktum dennoch gut getroffen.

[»In unserem Jahrhundert haben Lenin, Stalin, Mao und viele andere den Anspruch erhoben, den Marxismus weiterentwickelt zu haben ...«, SW 463]

Locke, John

Es scheint so, daß manche Leute, sobald sie etwas wissen, gern alles wissen wollen. Der Philosoph John Locke (1632 bis 1704) wollte immer schon gerne alles wissen, weswegen er Philosophie nur im Nebenerwerb betrieb und sich auch um Weinbau und Finanzwissenschaft, Theologie und Ökonomie, Jurisprudenz und Geographie, Mathematik und Medizin kümmerte. Darüber hinaus betätigte er sich als Politiker, Regierungsbeamter, Pädagoge und als Hausarzt; er soll zudem ein passabler Tennisspieler gewesen sein. Locke war Begründer des englischen *Empirismus*. Einer seiner Kernsätze lautete, daß nichts im Verstande sein könne, was nicht zuvor die Sinne passiert habe. Die kindliche Vernunft, die zunächst eher eine Unvernunft sei, vergleicht er mit einem leeren, weißen Blatt, auf das nun die Aufzeichnungen der Welt erst einzutragen sind, wofür man in der Regel ein Leben lang Zeit hat. Wissen kommt demnach aus der Erfahrung, was auch für das Selbst*bewußtsein* (es resultiert aus einem Lernprozeß) und die »Ideen« gilt, die durch Abstraktionen und Quervergleiche zustande kommen. Nicht unterschätzen sollte man zudem die Rolle der Sprache: Sie formt das Datenmaterial, auch im inneren Denken, ist somit gestalterisch tätig und ohnehin unverzichtbar, wenn es gilt, Verständigung zu erzielen. Lockes Unterscheidung zwischen primären (Größe, Anzahl, Gestalt, Lage u. a.) und sekundären Qualitäten (Geschmack, Farbe u. a.) war ein wesentlicher Beitrag zur Erkenntnisbegründung, aber keineswegs unstrittig. Die Diskussion wurde weitergeführt und schließlich, außerhalb der britischen Insel, vom *Idealismus* übernommen, der zu ganz anderen Ergebnissen kam. Locke mußte das nicht schrecken: Er, der in der Philosophie gern als Desillusionist auftrat, fand sich zu Lebzeiten weitgehend bestätigt. Der Empirismus hatte eine starke Stellung inne, und der Erfahrungsreichtum, der aus der Welt zu beziehen war, schien ihn Tag für Tag neu zu bestätigen. Bei aller Nüchternheit, die er anempfahl, hatte Locke dennoch ein Gespür für Schönheit und zeitlose Werte. – Seine politische Philosophie ist liberal, ökonomiegläubig und marktorientiert: Die Vernunft als oberstes gesellschaftliches Regulativ zeigt ihre individuelle Gestalt im Recht auf Eigentum, das jedem Bürger zusteht. Allerdings hängen auch seine Rechte mit am Eigentum: Wer wenig hat, kann nicht sehr vernünftig gewesen sein und sollte deshalb auch weniger Rechte haben – ein ehrlicher Standpunkt, den auch heute noch, hinter vorgehaltener Hand, der eine oder andere Besitzbürger vertritt.

[»Locke ... genauso leer wie eine Tafel, ehe der Lehrer das Klassenzimmer betritt ...«, SW 276, 302, 307ff., 312f., 328, 333, 370f., 382f.]

Logos

Logos bedeutet in der griechischen Philosophie ein *Vernunft*prinzip, dem gestalterische Kräfte zugesprochen werden. Bei *Heraklit* ist der Logos das Weltgesetz, bei *Aristoteles* hat er mit dem Sinngehalt vernünftiger Definitionen zu tun, in der *Stoa* wird er personalisiert und der göttlichen Weltseele gleichgestellt. Das Christentum schließlich (im besonderen das Johannes-Evangelium) macht den Logos zum Wort Gottes, das sich leibhaftig im Menschen- und Gottessohn (*Jesus Christus*) verwirklicht.

[»Anstelle des Wortes ›Gott‹ benutzt er oft das griechische Wort ›logos‹ . . .«, SW 46f.]

Luther, Martin

Luther (1483 bis 1546) war nicht nur Theologe, nicht nur streitbarer Reformator und genialer Bibel-Übersetzer, sondern auch Philosoph, der von seinen eigenen philosophischen Fähigkeiten nicht gerade wenig hielt. Aus der Philosophie, die ihm nichts Neues brachte, bezog er vor allem die Kunst, mit Widersprüchen umzugehen, ja, sie eigentlich ungerührt auszuhalten, denn den größten Widerspruch muß der Mensch mit sich selber ausmachen: Er betrifft seine Christenfreiheit, die auf Erden, »unter den Dingen«, wohl greift, im Angesicht Gottes jedoch hinfällig wird. Vor seinem Schöpfer hat er nichts zu sagen, er ist Geschöpf, was Luther auch in ein einleuchtendes Bild gebracht hat: Der Mensch könne mit einem Reitpferd verglichen werden, das entweder von Gott oder vom Teufel geritten wird. – Luther, der als Bibel-Übersetzer dichterische Glanzpunkte setzte, werden zudem griffige Einsichten zugeschrieben; eine davon lautet: »Das Wesen des Worts besteht darin, gehört zu werden.« Und für unser

Dasein auf Erden hat er ein wunderbares Kürzel gefunden, das ganze Romane und Leidensgeschichten überflüssig macht: »Wir sind Bettler. Das ist wahr.«

[»Ja, Luther war wichtig, aber er war nicht der einzige Reformator...«, SW 252ff.]

Malthus, Thomas

Malthus (1766 bis 1834) war erst Pfarrer, dann Professor für Geschichte und politische Ökonomie. Zum Bevölkerungsexperten schwang er sich auf, als er frühzeitig gegen die ungehemmte Vermehrung des Menschengeschlechts polemisierte, das gar nicht so viele Nahrungsmittel herbeischaffen könne, wie es weitere Esser in die Welt setze. Dieser Gedankengang, den Malthus mit einer eher resignativen Forderung nach Mäßigung (Enthaltsamkeit) verband, kommt uns vor, als sei er eigentlich für die heutige Zeit aufgeschrieben worden. Daß der Philosoph Malthus Pessimist war, kann nicht verwundern; im Zuge weiterer trübsinniger Überlegungen dachte er auch über Kriege und Seuchen nach, die sich »segensreich« auf eine ansonsten alarmierende Bevölkerungsstatistik auswirken könnten.

[»... fiel ihm zufällig ein kleines Buch des Bevölkerungsexperten Thomas Malthus in die Hände...«, SW 488]

Manichäismus

Benannt nach der Lehre des Persers Mani (um 216 bis etwa 276 n. Chr.) war der Manichäismus besonders im 4. Jh. eine erfolgreiche Weltanschauung, in der christliche Überzeugungen mit persischer Religion zusammengedacht wurden. Der Kirchenvater *Augustinus* betätigte sich, lange bevor er Kirchenvater wurde, als Manichäer, und das an die zehn Jahre lang. Später, als hoher Kirchenfunktionär, hielt er sich diesbezüglich an die Devise »Ich weiß, wovon ich rede!« und verurteilte seine ehemaligen Glaubensgenossen als unbelehrbare Ketzer. – Der Manichäismus ist streng dualistisch aufgebaut: Er sieht die Welt von zwei ewigen, im Grunde gleichrangigen Prinzipien durchwirkt: Gut und Böse, denen andere Gegensatzpaare an die Seite gestellt werden: Licht und Dunkelheit, Körper und Seele, Leben und Tod. Der Mensch muß sich entscheiden, ein Leben lang, und so scheint er eine Wahlfreiheit zu haben, die im späteren Christentum nicht mehr recht vorgesehen war.

[»Die Manichäer waren eine für die Spätantike sehr typische Sekte ...«, SW 209]

Mao Zedong

Für Mao Zedong (1893 bis 1976), der früher, als man noch freundlich, ja ehrfürchtig mit ihm umging, Mao Tsetung geschrieben wurde, gilt, was auch für seine Kollegen *Lenin* und *Stalin* gilt: Die Geschichte hat sie (vorläufig) zu unerwünschten Personen erklärt. Mao, einst der »große Steuermann« der chinesischen Revolution, war, wie Lenin und Stalin (s. o.), auch Philosoph, d. h. er hielt sich für einen solchen, was gar nicht verwundern sollte, denn nach der einst überaus ehrbaren Ideologie des Kommunismus durfte und sollte jeder mal alles sein: Fischer, Jäger, Arbeiter, Funktionär, warum also nicht Philosoph oder Dichter und Denker. Als Philosoph hat Mao eines der erfolgreichsten Werke der Philosophiegeschichte geschrieben, das sog. Rote Buch, eine Sammlung kämpferisch durchwirkter Spruchweisheiten, mit denen die damals noch willigen Massen in Begeisterung zu versetzen waren. Im Roten Buch finden sich eine ganze Menge Sprüche, die man auch in Managerseminaren, dort also, wo sich die vielgeschmähten »Nieten in Nadelstreifen« verzweifelt um ihre Fortbildung bemühen, problemlos zum Besten geben kann: »Bei allen Angelegenheiten muß man seinen Verstand anstrengen und intensiv nachdenken«, was soviel heißt wie: »Das menschliche Denken muß sich veränderten Verhältnissen anpassen!«

[»In unserem Jahrhundert haben Lenin, Stalin, Mao und viele andere den Anspruch erhoben, den Marxismus weiterentwickelt zu haben ...«, SW 463]

Marc Aurel

Er war ein Philosoph auf dem Kaiserthron, womit er einer Wunschvorstellung *Platon*s nachkam, der die Philosophen, die nach seiner Philosophie ausgebildet wurden, für so begabt hielt, daß sie auch Herrscher sein sollten. Als Politiker hatte Marc Aurel (121 bis 180 n. Chr.) wenig Glück, was nicht an seinen mangelnden Regierungskünsten lag, sondern an den Umständen: Das Römische Reich zerfiel, Aufstände waren an der Tagesordnung. Der Kaiser zog von Feldlager zu Feldlager, wo er tapfer seine berühmten »Selbstbetrachtungen« fortschrieb. Der Philosoph Marc Aurel war von der *Stoa* beeinflußt, an der er vor allem die innere Gewissenhaftigkeit und ihren moralischen Ernst schätzte. Am Ende kamen ihm Zweifel; sein eigener, durchaus maßvoller *Vernunft*optimismus zerbröckelte, und die Selbstdisziplinierungs-Künste, die er sich zu eigen gemacht hatte, wollten nicht mehr so recht greifen – es überwogen die düsteren Töne: »Alles Körperliche ist ein Fluß, alles Seelische ein Traum und Wahn, das Leben Krieg und Aufenthalt in der Fremde ...«

[»... einige von ihnen waren aktive Staatsmänner, zum Beispiel der römische Kaiser Marc Aurel ...«, SW 159]

Marx, Karl

Karl Marx (1818 bis 1883) gilt als derjenige Philosoph, dem es tatsächlich gelang, die Philosophie praktisch werden zu lassen. Nach ihm wurde eine ganze Weltanschauung (Marxismus, SW 463 ff.) benannt; die dazugehörigen politischen Bewegungen (Sozialismus/Sozialdemokratie, SW 473 f., und Kommunismus, SW 465 ff.) waren lange erfolgreich, sind aber zur Zeit etwas aus der Mode geraten (Sozialdemokratie) oder fast ganz von der Bildfläche verschwunden (Kommunismus). – Als Sohn eines Rechtsanwalts sollte Marx in die Fußstapfen des Vaters treten und Jura studieren, was er auch tat, allerdings lustlos und unter Protest. Er interessierte sich mehr für die Philosophie, im besonderen für *Hegel*, der zwar schon tot, aber noch immer sehr einflußreich war, wofür seine Schüler sorgten, die einige Lehrstühle an deutschen Universitäten besetzt hielten. An Hegel interessierte Marx vor allem die *Dialektik* und die Selbstbewegung des Geistes; bei beiden hatte er das Gefühl, daß sie noch nicht richtig beim Wort genommen, geschweige denn auf den Prüfstand der Realität gebracht worden waren. Eben diese Realität zeigte sich mittlerweile von ihrer unfreundlichsten Seite: Die arbeitende Bevölkerung verarmte zusehends; dafür häuften sich die Reichtümer in den Händen weniger »Kapitalisten«. Die industrielle Revolution beherrschte den Produktionsprozeß; sie bewirkte, daß immer mehr Maschinen wichtige Funktionen im Arbeitsprozeß übernahmen und viele Arbeiter dadurch arbeitslos wurden. Eine allgemeine Verelendung schien sich abzuzeichnen, die um so krasser wirken mußte, weil sie einer deutlichen Anhebung der Wirtschaftskraft (Produktivitätssteigerung) und der Ausweitung kapitalistischer Macht- und Produktionsverhältnisse gegenüberstand. In dieser Situation stellte Marx, der mittlerweile in Philosophie promoviert hatte, Hegel »vom Kopf auf die Füße«, d.h. er machte ihn »materialistisch«, befreite ihn, wie er glaubte, von seiner Geist-Lastigkeit und verordnete ihm ein Praktikum mitten im Leben. Der Mensch sollte endlich als arbeitendes Wesen begriffen, seine Unterdrückung und »Entfremdung« aufgehoben, die Philosophie »vom Himmel auf die Erde« zurückgeholt werden. Dort, auf der Erde, lehrt sie dann, »daß der Mensch das höchste Wesen für den Menschen sei«, und sie fordert, »alle Verhältnisse umzuwerfen, in denen der Mensch ein erniedrigtes, ein geknechtetes, ein verlassenes, ein verächtliches Wesen ist«. Marx arbeitete nach dem Studium als Journalist. Sein Freund und Weggefährte wurde Friedrich Engels (1820 bis 1895), ein Unternehmerssohn, der beizeiten sein Herz für den Sozialismus entdeckt hatte. Engels half Marx des öfteren auch aus dessen chronischen Geldschwierigkeiten; beide bildeten ein Autorenteam, das der nationalen und internationalen Arbeiterbewegung die Theorien lieferte, mit denen sie praktisch werden konnte. Nach der Revolution von 1848 ging Marx mit seiner Familie nach England, wo er bis zu seinem Tod lebte, während Engels im väterlichen Betrieb, »im hündischen Commerz«, verblieb und weiterarbeitete, um das Geld zu verdienen, das dem Freund und der Bewegung zugute kam. Marx hatte mittlerweile, auch dank intensiver nationalökonomischer und politischer Studien, eine Geschichtsphilosophie entwickelt, die verführerisch anmutete, weil sie einen Weg aus der Misere vorgab; eine ihrer Kernthesen lautete: »Es ist nicht das Bewußtsein der Menschen, das ihr Sein, sondern umgekehrt ihr gesellschaftliches Sein, das ihr Bewußtsein bestimmt. Auf einer gewissen Stufe ihrer Entwicklung geraten die materiellen Produktivkräfte der Gesellschaft in Widerspruch mit den vorhandenen Produktionsverhältnissen oder, was nur ein juristischer Ausdruck dafür ist, mit den Eigentumsverhältnissen, innerhalb derer sie sich bisher bewegt haben. Aus Entwicklungsformen der Produktivkräfte schlagen diese Verhältnisse in Fesseln derselben um. Es tritt dann eine Epoche sozialer Revolution ein.« Marx und Engels nahmen an, daß eine solche Revolution tatsächlich bevorstand: Der Kapitalismus muß seine Expansion auf die Spitze treiben; er schafft die Basis für seine eigene Abschaffung, die von denen bewirkt wird, die bislang unterdrückt worden sind. Wie man weiß, haben Marx und Engels die erhoffte Revolution nicht mehr erlebt; sie kam später und erfolgte auch nicht, wie vorhergesagt, in einem der hochentwickelten westlichen Industrieländer, sondern im eher rückständigen Rußland. Diese historische Verzögerung hat den Erfolg der marxistischen Philosophie zunächst nicht beeinträchtigt; man nahm ihr ab, daß sie Ernst machen wollte mit ihrer Devise: »Die Philosophen haben die Welt nur verschieden interpretiert, es kommt darauf an, sie zu verändern.« Die Veränderungen jedoch, die dann tatsächlich eintraten, entfernten sich von den Erwartungen der Philosophie; das menschliche *Bewußtsein*, so schien es, konnte sich mit der Nebenrolle, die es nun spielen sollte, nicht so recht anfreunden. Bei Hegel war das Bewußtsein noch Hauptdarsteller gewesen; nun, nach Marx, durfte es nur auf die von außen gegebenen Stichworte reagieren, sollte nicht mehr sein als ein Reflex auf die gesellschaftlichen Verhältnisse. Das Problem der marxistischen Philosophie ist denn auch nicht ihr moralisch ehrenwerter Ansatz gewesen, der auf eine Gerechtigkeit zielt, die noch immer nicht eingelöst wurde; ihr Problem war vielmehr der Mut zur Einseitigkeit, zu einer Indienstnahme der Wahrheit, die keine Diskussionen aufkommen lassen wollte und zudem (allen Ernstes) glaubte, die Gesetze der Welt, der Geschichte und sogar die Verlaufslinien der Zukunft entdeckt zu haben. Heute weiß man auch, daß das Menschenbild, dem Marx anhing, auf ungute Weise einseitig war: Der Mensch betreibt eine fortwährende, theoretische und praktische Selbstbespiegelung, in der er sich (einer ausgebeuteten) *Natur* gegenüber wie ein Gutsverwalter aufführt, der meint, auf den ihm anvertrauten Ländereien tun und lassen zu können, was ihm beliebt.

[»Marx ... ein Gespenst geht um in Europa ...«, SW 366, 454, 461ff., 536, 539]

Materialismus

Der Materialismus ist, ebenso wie sein bewährter Widerpart, der *Idealismus*, eine altehrwürdige philosophische Richtung, vielleicht noch ein bißchen altehrwürdiger als jener, denn er beruht auf einer realistischen Einschätzung der Dinge. Von der mußte seinerzeit wohl auch das etwas abstraktere Wissen ausgehen, das (zu Recht) stolz ist auf seine *Bewußtsein*sleistungen: Ohne die Anerkennung der Tatsachen unserer physischen Existenz nämlich, so läßt sich behaupten, kann man keinen Bewußtseinssport, keine Gedankenakrobatik betreiben. Der Materialismus hat in der Philosophiegeschichte immer ein wenig provozierend gewirkt; seine Funktion war es, frischen Wind in festgefahrene Diskussionen zu bringen. Wer einem gebildeten Materialisten zuhört, der die Welt erklärt, hat das Gefühl, aufatmen zu dürfen: Nicht alles ist hochkompliziert, vertrackt, verschroben, sondern es gibt natürliche Wahrheiten, die unumgänglich sind. Dabei ist die materialistische Argumentation, die schon von *Demokrit* und *Epikur* begonnen wurde, am stärksten gewesen, wenn sie sich nicht ins Gesetzgeberische verrannte, wie es beispielsweise der von *Marx* begründete sog. dialektische Materialismus tat. Daß eine gute materialistische Philosophie auch ihre tagträumerischen, betrachtenden, ja göttlichen Momente hat, läßt sich bei dem genialen Philosophen Denis Diderot (1713 bis 1784) nachlesen, der beschrieb, was es heißen kann, sich im zeitlos Anderen, im natürlichen Großen und Ganzen aufgehoben zu wissen: »Es ist, und man ist. Alles ist nützlich, alles dient, alles wirkt mit ..., man ist nichts, ohne sich darum zu bemühen ... Bleib still, bleib still, bleib wie alles, das dich umgibt, laß die Stunden, die Tage, die Jahre verstreichen wie alles, das dich umgibt, und vergehe wie alles, das dich umgibt ...«

[»Eine letzte Strömung, die wir noch erwähnen sollten, ist der Materialismus...«, SW 272ff., 545ff.]

Mill, John Stuart

Mill (1806 bis 1873) war Schriftsteller, Nationalökonom, Philosoph und Mitglied des Unterhauses; er war aber auch 35 Jahre in der Ostindischen Handelskompanie tätig, bei der er, nach eigenem Bekunden, das »wirkliche Studium der Welt« betreiben konnte. Als Philosoph setzte Mill die Tradition des britischen *Empirismus* fort: Wissenschaft beruht für ihn auf Erfahrung, der allerdings nie ganz und ausschließlich über den Weg zu trauen ist, was noch stärker für die Sinneswahrnehmung gilt, die der Erfahrung ja erst den Boden bereitet. Erkenntnisse müssen immer wieder neu geprüft und bestätigt werden. – Gegen Ende seiner Laufbahn wurde Mill zum entschiedenen Verfechter einer uneingeschränkten Gleichberechtigung der Frau; sein Buch »The Subjection of Women« (die dt. Ausgabe erschien unter dem etwas schiefen Titel »Die Hörigkeit der Frau«) gilt heute als Klassiker der sog. Frauenliteratur.

[»Es war später von großer Bedeutung für ... John Stuart Mill, der wiederum für die Gleichberechtigung der Geschlechter sehr wichtig war ...«, SW 312]

Mittelalter

Der Begriff Mittelalter zielt auf einen vergleichsweise weitgespannten Zeitraum: Er reicht vom 5. bis zum Beginn des 16. Jahrhunderts. Eine solche Spanne bedarf der weiteren Untergliederung, was auch geschehen ist: So kennt man inzwischen das Früh-M. (5. bis 10. Jh.), das Hoch-M. (11. bis Mitte 13. Jh.) und das Spät-M. (Mitte 13. bis Beginn 16. Jh.). Lange hielt man sich an das von der *Aufklärung* geprägte, später sogar sprichwörtlich gewordene Vorurteil vom »finsteren Mittelalter«, bis eine vorsichtige Kurskorrektur in der Meinungsbildung einsetzte. Heute weiß man, daß im Mittelalter wahrlich nicht alles finster war: Im Hochmittelalter zum Beispiel soll (erst) die »große Liebe« entdeckt worden sein, ein Ideal, dem wir noch immer, vielleicht sogar wider besseres Wissen, nachhängen ...

[»Das Mittelalter ... ein Stück des Weges zurückzulegen ist nicht dasselbe, wie sich zu verlaufen ...«, SW 197ff.]

Modus

Der Modus (lat. »Art und Weise, Maßstab, Regel«) benennt eine Daseinsweise, einen Zustand oder, darüber hinaus, auch eine Eigenschaft, die wesentlich ist für die Existenzform eines Gegenstands. Für uns Menschen, die wir Schwierigkeiten haben, miteinander auszukommen, ist der »Modus vivendi«, die verträglichste Form des Zusammenlebens, am wichtigsten geworden – um diese zu erreichen, muß man den geeigneten »Modus procendi«, die passende Art des Vorgehens, finden.

[»Unter einem Modus – Mehrzahl ›Modi‹ – verstehen wir also eine bestimmte Art, in der die Substanz, Gott oder die Natur sich äußern ...«, SW 296]

Mohammed

Mohammed (570 bis 632), Begründer des Islam, dessen Name arabisch »der Gepriesene« heißt, war ursprünglich ein ehrbarer Kaufmann. Als solcher unternahm er Reisen, auf denen er Christen- u. Judentum, aber auch andere Religionen kennenlernte. Im Jahre 610 überkamen ihn Eingebungen, und er sah sich zum Propheten berufen. Seine Lehre verkündete er in Mekka, wo sie zunächst nicht nur Anhänger fand, im »Koran« (dem Wort Gottes) jedoch verbindlich aufgezeichnet wurde. – Im Islam (arab. »Ergebung in Gottes Willen«) ist Mohammeds Stellung als Prophet und Gesandter des alleinigen Gottes (Allah) ein unumstößliches Faktum und hat Gesetzeskraft erlangt.

[»Nach dem Tod Mohammeds ... wurden der Mittlere Osten und Nordafrika für den Islam gewonnen ...«, SW 207]

Monismus

Der Monismus geht davon aus, daß die Welt und alles, was dazugehört, aus einer einheitlichen Grundsubstanz besteht. Diese Substanz kann Gott selbst sein oder ein alles bestimmendes *Bewußtsein*, eine das All durchströmende Beseelung oder ein »Weltgesetz« (*Heraklit*); es läßt sich jedoch auch, wie bei einigen der frühen griechischen Philosophen geschehen, ein Stoff ausfindig machen, der für den schöpferischen Aufbau und den Betrieb des Seienden verantwortlich zu machen ist. – Wenn im Monismus von einer alles beherrschenden Gottvorstellung ausgegangen wird, spricht man vom Monotheismus (SW 184): Judentum und Islam sind streng monotheistische Religionen, während das Christentum, das ja auch nur an einen einzigen Gott glaubt, den Monismus etwas differenzierter einsetzt und seine »Trinität« benötigt, die Dreifaltigkeit als Einheit von Gottvater, Sohn und Heiligem Geist.

[»Es gibt nur eine Natur, meinten sie. Eine solche Auffassung nennen wir Monismus ...«, SW 159]

Montesquieu, Charles

Der Jurist und Rechtsphilosoph Montesquieu (1689 bis 1755) war zu Lebzeiten bereits eine Legende: Sein Fleiß wurde gerühmt, seine Gelehrsamkeit gefürchtet, seine Bibliothek glich einem Labyrinth, und zudem soll er der Erfinder des Zettelkastens gewesen sein. Montesquieu stritt für die Rechte des Adelsstandes, dem er selbst angehörte: Wäre der Adel nicht, der die Extreme ausbalanciert, würde der Staat entweder zur »orientalischen Despotie« oder zur »Pöbelherrschaft« (Demokratie) verkommen. Als Philosoph war er einer der ersten Soziologen: Er studierte das Funktionieren von Staats- und Rechtssystemen, wobei er davon ausging, daß es für die Wissenschaft keinen Unterschied machen darf, ob sie nun Naturvorgänge und die von Menschen ins Leben gerufenen Institutionen untersucht. – Montesquieus Idee der Gewaltenteilung (Legislative, Exekutive, Judikative) hat Eingang in fast alle Verfassungsmodelle jener Staatsform gefunden, die er persönlich gar nicht so sehr schätzte: die Demokratie.

[»Diese Dreiteilung stammt von dem französischen Aufklärungsphilosophen Montesquieu ...«, SW 312, 370f.]

Mystik

Der Begriff Mystik kommt vom griechischen »myein«, was soviel heißt wie »die Augen schließen« und bereits einen Hinweis darauf gibt, wo die Erfahrung des Mystikers stattfindet: im Kopf, hinter den geschlossenen Augen. Es geht ihm um Rückkehr in den Seelengrund, um eine innere Wesensschau, die zumeist nicht das Selbst meint, sondern zur höchstmöglichen Einheit strebt, zur Vereinigung (lat. »unio mystica«) mit Gott. In der Mystik, die mindestens so alt ist wie die Philosophie, klingen uralte Menschensehnsüchte an, auch Furcht vor dem Ungenügen und die Ängste, die sich am Vergänglichen entzünden. Mystische Bewegungen hat es zu allen Zeiten und in allen Kulturen gegeben. – Heute glaubt man, daß mystische Erfahrungen, vor allem solche, die um die sog. Selbstfindung kreiseln, erlern- und vermittelbar sind, weswegen auch von den Selbstfindungs-Experten (sie haben sich alle selbst gesucht und gefunden), Kurse und Bücher angeboten werden, die Meditations- und Ekstasetechniken sowie ungeheuer spannende Reisen zum Mittelpunkt des Menschen versprechen.

[»In der westlichen Mystik – das heißt, im Judentum, im Christentum und im Islam – betont der Mystiker, daß er die Begegnung mit einem persönlichen Gott erlebt ...«, SW 165ff.]

Mythos

Dem ist eigentlich nicht viel hinzuzufügen – außer vielleicht, daß der Mythos (gr. »Wort, dichterische Erzählung«) nicht unbedingt eine Göttererzählung sein muß, sondern auch von anderen, längst abgehandelten Ereignissen künden kann, die in phantastischer oder symbolhafter Rede wiederaufleben und neues Interesse finden. Ein Mythos berichtet vom Ursprünglichen, von Geschehnissen, die, in welcher Form auch immer, einen Grund bilden für das, was nachher gekommen ist. Insofern weisen Mythen auch Wege, hinterlassen Spuren, die in die Gegenwart hineinführen; es bedarf der behutsamen Annäherung, des unvoreingenommenen Nachfragens und Hinhörens, um herauszufinden, was der Mythos, der sich gern rätselhafter und verklausulierter Wendungen bedient, wohl (wirklich) meinen könnte.

[»Ein Mythos ist eine Göttererzählung, die erklären will, warum das Leben so ist, wie es ist ...«, SW 30ff.]

Natur

Die Grundbedeutung des Begriffs Natur ist ein zweifacher: Zum einen wird damit das ursprüngliche Wesen einer Sache bezeichnet (in der Natur der Sache liegt also das, was seine Besonderheit ausmacht); zum anderen wird mit Natur das umfassende Ganze gemeint, der natürliche Weltzusammenhang mit seinen vom Menschen unabhängigen Gegebenheiten (*Goethe*: »Natur ist alles«). Während der Mensch sich anfänglich als einen Teil der Natur, als ein Geschöpf unter Geschöpfen be-griff, hat er später seine mutmaßliche Andersartigkeit entdeckt: Sein *Bewußtsein* kam ins Spiel, mit ihm der Geist, den der eine oder andere Philosoph (*Hegel*) als Widersacher der Natur aufbaute, und schließlich die Kultur, die ein Ensemble menschlicher Sonderleistungen meint, denen in bezug auf das natürliche Überleben keine Notwendigkeit mehr zukommt. Der Mensch hat sich denn auch weit von der ursprünglichen Natur entfernt; es scheint in seiner Natur zu liegen, daß er mit der Natur, wie sie einst war, nicht mehr recht kann. Statt dessen spielt er sich schon seit langem als Natur-Ingenieur auf, er nutzt sie, nutzt sie aus, verbiegt sie für seine Zwecke, macht sie künstlich, gestaltet sie um, ohne daran zu denken, daß die Natur einst ohne ihn ausgekommen ist und in der Zukunft auch wieder ohne ihn auskommen wird – was nicht umgekehrt gilt, denn der Mensch braucht die Natur, um am Leben zu bleiben. An dieser Kurzsichtigkeit ist die Philosophie nicht ganz unschuldig; sie hat wesentlich dazu beigetragen, daß eine natürliche Demut angesichts der Natur verlorengegangen ist und dafür ein Besitzdenken um sich griff, in dem es als selbstverständlich erscheint, daß der Mensch als Chef auf Erden sich ständig mit dem versorgt, was ihm angeblich zusteht. Die Philosophie des Marxismus/Leninismus hat ein solches Besitzdenken forciert, das aber auch schon im *Idealismus* Hegelscher Prägung vorbereitet wurde, der die Natur als ein ödes Durchgangsstadium des Geistes verstand. Im Zuge seiner oft komisch oder gar verzweifelt anmutenden Selbstfindungsbemühungen fahndet der Mensch heute sogar wieder nach seiner »inneren Natur«, nach den geheimen Antriebskräften in sich, die ihn zu dem machen, was er ist. Was aber ist er, wenn er ein natürliches Wesen nicht mehr sein kann oder sein will und seine »zweite Natur«, seine gesellschaftlich, geschichtlich, kulturell geprägten Verhaltensmuster, ihm ebenfalls fragwürdig geworden sind?

[»Wenn sie in diesem Garten aufgewachsen wäre, ohne sonst irgend etwas über die Natur zu wissen, wie würde sie dann den Frühling erleben ...«, SW 36ff., 138ff., 546ff., 554]

Naturrecht

Das Naturrecht ist das ursprüngliche Recht; es kommt nicht durch menschliche Vereinbarung oder Satzungen zustande. Da aber beginnt denn auch schon seine Problematik: Ein Recht, das sich von der *Natur* herleitet, die ja eigentlich kein Recht kennt, allenfalls das Recht des Stärkeren oder der Bestangepaßten, muß notwendigerweise vage bleiben. Es hat denn auch eher mit einem Ursprungsdenken zu tun, das an die menschliche *Vernunft* appelliert, von der Optimisten glauben, daß sie allen zugänglich sei. Die Schwierigkeiten, die das Naturrecht macht, sind in seiner Konstruktion angelegt; sie vertiefen sich noch, wenn auf der Grundlage eines solchen sehr allgemein gehaltenen Rechts Einzelfragen entschieden werden sollen, etwa ob die Todesstrafe vom Naturrecht legitimiert wird – über diese Frage, die ja heute noch akut ist (USA), wurde z. B. in der Naturrechtsdiskussion des 17. Jahrhunderts gestritten.

[»Er meinte zum Beispiel, daß gewisse ethische Grundregeln allen gegeben sind. Damit vertritt er... den sogenannten Naturrechtsgedanken . . .«, SW 312]

Newton, Isaac

Das Programm dieses großen Universalgelehrten war klarer als die vielen verzwackten Rechnungen, die er seinen oft recht begriffsstutzigen Zeitgenossen aufmachte: »Ich habe vor, die Wissenschaft von der Natur durch exakte Beweise zu fördern.« Für dieses Programm benötigte Newton (1642 bis 1727) keine erfahrungsunabhängigen Vernunftprinzipien (»Ich erfinde keine Hypothesen!«) – der Forschungsvorgang, das Experiment rechtfertigt sich selbst und bringt genau die Ergebnisse zutage, die in ihm angelegt sind. Es kommt danach weniger auf kluge Theorien an (die sind gefragt, wenn Fakten bereits ermittelt wurden), sondern auf den kundigen Umgang mit dem Untersuchungsgegenstand. – Newton hat den Naturwissenschaften entscheidende Erkenntnisse zugeliefert: Er begründete die theoretische Mechanik, formulierte das Gravitationsgesetz und lieferte wesentliche Beiträge zur Optik. Er erfand die Differentialrechnung (zeitgleich mit *Leibniz,* was zu einem Urheberrechtsstreit führte, der überwiegend von den Schülern der beiden Herren geführt wurde); seine Theorie des Lichts brachte ihm den Groll des Dichters *Goethe* ein, der eine eigene »Farbenlehre« entwickelt hatte, die er für klüger und vor allem zutreffender hielt als die Arbeiten »des Newton«.

[»Ja, dann kam Newton. Er hat das sogenannte Gesetz der allgemeinen Gravitation formuliert...«, SW 244, 248ff., 259, 272f., 370, 373]

Nietzsche, Friedrich

Nietzsche (1844 bis 1900) hat der Philosophie eine Faszination verliehen, die sie bis dahin nicht hatte. Das lag vor allem daran, daß Nietzsche mindestens so sehr Dichter wie Philosoph war: Er schrieb eine glänzende Prosa, die alle Nuancen der Welt- und Ich-Erfahrung ausdrücken konnte. Ein weiterer Grund für Nietzsches Ruhm ist der Umstand, daß er sein Leben selbst in Philosophie umsetzte: Er lauscht ihm all die Befindlichkeiten, Visionen, Ängste, auch den Zorn und Hochmut ab, die er mit sich herumschleppte, und braut aus ihnen philosophische Erkenntnisse zusammen, die ebenso wahr wie übertrieben, ebenso großartig wie kleingeistig anmuten. – Nietzsches Leben gleicht einer äußeren Leidensgeschichte: Er begann als Junggenie, wurde schon mit 24 Professor für

Klassische Philologie in Basel und mußte dann aus Krankheitsgründen frühzeitig pensioniert werden. Seine Krankheit, die schließlich in den Wahnsinn führte (über beide Bereiche, über Krankheit und Wahnsinn, streiten sich noch die Fachleute), wurde er nicht mehr los. Nietzsche führte nach seiner vorzeitigen Pensionierung ein unstetes Reiseleben, in dem euphorisch-hellsichtige Phasen mit tiefen Depressionen abwechselten. Seine Philosophie entstand ohne größere Anregungen von außen; das verleiht ihr besondere Suggestivkraft, den Eindruck auch eines unmittelbar erlebten Erfahrungsgehalts, der in akademisch-philosophischen Erörterungen nicht anzutreffen ist. Nietzsches Denken vollzieht sich auf einem selbstgewählten Höhenweg, der schließlich nur noch an Abgründen vorbeiführt. Der Philosoph macht sich auf seinem Gang selber Mut; er befeuert seine Gedankenwelt, macht sie radikal und menschenfeindlich, obwohl er selbst, im privaten Umgang, ein liebenswürdig-bescheidener, zurückhaltender, ja oft schüchterner Mensch blieb. So konzipiert er, aus all dem, was er selbst nicht sein kann, den »Übermenschen«, der, ungerührt von allem, die zukünftige Welt regieren soll; er berauscht sich am »Willen zur Macht« – und er wird nicht müde, seine eigentliche Lieblingsidee auszumalen, die »ewige Wiederkunft des Gleichen«, bei deren Beschreibung der Dichter Nietzsche zu ganz großer Form aufläuft: »Und wißt ihr auch, was mir die Welt ist? Soll ich sie euch in meinem Spiegel zeigen? Diese Welt: ein Ungeheuer von Kraft, welche nicht größer, nicht kleiner wird, die sich nicht verbraucht, nur verwandelt, als Ganzes unveränderlich groß, ein Haushalt ohne Ausgaben und Einbußen, aber ebenso ohne Zuwachs, ohne Einnahmen, vom ›Nichts‹ umschlossen als von seiner Grenze, nichts Verschwimmendes, Verschwendetes, nichts Unendlich-

Ausgedehntes, sondern als bestimmte Kraft einem bestimmten Raum eingelegt . . ., ein Meer in sich stürmender und flutender Kräfte, ewig, sich wandelnd, zurücklaufend, mit ungeheuren Jahren der Wiederkehr, mit einer Ebbe und Flut seiner Gestalten, aus den einfachsten in die vielfältigsten hinaustreibend, aus dem Stillsten, Starrsten, Kältesten hinaus in das Glühendste, Wildeste, Sich-selber-Widersprechendste, und dann wieder aus der Fülle heimkehrend zum Einfachen, aus dem Spiel der Widersprüche zurück bis zur Lust des Einklangs, sich selber bejahend noch in dieser Gleichheit seiner Bahnen und Jahre, sich selber segnend als das, was ewig wiederkommen muß . . .«

[»Ein weiterer Philosoph, der für das 20. Jahrhundert wichtig wurde, war der Deutsche Friedrich Nietzsche . . .«, SW 536f.]

Nihilismus

Der Begriff leitet sich vom lateinischen »nihil«, nichts, ab und meint auch eine Weltanschauung, der man es mit nichts (mehr) recht machen kann: Der Nihilist ist chronisch müde, weil er alles durchschaut, alles begriffen hat und aus all dem vor allem die eine Konsequenz zieht: Es lohnt nicht, das Leben, denn an seinem Horizont sind die großen Erwartungen, Hoffnungen, Träume verzogen, und man sieht nur noch, was vorher schon dort zu sehen war: nämlich nichts. In die Philosophie hat den Begriff Nihilismus der deutsche Philosoph Jacobi (1743 bis 1819) eingebracht, der damit einen Tadel an seinem Kollegen *Fichte* aussprach. Bekannt wurde der Nihilismus später noch durch den Roman »Väter und Söhne« des russischen Dichters Turgenjew. Ein Motiv für nihilistisches Denken hat *Nietzsche* genannt – der Mensch sieht sich um seine eigene Wichtigkeit gebracht: »Seit Kopernikus scheint der Mensch auf eine schiefe Ebene geraten, – er rollt immer schneller nunmehr aus dem Mittelpunkte weg – wohin? ins Nichts? ins durchbohrende Gefühl seines Nichts?«

[»Obwohl Sartre behauptet, daß das Leben keinen ihm innewohnenden Sinn hat, heißt das nicht, daß ihm das so recht ist. Er ist nämlich kein Nihilist ...«, SW 540f.]

Novalis

Novalis hieß eigentlich Friedrich von Hardenberg, legte sich als Dichter der *Romantik* jedoch einen Künstlernamen zu, der soviel wie »der Neuland-Besteller« bedeutet. Der Dichter Novalis (1772 bis 1801) war auch Philosoph, was für ihn keinen großen Unterschied machte, denn beide, Literatur und Philosophie, gaben ihm den »einen Schlüssel« zum »eigensten Selbst«. Wie *Nietzsche*, mit dem er die seltene Fähigkeit teilte, Unerhörtes auf geradezu unerhörte Weise aufschreiben zu können, gehörte Novalis zu den Frühvollendeten, die in wenigen Jahren den Erfahrungsschatz eines ganzen Lebens horten. Er sah das Jenseits der Wirklichkeit, das Bleibende im Vergänglichen, schließlich sogar die Ichheit im Ich und die Menschheit des Menschen: »Das Erkennen ist ein allgemeiner Zustand, der nicht an einen einzelnen Fall gebunden ist ... Die zufällige oder einzelne Form unseres Ich hört nur für die einzelne Form auf – der Tod macht nur dem Egoismus ein Ende ... Das Zufällige muß schwinden, das Gute muß bleiben. Das Allgemeine jedes Augenblicks bleibt, denn es ist im Ganzen. In jedem Augenblicke, in jeder Erscheinung wirkt das Ganze – die Menschheit, das Ewige ist allgegenwärtig ...« Eine solche Weltsicht läßt die herkömmlichen Grenzen verschwimmen, auch die zwischen Wachen und Träumen, was

Gefahren in sich birgt: zum Beispiel die eines von den schönen Künsten nicht mehr aufzufangenden Realitätsverlusts. Trotzdem hielt Novalis an der produktiven, ja wirklichkeitsstiftenden Kraft des Traums fest, der seinen Beitrag dazu leistet, daß unser Wissen nicht ausschließlich diesseitig orientiert ist, sondern sich nach innen wendet, dorthin, wo Seele und Herz und wahrer Reichtum eines Menschen liegen: »Wir träumen von Reisen durch das Weltall: Ist denn das Weltall nicht in uns? – Nach Innen geht der geheimnisvolle Weg. In uns oder nirgends ist die Ewigkeit mit ihren Welten, die Vergangenheit und Zukunft ... Das erste Genie, das sich selbst durchdrang, fand hier den typischen Keim seiner unermeßlichen Welt ... Der Mensch vermag in jedem Augenblicke ein übersinnliches Wesen zu sein. Ohne die wäre er nicht Weltbürger, er wäre ein Tier.«

[»Der Dichter Novalis, eins der jungen Genies der Romantik, sagte: ›Die Welt wird Traum, der Traum wird Welt‹ ...«, SW 409ff., 417f.]

Ökophilosophie

Die Ökophilosophie hat mit der Ökologiebewegung zu tun, die sie philosophisch im Sinne eines grundsätzlichen Bedenkens der Umweltproblematik begleitet. Dabei ist die Ökophilosophie weniger an zukunftsweisenden Konzepten interessiert, sondern an der Klärung moralisch-ethischer Fragen. – Die Philosophiegeschichte hat dem Verhältnis von *Natur* und Geist, von Mensch und Umwelt durchaus eine gewisse Aufmerksamkeit gewidmet, ohne jedoch bereits die ökologische Krise in den Blick nehmen zu können, von der wir heute ausgehen müssen. Dennoch gab es Warner und Mahner; einer von ihnen war (überraschenderweise) der umstrittene Philosoph *Heidegger*, der in seiner späten Philosophie sowohl an die

»Seinsvergessenheit« als auch an zunehmende Gedankenarmut des Menschen erinnerte: Er, der Mensch, denkfaul und bequem geworden, berauscht sich nur noch an seinen eigenen, sehr vordergründigen Erfolgen (die auf dem »rechnenden Denken« beruhen) – dabei vergißt er sich selbst und merkt nicht, daß er die Geister, die er einst rief, nicht mehr los wird: »Der Sinn der technischen Welt verbirgt sich ... Es droht« jedoch noch »eine weit größere Gefahr – gerade dann, wenn die Gefahr eines dritten Weltkriegs beseitigt ist. Eine seltsame Behauptung. Allerdings, aber nur so lange seltsam, als wir nicht nachdenken ...« Sie »gilt insofern, als die ... Revolution der Technik den Menschen auf eine Weise fesseln, behexen, blenden und verblenden könnte, daß eines Tages das rechnende Denken als das einzige in Geltung und Übung bliebe ... Dann ginge mit dem höchsten und erfolgreichsten Scharfsinn des rechnenden Planens und Erfindens die Gleichgültigkeit gegen das Nachdenken, die totale Gedankenlosigkeit zusammen. Und dann? Dann hätte der Mensch sein Eigenstes, daß er nämlich ein nachdenkendes Wesen ist, verleugnet und weggeworfen. Darum gilt es, dieses Wesen des Menschen zu retten. Darum gilt es, das Nachdenken wachzuhalten.«

[»Eine wichtige philosophische Strömung des 20. Jahrhunderts ist ... die Ökophilosophie ...«, SW 546ff.]

Organismus

Der Begriff kommt vom griechischen »organon«, Werkzeug, und meinte zunächst die stoffliche Einheit eines Lebewesens in seiner besonderen Art. Im Organismus, der jeweils eine individuell-typische, nach außen hin sichtbare Gestalt annimmt, wirken Organe und Teile zusammen, die ein funktionierendes Ganzes bilden. Mit seiner Umwelt ist der Organismus über einen ständigen Austauschvorgang (Stoffwechsel) verbunden. – Später hat man den Begriff Organismus auch auf andere Bereiche angewandt (s.o.), wobei gewisse Willkürlichkeiten nicht zu übersehen waren.

[»Die Romantiker insgesamt betrachteten sowohl eine Pflanze als auch ein Volk, ja, sogar ein Werk der Dichtkunst als lebendigen Organismus ...«, SW 415f.]

Pantheismus

Der Pantheismus geht davon aus, daß Gott nicht zu trennen ist von seiner Schöpfung. Er wird zusammengedacht mit dem All, mit der Natur, kühnerweise auch mit dem Menschen, der sich in seiner Schöpfung breitgemacht hat. Wenn aber alles in Gott ist, könnte man fragen, ist Gott dann nur noch alles und nicht mehr Gott? So gilt wohl ein Satz, den der Philosoph Schopenhauer ausgesprochen hat: »Pantheismus ist die vornehme Form des Atheismus.«

[»Viele glaubten auch, Gott sei in der Schöpfung anwesend ... Eine solche Auffassung wird als Pantheismus bezeichnet ...«, SW 183, 239]

Parmenides

Parmenides (um 515 bis etwa 450 v. Chr.) stammte aus der griechischen Kolonie Elea in Süditalien, das seinerzeit ein fruchtbarer Boden für Philosophen war: Die eleatische Schule, von Parmenides begründet und von seinen Schülern Zenon und Melissos fortgeführt, stellt das Wirkliche als geschlossene Einheit dar, die sich im wesentlichen durch das Denken zu erkennen gibt. – Über Parmenides weiß man wenig; dafür sind einige der ihm zugeschriebenen Werke erhalten geblieben, so etwa längere Passagen seines großen Lehrgedichts »Über die Natur«, das den Weg zur Erkenntnis als eine Reise zur Wahrheit beschreibt. Diese beginnt mit einem Prolog: Ein von Pferden gezogener Wagen trägt Parmenides die »kundereiche Straße« zur Sonne empor, wo ihn eine Göttin zunächst über die »wahre Wahrheit« und dann über die »unzuverlässigen Meinungen« der Menschen auf Erden informiert. Letztere glauben an das, was sie sehen: Sie werden ständig von den Sinnen getäuscht, nehmen Unterschiede wahr, Gegensätze, die sie für wirklich halten, z. B. Licht und Dunkel, Bewegung und Ruhe. Aus all dem folgern sie, daß Gegensätzliches durchaus nebeneinander bestehen kann. Die »wahre Wahrheit« jedoch ist, daß alles Seiende nur in sich selbst existiert; es ist eine Einheit, in der keine Unterschiede vorhanden sind, und es ist absolut zeitlos: »Weder war es einmal, noch wird es sein, da es jetzt ist, zugleich ganz, eins, zusammenhängend.« Diese nicht unbedingt einleuchtende Wahrheit sieht Parmenides durch das Denken begründet (»Dasselbe aber ist Denken und des Gedankens Gegenstand«), das sich immer auf etwas richtet, was da ist; an ein »Nicht-Seiendes« zu denken heißt im Grunde, nicht zu denken und demzufolge auch eigentlich nicht da zu sein.

Der eigenartige Reiz dieser Philosophie, die auch spätere Denker beeinflußt hat (*Platon, Hegel, Nietzsche*), liegt in ihrem wunderbar eigensinnigen Bemühen, ein vom Denken ausgehendes Gegengewicht inmitten der offensichtlichen Schnellebigkeit alles Wirklichen abzustellen und dort zum Fels in der Brandung zu machen. Zudem ist es der Tonfall des Sehers und Künders, der Parmenides' Schriften wie Wahrheits-Poesie erscheinen lassen: »Denn es gibt nichts außer dem Seienden und wird nichts außer ihm geben; hat doch das Schicksal es verhängt, daß es ganz und unbeweglich ist. Daher sind alles nur leere Namen, was die Sterblichen durch die Sprache festgesetzt haben, in dem Glauben, es liege ihnen eine Wirklichkeit zugrunde: ›Entstehen‹ und ›Vergehen‹, ›Sein‹ und ›Nichtsein‹, ›Veränderung des Ortes‹ und ›Wechsel der leuchtenden Farbe‹.«

[»Parmenides glaubte, daß alles, was es gibt, immer schon existiert hat …«, SW 44ff., 52, 56, 398]

Paulus, Apostel

Auf dem Weg nach Damaskus soll den Christenverfolger Saulus eine Vision überkommen haben, in der sich ihm *Jesus Christus* offenbarte. Von diesem Ereignis berichtet die Apostelgeschichte insgesamt dreimal. Aus Saulus wurde Paulus, und der einstige Häscher der Christen entwickelte sich zu einem ihrer wortgewaltigsten Prediger. Paulus (um 10 bis etwa 67), der als ausgebildeter jüdischer Theologe mit den Winkelzügen seines früheren Glaubens vertraut war, setzte auf das radikal Andere des Christentums: Es geht nicht den alttestamentarischen Weg der Gesetzestreue zu Ende, sondern wagt den Neubeginn, der von Christus vorgegeben wird; er, der »Erstling der Entschlafenen«, der »mich (Paulus) geliebt und sich für mich hingegeben hat«, ist wiederaufgeweckt worden, um den Menschen in die einzig gültige Heilsgemeinschaft mit Gott zu bringen. Das frühere Verdammnisurteil des gestrengen Vaters wird aufgehoben, weil der Sohn die Versöhnung bewirkt. Diese Botschaft erfordert den absoluten *Glauben*; nur wer die von Christus vermittelte Gottesgnade bedingungslos annehmen kann, ist dieser Gnade auch würdig. – Paulus trug viel zur Ausbreitung des Christentums bei; seine rhetorischen Künste haben die Gläubigen und die Ungläubigen beeindruckt, was an der Bildhaftigkeit seiner Sprache lag: »Prüfet alles und behaltet das Beste«, soll er gesagt haben – was auch für den Umgang des selbständig Philosophierenden mit der Philosophiegeschichte gilt.

[»Viele hundert Jahre später stand hier der Apostel Paulus und erzählte den Athenern über Jesus und das Christentum ...«, SW 92, 191ff., 203, 212, 293, 303]

Platon

Der Philosoph Platon (427 bis 347 v. Chr.) hat seinem Lehrer, dem Philosophen *Sokrates*, auf besondere Weise Dank abgestattet: Er machte ihn zur literarischen Figur, hinter der er sich selbst verstecken konnte. So wird einiges von der Weisheit, die man Sokrates zuschreibt, wohl dem Platon anzurechnen sein; er ist damit ein philosophischer Erblasser gewesen, der sein eigenes Erbe antrat. – Platon stammte aus einer aristokratischen Familie, und etwas Aristokratisches haftet auch seiner Philosophie an, die dem Volk wenig, einer philosophisch gebildeten Elite dafür um so mehr zutraut. Im Jahre 407 soll seine erste Begegnung mit Sokrates stattgefunden haben, die einer der damaligen Philosophie-Geschichtenschreiber sogleich auszuschmücken wußte: »Es geht die Erzählung, Sokrates habe geträumt, er halte auf seinem Schoße das Junge von einem Schwan, das alsbald befiedert und flugkräftig geworden, in die Lüfte emporgestiegen sei mit schallenden Jubeltönen, und tags darauf sei ihm Platon vorgeführt worden; da habe er gesagt, dies sei der Vogel ...« Der Vogel Platon war zuvor allerdings ein lockerer Vogel, der sich auch als Dichter versucht hatte und schöne tiefdeutige Verse zustande brachte: »Schaust nach den Sternen empor, mein Stern. O wär ich mit tausend Augen / der Himmel, ich sähe nieder mit ihnen auf dich.« Nun brachte Sokrates, der selber den leichten Umgangston pflegte, seinem Lieblingsschüler den Ernst des Nachdenkens bei: Platon änderte sein lockeres Leben. Er ging auf Reisen, um zu lernen. 387 kam er nach Sizilien, wo er in die Politik geriet und als Berater am Hofe des Tyrannen Dionysios I. von Syrakus wirkte. Platons Bemühungen, den Machthabern philosophischen Schliff beizubringen, verliefen wenig erfolgreich. Er kehrte nach Athen zurück und gründete dort seine eigene philosophische Schule (die sog. Akademie), an der er fast 40 Jahre lang wirkte. Bedeutende Schüler hatte er; der bedeutendste war wohl *Aristoteles*, der allerdings nicht sein Nachfolger wurde. Vom ruhigen Gleichmaß seines philosophischen Lernens und Lehrens sagte sich Platon nur noch zweimal los; die Abentuerlust packte ihn, auch wohl die Neugier, ob es denn nicht doch gelingen könnte, Politiker zu besseren Politikern zu machen, indem man sie zuvor zu guten Philosophen ausbildete. Um dies in der Praxis zu überprüfen, kehrte er nach Syrakus zurück und versuchte, positiven Einfluß auf den Tyrannen-Sohn Dionysios II. und dessen Schwager Dion zu nehmen – eine Mission, die wiederum nicht sehr glücklich verlief. So sah sich Platon endgültig auf die Theorie verwiesen, der er fortan geradezu unerbittlich die Treue hielt. –

Von Platons philosophischen Schriften sind u.a. 25 Dialoge und 13 Briefe erhalten (über deren Echtheit z.T. gestritten wird). Die Dialoge lassen zumeist Sokrates als Hauptperson auftreten, der Wahrheiten im Munde führt, die ihm sein Autor Platon in den Mund legt. Sokrates bedient sich einer besonderen, aus *Ironie* und *Dialektik* zusammengesetzten Methode: Sie sorgt dafür, daß Erkenntnisse nicht als fertige Erkenntnisse präsentiert werden, sondern erst erarbeitet, d.h. erdacht werden müssen. Das Denken wird als Kunst der »Zusammenschau« verstanden; es reicht prinzipiell über das Vordergründige hinaus, verweist statt dessen auf ein Wesentliches, das den Erscheinungen Halt und Dauer verleiht. Eine solche Erkenntnis-Arbeit steht ganz im Zeichen der Ideenlehre, die das eigentliche Kernstück von Platons Philosophie ist. Die Ideen sind als Urbilder, Urformen der Erscheinungen zu verstehen: Sie bilden ein eigenes Reich, das nicht von dieser Welt ist, obwohl es mit ihr, notgedrungen, in Verbindung steht, denn sonst gäbe es keine Realität, kein Wissen in dem uns zugänglichen Sinn. Die Erkenntnis des Menschen funktioniert, weil sie, wie eine ständige Erinnerung, noch immer an den Ideen teilhat. So wissen wir, dank des geheimnisvollen Mitschwingens der Ideen, immer mehr, als wir wissen; wir schauen sehnsüchtig auf das große Reich der Ideen, ohne daß uns dieses ausdrücklich bewußt werden muß. Die Ideen selbst sind, ähnlich wie die Dinge auf Erden, von unterschiedlicher Wertigkeit; die höchste Idee ist das »Schöne und Gute«. Aus ihr geht die unsterbliche Seele des Menschen hervor, die, bevor sie in die Körperlichkeit und in die Materie geriet, mit der Ideenwelt besonders vertraut war und deswegen auch für die Wiedererinnerung zuständig wird. Ein Leben unter den Vorzeichen der Ideen führen, heißt zum Höheren zu streben und das mögliche Wissen zu vervollkommnen. Antriebskraft für ein solches Bemühen ist der *Eros*, der mit irdischer Liebe wenig, mit der Liebe zum Ewigen dafür um so mehr zu tun hat. Wer dem Eros folgt, führt ein tugendhaftes Leben, das auch aus der Übereinstimmung von persönlichem Glück und der Zugehörigkeit zu einer vernünftigen Ordnung besteht. Die Tugenden nämlich (u. a. Gerechtigkeit, Weisheit, Tapferkeit und Besonnenheit) schaffen den Übergang vom Wissen und Befinden des einzelnen in den Staat, der den Tugenden entsprechend von einzelnen Ständen getragen wird. Deren wichtigster wird, man höre und staune, von den Philosophen gebildet: Sie verkörpern die Weisheit, die ihnen allerdings nicht in den Schoß fällt, sondern für die sie eine lange Ausbildung benötigen. Zum Herrschen erzogen, benötigen die Philosophen dennoch ihre Zuarbeiter: brave Handwerker und Bauern, die für das materielle Wohlergehen der Gesellschaft zu sorgen haben, Krieger, die ohne zu zögern für die Verteidigung des Staatswesens bereitstehen müssen, und – nicht zuletzt – die Sklaven, die fürs Grobe zuständig sind. Daß Platon die Philosophen zu Herrschern macht, zumindest auf dem Papier, läßt auf eine Trotzreaktion schließen: Er sah sich anscheinend durch sein sizilianisches Abenteuer nicht widerlegt, sondern in einer Weise bestätigt, die der grundsätzlichen Überlegenheit der Philosophie entspringt, von der man ja weiß, daß sie auch die Praxis zur Theorie machen kann. Der Philosoph als Herrscher ist eine kühne Konstruktion, über die sich gut spotten ließ; daß sich später kein Philosoph mehr fand, der in einem Philosophen-Staat leben wollte, wie ihn sich Platon ausdachte, gehört in diesen Zusammenhang. Ein solcher Staat wäre wohl mehr streng als weise regiert worden – wie überhaupt Platon mitsamt seiner Philosophie nicht in dem Ruf stehen kann, für die Entdeckung des Frohsinns gesorgt zu haben: »Es ist unziemlich, allzu sehr dem Lachen zugeneigt zu sein«, schrieb er und hielt sich daran. Während Platons politische Philosophie nicht ganz zu Unrecht verschmäht wurde, hat seine Ideenlehre geradezu mühelos den Bestand in den Zeiten gewahrt; sie, die selbst bleibend war, argumentierte aus einer bleibenden Erinnerung heraus, an der alle teilhaben können. Ihre Gewißheit klingt in dem unverwüstlichen Wunsch nach, daß etwas, ja, daß vielleicht sogar alles überdauern möge, was einmal als wertvoll bestimmt wurde. Die dazugehörige Einsicht kann auch dem überzeugten Realisten kommen – »wie ein durch einen abspringenden Feuerfunken plötzlich entzündetes Licht in der Seele sich erzeugt und dann durch sich selbst Nahrung erhält«. Der Dichter Platon, der dem Philosophen Platon ebenbürtig war, hätte dem noch, wie zum vorläufigen Trost, eine Erinnerung an das Ende mit beigeben können, das doch kein Ende ist: »Morgenstern warst du dereinst, der unter den Lebenden strahlte; / nun bei den Toten im Tod strahlst du als Abendgestirn.«

[»Das Leben des Sokrates kennen wir vor allem durch Platon, der sein Schüler war und selber einer der größten Philosophen der Geschichte ...«, SW 77, 81, 93, 95ff., 119, 124, 128ff., 137, 140f., 151, 154, 156f., 163f., 166, 179, 182f., 191, 197, 204, 207f., 210f., 213, 215, 217, 244, 272, 275f., 278ff., 303, 307f., 348, 350, 428, 465, 482, 592]

Plotin

Im 3. Jahrhundert n. Chr., das einem bis dahin dominierenden Römischen Reich Krisen und Auflösungserscheinungen brachte, kam der griechische Geist, der schon verweht schien in alle Winde, zu neuen Ehren: Der *Hellenismus* ließ ihn noch einmal hochleben, und als Erster und Bester aller Hellenen wurde *Platon* gefeiert. Die Philosophie, die seine ihm nacheifernden Verehrer zustande brachten, bezeichnete man später als Neuplatonismus. Führender Neuplatoniker war Plotin (um 204 bis 270), von dem behauptet wird, er habe sich so sehr zur Durchgeistigung angehalten, daß er sich schämte, ja daß er auch vergaß, »ein Leib zu sein«. Plotin hatte seine Glanzzeiten in Rom, wo er ab 244 lehrte und einen verschworenen Anhängerkreis um sich scharte. Seine Philosophie macht Platons Welt der Ideen noch geistiger, führt sie noch weiter in den Himmel hinauf: Weit oben in einem abgestuften Kosmos residiert das Gute, das »All-Eine«, das aber schon wieder so gut ist, daß es von der Vernunft nicht recht erkannt werden kann. Erst mit einem Überfließen (»Emanation«), einer Entäußerung, die das All-Eine in den »Welt-Geist« strömen läßt, kommt Zugänglichkeit und Erkennbarkeit zustande. Der Welt-Geist wiederum schafft die Welt-Seele (die sich aus vielen Einzelseelen zusammensetzt), und er trägt die Welt der Ideen in sich, die, wie bei Platon, der eigentliche Ort der Wahrheit ist. Am Ende dieser Stufenleiter des Geist-Wirklichen steht die Materie, mit der Plotin nicht viel anfangen kann; sie ist »das Böse«, der ewige Widersacher des Guten. Ziel alles Wissens bleibt die »ekstatische«, d. h. vollkommeninnige Vergegenwärtigung des »Einen«, zu dem gelangt, wer auf der abwärts gerichteten Stufenleiter des Geist-Wirklichen den umgekehrten Weg einschlägt, von unten also zurückkehrt nach oben und schließlich die Vereinigung (»unio mystica«, s. *Mystik*) mit dem Allerhöchsten erreicht, was der Seligkeit gleichkommt.

[»Plotin sah die Welt als zwischen zwei Polen eingespannt ...«, SW 162ff., 167, 179, 183, 210f., 352, 412]

Politik

Der Begriff stammt aus dem Griechischen (von »ta politika«, die Staatsgeschäfte) und meint ursprünglich die gesamte Wissenschaft vom Leben in Staat und Gemeinschaft. Dieses Leben hatte einen hohen Stellenwert, es sollte ein »gutes Leben« sein, das auf mehr abzielt als auf die Selbstentfaltung des einzelnen. Heute hat sich die Politik, wie man zu wissen glaubt, weitgehend von Normen und sittlichen Überzeugungen abgekoppelt, obwohl eben diese weiterhin hochgehalten und rhetorisch gepflegt werden. Politik sei, so lautet ein Spruch, »nur noch ein Geschäft«, wobei allerdings nicht recht zu erkennen ist, was in diesem Geschäft verkauft wird. Die Politiker, die Ausübenden der Politik, haben damit zu tun, Überzeugungsarbeit zu leisten, was schwer genug fällt, wenn man ständig der Nörgelei ausgesetzt ist.

[»Politik ... Aristoteles bezeichnete den Menschen als ›politisches Wesen‹ ...«, SW 141]

Protagoras

Protagoras (um 485 bis etwa 415 v. Chr.) war wohl der erste Philosoph, der die Berufsbezeichnung »Sophist« für sich in Anspruch nahm, was seinerzeit noch einen guten Klang hatte. Die Sophisten (von griech. »sophistes«, Meister, Künstler) waren umherziehende Lehrer der Tugend und Redekunst, die erst zu ihrem negativen Image kamen, als sie zu Figuren in der Philosophie von *Sokrates* und *Platon* wurden. Dort gelten sie als unangenehme Rechthaber, die einen Hang zur Spitzfindigkeit haben und deswegen auch vor geistigen Winkelzügen nicht zurückschrecken. – Protagoras, der berühmteste Sophist, soll anderen Berichten zufolge jedoch ein sehr ehrbarer und kluger Mensch gewesen sein. In seiner Philosophie hat er einen Relativismus betrieben, der den Menschen in die Pflicht nimmt, eigene Maßstäbe für sein Denken und Handeln zu finden. Helfen kann ihm dabei keiner, auch die Götter nicht, von denen Protagoras sagt: »Hinsichtlich der Götter kann ich nichts erkennen, weder ob sie sind, noch ob sie nicht sind, noch von welcher Gestalt sie sind; denn vieles steht dem im Wege: sowohl die Dunkelheit der Sache als auch die Kürze des menschlichen Lebens.« Obwohl die Wahrheiten also relativ und selbstgezimmert sind, legt Protagoras Wert auf gesellschaftliche Ordnung: Ein guter Staat mit einer guten Gemeinschaft ist ein Wert an sich, den man nicht willkürlich in Frage stellen sollte.

[»›Der Mensch ist das Maß aller Dinge‹«, sagte der Sophist Protagoras ...«, SW 79]

Rationalismus

Der Rationalismus betont die Rolle der »ratio« (lat. *Vernunft*), der er viel zutraut und von der er, wichtiger noch, viel erhofft. Besonders beliebt war der Rationalismus, der sich gern an der Exaktheit der mathematischen Wissenschaft ausrichtete, zur Zeit der *Aufklärung*; er findet sich (u. a.) in den Philosophien von *Descartes, Spinoza* und *Leibniz.* Das Wissensideal des Rationalismus war von sympathischer Maßlosigkeit geprägt: Alles kann gewußt werden, wenn man nur lange und klug genug forscht. Heute jedoch, da man anscheinend so viel weiß wie nie zuvor, gibt es kaum noch Rationalisten.

[»Wie Platons Philosophie insgesamt ist auch seine Staatsphilosophie vom Rationalismus geprägt ...«, SW 112ff.]

Rawls, John

Der amerikanische Philosoph John Rawls (geb. 1921) ist von der praktischen Philosophie *Kant*s beeinflußt. Er betrachtet die Idee der »Gerechtigkeit« zunächst als solche, hebt sie ab von den persönlichen Bedürfnissen des einzelnen, die erst dann (wieder) wichtig werden, wenn eine Gesellschaft von ihren Mitgliedern in grundsätzlicher Uneigennützigkeit eingerichtet wird. Dabei stellt sich heraus, daß es Rechte gibt, deren Gültigkeit über jeden Gesellschaftsanspruch hinausreichen: »Jeder Mensch besitzt eine aus der Gerechtigkeit entspringende Unverletzlichkeit, die auch im Namen des Wohls der ganzen Gesellschaft nicht aufgehoben werden kann. Daher sind in einer gerechten Gesellschaft die auf der Gerechtigkeit beruhenden Rechte kein Gegenstand politischer Verhandlungen oder sozialer Interessenabwägungen.«

[»Ein marxistisch inspirierter Moralphilosoph, John Rawls, hat dazu ein interessantes Gedankenspiel vorgeschlagen ...«, SW 474f.]

Renaissance

Eine große Aufbruchsstimmung, die »Wiedergeburt« meint: die Neubelebung antiken Gedankenguts und, damit verbunden, eine Wiederentdeckung des Menschen als selbständiges Wesen, das sich nicht länger ducken will unter der über ihn verhängten Sündhaftigkeit. Die beste Zeit der Renaissance, die vor allem in den schönen Künsten Meisterwerke entstehen ließ, lag im 15. Jahrhundert, und ihre bevorzugten Schauplätze waren Italien und Frankreich. Ende des 16. Jahrhunderts ging es mit ihr schon wieder zu Ende; die Aufbruchsstimmung war, auch aufgrund äußeren Elends, verflogen, und der Mensch sah sich zurückgeworfen auf seine gewohnten Sorgen.

[»Die Renaissance ... o göttliches Geschlecht in menschlicher Verkleidung ...«, SW 224ff.]

Romantik

Die Romantik entstand, als man der Meinung war, daß die *Aufklärung* genug Aufklärung gebracht hatte. Gab es nicht noch etwas anderes als ehrenwerte *Vernunft*programme – die Geheimnisse des Ich beispielsweise, die Schätze der Welt, dazu ihr Dunkles und Untergründiges, aber auch die Sehnsucht des Herzens und das Herrliche in der Natur, das über Gott und den Himmel mehr verrät als ein Pflichtbesuch in der Kirche. Die literarische Romantik, die der philosophischen Romantik voraus war, hatte auch mehr zu bieten als diese: Sie versuchte, das pralle Leben einzufangen, nicht zuletzt das des Volkes, von dem sich der Intellektuelle bis dahin nur amüsiert, aber nicht inspiriert gezeigt hatte. Die philosophische Romantik versuchte dann, die neu entdeckte Lebendigkeit, und mit ihr ein nunmehr maßgebendes Ich, im System unterzubringen, was beiden, dem Ich und seiner Lebendigkeit, nicht so ganz gut bekam. Von dem Philosophen und Dichter *Novalis* stammt eine Dienstanweisung, wie man die Dinge romantisch macht: »Indem ich dem Gemeinen einen hohen Sinn, dem Gewöhnlichen ein geheimnisvolles Aussehn, dem Bekannten die Würde des Unbekannten, dem Endlichen einen unendlichen Schein gebe, so romantisiere ich es ...« Und Novalis' Dichterkollege Achim von Arnim reichte dazu noch eine schöne Beschreibung des romantischen Lebensgefühls nach: »Ja, wer nur einmal im Tanze sich verloren und vergessen, wer einen Luftball ruhig wie die Sonne emporziehen sah, den letzten Gruß der Menschen darin empfing . . ., wer jemals . . . im Sonnenschein einer Kriegsflotte Ankerlichten sah, wo wenige Augenblicke hinreichten voll Weben und Leben auf Masten und Stangen diese goldenen Schlösser und Galerien, alle wie Flossen eines Fisches, ruhig in das luftbegrenzte Meer hinschwinden zu sehen, alles Dinge, die uns umgeben, uns begegnen, der muß an eine höhere Darstellung des Lebens, an eine höhere Kunst glauben, als die uns umgibt und begegnet, an einen Sonntag nach sieben Werktagen, den jeder fühlt . . .«

[»Die Romantik . . . nach innen geht der geheimnisvolle Weg . . .«, SW 403ff.]

Rousseau, Jean-Jacques

Rousseau (1712 bis 1778), der auch Musiker war, brachte sich selbst auf den Weg der Philosophie. Er stammte aus ärmlichen Verhältnissen und war zunächst Kupferstecher. Als junger Mann fand er eine reiche Gönnerin, die auch seine Geliebte wurde und ihm die Gelegenheit zu privaten Studien gab, mit denen er seine Fortbildung betrieb. Später wurde er zu einem Selfmademan des Wissens, der wie alle Emporkömmlinge empfindlich reagierte, wenn man ihn kritisierte. Sein Durchbruch zum Philosophen gelang, als er die von der Akademie Dijon gestellte Preisfrage, »ob die Wiederherstellung der Wissenschaften und Künste zur Läuterung der Sitten beigetragen habe«, mit einer Abhandlung beantwortete, die den ersten Preis erhielt, obwohl sie sich dem herrschenden Fortschrittsoptimismus entgegenstellte. Der Mensch, so behauptet Rousseau, hat sich von einem ursprünglich guten »Naturzustand« entfernt und ist »selbstsüchtig« geworden. Er setzt sein privates Wohlergehen, auch sein »Privateigentum« vor das Gemeinwohl und versteht dies als Ausdruck seiner persönlichen Freiheit. Als Preisträger von Dijon wurde Rousseau über Nacht zum berühmten Mann. Er hatte nun seine produktivste Zeit, schrieb zahlreiche Bücher und stand im Blickpunkt der Öffentlichkeit. Der Gesellschaftsphilosoph Rousseau beließ es nicht bei einer negativen Diagnose: Da der von ihm gerühmte Naturzustand nicht mehr herzustellen war, sollte sich ein Gemeinwesen gründen, in dem die Menschen über den Abschluß eines »Gesellschaftsvertrags« zu einem gemeinsamen Willen gelangen, der das Wohl aller realisiert. Umstritten war Rousseau nicht nur als Philosoph, sondern auch als Pädagoge: Seinen Entwicklungsroman »Emile«, der das Hohelied einer liebevoll-behutsamen Erziehung anstimmte und zum Bestseller wurde, maß man boshafterweise an Rousseaus eigenem Verhalten als Vater, der seine fünf Kinder, jeweils gleich nach der Geburt, ins Findelhaus abgeschoben hatte. – In den letzten Jahren seines Lebens entwickelte Rousseau eine Art Verfolgungswahn: Er sah sich von seinen Freunden verraten, von seinen Förderern verkauft; die Feinde lauerten überall. Der »berühmteste Denker Europas«, zu dem ihn die Presse erklärt hatte, starb als verbitterter Mann; auf eines seiner letzten Manuskripte kritzelte er die Worte: »Ich erwarte von den Menschen nichts mehr als Beleidigungen, Lügen und Verrat. Ewige Vorsehung, auf dir ruht meine Hoffnung ...«

[»Das Schlagwort ›Zurück zur Natur!‹ stammt von Jean-Jacques Rousseau ...«, SW 314, 370f., 372, 407, 411]

Russell, Bertrand

Russell (1872 bis 1970) war zu Lebzeiten hochgeehrt (Nobelpreis 1950) und hochumstritten; er betätigte sich als Mathematiker, Philosoph und Schriftsteller, und er trat als streitbarer Pazifist und Gesellschaftskritiker auf. Der Radikaldemokrat Russell machte sich wenig Freunde; da ließ man ihm schon eher den Philosophen durchgehen, der den *Empirismus* seiner Landsleute *Locke* und *Hume* modernisierte. Russell bezeichnete seine Philosophie als »logischen Atomismus«; er ging davon aus, daß die Realität in kleinste Elemente zerlegt und benannt werden kann, was allerdings so etwas wie eine »Idealsprache« erfordert, die eine besondere Form der Begrifflichkeit entwickeln muß. – Als Begründung für sein sehr löbliches, gelegentlich aber etwas hektisch anmutendes Engagement auf seiten der Friedenswilligen dieser Welt gab Russell an, daß ihn von jeher »drei Leidenschaften« im Griff gehabt hätten: »das Verlangen nach Liebe, der Drang nach Erkenntnis und ein Mitgefühl für die Leiden der Menschheit«.

[»Ein Empiriker unseres Jahrhunderts, Bertrand Russell, hat ein etwas groteskeres Beispiel gegeben ...«, SW 327]

Sartre, Jean-Paul

Sartre (1905 bis 1980) war Lehrer, Schriftsteller und Philosoph. Zusammen mit seiner Lebensgefährtin *Simone de Beauvoir* entwickelte er eine Philosophie der Freiheit, die ihre Bestimmungen aus dem Dasein des einzelnen gewinnt. Der Mensch ist ursprünglich frei; seine Freiheit besteht in der Möglichkeit zur »Transzendenz«, er kann über sich und seine Situation verfügen, kann über sie hinauswachsen, er kann sie ändern und zugleich in seinem

Sinne neu bestimmen. Dabei tritt er nicht nur als Einzelgänger auf, sondern entdeckt sich auch als soziales Wesen. In seiner Freiheit nämlich ist er nicht allein; er sieht sich getroffen vom »Blick des anderen«. Zunächst scheint damit eine Einschränkung seiner Freiheit stattzufinden, die sich aber in Wirklichkeit als deren Verdopplung herausstellt: Der Blick des anderen nämlich, unter dem das Subjekt kurzfristig zum Objekt wurde, wird zurückgegeben, und es entsteht eine *Dialektik* gegenseitiger Anerkennung. – Sartre hat der *Existenzphilosophie* noch einmal zu einer gewissen Anerkennung verholfen. Er selbst, der auf Etikettierungen gar keinen Wert legte, sah die Existenz des Menschen, die ja von der Freiheit lebt, als prinzipiell unausgedeutet an: Die Wahlmöglichkeit, die er hat, ist keine einmalige Angelegenheit, sondern ein lebenslanger Entscheidungsprozeß, der Tag für Tag neu vollzogen werden muß. Das Wissen um diesen Zustand kann auch wie eine Verurteilung empfunden werden, denn der Mensch hat das Gefühl, »das Gewicht der gesamten Welt auf seinen Schultern« zu tragen; »er ist für die Welt und sich selbst als Seinsweise verantwortlich«. – Seine eigene Existenz hat Sartre mit stetem Vergnügen flexibel gehalten; er scheute sich nicht, Denkpositionen in Frage zu stellen oder die eigene Philosophie auf einmal einer anderen unterzuordnen. Das geschah zum Beispiel, indem er sich zum *Marx*ismus bekannte, was, mehr noch als einige seiner Anhänger, vor allem die orthodoxen Marxisten irritierte, die dem Freiheitsphilosophen Sartre nicht über den Weg trauten. Der jedoch ließ sich davon nicht beirren und bekannte sich zu einer Weltanschauung, zu der man sich heute nicht mehr so gern bekennt, obwohl ihre Ideen sicher noch immer besser sind als die gescheiterten Systeme, die sich vor kurzem noch auf sie beriefen: »Weit davon entfernt, erschöpft zu sein, ist der

Marxismus noch ganz jung ..., er hat gerade erst mit seiner Entwicklung begonnen. Er bleibt die Philosophie unserer Zeit; er ist unüberschreitbar, weil die Umstände, die zu seinem Entstehen geführt haben, noch nicht überschritten sind ...«

[»Sartre hat gesagt: ›Existentialismus ist Humanismus‹ ...«, SW 366, 453, 536ff., 545ff.]

Schelling, Friedrich Wilhelm Joseph

Er trat zunächst als Junggenie auf, das viel Beifall erhielt; später, als das Junggenie in die Jahre kam, wurde es mit herber Kritik bedacht. Schelling (1775 bis 1854) mußte zudem mit ansehen, wie sein Tübinger Studienfreund *Hegel*, dem er dies nie zugetraut hätte, ihn im Ruhm überholte. Das ließ ihn empfindlich werden, und er fühlte sich gerne mißverstanden. In seiner Philosophie zeigt sich dieser Werdegang als eine Entwicklung, die vom hellen und offenen, zumeist hochgestimmten Frühwerk in ein schwer zugängliches Altersdenken führt. –

Schelling trat nach dem Studium zunächst eine der üblichen Hauslehrerstellen an; anschließend wurde er jedoch frühzeitig zum Professor in Jena berufen, wo er mit führenden Köpfen der deutschen *Romantik* in Berührung kam. Es folgten weitere Professuren in Würzburg, München und Erlangen. 1841 wurde er nach Berlin berufen, angeblich »um die Drachensaat des Hegelianismus auszurotten«. Diese Absicht, wenn sie denn bestanden haben soll, mißlang gründlich: Schelling, dem, in Erinnerung früheren Ruhmes, zunächst volle Hörsäle beschert waren, verärgerte seine Zuhörer durch einen »öden, in die Länge gezogenen, zudem unverständlichen Vortrag« und las bald darauf nur noch vor spärlich besetzten Rängen. 1846 zog er sich enttäuscht vom akademischen

Lehrbetrieb zurück und war nur noch als Privatgelehrter tätig.

Schelling hat in der Philosophie des deutschen *Idealismus* die Rolle des *Natur*philosophen gespielt, mit der er sich allerdings unterfordert fühlte. Er beließ der *Natur* eine Eigenständigkeit, die ihr von seinen Kollegen *Fichte* und Hegel nicht zugestanden wurde. Schelling führte Natur und Geist zusammen; seine Frage ist, wie beide nicht nur nebeneinander bestehen, sondern sich auch wechselseitig beeinflussen und durchdringen können – wie also »der Naturlauf ... außer uns existiert« und zugleich »den Weg zu unserm Geist gefunden« hat. Dabei macht sich der Idealist Schelling zum Kritiker eines Idealismus, der seine eigenen Voraussetzungen nicht zur Kenntnis nehmen will und daher »selber zum Schein«, zu »etwas Erklärbarem« wird. In seiner frühen Philosophie spielte außerdem noch die Kunst eine besondere Rolle: Sie ist, im Bund mit der »Einbildungskraft«, die versöhnende dritte Kraft, die Natur und Freiheit zu vereinen vermag. – Später hat er diesem Entwurf nicht mehr getraut; er erging sich in schwerfälligen Überlegungen, die um den Zusammenhang von *Vernunft* und Freiheit kreisen, den er skeptischer bewertet als seine Vorgänger: Die Wirklichkeit, längst nicht mehr oder längst noch nicht nach einem Vernunft-Bild geformt, behält dem Denken gegenüber einen Rest an Unausdeutbarkeit; Wirklich-keit ist und muß wohl auch »mächtiger« sein als der Begriff, der sie zu fassen sucht. Obwohl sie hermetisch anmutet, hat Schellings Spätphilosophie noch (immer) ungewohnte Gedanken zu bieten – wie etwa den vom »Lichtblick«, der die Natur im Menschen ihre Augen aufschlagen läßt, auf daß sie erst bemerke, »sie ist da«.

[»Schelling sah in der Natur einen Weltgeist, aber er sah diesen Weltgeist auch im Bewußtsein des Menschen ...«, SW 412f., 416, 421, 425, 428, 446, 461]

Schiller, Friedrich

Schiller (1759 bis 1805) war ein so großer Verehrer *Kants*, daß er meinte, ihn verbessern zu müssen. Besonders mit Kants »moralischem Gesetz«, das ihm zu sehr die »Pflicht« und zu wenig die »Neigung« betonte, war der Dichter nicht zufrieden. Sittliches Handeln, fand er, sollte aus Neigung geschehen; sie läßt ein Pflichtgefühl erst menschlich erscheinen. Ein interessanter Gedanke Schillers gilt dem »Spieltrieb« des Menschen: »Mit dem Angenehmen, mit dem Guten, mit dem Vollkommenen ist es dem Menschen nur ernst, aber mit dem Schönen spielt er... Denn, um es endlich auf einmal herauszusagen, der Mensch spielt nur, wo er in voller Bedeutung des Wortes Mensch ist, und er ist nur da ganz Mensch, wo er spielt.« Wenig später zog Schiller sich von der Philosophie zur Dichtkunst zurück, und er tat es aus Überzeugung: »Soviel ist indes gewiß, der Dichter ist der einzig wahre Mensch, und der beste Philosoph ist nur eine Karikatur gegen ihn.«

[»Der Dichter Friedrich Schiller hat Kants Gedanken weiterentwickelt...«, SW 408]

Seneca

In der Philosophie ist alles möglich, auch oder gerade das Nebeneinanderbestehen völlig entgegengesetzter Ansichten. Die Vermutung, daß der Mensch dem Menschen heilig sei, wurde später umgemünzt in die Einsicht, daß der Mensch dem Menschen ein Wolf sei (*Hobbes*), und wie immer, wenn drei Philosophen aufeinandertreffen und mindestens vier Meinungen bilden, kann nur der fünfte oder sechste von ihnen recht haben. –
Seneca (um 4 bis 65 n. Chr.) ist ein weiteres Beispiel dafür, wie es Philosophen (s. *Marc Aurel*) geht, die sich in der

Politik bewegen – sie werden dort in der Regel nicht glücklich. Er hatte hohe öffentliche Ämter inne und wirkte als Erzieher des zwielichtigen Nero, eine wahrhaft undankbare Aufgabe, die auch entsprechend zu Ende gebracht wurde: Der Kaiser zwang seinen einstigen Lehrer, sich das Leben zu nehmen, was dieser auch tat (umgekehrt hätte der einstige Schüler auf eine Anweisung seines Lehrers wohl nicht so folgsam reagiert). – Als Philosoph war Seneca Anhänger der *Stoa*. Er glaubte an eine (mehr oder weniger) souveräne *Vernunft*, und er hielt es für nötig, auch im Interesse eines geordneten Zusammenlebens, daß der Mensch seine Leidenschaften und Affekte im Zaum hält. Von Seneca stammt der schöne Satz: »In den Himmel springen, das kann man auch aus einem düsteren Winkel.«

[»Der Stoiker Seneca ... schrieb einige Jahre später, der Mensch sei dem Menschen heilig ...«, SW 159]

Shakespeare, William

Der englische Dichter (1564 bis 1616) hat sich, ähnlich wie *Goethe*, um die Philosophie verdient gemacht, indem er ihr eine Fülle blitzgescheiter Einsichten bescherte, die für die Philosophie selbst allerdings nicht sonderlich schmeichelhaft ausfallen: Sie kommt nämlich »in fragwürdiger Gestalt« daher, ist von »des Gedankens Blässe angekränkelt« und hat immer »einen Rest Schweigen« an sich, so daß sie, bezogen auf die Jahreszeiten des Lebens, kaum mehr ist als »der Winter unseres Mißvergnügens«. Verzichten sollte man auf die Philosophie dennoch nicht, auch nicht auf das Denken, denn »an sich ist nichts weder gut noch böse, das Denken macht es erst dazu ...«.

[»Aber schon bei Shakespeare häufen sich die Zitate, nach denen das Leben ein Theater ist ...«, SW 270]

Skeptizismus

Der Skeptizismus gleicht in der Philosophie einer stabilen Währung: Zweifel nämlich, die der anständige Skeptiker immer bei sich hat, lassen sich gegen alles richten, und so verwundert es nicht, daß der Skeptizismus als philosophische Richtung problemlos überdauert hat. Ein großer Skeptiker war Michel de Montaigne (1533 bis 1592), der feststellte: »Man lehrt uns zu leben, wenn das Leben dahin ist. Hundert Studenten haben sich die Syphilis geholt, bevor sie in ihrem Aristoteles zum Kapitel von der Mäßigung gekommen sind.« Und er fügte hinzu: »Die Welt ist nur Geschwätz, und ich habe noch keinen Menschen gesehen, der nicht eher zuviel als zuwenig gesagt hätte; gleichwohl geht unser halbes Leben damit hin.«

[»Bei der Frage, wie wir sicheres Wissen erlangen können, brachten viele ihren totalen philosophischen Skeptizismus zum Ausdruck ...«, SW 277f.]

Sokrates

Daß Sokrates (470 bis 399 v. Chr.) so rätselhaft war, hat ihn in der Philosophiegeschichte frisch gehalten. Über einen Mann, von dem man nicht viel weiß, läßt sich spekulieren, was oft spannender ist, als den Fakten aufzusitzen. – Sokrates ist als historische Person im wesentlichen ein Geschöpf des *Platon*, der seinen Lehrmeister über dessen Tod hinaus lebendig gehalten hat. Von ihm ist seither ein Bild überliefert, das man kennt: Sokrates, der Weisheitsfreund, der zugleich Störenfried ist – ein auf den Plätzen und Straßen Athens umherstreifender Mensch, der anscheinend nichts anderes zu tun hat als die Leute in Gespräche zu verwickeln, die in der Regel harmlos beginnen, um dann Tempo aufzunehmen und

Tiefgang zu gewinnen. Diese Art und Weise, Philosophie als praktische Gesprächskunst zu betreiben, die an der Sache interessiert ist und zumeist ohne Ansehen der Person argumentiert, ist modellhaft geworden; man hat ihr Beifall gezollt, wohl wissend, daß eine solche Methode ihre Zeit hat(te) und nicht überall praktizierbar ist. – Was wissen wir nun vom historischen Sokrates? Er war der Sohn eines Bildhauers und einer Hebamme, was man auch symbolhaft nehmen kann, denn Sokrates hat selber gern in Bildern gesprochen und der Philosophie die sog. Maieutik, »die Hebammenkunst«, verordnet, die darin besteht, den Menschen Erkenntnisse zu entlocken, von denen sie nichts mehr wissen. Eine Zeitlang betätigte er sich selber als Bildhauer und Steinmetz. Er heiratete dann die berühmt-berüchtigte Xanthippe, die unglaublich zänkisch war und mindestens ebenso häßlich wie er selbst gewesen sein soll. Gewitzt durch die Erfahrungen mit dieser Frau antwortete er den Ehewilligen, die ihn um Rat fragten: »Was du auch tust, du wirst es bereuen!« Sokrates hat aber Xanthippe vielleicht die Hinwendung zur Philosophie zu verdanken, denn sie war es, die ihn aus dem Haus trieb, so daß ihm gar nichts anderes übrig blieb, als zum Philosophen zu werden. – Zuvor aber war er noch Soldat; er nahm am Peloponnesischen Krieg teil, wo er sich durch Tapferkeit ausgezeichnet haben soll; andere Zeitzeugen berichten jedoch, daß er auch im Kriege bereits durch »absonderliches Benehmen« aufgefallen sei. Zurückgekehrt nach Athen, wirkte er als Ratsherr, der beizeiten damit begann, sich Feinde zu machen; er hatte, so sahen es die Mächtigen, das Talent zum Querulanten. Auch sein Lebenswandel mißfiel ihnen: Sie sahen es nicht gern, daß er sich unter die Menschen begab und mit ihnen philosophierte, zumal die Befürchtung bestand, er könnte dabei schädliche Ansichten in Umlauf bringen.

Schließlich wurde er der Gottlosigkeit in Tateinheit mit unsittlicher Beeinflussung der Jugend angeklagt. Einige der ihm verbliebenen Gönner versuchten, Sokrates eine Brücke zu bauen; er hätte in die Verbannung gehen können und wäre auf diese Weise um die Höchststrafe herumgekommen. Der Philosoph aber zeigte sich starrsinnig, er war sich keiner Schuld bewußt und hielt vor Gericht seine berühmte Verteidigungsrede, in der er sagte: »Solange ich noch atme und dazu imstande bin, werde ich nicht aufhören zu philosophieren, euch ermahnend und entlarvend, wem immer unter euch ich begegne, und ich werde reden, wie ich es gewohnt bin ...« Und er fügte hinzu: »Ganz und gar nicht haben wir das zu bedenken, was die vielen über uns sagen, sondern das, was der sagt, der sich auf das Gerechte und das Ungerechte versteht: der Eine und die Wahrheit selbst.« Schließlich war man der Meinung, daß der Philosoph sein Schicksal geradezu sträflich herausgefordert hatte, er mußte also bestraft werden. Sokrates wurde zum Tode verurteilt: Er nahm den Giftbecher und bat seine Freunde zu gehen. Abschließend soll er noch gesagt haben: »Nun ist es Zeit – für mich, um zu sterben, für euch, um zu leben. Wer von uns dem besseren Zustand entgegengeht, ist jedem verborgen, außer dem Gott.«

(»Sokrates ... ist vielleicht die rätselhafteste Person in der gesamten Geschichte der Philosophie ...«, SW 72, 77f., 80ff., 91ff., 99ff., 111, 114, 150ff., 154, 156f., 160, 162, 197, 212, 217, 275ff., 282, 287, 294, 307, 328, 346, 371, 446, 451, 461, 518, 545, 601f.]

Spinoza, Baruch

Er führte ein stilles und zurückgezogenes Leben, er trat niemandem zu nahe und wurde doch beschimpft wie kaum ein anderer Philosoph: Einen »lästernden Erzjuden« nannte man ihn, »ein scheußliches Ungeheuer«, »ein ausländisches Tier«, einen »Wahnwitzler und elendigen Wicht«. Sein äußeres Leben kann nicht der Anlaß für die Schmähungen gewesen sein, eigentlich auch nicht seine Philosophie, aber an der entzündeten sich die Gemüter. – Spinoza (1632 bis 1677) lebte zumeist in Amsterdam und verdiente dort seinen Lebensunterhalt als Glasschleifer; er starb unter elenden Umständen an der Schwindsucht. Als junger Mann bereits gerät er mit seiner jüdischen Heimatgemeinde in Konflikt; man sagt ihm nach, er habe das Alte Testament als das »allerwidersprüchlichste Werk« bezeichnet. Kurzerhand wird er aus der Gemeinde ausgestoßen, was seinen Hang zur Einsamkeit nur noch verstärkt. – Sein erstes Buch, das unter Pseudonym erscheint und alsbald verboten wird, macht ihm ebenfalls keine Freunde: Er fordert darin Gedankenfreiheit, die er nicht nur für einen Wert an sich ansieht, sondern auch als »nützlich« bezeichnet, da sie die Menschen davon abhält, »tagtäglich anders zu sprechen, als sie denken«. – Spinozas Philosophie ist gottesfürchtig, weswegen es um so eigenartiger erscheinen muß, daß er so viele Beschimpfungen auf sich ziehen konnte. Es war wohl eher sein Gottesbild, das die Zeitgenossen erzürnte: Spinoza nämlich macht Gott zu einer alles umfassenden *Substanz*, die auch die Welt, die Dinge und Menschen enthält; sie sind nur Daseinsweisen, »Modi« (s. *Modus*), dieser einen und einzigen Substanz. Spinoza selbst schrieb dazu: »Über Gott und die Natur hege ich eine Meinung, die von der weit verschieden ist, die die neuerlichen Christen zu verteidigen pflegen. Denn ich halte Gott für die inwendige Ursache aller Dinge, nicht aber für die diese überschreitende Ursache. Ich sage, alles sei in Gott und werde in Gott bewegt.« Gott offenbart sich in der Vielfalt seiner Schöpfung, aus der er sich nie zurückgezogen hat – ein faszinierender Gedanke, der jedoch auch seine Tücken hat, wie ein zeitgenössischer Kritiker Spinozas befand: »All die tollen und widerwärtigen Gedanken der Menschen, die Blasphemien und erschröcklichen Schimären der in uns ewig dahinschwätzenden Vernunft sollen also Gedanken und Schildereien Gottes sein, in welchen er sich selbst abmalet und bespiegelt ... Das soll man glauben?«

[»Spinoza ... Gott ist kein Puppenspieler...«, SW 267, 274, 276, 291ff., 306, 333, 382, 389, 412, 426, 443]

Stalin, Josef

Stalin (1879 bis 1953), der eigentlich Dschugaschwili hieß, ist ein Beispiel dafür, daß Diktatoren nicht unbedingt monströs auftreten müssen, um Angst und Schrecken zu verbreiten: Der Sowjetführer und Nachfolger *Lenin*s nämlich gab sich gern jovial und war ein merkwürdig gemütlicher Mann, der abends schöne traurige Lieder sang, dem Wodka zusprach und sich bei bestimmten Anlässen, ähnlich wie sein Kollege Hitler, gern herzige Kinder auf den Schoß setzen ließ, denen er wie ein guter Onkel in die Bäckchen kniff, am Ohrläppchen zupfte und über die Haare strich. Mit Leuten, die ihm nicht paßten, wollte er sich jedoch nicht unnötig herumärgern, weswegen er sie kurzerhand verschwinden ließ. Stalins enorme Gelassenheit rührte daher, daß er wußte, was die Welt zusammenhält und voranbringt. Er verstand sich nicht nur als Vater seiner Untergebenen, sondern auch als uneigennütziger Förderer der Philosophie, die für ihn vor allem aus dem Marxismus/Leninismus bestand, zu dessen Vermehrung er selber mit bedeutenden Werken beitrug. Seine eigentliche Spezialität war die Sprachwissenschaft. Als sich die Sprachwissenschaftler aus seinem Verfügungsbereich 1950 etwas zu lange stritten, ob die Sprache zum (gedanklichen) »Überbau« der Gesellschaft gehöre oder nicht, sprach der gemütliche Stalin ihnen ein Machtwort. Er schrieb in seiner Zeitung, der »Prawda« (Die Wahrheit): »Ist es richtig, daß die Sprache ein Überbau über der Basis ist? – Nein, das ist nicht richtig ...« Und Stalin entschied: »Die Sprache wird nicht durch diese oder jene Gesellschaft hervorgebracht, sondern durch den gesamten Verlauf der Geschichte der Gesellschaft.«

[»In unserem Jahrhundert haben Lenin, Stalin, Mao und viele andere den Anspruch erhoben, den Marxismus weiterentwickelt zu haben ...«, SW 463]

Steffens, Henrik

Mit den Deutschen konnte es der norwegische Philosoph gut, insbesondere mit ihren sog. *Romantik*ern. Er kannte sie alle, schrieb auch kluge Rezensionen über ihre Werke, und gelegentlich gelangen ihm einfühlsame Deutungen, in denen die Schriften und ihre Autoren zu bemerkenswerten Selbstauskünften veranlaßt wurden. – Steffens (1773 bis 1845) wirkte als Professor in Halle, Breslau und Berlin. Seine eigene Philosophie geht dem Widerspruch nach, der zwischen dem Weltganzen und der Vereinzelung besteht. Das Menschengeschlecht hat diesen Widerspruch entwicklungsgeschichtlich vorgelebt; es muß ihn auch weiter noch aushalten. Die Philosophie als »überschauendes« Denken könnte die einzige Wissenschaft sein, die einheitsstiftend wirkt, was aber nie auf Dauer sein wird.

[»Der norwegische Naturforscher Henrik Steffens ... kam 1801 nach Kopenhagen, um Vorlesungen über die deutsche Romantik zu halten ...«, SW 413]

Stoa

Diese vom Philosophen *Zenon* aus Kition um 300 v. Chr. begründete Philosophie wurde nach ihrem Austragungsort benannt, einer Säulenhalle in Athen. Die Stoa war eine weitverbreitete philosophische Richtung im alten Griechenland; in der römischen Kaiserzeit wurde sie dann, vor allem dank prominenter Stoiker wie *Seneca* und *Marc Aurel*, vorübergehend zu einer Art Modephilosophie. Die Stoa war frei genug, sich auch mit Ideen aus anderen Weltanschauungen zu versorgen, die sie für ihre eigenen Überlegungen nutzte. Im Mittelpunkt der stoischen Philosophie steht der Gedanke einer den Kosmos durchwirkenden und beherrschenden Kraft, die Gott und Natur in einem ist, aber auch Welt-Seele und Welt-*Vernunft*. Der Mensch hat teil an dieser Kraft; er gehört ihr an, gelangt als einzelner aber nur zu einer bescheidenen Mitwirkung im großen Weltgeschehen, das ein Entstehen und Vergehen nach den Gesetzen der Notwendigkeit ist. Trotzdem glaubt die Stoa an eine Art Willensfreiheit, die sie in die listige Forderung kleidet: In freier Übereinstimmung mit der Natur leben! Die stoische *Ethik* setzt auf Maßhalten, das auch dazu dient, eine Balance zwischen dem unvermeidlichen Eigeninteresse des Individuums und einem übergeordneten Allgemeinwohl zu halten.

[»Der Name Stoiker kommt vom griechischen Wort für ›Säulengang‹ (Stoa) ...«, SW 158f.]

Substanz

Der Begriff kommt vom lateinischen »substantia« und meint das Selbständige, Beharrende, auch das Zugrundeliegende. Eine Substanz ist wie ein Fels in der Brandung der Erscheinungen, wobei es allerdings unseres Zutuns bedarf, um herauszufinden, was eine Substanz ist und was nicht. Der Philosoph *Descartes* entschied sich für zwei Substanzen, Denken und Materie (s.o.), was seinem Kollegen *Spinoza* schon eine zuviel war: Für ihn galt nur das als Substanz, »was in sich ist und durch sich begriffen wird«, nämlich Gott, der zugleich die Natur und überhaupt alles ist. – Vor allem *Kant* hat sich danach noch Gedanken über die Substanz gemacht, von der er sagte: »Bei allem Wechsel der Erscheinungen beharrt die Substanz, und das Quantum derselben wird in der Natur weder vermehrt noch vermindert.« Heute ist der Begriff, zumindest in der Philosophie, nicht mehr sonderlich aktuell; oft versteht man unter Substanz statt dessen einen gewissen geistigen Gehalt, weswegen z. B. in Politiker- und Sonntagsreden ebendiese »Substanz« oft vermißt wird; andererseits kann es einem selbst »an die Substanz gehen«, wenn man zu viele dieser Reden mit anhören muß.

[»Die eine Substanz ist das Denken oder die Seele, die andere die Ausdehnung oder die Materie ...«, SW 283f.]

Surrealismus

Die Überwirklichkeit hielt sich gern an die Unterwirklichkeit, an das Unbewußte (s. *Freud*), dem die Surrealisten mehr zumuteten, mehr zutrauten als dem *Bewußtsein*. Auch Träume, die der *Romantik* bereits als Erkenntnismittel gedient hatten, wurden (wieder) wichtig. Wie »überwirklich« aufkeimende Gewißheiten sein können, hat der von den Surrealisten (Bergson, Breton u. a.) geschätzte Dichterphilosoph *Novalis* vorgeführt: Ihm setzten, vom Grab seiner verstorbenen Geliebten Sophie ausgehend, Visionen zu, die so real waren wie der Gedankenstrom, der ihnen zugrunde lag: »Das Wetter trübte sich, erst Gewitter, dann wolkig, stürmisch; sehr lüstern –. Abends ging ich zu Sophien. Dort war ich unbeschreiblich freudig. Aufblitzende Enthusiasmus-Momente. Das Grab blies ich wie Staub vor mir hin. Jahrhunderte waren wie Momente.«

[»Surrealismus ist Französisch und kann mit ›Überwirklichkeit‹ übersetzt werden …«, SW 520]

Thales

Mit Thales (um 624 bis etwa 547 v. Chr.) läßt man gelegentlich die Philosophiegeschichte beginnen: Er soll einer der ersten, wenn nicht gar der erste gewesen sein, der anfing, jene lästigen Fragen zu stellen (SW 20 ff.), die von der Philosophie noch immer gestellt werden – vor allem deswegen wohl, weil die Antworten noch immer so unbefriedigend ausfallen. – Thales war außerdem einer der ersten Philosophen, über die man sich lustig machte: Er soll sehr zerstreut gewesen sein, dazu schlampig und ein wenig wunderlich, womit er schon die wesentlichen Kriterien erfüllte, die zum Klischee des Philosophen gehören. Trotzdem überzeugte Thales durch Leistung: Er hat die eine oder andere Sonnenfinsternis und, auf Wunsch, auch das gewöhnliche Wetter vorausberechnet, und er war ein fähiger Mathematiker. Als Urstoff, als Grundelement allen Lebens nahm er das Wasser an, das sogar die Erde trägt. – Von Thales handeln etliche Anekdoten, die nicht nur (manchmal) recht komisch sind, sondern auch seine Weisheit bezeugen: So soll er auf die

Frage, warum er keine Kinder zeugen wolle, den klassischen Satz gesagt haben: »Aus Liebe zu den Kindern!«

[»Der erste Philosoph, von dem wir hören, ist Thales aus der griechischen Kolonie Milet in Kleinasien ...«, SW 42f., 49, 423]

Thomas von Aquin

Womöglich war er nicht nur der größte und wichtigste, sondern auch der dickste Philosoph des Hochmittelalters – zumindest haben das, boshafterweise, einige seiner Zeitgenossen behauptet. Thomas von Aquin (1225 bis 1274) stammte aus einem süditalienischen Adelshaus. Er schloß sich dem Dominikanerorden an, der gerade erst begründet worden war und das Ideal umfassender Askese ausgegeben hatte. Seine Familie hatte ihn zwar für eine geistliche Laufbahn vorgesehen, aber bei den Bettelmönchen, den Dominikanern, sollte er denn doch nicht mitmachen. So wurden seine Brüder ausgeschickt, ihn zurückzuholen, die, als Thomas sich weigerte mitzukommen, auch vor heimtückischen Mitteln nicht zurückschreckten: Sie schickten ihm, wird behauptet, eine käufliche Dame aufs Zimmer, die jedoch von selber die Flucht ergriff, als der spätere Kirchenvater ihrem Annäherungsversuch mit einem brennenden Kaminscheit in der Hand Einhalt gebot und damit eine Mannhaftigkeit vorführte, auf die sie nicht eingestellt war. – Später lehrte Thomas in Neapel, Paris, Köln, Bologna und Rom, und sein Ruhm mehrte sich kontinuierlich. Die Kirche setzte große Hoffnungen auf diesen Denker, dem die Sache des Glaubens ernster war »als allen anderen«; dies bemerkte auch, und zwar frühzeitig, sein Lehrer *Albertus Magnus*, der selber ein Berühmter war und von seinem Schüler behauptete, daß dieser, als »Größter« seiner Zeit, in der Lage sei, die beiden Großen der bisherigen Philosophie, nämlich *Pla-*

ton und *Aristoteles,* zu »vereinigen«. – Die Philosophie des Thomas von Aquin ist durch einen groß angelegten Vermittlungsversuch gekennzeichnet, der die christliche *Glauben*swahrheit mit dem Denken des Aristoteles verbindet. Dabei wird dem Glauben zwar der höhere Stellenwert eingeräumt (dies war nun mal von der Kirche so gewünscht), aber die *Vernunft* bekommt dennoch größere Rechte: Sie kann alle Wahrheiten erkennen, die sich nicht der Offenbarung verdanken, also unterhalb der Glaubensschwelle verbleiben, was auf Erden ein immerhin weites Feld ausmacht. Thomas eröffnete der Wissenschaft einen erweiterten Handlungsspielraum, den sie in der Folge auch zu nutzen verstand, wobei die Konflikte mit einer nach wie vor wachsamen Kirche vorgezeichnet waren. Gott ist für Thomas »der, der ist«, d. h. das Sein an sich, in dem Wesen und Existenz vereint sind. Er ist das vollkommenste Wesen, an dem zu zweifeln nicht nur dumm, sondern eigentlich auch unmöglich ist, denn ein vollkommenes Wesen enthält alle möglichen Eigenschaften in sich, also auch die der Existenz – diese Variante des Gottesbeweises wurde in der Folgezeit noch von anderen Denkern verwendet. Gott hat die Welt aus dem Nichts erschaffen, und seine Schöpfung ist wohlgeordnet: Sie reicht von ganz unten, von der Materie über die Elemente, Pflanzen, Tiere, den Menschen und die Engel – bis hin zu Gott, der als allererstes und allerhöchstes Wesen das Sein ist, während alles Geschaffene das Sein nur hat, also für die kurze Spanne seiner Lebenszeit nur verliehen bekommt. – Im Menschen weiß Thomas Form und Materie vereinigt, wobei die Seele als Formprinzip der Körpermaterie gedacht wird, deren Unterschiede die jeweilige äußere Besonderheit ausmachen, die ein Individuum an sich hat. Darüber hinaus aber beeinflußt die (unsterbliche) Seele auch die Erkenntnisleistungen des Menschen, indem sie mit Hilfe eines zentralen »gemeinsamen Sinnes« das eingehende Wahrnehmungsmaterial und die dazugehörigen Gedanken zu steuern und zu vereinheitlichen vermag. – Thomas von Aquin hat ein umfangreiches Werk hinterlassen, das zu studieren »unser aller Kräfte übersteigt«, wie bereits einer seiner Schüler seufzend feststellen mußte. 1323 sprach man ihn heilig; 1557 wurde er zum Kirchenvater ernannt, und seine Lehre (der »Thomismus«) ist längst in den Rang einer offiziellen Kirchenphilosophie aufgestiegen. Ihm selbst kam sein Werk, das andere für gewaltig hielten, nur unscheinbar vor; so soll er, als er den Tod nahen fühlte, sein Arbeitsleben mit den Worten beendet haben: »Ich kann nicht mehr; vor dem, was ich gesehen habe, erscheint mir alles, was ich geschrieben habe, wie Spreu.«

[»Der größte und wichtigste Philosoph des Hochmittelalters war Thomas von Aquin ...«, SW 215ff., 220ff., 234, 276f., 284, 389, 545f.]

Thukydides

Thukydides (um 460 bis etwa 399 v. Chr.) war nicht nur Geschichtsschreiber, sondern auch Flottenchef, der im Peleponnesischen Krieg zwischen Athen und Sparta auf seiten der Athener kämpfte, wobei er allerdings wenig Glück hatte: Seine Vorgesetzten beschuldigten ihn der Feigheit vor dem Feinde, da er mitsamt seiner Flotte untätig zugesehen habe, wie die ihm zum Schutze anempfohlene Kolonie Amphipolis an die Spartaner fiel. Thukydides wurde in die Verbannung geschickt, wo er viel Zeit hatte, Geschichte zu schreiben. – Als Historiker war er um Sachlichkeit bemüht: Er hielt nichts von übernatürlichen Erklärungen, von Mutmaßungen über etwaige Eingriffe der Götter in den Geschichtsverlauf, und auch auf die Belehrungen und Anekdoten, die der Kollege *Herodot* gern in seine Historien mit einbaute, konnte er weitgehend verzichten.

[»Die bekanntesten griechischen Historiker waren Herodot ... und Thukydides ...«, SW 69]

Urknall

Im Jahre 1929 bemerkte der amerikanische Astrophysiker Edwin Hubble, daß sich die entfernten Galaxien von unserem Milchstraßensystem fortbewegen, und zwar mit einer Geschwindigkeit, die um so größer ist, je weiter die Galaxien von unserer unmittelbaren Sternenheimat entfernt sind. Daraus war zu folgern, daß das Universum (noch immer) expandiert, was zugleich bedeutet, daß die Galaxien früher, sehr viel früher einmal dicht beieinander gewesen sind. Man hat daraus die Theorie des »Big Bang« entwickelt: Sie besagt, daß das Weltall vor etwa 20 Milliarden Jahren in einer plötzlichen Explosion, dem sog. Urknall, entstanden ist. Mit dem Urknall könnte alles angefangen haben: Raum, Zeit, Materie. – Diese Theorie ist nicht unumstritten – wie es überhaupt im Bereich der Kosmologie nur begründete oder weniger begründete Spekulationen gibt. Wir sind eben nicht dabeigewesen bei der Entstehung des Kosmos, und wir werden auch nicht (mehr) dabeisein, wenn er denn eines fernen Tages seinen Geschäftsbetrieb einstellen sollte. – Der Mensch muß mit dieser und mit anderen Ungewißheiten leben, und er kann sich zwischenzeitlich, wenn's denn hilft, mit den Einsichten der Philosophie trösten. Im Hinblick auf unser Wissen von den Sternenwelten gilt, was der deutsche Physikprofessor Harald Fritzsch feststellte: »Wir müssen uns damit abfinden, daß es im Universum keine absolut dauerhaften Strukturen gibt. Alles ist ständig im

Fluß, alle Strukturen lösen sich letztlich auf.« – Der alte Philosoph *Heraklit* hätte an dieser Erkenntnis sicher seine stille Freude gehabt.

[»Diese Explosion nennen wir den Urknall – oder auf englisch Big Bang ...«, SW 598ff.]

Vernunft

Der Mensch hat dem Menschen immer schon viel zugetraut, vor allem wohl Schlechtigkeiten, aber auch die Fähigkeit zur Liebe, zum Mitleid, zum Haß – und die Fähigkeit zur Vernunft. Diese sieht man am liebsten bei sich selbst, bei anderen jedoch wähnt man sie oft stark eingeschränkt. Vernunft meint die Möglichkeit des Menschen, über die Verstandestätigkeit hinaus größere Zusammenhänge begreifen und bewerten zu können und dabei eine gewisse Sachlichkeit walten zu lassen. Nach einer Definition *Kant*s, der vielleicht der vernünftigste aller Philosophen war, ist die Vernunft »das ganze obere Erkenntnisvermögen«. Kant hat die Vernunft geliebt, ihr aber auch die Grenzen aufgezeigt: Über alles, was den unmittelbaren Bannkreis der menschlichen Erfahrung verläßt, kann sie nur trefflich spekulieren, auch über Gott, die Seele, Anfang und Ende der Welt, über das Sterben und ein Weiterleben nach dem Tod. Von den Fragen, die sich daraus ergeben, wird das Nachdenken des Menschen immer wieder angesprochen, sie sind sozusagen die ständige Herausforderung der Vernunft: »Die menschliche Vernunft hat das besondere Schicksal in einer Gattung ihrer Erkenntnisse: daß sie durch Fragen belästigt wird, die sie nicht abweisen kann, denn sie sind ihr durch die Natur der Vernunft selbst aufgegeben, die sie aber auch nicht beantworten kann, denn sie übersteigen alles Vermögen der menschlichen Vernunft.« – Andere sind

dann weniger zurückhaltend mit der Vernunft umgegangen: Sie haben sie, die zugleich Geist ist, zum Weltprinzip erklärt (*Hegel*) und das Streben nach »Alleinherrschaft der Vernunft« zum »letzten Endzweck« unseres Lebens auf Erden ausgerufen (*Fichte*). Damit war eine Wendung zurück zu den Anfängen vollzogen: In der frühen griechischen Philosophie (*Anaxagoras*) hatte die Vernunft bereits überindivuelle Schöpfungs- und Gestaltungsfunktionen zugesprochen bekommen; danach, in der *Stoa* beispielsweise, wurde sie Vernunft der Welt, die gleichzusetzen ist mit der Gottheit.
Heute geht man, aus naheliegenden Gründen, nicht mehr sehr erwartungsfroh mit der Vernunft um. Unser Lebensstil ist auf Abwechslung aus, auf Vermeidung der Langeweile, auf Widerlegung der Ruhe; er kann und will gar nicht vernünftig sein. Vermutlich hat also Mephisto recht, der in *Goethe*s »Faust« den Gebrauchswert der Vernunft von dem abhängig macht, der sie in Anspruch nimmt: »Vernunft wird Unsinn, Wohltat, Plage, / Weh dir, daß du ein Enkel bist!«

[»Ebenso können alle Menschen philosophische Wahrheiten einsehen, wenn sie nur ihre Vernunft anwenden ...«, SW 82ff., 279ff.]

Voltaire

Er hieß eigentlich Francois-Marie Arouet, nannte sich aber Voltaire und war Dichter, Philosoph und Mann von Welt. Als Dichter machte er ein Vermögen, als Philosoph ärgerte er die Mächtigen seiner Zeit, und als Mann von Welt war er immer für ein paar Schlagzeilen gut. Voltaire (1694 bis 1778) hatte zudem die Fähigkeit, witzig zu sein, was nicht allen seinen Zeitgenossen, auch nicht allen seinen Schriftsteller-Kollegen gefiel. So zeigte sich der Philo-

soph *Rousseau*, den das Schlagwort »Zurück zur Natur!« berühmt gemacht hatte, pikiert, als ihm Voltaire nach Lektüre von Rousseaus Buch »Über den Ursprung der Ungleichheit unter den Menschen« mitteilte: »Noch niemand hat soviel Geist verschwendet wie Sie, in dem Bestreben, uns wieder zu Bestien zu machen. Man bekommt richtig Lust, auf allen vieren zu gehen, wenn man ihr Werk liest. Indessen habe ich diese Gewohnheit schon seit sechzig Jahren aufgegeben, und so ist es mir unmöglich, sie wieder aufzunehmen ...«
Voltaire, der es liebte, sich über seine vielen (eingebildeten?) Krankheiten zu verbreiten, war eitel; dazu paßt auch, daß er gern mit seiner »Halbbildung« kokettierte. Er bezeichnete sich als »unwissenden Philosophen«. Sein Weltbild war skeptisch, obwohl er bescheidene Fortschritte in der Entwicklung der Menschen für möglich hielt; die Theorie seines Kollegen *Leibniz*, der davon ausging, daß Gott die beste aller Welten geschaffen habe, hielt er für geradezu absurd. Statt dessen ersucht er, mit der ihm gebotenen *Ironie*, Gott selbst um die eine oder andere Erklärung: »Das System des ›Alles ist gut!‹ stellt den Schöpfer der Natur als einen mächtigen und bösen König dar, dem es gleichgültig ist, ob vier- oder fünftausend Menschen ums Leben kommen und ob die anderen ihre Tage in Not und Tränen dahinschleppen ... Ist Gott denn an einem Ort oder außerhalb aller Orte oder zugleich an allen Orten? Ist er körperlicher oder geistiger Natur? Woher soll ich das wissen ... ›Erkenne dich selbst!‹ ist ein ausgezeichneter Rat, aber nur Gott selbst könnte ihn wirklich in die Tat umsetzen ...«

[»Es geht hier um wichtige Namen wie Montesquieu, Voltaire, Rousseau und viele, viele andere ...«, SW 314, 370f.]

Xenophanes

In einem bekannten Lexikon der Antike heißt es, Xenophanes (um 570 bis etwa 475 v. Chr.) sei »kein origineller Philosoph« gewesen. Dem muß widersprochen werden: Xenophanes war, nach allem, was wir über ihn wissen, ein vorausschauender Denker, dessen Ansichten z. T. erstaunlich modern anmuten. Er kritisierte die Gottesbilder, die sich die Menschen machen – allzu menschlich fallen die aus, damit auch lächerlich, und sie sind so verschieden, wie die Menschen verschieden sind. Gott aber, »unter Göttern und Menschen der größte«, ist »auf keine Art Sterblichen ähnlich, weder an Körper noch an Geist«. Der Mensch kann von Gott wissen, aber er kann ihn nicht eigentlich erkennen. Überhaupt steht es nicht gut um seine Erkenntnismöglichkeiten: Er muß sich mit Vermutungen, mit Erfahrungswerten, mit vorläufigen Gewißheiten begnügen, wobei Xenophanes einen Satz aufschreibt, der den heute geschätzten Erkenntnistheorien entstammen könnte: »Die Dinge sollen geglaubt werden als der Wahrheit ähnelnde ...« Dazu paßt auch, daß Erkenntnisse nicht ein für allemal feststehen, sondern im Lauf der Zeit, im Zuge eines gemächlichen Erkenntnis-Fortschritts, verbessert werden können: »Nicht vom Anfang an haben die Götter alles den Menschen offenbart, sondern mit der Zeit, als Suchende finden sie es besser heraus.« – Xenophanes führte, vorwiegend im griechischen Süditalien, ein unruhiges Wanderleben, das ihn nicht daran hinderte, steinalt zu werden; seinen Lebensunterhalt soll er sich (u. a.) mit Vorträgen in den Häusern der Reichen verdient haben. Daß der Mensch seiner Sache nie zu sicher sein soll, davon blieb er überzeugt und hat es auch in einem wunderschönen Gedicht festgehalten: »Sichere Wahrheit erkannte kein Mensch und wird keiner erkennen / Über die Götter und alle die Dinge, von denen ich spreche. / Sollte einer auch einst die vollkommenste Wahrheit verkünden, / Wissen könnt' er das nicht: Es ist alles durchwebt von Vermutung.«

[»Ein Beispiel für diese Mythenkritik finden wir bei dem Philosophen Xenophanes ...«, SW 36]

Zenon von Kition

Zenon (um 336 bis 264 v. Chr.) stammte aus Zypern und war eigentlich Kaufmann. Er soll eher zufällig zur Philosophie gekommen sein, als er mit einem seiner Schiffe kenterte und in Athen bei einem Buchhändler Quartier nahm, der gerade ein philosophisches Werk studierte. Zenon sah ihm über die Schulter, begann zu lesen und wußte angeblich von Stund an, daß er sich selber auf die Suche nach der Wahrheit machen würde. Der Begründer der *Stoa* wird ansonsten als merkwürdige Erscheinung geschildert: ein hager-länglicher Mensch, immer ein wenig ärmlich gekleidet, der den Kopf beim Nachdenken schief zu halten pflegte. Trotz dieser Äußerlichkeiten, die seine Gegner für kurios hielten, rühmte man schon bald seinen Scharfsinn, und die Zahl seiner Anhänger nahm ständig zu. Zenon hielt große Stücke auf die *Vernunft*: In ihr, die alles durchwirkt und mit innerer Notwendigkeit gestaltet, »ist das wahre Wesen der Menschen beschlossen«. Die Vernunft trägt seine Freiheit, die zugleich jedoch eingeschränkt wird von eben dem Notwendigen: »Frei ist nur der Mensch, der innerlich frei ist und nur das tut, was seine Vernunft wählt.« Diese sagt ihm auch, »was zu tun und ... was zu lassen ist«. Die Stimme der Vernunft, die das sittlich Gebotene im Menschen ausspricht, nennt Zenon »Tugend«; sie »ist um ihrer selbst willen zu erstreben« und »verlangt keinen Lohn«. – Zenon, der sich selber gern vor den Menschen zurückzog, empfiehlt in seiner Philosophie das staatsbürgerliche Denken; er spricht die Verpflichtung aus, am Gemeinwohl mitzuwirken: »Wir sind von Natur zum Zusammenschluß, zur Vereinigung, zur Staatenbildung veranlagt ... Der tugendhafte Mann wird nicht in der Einsamkeit leben; er ist ... für das tätige Leben geschaffen.«

[»Die Kyniker waren von großer Bedeutung für die stoische Philosophie ... Ihr Begründer war Zenon ...«, SW 158]

Register

Namensregister

Sachregister

Sofies Welt
Genehmigte Lizenzausgabe
für Weltbild Verlag GmbH, Augsburg 2000

Titel der Originalausgabe: Sofies verden
Aus dem Norwegischen von Gabriele Haefs
Die Übersetzung wurde von
NORLA Norwegian Literature Abroad, Oslo gefördert
Sofies Lexikon
Genehmigte Lizenzausgabe
für Weltbild Verlag GmbH, Augsburg 2000

Reihenkonzeption und Umschlaggestaltung: Michael Keller, München
Umschlagfoto: Bavaria Bildagentur GmbH & Co. KG,
München: Stättmayer
Gemälde: Der Tisch des Bankiers, 1877, William Michael Harnett
Autorenfoto: Marianne Fleitmann
Gesamtherstellung: Clausen & Bosse, Leck

Gedruckt auf chlor- und säurefreiem Papier

Printed in Germany

ISBN 3-8289-6880-5